ढाई घर

ढाई घर

गिरिराज किशोर

राजपाल

स्थापित 1912
100 वर्षों की
श्रेष्ठ प्रकाशन परम्परा
राजपाल

₹ 625

ISBN : 9788170289470

पहला पेपरबैक संस्करण : 2022, तीसरा संस्करण : 2026

DHAI GHAR (Novel) by Giriraj Kishore

मुद्रक : जी.एस. ऑफसेट, दिल्ली

राजपाल एण्ड सन्ज़

1590, मदरसा रोड, कश्मीरी गेट, दिल्ली–110006

फोन : 011–23869812, 23865483, 23867791

website : www.rajpalpublishing.com

e-mail : sales@rajpalpublishing.com

www.facebook.com/rajpalandsons

पिता जी को गये दो वर्ष हो चुके

यह उपन्यास क्यों ?

जब मेरे सामने बिशन भाई का यह प्रस्ताव आया कि मैं 'जुगलबन्दी' जैसा ही उपन्यास लिखूँ तो ऐसा नहीं कि मैं यह न समझा हूँ कि इस वाक्य में व्यंजना क्या है । लेकिन न जाने कैसे वह वाक्य ज्यूँ का त्यूँ मेरे दिमाग़ में उतर गया। मेरे अन्तर्मन में यह प्रश्न उठ खड़ा हुआ—क्या वास्तव में 'जुगलबन्दी' में सब कुछ कहा जा चुका ? उसके अलावा कुछ नहीं कहना ? लगभग ऐसा ही प्रश्न तब भी उठा था जब 'लोग' लिख लेने के बाद 'जुगलबन्दी' लिखने की बात दिमाग़ में आयी थी । पर तब यह प्रश्न इतना स्पष्ट नहीं था। बस बात यहीं तक आकर रह गयी थी कि 'लोग' के बाद 'जुगलबन्दी' लिखना ठीक होगा या नहीं ? तब इतने-से उत्तर से ही काम चल गया था कि 'लोग' 'जुगलबन्दी' नहीं है। 'जुगलबन्दी' का लिखा जाना अभी बाकी है। वास्तव में 'जुगलबन्दी' 'लोग' था भी नहीं । इस बार यह सवाल कुछ ज़्यादा शिद्दत के साथ,कई रंगों में सामने आया। आखिर उस वातावरण पर कब तक लिखते रहोगे ? क्या तुम्हारे पास लिखने को और कुछ नहीं ? मेरे कुछ मित्रों ने यह भी कहा कि अगर ऐसा ही है तो 'जुगलबन्दी' का दूसरा भाग क्यों नहीं लिख लेते ? पर मैं सच कहूँ कि इन सवालों ने मुझे अपने आपको और ज़्यादा टटोलने का मौका दिया । मुझे यही लगा कि अभी तो उस वातावरण और समाज के ऐसे बहुत से पक्ष बाकी हैं जिनका, नये बनते या बने समाज को समझने के लिए, सामने आना ज़रूरी है। उन बातों को मैं नहीं कहूँगा तो शायद मेरी पीढ़ी का कोई और लेखक न कहे। जाना हुआ जीवन कई बार अपने आपको छोटे-छोटे अन्तरालों के बाद टुकड़ों-टुकड़ों में खोलता चलता है और लेखक के लिए चुनौती बनता जाता है। लेखक को उस चुनौती का खुले दिलो-दिमाग़ के साथ सामना करना पड़ता है। क्योंकि जब तक लेखक उस सबको कह नहीं लेता तब तक वह अपने आपको उस रचनात्मक दबाव से मुक्ति नहीं दिला पाता । लेखक अपने अनुभव, दुःखों ओर सुखों को अपने

पाठकों के साथ बाँटता है, उनसे हिस्सेदारी करता है, उसके अलावा उन्हें देने के लिए लेखक के पास कुछ और है ही नहीं । उसकी अन्तरंग से अन्तरंग बातों में उसके पाठक ही हिस्सेदार होते हैं। कई बार वे बातें स्वीकार्य होती हैं, कई बार नहीं होतीं और कई बार स्वीकृति या अस्वीकृति में ही कई दशक लग जाते हैं।

जिस माहौल में, जिस संस्कृति और जिन स्थितियों से उपजे अनेक छोटे-बड़े पात्रों को, उनकी कुंठाओं, उनके छोटेपन या बड़प्पन को देखा, उनका एक बहुत बड़ा हिस्सा मेरे स्मृति कोष में अभी बाकी है। जब यह बात मेरे सामने आयी तो जैसे सब कुछ खुलता और फैलता चला गया। मेरे पास यही एक रास्ता रह गया था कि मैं उस माहौल को पुनः जिऊँ और उस पर लिखूँ । कई बार लेखक अपनी मुक्ति के लिए भी लिखता है और अपने नये-पुराने समाज की पहचान के लिए भी । इसके दोनों ही पक्ष होते हैं—नुकसान भी और सार्थकता भी । साहित्य में होने वाला सबसे बड़ा नुकसान रचनाकार की रचना का अस्वीकार ही है । लेखक को उसके लिए हर समय तैयार रहना पड़ता है । क्योंकि रचना को सार्थक बनाना उसके पाठकों के हाथ में है। इस बारे में लेखक स्वयं कुछ नहीं कर सकता ।

एक बात और है । मुझे समाज और मनुष्य, मनुष्य और मनुष्य तथा व्यक्ति और प्रतिष्ठान के बदलते रिश्ते हमेशा से आकर्षित करते रहे हैं । कहानी हो या नाटक या उपन्यास या लेख, मैं इन बदलते रिश्तों को निरन्तर सामने लाने की कोशिश करता रहा हूँ । मेरी इच्छा हमेशा उन बदलते रिश्तों का गायक बने रहने की रही है। एक वक़्त और एक समाज में जो कुछ बदलता है वह अगले समाज में बनने वाले रिश्तों का आधार होता है । 'कोशिश' शब्द का प्रयोग करने के पीछे मेरा मात्र मतलब कोशिश ही है उपलब्धि नहीं । लेखन प्रयत्न-जीवी है । उपलब्धियों का क्षेत्र विज्ञान है, व्यवसाय है, राजनीति आदि हैं । साहित्य तो बहुत बाद में आता है। यहाँ असफलताएँ ही सफलता का रास्ता दिखाती हैं । वैसे तो ऐसे भी लेखक हैं जो अपनी हर कोशिश को उपलब्धि में बदलने का प्रयत्न करते हैं । एक रचना लिखकर वे तब तक उसका प्रचार करते हैं जब तक उसे उपलब्धि न मान लिया जाये। लेकिन यह कितने दिन चल पाता है । लेखन तो एक आवा है । उसमें हजारों मिट्टी के कच्चे दीये लगते हैं तो कुछ प्रथम कोटि के बनकर निकलते हैं, कुछ अधपके, कुछ टूटे हुए । खाली या अधपके आवे से यह उम्मीद करना कि हर रचना श्रेष्ठतम बनकर निकले असम्भव को साधने का

स्वप्न देखने की तरह है ।

मैं यह भी जानता हूँ कि पुनरावृत्ति चाहे माहौल की हो या किसी समाज की या पात्रों की, पाठक उसे बड़ी मुश्किल से स्वीकार करता है । लेकिन वृत्ति, आवृत्ति, पुनरावृत्ति यदि ये सब किसी समाज को संगठित करके पेश करने और उसके बारे में समझदारी बनाने में सहायक होती हैं तो लेखक के लिए उस ख़तरे को उठाना ज़रूरी हो जाता है । अगर वह ऐसा नहीं करता तो अपने लेखकीय दायित्व पर वह स्वयं ही प्रश्न चिह्न लगाता है । किसी और के सामने उत्तरदायी हो या न हो, अपने सामने तो उत्तरदायी होता ही है । मेरे लिए उपन्यास या कहानी अब मनोरंजन के माध्यम नहीं । शायद यही कारण है कि मेरी रचनाएँ लेखक के साथ-साथ पाठक पर भी एक तरह का दबाव बनाती हैं। दबाव सहज स्वीकार्य नहीं होता, चाहे वह किसी भी तरह का दबाव क्यों न हो । इसीलिए वे उतनी जन-व्यापी नहीं हो पातीं । मैं उपन्यास को एक समाजशास्त्रीय अध्ययन भी मानता हूँ—अनेक प्रकार के सम्बन्धों को, जो रहे हैं, या हैं या आगे बनेंगे, व्याख्यायित करने वाले मानवीय समीकरण । मेरी दृष्टि में उपन्यास और कहानियाँ, बल्कि नाटक भी, जीवन के प्रति वैज्ञानिक और अर्ध-वैज्ञानिक दृष्टिकोण बनाने में मदद करते हैं और उन्हें ऐसा करना चाहिए । यशपाल की रचनाएँ काफ़ी हद तक इस दृष्टि से महत्त्वपूर्ण हैं । जो हम आज लिख रहे हैं वही जीवन के प्रति दृष्टिकोण निर्धारित करने में आने वाली पीढ़ी की मदद करेगा । न सही युग-प्रवर्तक साहित्य के रूप में—खाद का योगदान भी कम नहीं होता ।

मुझे यह उपन्यास एक लेखकीय दायित्व के निर्वाह की तरह लगा । ये सब बातें आत्म-औचित्य प्रतिपादन की तरह भी मालूम पड़ सकती हैं परन्तु उससे विशेष अन्तर नहीं पड़ता, क्योंकि लेखक जीवन भर यही तो करता है । कभी अपने लिए, कभी समाज और जीवन की दृष्टि से, अपने आपको रात-दिन धुनकर उन निष्कर्षों या तथ्यों तक पहुँचता है जो उसके अस्तित्व के होने को सही ठहराते हैं ।

यह उपन्यास नितान्त किस्सागोई है । कभी-कभी लग सकता है कि तारतम्य गड़बड़ा गया। पर ऐसा है नहीं । सूत्र अपने आप चटकते और एक-दूसरे से जुड़ते रहते हैं । यह एक लम्बी उठान वाली, टूटी-टूटी कथा है जो एक समाज से दूसरे समाज में बदलते सम्बन्धों को रेखांकित करती है ।

मैं कह नहीं सकता कि इस उपन्यास के बारे में बिशन भाई की क्या प्रतिक्रिया होगी । लेकिन मैं यह जानता हूँ कि उनके इतना कहने मात्र ने मेरी

स्मृति-कुण्डलिनी जाग्रत कर दी । वरना पता नहीं कब और किस रूप में वे स्मृतियाँ सामने आतीं ! आती भी या नहीं ! हो सकता है मैं उनसे, वे मुझसे अनजान ही बने रहते । बिशन जी ने मेरी एक और सहायता भी की, कई तथ्यात्मक प्रतिक्रियाओं और स्थितियों की जानकारी देकर मुझे सुधार करने का अवसर दिया ।

इस उपन्यास के नाम के बारे में भी मैं काफी शशोपंज में था। पहले मैंने इसका नाम 'रघुबर सब जानता है' रखा, फिर 'घोड़े' रखने की सोची, लेकिन अन्त में मुझे 'ढाई घर' ही ठीक लगा । 'ढाई घर' और 'घोड़े' का वैसे भी गहरा सम्बन्ध है । शतरंज का घोड़ा आगे-पीछे सब घर चलता है। नाम के लिए राजेन्द्र को धन्यवाद देना शायद ज़रूरी है ।

507, आई०आई०टी०
कानपुर
18 अक्तूबर (दीपावली, '90)

— **गिरिराज किशोर**

ढाई घर

मेरा नाम भास्कर राय है । मैं उत्तर प्रदेश के पश्चिमी इलाके के एक पुराने खाते-पीते राय खानदान का अन्तिम राय हूँ । अब मेरे बाद कोई राय नहीं होगा । मेरे बच्चे हैं पर जिस आधार पर हम लोग राय हुआ करते थे वह एक बड़ी ज़मीदारी थी । वह कभी की खत्म हो गयी । विरासत और रियासत दोनों ही नहीं रहे । मैं जब तक हूँ राय नाम को वहन कर रहा हूँ क्योंकि मैं उसी रियासत का एक हिस्सा हूँ। बचा हुआ । मेरे पिता यानी बड़े राय जिनका नाम हरीराय था लगभग तीस वर्ष पू गोलोक सिधार गये थे । उस दिन दशहरे का दिन था । हम लोगों ने जल्दी-जल्द दशहरे की पूजा निबटायी थी । जैसे ही पूजा करके उनके पास गये और पण्डित जी ने उनके मस्तक पर टीका लगाया वैसे ही उन्होंने प्राण त्याग दिये । सब असला भ हुए तैयार थे । दशहरे के दिन लगभग ग्यारह गोलियाँ दागी जाती थीं । पर दगवाने वाला ही चला गया । इसलिए असला झुका दिये गये और तोपखाने में जमा कर दिये गये । मेरी याद में यह पहली बार हुआ था कि दशहरा पूजन हो गया हो और गोलियाँ न दगी हों । बस उसी समय मुझे लगा अब राय खानदान खत्म । कुछ लोग रोशनी की मानिन्द होते हैं । जब तक रोशनी है तब तक सब कुछ जीता-जागता लगता है। जैसे ही रोशनी गुल हुई सब नदारद ! बड़े राय के जाते ही मुझे इसी अहसास ने घेर लिया । मुझे लगा अब मुझे भी जाना है । दरअसल अब मेरे मरने का वक्त आ गया । यह कहना मुश्किल है कब मरूँगा, पर जिऊँगा भी कितना ! जितनी जल्दी छुट्टी हो उतना अच्छा । बदबख्त ज़िन्दगी किस काम की । अगर उसे बदलने की कुव्वत हो तब भी एक बात है । अब वह भी खत्म हो गई । न तो धक्कों को बर्दाश्त करने वाली वह लचक ही बची और न इस बात की गुंजायश—कि चुनौतियों के सामने डटकर खड़ा हो सकूँ । अब मेरी उम्र चौरासी वर्ष की है । इसी उम्र में बड़े राय भी गये थे । उनकी वह उम्र तो पा गया । भले ही उनका-सा यश और वैभव न पा सका होऊँ । हालाँकि आखरी दिनों में उनकी मुट्ठी से भी वह रेत की तरह फिसल गया था ।

अब राय परिवार की दुर्दशा का दौर है । लोग हैं पर कुछ नहीं । मेरा बड़ा बेटा रघुबर है । उसे ही समझो बची-खुची राय परिवार की नाक । पर वह काफी

दूर है । वह हम तक नहीं लौट पाता और हम उस तक नहीं पहुँच पाते । ध्यान पूरा रखता है । अभी पिछले दिनों जब मेरे लोहे का कूल्हा लगा और मैं दिल्ली के अस्पताल में पड़ा रहा तो उसी ने सब कुछ किया । पर ध्यान ध्यान होता है, लगाव लगाव । लगाव तो अब रहा ही नहीं । उसी तरह गायब हो गया जैसे आजकल के गोंद से चिपचिपाहट । या तो चिपकता नहीं और चिपकता है तो बहुत कम । हाँ, 'गम' जरूर चिपकता है । पर वह निखालिस गोंद नहीं होता । वैसे भी जैसे-जैसे वह बड़ा होता गया, वैसे-वैसे हमारे इस परिवेश के प्रति घृणा से भरता गया था । खैर ! मैं दुर्दशा की बात कर रहा था ।

जब तक मेरे पिता यानी बड़े राय थे तब तक मैं किसी भगवान को नहीं मानता था । अब मैं लेटा-लेटा भी पूजा करता रहता हूँ । जब सारे पुल ध्वस्त होने लगते हैं तो मनुष्य आसमान की तरफ देखता है । पुल आसमान से उतरे या ना उतरे, पर लगता यही है कि आसमान ही बचा है जहाँ से वह उतर सकता है । हालाँकि पुल जमीन की ही चीज़ होते हैं । जब तक बड़े राय रहे वे ही मेरे भगवान थे । मुझे हमेशा लगा कि मैं तो उनके पेशाब से पैदा हुआ हूँ । बक़ौल रघुबर के, सामन्ती परम्परा में जो पैदा करे वो भगवान, जो खाना दे वह भगवान । जब पिता ही भगवान हो तो फिर जाना कहाँ ! अब शायद ऐसा नहीं होता और न पिता भगवान होता है और न शायद भगवान पिता ।

मेरी पढ़ाई-लिखाई कम हुई थी। ज़्यादा हो भी जाती पर जैसे कैक्टस का पौधा कम जल पीता है बड़े आदमी का बच्चा कम पढ़ता है । कुछ पढ़ भी लेते हैं । उनके दिमाग में इसकी बू नहीं होती । यही तब भी था । ऐसे घरों के लड़के कम पढ़ते थे । पढ़ना ग़ुलामी की निशानी माना जाता था । हालाँकि वही लोग सबसे ज़्यादा ग़ुलाम होते थे । जब मेरे बच्चे यानी सोना, रघुबर, गिरवर वगैरह पढ़ते नहीं थे और मैं उन्हें कौंचता था तो मुझे अदबदा कर अपना ज़माना याद आ जाता था । जो बात मेरे लिए बेइज़्ज़ती की थी उसी के लिए मैं अपने बच्चों को क्यों कहता हूँ । हालाँकि बड़े राय को भी पढ़ाई के महत्त्व का पता था । उस ज़माने में उन्होंने दसवीं क्लास तक अँग्रेज़ी, फ़ारसी और उर्दू पढ़ी थी । वे भी पढ़ने के लिए कहते थे । पर उनका सरोकार शायद उतना न रहा हो । नहीं तो मैं पढ़ गया होता। कभी-कभी मुझे लगता है कि अगर मैं उस समय पढ़-लिख गया होता तो शायद अपनी और आगे आने वाले भविष्य की चिन्ता करना सीख गया होता । अपनी जहालत के वज़न के नीचे इस तरह न दबा पड़ा रहता । अपने अधपढ़े होने और पिता के रुतबे ने मुझे भविष्य के बारे में निश्चिन्त कर दिया था । अब समझ में आता है कि पिता के सहारे किसी की राह नहीं होती । स्वयं अपने प्रयत्नों से उसे सीधा करना पड़ता है।

रघुबर इसकी मिसाल है । उसने अपनी राह सीधी करने की कोशिश की तो हो गयी । गिरवर आदि मेरे ऊपर निर्भर करते रहे । वे आज भी वही हैं । मुझे उनकी ही चिन्ता है । मेरे बाद उनका क्या होगा ? रघुबर करेगा ज़रूर पर कितना···!

कभी-कभी मुझे लगता है अगर मैं बड़े राय की तरह अंग्रेज़ी जानता होता तो मैं भी उनकी तरह आनरेरी मजिस्ट्रेट हो गया होता । मुकदमे किया करता । वे शुरू में आनरेरी मजिस्ट्रेट हुए थे, बाद में असिस्टेण्ट कलक्टर । अंग्रेज़ हुकूमत बड़ी चालाक थी। हींग लगे न फिटकरी रंग चोखा हो जाय। आनरेरी मजिस्ट्रेट बनाकर रुपया भी बचाती थी, उनसे अपने लोगों के खिलाफ़ फ़ैसले भी लिखवाती थी और उनके मन में विशिष्ट होने का मुगालता भी पैदा करती थी। बड़े राय अपनी आनरेरी मजिस्ट्रेटी से फूले नहीं समाते थे। यह बात अलग है कि वह ग़ुलाम बनाने का एक और भी बड़ा शौक़ रहा हो। ये बातें अब महसूस होती हैं जब ज़माना बहुत बदल गया । तब मुझे भी यही लगता था कि इससे बड़ा सम्मान और क्या हो सकता है। अपने दिल की बात बताऊँ तो आप हँसेंगे। मैं भी सपनों में अपने आपको बड़े राय की तरह कचहरी करते, फैसले सुनाते, पुलिस वालों का सैल्यूट लेते देखा करता था। अब जब वह पूरा तिलिस्म टूट गया तो लगता है कि जितनी बड़ी विशिष्टता थोपी जाती है, ग़ुलामी की रस्सियाँ उतनी ही मजबूत होती हैं। अब कोई विशिष्टता नहीं बची । पर ग़ुलामी की वे रस्सियाँ आदतों के रूप में अभी भी जकड़े हैं।

वैसे मुझे अंग्रेज़ों से डर लगता था । बड़े राय उनके साथ उठते-बैठते थे। मेरा डर लगना भी और बड़े राय का अंग्रेज़ों के साथ उठने-बैठने का गर्व महसूस करना भी— दोनों ही अपनी तरह की ज़हालतें थीं । यह मैंने रघुबर के सम्पर्क में आकर सीखा । रघुबर शुरू में मुझे गुस्ताख लगा । इतने बड़े-बड़े लोगों के बारे में वह जिस प्रकार का व्यवहार करता था हम लोग अपने ज़माने में कल्पना भी नहीं कर सकते थे । मुझे तब लगता था, अगर अंग्रेज़ों में से किसी ने बन्दर की तरह घुड़क भी दिया तो मैं उड़ जाऊँगा । हमारे घर में अंग्रेज़ों की बहुत-सी उतरनें थीं । उस उतरन को हम सौभाग्य की तरह लेते थे । हर एक को गर्व के साथ दिखाते थे । चाहे चैस्टर ड्राअर हो या सिंगार मेज या फिर फर्श—या अन्य सजावट की चीज़ें । बर्तनों को छोड़कर सब कुछ । हर चीज़ पर उस अंग्रेज़ अफ़सर की चिट लगी थी जिससे खरीदी गयी थी । अमुक जज···अमुक कलक्टर···अमुक कमिश्नर··· ! वे सब लोग उन चीज़ों के माध्यम से हमारी ज़िन्दगी के अभिन्न अंग बन गये थे । वे चीज़ें अब भी हैं पर बोसीदा हालत में । हिस्सेदारी भी खत्म हो गयी । वैसे वे ज़िन्दा हैं या मर गये खुदा जाने । हमारे लिए ज़िन्दा हैं । उनका सामान सस्ता नहीं था । ज़्यादा ही दाम देने पड़ते थे । साहबों का नाम जो उनसे जुड़ा होता था । उसे रिश्वत कहिये या इतने बेशक़ीमती ताल्लुक़ात का शुक्राना ।

मैं यानी भास्कर राय बड़े राय का बड़ा बेटा था । मेरा एक छोटा भाई अरुण

राय भी था और एक बहन रानी थी । बहन तो अब नहीं है छोटा भाई है । वह मुझसे करीब बीस साल छोटा था । बार-बार 'था' कह देता हूँ—है । जैसा कि ऊपर कह चुका हूँ । बड़े राय फ़ारसी, अंग्रेज़ी और उर्दू अच्छी तरह जानते थे । उन्होंने एन्ट्रेंस तक पढ़ा था । अंग्रेज़ों में बैठते थे । सूट पहनते थे । लेकिन न शराब पीते थे और न गोश्त खाते थे । अलबत्ता क्लब जाते थे । ब्रिज खेलते थे । किसी का छुआ न पानी पीते थे और न खाना खाते थे । गाँधी जी से उनकी नाराज़गी का एक यह कारण भी था । कभी जब क्लब में या रईसों के यहाँ डिनर होता था तो हलवाई का बना देशी खाना एक पण्डित उनके लिए अलग से लगा देता था । पीने का पानी भी क़लई के बर्तनों में तौलिये से ढककर अलग मेज़ पर रख दिया जाता था । इन सब बातों को वह पूरे विश्वास के साथ स्वीकार करके चलते थे कि ऐसा ही हो रहा है । क्लब में मुसलमान भी नौकर थे, ईसाई भी थे और दूसरी जातों के भी थे । पर उनके लिए ब्राह्मण का लड़का रखा गया था ।

उस ज़माने में यह कोई नयी बात नहीं थी । हिन्दुओं की ख़ास बान थी । इसका नतीजा था कि दूसरे धर्मों और जातियों के ऐसे लोग जिनका आपस में खान-पान था आगे-पीछे हँसकर कहते थे कि हम क्या करें, हरी राय साहब को हमने तो अछूत बनाया नहीं, उन्होंने अपने आप ही अपने को अछूत बना लिया । बड़े राय जैसे अनेक लोग ऐसे थे जिनकी ज़िन्दगी में छुआछूत एक खास जगह रखती थी । मैं भी तब उसमें विश्वास करता था । बाद में जब बच्चे बड़े हुए और दुनिया बदली तो मुझे उसे छोड़ना पड़ा । लेकिन कुछेक जातों का छुआ मेरे लिए अभी भी वर्जित है । इसका मेरे पास कोई जवाब नहीं कि क्यों ?

बड़े राय चूँकि पढ़ाई के महत्त्व को जानते थे इसलिए उन्होंने बहुत कोशिश की कि मैं पढ़ लूँ । पर मैं तो बड़े राय का बेटा था । पढ़ता कैसे ? हमारे शहर में दो अँग्रेज़ी स्कूल थे । उस ज़माने में हर ज़िले में एक-आध ही अँग्रेज़ी स्कूल होता था । उनमें से एक स्कूल हम लोगों का था । उस स्कूल का नाम एडवर्ड स्कूल था । नौकर लोग सामान्यतः उसे अँग्रेज़ी स्कूल ही कहते थे । जो ज़्यादा पढ़े-लिखे होने का अहसास देते थे । वे एडवर्ड स्कूल कह देते थे । पाँचवीं तक तो मैंने उर्दू और फ़ारसी घर पर ही पढ़ी थी । छठी में मुझे स्कूल में दाखिल कर दिया गया था । उर्दू और फ़ारसी वाले मौलवी साहब का घर पर पढ़ाना तब भी जारी रहा था । स्कूल में अँग्रेज़ी का जोर था । मेरी अँग्रेज़ी कमज़ोर थी । अँग्रेज़ी पढ़ाने के लिए भाटिया साहब को लगा लिया था । वे घर पर पढ़ाने आते थे । उनका वज़न दो-ढाई मन से किसी कदर कम नहीं रहा होगा। तब तोल के बटखरे मन, सेर, छटाँक ही थे। भाटिया सर को गाड़ी लेने जाया करती थी । मौलवी जी लँगड़े थे। लँगड़ाते-लँगड़ाते

अपने आप ही चले आते थे । हालाँकि उनका घर नज़दीक था। फिर भी अंग्रेज़ी के मास्टर साहब और मौलवी जी के बीच कोई निस्बत नहीं थी। अंग्रेज़ी का मास्टर तब भी बड़ी चीज़ माना जाता था । अगर कभी मौलवी साहब को गाड़ी में बैठने को मिल जाता था तो बच्चों की तरह खुश हो जाते थे । दुआ ही दुआ दे डालते थे । भाटिया साहब थैंक्यू कहकर गाड़ी से उतर जाते थे। मौलवी साहब की दुआ से ज़्यादा उनके थैंक्यू में जादू था। जो भी साईस गाड़ी पर होता था वह थैंक्यू को जादुई वाक्य की तरह दोहराता रहता था। सुना जाता है कि ग़दर के दिनों में कुछेक कश्मीरी पण्डितों ने अंग्रेज़ी वाक्य बोलकर ही अपने सीने पर तनी बन्दूकों को झुकने के लिए मजबूर कर दिया था। जब वे भाग रहे थे तो उन्हें अँग्रेज़ों द्वारा पकड़ लिया गया। ज्यों ही उन्होंने अँग्रेज़ी में गिटिर-पिटिर की, बन्दूकें झुक गयीं। जिस ज़बान में ऐसा चमत्कार हो उसके क्या कहने। सुना जाता है पण्डित जी के बुजुर्ग भी उन्हीं में थे। लोग तो यहाँ तक कहते हैं जब बाद में पण्डित जी का राज्य आया तो उन्होंने भी इस भाषा का ख्याल रखा जिसने उनके बुजुर्गों को जीवनदान दिलाया था । उससे मुझे तब भी डर लगता था और बाद में भी लगता रहा। लेकिन बच्चों के लिए मैं अँग्रेज़ी को बेशक़ीमती ज़बान मानता रहा। बचपन में जब भाटिया साहब पढ़ाने आते थे और वाक्य बनवाया करते थे तो मैं कहीं पर 'वर' और कहीं पर 'इज़' लगा देता था। अपने यहाँ बड़ों के लिए बहुवचन वाचक क्रिया इस्तेमाल होती है। उसी को मैं अंग्रेज़ी में भी फिट कर देता था। भाटिया साहब बिना कान पकड़े नहीं छोड़ते थे। एक बार उन्होंने चपत लगा दिया था। मैंने आँखें तरेरकर कहा था—"मास्स साहब, आज चपत लगाया सो लगाया—आगे लगाया तो अच्छा नहीं होगा।"

अगले दिन से भाटिया साहब ने आना बन्द कर दिया । गाड़ी खाली लौट आयी। बड़े राय के नाम एक नोट था—कुछ व्यक्तिगत कारणों से पढ़ाने नहीं आ सकूँगा । माफ़ी चाहता हूँ । जहाँ तक मौलवी साहब का सवाल था उनका तो मैं हाथ तक पकड़ लेता था । बड़े राय जब पूछते थे कि भास्कर की पढ़ाई कैसी चल रही है तो मैं पीछे से उनकी तरफ आँख निकाल देता था । वे कह देते थे, "ठीक चल रही है, हुजूर ।"

लेकिन भाटिया साहब की चिट्ठी ने कबाड़ा कर दिया । बड़े राय ने पूछा, "भाटिया साहब ने पढ़ाना क्यों बन्द कर दिया ?"

मैं कुछ नहीं बोला । बड़े राय ने दूसरा सवाल किया, "तुमने गुस्ताखी तो नहीं की ?" मैंने गर्दन हिला दी । बड़े राय की गाड़ी तैयार थी । वे बैठे और चले गये। उनकी तनख़्वाह घर भिजवा दी गयी । मैं खुश था, अँग्रेज़ी का फन्दा मेरी गर्दन से निकल गया था । थोड़े दिनों बाद बड़े राय ने बुलाकर कहा—"तुम्हें एडवर्ड स्कूल से निकालकर गवर्मेण्ट स्कूल में दाखिल किया जा रहा है।" मैं हक्का-बक्का रह गया। पूछने की हिम्मत तो पड़ी नहीं पर मैं समझ गया कि भाटिया साहब ने शिकायत

की है। चुनांचे मेरा दाखला गवर्मेन्ट स्कूल में करा दिया। वहाँ ज़बरदस्त अनुशासन था। लेकिन एक फ़ायदा था। स्कूल हमारे घर से दूर था। एडवर्ड स्कूल की तरह वहाँ नौकरों का चक्कर बार-बार नहीं लग सकता था। गाड़ी छोड़ आती थी और स्कूल खत्म होने के वक़्त ले आती थी। लौटते समय मैं गाड़ी में बीचों-बीच इस तरह बैठता था जैसे मैं बादशाह हूँ और बाकी दरबारी । मेरे साथ गाड़ी में बैठने की होड़ लगती थी। जिसे मैं बैठा लेता था वही कृतार्थ हो जाता था।

एडवर्ड स्कूल में तो बड़े राय का दबदबा था। इसलिए छठी में पास हो गया था। लेकिन यहाँ आकर सातवीं में फेल हो गया। बड़े राय को कई दिन तक तो पता ही नहीं चला। जब चला तो बड़े राय ने बुलवाया और कहा—दीवार की तरफ मुँह करके खड़े हो जाओ। करीब घण्टे भर मैं उसी तरह दीवार की तरफ मुँह किये खड़ा रहा। मैं सबको आँखें दिखा सकता था पर बड़े राय के सामने गर्दन तक उठाने की हिम्मत नहीं होती थी। पसीने से तर-बतर था। टाँगें काँप रही थीं। गला सूख रहा था। आँखों से टपाटप आँसू गिर रहे थे। बड़े राय अपने दफ्तर में बैठे थे। वे दफ्तर में बैठकर ही काम करते थे। चाहे मुकदमों का फैसला लिखना हो या जमींदारी का काम देखना हो । चिट्ठियाँ भी उसी दफ्तर में बैठकर लिखते थे। ऐसा नहीं कि कहीं भी बैठे और इबारत खींच दी। उनका हाथ खुशरवत था। उन दिनों टाइपिस्ट कम होते थे। शहर भर में एक ही टाइपिस्ट था। नाम था दयाराम टाइपिस्ट। कभी-कभी बड़े राय उसे भी बुलवाया करते थे। अलबत्ता अर्ज़ीनवीस काफ़ी होते थे। यहाँ तक कि तक़सीमनामे, कानूनी दस्तावेज़ें, वसीयतें, दरख़्वास्तें आदि वही अर्ज़ीनवीस लिखते थे । सब फ़ारसी में। कुछ तो इतने होशियार होते थे कि उन्हें पूरी-की-पूरी इबारतें याद थीं । तक़सीमनामे या वसीयतें गज़ों लम्बे काग़ज़ पर लिखे जाते थे। कई बार बड़ी दस्तावेज़ें तैयार करने में महीनों लग जाते थे। काग़जों में उनकी गन्ध बस जाती थी। अँग्रेज़ी में लिखने वाले अर्ज़ीनवीस, शायद कॉपीयर कहलाते थे। बड़े राय एक मज़मून को कई-कई बार लिखते थे। तब जाकर उनका अन्तिम आलेख तैयार होता था। बड़े-बड़े मोती जैसे हरूफ़। बस लाइनें टेढ़ी हो जाती थीं। उनकी गर्दन भी टेढ़ी रहती थी । टोपी भी टेढ़ी लगाते थे। पगड़ी तक टेढ़ी बाँधते थे । जब गाड़ी में बैठकर निकलते थे और लोग सलाम करते थे तो पहले से टेढ़ी ग़र्दन को उसी ओर और टेढ़ी कर लेते थे ।

खैर, मैं दीवार की तरफ मुँह किये खड़ा था । बार-बार मन होता था कि घूमकर देखूँ कि बड़े राय कहाँ हैं। लेकिन उनकी धमक इतनी थी कि गर्दन घुमाकर देखना तक मेरे लिए दुश्वार था । करीब डेढ़ घण्टा बाद राय की नज़र उठी और बोले—"यहाँ आओ !" मैं उनके पास डरता-डरता पहुँचा । अब पिता से लोग उतना नहीं डरते। मैं पास आकर खड़ा हो गया तो बोले—"तुम्हें मालूम है आने वाला वक़्त कैसा होगा ? शायद नहीं । तुम लोग जो नौकरों पर हुकूमत चलाते हो, गाड़ियों पर

घूमते हो···वह सब कुछ नहीं रहेगा। रहेगा तो उन लोगों के पास जो बाइल्म होंगे। जब हम लोगों को यह एशोअशरत नसीब हुई थी तब पढ़ाई-लिखाई इसका मयार नहीं था। खानदानियत थी, स्वामीभक्ति थी । सरकार-ए-बर्तानिया की नज़र में खून और नस्ल को तरज़ीह दी जाती थी। आने वाला वक़्त वैसा नहीं होगा । इसीलिए कहता हूँ पढ़ो, पढ़ाई ही वह रोशनी होगी जो तुम्हें रास्ता दिखायेगी । हमें भूलकर इन उस्तादों को ही अपना रहनुमा बनाओ । हम लोग तो गये वक़्त के लोग हैं। बाप का काम परवरिश करना है और उस्ताद हीरा तराश कर उसे आबदार बनाता है।

बड़े राय इतना बोल गये थे। मुझे ताज़्जुब हो रहा था । वे तो दो-चार शब्दों में ही बात समाप्त कर देते थे। फिर आगे नहीं बोले । गर्दन झुकायी और काम में लग गये। अब सोचता हूँ तो ताज़्जुब होता है कि बड़े राय को आगे आने वाले ज़माने का इतना सही अन्दाज कैसे था। मैं भी कई बार रघुबर और गिरवर को यही समझाता था । उन पर मेरी बात का कितना असर होता था यह कहा नहीं जा सकता। मुझ पर अपने वालिद की बात का दबदबा तो था पर असर शायद नहीं के बराबर था । शायद उन दिनों लोगों के दिमाग उस तरह के बने हुए भी नहीं होते थे। मेरी ज़िन्दगी का बेशकीमती हिस्सा जमींदारी की देखभाल और काश्त के इन्तजाम में गुजरा था। या फिर बड़े राय की चमक-दमक को बरक़रार रखने में। इसके अलावा न मैंने कुछ किया और न सोचा। जब वह दौर खत्म हुआ और मेरा वक़्त आया तो एक अँधेरा सामने मिला । मेरी औलाद तक उस अँधेरे की चादर में लिपट गयी। अब मैं कुछ नहीं । एक शिशु की तरह हूँ जो न अपने आप उठ-बैठ सकता है और ना अपने निर्णय आप ले सकता है । या कहिये कि वक़्त लावारिस की तरह मुझे राह-ए-गुज़र पर छोड़ गया है । कभी-कभी यही वक़्त घोड़े की तरह कदम से कदम मिलाकर मेरे साथ दौड़ा करता था । अब मैं उसके सुमों की चोट से घायल यहाँ पड़ा हूँ । ग़लती मेरी ही है। मैंने उसे नाबदान के पानी की तरह बह जाने दिया। अब समझ में आता है कि वक़्त का एक-एक पाँव कितना वज़नी होता है, ज़रा देर में कुचल देता है, फिर भी उसे कोई दौड़ते हुए नहीं देख सकता । अभी यहाँ था, अभी वहाँ···!

सातवीं में फेल हो जाने के बाद मेरा मन स्कूल जाने का नहीं था । मेरी क्लास के लड़के अगली क्लास में चले गये थे । उनके चेहरों पर एक दूसरी तरह की चमक् थी। मेरे चेहरे की समृद्धि और चमक का कोई मुक़ाबला नहीं था । मैंने हालाँकि अपनी मायूसी को दबंगई में बदल लिया था। पर मुझे लगता था कि मैं वह लँगड़ा घोड़ा हूँ जो दौड़ता-दौड़ता टाँग तोड़ बैठा हो और दौड़ में पीछे छूट गया हो। कितना भी उछलूँ कूदूँ उन घोड़ों का मुक़ाबला नहीं कर सकता जो आगे निकल गये। मुझे

स्कूल जाना पड़ा। पर एक बेशर्म हेकड़ की तरह गया, जैसे फ़ेल होने की मुझे खुशी हो, पढ़ना मेरे लिए बिला वजह की चीज़ हो। पढ़ें-पढ़ें, न पढ़ें तो ना पढ़ें···क्या फ़र्क पड़ता है। पढ़ना तब हमारी ज़मींदारी नहीं था। यह बात बाद में समझ में आयी कि उससे बड़ी जमींदारी दूसरी नहीं होती। उस समय तो ज़मींदारी से बड़ी कोई चीज़ लगती नहीं थी। बस यही लगता था कि जो काम करके खाते हैं या पढ़ाई जिनका ज़रिया-ए-माश है वे दोयम दर्जे के लोग हैं । हम लोग यानी ज़मींदार···किसी से क्या मुक़ाबला। ऐसा नहीं कि यह मेरे अकेले का ही सोच है, मेरे जैसे अनेक और भी लड़के थे। दरअसल हम सब यही समझते थे कि हमेशा एक-सा ही वक़्त रहेगा। हालाँकि वक़्त कच्ची तामीर का एक ऐसा महल होता है, कि एक ईंट निकली कि पूरा महल नीचे।

स्कूल में हम लोगों का एक गुट था । सब एक साथ आम के पेड़ के नीचे आकर खड़े होते थे । जहाँ जाना होता था एक साथ जाते थे । हम लोगों के कोचवान स्कूल के बाहर गाड़ियाँ लिये एक क़तार में खड़े रहते थे । लालटेन की सिगरेट पीते हुए और अपने-अपने मालिकों की बात करते हुए। तब लालटेन की सिगरेट की डिब्बी दो पैसे में आती थी । कोचवानों में भी छोटे-बड़े का भेदभाव था। जितना बड़ा मालिक उतना ही बड़ा कोचवान। जिन लड़कों के यहाँ गाड़ियाँ नहीं थीं वे भी गाड़ी वालों में बँटे होते थे । कुछेक ऐसे होते थे जो परवाह नहीं करते थे। पर ऐसे कम थे । क्लासों में भी हम लोगों को ही वज़नदार माना जाता था। वहाँ कुछ इसी भाव से जाते थे जैसे वह एक बग़ीचा हो और हम लोग वहाँ टहलने गये हों। अब लगता है कि वह कितनी नासमझी की बात थी। कई एक मास्टर साहबान तो हँसकर कहते थे—आइये-आइये, आप लोगों को क्या ज़रूरत—आप चाहें तो क्लास आपके यहाँ खुद चलकर पहुँच जायेगी। पढ़ाई तो बेसहारा और ज़रूरतमन्दों की चीज़ है । लार्डों के लिए इसकी क्या अहमियत। हम लोग गर्व से मुस्कराते थे। बाकी लोग भी हमें हसरत की नज़र से देखते थे। कितने खुशनसीब हैं ! सच पूछिये तो खुशनसीब वही थे। जब वक़्त आगे निकल चुकता है तो हम उसे पहचानने की कोशिश करते हैं। तब वह रेल के आखिरी डिब्बे की तरह दूर पर अन्तर्धान होता नज़र आता है। बहुत कम लोग ऐसे होते हैं जो वक़्त रहते समझ पाते हैं कि यह वक़्त है !

मेरी जिन बच्चों से दोस्ती थी वे सब या तो मेरे ही जैसे थे या फिर वे लोग थे जो वैसा बनना चाहते थे। यह ज़रूर था कि जितना दबदबा मेरे पिता यानी बड़े राय का था उतना किसी का नहीं था । इसलिए ज़्यादातर लड़के मेरे इर्द-गिर्द रहते थे । तब मेरी माँ ज़िन्दा थीं। एक निहायत सीधी और अहंकार विहीन महिला । यहाँ तक

कि वे गिनना भी नहीं जानती थीं। तब चाँदी और सोने के सिक्के चलते थे । दीवानखाने से तो बँधा हुआ जेब खर्च मिलता था । लेकिन माँ से पैसे झटकना आसान था। कभी ईमानदारी से और कभी बेईमानी से । माँ के पास अठमासी होती थीं। वे मुझे तुड़ाने के लिए दे देती थीं। मैं उन्हें आधे-पौने दाम ही वापिस करता था। जहाँ तक मुझे याद है उन दिनों एक अठमासी की ऐवज में अठारह कलदार मिलते थे। कलदार माने चाँदी का रुपया । मैं रुपये और अठन्नियाँ मिली-जुली लाता था और उन्हें सँभलवा देता। तब अठन्नियाँ और चवन्नियाँ भी चाँदी की होती थीं। माँ बस यही पूछती थीं—"अरे भास्कर, तूने बेईमानी तो नहीं की बेटा ?"

मैं तत्काल कहता—"माँ, आप भी क्या बात करती हैं ! भला मैं आपसे बेईमानी करूँगा। माँ से भी भला कोई बेईमानी करता है !" माँ खुश हो जाती । आशीष देती। मुझे दो रुपये भी मिल जाते थे तो मुझे लगता था कि मैं अमीरों का अमीर हूँ। दोस्तों के भी खिला देता और खुद भी खाता था। तब चाँदी-सोने के सिक्के थे, अब काग़ज़ के नोट हैं। माँ से उघाया बहुत-सा पैसा मैंने दोस्तों में उड़ा दिया। जब मेरी माँ मरी तब उन्हें कम दिखने लगा था । अरुण गोद में था । मेरी बहिन रानी सात-आठ साल की रहीं होगी । अरुण को रानी और भवानी ने ही पाला। भवानी की मौत अभी कुछ दिन पहले हुई। मेरी गोद में सिर रखे प्राण छोड़े। लेकिन जब बड़े राय मरे तो उन्होंने उससे कहा—"भवानी, अब मेरे पास कुछ नहीं बचा, लेकिन तूने मेरी बहुत सेवा की । जो तुझे चाहिए मुझे बता —घर···जमीन···"

भवानी ने रोते-रोते हाथ जोड़ दिये थे—"भास्कर भैया को दीजिए मालिक, मेरे लिए तो आप की जगह, अब ये और रघुबर बाबू हैं···मुझे क्या करना ।"

उन्होंने उसकी तरफ देखा और थोड़ी देर बाद प्राण छोड़ दिये । जब भवानी ने प्राण छोड़े तो मैं इतना भी कहने लायक नहीं था । भवानी ही बोला—"मुझे माफ करिये मैं साथ छोड़कर जा रहा हूँ—बड़े राय से मैंने वायदा किया था—" और चलता बना । उसका काम हमने पूरे दिल से किया था । बीच-बीच में वे सब बातें याद आने लगती हैं तो तारतम्य टूट जाता है ।

बड़े राय को अज़ीबो-गरीब झक थी । वे अपनी पत्नी यानी मेरी माँ से यह चाहते थे कि जब भी वे उनके सामने जायें नयी साड़ी बदल कर जायें । नयी क्या—जो पहले कभी न पहनी गयी हो । अगर कभी धुली हुई साड़ी पहने नजर आ ज़ाती थीं तो ऐसा दहाड़ते थे कि माँ बकरी की तरह दुबक जाती थीं । उस ज़माने में प्रेम की यही वक्र अभिव्यक्ति थी ।

"क्या मैं मर गया जो तुम ये पुराने-धुराने कपड़े पहने घूमती हो !"

माँ कभी जवाब नहीं देती थीं । गर्दन भर हिला देतीं । उनकी आँखों मे लगता जैसे वे विनती कर रही हों कि ऐसी भाखा मुँह से न निकालें । वे अपने आप ही पूछते—"तो फिर यह साड़ी क्यों पहन रखी है ?" माँ तब भी चुप रहतीं । वे फ़ौरन

दीवान जी को बुलाकर कहते—जाओ फ़लाँ बजाज के यहाँ से धोती-जोड़े, कमीज के कपड़े वगैरह लिवा लाओ । तब एक ही बड़ा बजाज था । पूरा का पूरा बजाजा मँगाकर ढेर लगा देते । तब औरतें भी कालर और पूरी बाँह के क़फ वाली कमीज़ पहनती थीं । माँ बस टुसर-टुसर रोती रहती थीं । माँ की आँखें आधी रोने में गयी थीं और आधी चूल्हा फूँकने में । यह बात सबको अखरती थी कि माँ चूल्हा फूँकें। चार-चार मिस्सर थे। एक बनाता था दूसरा खिलाता था। एक दोपहर का खाना बनाता था दूसरा शाम का । लेकिन जब कभी रात-बेरात मेहमान आ जाते थे तो माँ को खुद चूल्हा फूँकना पड़ता था। यह सम्भव नहीं था कि मेहमान बिना खाये-पीये सो जायें। चाहे रात के बारह बजे हों या दो···कई बार माँ बनाकर तैयार करती थीं और मेहनान खाकर आये हुए होते थे। दरअसल मेहमानों से यह पूछना सभ्यता के खिलाफ़ समझा जाता था कि वे खाना खायेंगे या नहीं ? इसलिए बड़े राय का स्थायी हुक्म था कि मेहमानों के सामने खाना लगकर आना चाहिए चाहे वे खायें या नहीं । वैसे भी तब लकड़ियाँ फूँकनी पड़ती थीं। आज जैसी सुविधाएँ नहीं थीं। फूँक मारते-मारते और आग सुलगाते-सुलगाते ही माँ की आँखों की रोशनी मद्धम पड़ती गयी। लेकिन माँ ने कभी उफ़ नहीं की। उनसे कोई कुछ कहता भी था तो वे यही कहती थीं कि मैं घर की मालकिन होकर मेहमानों के लिए खाना नहीं बनाऊँगी तो कौन बनायेगा। चाहे आँखें जायें, चाहे देह जाये।

माँ जब मरीं तो उन्हें अरुण की तो जो चिन्ता थी वह तो थी ही, मेरी भी बहुत चिन्ता थी। उनकी बड़ी इच्छा थी कि वे बेटे का ब्याह अपने हाथों कर दें लेकिन तब मैं था ही कितना बड़ा। बड़े राय वैसे भी बाल-विवाह के खिलाफ़ थे। यह उन पर अंग्रेज़ों के साथ का प्रभाव था। सारदा एक्ट उनके लिए पत्थर की लकीर थी। आनरेरी मजिस्ट्रेट होकर अगर मैं इसका पालन नहीं करूँगा तो कौन करेगा—इसी चक्कर में माँ अपनी इच्छा अपने साथ लिये चली गयीं। तब मेरी दादी भी ज़िन्दा थीं। उनकी भी इच्छा थी। वे माँ के तीन-चार माह बाद मरीं। उन्होंने भी बड़े राय को समझाना चाहा पर वे टस से मस नहीं हुए। आखिर वही हुआ जो होना था। मेरी माँ और दादी एक-दूसरे के आगे-पीछे सुरपुर सिधार गयीं ।

दादी और बड़े राय का भी एक अजीब समीकरण था। बड़े राय के दो छोटे भाई और थे। कृष्ण राय और राघव राय। दादी का सबसे अधिक प्यार सबसे छोटे बेटे राघव राय पर था। उसके बाद कृष्ण राय पर। बड़े राय के साथ उनका औपचारिक-सा ही मामला था। वैसे दादी के अलावा उन्हें हरी कहकर कोई और नहीं पुकार सकता था। जब बड़े राय अन्दर हवेली में भोजन करने जाते थे तो अपनी माँ के चरणों में शीश नवाते थे। हमेशा अपने बड़े बेटे के पास ही रही थीं। वैसे भी

तब सब साथ ही रहते थे। लेकिन उनका दिल अपने छोटे बेटों में ही रहता था। देना-लेना भी उन्हीं के साथ था। जब माँ मरीं तो बड़े राय ने ही उनका संस्कार किया था। मुझे यह तो याद नहीं कि वे रोये थे या नहीं । पर मैंने यह देखा था कि उनकी झब्बेदार मूँछें सफाचट हो गयीं। सिर घुट गया। सफ़ेद बनियान, धोती पहने वे नंगे पाँव अपनी माँ के शव के पीछे एक सामान्य आदमी की तरह जा रहे थे। इस तरह शायद उन्हें पहले कभी किसी ने देखा हो। चेहरा एकदम सूखा और बेआब था। हालाँकि लोगों की भीड़ उनके पीछे चल रही थी। परन्तु वे अपने आप में नगण्य हो गये थे। जब शव को चिता पर रखा दिया गया और अग्नि लगाने का वक़्त आया तो उन्होंने उनके चरणों में उसी तरह सिर रखा जैसा खाना खाने से पहले रखा करते थे और बोले—"माँ, तू तो गयी अब मुझे अफ़ाओं-जफ़ाओं से कौन बचायेगा—" शायद उस समय रोये हों। उस दिन पहली बार मुझे अपने और उनके बीच साम्य लगा था। जब मेरी माँ मरीं तो मैंने संस्कार किया था। धोती में लिपटा नंगे पाँव मैं उनकी चिता की परिक्रमा करता रहा था । मेरा सिर मूँड दिया गया था। मेरे बाल घुँघराले थे। मुझे बहुत पसन्द थे। मुझे उन्हीं के बारे में सोच-सोचकर रोना आ रहा था।

जब मैं बड़ा हो गया तो मेरे एक दोस्त बन गये थे। उनका नाम था किशन भाई। मुझसे उम्र में काफ़ी बड़े थे। उन्हें मेरे घुँघराले बाल बहुत पसन्द थे। जब मैं उनके पास जाता था तो उनकी आँखों में एक अज़ीब-सी चमक आ जाती थी। मुझे अज़ीब लगता था। मैंने उसे बाद में पहचाना। वे मेरे बालों पर हाथ फेरते रहते थे। शुरू में मैं परेशान होता था। बाद में उनका वह भव्य चौबारा मेरे लिए बन्दरगाह का काम करने लगा। उनकी आदतों के साथ मैंने दोस्ती कर ली। जब भी कभी मैं परेशान होता था मैं उनके पास चला जाता था। मैंने यह जान लिया था कि किशन भाई मुझे बहुत प्यार करते हैं। एक तरह से मेरे प्रेमी हैं। वे मेरे ऊपर सब कुछ न्यौछावर करने के लिए तैयार रहते थे। दरअसल वे थे तो सामान्य आदमी पर किसी की रियासत पर वारिस बनकर आये थे। नया रईस या तो पैसे को दाँत से पकड़ता है या फिर वह उसके लिए मिट्टी में बदल जाता है। किशन बाबू के लिए पैसा धूल ही था। उन्हें देखकर लगता था कि वे पैसा न खर्च करके पिछले पैरों से धूल उड़ा रहे हों। कई बार मैं बिना उम्र का लिहाज़ किये झिड़क देता था। वे बुरा नहीं मानते थे। बल्कि नाज़-नखरे उठाने वाले की तरह व्यवहार करते थे। कई बार मेरे अंगों को भी छूते

थे। अपने साथ लेटने के लिए मिन्नत करते थे। धीरे-धीरे मुझे इन सब बातों की आदत पड़ गयी थी।

मैं घर से स्कूल के लिए जाता था परन्तु वहाँ पहुँचना कभी-कभी ही होता था। कभी कंचे खेलता था, कभी पतंग उड़ाता था । या फिर किशन भाई मिल जाते थे तो उनके यहाँ जाकर माल पानी करता था । मुझे देखते ही वे सब काम छोड़कर मेरे पास चले आते थे। उनके इस व्यवहार ने मेरी काफ़ी बदनामी कर दी थी। उनका वह कमरा जिसमें हम लोग बैठते-लेटते थे, बहुत सजा-बजा था । हर वक़्त इत्र की सुगन्ध आती रहती थी। खाने के लिए तरह-तरह की चीज़ें मँगाकर ढेर लगा देते थे, जैसे मुझे खाने की कमी हो। कभी-कभी तो मैं उसे वैसा का वैसा ही रखा छोड़ देता था। किशन भाई मायूस हो जाते थे। उनका मायूस होना मुझे न जाने क्यों अच्छा लगता था। मुझे खुशी होती थी। कई बार तो उन्हें ऐसा पागलपन सूझता कि अपने हाथ से खिलाने लगते। कभी मैं खा लेता और कभी हाथ झटक देता। एक बार जब उन्होंने जबरदस्ती की तो मैंने लुकमा मुँह में लेकर उसी तश्तरी में थूक दिया। वे स्वयं उसे खा गये। उस दिन मेरा मन बहुत घिन्नाया था। मैं उठकर चल दिया था। किशन भाई बहुत गिड़गिड़ाये। पर मैं रुका नहीं।

मैं वहाँ से उठकर सीधा स्कूल गया था । अगर मुझे मालूम होता कि ऐसा होगा तो मैं कभी न जाता। मेरी कक्षा का एक लड़का था जानकीराम । वह नगर के एक बहुत नामी-गामी पण्डित का लड़का था। उसका घर किशन भाई के चौबारे के पास था। हालाँकि वह हमारी चौकड़ी में नहीं था। पर दुआ-सलाम, हँसी-मज़ाक चलता था। वह मुझे राय कहता था मैं उसे पण्डित। वह आशीर्वाद देता था मैं पालागी करता था। फिर दोनों हँसते रहते थे। उसके माथे पर लम्बा-चौड़ा टीका लगा रहता था। चोटी भी काफ़ी मोटी थी । रंग काला और क़द लम्बा । उस दिन पता नहीं उसे क्या हुआ। देखते ही बोला—"भास्कर, यार काहे रायों का नाम बदनाम करते हो । हर वक़्त चौबारे पर ही पड़े रहते हो । ऐसा ही है तो किशन के साथ ही क्यों नहीं रहने लगते।"

मुझे इस तरह की बात सुनने की ज़रा भी आदत नहीं थी। लड़कों में कोई भी ऐसा नहीं था जो मेरी बेइज्ज़ती करके सही-सलामत निकल जाय। मैंने चारों तरफ़ देखा। लड़के मेरी प्रतिक्रिया की प्रतीक्षा कर रहे थे। उनके चेहरों से साफ़ दिखाई पड़ रहा था कि वे किसी अनहोनी घटना की प्रतीक्षा में हैं। बड़ा राय बना फिरता है देखें क्या करता है ? मुझे लगा कि उसी क्षण लिया गया निर्णय मुझे इन सबकी आँखों में उठा भी सकता है और हमेशा के लिए गिरा भी सकता है। अगर मैं एक बार नज़रों से गिर गया तो लानत है मेरे राय होने पर। उस ज़माने में चाकू रखने का चलन था। चाकू, टोपी, रूमाल और जूता समृद्धि के चिह्न थे। बहुत कम लड़के जूता पहन पाते थे। अच्छे घर के लड़के डासन का जूता पहनते थे।

मेरा चाकू हाथी दाँत का और अपेक्षाकृत बड़ा था। उस जमाने में राजिस का चाकू चलता था। उसका फल भी मज़बूत होता था और हाथ में पकड़ने वाला बिंटा भी। मैंने चाकू निकाला, खोला, पेशेवरों की तरह उँगली से धार परखी। पता नहीं क्यों मुझ पर वहशत-सी सवार हो गयी थी। मुझे अपना चाकू और जानकीराम के अलावा कुछ भी दिखाई नहीं दे रहा था। मेरा हाथ ऐसे लपका जैसे बाज़ लपकता है। वह दौड़ा भी पर मुझमें बिजली की-सी तेज़ी आ गयी थी। एक ही वार में वह गिर गया खून की तुर्रु फूट पड़ी । खून देखा तो मुझे होश आया। यह क्या कर डाला ? बड़े राय की सुर्ख और बाहर की तरफ उबली आँखें नज़र आने लगीं। मुझे लगा सबके हाथ मेरी तरफ़ बढ़ रहे हैं । तब भी मेरे हाथ में खून से सना चाकू था। कुछ देर तक उसी तरह लिये खड़ा रहा जैसे फेंकने का मुहूर्त पण्डित के द्वारा निकाला जायेगा। वहाँ पर खड़े सभी लड़के मुझे उस खून से तर-बतर नज़र आ रहे थे। पेड़-पौधे, स्कूल का भवन आदि सब खून के छीटों से भीग गये थे। मैं वहाँ से खरामा-खरामा निकला। भागा नहीं।

उस दिन मैंने अपनी गाड़ी किशन भाई के घर से ही वापिस कर दी थी। पहले स्कूल जाने का कतई इरादा नहीं था। स्कूल मेरे लिए उतना जरूरी नहीं था। एक लड़के ने मुझे अपनी गाड़ी पर बैठाया और कहा जल्दी से निकल जाओ। मैं घर न जाकर किशन भाई के यहाँ उतर गया। उस दिन पहली बार मुझे लगा कि वही एक मात्र पनाहगाह है जहाँ गलती के बाद भी मेरी रसाई थी। चाकू तब भी मेरे पास था। कपड़ों से रगड़ खाकर उस पर लगा खून पुँछ गया था। कहीं-कहीं खून लगा था। वह सूखकर बदरंग हो गया था। उस दिन पहली बार यह अनुभव हुआ कि ताज़ा खून जितना लाल और लपलपाता हुआ होता है, सूखा खून उतना ही मैला और बेआब हो जाता है । मैंने चाकू निकालकर किशन भाई के सामने रख दिया । खून के धब्बों वाला चाकू देखकर वे चौंक गये । यह क्या हुआ ? मैंने अपने को बहुत सँभाला पर मेरी आँखों में आँसू आ गये । किशन भाई मेरी आँखों में आँसू देखकर परेशान हो उठे—"तुम क्यों रो रहे हो ? बोलो क्या हुआ ? मैं तुम्हें रोते नहीं देख सकता।"

मैंने कहा—"तुम्हारा नाम लेकर रामदीन महाराज के बेटे ने मेरी बेइज़्ज़ती की। मैंने उसके चाकू मार दिया !" वे बड़े ज़रूर थे पर सम्बन्धों के कारण मैं उन्हें तुम ही कहता था।

किशन भाई के माथे पर देखते-देखते पसीने की बूँदें उभर आयीं । आँखें फैल गयीं । जैसे जड़ता ने ढक लिया हो । उन्होंने दो-तीन बार थूक निगला। चाकू सामने पड़ा था । हम दोनों की नज़रें लगभग उसी पर थीं । नज़र हटते ही पता नहीं वह क्या कर बैठे ! उसका फल जितना पुँछ गया था उतना वह चमक रहा था और जितने पर खून लगकर सूख गया था वह बदरंग था ।

किशन भाई काफी देर तक चुपचाप बैठे रहे । मुझे लगा उनकी ज़बान सूखकर खंकड़ हो गयी है। शायद वे अब कभी न बोल पायें ।

मैंने कहा—" तो मैं जा रहा हूँ—लगता है तुम कुछ नहीं करोगे ।"

वे बड़ी मुश्किल से अपनी जड़ता से बाहर आये । वे मेरा कन्धा थपथपाते हुए बोले—"ठीक है—जो हो गया सो हो गया ! लेकिन तुम बड़े राय के बड़े बेटे हो—इसका क्या जवाब है ?"

मेरे सामने उसी वक़्त से बड़े राय की तरेरी हुई लाल-लाल आँखें घूम रही थीं, जब से चाकू अपना काम करके मेरे हाथ में लौटा था । जब किशन भाई ने बड़े राय का नाम लिया तो मुझे लगा कि वे आँखें दो आँखें बारह हाथ फिल्म के हीरो वी० शान्ताराम की एक जोड़ी आँखों की तरह सारे में फैल गयी हैं । यह फिल्म मैंने कुछ वर्ष पहले देखी थी । उसकी वे एक जोड़ी आँखें मैं अभी तक नहीं भूला । बड़े राय की आँखों में क्षमा नहीं थी । गुस्सा था । तिरस्कार था । लेकिन मैं हिम्मत करके तत्काल बोला—" तुम्हें कुछ करना हो तो करो—बड़े राय का नाम मत लो । रोज तो तुम प्यार में आकर लम्बी-लम्बी बातें करते थे—मेरे पास लेटकर ऐसा दिखाते थे जैसे पता नहीं मैं तुम्हारा कौन हूँ ? ठीक है मैं चलता हूँ—"

किशन भाई ने मुझे छूना चाहा । मैंने उनका हाथ झटक दिया । वह एकाएक दयनीय हो उठे । वे बोले—"कहाँ जाओगे ?"

"तुमसे मतलब ?"

तब तक किशन भाई सँभल गये थे । वे बोले—"नहीं, तुम कहीं नहीं जाओगे। यहीं रहोगे । मैं बड़े राय के पास जाता हूँ—हालाँकि मैं जानता हूँ कि बड़े राय मेरा आना पसन्द नहीं करेंगे । मेरा भी उनके सामने जाने का पहला मौका होगा। लेकिन उनके सिवाय इस समय तुम्हारी कोई और मदद नहीं कर सकता ।"

मैंने उन्हें रोकना चाहा पर वे बोले—"पागलपन मत करो । इतनी बड़ी घटना को अपने पिता से छिपाना चाहते हो । उनके सिवाय कौन है जो तुम्हें बचा सकता है ? मैं बचा नहीं सकता सिर्फ कुछ दिनों छिपाये रह सकता हूँ ।"

किशन बाबू के पास एक विश्वसनीय नौकर था । वे मुझे उसके सुपुर्द करके बड़े राय के पास चले गये । बड़े राय को तब तक यह मालूम नहीं था कि मैं किशन बाबू के चौबारे पर जाता हूँ । किशन बाबू हालाँकि बाहर से आये थे परन्तु अपनी इस तरह की हरकतों के लिए शहर भर में बदनाम थे । खासतौर से लड़कों से अपनी दोस्ती के लिए । मुझे यही डर था कि कहीं बड़े राय उन पर बरस न पड़ें । उन्हीं के साथ यहाँ आकर मेरी धुनाई करना शुरू न कर दें । मैं बार-बार उनके गुस्से से तपी आँखों में इस तरह डूबने लगता था जैसे खदबदाते पानी में तिलचट्टा—! मैं वहाँ अकेला जरूर था पर रह-रहकर मुझे लग रहा था कि जानकीराम का खून बह-बहकर मेरे नीचे फैलता जा रहा है । मैं कभी उठकर कुर्सी पर बैठ जाता था, कभी तख्त

पर । मुझे लग रहा था कि वहाँ पर मौजूद वे सब लड़के यहाँ भी इकट्ठे हैं और खून के उस प्रवाह में तैरते हुए मेरी तरफ आ रहे हैं । मैं दौड़ते-दौड़ते बेदम हुआ जा रहा हूँ ।

किशन भाई चाकू अपने साथ लेते गये थे । फिर भी मुझे लगता था कि वह चाकू वहाँ पड़ा-पड़ा निरन्तर बढ़ रहा है । वह किसी भी क्षण मुझे हलाल कर सकता है । मैं जान रहा था कि पुलिस आ सकती है और मुझे पकड़कर ले जा सकती है और परिणामों का अन्दाज नहीं था । बस एक ही सहारा था कि मैं बड़े राय का बेटा हूँ । लेकिन फिर भी मैं बैठे-बैठे चौंक उठता था । जब परिणाम स्पष्ट नहीं होते तो घबराहट कम होती है । यदि परिणामों से आदमी बिलकुल अनजान हो तो उसे कुछ नहीं लगता । उनका कुछ-कुछ मालूम होना ही मुझे परेशान कर रहा था । ऊपर से बड़े राय और उनका क्रोध !

बीच-बीच में किशन बाबू का नौकर आकर पूछ जाता था । अपने मालिक की तरह खुशामद-सी करने लगता था कि, कुछ खा लो—।

किशन बाबू दो-तीन घण्टे के बाद लौटे । चेहरे पर उतना तनाव नहीं था जितना वे लेकर गये थे । दूसरी बात, वे अकेले थे ।

जब किशन बाबू हवेली पहुँचे तो बड़े राय पूजा से उठे थे । करीब बारह बजे होंगे । वे पूजा से उठकर कुछ देर अपने कमरे में शान्त बैठते थे । किशन बाबू जब पहुँचे तो वे वहीं बैठे थे । भवानी उन्हें बाहर ही मिल गया था । उसने किशन बाबू को यही कहकर लौटाने की कोशिश की । पर जब उन्होंने कहा कि बहुत जरूरी बात है और भास्कर बाबू मुसीबत में हैं तो भवानी भी परेशान हो उठा । वह अन्दर जाकर बोला—"किशन सहाय आये हैं ।"

"कौन किशन सहाय !"

"पटोरे वाले—मुसम्मात विद्या देवी की ज़ायदाद के वारिस ।"

"वह यहाँ क्यों आया ?" बड़े राय की आँखें चढ़ गयीं ।

भवानी को मालूम था मैं किशन सहाय के यहाँ जाता हूँ । पर उसने यह कहकर कि मालूम नहीं मालिक, बात को वहीं खत्म कर दिया । इतना जरूर कहा कि कुछ बेहद जरूरी काम है । फ़ौरन मिलना चाहते हैं ।

बड़े राय पूजा से उठने के बाद खूँटी वाली खड़ाऊँ पहने रहते थे और पीताम्बर ओढ़े रहते थे । उस समय वे दूर से ही बात करते थे । अपने को छूने नहीं देते थे। वे कमरे से उसी तरह बाहर आये । किशन बाबू ने उनके पैर छूने चाहे तो वे पीछे हट गये । बस हाथ उठा दिया । फिर बोले—"कहिये ।"

किशन बाबू का मनोबल उनके एक कदम पीछे हटने से ही टूट गया था । बड़े

राय ने कहा—"बैठिये !"

"आपके सामने कैसे बैठ सकता हूँ !"

"नहीं, आप बैठिये ! मैं अभी पूजा से उठा हूँ—कपड़े बदलने हैं । आप बैठें।"

बड़े राय की आवाज़ में बैठा देने वाली ताकत थी । किशन बाबू एक बार बैठ गये। फिर तुरन्त ही खड़े हो गये—"मुझे आपसे एक ज़रूरी बात कहनी है ।"

"किस बारे में ?"

उनकी आवाज़ इतनी भारी थी कि उन्हें लगा कि वे उसके नीचे दब-से गये । फिर किशन बाबू ने अपने को थोड़ा उबारकर कहा—"भास्कर राय के बारे में ।"

"भास्कर के बारे में !" उन्होंने आश्चर्य और गुस्से से देखा । फिर बोले—"उसका तुमसे क्या मतलब ?"

"मैं उसे जानता हूँ कि वह आपका बेटा है ।"

"वह तो बहुत से लोग जानते हैं । तुम और क्या जानते हो ?"

किशन बाबू ने उस बात का जवाब न देकर सीधे कहा—"स्कूल में भास्कर का पण्डित रामदीन के बेटे से झगड़ा हो गया ।"

"झगड़ा हो गया"—उनकी आवाज़ स्थिर थी पर पहली वार्ता खत्म हो गयी थी।

"क्या हुआ था ?"

वे इस सवाल का जवाब टाल गये और बोले—"भास्कर ने उनके लड़के को चाकू मार दिया ।" अधपुछा और अधसना चाकू निकालकर उनके सामने रख दिया। एक मिनट वे उसे देखते रहे । भवानी वहीं खड़ा था । वह धीरे-से बुदबुदाया, "यह तो उन्हीं का है ।"

भवानी तब लड़का ही था । मुझसे एक-दो साल बड़ा । जैसे ही उन्होंने उसकी तरफ़ घूमकर देखा उसका पेशाब निकल गया । वह वहाँ से तत्काल भागा । उसकी मेरी दोस्ती ज़्यादा थी बनिस्बत मालिक और नौकर वाले रिश्ते के । मौका मिलते ही हम कंचे खेलते थे या पतंग उड़ाते थे ।

बड़े राय बोले—"भास्कर ने यह चाकू मेरी इज्ज़त पर चलाया है ।" फिर रुककर पूछा—"लेकिन तुम्हें कैसे पता चला ? तुम एक—" वे शायद बदनाम कहना चाहते थे । पर उन्होंने अपने आपको रोक लिया ।

किशन बाबू ने कहा—"बड़े राय, इस समय आप भास्कर के बारे में सोचें तो अच्छा हो । आपके बिना उसे कोई नहीं बचा सकता । उसे खोजती कहीं पुलिस हवेली पर न आ जाये ।"

बड़े राय के चेहरे से लगा जैसे दहकते कोयले को एकाएक बुझा दिया जाय । वे बोले—"इस समय वह कहाँ है ?"

"मेरे घर पर ।"

एक क्षण को बड़े राय के चेहरे पर तिलमिलाहट उभर आयी, पर तत्काल बैठ भी गयी । धीरे-से बोले—"उसे वहीं रखना । जब मैं खबर भेजूँ तब निकालना। इस लड़के ने इज़्ज़त और चरित्र···लगता है सब कुछ खो दिया ।" वे कहते हुए चले गये । किशन बाबू को लगा पीछे छूटे शब्द जख्मी परिन्दों की तरह फड़फड़ा रहे हैं।

भवानी डरता-डरता आया और उसने किशन बाबू से पूछा—"भैया को क्या हो गया ?"

"कुछ नहीं ।"

"उन्होंने किसको चाकू मार दिया ?"

"तुमसे मतलब ?"

"हम ही उन्हें गाड़ी से आपके चौबारे पर छोड़कर आते हैं ।"

किशन बाबू ने उसकी तरफ़ देखा । उसके चेहरे पर दुःख और एक तरह की बालसुलभ मासूमियत थी । वह उन्हें अच्छी लगी ।

वे बोले—"तुम अन्दर क्यों नहीं आते ?"

तभी अन्दर से आवाज आयी—"आप जायें—अपने घर पर मेरे सन्देश का इन्तज़ार करें ।"

किशन बाबू रुकना चाहते थे । यह भी चाहते थे कि साक्षी बनकर बड़े राय के साथ रहें । पर उस उद्घोष के बाद शायद यह सम्भव नहीं रहा था ।

किशन बाबू से चलते समय भवानी ने कहा—"बाबू, हम भी चलें"—वे हँस दिये। धीरे-से बोले, "फिर किसी समय आना !"

किशन बाबू को इस बात की खुशी थी कि उनकी बड़े राय से मुलाकात हो गयी और उन्होंने इस मामले को अपने हाथ में ले लिया । जाने से पहले उन्हें इसी बात का डर था कि कहीं वे उनकी बात ही न सुनें और उन्हें बाहर निकलवा दें । वैसे उन्होंने उनकी बेइज़्ज़ती करने की कोशिश की थी । लेकिन किशन बाबू ने उसे यह कहकर टाल दी थी कि आप पहले भास्कर के बारे में सोचें । यहा बात काफ़ी हद तक काम कर गयी थी ।

किशन बाबू धीरे-धीरे सहज होने लगे थे । उनका तनाव कम होता गया था । वे धीरे-धीरे अपनी प्यार-वार्ता की मुद्रा में आते जा रहे थे । मैं अभी भी उतने ही तनाव में था । उनका यह सब कहना मुझे जरा भी खुश नहीं कर रहा था कि मेरे लिए वे अपनी जान भी कुर्बान कर देंगे । उनकी जान मेरे कदमों पर न्यौछावर है । लेकिन यह भी खयाल आ रहा था कि अगर किशन बाबू का चौबारा न हुआ होता तो कहाँ जाता ! इसलिए मैं उनके द्वारा परोसी जा रही प्यार की खीर को गले से नीचे उतारने को मजबूर था । जब वे कुछ ज़्यादा हरकत करने लगते थे तो मैं उन्हें

बरज भी देता था···'समझते क्यों नहीं ? मौका मुहाल तो देखा करो ।'

वे दाँत निकालकर हँस देते थे "सब ठीक हो जायेगा । मेरे रहते तुम्हें चिन्ता करने की ज़रूरत नहीं । अगर मामला नहीं सुलझा तो तुम्हारी जगह मैं जेल चला जाउँगा। मेरा जो कुछ भी है सब तेरे लिए है । मैं तो बस तेरी नज़रें-इनायत चाहता हूँ"—वे जब तू-तड़ाक करने लगते थे तो बेकाबू से हो जाते थे । मुझे न चाहते हुए भी इस समय वह सब कुछ बर्दाश्त करना पड़ रहा था ।

किशन बाबू के जाने के बाद बड़े राय की परेशानी बढ़ गयी थी । उस समय वे अकेले थे । उनके दोनों भाई मझले और छोटे राय ज़मींदारी के दौरे पर गये थे। उन्होंने तत्काल हरकारे को बुलवाया और उससे कहा—"मझले राय और छोटे राय जहाँ भी हों फ़ौरन बुलाकर ले आओ । उनसे कहना जिस हालत में भी हों उसी में चले आयें ।" हरकारे को भेजकर वे स्वयं तैयार होकर पुलिस कप्तान के बँगले चले गये। पण्डित रामदीन की तरफ़ के लोग उनके बँगले पर पहले से ही मौजूद थे । जब बड़े राय की गाड़ी घुसी तो उन सबने एक-दूसरे को इशारा किया कि हरी राय को पता चल गया । वे भी आ गये । उनमें से कुछेक तो उन्हें देखकर खिसक गये। कुछ एक-दूसरे के कान में फुसफुसाने लगे—हरी राय मैदान में उतर आये । अब मुश्किल है । पहले हो जाता तो हो जाता । जब वे गाड़ी से उतरे तो पण्डित रामदीन सामने पड़ गये । उन्होंने झुककर प्रणाम किया—"पाय लागन पण्डितजी !"

उन्होंने हाथ उठाकर धीरे-से कहा—"आशीर्वाद !"

पुलिस कप्तान अंग्रेज़ था । उसका नाम था पी० वुड । बड़े राय गोल कमरे में चले गये । अफ़सरों के पुराने बँगलों में एक गोल कमरा होता था जिसमें विशेष अतिथि बैठकर साहब से मिलने का इन्तजार करते थे । मि० वुड अन्दर से निकले तो बड़े राय को देखकर बोले—"वेल राय साहब, कैसे तकलीफ़ किया ?"

उन्होंने थोड़ा रुककर कहा—"एक मुसीबत में फँस गया हूँ—आपकी मदद चाहिए ।"

"व्हाट हैप्पण्ड ?"

बड़े राय ने धीरे-से कहा—"बदकिस्मती ही समझिए ।"

वे हँसकर बोले—"ओह यस, उसके बिना हमारे पास कोई नहीं आता ।"

बड़े राय ने पूरा किस्सा सुना दिया । उन्होंने कुछ छुपाया नहीं । मि. वुड थोड़ी देर सोचते रहे । फिर बोले—"योर सन—आपका बेटा—हैज दि इंजर्ड डाइड ?"

"शायद नहीं ।"

"व्हाट एबाउट दी एविडेन्स ?"

"हो सकता है जातिवाद का रंग दे दिया जाय !"

"इट इज़ टू बेड ! लेकिन आप यह कैसे कह सकता है ?"

"जो लोग बाहर खड़े हैं सब एक ही जाति और एक ही दल के हैं । पण्डित रामदीन साथ लेकर आये हैं ।"

"आप बैठिये—हम बात करके आता है ।" फिर घूमकर पूछा—आपका बेटा कहाँ हैं ?"

"अभी लौटकर घर नहीं आया ।"

"मैं पुलिस के जरिये तलाश कराता हूँ ।"

"उसकी ज़रूरत नहीं । मैंने अपने आदमियों को हर तरफ़ दौड़ा दिया है । पता चल जायेगा ।" कहकर बड़े राय पुलिस कप्तान की तरफ़ देखने लगे । मि० वुड ने हँसकर कहा—"ठीक है, ठीक है ।" कहते हुए बाहर चले गये ।

हरी राय कभी उठते थे, कभी बैठते थे । उनके मन में उथल-पुथल थी । उन्होंने सब कुछ सच-सच बता दिया । कहीं यह अँग्रेज़ उसका फायदा न उठाने लगे । लेकिन हाकिम से झूठ बोलना भी तो ठीक नहीं । बाद में पता चले कि हरी राय ने झूठ कहा तो उसका उस पर क्या असर पड़ेगा ? वह यही तो सोचेगा कि बनते हैं हमारे स्वामीभक्त और बोलते हैं झूठ ! अब कम-से-कम यह लांछन तो नहीं लगेगा। लेकिन अगर यह पलट गया तो भास्कर का क्या होगा ? भास्कर को पुलिस से तलाश कराने वाली बात क्यों कह रहा था ? कहीं दूसरी पार्टी ने पैसा न चढ़ा दिया हो । वैसे इन्तजाम वे भी करके गये थे । यही होना है तो यही सही ! लेकिन यह हुआ कैसे ? ऐसा क्या हो गया था कि भास्कर को चाकू निकालना पड़ा, वह भी पण्डित जी के बेटे के ऊपर । पण्डित रामदीन तो वैसे भी हमारे आदरणीय हैं । उन्हें भी सीधा पुलिस में नहीं जाना चाहिए था । मेरे पास आते तो मैं भास्कर से माफ़ी मँगवाता । लेकिन यह किशन सहाय कहाँ से आ टपका—एक बदनाम और बदचलन आदमी । कहीं उसने भास्कर को भी तो नहीं फाँस लिया ? रामदीन भी उसी मोहल्ले में रहते हैं । कहीं कुछ ऐसी-वैसी बात पर तो लड़ाई नहीं हो गयी ? मुसम्मात ज़िन्दा थी तो उधर कभी-कभी जाना होता था । बड़ी दबंग औरत थी । अकेली इतनी बड़ी जायदाद की देखभाल करती थी । उसने कभी किसी के कहने की परवाह नहीं की। अपनी जायदाद को हमेशा कुत्तों से बचाया । लोगों की दूसरों की परसी थाली में मुँह मारने का आदत होती है । जब भी कभी किसी ने उसकी या उसकी जायदाद की तरफ उँगली उठायी—उनकी डोली दरवाजे पर ही आकर लग जाती थी । उसने बहुत बार कहा—"राय साहब, आप मेरे पति के दोस्त हो । इस जायदाद का इन्तज़ाम अपने हाथ में ले लो । आप से बढ़कर खैरख़्वाह और कौन होगा ? भास्कर को गोद लेना चाहती थी । वह बड़ा लड़का था । बड़ा बेटा न गोद जा सकता है और न दिया जा सकता है । वह मर गयी और उसी गद्दी पर यह किशन सहाय आ बैठा । उसी किशन सहाय के चंगुल में···लगता है···भास्कर फँस गया । भास्कर

स्वयं इतनी बड़ी जायदाद का वारिस है—फिर वह किस लालच में उसके पास जाता है ? बड़े राय ने आँखें बन्द कर लीं ।

मिसेज़ वुड से बड़े राय की अच्छी पहचान थी । एकाएक वे गोल कमरे में आ गयीं । बड़े राय को बैठे देखकर वे बोलीं—"वेल मि. राय, आप यहाँ अकेला बैठा है—फ़िलिप कहाँ है ?" इन लोगों में हमेशा आधा नाम लेने की परम्परा होती है ।

उन्होंने खड़े होकर सलाम किया फिर बाहर की तरफ़ इशारा कर दिया । बाहर गये हैं ।

मिसेज़ वुड ने ध्यान से देखते हुए कहा—"वेल मि. राय—आप कुछ परेशान लगता है । हम कुछ मदद कर सकता ?"

बड़े राय की जैसे जान में जान आ गयी । उनका गला भर आया । लेकिन उन्हें औरत के सामने इस तरह भावुक होना ठीक नहीं लगा । वे सँभल कर बोले—"मैं मुसीबत में हूँ मिसेज़ वुड—मेरे नाबालिग बेटे का अपनी क्लास के लड़के से शायद झगड़ा हो गया—उसने उसे घायल कर दिया ।"

"कैसे ? हाऊ ?"

उन्होंने लम्बी साँस लेकर कहा—"चाकू से !"

"टेरिबल !" उनकी आँखें बाहर निकल आयीं । बड़े राय भी इस अभिव्यक्ति से चौंक गये । उसने फिर कहा—"हाऊ ब्रूटल—!"

राय का रायपन उभर आया । वे झटका खाकर बोले—"क्या आपके मुल्क के बच्चे आपस में कभी इस तरह नहीं लड़ते—क्या वे ईसा मसीह ही बनकर पैदा होते हैं ?"

मिसेज़ वुड ने उनकी तरफ देखा । बावजूद इस तल्ख उत्तर के राय का चेहरा सामान्य था । वे बोलीं—"सब लड़ता है—बट नॉट बाई नाइफ़—डुएल करता है ।"

"बच्चे सभी नासमझ होते हैं—मेरे लड़के ने भी नासमझी में ही किया होगा ! बस फ़र्क इतना ही था उसके पास चाकू था ।"

मेम ने कहा—"नाइफ़ इज़ मोर पेनफुल !"

बड़े राय के मुँह पर बात आयी पर लौट गयी । वे रुककर बोले—"मेरी परेशानी का कारण मेरे बेटे का फ़ेट है ।"

"हम क्या कर सकता है मि. राय ?"

"मेरे बच्चे को बचाने में मदद··· ।"

बड़े राय ने एक मखमली थैली निकाली और मेज़ पर रखी छोड़ दी । मिसेज़ वुड की नज़र उस पर गयी पर उन्होंने अनदेखा कर दिया । बड़े राय ने कहा—"मैं मि. वुड को देखकर आता हूँ ।" वे बाहर चले गये । मिसेज़ वुड उस थैली के पास

बिल्ली की तरह दबे पाँव गयीं । उसे उठाया और तौला । फिर उसकी तनियाँ खोलकर अन्दर झाँका और उठाकर दूसरे कमरे में ऐसे ले गयीं जैसे कि भूल से ले जा रही हों ।

बड़े राय लौटे तो कमरा खाली था । उनकी नज़र उस मेज़ पर भी गयी । थैली वहाँ नहीं थी । बड़े राय के चेहरे पर हल्की-सी राहत नज़र आयी । मिसेज़ वुड बराबर वाले कमरे में किसी से अंग्रेज़ी में ज़ोर-ज़ोर से बातें कर रहीं थीं । शायद मि. वुड ही थे ।

थोड़ी देर बाद मि. वुड कमरे में आये तो बड़े राय उठकर खड़े हो गये । वे आते ही बोले—"मि. राय ब्राह्मण एडामेण्ट हैं—अरेस्ट करने के लिए ज़िद करता है। कोर्ट जायेगा । बेटर यू टॉक टु देम···कम्प्रोमाइज़ ।"

मिसेज़ वुड अन्दर से लपककर बाहर आयीं—"यह मूर्खता है···बच्चे हैं···खेल-खेल में हो जाता है । तुम कैसे एस. पी. हो ! बच्चों को जरायम पेशा बनाओगे ।" वे अंग्रेज़ी में एक साँस में कहती चली गयीं ।

"नहीं डार्लिंग, मैं इनकी मदद करना चाहता हूँ ।" बड़े राय की तरफ़ देखकर कहा—"आप मि. डिक···कलक्टर साहब से मिल लीजिये । मैं भी उनसे बात करूँगा। हो सके तो कमिश्नर साहब के कान में भी डाल दीजिये !"

"मैं करती हूँ मि. डिक से बात···" मिसेज़ वुड बोलीं—"इतनी ज़रा-सी घटना के लिए इतना शोर-शराबा···जबकि लड़का बिल्कुल ठीक-ठाक है ।"

एकाएक वुड ने पूछा—"चाकू कितना बड़ा था ?"

उन्होंने जेब से चाकू निकाल कर सामने रख दिया । मिसेज़ वुड बोली—"मैं समझती थी डेगर होगा । यह तो सब्जी काटने वाला चाकू है । क्या कोई इससे मर सकता है ?"

वुड ने बड़े राय से हँसकर कहा—"अपने बेटे को अभी छिपाकर रखिये । किसी को पता नहीं चलना चाहिए····। इस चाकू को भीं ! हमें दूसरे बच्चे की हालत का इन्तजार करना होगा···उसकी हालत बिगड़नी नहीं चाहिए । जो हो सकेगा मैं करूँगा। जाइये अब आप आराम कीजिए ।"

बड़े राय उठे और बाहर चले गये । पर अभी भी आश्वस्त नहीं थे ।

सारा ब्राह्मण वर्ग एक हो गया था । यहाँ तक कि हमारे परिवार के पण्डित और पुरोहित भी उन्हीं की तरफ़ थे । पूरे शहर में मेरे खिलाफ़ वातावरण बन गया था । मझले राय और छोटे राय शाम तक लौट आये थे । जैसा कि पहले

कहा—मझले राय का नाम कृष्ण राय था छोटे राय का राघव राय था । एक भाई और थे गजपत राय उनका देहान्त पहले ही हो गया था । कृष्ण राय को बड़े राय ने तहसीलदारी में नामज़द करा दिया था । लेकिन अफ़सर से झगड़ा हो जाने के कारण वे तहसीलदारी से इस्तीफ़ा देकर चले गये थे । वे यही बताते थे । बॉस या मालिक से दो ही हालात में झगड़ा होता है—एक तो जब भर पेट से ज़्यादा खाया जाता हो, दूसरे जब आत्मसम्मान और रोटी के बीच रस्साकशी में आत्मसम्मान सिजल बैठे । मझले राय के साथ दूसरी बात कम और पहली बात ज़्यादा थी । आत्मसम्मान और रोटी के बीच रस्साकशी का तो सवाल ही नहीं था । क्योंकि रोटी अधिक थी। जहाँ तक आत्मसम्मान की बात है, अहंकार ज़्यादा था । यह शायद उस समय के सामन्तवाद की सबसे बड़ी कमज़ोरी थी । आज का सामन्तवाद ज़्यादा लोचदार है।

उस जमाने का अहंकार आत्मघाती और परघाती दोनों थे । परन्तु तब वह सामन्तवाद के हाथ में हथियार की तरह थे । आत्मसम्मान तो···बस राम भजो ! बिना कमाये ऐशो-अशरत का मतलब अहंकार । आत्मसम्मान का मतलब खुद कमाओ और खुद खाओ । चाहो तो दूसरों को भी खिलाओ । भीड़ पड़े तो डटकर खड़े हो जाओ । तब आत्मसम्मान दूध में जामन लगाने लायक दही जितना भी नहीं था । छोटे राय यानी राघव राय को कभी-कभी लगता था कि आत्मसम्मान भी कोई चीज़ है । परन्तु है कहाँ ? मेरा छोटा भाई अरुण राय, जिसको मेरी माँ छोटा-सा ही छोड़कर मर गयी थी और जिसे एक तरह से भवानी और मेरी बहिन रानी ने पाला था, छोटे राय और उनकी पत्नी को बहुत पसन्द था । कृष्ण राय लावल्द थे ही । इसलिए तीनों भाइयों में मैं ही था जो बड़ा था । जब इस हादसे का पता चला तो कृष्ण राय और राघव राय परेशान हो गये । राघव राय तो रोने लगे । अब क्या होगा ? घर की इज्ज़त धूल में मिल जायेगी । मोती जैसी आब उतर जायेगी । कृष्ण राय व्यावहारिक थे, वे बोले—"यह रायों के खानदान का लड़का है । घबराओ नहीं, इसका कोई कुछ नहीं बिगाड़ पायेगा ।"

कृष्ण राय ने आते ही बड़े राय से पूछा—"आप डिक साहब से मिले या नहीं ?"

"हाँ, डिक और वुड दोनों को हमदर्दी है । समस्या यह है कि शहर के सारे ब्राह्मण एक हो गये हैं । वे जिला-हुक्मरानों पर लगातार दबाव डाल रहे हैं ।"

"भास्कर कहाँ है ?"

"भास्कर···" वे एक क्षण के लिये रुके फिर बोले—"वह मुसम्मात विद्या की जायदाद पर काबिज़ किशन सहाय के यहाँ है ।"

"सुना है, वह तो अच्छा आदमी नहीं है ।" छोटे राय बोले ।

"हाँ, पर वह वहीं पहुँच गया । मुझे लगता है यहाँ से ज़्यादा वहाँ सुरक्षित रहेगा। पण्डित रामदीन कोशिश करेंगे कि वे पुलिस लेकर हवेली पर आ जायें, जिससे हमारी बेइज़्ज़ती हो । मि. वुड ने भी यही सलाह दी है कि उसे छिपाकर रखें।"

"आप कहें तो पण्डितों में तोड़-फोड़ की जाय !" मझले राय ने कुछ-कुछ चाणक्याना अन्दाज़ में कहा ।

"पण्डितों में टूट-फूट मुश्किल होगी । उनका खयाल है कि इसी तरह यहाँ के इन ज़मींदारों को सबक सिखाया जा सकता है । ये लोग पुरोहिताई कराकर सबको अपनी प्रजा समझते हैं…"

मझले राय बोले, "देखिये बड़े भैया, अगर इस मामले को खत्म करना है तो उनमें फूट डालनी ही होगी । उनकी तरफ के मुकदमे का कमजोर पड़ना जरूरी है। वे वापस तो लेने से रहे ।"

"जैसा चाहे करो पर इस बात का ध्यान रखना कि पण्डित इस घर में हमेशा इज्ज़त पाते रहे हैं । यह तो इस लड़के ने बीज बो दिये !"

"आपकी तरह वे तो नहीं सोचते !" मझले राय ने दबी ज़बान में कहा ।

कृष्ण राय ने जमकर ब्राह्मणों में तोड़-फोड़ की । उनका गढ़ ज़्यादा मजबूत था। उन्होंने यह भी कोशिश की कि ज़मींदार लोग भी इन पण्डितों का बायकाट कर दें । लेकिन पण्डितों की बद्दुआ से वे सब डरते थे । फिर भी मझले राय काफी हद तक सफल हो गये थे । खासतौर से तीन गवाहों ने यह बयान दिया कि हम मौके पर मौजूद नहीं थे । पण्डित जी ने आकर बताया कि राय साहब के बड़े बेटे ने उनके बेटे को चाकू से मारा । डॉक्टर की रिपोर्ट थी कि चोट किसी सामान्य हथियार से लगी है । वह हथियार चाहे लोहे की पत्ती हो या ठूँठा चाकू उससे किसी भी हालत में जान नहीं जा सकती थी और न उसे कत्ल के इरादे से इस्तेमाल ही किया जा सकता था । पण्डित जी का बेटा जानकीराम भी मेरे खिलाफ विशेष कुछ नहीं कह सका । पुलिस की रिपोर्ट पहले ही पक्ष में लग चुकी थी । वैसे उस मामले के लिए विशिष्ट बैंच निर्मित की गयी थी । बैंच का फैसला हमारे पक्ष में हुआ । दूसरा पक्ष बहुत भागा-दौड़ा पर कुछ नहीं हो पाया । मैं बाइज्ज़त बरी हो गया ।

इसी बहाने किशन बाबू का भी हमारे घर आना-जाना शुरू हो गया था । इस बात से मैं खुश था । किशन बाबू तो खुश थे ही । लेकिन बड़े राय अन्दर-ही-अन्दर दुःखी थे । मेरी समझ में यह बिल्कुल नहीं आता था कि बड़े राय को इस बात का इतना क्लेश क्यों है ? बड़ी-बड़ी बातों पर भी वे यकसा रहते थे । मैंने बचपन से ही देखा था कि पानी में शहतूत की कमचियाँ भीगती रहती थीं । फिर उन्हें तेल में डाल दिया जाता था। जब आसामी आते थे, वसूली में आनाकानी करते थे तो गनेशी यानी गन्नु जमादार और बदलू चमार उन कमचियों को तेल से निकालकर उनकी पिटाई करते थे । चमड़ी फट जाती थी और खून बहने लगता था । कई बार तो घरवाले खाट पर डाल कर ले जाते थे । अगर कोई जवाब दे देता था तो उसकी

मुसीबत आ जाती थी । ज़्यादा हुआ तो गणेश और बदलू आसामियों का जबरदस्ती मुँह खुलवाकर पेशाब कर देते थे । उसे वे प्यास बुझाना कहते थे । बड़े राय उदासीन भाव से अपना काम करते रहते थे । बस इस बात का ध्यान रखते थे कि कहीं कोई मर न जाये ।

एक बार का किस्सा मुझे याद है । केदार स्यानी की बेटी का ब्याह था । मझले राय घोड़े पर सवार होकर ज़मींदारी में कन के लिए जा रहे थे । जब खलिहान उठता था और अनाज इकट्ठा होता था तो उसका कन होता था । यानी तुलाई चाहे काँटे से हो या अन्दाज से । फिर बँटवारा किया जाता था । खैर, बारात दूसरे गाँव की थी । वह गाँव हमारी ज़मींदारी से बाहर पड़ता था । मझले राय को बारात में से कोई भी नहीं पहचानता था । मझले राय उधर से निकले तो बाराती और दूल्हा खाटों पर बैठे रहे । दूल्हा के लिए खाट पर दुतई और चादर बिछी थी । मझले राय पहले तो निकल गये । उन्हें एकाएक ध्यान आया कि जुहार तो जुहार देखकर कोई खड़ा तक नहीं हुआ । वे लौट पड़े और वहाँ पर मौजूद गाँव के दो-तीन आदमियों से कहा कि हर बाराती के पाँच-पाँच जूते लगाओ । और दूल्हे को मुर्गा बना दो । वे लोग गर्दन झुकाकर चुपचाप खड़े हो गये ।

मझले राय को हुक्मउदूली पसन्द नहीं थी । वे बोले—"तुम लोगों को गाँव में रहना है या नहीं ।" वे फिर भी तैयार नहीं हुए । थोड़ी दूर पर डेरा था । वहाँ से अपने आदमियों को बुलवाया । जितने लोग वहाँ मौजूद थे शुरू से आखिर तक सबको जूते लगवाये । जिन्होंने हुक्मउदूली की थी । उन्हें नंगा कराकर गुदा में डण्डा चढ़वाया । तब तक केदार को खबर हुई वह दौड़ा-दौड़ा आया । वह पाँवों पर लेट गया, "सरकार ऐसा मत कीजिये, मेरी बेटी का ब्याह है···इसके हाथ पीले हो जाने दीजिये । यह आपकी गऊ है···ये सब मान हैं हुज़ूर । मेरी सारी इज्ज़त आपकी इन जूतियों में है । मेरी बेटी को बिरान मत कीजिये ।"

कृष्ण राय के ऊपर उसकी बात का न तो असर पड़ा और न पड़ने की बात ही थी । केदार ने अपनी दुलहन-बेटी को लाकर उनके पैरों पर डाल दिया—"मालिक, यह रही आपका प्रजा इसे मारो या काटो ।"

उन्होंने एक अठमासी निकाली और उसकी तरफ ऐसे फेंक दी जैसे लावारिस लाश पर फेंक रहे हों और केदार से बोले—"मुझे तुमसे कोई शिकायत नहीं, न तेरी बेटी से है । मुझे इन हरामज़ादों को सबक सिखाना है जो इतना नहीं समझते कि इलाके के ज़मींदार के साथ कैसे व्यवहार किया जाना चाहिए। ज़मींदार चाहे यहाँ का हो या कहीं का···ज़मीदार ज़मींदार होता है । ये समझते हैं कि हमारी बेइज्ज़ती करके अपने ताल्लुके की इज्ज़त बढ़ा रहे हैं ।" मझले राय ने घोड़े को ऐड लगायी और चल दिये।

केदार की बेटी रणचण्डी की तरह उठी और पूरी ताकत से घोड़े पर जाते हुए

मझले राय की पीठ पर अठमासी फेंककर दे मारी । मझले राय कुछ दूर निकल चुके थे इसलिए लगी नहीं । वह चिल्लायी—"ले जा इस अठमासी को···रख देना अपनी सन्तान की अरथी पर···तू ज़िन्दगी भर औलाद का मुँह देखने से तरसेगा ।"

अगले दिन केदार की बेटी की लाश राजबाहे में डबती-उतराती मिली । केदार पागल हो गया ।

इन सब बातों की पृष्ठभूमि में मुझे वह बात नहीं समझ आ रही थी कि अगर मैंने पण्डित जी के बेटे के चाकू छुआ ही दिया तो कौन-सी आफ़त हो गयी । ये लोग बात का इतना बतंगड़ क्यों बना रहे हैं ? क्या इसलिए कि जानकीराम पण्डित रामदीन का बेटा है और पण्डित रामदीन अपने को सबसे ऊँचा मानते हैं । लेकिन मान-सम्मान और धन-दौलत में तो हम बड़े हैं! हम लोग इन लोगों को दान देते हैं ! वैसे भी मार-पीट करते समय सब बराबर हो जाते हैं । यही अहंकार मुझे विरासत में मिला था ।

मैं अन्दर-ही-अन्दर तनाव से त्रस्त था ।

मुझे स्कूल से हटा लिया गया था । कुछ दिनों तक तो में निरुद्देश्य घूमता रहा। सवेरे उठता, तेल मालिश होती । नहाना-धोना होता । तेल-फुलेल लगता । सजा-बजा जाता । फिर आदेशानुसार दीवानखाने में आ बैठता । बड़े राय के स्थायी आदेश थे कि कम-से-कम रोज दो घण्टे दीवानखाने में बैठकर ज़मींदारी का काम समझूँ और अपनी अक्ल को सान पर चढ़ाऊँ । अक्ल का उपयोग न भी हो तो भी वहाँ जाकर बैठूँ ज़रूर ।

आसामी सवेरे से आना शुरू हो जाते थे । कोई पैसे का इन्तजाम करके लगान का रुपया दो रुपया भर पाता था । भले ही तकादा पाँच का हो । उसके उन दो रुपयों को, जिन्हें वह इतने जतन से लाया होता था ऐसे फेंक देते थे जैसे अस्पृश्य हों । रुपये चकर-घिन्नी की तरह घूमते । उनका घूमना और बजना धीरे-धीरे कम होता । फिर वे गिर जाते । जैसे थक गये हों । आसामी उठाने के लिए झुकता तो पीछे से दो लात लगाने के लिए मुकद्दम तैयार खड़ा रहता । लात लगते ही वह उल्टे मुँह ज़मीन पर कुत्ते की तरह हाथ-पाँव सहित पसर जाता और मुँह से खून की धार बहने लगती । कभी-कभी दाँत तक टूट जाते । कुछ लोगों को डण्डा-डोली करके लाया जाता । वे लोग इतने भयभीत होते जैसे उन्हें लोक्कथा के किसी दानव के भोजन के लिए ले जाया जा रहा हो । ये लोग पिटते भी और बड़े दीवान जी के

पाँव भी पड़ते । अपनी मजबूरी का बखान करते । उनकी रहमत माँगते । रोते-झिझाते । किसी की फसल अतिवृष्टि के कारण खराब हो गयी होती । कहीं फसल को सूखा निगल गया होता । किसी का जानवर मर जाता और गोई बिगड़ जाती । किसी की बिटिया की शादी का कसाला फैल जाता। किसी के यहाँ जनेऊ पड़ जाता । किसी के पिता का स्वर्गवास हो जाता और जो कुछ बचा-खुचा होता वह किरिया-करम को अर्पण हो जाता । कारण कुछ भी हो पर उन सबकी वहाँ तुड़ाई होती । वे यह जानते हुए भी आते थे कि तोड़े जायेंगे । बड़ा काश्तकार होता तो दूध या गन्ने के रस की बहँगी लिवाकर लाता या फिर गुड़, शक्कर, राब या फल-फुलंगा लेकर आता । बड़े दीवान जी के पास बैठने की जगह मिलती । जब तक दूसरे लोग पिटते रहते वह पिटने वालों की तरफ़ से इस तरह बेखबर बना बैठा रहता जैसे उसे मालूम ही न हो कि क्या हो रहा है या वह वहाँ न मौजूद रहकर कहीं और हो ।

कई बार काश्तकार बिल्कुल ही सामने पड़ जाता । उसका भी कुछ नहीं । मुश्किल तब होती जब दीवान जी अपनी ज़्यादती का समर्थन उससे चाहते । तब उसे उसका नाम लेकर कहना पड़ता "अरे भई···कलुआ··· वक़्त पर दे दिया करो । मालिक का पैसा तो हाथ जोड़कर देना ही है । दीवान जी तो दया की मूर्ति हैं । पर वे भी करमगति से बँधे हैं ।"

कलुआ कहता "राधो भाई, तुम तो खुद ही जानते हो कितनी बरखा हुई, जानवरों का चारा तक गल गया— खेत-खलिहानों में ऐसे पानी भर गया जैसे गंगा जी चढ़ आयी हों । फसल ही नहीं तो पैसे कहाँ से लायें ?"

लेकिन जब पिटाई होने लगती तो राधो भाई मुँह छिपाने लगते । जब सबका निपटान हो जाता तो राधो भाई हाथ जोड़कर अरज करता "दीवान जी, फसल तो वाकई बरबाद हो गयी ।"

"तुम भी तो लाये हो ? तुम्हारी फसल बरबाद नहीं हुई ?"

उसके चेहरे पर ना देने वाला भाव उभर आता, हाथ जोड़कर कहता, "हम तो सदा पहलियों में देने वालों में हैं, मालिक ! पर इस बार इन्तजाम नहीं हो सका । बहुत हाथ-पैर मारे कर्ज़ा तक नहीं मिला । मिले काहे पर···फसल खड़ी हो तो देने वाले को भी ढाढस बँधा रहता है— आगे-पीछे आ ही जायेगा । जब कुछ बचा ही नहीं तो देने वाला भी काहे पर दे । अब आप ही हमारे माई-बाप हो ।"

दीवान जी का रुख एकदम बदल जाता । गर्दन टेढ़ी हो जाती । उसके द्वारा लायी गयी रसूम अन्तर्धान हो जाती "देखो राधो, हमारी बतघेरी मत करो । पास बैठा लिया तो दिमाग ही बिगड़ गये !"

वह पाँव पकड़ता, "इज़्ज़त बनी रहने दो दीवान जी, इज़्ज़त चली गयी तो बच्चों को क्या मुँह दिखाऊँगा । जब तक है तभी तक औरत का मरद और बच्चों का बाप

हूँ— उतर गयी तो काहे का मरद और काहे का बाप । उतरे अचार की तरह बेस्वाद होकर नाली भर का हो जाऊँगा ।''

दीवान जी गनेशी को पुकारते ''अरे गनेशी, इस राधो की चूल हिल गयी, जरा बैठा तो दे ।''

राधो के रोंगटे खड़े होने लगते । बालों की नोंकें भीग जातीं जैसे तेल निकल आया हो । तब तक वह अंटी से दो-चार कलदार निकालकर मुट्ठी में ले लेता। गनेशी अपने हथियारों से सज-बजकर आता तो दीवान जी कहते, ''लगता है घर से प्यासा चल दिया— अन्दर तो सबसे छोटे राय बैठे हैं । इसे परले घेर में ले जाओ और इसकी अच्छी तरह प्यास बुझाओ । बदलू को भी बुला लेना— वह देह दबा देगा । राधो बाबा बड़े काश्तकार हैं···सो इनका चकमा भी बड़ा है ।''

वह पाँवों पर लेट जाता, ''मालिक ऐसा मत करो— इतना जमा कर लो बाकी अगले महीने अदा कर दूँगा।''

''देखा, बिना दबाव तिल तेल नहीं देते । वैसे भी जितनी मोटी चिड़िया उतना छोटा छेद, थोड़ा बड़ा कर दो । छेद बड़ा करने के औज़ार ले आओ।''

''नहीं हुज़ूर, ऐसा न करो । जीते जी मर जाऊँगा । इतना बेइज्ज़त न कराओ, मालिक ।''

''इज्ज़त तो तभी होती है जब इज्ज़त का काम करो । देने वाले को वक़्त पर देते रहो । लेने वाले से वक़्त पर ले लो । अगर देने वाले का दो नहीं तो इज्जत कहाँ से होगी !''

दीवान जी की नज़र एकाएक उसके द्वारा लायी गयी सौगात पर चली जाती तो रुक जाते । कहते, ''बस एक हफ्ते की मौहलत मिल सकती है । आठवें दिन जानते हो क्या होगा ?'' वे गहरी नज़र से देखते ! राधो चला जाता ।

दीवान जी के इशारे पर वे दोनों भी चिराग जिन्न की तरह गायब हो जाते ।

मुझे इस सबमें मज़ा भी आता था और अजब भी लगता था । फिर सोचता था—ज़मींदारी चलाने का शायद यही क़ायदा हो । जब तक यह सब स्वाँग चलता तब तक बड़े राय पूजा में रहते । न वे अपनी आँखों देखते और न कोई उन तक फ़रियाद ही पहुँचा पाता । जब तक वे उठते तब तक दीवान जी भी सारे कर्मकाण्ड से निबट चुके होते । बस जैसे ही भवानी को भोग के लिए आवाज़ लगी मैं समझ जाता, बड़े राय की पूजा खत्म हो गयी । थोड़ी देर तक घण्टी बजती रहती । वे ठाकुरजी की आरती करते होते। उनका नाश्ता ही भोग होता । दूध, छिले बादाम, मुनक्का और काली मिर्च की गोली तथा असली घी का एक परांठा । भोग लगाकर उसी का नाश्ता कर लेते । फिर वे तैयार होकर कचहरी में जा बैठते । पहले

ज़मींदारी के मुकदमे पेश होते। किसी की घरवाली किसी दूसरे के साथ बैठ गयी। किसी ने दूसरे की ज़मीन दबा ली या पानी काट लिया या जानवर खोल लिया या कर्ज़ा नहीं दिया वगैरह-वगैरह । जब मुकदमे निबट जाते तो सरकारी मुकदमे पेश होते। उन्हें अपनी आनरेरी मजिस्ट्रेटी की कचहरी घर पर करने की विशेष अनुमति प्राप्त थी । दो-ढाई बजे उठते ।

दोपहर का भोजन वे चौके में ही करते थे । चौके में जाने से पूर्व वे यह जरूर पूछते थे कि कोई आया-गया खाना खाने से तो नहीं रह गया । जब 'नहीं' हो जाती तो वे खाना खाने जाते । उनके खाने के बाद घर की औरतें खातीं। यह सिलसिला ताज़िन्दगी चला । जब बीमार थे तब भी वे उसी समय दोपहर का भोजन करते थे । डाक्टरों तक ने मना किया परन्तु उन्होंने अपनी आदत नहीं छोड़ी । मरने से पहले उन्होंने एक दिन मुझे बुलाकर कहा, "तुम लोग ज़िन्दगी भर यह कहते रहे कि मैं दोपहर को जल्दी रोटी खा लिया करूँ—तुम्हें मालूम है कि मैं ऐसा क्यों नहीं करता था ?" फिर बोले, "अगर मैं जल्दी खाना खा लेता तो चौका उठ जाता और अगर बाद में कोई अतिथि आ जाता तो या तो दोबारा चूल्हा चढ़ाना पड़ता या फिर बाजार से भोजन आता । घर होते हुए भोजन बाजार से आये तो वह शर्म की बात हो जाती—दोबारा चूल्हा चढ़ाने में घर की औरतें दुःख मानती हैं—दुःख मानकर खिलाया गया खाना न खाने वाले को लगता है और न खिलाने वाले को उसका पुन्न मिलता है। बस पेट भर जाता है ।" यह बात मुझे पहली बार मालूम हुई थी। मैंने भी उस परम्परा को चलाना चाहा था पर मेरे लिए सम्भव नहीं हुआ । खैर!

कभी-कभी मझले राय और छोटे राय भी हुए तो उनके साथ ही चौके में एक वस्त्र में खाना खाते थे । तीनों भाइयों की थालियाँ लग जाती थीं । ज़ीने पर चढ़ते हुए तीनों भाइयों की खड़ाऊओं की आवाज़ पूरी हवेली में सन्नाटे को गहरा देती थीं । कुछ दिन मैंने भी उनके साथ ही खाना खाया, पर बाद में जब निभा नहीं तो मैं उनके खाने से पहले ही खा लेता था ।

मैं कुछ ही दिनों दीवानखाने में बैठा था। धीरे-धीरे ज़मींदारी का काम भी मेरे पास आने लगा । जब मैं ज़मींदारी का काम देखता तो मुझे लगता मैं भी रायों की श्रेणी में आता जा रहा हूँ । यह अहसास मुझे खुशी से भर देता । उन दिनों साइकिल नयी-नयी चली थी । मेरे लिए एक विलायती साइकिल मँगाई गयी । मैंने घोड़े पर या घोड़ा-गाड़ी में चलना बन्द करके साइकिल पर ही चलना शुरू कर दिया । जब मैं साइकिल पर चलता था तो मुझे लगता था जैसे मैं हिरनों के रथ पर सवार हूँ । लोग भी मुझे उसी नज़र से देखते थे । दरअसल हमारे खानदान में एक साहब ने हिरनों का रथ बनाया था। उसमें दो हिरन जुतते थे । उन्हें भी हमारे साईस काले

ने ही तालीम दी थी । रथ भी उसी ने डिजाइन किया था । बस उसमें ज़्यादा से ज़्यादा दो आदमी बैठ पाते थे। जब उनमें का एक हिरन मर गया तो वह रथ बेकार हो गया । दूसरा हिरन लखनऊ चिड़ियाघर भेज दिया गया । कुछ ही दिन बाद मैं समझ गया कि यह कल-गाड़ी है जिसमें न जानवर चाहिए न साईस । लोग भी उसे कीमियागिरी की करामात मानते थे । तब हर तकनीकी काम को क़ीमियागिरी कहा जाता था । साइकिल के आविष्कार ने शहर के लोगों का अंग्रेज़ों के प्रति सम्मान और ज़्यादा बुलन्दी पर पहुँचा दिया था । लोगों की समझ में यह नहीं आता था कि साइकिल के ये कलपुर्ज़े कैसे बने होंगे ?

आसपास की ज़मींदारी का दौरा भी मैं साइकिल से ही करता था । सड़कें कच्ची थीं । मैं धूल से सराबोर हो जाता था । कई बार गिर भी जाता था । लेकिन जब लोग मुझे साइकिल पर आता देखते तो रास्ता छोड़ देते और साइकिल के घूमते पहियों को देखने लगते थे । उस पर मेरे पाँव ऐसे घुमते थे जैसे वे भी उस साइकिल का ही हिस्सा हों। जब मैं साइकिल खड़ी करता तो वे उसे छूकर देखते । उन्हें लगता साइकिल के अन्दर बैठा कोई जीव साइकिल चलाता है । बहुत बाद में लोग इस बात को समझे कि अन्दर की ताकत के बजाय उसके ऊपर सवार आदमी की लगी ताकत साइकिल चलाती है । उनके लिए आश्चर्य की एक और बात थी । वह अपने आप मुड़ कैसे जाती है ? क्या उसके भी आँखें हैं ? साइकिल चलाते समय न तो किसी की नज़र हैण्डिल पर जाती थी और न हाथों की हरकत पर । मैं जानता हूँ कि आजकल के ज़माने में जब साइकिल मोहल्ले की गली-गली में बैठकर धूप सेकती किसी बुढ़िया की तरह हो गयी है, मेरी इन बातों पर कोई विश्वास नहीं करेगा । ठीक वैसे ही जैसे इस बात पर विश्वास करना मुश्किल होता है कि वह बूढ़ी-खूसट औरत कभी जवान और सुन्दर रही होगी ।

जैसे मैंने कहा मेरी उम्र अब चौरासी वर्ष की है । मैं अब एक नाकामयाब इन्सान हूँ और पहाड़ की चोटी से लुढ़क कर राहगुजर पर पड़ा पत्थर हूँ । हर राहगीर उसे अपने रास्ते के रोड़े की तरह समझता है और मौका मिलते ही बेवजह ठोकर मारकर दूर हटाने की कोशिश करता है । भले ही वह रास्ते के और ज़्यादा बीच में आ जाये। मैं अपने जमाने में हर सवारी पर बैठा । जब हालत बिगड़ी तब तो साइकिल ही मेरा एक मात्र सहारा बन गयी । तब मैंने इस जादू का लाख-लाख शुक्र किया। हालाँकि शुरू में उसने मुझे कई बार धूल भी चटायी थी । तब लोग समझते थे साइकिल में बन्द किसी बला ने पटक दिया । छोड़ेगी नहीं । किसी दिन ज़रूर बदला लेगी । बदला बिना कुछ चलता ही नहीं था । रेल के बारे में भी यही होता था । जब कहीं लाइन बिछती थी तो लोग समझते थे ज़रूर कोई मुसीबत आने वाली है । अन्य शहरों की सब अलाय-बलाय इस रेलगाड़ी में बैठकर यहाँ भी आ जायेगी। अंग्रेज़ जानकर सारी अलाय-बलाय गाँवों में भेज रहे हैं, जिससे वह उन्हें तंग न करे।

जब रेलगाड़ी चलती थी तो लोग उसे काली-कलकत्ते वाली का अवतार समझते थे। पूजा करते थे। जोर से चिल्लाते थे 'जय काली कलकत्ते वाली'। 1853 में सबसे पहली लाइन ठाणे और बम्बई के बीच बिछी थी। वह देश पर अँग्रेज़ों की तकनीकी गिरफ्त की शुरूआत थी। सारे हिन्दुस्तान में धूम मच गयी थी। हालाँकि शुरू में लोग रेलगाड़ी में बैठना अपवित्र मानते थे। जहाँ अपवित्र मानते थे वहीं उसे काली का रूप भी कहते थे। रेल में सफर करते हुए पानी पीना तक हराम माना जाता था। लोग कई-कई दिनों का पूरा का पूरा सफर बिना पानी पिये और मुँह जूठा किये कर आते थे। बड़े राय अंग्रेज़ों के साथ उठते-बैठते थे, मझले राय भी तहसीलदार रहे थे और छोटे राय पर सुधारवाद का भूत था इसलिए रेल या किसी भी सवारी के बारे में हमारे खानदान में उस तरह का अन्धविश्वास नहीं था। बस बड़े राय थोड़ा-सा विचार मानते थे। पर वे भी फर्स्टक्लास या सैकेण्ड के डिब्बे को धुलवा-पुछवाकर पवित्र कर लेते थे। पानी और खाना साथ चलता ही था। खाना पक्का होता था। बड़े राय कभी-कभी मज़ाक में कहा करते थे कि रेलवे में ये चार क्लास अंग्रेज़ों ने हिन्दुओं के वर्णाश्रम को ध्यान में रखकर बनायी हैं—फर्स्टक्लास, सैकेण्ड क्लास, इण्टर क्लास और थर्ड क्लास। उस ज़माने में ये चार ही क्लास होती थीं। बड़े अफ़सरान और तालुकेदार फर्स्टक्लास में चलते थे, छोटे ज़मीदार और हुक्मरान सैकण्ड क्लास में और अच्छे खाते-पीते दरमियाने दर्जे के लोग इण्टर में और बाकी थर्ड क्लास में। बराबर में बैठे आदमी से यह ज़रूर पूछते थे कि तुम कौन भाई हो? यह रेल मुसाफ़िरों की तहज़ीब बन गयी थी। अगर छोटी जात का हुआ तो पहले तो यही कोशिश की जाती थी कि वह वहाँ से टरक जाये। नहीं तो लोग अपने आप अपनी सीट बदल लेते थे। इसीलिए कुछ लोग जात छिपाने भी लगे थे। रेल के सफ़र के बाद घर आकर उसी तरह नहाने की परम्परा थी जैसे श्मशान से आकर लोग स्नान करते हैं। बड़े स्टेशनों पर गाड़ियाँ सवेरे, दोपहर, शाम घण्टा दो घण्टा इसीलिए रुकती थीं कि लोग नहा-खा लें। अच्छे घी की पूरियाँ बिकने का चलन था। रोटी भी बिकती थीं पर वे मुसलमान नानबाई बनाकर बेचते थे।

साइकिल की सवारी की बात करते-करते मैं कहाँ रेल-पुराण ले बैठा। दरअसल किशन बाबू कहा करते थे दुनिया में सबसे श्रेष्ठ होती है—रेल की सवारी, आलू की तरकारी और प्लेग की बीमारी। तब प्लेग बहुत होता था। बस दो-चार घण्टे में ही घर से राम-राम सत्त की आवाज़ आने लगती थी। बात मैं कारों की भी कर सकता था पर उससे लाभ? लब्बे लुबाब यह है कि ज़मींदारी का काम भी साइकिल पर ही देखा करता था। यह सवाल उठ सकता है कि अगर मेरे पास साइकिल थी तो उसे चलाना कैसे सीखा? यह भी एक मज़ेदार घटना है। सबसे पहले साइकिल नाम की चीज़ किशन बाबू ने देखी थी। किशन बाबू अपनी नयी जायदाद के सिलसिले में होम साहब यानी होम सेक्रेट्री से मिलने लखनऊ गये थे। वहाँ उन्होंने

मेमों और साहबों को शाम के वक़्त हज़रत गंज में साइकिल पर घूमते और हल्की-फुलकी खरीददारी करते देखा था । उन्होंने आकर मुझसे कहा । मैंने छोटे राय को बताया। छोटे राय थे तो चचा, पर चचा यार···· । उनसे वे सब बातें कह लेता था जो बड़े राय से कहने में डर लगता था । बड़े राय को किसी सिलसिले में लाट साहब से मिलने लखनऊ जाना पड़ा तो छोटे राय ने उनसे कहा—"भैया, भास्कर के लिए लखनऊ से एक साइकिल लेते आइये । सुनकर वे चुप हो गये थे । लेकिन जब वे आये तो कम्पनी का आदमी लखनऊ से यहाँ तक साइकिल लेकर साथ आया। वह साइकिल आज की साइकिल जितनी नफीस नहीं थी । लम्बी थी, पहियों के घेरे बड़े थे । उसी आदमी ने हफ्ता रहकर मुझे साइकिल सिखाई थी । मैंने भवानी को भी गुपचुप साइकिल सिखवा दी थी । मेरे बाद शहर में वह दूसरा व्यक्ति था जो साइकिल चलाना जानता था । पर उसे इस बात का ज़रा भी गर्व नहीं था । उसके बाद तो कई साइकिल नगर में आ गयीं । रईसों के लड़कों ने तो तुर्त-फुर्त मँगा ली थीं। बाद में और लोगों ने भी मँगायीं । तीन-चार साल बाद बाबू लाल एण्ड सन्स के नाम से रेले साइकिल की पहली ऐजेन्सी शहर में खुल गयी । फिर तो साइकिल भी चाय की तरह घर-घर में फैल गयी ।

बड़े राय अलबत्ता साइकिल की सवारी को नापसन्द करते थे । उनका कहना था कि न रथ न घोड़ा गाड़ी—फिर क्या सवारी । वह उसे हिजड़ा सवारी मानते थे। पर इस शब्द का प्रयोग उन जैसा सम्भ्रान्त व्यक्ति भला कैसे कर सकता था । बस—वहीं आकर रुक जाते थे । शाम को सैर-तफ़रीह के लिए जाते तो वे इस बात पर जोर देते कि साइकिल पर न जाऊँ ।

उस दिन भी ऐसा ही हुआ । हम लोग सैरो तफ़रीह के लिए कम्पनीबाग जाना चाहते थे । दो-तीन साइकिलों का इन्तज़ाम हो गया था । बड़े राय को पता चला तो उन्होंने कहलाया कि मैं गिग लेकर जाऊँ । गिग भी घोड़ा गाड़ी ही होती है । उसमें सामने दो आदमी बैठ सकते हैं । पीछे पायदान पर साईस खड़ा हो जाता है। साईस को घोड़ा भी हाँकना पड़ता है और अपना सन्तुलन भी बनाये रखना पड़ता है। पहले रईस लोगों का मन स्वयं गाड़ी चलाने का होता था तो गिग जुतवा लेते थे और घोड़े की रास थाम लेते थे । उस दिन मैं, किशन बाबू और बासो कम्पनीबाग गये थे । बासो मेरा बचपन का दोस्त था । बाद में तो वह पैसे वाला हो गया था। कई बार उससे कर्ज़ भी लिया । हम ज़मींदार आदमी को दो दृष्टि से देखते थे । पैसे वाला हुआ तो वक़्त ज़रूरत काम आ सकता है या नहीं, छोटा हुआ तो बेगार करेगा या नहीं ? खैर, हम तीनों आगे की सीट पर बैठे । चूँकि पतले-पतले थे इसलिए किसी तरह भिंच-भिंचाकर समा गये । पीछे काला साईस खड़ा होकर किग हाँकने

लगा। काला हर घोड़ा और हर गाड़ी हाँक लेता था । ताँगे से लेकर चौकड़ा तक । वैसे वह बड़े राय का ख़ास कोचवान था । घुड़साल का मुख्य वज़ीर भी । वज़ीर मन्त्री नहीं । घोड़े निकालने वाले को भी वज़ीर कहते थे । उस दिन वह ख़ाली था इसलिए हम लोगों की पकड़ में आ गया था । जहाँ तक किशन बाबू का सवाल था, जब से वह घटना हुई थी बड़े राय का रुख उनकी तरफ से बदल गया था । हालाँकि मेरे साथ उनका वही मोहब्बती व्यवहार था । मैं अब बड़ा हो गया था । रेख पकने लगी थी । मैं कभी झटक देता था और कभी टाल जाता था । किशन बाबू मेरी इस नापसन्दगी को अदा समझते थे ।

जाते वक़्त तो काला साईस ही गिग लेकर ले गया । जाते हुए उसने एक बार इतना ज़रूर कहा कि गिग की बम छोटी हैं और घोड़ा लम्बा पड़ता है । उसकी टाँगें गिग से सट रही हैं । लेकिन वह प्यार और पुचकार के साथ हाँकता रहा । घोड़े ने जरा भी आना-कानी नहीं की । दुतकी चलता रहा । हालाँकि मैं चाहता था कि वह सरपट न दौड़े, तेज तो चले । पर काला साईस उसे उसी च्चाल से चलाता रहा । कम्पनीबाग पहुँचते ही घोड़े की जोत खोलकर उसे ठण्डा किय । हाथ-पैर चटका कर ताज़ा किया । ताज़ा होते ही वह घुड़घुड़ाया । वह घोड़ा वेलर नस्ल का था । वेलर नस्ल के घोड़े ऊँचे और लम्बे होते हैं । रंग मुश्की था, नाम सफेदा । उसकी गर्दन पर साँपन थी । उस साँपन भौरी का मुँह सवार के विपरीत दिशा में था । इसलिए उसकी जात से सवार को कभी नुकसान नहीं पहुँच सकता था । वैसे भी वेलर हमेशा अपने हर संवाद का जवाब साईस या सवार से चाहता है। नहीं तो नाराज होकर तिरछा-तिरछा चलने लगता है । इसलिए चाहे वह घुड़घुड़ाये या ठोकर खाये, काला फौरन थपथपाता था या शाबाश कहता था । बड़े राय बाल भौरी की पहचान में माहिर थे। बहुत दूर-दूर के लोग घोड़े पहचनवाने और इलाज़ कराने आते थे । सवेरे नहाने से पहले उनका एक घण्टा इसी काम में लगता था ।

सैर-सपाटे के बाद जब हम वहाँ आये जहाँ काला साईस घोड़े के छिले हुए घुटनों पर स्पिरिट लगा रहा था। मैंने कहा कि गिग मैं चलाऊँगा । काले ने समझाया कि भैया जी यह घोड़ा मिज़ाज का तेज़ है । बहुत जल्दी नाराज़ हो जाता है। बड़ी खुशामद-दरामद से उतारा है । वरना काफी बिगड़ा हुआ था । अगर कहीं गिग की चोट से जख्मी और नाराज़ हो गया तो इतना बेकाबू हो जायेगा कि मेरी भी नहीं सुनेगा । लेकिन मैं इतने बड़े ज़मींदार का बेटा साईस की बात भला कैसे सुनता । मेरी हठ भी राजहठ से कम नहीं थी । उस बेचारे की क्या मज़ाल थी कि घोड़े की रास न देता । मैंने रास थाम ली । पहले तो वह मज़े-मज़े में चलता रहा । बासो बोला—"यार रायों के घोड़ों को रातिब नहीं मिलता क्या—सुना है रायों के घोड़े आग मूतते थे, यह तो गधे से भी गया गुजरा है ।"

किशन बाबू ने टोका भी, "मज़े-मज़े में चलने दो—"

पता नहीं क्या हुआ ! घोड़े ने सुन लिया या उसकी बात समझ ली, चाल अपने ही आप तेज़ होने लगी और तेज़ होती गयी । काला पीछे से चिल्लाये जा रहा था—"बचो भाइयो बचो, घोड़ा बिगड़ गया है ।" मैंने उसे दूसरी तरफ़ मोड़ना चाहा। वह चुँगी के पास आकर कलक्टर साहब के बँगले की ओर मुड़ गया । बड़े राय अक्सर वहाँ जाते थे। दूसरे, बड़े राय ने कई साल पहले उसे एक अंग्रेज़ कलक्टर से ही खरीदा था । तब वह बच्चा था । कलक्टर की मेम अपने बँगले से हवाखोरी के लिए निकली ही थीं । हमारी गिग उनकी गाड़ी सें भिड़ी और गाड़ी उलट गयी। मेम साहब को चोट आयी । चूँकि हमारी गिग पलटी नहीं थी, केवल हम ही लोग गिरे थे । इसलिए जल्दी-जल्दी उठे और गिग घुमाकर भाग खड़े हुए । अँधेरे में घोड़े को देखना मुश्किल था पर वह काफ़ी नाराज़ मालूम पड़ रहा था । पाँव डण्डा पटकने के स्टाइल में पटक रहा था । रास काले साईस ने ले ली थी । पहले तो वह अलिफ़ हो गया । लेकिन जब काले ने रास फटकार कर अपनी उपस्थिति और प्यार जताया तो वह चलने लगा । इस बार वह दौड़ रहा था जैसे हालात की नज़ाकत से वाबस्ता हो । हम लोग बुरी तरह डर गये थे । यह तो समझ में आ ही गया था कि टक्कर कलक्टर साहब की गाड़ी से हुई है । उसमें से गिरने और चीखने की आवाज़ भी किसी अंग्रेज़ की ही थी । वह कुछ अँग्रेज़ी में बोली भी थी ।

किसी तरह राम-राम भजते हम हवेली पर लौट आये । लगातार डर बना था कि घुड़सवार पुलिस पीछा कर रही है, आकर घेर लेगी और सबको हवालात पहुँचा देगी । लेकिन ऐसा नहीं हुआ । हममें से किसी की हिम्मत बड़े राय के सामने जाकर हालात बयान करने की नहीं पड़ रही थी । यही तय हुआ कि काला साईस ही जाकर बड़े राय को घटना का सही-सही ब्यौरा दे । उनके सिवाय कोई मदद नहीं कर पायेगा। जब उन्हें पता चला कि हमारी गिग कलक्टर साहब की मेम की गाड़ी से टकरायी है तो वे सिर पकड़कर बैठ गये । ये लड़के क्या गजब कर आये ! उनकी समझ में और तो कुछ नहीं आया उन्होंने काले साईस के हाथ से चाबुक लिया और सटा-सट्ट एक के बाद एक, कई रसीद कर दिये । वह चुपचाप खड़ा रहा । मेरे मन में सवाल उठा कि उसकी क्या खता ? खता तो मेरी है । यह बात वह कह सकता था परन्तु उसने वह भी नहीं कहा । अगर वह कह देता कि भैया ने ज़बरदस्ती रास ले ली तो शायद उसे और भुगतना पड़ता । जब वह पिट चुका तो असहाय बच्चे की तरह सुबक-सुबक कर रोने लगा । मुझे उस रात जरा भी नींद नहीं आयी । मुझे यही नज़र आता रहा कि काला साईस बेबात पिट रहा है और मुझे पुकार रहा है—भैया बचाओ—उसकी आँखें डबडबाई हैं—पर मेरा बोल नहीं फूट रहा है । बासो और किशन बाबू रफ़ूचक्कर हो चुके हैं ।

बड़े राय सवाल पूछ रहे थे,मैं पत्थर बना चुप्प ।

उन्होंने पूछा, "कौन हाँक रहा था ?"

मैंने तब भी कुछ नहीं कहा । हालाँकि उनके सवाल का जवाब मेरे पास था । कहूँ तो कैसे कहूँ । काले साईस की हालत मैं देख ही चुका था । चुप्पी के अलावा कोई दूसरा रास्ता नहीं था ।

उन्होंने फिर पूछा, "गाड़ी में कौन-कौन था ?"

बड़ी मुश्किल से कह पाया—"किशन बाबू, बासो और मैं..."

"तो तुम चला रहे थे ?" वे नतीजे पर स्वयं ही पहुँच गये थे । उन्होंने फिर कहा, "काले ने तुम्हें मना नहीं किया ?"

मैं फिर चुप्प । कैसे मना कर दूँ । वे स्वयं ही बोले, "तुम किसी दिन मुझे डुबाकर रहोगे ? अगर कलक्टर की मेम को चोट लग गयी होगी तो पता है कि वह क्या करेगा—रईसों को बुलाकर धूप में खड़ा कर देगा और पूछेगा बताओ किसकी गाड़ी थी ? अगर घोड़े की रास नहीं थमती तो ज़मींदारी की रास कैसे सँभालोगे ? उसे पता चल गया कि टक्कर हमारे फ़रज़ंद ने मारी है तो वह हमारे साथ तो जो करेगा सो करेगा ही तुम्हें उल्टा लटकवा कर बेंतों से पिटवायेगा ।" रुककर अपने आप ही बोले—"कुछ भी हो सकता है !"

किशन बाबू को भी बुलाया गया । उन पर लताड़ पड़ी—"आप भी इन लड़कों के कहने में आ गये—आप तो अनुभवी व्यक्ति थे !"

किशन बाबू ने एक क्षण को सोचा और तत्काल जवाब दिया । "गलती मेरी ही थी—मेरे ही मुँह से निकल गया था—घोड़े की रास नहीं थामना सीखोगे तो इतनी बड़ी ज़मींदारी कैसे सँभालोगे ? कहाँ रास ढीली करनी है, कहाँ कसनी है—कहाँ चलने देना है—यह बिना घोड़ा हाँके नहीं आता । घोड़ा बिगड़ जायेगा यह मुझे नहीं मालूम था ।"

बड़े राय की किशन बाबू को देखने की नज़र तत्काल बदल गयी । खामोश हो गये ।

इस बार किशन बाबू की बारी थी "अब तो आपको ही रास्ता निकालना होगा।" उन्होंने हुँकार भरी "हूँऽऽ ।"

कपड़े बदलकर जब बड़े राय बाहर आये तो काला साईस गाड़ी निकाल चुका था और मुस्तैद खड़ा था । जब किसी अफ़सर के यहाँ जाना होता था तो उसे अपनी खाकी बिरजिस, छोटा कोट और साफ़ा बाँधना होता था । पैर में बूट-जूते और

पिंडलियों पर चमड़े के गोल पैड बँधे होते थे । उसकी आँखें अभी भी नम थीं । हो सकता है तब से सूखी ही न हों, मार अभी भी चीस रही हो । मैं पहले ही बाहर पहुँच गया । मैंने उससे कहा, "काले काका, यह सब मेरी बजह ही से हुआ है—तुम मुझे चाहे जो कह लो ।"

"आप दुःख न मनाओ, जो पालता है, वह कभी डपट भी देता है—बड़े राय तो हमारे पूरे खानदान के पिता हैं ।"

"फिर तुम्हारी आँखें गीली क्यों हो रही हैं ?"

गाड़ी में लगी लालटेन की रोशनी में हम दोनों ने एक-दूसरे को देखा । उसकी आँखें तो आदतन नीची रहती थीं । मुझे करनी पड़ीं । वह बोला, "धरती गीली हो जाती है तो बालू डालकर सुखा देते हैं । आँखें बहना शुरू होती हैं तो उन्हें सुखाना मुश्किल होता है। हाँ, खुद ही सूख जायें तो सूख जायें ।"

मैं सोचने लगा कि उसके मन में यह बात कहाँ से आयी ? अपने दुःख से ?···

बड़े राय अन्दर से निकलकर गाड़ी तक आये । उनकी परछाईं उनसे सटी हुई थी । गाड़ी में बैठने लगे तो उनका पावदान पर रखा पाँव एकाएक नीचे उतर आया। वे काले के पास गये । अपना हाथ उसके कन्धे पर रखा । दो-एक बार थपथपाया। मुझे लगा कि वे काले साईस से माफ़ी न माँगकर भी माफ़ी माँग रहे हैं । कभी-कभी इस तरह के लोग अपने आपको अपने अहंकार से इतना बाँध लेते हैं कि सच बात भी उसके नीचे दबी रह जाती है । हालाँकि तामझाम वही सब करते हैं । बस, उन्हें कहना न पड़े दूसरा समझ जाये । उसने उनके पाँव पकड़ लिये "नहीं मालिक, मैं तो आपकी जूती से भी गया बीता हूँ ।" वे गाड़ी पर जा बैठे और काला कोच-बक्स पर चढ़ गया । उसे बार-बार धुँधला नज़र आने लगता था । आँखें साफ़े से पोंछनी पड़ती थीं ।

बड़े राय ने मुझे भी साथ ले लिया था । मैं बड़े राय के सामने वाली सीट पर बैठा था । बिस्सू गाड़ी के पीठे चौहरी लेकर पटरे पर खड़ा हो गया । बिस्सू पहले चरकटा था । अब उसकी पदोन्नति हो गयी थी । पहले दो रुपये महीने मिलते थे अब तीन रुपये मिलने लगे थे । सबसे ज़्यादा तनख़्वाह काले को मिलती थी । सात रुपये । तनख़्वाह साल में दो बार बँटती थी । फसल पर । छोटे लोगों को तिमाही दी जाती थी । इसके अलावा गुड़, लकड़ी, मोटा अनाज आदि भी साल में एक बार दिया जाता था । काले को गेहूँ भी मिलता था । शादी-ब्याह के वक़्त लकड़ी और अनाज आदि अतिरिक्त मिलता था । साईसों को ऊपर की आमदनी भी थी । ब्याह-शादियों पर गाड़ियाँ माँगी जाती थीं । लड़के वाले साईस को पन्द्रह और बीस रुपये, एक जोड़ा या साफा और पाँच-पाँच परोसे देते थे । छोटे साईस को दस रुपये

और दो परोसे मिलते थे । साये के दिनों में उनका साल भर का खर्चा निकल आता था । मिठाई और कचौरी सुखाकर महीनों खाते थे । असली घी का माल होता था, खराब कम होता था । कई बार तो ये लोग अपनी तनख़्वाह जमा करते रहते थे । जब देस जाते थे या ब्याह-शादी होती थी तो उठाते थे ।

बिस्सू पीछे खड़ा चौहरी से मच्छर उड़ा रहा था । एक चौहरी साईस के पास रहती थी । उससे वह घोड़े की मक्खियाँ उड़ाता था । गाड़ी चल रही थी । मैं चुपचाप बैठा बड़े राय को देख रहा था । बड़े राय तनाव में थे । उनकी भवें कभी तन जाती थीं, कभी माथे पर सलवटें पड़ जाती थीं । मैं डरा हुआ बैठा था । पता नहीं क्या हो ? काफी घना अँधेरा था । बीच-बीच में काला साईस पैर घण्टी बजाता था तो लगता था कि अँधेरा धुर तक चिर गया । दोनों तरफ़ के अँधेरे और ज़्यादा गहरे हो गये । रात मुझे काफ़ी जादू भरी लगती थी । कुछ पता नहीं कहाँ क्या हो रहा हो । मकान, घर-हवेलियाँ, महल-दुमहले, आते-जाते राहगीर, दुकानदार सब अँधेरे से ऐसे बँध जाते हैं कि कोई स्वतन्त्र नहीं रहता । सबसे बड़ी रात और उसका अँधेरा । हाँ, रोशनी के साथ चलते लोग ज़रूर पहचान बनाने की कोशिश करते हैं।

हमारी गाड़ी चलती जा रही थी । जैसे चलने वाले बस हम लोग ही हों । बाकी सब जहाँ हैं वहीं रुके बैठे हों । यह अहसास बड़ा अज़ीबो-गरीब अहसास होता है। सब रुके हों और आप चल रहे हों । बड़े राय कहीं और थे । वहाँ नहीं जहाँ बैठे थे । इस दृष्टि से हम दोनों की स्थितियाँ भिन्न थीं । मुझे एक डर घेरे हुए था । मुझसे पूछा गया तो मैं क्या करूँगा ? बड़े राय कहीं साहबों को खुश करने के लिए दूसरी तरह पेश न आने लगें । मेरा वहाँ कौन होगा ? यब सब सोचकर मेरे दोनों पाँव नीचे टिके होने के बावजूद काँपते हुए महसूस होने लगते थे । बड़े राय जैसे बैठे थे उसी तरह बैठे हुए थे । उन्होंने हाथ तक नहीं हिलाया था । तब सड़कों पर बिजली नहीं थी । अब इस बात की कल्पना करना भी सम्भव नहीं । सड़कों पर मिट्टी के तेल की लालटेनें या लैम्प पोस्ट जलते रहते थे । उनकी रोशनी जैसे समुद्र में ढेला । घेरा भले ही बना लें पर कहाँ तक बनायेंगे। जब वे धुधुआँने लगती थीं तो और फ़जीहत हो जाती थी । चिमनियाँ काली पड़ जाती थीं । रोशनी जैसे अन्दर घुट गयी हो ! कहीं से झाँक ले तो भले ही झाँक ले—सुई की नोक की तरह तीखापन लिये । वैसे जहाँ कालस होती है वहाँ रोशनी होकर भी नहीं रहती । शहर के बाहर निकलने के बाद तो निर्जीव अँधेरे की एक लम्बी सुरंग बन गयी थी ।

जहाँ से गाड़ी निकल रही थी वहाँ का अँधेरा सन्नाटा घोड़े की टाप से थोड़ा-बहुत छिन्न-भिन्न हो जाता था और अगली टाप पड़ने तक फिर सालिम बन जाता था। कभी मुझे लगता कि यह सन्न अँधेरा रोशनी से टूटता है और कभी लगता आवाज़

से टूटती है । कई बार लगता था अँधेरा सड़क बन गया है और घोड़े की टाप उसी पर बज रही हैं । गाड़ी कलक्टर साहब के बँगले के पास पहुँची तो मुझे लगा कि अब वह क्षण आ गया जब मैं अकेला हो जाऊँगा और बड़े राय के समेत वे सब लोग दूसरी तरफ खड़े होंगे । मैं अपने आपको देखने लगा । अँधेरे की उस कीचड़ में कीड़े की तरह सपल-सपल करता । घोड़ा किसी महाबली की तरह दोनों नथुनों से आग उगलता हुआ रात को चीरता हुआ कलक्टर साहब के बँगले में घुसता चला जा रहा था । काला और बिस्सू उसमें बिलाय गये थे । केवल बड़े राय थे जिनकी आँखें उस अँधेरे को चीर डालने की जुस्तजू में थीं । अँधेरा बार-बार उन्हें ढँक देता था। मनुष्य और प्रकृति में यही अन्तर होता है ।

गाड़ी अन्दर घुसी । मेरे पेट में एक तरह की खुदबुदाहट शुरू हो गयी थी । वही—अकेले पड़ जाने का भय । मुझे लगा कहीं कपड़े न खराब हो जायें । लेकिन हुए नहीं । गाड़ी रुकी तो बड़े राय जैसे अपने अन्दर से बाहर आये । मैं भी उनके साथ उठने लगा तो उन्होंने बैठे रहने का इशारा किया । मुझे बड़े राय का यह रोकना अच्छा लगा । जो साँस रुक गयी थी वह बाहर आयी । पेट की हँफनी भी थम गयी ।

बड़े राय बँगले के बराँडे तक गये । लाल चपरास बाँधे जमादार ने सलाम किया। बड़े राय ने जेब से चाँदी के रुपये निकाले और उसकी हथेली पर रख दिये। उसने उनकी आवाज तक मुट्ठी से बाहर नहीं आने दी ।

"साहब कहाँ हैं ?"

उसने अन्दर की तरफ़ इशारा कर दिया । फिर फ़ुसफ़ुसाकर कहा—"मेम साहब की बग्गी किसी की गाड़ी से टकरा गयी । मेम साहब गिर गयीं । चोट लगी है—डॉक्टर बैठा है । एस. पी. साहब को बुलाया गया है ।"

"काफ़ी चोट आयी है ?"

"बहुत ज़्यादा नहीं—बड़े आदमियों की चोट है, पता नहीं चलता ।"

"किसी ने जानकर तो नहीं मारा ?"

"घोड़ा बिगड़ गया था—साईस चिल्लाता जा रहा था—बचो-बचो···बस, जैसे ही बग्गी बाहर निकली उधर से घोड़ा आया—टक्कर मार दी । वह तो गाड़ी उलट गयी तो चोट कम आयी । नहीं तो पता नहीं क्या होता ।" गाड़ी उलटने की बात बड़े राय की समझ में नहीं आयी। कहाँ गिग और कहाँ चौपइया गाड़ी । फिर भी उल्टी तो थी ही ।

"किसकी गाड़ी थी ?"

"अँधेरे में पता नहीं चला, किसी रईस की ही रही होगी ।"

बड़े राय की जान में जान आयी। फिर पूछा, "साईस कौन था ?"

"रहमतुल्ला था हुज़ूर ।" इस बात से उन्हें और भी सकून मिला । थोड़ा सोचकर बोले—"जरा साहब को सलाम दो ।"

"इस समय तो साहब मेम साहब के पास हैं । बड़ा डॉक्टर देख रहा है । वहाँ जाना मुश्किल होगा ।"

"जब पता चल गया तो मिसेज़ डिक को देखे बिना कैसे जाऊँ ? हो सके तो तुम खबर कर दो ।" रुककर बोले, "जरा रहमतुल्ला को भी भेज देना । उससे ही पता लगेगा । कैसे चोट आयी ?"

जमादार अन्दर चला गया । रहमतुल्ला अस्तबल की तरफ से आ रहा था । बड़े राय को देखा तो झुककर सलाम किया । रहमतुल्ला रायों के अस्तबल के सब जानवरों को पहचानता था । दोनों ने एक-दूसरे की तरफ देखा । वह धीरे-से बोला, "सरकार, आज तो गज़ब हो जाता ।"

मैं जानता हूँ।···तुमने—?"

वह बीच ही में बोला, "हुज़ूर का नमक खाया है, ज़बान कट जायेगी पर रायों का नुकसान इस ज़बान से नहीं होगा ।"

"पुलिस—"

"मेरे सिवाय न तो किसी ने देखा और न कोई आपके 'सफेदा' को पहचानता है।"

बड़े राय जेब से निकालकर रुपये देने लगे तो वह हाथ जोड़कर बोला—"हुज़ूर से ही सीखा ईमान दीन से बड़ा होता है । ईमान बना रहे तो शुक्र है ।"

बड़े राय ने रहमतुल्ला की तरफ़ देखा । उसने सलाम किया और बोला—"इस वक़्त मुझे इजाज़त दें···" वह चला गया ।

बड़े राय वहीं टहलने लगे । रहमतुल्ला उन्हें लगातार तंग कर रहा था । रहमतुल्ला ने उन्हें छोटा कर दिया । वे तो आये ही थे अपनी गलती कबूल करने, माफी माँगने पर रहमतुल्ला ने उन्हें शशोपंज में डाल दिया । ईमान भी क्या चीज़ है—कोई कैसे इस्तेमाल करता है कोई कैसे । मैं अपने बेटे की गलती माफ़ कराने आया हूँ—मेरे बेटे की गलती छुपाकर यह अपने ईमान का सबूत दे रहा है । मैं गलती इसलिए मानना चाहता हूँ कि हुक्मरान बाद में मुझसे नाराज न हो जायें—और यह है कि गलती छुपाकर बाद में हुक्मरान की होने वाली नाराजगी ओटने के लिए तैयार है ।

चपरासी आया तो उन्हें पता नहीं चला । वह आकर बोला—"साहब ने सलाम

कहा है···और कहा है अगर बहुत जरूरी न हो तो सवेरे तशरीफ़ ले आयें । इस वक़्त डॉक्टर साहब बैठे हैं ।''

बड़े राय को लगा, क्या उनका महत्त्व एक डॉक्टर जितना भी नहीं ? फिर सोचा शायद पर्दादारी के कारण उन्होंने ऐसा कहा हो । वरना उनके आने पर डिक साहब कभी ऐसा न कहते । मिसेज़ डिक भी काफ़ी सम्मान करती हैं । जब कभी डिक और मिसेज़ डिक की राय में नाइत्तफ़ाकी होती है तो कई बार वे उन्हें ही सालिस बनाते हैं । लेकिन फिर उन्होंने रुकना उचित नहीं समझा । सोचा शायद यही ईश्वर को मंजूर हो । उसकी राय भी रहमतुल्ला की राय से मेल खा रही हो ।

वे बिना कुछ कहे बाहर आ गये ।

गाड़ी के पास आड़ में रहमतुल्ला और काला साईस खड़े बात कर रहे थे । रहमतुल्ला की नज़र पहले पड़ी । उसने फिर झुककर सलाम किया । मुसलमान बड़ों की इज्ज़त करने में कभी कोताही नहीं करता । अगर दस बार मुलाकात हो तो दस बार सलाम करता है । पास आकर बोला—''हुजूर आपने नाहक जहमत उठाई ! रहमतुल्ला खून के आखिरी क़तरे तक आपके नमक की कीमत चुकायेगा । कुछ दिनों आप सफेदे को गिग में न जुतवायें । इतना नायाब घोड़ा है अगर हठ बैठ गयी तो खराब हो जायेगा । जिस सवारी में जुतकर घोड़ा चोट खा जाता है फिर वह उससे बचने लगता है । अगर फिर उसी सवारी में जोता जाये तो हठी हो जाता है । आदमी की तरह घोड़ा भी इच्छा के विरुद्ध काम नहीं करना चाहता ।'' फिर रुककर बोला—''हो सके तो सफेदा को आप ज़मींदारी में भेज दें । थोड़ा इसका मन भी बदल जायेगा और पहचाने जाने से भी बच जायेगा । इतना कद्दावर घोड़ा शहर में दूसरा नहीं । कभी मेमसाहब की नज़र पड़ गयी तो कहीं पहचान न लें···।''

वह बहुत धीमे-धीमे बोल रहा था । मैं खामोश अन्दर बैठा था । मुझे गोरों के डर ने बेपनाह घेरा हुआ था । बैठे-बैठे मेरी गर्दन और पीठ बुरी तरह दर्द करने लगे थे । कभी-कभी मुझे लगता था डिक और उसकी मेम मेरी पीठ और सिर पर पाँव रखे खड़े हैं और निरन्तर दबा रहे हैं । बड़े राय जवाब में बोले तो कुछ नहीं थे। हो सकता है गर्दन हिलाकर हाँ की हो । मुझे पता नहीं चला। बड़े राय गाड़ी में आ बैठे । मुझे एक दूसरे भय ने पकड़ लिया । अब बड़े राय जरूर मुझसे कुछ कहेंगे। हो सकता है कि यह बतायें कि गोरों से किस तरह बात करनी चाहिए और क्या कहना चाहिए । पर वे कुछ नहीं बोले ।

रहमतुल्ला ने आकर फिर सलाम किया और मुझे दोनों हाथ उठाकर दुआ दी—''अब तो भैया जवान हो गये···मैंने ही इन्हें घोड़े पर चढ़ना सिखाया था। ये घोड़े पर चलते थे, मैं पीछे दौड़ा करता था । वो भी क्या ज़माना था !···खुदा उम्र दराज़ करे ।''

उसकी जवानी वाली बात मुझे कुछ ऐसी लगी जैसे इस घटना को लेकर वह मुझ

पर व्यंग्य कर रहा है । मैंने अपने हाथ-पैरों पर नज़र डाली । फिर टटोल कर देखा। अच्छे खासे लम्बे-चौड़े हो गये थे । मछलियाँ उभर आयी थीं । जवान शब्द सुनकर अन्य अंगों में भी जवान होने का अहसास करेंट की तरह दौड़ गया था । बड़े राय ने गाड़ी हाँकने को कहा । जैसे गाडी चली वैसे ही रहमतुल्ला ने आखरी सलाम किया। बड़े राय ने आवाज़ को इतना ही उठाया जितने में वह सुने—"रहमतुल्ला, तुम्हारी इस वज़हदारी को कभी नहीं भूलूँगा ।"

गाड़ी कोठी से बाहर निकल रही थी । एस. पी. वुड अन्दर आ रहे थे । सन्तरी ने हमारी गाड़ी रोक दी । पुलिस कप्तान का घोड़ा पास आकर रुक गया । उनके पीछे दो घोड़ों पर शायद दो दरोगा थे । एक दरोगा ने आगे बढ़कर पूछा—"किसकी गाड़ी है ?"

बड़े राय गाड़ी से उतर गये—"गुड इवनिंग मि. वुड ।"

"गुड इवनिंग···आप यहाँ कैसे आया ?"

"सोचा था मिसेज़ डिक के साथ ब्रिज खेला जायेगा···यहाँ पता चला वे गाड़ी से गिर गयीं···उन्हें चोट आ गयी है । सिविलसर्जन देख रहे हैं···शायद मिल नहीं रहीं ।"

मि. वुड हँसे—"सो योर ब्रिज इज़ डिस्टर्ब्ड···सी इज़ गेटिंग अनरुली ।" आखरी वाक्य उसने गम्भीरता से कहा । बड़े राय कुछ नहीं बोले । गुड नाइट करके गाड़ी में बैठ गये । मैंने मि. वुड की झलक ही देखी थी । उसका गोरा चेहरा अँधेरे में भी हण्डे की तरह लग रहा था ।

मझले राय और छोटे राय में ज़मीन आसमान का अन्तर था । मझले राय यानी कृष्ण राय और छोटे राय उर्फ राघव राय दोनों में दो साल की छोट-बड़ाई थी । मेरठ कॉलेज में भी साथ ही साथ पढ़े थे। पश्चिमी उत्तर प्रदेश में उस समय दो ही बड़े कॉलेज थे। एक शायद आगरा कॉलेज आगरा और दूसरा मेरठ कॉलेज मेरठ । आगरा का सेण्ट जान्स भी पुराने कॉलेजों में है। पूरी कमिश्नरी के लड़के मेरठ ही पढ़ने जाते थे। तब मेरठ कॉलेज इण्टर तक था। लेकिन था काफ़ी बड़ा। दोनों हॉस्टल में रहते थे। एक खाना बनाने वाला रसोइया और एक खिदमतगार रखा हुआ था । एक घोड़ा ताँगा और साईस। साईस ही हाँकने का काम भी करता था और

चारे का भी। ताँगे घोड़े के लिए हॉस्टल के पास ही एक अस्तबल टाइप का बाड़ा दो रुपये महीना किराये पर लिया हुआ था। हॉस्टल के एक कमरे में दोनों भाई सोते थे। दूसरे कमरे में खाना बनता था। वैसे ऐसे-ऐसे भी रईसज़ादे थे जो कोठियाँ किराये पर लेकर रहते थे। तीन-तीन चार-चार खिदमतगार रहते थे, एशोअशरत का पूरा तामझाम होता था। सोने का कमरा, खाने का कमरा, मेहमानों का कमरा, नशिस्तगाह···सवारियाँ तो थी हीं। उनमें पढ़ कितने पाते थे यह कहना कठिन है। मझले राय में रऊनत की बू ज़्यादा थी। उनकी दोस्ती भी ऐसे ही लोगों से थी। छोटे राय अधिक सहज और मस्त थे। सबसे मिलते थे, बोलते थे और सबके साथ खेलते थे। चाहे अंग्रेज़ अध्यापक हों या साथी लड़के । मझले राय उन्हें उनकी इस आदत के लिए टोकते थे। तुम हरेक के साथ घुल-मिल जाते हो । इससे राय खानदान की कितनी बेइज़्ज़ती होती है । आदमी अपने साथियों से जाना जाता है। छोटे लोगों के साथ बैठने से छोटा समझा जाने लगता है ।

दोनों भाइयों की शादी दसवीं क्लास में ही हो चुकी थी । पर बच्चे नहीं थे । मझले राय का मन कॉलेज में कम लगता था । वे अक्सर हवेली पर ही मौजूद रहते थे । लगातार एक हफ्ता घर से बाहर रहना उन्हें मुश्किल मालूम पड़ता था । मझली चाची अपने ज़माने की सुन्दर महिलाओं में थीं । सुन्दर तो छोटी चाची भी थीं और छोटे राय उन्हें प्रेम भी कम नहीं करते थे । लेकिन वे छुट्टियों में ही घर आते थे । ज़्यादा हुआ शनिवार की शाम को आ गये सोमवार की सवेरे चले गये । तब प्राइवेट लॉरी चलनी शुरू ही हुई थीं । बस को तब लॉरी कहा जाता था । तीन घण्टे में पहुँचा देती थीं । इस बात से छोटी चाची नाराज़ भी रहती थीं । उनसे अक्सर पूछा करती थीं कि मझले जेठ जी तो रोज़ हवेली पर मौजूद रहते हैं, आपकी क्या कुछ खास पढ़ाई है ? या कोई और देख ली ? छोटे राय कह देते थे···बस एक ही बहुत है । उनकी रुचि टेनिस में भी उतनी ही थी जितनी घर में । कभी-कभी हॉकी भी खेल लेते थे । मझले राय को भाग-दौड़ खेल-कूद से बहुत चिढ़ थी । वे जब भी कमरे से निकलते थे सज-सँवर कर ही निकलते थे ।

उन दिनों ज़्यादातर अध्यापक अंग्रेज़ होते थे । अंग्रेज़ शिक्षक अपने विद्यार्थियों से काफी रब्त-ज़ब्त रखते थे । पौवल प्राइस इतिहास के अध्यापक थे । पौवल प्राइस और छोटे राय टेनिस में अक्सर पार्टनर रहते थे । पौवल प्राइस शादीशुदा तो था । पर जब तक उसकी मेम हिन्दुस्तान नहीं आयी थी तब तक छोटे राय को अपनी मेम के किस्से सुनाया करता था । उसे लगता था कि उसकी बीवी के बराबर दुनिया में किसी की बीवी नहीं । वही अकेली बीवी बनकर पैदा हुई है । बाकी सब तो औरतें हैं । औरत और बीवी में अन्तर होता है । फिर वह कहता था—"जब हमारी मेम

आयेगी तो हम तुमको उससे मिलवायेंगे । शी इज़ वेरी चार्मिंग ।'' फिर पूछता—''तुम हमें अपनी बीवी से मिलवाओगे ?''

पौवल प्राइस अंग्रेज़ी ही जानता था । जब कभी वह ज़्यादा बक-बक करने लगाता था तो छोटे राय हिन्दी में बोलना चालू कर देते थे—''साला उल्लू है····अबे हमारे घर की औरतें तुम्हारी औरतों की तरह टाँग और सिर उघाड़े पराये मर्दों के सामने नहीं जातीं ।''

वह अंग्रेज़ी में फिर पूछता— ''वेल, तुमने क्या कहा ?''

छोटे राय उसे अंग्रेज़ी में समझाना शुरू कर देते—''मैंने कहा कि मुझे आपकी मेम से मिलकर बहुत खुशी होगी । यह मेरा सौभाग्य होगा । लेकिन हम लोग बहुत पिछड़े हुए हैं···हमारी औरतें पर्दानशीन हैं ।''

वह कहता है—''हम तुम्हारे दोस्त हैं ।''

छोटे राय फिर हिन्दी में चालू हो जाते, ''दोस्त बनकर ही तो मुल्क में घुसे और दोस्त बनकर घर में भी घुसना चाहते हो, जिससे न घर के रहें ना घाट के ! सब कुछ तो चूस डाला अब बचा ही क्या है···'' कभी-कभी गाली भी बक देते ।

जब वह फिर पूछता कि तुम क्या कह रहे हो ? वे हँसकर कहते—''सर, आप हमारे दोस्त कहाँ हैं—उस्ताद हैं । हमारे यहाँ उस्ताद का दर्जा बहुत बड़ा होता है ।''

वह एक शराबी की तरह कहता—''नहीं, हम तुम्हारे दोस्त हैं ।''

''अबे फिर लिया दोस्त का नाम—साला दुश्मन कहीं का !'' लड़के होते तो उनकी हँसी छूटने लगती। दबानी पड़ती।

वह पूछता—''तुम बीच-बीच में क्या बोलने लगते हो ?''

''हम तारीफ अपनी भाषा में करते हैं। लड़ाई, प्रेम और तारीफ़ करने के लिए अपनी मातृभाषा से अच्छी दूसरी भाषा नहीं होती।'' वह गर्दन हिला-हिलाकर उनकी इस बात की प्रशंसा करने लगता। छोटे राय अंग्रेजी में ही कहते—''आप अँग्रेज़ होकर भी कितने भोले और अच्छे इन्सान हैं।''

मह मुग्ध हो जाता और गर्दन हिलाने लगता।

छोटे राय के पास पौवल प्राइस के बहुत से किस्से थे। एक दिन छोटे राय और उनके दोस्तों ने पौवल प्राइस को यह सोचकर मूर्ख बनाने की योजना बनाई कि देखें हम लोग भी इन्हें मूर्ख बना सकते हैं या नहीं या ये ही लोग हमें मूर्ख बनाते रहेंगे ? मझले राय उनके इस रुख से सहमत नहीं थे। हमेशा अंग्रेज़ अध्यापकों को इस तरह झुककर सलाम किया करते थे जैसे वे उनके अफ़सर हों। अध्यापक वाली सम्मान की भावना की जगह उनके मन में एक आतंक-सा था। उनका कहना था कि हाक़िम जाति का आदमी चाहे अध्यापक हो या कोई और, वह मूलतः हाक़िम ही होता है।

उसके मुँह नहीं लगना चाहिए। पता नहीं कब लात मार दे। हाकिम नाराज़ हुआ, कहर आया। फिर वह कुछ नहीं देखता। हाथ-पैर इकट्ठे करके रद्दी की टोकरी में फिंकवा देता है। रद्दी की टोकरी ही उसका झेरा होता है। छोटे राय उनकी इस बात से कभी सहमत नहीं होते थे। उनका कहना था कि आतंक को बर्दाश्त करने वाला ही उसे हमेशा बढ़ावा देता है। जितना वह उससे भयभीत होता है उतना ही आतंकित करने वाला आतंकित करता है। उसकी खता उतनी नहीं होती जितनी आतंकित होने वाले की होती है। वह जान जाता है कि दूसरे में विरोध करने की ताकत ही नहीं। मझले राय ने पौवल प्राइस वाले मामले में जमकर विरोध किया। एक तो प्रोफ़ेसर दूसरे अंग्रेज़ ! इस नस्ल के आदमी बेवकूफ़ बनने के लिए पैदा नहीं होते—! छोटे राय ने उन्हें बहुत समझाया कि वे उसे सिर्फ़ हँसी-मज़ाक ही समझें। अगर ऐसा ही होगा तो हम माफ़ी माँग लेंगे। हम तो सिर्फ़ उसे पान खिलायेंगे। पान हमारी संस्कृति का प्रतीक है। वह कभी इनकार नहीं करेगा। हमें सिर्फ़ यह देखना है कि वह पान खाकर कैसा लगता है। आदमी या बन्दर !

छोटे राय के एक दोस्त थे, महावीर जैन ! सब उन्हें कनकटा साहब कहते थे। उनके कान का कोना कटा था। लेकिन वे हमेशा टिप-टॉप रहते थे। जब भी कमरे से बाहर निकलते टाई लगाये और टेल-सूट पहने रहते। वे अपने पिता के अकेले लड़के थे। पिता के पास एक रियासत की दीवानी थी और उस दीवानी के सहारे बनी लम्बी-चौड़ी ज़ायदाद थी। वह सब कनकटे साहब के लिए ही थी। एक और सिफ़्त भी थी। नाक से बोलते थे। कोई-कोई उन्हें नकनका साहब भी कहता था। अंग्रेज़ी ही उनकी भाषा थी। आप हिन्दी में बोलें, वे अंग्रेज़ी में उत्तर देंगे। वे भी अपने उसी तामझाम के साथ रहते थे। उन्होंने ताँगे या गाड़ी के बजाय गिग रखी हुई थी, जिससे कोई चपड़कनातिया उनके बराबर में न बैठे। लोग यह भी कहते थे कि वे हिन्दुस्तानी पाखाने में टट्टी नहीं जाते। कमोड पर जाते हैं। नहाते नहीं, गुसल करते हैं। पेशाब भी वे तामचीन के 'बाउल' में करते थे। जमादार अविलम्ब साफ़ करता था। उन्हें कभी किसी ने आम आदमियों की तरह ऐरी-गैरी जगह मूतते नहीं देखा था और न गन्दे पाखाने में पाखाना करते। अलबत्ता एक किस्सा ज़रूर प्रचलित था कि नकनके साहब सवेरे टहलने जा रहे थे। उन्हें एकाएक बहुत ज़बरदस्त हाज़त हुई। उन्होंने इधर-उधर देखा। नीम अँधेरा था। पहले सड़कों के बराबर में प्राकृतिक किस्म के बड़े-बड़े बरसाती नाले होते थे। वैसे उनमें घास उगी रहती थी, बरसात में खूब भरकर चलते थे। नकनके साहब ने काफ़ी कोशिश की कि किसी तरह अपने कमरे पर पहुँच जायें पर दबाव तेज़ था। मजबूरन उन्हें नाले में घुसना पड़ा। हाज़त तो रफ़ा हो गयी और सकून भी बहुत मिला पर आबदस्त लेने का सवाल आया।

पहले तो उन्होंने ढेले से साफ़ किया। जब नहीं हुआ तो इत्र भरे रूमाल से पोंछकर फेंकना पड़ा। इवनिंग इन पेरिस उन दिनों बहुत प्रचलित था। लेकिन उनके किसी दोस्त ने उन्हें फारिग होते हुए देख लिया। जब तक वह कॉलिज में पढ़ा तब तक वह उनसे रोज़ाना एक गिलास दूध और पाव भर कलाकन्द इसलिए वसूल करता रहा कि कहीं वह किसी से कह न दे और उनकी साहबियत में फ़र्क आ जाये।

महावीर जैन अपने को अँग्रेज़ मानने के अलावा अँग्रेज़ों के बहुत नज़दीक भी समझते थे। छोटे राय ने उन्हें ही पटाया और उनके साथ मिलकर उन्होंने पौवल प्राइस को पान खिलाने की योजना बना डाली। उसी के कमरे में पान खिलाने का आयोजन किया गया। उसने इस बात को बहुत बड़ा सम्मान समझा। मझले राय से यह सब बर्दाश्त नहीं हुआ तो वे घर चले गये। वैसे भी उन्हें घर जाना था।

बुढ़ाने दरवाज़े पर एक मशहूर पान लगाने वाला था। वह उस ज़माने में सौ-सौ रुपये का कुशते वाले पान बनाता था। रईस लोग अपनी ऐयाशी को सही-सलामत रखने के लिए उसका पान खाते थे। छोटे राय ने उस पान में जावित्री, दालचीनी, इलायची, लौंग वगैरह कई चीज़ें डलवायीं। छोटे राय का चाँदी का अपना पनडब्बा साथ रहता था। शाम को टेनिस खेलकर लौटते हुए पौवल प्राइस अक्सर उनके साथ कमरे पर आ जाते थे। अँग्रेज़ अच्छे खिलाड़ी की इज्ज़त करते थे और अगर वह उनका अपना पार्टनर हो तो क्या ही कहने। उस दिन वे उन्हें अपने कमरे पर न ले जाकर महावीर जैन कमरे पर ले गये। महावीर जैन ने अपने कमरे में कालीन-वालीन बिछाकर मसनद वगैरह लगवा रखी थी। किसी के यहाँ से अखरोट की लकड़ी और हाथी दाँत की नक्काशीदार चार कुर्सियाँ भी मँगवा ली थीं। उन पर लाल मखमल की गद्दियाँ जड़ी थीं।

पौवल प्राइस ने कमरे पर एक नज़र डाली और बैठ गया। महावीर के पास हालाँकि इतिहास विषय नहीं था फिर भी पौवल प्राइस उसे छोटे राय के दोस्त की हैसियत से जानता था। छोटे राय ने ही अंग्रेज़ी में पूछा, "सर, आपने कभी पान खाया ?"

उन्होंने जवाब दिया "नो, वह पत्ता ही तो होता है····उससे होंठ कैसा लाल हो जाते हैं ?"

"आज खाकर देखिये।"

"नो, इस मुल्क में पत्तियाँ जहरीली होती हैं।"

"ओह नो सर, पान तो बहुत पवित्र चीज़ है····भारतीय संस्कृति का प्रतीक है।" छोटे राय हिन्दी में बोले "अबे बन्दर, खाकर तो देख।"

"इसमें ऐसा क्या गुण है··· लोग क्यों खाते हैं ?"

"तुम उल्लू की दुम हो····"

"व्हाट ?"

"मैं कह रहा हूँ सर, यह पुरुष शक्ति का स्रोत है, मुख की शुद्धि करता है, आदमी को जाड़े में पसीना लाने की ताकत रखता है····।"

वह सोचने लगा। छोटे राय ने महावीर जैन की तरफ़ इशारा करके कहा, "अबे, कुछ तो बोल !"

वे एक ही वाक्य बोले—"सर खाकर देखिये तो !"

वह फिर भी चुपचाप सोचता रहा। छोटे राय हिन्दी में कुछ-कुछ बोलते रहे—"अबे खाता है या नहीं··या सूडूँ तेरे मुँह में ! एक रुपये का पान है। कभी देखा है एक रुपये का पान !"

महावीर जैन बोले, "सर खा लीजिये ना !"

पौवल प्राइस ने पूछा, "राघव राय बीच-बीच में क्या बोलता है ?"

"मैं कह रहा हूँ, अगर आप पान नहीं खायेंगे तो आपका भारत आना व्यर्थ हो जायेगा। वैसे भी भारतीय इतिहास में राजाओं और रानियों के लिए पान खाना आवश्यक था। बिना पान के बारे में जाने और उसे खाये भारतीय इतिहास समझना मुश्किल होगा।"

"अच्छा····तो हम खायेगा।"

महावीर जैन सोने-चाँदी की तश्तरी में पान का बीड़ा लाकर रखे था। छोटे राय ने उसकी आँख बचाकर उस बीड़े को अपने सोने के वर्क वाले बीड़े से बदल दिया। पौवल प्राइस बच्चों की तरह खुश होकर बोला—"यह तो सुनहरा है।"

"यह वर्क असली सोने से बना है।"

वे उसे घुमा-फिराकर देखते। छोटे राय मुस्कराते रहे—"साला बन्दर—!"

जब इतमीनान हो गया कि सब कुछ ठीक-ठाक है तो गप्प से मुँह में रख लिया।

छोटे राय ने महावीर जैन से उसका शीशा सवेरे ही मँगा लिया था जिससे चेहरा न देख सके। पहले तो गोल-गोल मुँह चलाकर धीरे-धीरे पान को चबाया। आँखों का भाव ऐसा था जैसे उस स्वाद को देखने की भी कोशिश कर रहा हो। एकाएक आँखों से पानी बहने लगा और होंठों की बराबरों से पीक बह आयी। मुँह भरा था और वह बोलना चाह रहा था। मुँह खोलता तो पीक गिरने लगती थी। वह एक बार तो पीक पी गया और बोला, "यह तो बहुत हॉट है, लेकि न सुगन्धित है—"

छोटे राय धीरे-से बोले—"बन्दर तो बन गया—अब भँभीरी बना भी घूमेगा। जरा रचने तो दे।"

जब भी छोटे राय अपनी भाषा में बोलते थे तो वह फौरन पूछता था, "तुमने क्या कहा ?" उस हालत में भी उसने यही पूछा।

महावीर जैन की समझ में नहीं आ रहा था कि उनका पान खाकर पौवल प्राइस

की यह हालत कैसे हो गयी ? एकदम सादा पान था ? सर क्या सोचेंगे। छोटे राय ने उसके कोहनी मारी। उनका इशारा था कुछ तो कहो। वे नकनकी आवाज में बोले—"सर, आप बहुत अच्छे लग रहे हैं।"

मुँह भरा था। उसने गर्दन घुमाकर धन्यवाद दिया। कपड़े पीक से रंग गये थे। बल्ला घुमाता हुआ तेजी से दौड़ता बँगले चला गया। रास्ते में लोग उसे देख रहे थे। अँग्रेज़ को देखकर उसके मुँह पर हँसना तो उस जमाने में मुश्किल था। सब मुँह घुमा-घुमाकर हँस रहे थे। वह चिन्ता किये बिना बल्ला घुमाता उड़ा चला जा रहा था।

बाद में मझले राय ने भी पूरे किस्से का खूब मज़ा लिया। लेकिन उन्होंने इस बात की भी ताकीद की कि आगे से कभी ऐसा मत करना। अगर वह समझ जाता कि तुमने बदमाशी की है तो कॉलिज से निकाल दिये जाते। मझले राय इस घटना को लेकर कनकटे साहब से बेहद नाराज़ हो गये थे। उन्हें उन जैसे अँग्रेज़-परस्त से यह उम्मीद नहीं थी। मझले राय के वैसे ही दोस्त बहुत कम थे। कनकटे साहब से नाराज़ होकर उन्होंने उसे भी अपने मित्रों की सूची से निकाल दिया था। जो कुछ भी संवाद था वह छोटे राय के साथ ही था। दरअसल वे सोचते थे कि बड़े घरों के बच्चे छोटे लोगों से जितना कम मिलते हैं उतना ही बड़े बने रहते हैं। वे राघव को भी इसी बात को समझाने की कोशिश करते थे। पर राघव राय उनकी बात को इस कान से सुनकर उस कान से निकाल देते थे। अँग्रेज़ों के साथ मज़ाक करने और बराबर के सम्बन्ध बनाकर रखने की बात तो उन्हें पहले से ही नापसन्द थी। वे सोचते थे राजा राजा होता और प्रजा प्रजा। अगर हमारे आधीन लोग हमसे बराबरी करने की कोशिश करें तो हमें कैसा लगेगा ! ऐसा ही अँग्रेज़ों को भी लगता होगा। कहाँ वे कहाँ हम ! मझले राय समझ रहे थे कि उस दिन की पान वाली घटना से अगर पौवल प्राइस नाराज़ हो गया होगा —तो वे छोटे राय को लम्बे हाथों लेंगे। लेकिन हुआ उल्टा।

पौवल प्राइस उल्टे उनसे और ज्यादा खुश था। वह रोज उनसे पान खिलाने को कहता। तब तक उसकी मेम भी आ चुकी थी। एक पान वह उसके लिए भी ले जाता था। एक और बात उसके दिमाग में घर कर गयी थी कि पान वैवाहिक सम्बन्धों को ज़्यादा आत्मीय बनाता है।

पौवल प्राइस और छोटे राय की इतनी गहरी दोस्ती हो गई थी कि पौवल प्राइस के अँग्रेज़ साथी उन्हें उलाहना देने लगे थे। उनका कहना था—तुम इन हिन्दुस्तानियों से क्यों दोस्ती रखते हो। वे 'यूज़ एण्ड थ्रो' के अलावा और किसी लायक नहीं। पौवल प्राइस उनसे लड़ बैठता था—तुम बिना उनके नज़दीक आये उन्हें कैसे समझ

सकते हो ? उनकी बहुत समृद्ध सांस्कृतिक परम्परा है। कई बार वह उल्टे अँग्रेज़ों की ही आलोचना शुरू कर देता था। बिना ऐतिहासिक परिप्रेक्ष को समझे आप इन लोगों को नहीं जान सकते। आप लोग भारतीय इतिहास पढ़िये। हम लोग संसार की सबसे ज़्यादा स्वार्थी कौम हैं। हम लोग अपने और अपने देश के सिवाय किसी के बारे में सोचना ही नहीं जानते। हमारे पास खेती की ज़मीन नहीं थी तो हमने अपने देश का औद्योगिकीकरण कर लिया। कच्चा माल सस्ता खरीदने के लिए और तैयार माल बेचने के लिए दोहरे बाज़ार चाहिए थे तो हमने दुनिया भर में अपने उपनिवेष बना डाले। उनकी उन्नति के रास्ते बन्द कर दिये। वे उपनिवेश हमारे लिए कच्चे माल और श्रमिकों की खान सिद्ध हुए। हमने कभी यह नहीं सोचा कि अगर ऐसा ही हमारे साथ हुआ होता तो हम कहाँ जाते ? हमारे पास न उतनी पुरानी स्मृतियाँ हैं और न संस्कृति जितनी हिन्दुस्तान, यूनान, मिश्र, रोम आदि देशों के पास हैं। हमारे पास ताकत के बल पर सम्बन्ध बनाकर उनका शोषण करने की अद्‌भुत क्षमता है। यहीं सब बातें वे क्लास में पढ़ाते थे। लड़कों को आश्चर्य होता था कि एक अँग्रेज़ अपने देश और कौम के बारे में ये सब बातें कैसे कहता है। मझले राय और छोटे राय घर आकर भी इन सब बातों को बताया करते थे। बड़े राय कुछ कहते तो नहीं थे पर उन्हें भी आश्चर्य होता था। वे मन-ही-मन सोचते थे कहीं इनका भी वक़्त तो नहीं आ गया ? जब अपनी ही कौम के बारे में उसी कौम के लोग यह सब सोचना शुरू कर दें तो वह डूब जाती है।

कॉलिज के प्रिंसिपल डॉनल साहब से भी दूसरे अँग्रेज़ अध्यापकों ने पौवल प्राइस की शिकायत की थी। डॉनल ने उनकी बात ध्यान से सुनी थी। सुनकर पूछा—"पौवल, तथ्यों को तोड़ता-मरोड़ता है या उनकी व्याख्या अपनी दृष्टि से करता है ?"

इस बात पर वे लोग चुप रहे थे। डॉनल साहब दरअसल आयरिश थे। उनका नज़रिया अँग्रेज़ अध्यापकों से भिन्न था। मझले राय हमेशा यही कहा करते थे—आयरिश अँग्रेज़ों की जड़ काटते हैं फिर भी वे उन्हें गले लगाते हैं। ऊँचे-ऊँचे पदों पर बैठाते हैं। खैर, डॉनल साहब ने उन्हें एक लेक्चर दे डाला था—"अगर कोई अध्यापक गलत पढ़ाता है, तथ्यों को अपने हिसाब से तोड़ता-मरोड़ता है और उस तोड़-मरोड़ के पीछे उसका कोई सन्तोषजनक तर्क नहीं होता तो वह उसके लिए उत्तरदायी होता है। उससे पूछा जा सकता है कि वह ऐसा क्यों कर रहा है ? लेकिन अगर वह तथ्यों की तार्किक ढंग से कोई नयी व्याख्या करता है, चाहे वह किसी को पसन्द हो या न हो, तो यह उसका अधिकार है। उसे रोका नहीं जा सकता। इतिहास धर्म नहीं है। वैसे तो धर्म की भी स्वतन्त्र व्याख्याएँ होती हैं। वे व्याख्याएँ भी बड़े से बड़ा खतरा उठाकर अध्यापक ही करते हैं। प्रशासन में ही ताज सर्वोच्च हो पर क्लास में अध्यापक से बड़ा कोई नहीं होता। मैं अक्सर अच्छे गायक और अच्छे

अध्यापक को बराबरी पर रखकर देखता हूँ। संगीत का व्याकरण एक ही है परन्तु संगीतज्ञ उसका प्रयोग अपनी तरह करता है। उसमें उसकी स्वतन्त्र स्वायत्तता होती है। अध्यापक भी एक गायक ही होता है। उसकी स्वतन्त्रता और तन्मयता गायक से कभी कम नहीं होती।'' डॉनल का भाषण सुनकर सब अँग्रेज़ अध्यापक चुप हो गये।

मझले राय पौवल प्राइस से इतने नाराज़ हो गये थे कि उन्होंने उनका विषय ही छोड़ दिया था। अँग्रेज़ होकर अपनी कौम की खिलाफ़त ! छोटे राय ने हल्की-सी चुटकी ली थी। हम लोग भी क्या करते रहे हैं ? इस बात से वे काफी उत्तेजित हो गये थे। हमारी और उनकी क्या बराबरी ! छोटे राय हँस दिये थे। मझले राय का ख्याल था कि सारा संसार अँग्रेज़ों के चलाये चल रहा है। सारी वैज्ञानिक उन्नति—चाहे रेल हो, मोटर कार हो, विदेशी कपड़े हों, चोर बत्ती हो, जहाज हो····सब उन्हीं की बुद्धि का चमत्कार है। नहीं तो हम लोगों के पास क्या था ? बड़े राय का भी यही ख्याल था। वे मझले राय से और भी दो कदम आगे थे। वि कहते थे इन्साफ भी उसी की इनायत का नतीज़ा है। नहीं तो हमने एक-दूसरे की गर्दनें काटकर खून की नदियाँ बहा दी होतीं। छोटे राय, बड़े राय की बात चुपचाप सुन लेते थे। हाँ, जब यही बात मझले राय कहते थे तो टोक देते थे—''मझले भाई, आप हमेशा यह क्या कहते रहते हैं। यह ठीक है कि अँग्रेज़ कौम साहसी भी है और अक्समन्द भी। यह भी सही है कि इतना छोटा होते हुए भी उनके मुल्क ने दुनिया भर की हुकूमत अपनी गठरी में बाँध रखी है। लेकिन हम क्या कर रहे हैं—हम इतने बड़े मुल्क होकर लोहे के स्टार को भाँति उनके जूते की एड़ी और टोप में जड़े रहकर, उनकी ठोकर मारने की ताकत को बढ़ा रहे हैं। हम दूसरों को बड़ा मानकर अपने को कब तक इस तरह गिराते रहेंगे ?''

मझले राय की समझ में उनके ये सब तर्क कम आते थे। लेकिन वे यह समझ गये थे कि उनका छोटा भाई हुकूमत की खिलाफ़त कर रहा है। इस बात की शिकायत बड़े राय के कानों तक भी पहुँच चुकी थी। वे इस बात को लेकर चिन्तित थे। अगर यह बात बाहर चली गयी और सरकार को पता चला तो खानदान की इज्ज़त मिट्टी में मिल जायेगी। कई सदियों से यह खानदान अँग्रेज़ों की कृपा से ही इज्ज़त याफ़्ता बना हुआ है। जब छोटे राय छुट्टी में आये तो उन्होंने उन्हें बुलाकर पूछा—''राघव, तुम क्या सुराजियों के साथ उठने-बैठने लगे ?''

छोटे राय को आश्चर्य हुआ ''नहीं भैया, आपसे किसने कहा ?''

पहले चुप रहे फिर बोले—''तुम कृष्ण से अँग्रेज़ों की बुराई कर रहे थे ? तुम्हें मालूम है अँग्रेज़ों की वजह से हम लोग इज्ज़त और शान्ति से रहते हैं। अगर वे नाराज़ हो गये और हमें गद्दार समझ बैठे तो यह सब तामझाम तो रखा रह ही जायेगा, जन-बच्चा कोल्हू में भी पिलवा दिये जायेंगे। हुकूमत राजा की बात और उसके दबदबे

से ही चलती है। गरीब-गुरबाओं के बीच घूमने, उन्हें सरकार के खिलाफ़ भड़काने और उसके खिलाफ़ बेतुकी बातें करने से काम नहीं चलता और न राज मिलता है। वे लोग क्या जानें हुकूमत क्या होती है और कैसे की जाती है ।''

राघव के मन में एक क्षण आया—अगर मेरा स्वतन्त्रता से बात करना, सुराजियों के साथ उठना-बैठना है तो यही सही। पर बड़े राय के सामने उनका मुँह नहीं खुल पाता था। अपने को सन्तुलित करते हुए बोले—''भैया, सुराजियों के साथ उठने-बैठने के लिए साहस चाहिए। वह हम ज़मींदारों के बच्चों में कहाँ ? देश की आज़ादी को अपने जीवन का उद्देश्य वही लोग बना सकते हैं जिन्हें न ज़मीन चाहिए और न उससे जुड़ी दौलत और इज़्ज़त। मेरी परवरिश तो ग़ुलामी के एवज में मिली सुख-सुविधाओं में हुई है। हमें तो वही ग़ुलामी प्यारी है जो हमें सुख-सुविधा दे। मझले भैया गलत समझ गये। मैंने तो अँग्रेज़ की ही तारीफ की थी। इतनी-सी बात से वे नाराज़ हो गये! उन्होंने पौवल प्राइस से पढ़ना ही छोड़ दिया !''

बड़े राय छोटे राय की बात ध्यान से सुन रहे थे। जब छोटे राय कह चुके तो उन्होंने उनकी तरफ़ खोजी नज़र से देखा—''देखो राघव, जितना मैं तुम्हें समझता हूँ उससे मुझे लगता है कि तुम पौवल प्राइस की बात करो या डिक की—तुम्हारे दिमाग में अँग्रेज़ों की खिलाफ़त का बीज कुलबुला रहा है—अगर तुम नहीं मानोगे तो मुझे तुम्हें बीच में ही वापस बुलाना होगा ।''

छोटे राय ने गर्दन नीची की और चुपचाप उठकर चले गये।

रात को जब लेटे तो छोटे राय बड़े राय से हुई बात के बारे में सोच रहे थे। छोटी चाची ने पूछा—''क्या बड़े जेठ जी की बात से परेशान हो ?''

''नहीं, मैं दूसरी बात सोच रहा हूँ। ऐसा कैसे चलेगा—जमाना बदल जायेगा और हम क्या वहीं के वहीं खड़े रहेंगे ? जो वक़्त के साथ चलते हैं वक्त उनके साथ चलता है। जो चट्टान की तरह न हिलते हैं न डुलते हैं—या तो उन्हें बारूद से उड़ा दिया जाता है या भूचाल गिरा देता है।''

''यह आप क्या कह रहे हैं ?''

''कह वही रहा हूँ जो तुम सुन रही हो ! मुझे डर भी लगता है और एक रोशनी भी नज़र आती है।''

''मैं समझी नहीं।''

''समझोगी भी नहीं। इस खानदान के आदमी ही नहीं समझना चाहते तो औरतों को समझने की क्या ज़रूरत है। हमारे यहाँ की औरतों को तो सूरज की रोशनी भी कभी-कभी दिखाई देती है।''

चाची चुप हो गयी थीं। थोड़ी देर बाद वे बोलीं—''आपने कहा था कि अगली

बार आप मुझे मेरठ लेकर चलेंगे। मेम को दिखायेंगे। मझले जेठ जी तो मझली भाभी को पीहर ले जाने बहाने दिखा भी लाये !''

छोटे राय हँसे और बोले—''हम जैसे ग़ुलाम पैदा करके क्या करोगी ? हम सब तो मेंढकों की सन्तति हैं।''

छोटी चाची चौंकी—''यह आप क्या कह रहे हैं ?''

''—वही जो मुझे लगता है !''

चाची समझी नहीं थीं। वे बोलीं—''चूहे का बच्चा भी जन जाये तो भी मैं समझूँगी मेरा जीवन सफल हो गया ! लोग यह तो नहीं कहेंगे कि बाँझ हूँ।''

छोटे राय हँस दिये—''अरेऽरेऽरे—अगर चूहे के बच्चे से काम चल जाये तो इतनी तकलीफ़ उठाने की क्या जरूरत ! जितने कहो लाकर तुम्हारे बिस्तर पर छोड़ दूँ— लोक कथाओं की रानियाँ भी यही किया करती थीं।''

चाची एकाएक रोने लगीं। शायद मज़ाक काफी भारी पड़ गया था। छोटे राय अगले दिन बहुत दुःखी मन से कॉलिज वापिस चले गये। उनका इरादा छोटी चाची को दुःखी करने का कतई नहीं था।

छोटे राय के महावीर जैन उर्फ कनकटा साहब तो मित्र थे ही, राजवंश भी मित्र थे। राजवंश एक छोटी-मोटी रियासत का राजकुमार था। पर था कंजूस। जो नौकर-चाकर उसके साथ रहते थे उनमें से कोई भी उसकी रसोई से खाना नहीं पाता था। सब अपना खाना खुद पकाते थे। अगर उनके पास खाने को नहीं होता था तो वे या तो भूखे सो जाते थे या हॉस्टल के किसी मेस में जाकर बचा-खुचा खा लेते थे। परन्तु यह हमेशा सम्भव नहीं था। एक तरह से वे सब बंधुआ ही थे। राजवंश के साथ भी यही था। कभी महावीर के यहाँ आकर खा जाता था और कभी दूसरों की रसोई में हिस्सा बाँट कर लेता था। यानी महीने में दस-बारह दिन तो उसके यहाँ रसोई ही नहीं बनती थी। वह मझले राय का भी अच्छा दोस्त था। मझले राय उसको खिलाने पर कभी आपत्ति नहीं करते थे। बल्कि खुश होते थे। छोटे राय अगर किसी और को खाने पर आमन्त्रित कर लेते थे तो उनका मुँह चढ़ चाता था। वे उधार भी किसी को नहीं देते थे। जब कि छोटे राय के पास पैसा रहता ही नहीं था। सब दोस्तों के पास पड़ा रहता था। परन्तु उनका काम भी नहीं रुकता था।

राजवंश से प्रत्येक दोस्त को यह शिकायत थी कि वह खा तो सबका जाता है और खिलाता किसी को नहीं। कुछ लोग तो दबी जबान से यह भी कहते थे कि काहे

की रियासत—साला जमादार लगता है, जमादार ! महावीर जैन उर्फ नकनका साहब ज़्यादा ही त्रस्त थे। लगभग हर एक उसे सबक सिखाना चाहता था। लेकिन वह हत्थे नहीं चढ़ रहा था। राजवंश रोजाना शाम को तोपखाने वाले मजार पर दीया जलाने जाते था। किसी ने उसे बता दिया था कि अगर पीर ने कृपा कर दी तो पास भी हो जाओगे और गद्दी भी जल्दी पा जाओगे। उसके पिता या राजा साहब ऐयाश तो थे ही बीमार भी रहते थे। रानी साहबा सौतेली माँ थीं इसलिए वह घर कम ही जाता था। जब भी कोई कहता था कुँवर साहब कभी तो दोस्तों को खिलाया-पिलाया करो तो वह यही जवाब देता था बस एक बार रियासत हाथ आने दो फिर देखिये क्या ठाठ बाँधता हूँ।

एक दिन छोटे राय और महावीर राजवंश के यहाँ गये तो पता चला कि वह मजार पर दीया जलाने गया है। दोनों लोग जल्दी-जल्दी दूसरे रास्ते से मजार पर पहुँच गये। उसी के कमरे से सफ़ेद चादर भी लेते गये। जाकर पीपल के पेड़ के पीछे छिप गये। जैसे ही राजवंश दीया जलाकर मुड़ा तो आवाज आयी—"तू रोज खाली हाथ दीया जलाने आ जाता है और चाहता है कि रियासत का मालिक बन जाये···" आवाज़ के साथ-साथ पीपल के पेड़ के पीछे से सफ़ेद चादर में लिपटी एक आकृति उठती चली आ रही थी। राजवंश ने हिम्मत करके घबरायी आवाज़ में पूछा—"आप कौन हैं ?"

वह आकृति ज़ोर से खिलखिला कर हँस पड़ी। वह डर गया। फिर आवाज़ आयी—"जिसकी मिन्नत करने तू हर जुमेरात को आता है।"

राजवंश की घिग्घी बँध गयी। बड़ी मुश्किल से बोल पाया—"मेरे लिए क्या हुक्म है ?"

"हर जुमेरात को एक सेर कलाकन्द चढ़ाया कर वरना तेरे सब मंसूबे चकनाचूर कर दूँगा।" धीरे-धीरे वह आकृति बैठती गयी और फिर अन्तर्धान हो गयी।

राजवंश सीधे छोटे राय के पास गया। छोटे राय और नकनके साहब वहाँ पहले से मौजूद थे। जब वह पहुँचा तो वे किसी बात पर हँस रहे थे। पर राजवंश के मुँह से आवाज़ नहीं निकल रही थी। पसीने से सराबोर था। वे दोनों उसे देखकर गम्भीरता का अभिनय करने लगे। हँसी को बहुत मुश्किल से रोकते हुए छोटे राय ने पूछा—"अरे, तुम इतने घबराये हुए क्यों हो ?"

वह कठिनाई से कह पाया—"बड़ी मुश्किल से जान बची—पीपल पर से पीर उतर आये थे—"

छोटे राय और महावीर जैन को हँसने का मौका मिल गया। ज़ोर-ज़ोर से हँसते हुए छोटे राय बोले—"तुम पागल हो—पीर-वीर कुछ नहीं होता। किसी ने बदमाशी की होगी।"

महावीर जैन बोला—"दरअसल यह तेरे दिल का वहम है। तू सोचता है ना, बिना

पढ़े तुझे पीर पास कर देगा— पिता के रहते तू रियासत की गद्दी पर बैठ जायेगा। तू पीर पर निर्भर है और कृष्ण राय अँग्रेज़ों की कृपा पर।''

''नहीं, तुम समझते नहीं— मैंने अपनी आँखों देखा है। इतना ऊँचा था जितनी यह सरदल।''

''अरे किसी ने मज़ाक किया होगा— '' छोटे राय ने फिर अपनी बात दोहरायी।

महावीर जैन ने पूछा— ''दिखा ही था या कुछ कहा भी था ?''

''कह रहा था कि हर जुमेरात को एक सेर कलाकन्द चढ़ाया कर वरना तेरे मंसूबे चकनाचूर कर दूँगा।''

छोटे राय बोले— ''अरे यार छोड़— पीर थोड़े ही खाने आयेगा— तू मिठाई हम लोगों को खिला दे— हम पीर से अपने आप निबट लेंगे।''

''नहीं, पीर ने माँगी है तो जरूर चढ़ाया करूँगा। पीर नाराज हो गया और मुझे फेल कर दिया या गद्दीनशीनी लटक गयी तो क्या होगा ?''

''गद्दी तो तुझे मिलनी ही है। अखिर अकेला वारिस है। तेरे सिवाय कौन है जो गद्दी पर बैठ सकता है ?''

''बड़े राजा इतने दिन से बीमार पड़े हैं— पता नहीं कब तक पड़े रहेंगे ! और फिर छोटी माँ— ।''

''अच्छा तो तू चाहता है बड़े राजा जल्दी से जल्दी चलते बनें।— तो फिर मैकबैथ क्यों नहीं बन जाता ? अँग्रेज़ी वाले प्रोफेसर हिल्टन के पास पहुँच जा।''

''नहीं यार, यह बात नहीं। वे बहुत खर्चीले हैं, रियासत लुटी जा रही है। अगर कहीं चार-छह साल और रह गये तो सब ठिकाने लग जायेगी।''

छोटे राय कुछ गम्भीर हो गये, बोले—''बाप और भाई से क्या रियासत बड़ी है—?''

''नहीं, नहीं, पर यह जरूर चाहता हूँ कि रियासत बची रहे—''

कनकटा साहब बोला—''फिर तो तुम्हें मिठाई चढ़ानी ही पड़ेगी—बहुत ज़्यादा जल्दी हो तो दुगुनी कर दो।''

''पीर साहब इतना खा पायेंगे ?''

''उनके भी तो लगुए-भगुए होंगे। जितनी खाई जायेगी उतनी खुद खा लेंगे—बची हुई बाकी सब बाँट देंगे।''

पहले वह सोचता रहा फिर अपने आप ही उठ खड़ा हुआ—''अच्छा तो चलता हूँ।''

छोटे राय ने कहा—''तो तुम अगली जुमेरात से चढ़ा ही दिया करो—''

वह बोला नहीं।

अगली जुमेरात को राजवंश मिठाई लेकर गया। छोटे राय और कनकटा साहब पहले से ही पहुँच गये थे। वे छिपकर खड़े हो गये। राजवंश मिठाई चढ़ाकर बोला—"पीर बादशाह एक सेर मिठाई तो बहुत दाम की आती है—बड़े राजा रियासत लुटाए दे रहे हैं। मैं आधा सेर ही लाया हूँ।"

आवाज आयी—"तेरी यह जुर्रत—अगली जुमेरात से आधा सेर इमरंती और लानी होगी।"

"नहीं नहीं, मैं एक सेर कलाकन्द ही ले आया करूँगा।"

"ठीक है, जा माफ किया।"

वह चला गया। वे दोनों निकले। दौना उठाया हॉस्टल में दो-चार दोस्तों को इकट्ठा किया और तबियत से कलाकन्द उड़ाने लगे।

कुछ दिन बाद राजवंश को पता चल गया। उसे शायद अपने ऊपर शर्म आयी और वह पढ़ाई बीच में छोड़कर लौट गया।

उन्हीं दिनों शहर में दंगा हो गया। आन्दोलन का ज़माना था। अँग्रेज़ों ने दो आन्दोलनकारियों को गोली से भून दिया था। कई जख़्मी हो गये थे। कॉलिज के लड़के उत्तेजित थे। किसी एक अँग्रेज़ अफ़सर की बेटी स्वयं कार चलाकर जा रही थी। लड़कों ने उसे रोक लिया। लड़कों का कहना था कि उन्होंने उसके साथ कुछ नहीं किया। उसने उन्हें देखा, वह चिल्लायी और बेहोश हो गयी। फिर उसे होश ही नहीं आया। गोरी लड़की की मौत ने सम्पूर्ण गोरी सत्ता को हिला दिया था। दरअसल लड़कों का इरादा सिर्फ़ इतना ही था कि अँग्रज़ों तक उनका यह सन्देश पहुँच जाये कि हिन्दुस्तान की जनता अब हर तरह से तैयार है। वे उसे तंग करके छोड़ देना चाहते थे। लड़के उसके बेहोश होते ही सकते में आ गये थे। उन्हें उस समय एक ही रास्ता समझ में आया कि वे अपने प्रिंसिपल डॉनल के पास जाकर सही किस्सा बयान कर दें।

शाम का वक़्त था। डॉनल साहब अपनी मेम साहब के साथ बाहर लॉन में बैठे थे। इतने लड़कों को बँगले के दरवाज़े पर इकट्ठा देखकर डॉनल स्वयं उठ कर बाहर आये। उन्होंने पूछा, "कहो मेरे बच्चो, मैं तुम्हारे लिए क्या कर सकता हूँ। कोई परेशानी?"

पहले तो लड़के चुप रहे, एक दूसरे की तरफ देखते रहे। फिर उन्होंने हिम्मत करके पूरी घटना बयान कर दी। कैसे उस लड़की की गाड़ी रोकी, कैसे उसे डाँटा और कैसे वह एकाएक चिल्लाकर डर के मारे बेहोश हो गयी। वे एक क्षण के लिए खामोश रहे। फिर पूछा, "जो तुम कह रहे हो क्या यह सत्य है ?"

"जी, हम कसम खाते हैं।"

उन्होंने सब लड़कों के चेहरे की तरफ एक-एक करके देखा कि सही कह रहे हैं या ग़लत। फिर पूछा, "कहाँ है लाश ?"

"बेगम ब्रिज के पीछे वाले जंगल में।" तब वहाँ जंगल था।

उन्होंने अपनी कार निकाली। छोटे राय भी उसी हुज्जूम में शामिल थे। वे टेनिस के एक अच्छे खिलाड़ी के नाते उन्हें पहचानते थे। इशारे से छोटे राय और एक लड़के को बुलाया, कार में बैठाया और चल दिये। बाकी लड़कों से कह गये कि वे बँगले पर ही रहें और लौटने का इन्तजार करें। वह जंगल नाले के किनारे-किनारे काफी दूर तक चला गया था। छोटे राय रास्ते भर डरते रहे कहीं उन्हें पुलिस के हवाले न कर दें। बड़े राय क्या कहेंगे ? हो सकता है जंगल में ले जाकर गोली मार दें ! एक अँग्रेज़ लड़की की मौत का बदला दो हिन्दुस्तानियों की जान से लें !

डॉनल साहब पूरे रास्ते कार बहुत चौकन्नेपन और एकाग्रता से चला रहे थे। उनकी भूरी घनी मूँछों के बाल बराबरी से हिल रहे थे। उन्होंने जंगल में घुसकर पूछा, "उस लड़की के साथ किसी ने बलात्कार तो नहीं किया ?"

दूसरा लड़का तो चुप रहा। छोटे राय ने दृढ़ता से कहा, "नहीं सर, वह तो एकाएक बेहोश हो गयी, फिर होश में नहीं आयी। हम लोगों ने पानी के छींटे भी दिये।"

"हो सकता है ऐसा करते…?"

"मैं ऐसा नहीं सोचता—हम लोगों ने तो सिर्फ़ खौफ़ पैदा करने के लिए उसे रोका था।"

कार को उस जगह ले जाकर उन्होंने रोक दिया जहाँ लड़कों ने पत्तों से ढक कर उस कार को छिपाया हुआ था। लड़की की लाश अभी भी कार में ही पड़ी थी। उसका एक हाथ कार के बाहर लटका था। डॉनल साहब उस लाश को देखकर जड़ हो गये। उनकी आँखों से एकाएक आँसू टपक गया। उन्होंने दोनों लड़कों को इशारा किया। छोटे राय ने उसको सिर की तरफ से उठाया, दूसरे लड़के ने पैरों की तरफ से और डॉनल साहब ने पीठ के नीचे हाथ लगाया, लाकर अपनी कार की पिछली सीट पर लिटा दिया ।

वे मानसिक रूप से काफ़ी अस्थिर हो गये थे। कार काफ़ी तेजी से चला रहे थे। अँधेरा उतर आया था। सड़क पर तब सही शाम से सन्नाटा हो जाता था। बहुत कम लोग चलते-फिरते नजर आ रहे थे। अब तो लोग देर तक टहलते हैं तब देसी लोग तो बिल्कुल ही नहीं टहलते थे। सही शाम से घरों में घुस जाते थे। जो बड़े लोग होते थे वे क्लबों में या नाच-गाना सुनने चले जाते थे।

डॉनल ने रास्ते में सिर्फ़ एक वाक्य बोला, "यह तो एलिसा है…मेरे दोस्त कर्नल

हरबर्ट की बेटी···मैंने इसे गोदी में खिलाया है। मेरे बच्चों ने यह क्या किया···"

उनकी आवाज़ भरभरा गयी।

जब बँगले पर पहुँचे तो लड़के चुपचाप बैठे हम लोगों के लौटने की प्रतीक्षा कर रहे थे। सबने मिलकर उनकी कार से एलिस की लाश को सम्मान के साथ उतारा। कुछ लड़कों की तो आँखें भर आयीं। एक सुन्दर लड़की का यह अन्त ! लाश को पीछे बगीचे में ले जाया गया। डॉनल अपनी पत्नी को लेकर अन्दर चले गये थे। थोड़ी देर तक अन्दर से तेज बातें करने की आवाज़ें आती रहीं फिर सिसकियाँ सुनायी पड़ीं। कुछ देर बाद जब वे दोनों बाहर निकले तो काफ़ी संयत थे। मिसेज़ डॉनल ने एलिस की लाश को नहलाया। कपड़े बदले। मिसेज़ डॉनल की विवाह के समय की पोशाक थी उसी को उन्होंने उस लड़की को पहनाया। वे लगातार अपने आँसू रोकने का प्रयत्न कर रही थीं। होंठों को दाँतों के नीचे पूरे समय दबाये रहीं। डॉनल साहब ने बाइबिल के कुछ अंशों का पाठ किया। ताबूत मँगाकर उसमें लाश को रख गया। सब लड़कों ने मिलकर गड्ढा खोदा और ताबूत को धीरे-धीरे रस्सियों के सहारे उसमें उतार दिया। एलिस को दफ़न करते हुए डॉनल और उनकी मेम साहब बच्चों की तरह बिलख पड़े···वे धीरे-धीरे बुदबुदा रही थीं···हम दूसरे की बच्ची को कैसे दफ़ना रह हैं···ईसा मसीह हमारे गुनाहों को माफ करना। डॉनल साहब एकदम खामोश थे। मिसेज़ डॉनल को बार-बार सँभालने की कोशिश कर रहे थे। वे अपने आपको स्थिर नहीं कर पा रही थीं। जब काम खत्म चुका तो उन्होंने उस जगह पर गमले रखवा दिये। फिर बोले, "मेरे बच्चो, मैं जानता हूँ यह तुम्हारी आज़ादी की जंग है। हम लोग तुम्हारी आज़ादी को अपने पैरों के नीचे दबाये उसका गला घोंट रहे हैं। फिर भी यह ठीक नहीं हुआ···इन्सान की ज़िन्दगी की सलामती आज़ादी का सबसे बड़ा उद्देश्य है···बेगुनाह इन्सान की मौत ग़ुलामी का सबसे बड़ा सबूत है···वह किसी भी क़ौम या मुल्क का रहने वाला क्यों न हो। लेकिन इस सिद्धान्त का पालन स्वयं हमने नहीं किया···इसलिए तुम्हें कुछ भी कहने का मेरा अधिकार नहीं बनता। किसी भी कारण, किसी की हत्या कभी न माफ़ करने वाला ऐसा अपराध है जिसकी माफ़ी खुदा के हाथ में भी नहीं। एक शरीफ़ और होनहार बच्ची का यह अन्त···! मैं नहीं चाहता था कि इस एक बच्ची के लिए मेरे हज़ारों बच्चों पर मौत का साया मँडराने लगे। इसीलिए मैंने यह गुनाह किया···इस बच्ची के माँ-बाप को उसके आखरी दर्शन से भी वंचित कर दिया। लेकिन तुम लोग भी इस गुनाह के उतने ही हिस्सेदार हो जितना मैं हूँ। तुम्हारी बात में सच्चाई देखकर मैंने ऐसा किया···ईश्वर तुम पर और हम पर दोनों पर रहम करे। मैं चाहता हूँ कि अभी यह राज़ ही रहे।"

सब लड़के चले गये। सभी लड़कों के ऊपर इस घटना का इतना असर था कि

उस रात उन सबने खाना नहीं खाया और न आपस में बात की। सबका मुँह बन्द था। डॉनल साहब ने अगले हफ़्ते अपनी पत्नी को विलायत भेज दिया।

एलिस की ढूँढ़ सारे शहर में मच गयी थी। पकड़ा-धकड़ी शुरू हो गयी थी। प्रशासन का खयाल था कि यह राजनीतिक मामला है। कई राजनीतिक लोगों को परेशान किया जा रहा था। एलिस डॉनल के दोस्त की लड़की थी इसलिए उनके यहाँ भी आदमी पूछने आया था कि मिस्सी बाबा उनके यहाँ तो नहीं आयी। जब वह आदमी पूछने आया तो डॉनल उस जगह पर मोमबत्ती जलाकर लौट रहे थे जहाँ उसको दफ़नाया गया था। वे जवाब नहीं दे पाये। न उन्होंने यही पूछ कि एलिस को क्या हुआ ? उन्होंने सिर्फ़ सिर हिला दिया। वह चला गया।

पुलिस को यह भी शक था कि कॉलिज के लड़कों ने एलिस की हत्या कर दी। कार बरामद हो चुकी थी। लेकिन न कहीं खून के धब्बे और न तोड़ा-फोड़ी के निशान। बस ऐसा लगता था कोई कार आयी और वहीं से लौट गयी। यह पता चल रहा था कि दिन में चार बजे के करीब लड़कों का हुजूम उधर ही गया था और उन्होंने कार को घेरा था। डॉनल साहब ने लड़कों को स्पष्ट निर्देश दे दिये थे जब तक शहर में तनाव है, न कोई लड़का हॉस्टल से निकलेगा न कॉलिज से बाहर जायेगा। कॉलिज बन्द कर दिया गया था। डॉनल साहब से जिला प्रशासन की ओर से बार-बार कहा जा रहा था कि उनके कॉलिज के लड़कों ने एलिस को गायब किया है। डॉनल साहब का स्पष्ट कहना था कि जब तक कोई सबूत न हो पुलिस मेरे लड़कों को परेशान नहीं कर सकती। वैसे डॉनल सेना के निवर्तमान कर्नल थे। इसलिए उनके सामने पुलिस के अफ़सरों की कुछ कहने की ज्यादा हिम्मत नहीं होती थी। उन्होंने पुलिस के कप्तान को यह भी कह दिया था—एलिस मेरे दोस्त की बेटी है। जितना पुलिस परेशान है उससे ज़्यादा मैं दुःखी हूँ। यह मेरी व्यक्तिगत हानि है। यह कहते समय उनकी आवाज़ भरभरा जाती थी। पुलिस कप्तान के पास सैल्यूट करके चुपचाप चले जाने के सिवाय दूसरा रास्ता नहीं बचता था।

पुलिस आती थी और लौट जाती थी। डॉनल चट्टान की तरह अडिग था। लेकिन अन्दर ही अन्दर आहत था । अकेले में वह एलिस एलिस कहकर उससे माफ़ी माँगता था। वह घण्टों उसकी कब्र के पास घुटनों के बल चुपचाप बैठा रहता था। कॉलिज के अनिश्चितकाल के लिए बन्द हो जाने की वजह से छोटे राय घर लौट गये थे। कई दिन तक वे गुमसुम बने रहे। उनकी हँसी गायब हो गयी थी। वे घर में चुपचाप पड़े रहते थे। चाची के मन में तरह-तरह की बातें उठती थीं। वे बार-बार पूछती थीं। आपको क्या हो गया ? उन पर कुछ कहते नहीं बनता था। क्या कहें ? उन लोगों के लिए डॉनल साहब ने जो खतरा उठाया था उसके बारे में मुँह खोलकर वे वायदा खिलाफ़ी नहीं करना चाहते थे। आँखों के सामने वह खूबसूरत एलिस घूम जाती थी जिसकी एक चीख निकली थी और फिर हमेशा के लिए खामोश हो गयी

थी। दरअसल दो-तीन लड़कों ने उसे कार से बाहर खींचना चाहा था। यह बात डॉनल को किसी ने नहीं बतायी । पर उसका कार से बाहर लटका हाथ और उस पर खरोचों के निशान देखकर वे समझ गये थे। फिर उन्हें अपने प्रिंसिपल की डबडबायी आँखें नज़र आने लगती थीं। ताबूत को ज़मीन में उतारते हुए वे दोनों, बच्चों की तरह कैसे बिलख पड़े थे।

एलिस के गायब हो जाने की खबर अखबारों में आ चुकी थी। चारों तरफ़ से इस घटना की भर्त्सना की जा रही थी। डॉनल साहब का किसी तरह का न कोई वक्तव्य आया था और न उनके नाम का किसी अखबार में उल्लेख ही था। अँग्रेज़ चिढ़ गये थे। मौका मिलते ही हिन्दुस्तानियों से बदला लेने की कोशिश में थे। कई जगह घरों में घुसकर बहु-बेटियों को भी तंग किया था। लोग छोटे राय से भी पूछते थे—क्या यह बात सही है ? वे चुप रहते थे। पूरी कोशिश के बावजूद एलिस का पुलिस को आखीर तक सुराग नहीं मिला।

मझली चाची को देखकर मेम ने यही बताया था कि उनमें कोई कमी नहीं। उन्होंने मझले राय को सलाह दी थी कि वे अपनी जाँच करायें। पुरुष यह मानकर चलते हैं कि उसमें कोई कमी नहीं हो सकती। तब तो खासतौर से ऐसा ही होता था। मझले राय मेम की इस बात से बहुत नाराज़ हो गये थे। यही नहीं उन्हें मेम की बेशर्मी पर बड़ा आश्चर्य हुआ था। उसने औरत होकर यह बात उनसे कही कैसे ? लेकिन सुनकर चुपचाप चले आये। अगर अँग्रेज़ न हुई होती तो वे उसे ज़रूर जली-कटी सुनाकर आते। बस वे इतना कह पाये, "मेडम यह हिन्दुस्तान है, विलायत नहीं।" जैसे विलायत में पुरुष नामर्द होते हों ।

उसके बाद मझले राय मझली चाची से खिंचे-खिंचे रहने लगे। यहाँ तक कि उन्होंने उनसे बोलना तक बन्द कर दिया। कहाँ तो मझली चाची से मिलने के लिए कॉलिज से भाग-भाग कर आते थे। वहीं उनका नाता मझली चाची से छत्तीस का हो गया। चाची ने उनके पाँव तक पकड़े थे। उनसे रो-रोकर पूछा था—मेरी खता तो बताइए, मैंने ऐसा कौन-सा पाप किया। वे कभी उनकी तरफ़ से नफ़रत के साथ मुँह फेर लेते थे, कभी धकेल देते थे और एक आध बार तो उन्होंने थूक तक दिया था। उनका खाना-पीना छूटता जा रहा था। वे दिन-ब-दिन कमजोर होती जा रही थीं। कहाँ वे इतनी सुन्दर थीं कि चेहरा दिप-दिप करता था और कहाँ गालों की हड्डियाँ

उभर आयीं थी। रंग काला पड़ गया था। वे दिन-पर-दिन टूटती जा रही थीं। किसी तजी हुई कच्ची झोपड़ी की ढहती दीवार की तरह खड़ी भर थीं। घर में बस छोटी चाची थीं जिनसे वे बात करती थीं या कर सकती थीं। छोटी चाची कुछ पूछती थीं तो वे रोना शुरू कर देती थीं। एक दिन छोटी चाची ने उनका मन दूसरा करने के लिए कहा, "दीदी आप तो मेम के पास हो आयीं···हमें भी तो बताओ मेम कैसे देखती हैं ? मैं भी इनसे कहती हूँ मुझे भी दिखलाओ···"

वे भयभीत-सी चौंककर बोलीं, "ना, ऐसा मत करना····नदी में डूब मरना पर मेम के पास न जाना। मेम का ही तो किया-धरा है। पता नहीं मेम ने इनसे क्या कह दिया सब कुछ उलट गया। अगर जिठानी जी होतीं····तो शायद यह दुर्दशा न हुई होती। न कहते बनता है न चुपचाप रहते। जेठ जी भी बेचारे क्या करेंगे। मुझे ही लगी थी मेम को दिखा लाओ···अगर मेम ने कह दिया मैं बाँझ हूँ तो दूसरा ब्याह कर लें···मैं उसकी सेवा कर लूँगी···सीधे मुँह बात तो करें। एक बार इतना ही पूछ लिया करें मरती है या जीती···मुझे जीते जी तड़पायें तो नहीं।" फिर वे बोल नहीं पायीं।

मझली चाची की बातें सुनकर छोटी चाची को अपनी व्यथा याद आ जाती थी। कहीं उनका भी यही अशहर न हो ? सभी औरतें करीब-करीब एक-सा भाग लिखवाकर आती हैं। बच्चे हुए तो पति-सुख नहीं देखा···पति-सुख हुआ तो कुछ और हो गया। बड़ी जिठानी के सब कुछ था—सन्तान भी···इतने बड़े पति थे पर पति से ऐसे डरती रहीं जैसे गाय कसाई से डरती है। इतने नौकरों-चाकरों के होते हुए रात-बेरात चूल्हा फूँकते-फूँकते आँखें खो दीं—फिर हाथ पसारे चली गयीं। लेकिन फिर उन्हें लगता चाहे सन्तान हो या न हो, छोटे राय ऐसा नहीं करेंगे। उन्होंने तो वैसे भी मन से अरुण को अपना बेटा माना हुआ है···कोई माने या जने क्या अन्तर पड़ता है। जने को मानने में कोई दुविधा नहीं होती···माने को मानने में पहाड़ लाँघने पड़ते हैं। लेकिन मझले राय का ध्यान आता तो ठण्डी पड़ जातीं। जो पत्नी की सुन्दरता पर अपनी जान न्यौछावर करते थे वही अब उसकी तरफ नज़र उठाकर भी नहीं देखना चाहते। आदमी का मन बदलते देर थोड़े ही लगती है···बहाना चाहिए ।

छोटी चाची ने डरते-डरते मझली चाची का हाल बताया। बताने से पहले वे कई बार सोच चुकी थीं—पता नहीं वे क्या सोचें, क्या समझें ? लेकिन बाद में मन पक्का करके उन्होंने कह डाला—मझली जिठानी से मझले जेठ बात तक नहीं करते। जब से मेम को दिखाकर लाये हैं तब से उनका मन मझली जिठानी की तरफ़ से बदल

गया। उन्होंने अपने को बहुत रोका पर उनके अन्दर उमड़ता-घुमड़ता सवाल बाहर आ गया…कहीं आपका मन भी मेरी तरफ़ से इसी तरह तो नहीं बदल जायेगा—? छोटे राय ने प्यार से देखा "तुम पागल हुई हो ?"

"मैं भी तो निपूती हूँ !"

"तुम ऐसा क्यों कहती हो…अरुण है, भास्कर है,"—फिर हँसकर बोले, "मैं हूँ…पति भी एक बिन्दु पर पहुँचकर बेटा हो जाता है।"

"आप कैसी बातें करते हैं…" वह लजा गयी। फिर बोली, "वे तो हमारे बेटे हैं ही…पर कभी-कभी डर लगने लगता है !"

"काहे का डर…तुम समझती हो मैं बदल जाऊँगा ? अगर तुमने फिर जन दिये और वे ना रहे।"

इस वाक्य से एकाएक वे काँप-सी गयीं जैसे बहुत बड़ी बदशकुनि हो गयी हो। फिर अपने आप ही सँभलकर बोलीं, "स्त्री का मन माँ का ही होता है…बिना किसी को अपना बनाये चाहे बच्चे हों या न हों रह नहीं सकती। सबका शुभ मनाती रहती है ! मैं यह नहीं कह रही थी। मैं दूसरी बात कह रही थी—हाथी डोले गाँव-गाँव, जिसका हाथी उसका नाँव (नाम) !"

छोटे राय खामोश होकर उन्हें देखने लगे। फिर हँसकर पूछा—"क्या तुम औरतों के लिए अपनी कोख से जन्मा बच्चा ही बच्चा होता है, दूसरे की कोख से जन्मे बच्चे का तुम्हारी गोद में कोई स्थान नहीं ?"

"है क्यों नहीं…पहले औरत अपने बच्चे की माँ बनती है फिर जगत् की। जो जन्म देकर अपनी सृष्टि खड़ी करता है वही उसकी अपनी सृष्टि होती है—अगर नहीं होती तो…उसके पास दूसरों की सृष्टि को अपनी मानकर मन बहलाने के सिवाय कोई और रास्ता नहीं रहता !"

"लगता है तुम हर समय इसी बारे में सोचती रहती हो ? तुम्हें काली मेम के यहाँ लेकर चलना ही होगा ?"

"काली मेम !" मझली चाची की आँखें आश्चर्य से फैल गयीं।

"हाँ, क्यों ?"

"लोग क्या कहेंगे ?"

"क्यों लोगों के क्या बाल-बच्चे नहीं होते ? क्या उन्हें डॉक्टर या दाई को दिखाने की ज़रूरत नहीं पड़ती ?"

"अगर मेम ने मना कर दिया तो क्या तुम मुँह फेर लोगे ?"

"नहीं, तुम ही ज़िद कर रही हो। मैं तो तुम्हें चाहता हूँ—बड़े भाई के बच्चे हमारे ही हैं—ज़्यादा होगा अरुण को गोद ले लेंगे।"

वे सुस्त हो गयीं—"जैसी तुम्हारी मर्ज़ी !"

फिर रुककर कहा—"लेकिन मैंने सुना है काली मेम तो भूतनियों की डॉक्टरनी

है। जिसके चाहती है बच्चा लाकर लिटा देती है, जिसके नहीं चाहती है उसका हुआ-हवाया बच्चा उड़ाकर निपूती बना देती है।''

छोटे राय बड़े जोर से हँसे—फिर तो वो हिडिम्बा हो गयी।

काली मेम के बारे में कई किस्से प्रचलित थे। एक किस्सा तो बच्चा-बच्चा जानता था। एक रात दो-तीन अँग्रेज़ मोटर लेकर आये। मोटरें तब चली ही थीं। लाखों में किसी एक के पास होती थी। उसमें ट्राम वाली घण्टी लगी होती थी जो तार खींचने पर ट्रन-ट्रन बोलती थी। उन्होंने काली मेम के घर के आगे वही ट्रन-ट्रन वाली घण्टी का हार्न बजाया। मोटर गाड़ी देखकर लोग होश-हवास खो देते थे। डर के मारे घरों में घुस जाते थे। पता नहीं यह क्या बला है जो बिना हाथी-घोड़ा और आदमी के चलती है। या छिपकर देखने लगते थे। कहीं वह उन्हें न देख ले। उन अँग्रज़ों ने काली मेम से कहा, चलकर मेम के बच्चा पैदा करा दो। उस जमाने का माहौल पूरी तरह निडर था। वह कार में बैठ गयी। गाड़ी में बैठकर काली मेम को बिल्कुल नहीं लग रहा था कि गाड़ी चल रही है। उसे लग रहा था वैसी की वैसी ही खड़ी है। वे गोरे भी चुपचाप सीधे बैठे थे। बस एक आदमी के हाथ हैण्डिल पर घूम रहे थे। वह घण्टी वाला हार्न भी बीच-बीच में बज जाता था। काली मेम ने झाँककर देखा तो उसे नज़र आया कार खड़ी है और सड़क चक्की के पट्टे की तरह घूम रही है। उसे डर तो बहुत लगा पर वह चुपचाप बैठी रही। एक जगह पहुँचकर गाड़ी रुक गयी। वह एक खण्डहर था—एक टूटा-फूटा बँगला। उसे डर भी लगा। लेकिन उन गोरों ने उसका बक्सा उठाया और आगे-आगे चल दिये। उन्हें चलते देखकर भी उसे लगा कि वे चल नहीं रहे, उड़ रहे हैं। वह और भी भयभीत हो गयी। लेकिन हिम्मत बाँधे रही। अन्दर एक औरत दर्द से छटपटा रही थी। उसने उसके बच्चा कराया। बच्चा अजीब-सा था। आँखें और मुँह खुला था। कुछ ही देर में आँखों की जगह उसे दो सूराख नज़र आने लगे। फिर दाँत निकल आये। थोड़ी देर बाद उठकर बैठ गया। औरत भी उठ बैठी। ऐसी दिख रही थी जैसे उसे कुछ हुआ ही न हो। वह जल्दी-जल्दी काम खत्म करके बाहर आयी। उन्होंने उसे एक टोकरी दी और उसे सुनाई पड़ा कि उनमें से कोई कह रहा है कि डॉक्टरनी को छोड़ आओ। फिर उसी आवाज़ ने उससे कहा—सीधे जाना, मुड़कर मत देखना—अगर देखा तो इस टोकरी की सारी अशर्फ़ियाँ कोयला बन जायेंगी।''

उसने धीरे-से उघाड़ कर देखा। वाकई वह टोकरी अशर्फियों से भरी थी। वह बड़ी मुश्किल से उठाकर लेकर चल रही थी। उसे पहले तो बोझ मालूम पड़ा फिर लगा जैसे उस टोकरी को किसी ने हवा-हवा में ही थाम लिया है। उसे लगा कहीं कोई उसका मेहनताना लेकर चलता न बने। अब थकान भी मालूम नहीं पड़ रही

थी। बीच-बीच में उसे लगने लगता कि जंगल में अकेले चल रही है। उसका मन होता की घूमकर देखे। फिर सोचती कि कहीं उसकी अशर्फ़ियाँ कोयला न हो जायें। कभी उसे वह विचित्र बच्चा ध्यान आ जाता। वह अब तक जरूर मर गया होगा। ऐसे बच्चे ज़्यादा नहीं जीते। वह चल भी रही थी और डर भी रही थी। बीच-बीच में उसे किसी बच्चे के किलक कर दौड़ने का आभास होता था। लेकिन अपने घर के बाहर पहुँचकर उसने सोचा कि अब तो मैं घर पहुँच गयी, अब मेरा कोई क्या बिगाड़ सकता है—मुड़कर तो देखूँ। उसने मुड़कर देखा तो वही औरत और वही बच्चा उसके पीछे-पीछे चले आ रहे थे। बच्चा बढ़कर पूरा आदमी हो गया था। जैसे ही उसने देखा वह बेहोश होकर गिर पड़ी। टोकरी हाथ से छूट गयी—अशर्फ़ियाँ कोयला हो गई थीं।

अगले दिन जब लोगों ने वहाँ जाकर देखा जहाँ काली मेम ले जायी गयी थी तो वहाँ न खण्डहर थे और न कोई टूटा बँगला। चन्द अधनंगे दरख़्त थे और एक नाला था।

छोटे राय ने इस किस्से को कभी सच्चा नहीं माना। वे उसे हमेशा मनगढ़न्त कहते रहे। इस तरह की बातों से लोग उन्हें नास्तिक मानने लगे थे। लोग उन्हें समझाने की कोशिश करते थे कि भूत-प्रेतों के भी हमारे आप जैसे ही घर होते हैं, परिवार होता है, वे भी हमारी तरह परिवार बनाते हैं—बच्चे उनके यहाँ भी पैदा होते हैं—भूतनियाँ जापा भी कराती हैं। छोटे राय को उनकी बातों में और भी मज़ा आता था। वह यही पूछते—"फिर तो उनकी मर्दुमशुमारी भी होती होगी ! ज़ाहिर है वे हम लोगों से ज़्यादा होंगे। लाखों सालों से आदमी का भूत बनता चला आ रहा है—थोड़े दिनों में हो सकता है हम रहें ही नहीं, वही सब जगह छा जायें।"

लोग उनके इस तरह के तर्कों का जवाब तो न दे पाते पर यह मान लेते कि छोटे राय का धर्म में विश्वास नहीं रहा। छोटे राय की समझ में यह कभी न आता कि भूत-प्रेत का धर्म से क्या वास्ता ? काले साईस सयाना यानी ओझा भी था। वह झाड़-फूँक भी करता था और भूत-प्रेत को भी बाँधता था। उसका कहना था कि जैसे किसी मोहल्ले में या बड़ के पास मोहल्ले के बच्चे खेलते रहते हैं उसी तरह उसके पास भी भूत-प्रेत खेलने आते हैं। जब वे उसके पास खेलते होते थे तो वह किसी को अपने पास नहीं आने देता था। वह घोड़ों की पिछाड़ी बाँधने की रस्सी बँटता रहता था और उनसे गपियाता रहता था। कभी-कभी वह बाँस की खपच्चियों के पिंजरे बनाता था और उनसे कुछ-कुछ पूछता रहता। तुमने खाना खाया ? तुम अब कहाँ जाओगे ? कहाँ से आये हो ? तुम्हारे कितने बाल-बच्चे हैं ? जवाब वही सुन पाता था। कभी-कभी जब वे शैतानी करते तो कहता यहीं बाँधकर बैठा दूँगा। जब कोई

नहीं मानता तो पिंजरे में बन्द करके खूँटी पर टाँग देता। रात भर टँगा रहता। अगले दिन जब माफ़ी माँगता तो छोड़ता। उसने मझली और छोटी चाचियों की सालों तक झाड़-फूँक की थी। छोटी चाची को तो एक बार हमल रह भी गया था। लेकिन वह कुछ ही माह बाद गिर गया। छोटी चाची यह मानने को तैयार ही नहीं थीं कि हमल की बात सही थी। जरूर उसने कोई अलाबला उनके गर्भ में प्रविष्ट करा दी थी। पकड़ छूटते ही भाग निकली। नहीं तो उनसे ऐसा तो कुछ नहीं हुआ कि उनका पेट गिर जाता ।

छोटे राय उनकी इन बातों से बहुत परेशान होते थे। वे कहते थे कि कहीं भूत-प्रेतों की बात करते-करते हम लोग भी भूत-प्रेत ही न हो जायें। छोटी चाची उनकी इन बातों से बहुत दु:खी होती थीं। अगर इस तरह हम उनका अपमान करेंगे तो वे कभी हम लोगों को माफ़ नहीं करेंगे। वे झट कह देते थे—ना करें, नहीं करेंगे तो।

छोटे राय डपट देते थे। इन बेसिर, पैर की बातों के ही कारण तो तुम्हारी जहालत तुम्हें बेचैन रखती है।

छोटी चाची मझली चाची वाली घटना से इतनी डर गयीं कि वे काली मेम को दिखाने नहीं गयीं। छोटे राय झाड़-फूँक और सयानपन को तैयार नहीं हुए।

मझले राय की जिन्दगी में भारी परिवर्तन आ गया था। वे अब ज़्यादातर मेरठ ही रहने लगे थे। पढ़ने-लिखने में उनकी रही-सही रुचि भी खत्म हो गयी थी। उनके मन में यह बैठ गया था कि उनके घर में बच्चा होना मुश्किल है। मेम ने झूठ बोला है कि वह ठीक है। हो सकता है मझली चाची ने उसे चुपचाप अन्दर कुछ दे दिया हो। उन्हें इस बात का भी कोई खास मलाल नहीं था। दु:ख उस बात का था जो मेम ने उससे कही थी। उन्होंने मेम की बात को चुनौती के रूप में स्वीकार कर लिया था। दूसरी शादी करूँगा और बच्चा पैदा करके दिखाऊँगा। तब पूछूँगा अब बता मैं मर्द हूँ या नहीं ? रहेगी मेरे साथ ? वे अललटप्प सोचना शुरू कर देते थे। जैसे वाकई वे उससे जाकर कह देंगे।

दूसरी शादी में सबसे बड़ी रुकावट बड़े राय थे। इस वेदना को उनसे कैसे कहा जाये ? पता नहीं समझेंगे भी या नहीं ? एक तो उनके बच्चे, दूसरे उन्होंने भाभी के मरने के बाद भी शादी नहीं की। इस सबके होते हुए भी मझले राय ने अपनी शादी का डौल बैठाना शुरू कर दिया। उन्हें जात-बिरादरी का भी कोई खास ध्यान नहीं था। यह सब वे गुपचुप कर रहे थे। छोटे राय को इस बात का अन्दाज हो गया था। मझले राय और छोटे राय के कई दोस्त कॉमन थे। इसलिए बात छनती-छनाती उन तक पहुँच जाती थी। छोटे राय के सामने भी यही उलझन थी कि मझले भाई

के खिलाफ़ वे बड़े भाई से कैसे कहें ? वे जानते थे कि मझले राय बहुत जल्दी सन्तुलन खो बैठते हैं।

एक दिन रात को जब दोनों बिस्तर में लेट गये। लैम्पों की बत्तियाँ गुल कर दीं। सिर्फ़ एक लैम्प मद्धम-सा जलता रह गया तो छोटे राय ने पूछा—"मझले भैया, आजकल आप घर बहुत कम आते हैं—कहीं आप में और भाभी में कहासुनी तो नहीं हो गयी ?"

"तुम कहना क्या चाहते हो ?" मझले राय उचके।

"मैं तो वैसे ही पूछ रहा था—इस बार मझली भाभी भी काफ़ी कमज़ोर लगीं।"

"तू खामख़्वाह परेशान है।"

"आखिर तुम मेरे भाई हो, वे मेरी भाभी हैं।"

"रिश्ता उससे होता है जो खानदान को आगे ले जाने में मदद करता है—जो उसे एक ही जगह गाड़ दे उससे क्या रिश्ता ?"

"यह आपसे किसने कहा ?"

"डॉक्टर ने ?"

"किस डॉक्टर ने ?"

"तुझे मतलब ?"

छोटे राय एकाएक कुछ नहीं बोले। थोड़ा सोचकर कहा—"भैया, मतलब तो सबका सबसे है। बिना मतलब रखे कोई न जी सकता है और न मर सकता है। वैसे हम लोग औरतों को ही दोष देते आये हैं। कमी तो कहीं भी हो सकती है।"

मझले राय लेटे-लेटे उठ बैठे। उन्होंने मद्धम किया हुआ सिरहाने रखा लैम्प तेज कर दिया। वह धुआँ देने लगा। छोटे राय ने हाथ बढ़ाकर उसे कम किया । मझले राय गरजते हुए बोले—"मेरे सामने ये सब बातें कहने की तुम्हारी हिम्मत कैसे हुई ? बताओ मुझमें क्या कमी है ?" उन्होंने तहमद उतारकर फेंक दिया।

छोटे राय ने उन्हें पकड़कर बैठाया। उनसे माफ़ी माँगी और बोले—"मेरी मंशा आपके मन को चोट पहुँचाने की कतई नहीं थी। पौवल प्राइस बता रहे थे कि विलायत में इस तरह के डॉक्टर हैं जो वैवाहिक सम्बन्धों की पड़ताल भी करते हैं और सलाह भी देते हैं।कई बार मनोवैज्ञानिक कारणों से आदमियों में कमजोरी आ जाती है। हमेशा औरतों का ही दोष नहीं होता। जरा-बहुत इलाज से सब ठीक हो जाता है।"

"तुम क्यों नहीं करा लेते वह··· जरा-बहुत इलाज !"

छोटे राय आगे नहीं बोले। वे शादी वाली बात को टाल गये। हालाँकि उनको पता चल गया था कि मझले राय अपनी शादी की बात करीब-करीब तय कर चुके

हैं। इस बात से उनके मन में गुस्सा भी था। फिर भी उन्होंने कहा—"जहाँ तक मेरी बात है, मैं तो आपके पीछे हूँ।" और हँस दिये। छोटे राय ने हाथ बढ़ाकर लैम्प मद्धम कर दिया और लेट गये। मझले राय बैठे रहे। उनकी साँस की आवाज़ ऐसे सुनाई पड़ रही थी जैसे वे कहीं से दौड़ लगाकर आये हों।

थोड़े दिन का वक्फ़ा देकर छोटे राय ने मझले राय को फिर पकड़ा।

"मैंने सुना है आप दूसरी शादी करने की सोच रहे हैं ?"

"तुमसे किसने कहा ?"

"किसी ने भी कहा हो पर भाभी के होते ऐसा करना ठीक नहीं। हमारे खानदान में किसी ने नहीं किया।"

"मान लो मैं कर भी रहा हूँ तो किसी का क्या जाता है ?"

"जाता कैसे नहीं ? जिस पत्नी के लिए रोज़ दौड़-दौड़कर घर जाते थे—वह अब आपके लिए कुछ भी नहीं रही। आप इस समय दूसरे नम्बर के राय हैं, खानदान की इज्ज़त हैं।"

"यह मेरा अपना निजी मामला है।"

"अगर ब्याह-शादियाँ निजी मामला होता तो ऐसे मौकों पर इतने लोग जमा करने की परम्परा न बनी होती। जितना वह व्यक्तिगत सम्बन्ध है उससे अधिक सामाजिक कृत्य भी है। यह मामला भले ही आपका निजी हो पर इस सबसे हम सब भी उतने ही जुड़े हैं जितने आप स्वयं उससे जुड़े हुए हैं। खासतौर से मझली भाभी····"

"क्या मैं उसके लिए अपनी जान दे दूँ ?"

"अगर आप उनके लिए जान नहीं दे सकते तो उनकी जान लेना क्यों चाहते हैं ?"

"तुम मुझसे बहस करने वाले कौन होते हो ?"

"मैं भले ही कोई न होऊँ—पर बड़े भैया की सोचो, आपने उनसे बात की ? उन्होंने हमें पिता की तरह पाला है। जब सबसे बड़े राय मरे तो हम छोटे-छोटे थे। वे चाहते तो हमें कटवाकर ज़मीन में दबवा देते !"

"जब दबवा देते तब देखा जाता। अभी तो हम ज़िन्दा हैं—हम ज़िन्दा रहे हमारा अपना अधिकार है। जब बड़ी भाभी मरीं तो क्या बड़े भैया ने नहीं सोचा था कि वे अपनी शादी रचा लें ?"

'मझली भाभी तो अभी ज़िन्दा हैं।"

"मेरी ओर से मर चुकी—अब मेरे और मेरे परिवार के ज़िन्दा रहने का सवाल है। बड़े राय ने भी बड़ी भाभी के मरने के बाद यही सोचा और कहा था।"

"उन्हें भी आपके साले ने बहकाया था। लड़की भी तय कर दी थी। उस वक़्त

सबसे ज़्यादा बावेला आपने ही मचाया था। हम दोनों ने ही मिलकर तय किया था कि मझली भाभी और मेरी पत्नी बड़े भैया से जाकर कहें कि आप शादी करेंगे तो घर बरबाद हो जायेगा। दोनों ने किवाड़ के पीछे खड़े होकर बड़े भैया को रानी से बुलवाया था—उनकी बात सुनकर बड़े भैया गर्दन नीची करके खड़े हो गये थे—तुम दोनों ने मेरी आँखें खोल दीं—। वे तो जगाने पर जग गये थे पर आप तो जगे हुए भी नहीं जग रहे हैं।''

मझले राय की आँखों से अंगारे बरसने लगे। छोटे राय ने जानकर भी उनकी तरफ नहीं देखा। थोड़ी देर बाद बोले—''मेरा खानदान कौन चलायेगा ? मेरे हिस्से की जायदाद का वारिस कौन होगा ?''

''आदमी का एक ही खानदान होता है····इन्सानी खानदान, उसका वारिस हर वह इन्सान है जो इस धरती पर रहकर ईमानदारी से ज़िन्दगी जीता है।''

''तुम हवा की बातें कर रहे हो।''

''तो क्या तुम जायदाद बटवाओगे ?''

''तुम भी वही करोगे, भले ही अभी तुम लम्बी-चौड़ी बातें कर रहे हो। हर इन्सान को काम से छूटने का बाद अपना कुर्ता टाँगने के लिए अपनी एक खूँटी चाहिए। मैं भैया के बच्चों के खाने-उड़ाने के लिए अपनी जायदाद छोड़कर नहीं मरना चाहता।''

''मैं समझा नहीं।''

''समझोगे भी नहीं—इन बातों को ज़मीन पर रहकर समझा जा सकता है। आसमान पर उड़कर नहीं। बड़े भैया चाहते हैं सारी जायदाद एक जगह रहे।''

''मझले भैया तुम्हें क्या हो गया ?''

''हमारे पिता जी ने अपने छोटे भाई की जायदाद नहीं हथिया ली थी ! वे सीधे और कमजोर दिमाग के आदमी थे। बच्चे हुए पर ज़िन्दा नहीं रहे। क्यों नहीं रहे यह ईश्वर जाने। बस एक बेटी बची थी—वह नानी के यहाँ पैदा हुई और नानी के यहाँ पली। उन बेचारों को पागल करार दे दिया गया। उनकी सारी जायदाद के मालिक अब हम लोग हैं। क्या हम अपने उस इतिहास को नज़रअन्दाज कर दें—क्या उसे फिर से नहीं दोहराया जा सकता ?''

''तो आप इस हालत को पहुँच चुके हैं····बड़े भैया के बारे में आप इतना नीचे गिरकर सोच सकते हैं ?''

''घबराओ नहीं, तुम भी सोचोगे। नहीं सोचोगे तो उन्हीं में खो जाओगे।''

छोटे राय के पास मझले राय की बात का कोई उत्तर नहीं था। उनकी समझ में यह बिल्कुल नहीं आ रहा था कि मझले भाई का यह कलुषित मन कैसे बदलें !

मझले राय से छोटे राय यदाकदा इसी तरह उलझते रहते थे। लेकिन उन पर उसका कोई असर नहीं था। उनका रुख मझली चाची की तरफ़ से बदतर होता जा रहा था। यहाँ तक कि वे खाना लगाकर लाती थीं, मझले राय थाली उठाकर फेंक दिया करते थे। इसलिए वे खाना रानी से ही भिजवाती थीं। रानी को अरुण को भी देखना पड़ता था। एक दिन जब मझले राय खाना खाकर उठे तो मझली चाची ने उनके पाँव पकड़ लिये—"मुझे बताइए मैं कहाँ जाऊँ, क्या करूँ ? मैं तो यहाँ आपके सहारे आयी थी—आप ही मुँह फेर लेंगे तो मैं कहाँ जाऊँगी ? मेरा कौन बैठा है ? दरिया में बहते तिनके को भी आसरा होता है कभी तो किनारे लगेगा—पर मेरा तो उतना भी सहारा नहीं बचा। मुझसे नफ़रत न कीजिये—मुझे मार डालिये—आपकी नफ़रत मुझे जलाये डाल रही है और मेरा प्रेम भी मुझे खाये जा रहा है।"

"मुझे बच्चा चाहिए !"

"आप मुझसे इतनी नफ़रत करेंगे तो बच्चा कहाँ से आयेगा ? बच्चे तो पति-पत्नी के प्रेम से ही जन्मते हैं।"

वे जोर से हँसे—"तुम इतनी ज्ञानी कब से हो गयीं। मैं जानता हूँ अगर मैं तुम पर प्रेम की नदियाँ भी उड़ेल दूँ तो तुम बच्चा नहीं जन सकतीं ।"

"नहीं, मैं जन सकती हूँ—मुझ पर यह दोष न लगाइये।"

"असल बाप की हो तो जनकर दिखाओ।"

"तुम्हारे बिना ?"

"हाँ हाँ, मेरे बिना।"

मझली चाची काँप गयीं। खून जैसे ठण्डा पड़ते-पड़ते पैरों में इकट्ठा होकर जम गया। उन्होंने एक ही बात कही—"यह आप क्या कहते हैं ! पति होकर पतिव्रत भंग करने की सलाह दे रहे हैं !"

"हाँ, मैं देखूँगा तुम्हारी वह मेम जिसका तुमने पेट भरा है—तब क्या क़हेगी जब पतिव्रत गवाँकर भी बच्चा पैदा नहीं कर पाओगी ?"

मझले राय उन्हें पैर से एक तरफ़ हटाकर बाहर चले गये। मझली चाची कई दिन तक लगातार रोती रहीं। बाद में उन्होंने रोना बन्द कर दिया। धीरे-धीरे वे पत्थर होने लगीं। छोटी चाची ने उन्हें बहुत समझाया। लेकिन उन पर किसी तरह का कोई असर नहीं हुआ। मझली चाची के न आँखों में भाव बचा और न मुँह में बोल।

उस साल मझले राय फेल हो गये। वे छोटे राय से एक साल आगे थे। मझले राय ने पढ़ना छोड़ दिया। बड़े राय ने बहुत समझाया बारहवीं पास कर लो। लेकिन वे टस-से-मस नहीं हुए। उस समय उत्तर प्रदेश का नाम संयुक्त प्रान्त आगरा व अवध था। प्रान्त के होम सेकेट्री मि. मुरे बड़े राय के दोस्तों में थे। उन्होंने उन्हें चिट्ठी लिखकर मझले राय को नायब तहसीलदारी में नामजद करा दिया। उस जमाने में बड़े जमींदारों के बच्चे विभिन्न पदों पर नामजद हो जाते थे। अगर बी.ए. पास होते तो डिप्टी-क्लक्टरी में नामजद हो गये होते।

मझले राय जब नौकरी पर गये तो मझली चाची को हवेली पर ही छोड़ गये। बल्कि उनसे मिले तक नहीं। मझली चाची ने संगीत सीखना शुरू कर दिया था। एक उस्ताद आते थे और पर्दे के पीछे से सिखाते थे। बुजुर्ग होते तो शायद पर्दे की ज़रूरत भी न पड़ी होती । हालाँकि यह आश्चर्य की बात थी कि बड़े राय ने किसी पुरुष को ज़नानखाने में जाकर घर की बहू को संगीत सिखाने के लिए इजाजत दे दी थी। हो सकता है कहीं न कहीं इसमें छोटे राय का हाथ भी रहा हो। लेकिन मझली चाची अन्दर ही अन्दर बीमार होती जा रही थीं। धीरे-धीरे वे खाट से लग गयीं। वे लेटे-लेटे बड़बड़ाने लगती थीं—मेरा बच्चा—! मझले राय को खबर भेजी गयी तो वे हिले तक नहीं। आदमी भेजा गया तो भी वे नहीं आये। तब छोटे राय ने पूरा किस्सा बड़े राय को बताया। वे सन्न रह गये। घर में इतना कुछ हो गया और मुझे पता तक नहीं चला ! उस दिन पहली बार उनके मुँह पर मेरी 'माँ' का नाम आया—अगर तुम्हारी भाभी होती तो क्या मुझे पता न चलता। मैं अजनबी की तरह रहता रहा और यह सब हो गया ! मेरे भाई की बहू मेरी ही हवेली में इतनी यातना भोगती रही··· !

वे मझली बहू के खन में गये। दरवाज़े पर खड़े होकर बोले—"बहू, तुम यह सब भोगती रहीं और मुझे बताया तक नहीं ? तुमने मेरे मुँह पर कालख पोत दी। मैं जानता हूँ कि कृष्ण बहुत ज़िद्दी है। पर ऐसी भी क्या ज़िद की अपनी जीवन-संगिनी को भुला बैठा—मैं स्वयं जाकर उसे लेकर आता हूँ।"

मझली बहू ने मना कर दिया, "नहीं, अब तो खेल खत्म हो चुका—मेरे जाने का वक़्त नजदीक है। आप मेरे पिता तुल्य हैं। बस मैं एक ही बात कहना चाहती हूँ कि मेरे अन्दर कोई दोष नहीं—मैं माँ बन सकती थी—हर औरत अपने गुण और दोष समझती है। आपके भाई ने मुझे वह समझकर त्यागा जो मैं नहीं हूँ—" वह बिलख कर रो पड़ीं।

चाची चौथे दिन चली गयीं। उनका क्रिया-कर्म मुझे ही करना पड़ा। जब औरतें उन्हें नहला रही थीं तो उनमें से किसी ने छोटी चाची के कान में कहा—लगता है मझली बहू को तीसरा महीना चढ़ा था। छोटी चाची सन्न रह गयीं।

मझले राय उनकी मौत पर नहीं आये।

इस घटना के बाद सारा घर जैसे ठहर-सा गया था। छोटी चाची अकेली पड़ गयी थीं। बस रानी का ही सहारा था या फिर वे अरुण से चिपकी रहती थीं। समझ सब रहे थे पर कह कोई नहीं रहा था। छोटे राय का अभी एक साल और बाकी था। बड़े राय अपना ज़्यादा वक़्त कचहरी में ही देते थे। वे हर केस की छानबीन में इतना वक़्त लगाने लगे थे कि लोगों को आश्चर्य होता था। असिस्टेंट कलक्टर के नाते उन दिनों उन्हें दीवानी के मुक़दमे भी करने पड़ते थे।

बड़े राय के सामने एक मुकदमा पेश था। एक बड़े ज़मींदार ने छोटे काश्तकार की ज़मीन दबा ली थी! मुद्दा यह था कि ज़मीन कास्तकार की है या ज़मींदार की। ज़मींदार ने कई एक गवाह पेश किये थे। उनका कहना था कि वह ज़मींदार के दखल में है। एक जमाने से उसमें उन्हीं की खेती होती है। काश्तकार के पास ऐसा कोई गवाह नहीं था जो यह कह सके कि नहीं ज़मीन काश्तकार की है। बड़े राय हालाँकि खुद जमींदार थे पर उन्हें ज़मींदार के गवाहों की गवाही कतई नहीं जम रही थी। ज़मीन जमींदार की हो और काश्तकार उस पर अपना दावा पेश करे यह बात उनके गले नहीं उतर रही थी। कसाई का खेत बकरा चर जाये यह कैसे सम्भव है ?

पहले तो बड़े राय ने सुलह कराने की कोशिश की। दोनों से अलग-अलग बात की। फिर पूछा कि आप लोग ज़मीन में ऐसी कोई निशानी बता सकते हैं जो सिर्फ़ आप ही जानते हों।

ज़मींदार ने तो ज़मींदारी वाली बात कही, ''आप तो खुद एक बड़े ज़मींदार हैं, ज़मीन की भी कोई पहचान होती है—ज़मीन-ज़मीन सब एक-सी····और फिर ज़मीन की असली पहचान तो कब्ज़ा होता है—जिसका कब्ज़ा उसी की ज़मीन।''

काश्तकार ने बताया—''हुजूर ज़मीन तो अब ज़मींदार की हो गयी—पटवारी भी मिला है कानूनगो भी—उनका कागज ही, कहते हैं, ज़मीन की पहचान है।'' फिर बोला, ''मेरे खेत के दक्खिन की खूँट में एक पत्थर है जो मेरे बाप ने लगाया था—उसके नीचे एक कुण्डी गड़ी है। मेरा बाप जमा पूँजी उसी में रखता था—उन्हें कभी धोखा नहीं हुआ।''

बड़े राय ने दोनों बयान नोट कर लिये। थोड़े दिन का वक्फा देकर वे घोड़े पर चढ़े और अकेले उस गाँव में पहुँच गये जहाँ वह ज़मीन थी। पहले तो गाँव वालों से पूछते-ताछते रहे कौन-सी ज़मीन किसकी है—गाँव वालों ने बिना यह समझे कि वे कौन हैं सारी बातें सच-सच बता दीं। उस दिन तो वे लौट गये। फिर एक और दिन वे वहाँ पर गये। गाँव के चार-छह मुअज़िज लोगों को बुलाया। खेत की नाप-तौल करायी। फिर उस तरफ़ की मिट्टी हटवायी जहाँ काश्तकार ने पत्थर के गड़े होने की बात कही थी। वहाँ वाकई एक पत्थर गड़ा हुआ था। उसके नीचे वही कुण्डी थी। उस कुण्डी में एक साँप बैठा था। घोड़ा-पछाड़ साँप की तरह वह तड़प कर उछला और घास में चला गया। जब तक लोग सँभलें उसका कहीं पता नहीं था।

गाँव वालों ने कहा, "हुजूर यह तो इसी का बाप है। इस खेत से उसे बहुत मोह था। यह उसकी गुल्लक थी। उसमें वह अपना माल-मत्ता रखता था। बस, घर-बाहर छोड़कर रात-दिन इसी मचान पर पड़ा रहता था। थोड़े दिन पहले ही वह मरा है। वही इस खेत की रखवाली करने के लिए साँप बनकर इसी कुण्डी में बैठा रहता है। ज़मींदार के आदमियों ने इस खेत जोतने की कई बार कोशिश की पर जब वे आते हैं तो जगह-जगह साँप फैल जाते हैं। किसी को लगता है कि साँप हल से लिपटा है, किसी के पैरों में बेल की तरह लिपट जाता है, कोई बैल की पूँछ पर चढ़ जाता है। हलवाहों ने आना ही बन्द कर दिया।

उस घटना के कई दिन बाद तक बड़े राय शशोपंज में पड़े रहे कि क्या कभी ऐसा हो सकता है कि कोई किसान मरने के बाद साँप बन जाये और अपने खेतों की इस तरह रक्षा करे। अगर कल अँग्रेज़ चले गये और सुराजी आ गये ते क्या ये ज़मींदार लोग भी साँप बनकर अपनी-अपनी ज़मीनों के इर्द-गिर्द घूमा करेंगे ? उन्हें अपनी बात पर स्वयं हँसी भी आयी।

इस पूरी दौड़-भाग का नतीजा यह हुआ कि उन्होंने फैसला काश्तकार के पक्ष में और ज़मींदार के विरुद्ध दिया। उनके दो तर्क थे। एक था कि काश्तकार की यह हिम्मत कभी नहीं हो सकती कि वह ज़मींदार की ज़मीन पर दावा पेश करे। दूसरा था कि काश्तकार द्वारा बतायी गयी ज़मीन की शिनाख्त इतनी व्यक्तिगत थी कि वह उसी को मालूम हो सकती थी जो उसे जोतता-बोता है या उसका उससे निकट का सम्बन्ध है। ज़मींदार साहब के पास ऐसी कोई शिनाख्त नहीं थी जो ज़मीन पर उनका अधिकार साबित करती हो।

इस घटना के बाद एक दिन क्लब में कलक्टर डिक ने बड़े राय से हँसकर कहा—"मि. हरी राय, आप ज़मींदार होकर ज़मींदारों की हक़तलफी करते हैं ?"

बड़े राय फौरन बोले, "नहीं मि. डिक, ज़मींदार की हक़तलफ़ी नहीं, अपने ईमान और आपके इन्साफ की हिफ़ाज़त जरूर करता हूँ—उसे आप हक़तलफ़ी कहना चाहें तो जरूर कहें।"

कलक्टर साहब चुप रह गये ।

बड़े राय के दिमाग में इन सवालों को लेकर उलझन बनी रहने लगी थी। मझले राय उनके लिए चिन्ता का कारण बनते जा रहे थे। मझली चाची की मृत्यु को वे अपने अन्दर समो नहीं पा रहे थे। उनकी समझ में बिल्कुल नहीं आ रहा था कि आखिर कृष्ण क्या चाहता है ? उसने मझली बहू के साथ इतना दरिन्दाना व्यवहार

क्यों किया ? इस बारे में वे मझले राय से बात करना चाहते थे। परन्तु उनके मन में एक ही हिचक थी कि या तो वे पत्थर बनकर खड़े हो जायेंगे और अगर ज़्यादा हुआ तो कोई उल्टी-सीधी बात कहकर रिश्ते बिगाड़ लेंगे। छोटे राय भी बात करने से बच रहे थे। आखिर बड़े राय ने फैसला किया कि वह और छोटे राय मझले राय के पास जायें और पता लगाकर आयें कि उनकी मंशा क्या है ? हालाँकि छोटे राय ने दबी ज़बान से जवाब दिया कि कोई फायदा नहीं होगा । परन्तु बड़े राय ने उनकी इस बात पर ध्यान नहीं दिया। वे बोले, ''मैं यह नहीं चाहता कि संवाद के अभाव में किसी तरह की ग़लतफ़हमी पैदा हो, कृष्ण मझली बहू के मरने पर भी नहीं आया ? बिरादरी और समाज के सामने मेरी गर्दन नीची हो गयी। मझली बहू के पेट के बच्चे का भी उसे ध्यान नहीं आया ? किसी गैर का तो बच्चा नहीं था। उन दोनों के बीच कितना प्यार था—प्यार बाल्टी में भरा पानी तो नहीं होता कि रात को रखा और सवेरे फेंक दिया। भास्कर की माँ हमेशा इन दोनों से इसी बात को लेकर ठिठोली किया करती थी—लेकिन पता नहीं यह कहर कैसे टूट पड़ा !''

छोटे राय ने पहली बार मुँह खोला, ''बड़े भैया, मझले भाई पगला गये हैं। उन्हें न अपनी इज्ज़त का ख्याल है और न घर की इज्ज़त का। वे भाभी को मेरठ में किसी मेम को दिखाकर लाये थे—तभी से भाभी की तरफ से उनका मन फिर गया। वे चाहते थे मझली भाभी से बच्चा हो जिससे उनका वंश चले। वे समझते थे भाभी में कमी है—वे बच्चे को जन्म नहीं दे सकतीं। अपनी ज़िन्दगी के आखरी साल मझली भाभी ने रो-रोकर काटे पर उन्होंने किसी को पता नहीं चलने दिया कि वे किस संत्रास से गुजर रही हैं।''

''यह बात थी तो मुझसे क्यों छिपायी गयी ?''

''आप कुछ नहीं कर सकते थे। मैंने उनसे बात की थी। वे दूसरी शादी करके यह साबित करना चाहते थे कि दोष उनमें नहीं भाभी में है। लेकिन भाभी ने साबित कर दिया दोष उनमें नहीं था। ऐसे में अगर आप कुछ कहते भी तो वे यही समझते कि आप उन्हें दूसरी शादी करने से इसलिए रोक रहे हैं कि आप उनका हिस्सा अपने बच्चों के लिए आरक्षित करना चाहते हैं।''

बड़े राय सन्न रह गये। थोड़ी देर बाद जब चेतना लौटी तो धीरे-से पूछा—''क्या कृष्ण ने मेरे लिए ऐसा कहा था—और वह बच्चा ?''

छोटे राय ने बात बदल दी, ''नहीं, फिर भी उनकी सोच काफ़ी बिगड़ गयी थी।''

बड़े राय तड़प उठे, ''मैं टीले पर बैठे गड़रिये की तरह यही सोचता रहा कि सब भेड़ें चर रही हैं और सुरक्षित हैं। पर वहाँ तो भेड़िया घुसा था। मन में घुसा चोर से ज़्यादा खतरनाक भेड़िया होता है।'' फिर रुककर बोले, ''ऐसा ही था तो मुझसे पूछ लेता। मैं उसे अपना उदाहरण देकर समझा देता कि बिना पत्नी के आदमी

कितना अन्धा और अधूरा होता है। उसकी अन्दर खुलने वाली आँखें फूट जाती हैं।'' थोड़ी देर वे उसी तरह चुप बैठे रहे। फिर बोले—''तुम दोनों चले ही जाओ। कृष्ण से कहना कि तुझे बड़े भैया ने बुलाया है। नहीं आओगे तो शायद फिर कभी उनसे न मिल पाओ।'' बच्चे की बात उन्होंने भी जड़ से गोल कर दी। अब कुछ हो भी नहीं सकता था।

छोटे राय फौरन बोले—''ऐसा क्यों कहते हैं ?''

''जब किसी इमारत की ईंटें निकलनी शुरू हो जाती हैं तो उसका बहुत दिन बने रहना मुश्किल होता है। घर, समाज, देश सब इमारतें ही तो हैं।''

छोटे राय ने आगे कुछ नहीं कहा।

जब हम पहुँचे मझले राय घर नहीं थे। नौकर-चाकर थे। उनमें से हमें कोई नहीं पहचानता था। उन्होंने हम दोनों को बाहर ही बैठा दिया था। जब तक मझले राय लौटे हम अपना सामान रखकर बराँडे में ही बैठ रहे। मझले राय आये और हमें इस तरह मय सामान बराँडे में ही बैठा देखकर नौकर-चाकरों पर बिगड़ने लगे। छोटे राय को बीच में बोलना पड़ा कि इन्हें हमने ही नहीं बताया कि हम कौन हैं और तहसीलदार साहब से क्या रिश्ता है ? हालाँकि हमने इतना तो बता ही दिया था कि हम उनके घर से आये हैं। लेकिन यह तब भी था अब भी है कि हाकिम के नौकर यह मानकर चलते हैं कि उनका हाकिम सच्चा होता है और उसके अलावा सब झूठ बोलते हैं। जब वह हाकिम नहीं रहता तो वह भी औरों की तरह हो जाता है। छोटे राय की बात सुनकर उन नौकरों-चाकरों पर अच्छा असर पड़ा। वे चकित से देखने लगे। मझले राय उन्हीं के सामने डाँटने लगे, ''तुम्हें बताना चाहिए था—मेरी क्या इज्ज़त रह गयी—मैं बड़े भैया को क्या मुँह दिखाऊँगा। मेरा भाई और भतीजा चपरासियों और अहल्कारों के पास घण्टों बैठा रहा।''

छोटे राय ने कहा—''चलिये अन्दर चलिये, जो खातिर करनी है वह खातिर कर लीजिये। यहाँ खड़े इसी तरह डाँटते रहेंगे तो घर जाने लायक भी नहीं रहेंगे।''

उनकी बात पर मझले राय को हँसी आ गयी, पर वे हँसे नहीं बल्कि हल्का-सा मुस्करा दिये। हम लोगों को अन्दर ले जाया गया। उनका वह घर तहसील परिसर में ही था। पूरी तहसील लखौरी ईंटों की बनी थी। जहाँ-जहाँ से चूना उतर रहा गया था वहीं-वहीं वे छोटी-छोटी ईंटें करीने से चुनी हुई नज़र आती थीं। तहसील के सभी नौकर-चाकर तहसीलदार की खिदमत में रहते थे। उन दिनों के प्राथमिक तहसीलदार थे। खिदमत तहसीलदार साहब की, खाना अपना। वैसे भी तहसीलदार के पास छोटे से लेकर ऊँचे से ऊँचे अफ़सर का जिम्मा होता है। जहाँ किसी को भी ज़रूरत हुई, बस तहसील में कहला दो। चाहे आदमी हो या सामान। पुलिस विभाग में यही काम

थाना करता है। खैर ! घर खाली था। बिन गृहिणी घर भूत का डेरा। ध्यान आया काश भाभी होतीं ! मझले राय कुछ अतिरिक्त रूप से चौकन्ने थे। वे काफी मुस्तैदी से देखभाल और पूछताछ कर रहे थे। उन्होंने बड़े राय, छोटी चाची, रानी, अरुण, नौकरों-चाकरों आदि सबके बारे में पूछा। मझली चाची के बारे में कुछ नहीं कहा। वे भी समझ रहे थे और हम तो समझ ही रहे थे। मझले राय ने खातिर का पूरा-पूरा इन्तजाम किया। वे नहीं चाहते थे कि हमें मझली चाची की कमी महसूस हो। पर क्या उनका वह इन्तजाम उनकी कमी को पूरा कर सकता था ?

शाम को जँट साहब की कोठी पर सलाम करने के लिए ले जाया गया। जँट साहब एकदम नौजवान थे। विलायत से आई.सी.एस. का इम्तहान पास करके नये-नये आये थे। रहने वाले हमारी तरफ़ ही के थे। मझले चाचा ने ही बताया था कि ये बड़े राय के दोस्त खेमराज सिंह के बेटे हैं। उनका खानदान उस क्षेत्र के एक प्रसिद्ध खानदानों में था। दूधिया वालों के नाम से बजता था। जँट हम लोगों से बड़े अपनेपन से मिले। घर के लोगों की तरह बैठाया-उठाया। हालाँकि उस जमाने के अफ़सरों को दूरी रखने का सबक सिखाया जाता था। चाहे चपरासी हो या अपना सगा-सम्बन्धी। वह परम्परा मजबूत ही हुई है। मुझे तो खासतौर से घर के लड़के की ही तरह लिया गया। जँट साहब ने मुझे अन्दर ज़नाने में भिजवाया और कहलाया कि ये सलेमपुर वाले राय चाचा के बेटे हैं। एकदम हमारे छोटे भाई ! हम लोग डाली लेकर गये थे। उस जमाने में अफ़सरान के यहाँ जाते समय डाली ले जाने का चलन था। मझले चाचा ने डाली मेरे हाथ से ही दिलवायी। मैंने डाली जाकर जँटनी साहिबा को दे दी। वे नाराज भी हुईं ।

जँटनी बहुत सुन्दर थीं। मझली चाची से भी इक्कीस ही पड़ती थीं। बचपन में किसी न किसी को लेकर सुन्दरता और असुन्दरता का एक मानक हर बच्चा गढ़ लेता है। रूप का मेरा मानक मझली चाची ही थीं। अब मेरा मानक जँटनी हो गयी थीं। मैं उन्हें टुकुर-टुकुर देख रहा था। वे मुझे अपनी तरफ़ इस तरह देखते हुए पाकर हँस दीं। मैं झेंप गया। उन्होंने चाँदी के दो रुपये मुझे भेंट किये और हँसकर कहा, "तुम तो मेरे देवर हो—"

जँटनी को शायद पता था कि मझली चाची का देहान्त हो चुका है। उन्होंने पूछा—"तहसीलदारनी साहब को क्या हो गया था ?"

"बीमार थीं ।"

"हमने सुना है कि वे बच्चा होने में चली गयीं ?"

मैं थोड़ा संकोच में पड़ गया। लेकिन उनकी आत्मीयता देखकर मेरे मुँह से 'हाँ' निकल गया। वे बोलीं, "बुरा हुआ—बच्चा हो भी न और औरत चली जाये !" फिर कहा—"सुना बहुत सुन्दर थीं।" मैं जवाब में उनकी तरफ़ देखने लगा। वे बहुत हल्का-सा मुस्करायीं। फिर बात बदलकर बोलीं—"तहसीलदार साहब बहुत दुःखी थे। तुम्हारे भैया बता रहे थे कि उन्होंने कई दिन तक खाना नहीं खाया। उन्होंने बहुत समझाया आप चले जायें—वे बोले अब जाकर क्या करूँगा—जिसके लिए जाना था वही नहीं रहा।" वे हल्की-सी भावुक हो गयी थीं।

मेरे पास उनकी ब़ातों का कोई जवाब नहीं था। जो चित्र एक के बाद एक मेरे सामने आने लगे थे उनमें और इन बातों में कोई साम्य नहीं था। मैं मौन साधे रहा।

वे बोलीं—"आपकी माँ यानी चाची जी भी तो नहीं रहीं ना ?"

"जी नहीं !"

"घर में अब कौन है ?"

"छोटी चाची हैं, मेरी छोटी बहिन रानी और छोटा भाई अरुण है।"

"तुम्हारी छोटी चाची कैसी हैं ?"

"बहुत अच्छी।"

"उतनी ही सुन्दर ?"

मैंने फिर उनके चेहरे की तरफ़ देखा। मैंने कहा, "सुन्दर ही लगती हैं।"

फिर वे हँसकर बोलीं—"तुम शादी क्यों नहीं कर लेते—तुम्हें भी एक सुन्दर-सी बहू मिल जायेगी। तुम्हें सुन्दर लोग अच्छे लगते हैं ना ?" मेरा चेहरा कानों तक लाल हो गया।

मेरे सामने मिठाई, फल, मेवे आदि मँगाकर रख दिये थे। बाहर अलग से भेज दिये गये थे। मैं संकोच में बैठा रहा। वे बोलीं—"मैं तुम्हारी भाभी हूँ—नहीं खाओगे तो जबरदस्ती खिलाऊँगी ?" उन्होंने एक मिठाई अपने हाथ से उठाकर वाकई मेरे मुँह में रख दी। मुझे लगा उस मिठाई में उनके हाथ की खुशबू बसी है। मैं उसे धीरे-धीरे खाता रहा। सोने में हो न हो पर सौन्दर्य में तो सुगन्ध होती ही है।

उन्होंने भी जरा-सी नमकीन मुँह में डाल ली। उनके गले की जिल्द इतनी पतली थी कि मैं उसे देखकर चकित था। लग रहा था उनके गले से उतरती हर चीज़ नज़र आ रही है। मुझे भवानी की याद गयी। भवानी को बहुत-सी कहानियाँ याद थीं। जब वह किसी राजकुमारी की सुन्दरता का वर्णन करता था तो हमेशा कहता है कि राजकुमारी के गले से पानी तक उतरता दिखाई पड़ता था। जँटनी भाभी को देखकर मुझे भी यही लग रहा था। मुझे गले की तरफ़ देखते हुए पाकर उन्होंने पूछा—"क्या देख रहे हो ?"

मैं शरमा गया। वे हँस पड़ीं। उनका नाम दमयन्ती था। जँट साहब जब एक बार अन्दर आये और उन्होंने इस नाम से पुकारा तो मुझे अच्छा लगा। उस जमाने

में रवि वर्मा की बनाई नल-दमयन्ती की एक तस्वीर लगभग हर घर में मिलती थी। बहुत सुन्दर। वही दमयन्ती मुझे याद आ गयी। राजा नल और दमयन्ती ने बहुत दुःख भोगे थे। लेकिन ये दमयन्ती—मैंने मन-ही-मन अपने कान पकड़े। यह मैं क्या सोचने लगा। मेरी समझ में तब नहीं आया था कि जो बहुत सुन्दर लगता है उसके बारे में बुरी बातें क्यों दिमाग में आती हैं ?

बाहर लोग आ गये थे। मेरा बुलावा आ गया था। मैं चलने लगा तो उन्होंने पूछा—"कब तक हो ?"

"पता नहीं।"

"जब तक हो भाभी के पास आया करो। यहाँ दिन भर अकेली बैठी रहती हूँ।"

उनका यह कहना देर तक मेरे कानों में घण्टियों की तरह टुनटुनाता रहा था।

जँटनी साहिबा की सुन्दरता और गन्ध मेरे अन्दर गहरे उतर गयी थी। उस रात को जब भी मेरी आँख खुली तो मैंने उन्हें अपने सामने उपस्थित महसूस किया। एकदम नहाई-धोयी तरोताज़ा जैसे स्नान के बाद मझली चाची लगा करती थीं। मैं बेचैन-सा हो उठा। उनका सारा शरीर पारदर्शक हो गया था। उनका प्यार, उनका आग्रह, उनका मुस्कराना, उनका दुलार सब कुछ आर-पार दिखाई पड़ रहा था।

मेरा मन हुआ मैं उन्हें पुकारूँ। फिर ध्यान आया कि मैं तहसील में अपने मझले चाचा के घर पर सो रहा हूँ। वे जँट साहब के बँगले पर होंगी ! क्या वे भी जग रही होंगी ? सोती हुई कैसी लगती होंगी ? इस किस्म की बेचैनी मैंने पहली बार अनुभव की थी। मैंने एकबारगी सोचा मेरी चाचियाँ भी कम सुन्दर नहीं थीं। पर क्या उनमें दमयन्ती भाभी वाली बात थी ?

रात को सोने से पहले छोटे राय ने मझले राय से बात करनी चाही थी। लेकिन मझले राय किसी काम का बहाना बनाकर उठकर चले गये थे। छोटे राय खिसिया गये थे। खीज मिटाने के लिए मुझसे बोले—"जँटनी तुम्हें कैसी लगी ? क्या बात कर रही थी ?"

मैं शरमाता हुआ-सा बोला—"अच्छी लगीं, मझली चाची के बारे में पूछ रही थीं। बता रही थीं मझले चाचा उनके मरने पर बहुत दुःखी थे। जँट साहब ने उनसे जाने के लिए भी कहा—उन्होंने यह कह दिया कि जिसके लिए जाना था जब वही

नहीं रहा तो अब जाकर क्या करेंगे ? पूछ रही थीं तुम्हारी मझली चाची बहुत सुन्दर थीं। छोटी चाची के बारे में भी पूछा था। माँ के बारे में भी पूछा।'' फिर झिझकते हुए कहा—''यह भी पूछ रही थीं कि मझली चाची क्या बच्चा होने में मरी थीं ?''

छोटे राय ने फ़ौरन पूछा—''उन्हें कैसे पता चला ?''

मैं चुप रहा। उन्होंने पूछा—''तुमने क्या जवाब दिया ?''

''मैंने सोचा शायद मझले चाचा ने बताया है।''

उनके होंठ भिंच गये। अपने आप बुदबुदाये—''अपनी मर्दानगी सिद्ध करने के लिए आदमी उस घर को भी कैसे कसकर पकड़ लेता है जिसे जानता है कि वह झूठ की नींव पर खड़ा है।''

मझले चाचा बाहर से लौटे तो चाचा ने उनसे सीधा सवाल किया—''आप मझली भाभी के न रहने पर क्यों नहीं आये ?''

''यह क्या तुम्हें बताना जरूरी है ?''

छोटे चाचा जोर-से बोले—''हाँ, मैं यह जानना चाहता हूँ।''

''मैं उस कुलटा का मुँह नहीं देखना चाहता था।''

''वे कुलटा कैसे हो गयीं ?''

''वह बच्चा किसका था—मुझे बड़े भैया ने लिखा था, उसे मुझसे तीन महीने का गर्भ था। पर मैंने तो उसे छुआ भी नहीं !''

''तो फिर किसका था ?''

''होगा किसी का—वहाँ क्या आदमियों की कमी है ?''

''तुम्हें शर्म नहीं आती—तुमने ही उन्हें चुनौती दी थी। अब तुम उन्हें कुलटा कह रहे हो !''

''मैंने चुनौती दी तो उसने मान ली—वाह री पतिव्रता ! मैं जानना चाहता हूँ वह बच्चा किसका था ?''

''वह न मानती तो तुम ज़िन्दगी भर मर्द और बेबोझ बने रहते। तुम उन्हें कोसते रहते। क्योंकि वह औरत निपूती और निःसन्तान थी। कोई भी स्त्री जीवन भर निःसन्तान रहकर जी सकती है पर बाँझ होने का झूठा लांछन बर्दाश्त नहीं कर सकती। हम लोग भी तो अपनी क्षमताओं और अक्षमताओं के बारे में जानते रहते हैं पर सच्चाई का सामना करने से डरते हैं—मझली भाभी ने तुम्हें क्या कम माना—उसका नतीजा तुमने यह दिया कि वह तड़प-तड़पकर मरा !''

मैं समझ रहा था कि मझले राय इस बात को सुनकर मरने-मारने को तैयार हो जायेंगे। लेकिन ऐसा नहीं हुआ। छोटे राय की बातों ने उन्हें एकाएक तोड़ दिया। उनके पैर काँपने लगे। मुझे लगा वे गिर पड़ेंगे। छोटे राय ने उन्हें सहारा देकर कुर्सी पर बैठा दिया। वे काफी देर तक आँखें बन्द किये बैठे रहे।

फिर बोले—''तुम शायद ठीक हो—पर वह कौन था ?''

"तुम इसी को अपनी ज़िन्दगी की सच्चाई मानो। राजा पाँडु तक को मानना पड़ा था। हालाँकि वह जानता था कि उसके पाँचों बेटे कम-से-कम उसके नहीं हैं।"

उस दिन के बाद इस बारे में कोई बात नहीं हुई। हम लोग खाते-पीते और घूमते फिरते रहे। नगर-रईसों में से किसी न किसी की फिटन रोज़ आकर दरवाज़े पर लग जाती थी। हम लोगों के यहाँ भी एक फिटन अफ़सरान की सेवा के लिए अलग से तैयार रहती थी। दरअसल अफ़सर चाहे कोई भी हो, सुविधाएँ रुँगे में चाहता है। उसका कोई नाप-तौल नहीं होता। हमारे यहाँ तो दुधारू गायें तक अफ़सरों के यहाँ भेज दी जाती थीं। जब दूध देना बन्द कर देती तो वापिस आ जाती थी, दूसरी चली जाती थी। तब भैंसों का चलन कम था।

चलने से पहले दिन छोटे राय ने मझले राय से कहा—"आपको बड़े राय ने बुलाया है और कहा है कि साथ लेकर आना।" उस बात को वे गोल कर गये जो उन्होंने वाकई कही थी। फिर कहा— "भास्कर को इसीलिए भेजा है कि अगर आप मेरी बात न मानें तो भास्कर का मुँह देखकर चले चलेंगे।"

"नहीं, अभी नहीं चल पाऊँगा। बाद में आऊँगा। तुम चाहो तो भास्कर को यहाँ छोड़ जाओ । मेरा मन लगा रहेगा।"

मैं चक्कर में पड़ गया था, कहीं छोटे चाचा मुझे छोड़ ही न जायें। लेकिन उन्होंने स्थिति को सँभाल लिया— "आप अभी साथ चलें— जब आयेंगे तो भास्कर को अपने साथ लेते आइयेगा। बड़े भैया मिलने के लिए बेताब हैं— अगर नहीं गये तो पता नहीं क्या हो ?"

मझले राय शशोपंज में थे। उन्होंने बहाना बनाने की कोशिश की कि कमिश्नर का दौरा होने वाला है। तहसील ठीक करानी है वगैरह-वगैरह···। छोटे राय बोले— "आप कहें तो जँट साहब से पूछ आऊँ ?"

मझले राय को मज़बूर होना पड़ा।

जाने से पहले हम लोग जँट को सलाम करने गये। जँटनी साहिबा के सामने मेरी पेशी हुई। उन्होंने मुझे अपने से सटाकर बैठाया और शिकवा किया कि मैं उस दिन के बाद उनसे मिलने क्यों नहीं आया। एक पुलन्दा मेरे साथ बँधवा दिया जिसमें कुछ कपड़े भी थे। चलने लगा तो उन्होंने एकाएक मेरा मुँह चूम लिया। ऐसा पहली बार हुआ था जब किसी स्त्री ने मेरा मुँह चूमा हो। मेरी दोनों चाचियों ने भी कभी ऐसा नहीं किया। मुँह चूमते हुए उनकी आँखों में एक अजीब तरह की चमक थी। वह किशन बाबू की चमक से भिन्न थी। हालाँकि मुझे गलती से एकाएक लगा था कि उनकी आँखों में किशन बाबू की आँखें उभर आयी हैं।

बड़े राय कभी किसी से भाव-विह्वल होकर नहीं मिलते थे। लेकिन उस दिन मझले राय से मिलते हुए उनकी भाव-विह्वलता पहली बार सामने आयी। उनके मुँह से सिर्फ़ इतना ही निकला— "कृष्ण, तू मुझे बताता तो सही !"

मझले राय गर्दन नीची किये चुप थे।

फिर बोले— "तूने अपनी नासमझी में अपने खानदान का चिराग गुल कर दिया। तू कभी नहीं समझ पायेगा कि यह तुझसे कितना बड़ा अनर्थ हुआ है। दो निर्दोष जीव तेरी नासमझी का शिकार हो गये। तुम्हारी भाभी की मृत्यु के बाद से मैं उस तरफ़ से बिल्कुल अन्धा हो गया। उसके रहते शायद वह अनर्थ कभी न हुआ होता।"

मझले राय पूरा जोर लगाकर बोले—"बच्चे से मेरा कोई मतलब नहीं था। वह मेरा कुछ नहीं था।"

"तुम्हें मालूम है यह तुम क्या कह रहे हो ?" बड़े राय ने उनका कोट पकड़ लिया। "क्या राय वंश को मेरे रहते खोदकर ज़मीन में गाड़ देना चाहते हो ?" मझले राय चुप रहे।

"नहीं, वह तुम्हारा बेटा था, तुम्हारे कुल का चिराग था— बहू को दोष न दो। वह दोषी नहीं हो सकती— उसने मरने से पहले मुझसे रो-रोकर कहा था। तुम जानते हो उसका खानदान····?" बड़े राय आगे नहीं बोल पाये। अन्दर चले गये। छोटे राय ने मझले राय को उनके कमरे में भेज दिया।

उसके बाद दो-तीन दिन बड़े राय घर से बाहर नहीं निकले। वे एक भयंकर तूफान में घिरे थे। उस तूफान के बीच वे एक लचकदार दरख्त की तरह थे। तूफान उन्हें झकझोर दे रहा था। मझले राय दरख़्त के टूटने की तकलीफ़ को नहीं समझ रहे थे। वह कैसे चिर-चिर आवाज़ करके टूटता है। अगर वे उसे समझ रहे थे तो जानकर नज़र-अन्दाज़ कर देना चाहते थे। दो दिन बाद जब मझले राय ने जाने का मन बनाया तो वे बड़े राय के कमरे में गये। बड़े राय टहल रहे थे।

"बड़े भैया, मैं जाना चाहता हूँ, कमिश्नर साहब का दौरा होने वाला है। तहसील की देखभाल करनी होगी।"

वे चुप रहे। मझले राय ने फिर दोहराया— "आप कहें तो कल चला जाऊँ ?"

"जैसा तुम चाहो, मझले राय ! तुम भी सम्पूर्ण राय हो। खुद मुख्तार हो। लेकिन अपनी आत्मा को टूटने मत देना। उसका टूटना इन्सान का अन्दर-बाहर दोनों स्तरों पर टूटना होता है। दूसरे पर बिना कारण तोहमत लगाकर उसे मौत के मुँह में धकेल देने के मुकाम तक पहुँचा देना भी वही होता है। अब ऐसा मत करना !"

"मैने क्या किया ?" उस बात का जवाब न देकर उन्होंने पूछा— "मैंने सुना है तुम दूसरी शादी करना चाहते हो ?"

"जिस सवाल को सुलझाने के लिए मैं शादी करना चाहता था उसका जवाब तो

मुझे मिल गया।"

"इतने बड़े घर को राघव की बहू कैसे चलायेगी ?"

"घर का चलाना ही काफ़ी नहीं— और भी बहुत-सी ज़रूरतें होती हैं।"

"यानी···"

"मैं शायद···वे सब ज़रूरत न पूरी कर पाऊँ ?"

"तुम यह क्या कहते हो ?"

"वही जो देखा और भोगा···"

"फिर भी···"

"अब अगर शादी करूँगा तो···"

"तो···?"

वे चुप खड़े हो गये। बड़े राय भी आगे कुछ नहीं बोले।

कुछ ही दिन बाद सुना मझले राय ने शादी कर ली। बड़े राय को लगा जैसे उनके सीने में किसी सयाने ने मूठ मारी हो। उन दिनों इसी को सबसे बड़ी चोट समझा जाता था। वे तड़प उठे। उन्होंने कृष्ण राय को आहत भाव से चिट्ठी लिखी। चिट्ठी भी तब लिखी जब उन पर बर्दाश्त नहीं हुआ और लिखना उनके लिए मजबूरी हो गयी। उन्होंने लिखा—

प्रिय कृष्ण,

अगर चिट्ठी का ईज़ाद न हुआ होता तो मैं सोच नहीं सकता कि मेरा क्या होता ? जो नहीं लिखना जानते उनका भी तो कुछ होता ही होगा। या तो वे मर जाते होंगे या मार देते होंगे। मरने-मारने का रोज़ जो यह सिलसिला जारी है उसके पीछे शायद यही सबब होता हो।

तुमने यह करके— इस खानदान के मेरे बड़े राय होने पर प्रश्नचिह्न लगा दिया। तुमने मुझे ऐसे मिटा दिया जैसे बच्चे स्लेट पर आकार बनाते हैं, उसे देखते हैं और गुस्से में या खेल में मिटा देते हैं। मैंने तो तुमसे स्वयं कहा था— मैं चाहता भी था तुम शादी करो। हो सकता है तुम्हारे मन में मेरी बात पर विश्वास न जमा हो। तुमने किससे शादी की, किन परिस्थितियों में की, क्यों की—यह मैं कुछ नहीं जानता। अब कर ही ली तो कोशिश करना कि उसे खुश रखो। जहाँ तक हो सके उसके मन का कोई भी कोना खाली न रहे। एक ट्रेजेडी ही कई बार दूसरी ट्रेजेडी से बचाती है।

तुम दोनों खुश रहो— पर इस शादी ने मुझे चेतावनी दे दी कि मुझे क्या करना चाहिए !

तुम दोनों को आशीर्वाद !

तुम्हारा
हरिराय

बड़े राय ने यह पत्र उर्दू में लिखा था। मझले राय का जवाब हिन्दी में आया। वे उतनी हिन्दी नहीं जानते थे। उन्होंने उसे मुझसे पढ़वाया। मझले राय ने जवाब में लिखा था—

पिता तुल्य आदरणीय बड़े भैया,

नहीं, ऐसा नहीं जैसा आप सोचते हैं। आपकी उस बहू और इस बहू में अन्तर है। उस शादी और इस शादी में भी फ़र्क है। वह शादी वंश-वृद्धि के लिए हुई थी। हम लोग असफल रहे। यह शादी सोच-समझकर केवल साथ और सहयोग के लिए हुई है। इसमें न जात का बन्धन है और न वे सब औपचारिकताएँ—जो आपको पहली शादी में करनी पड़ी होंगी। हम दोनों जानते हैं कि हमें वंश-वृद्धि न करनी है और न होगी। हो सकता है इतना सब जानकर आप हमें शादी करने की अनुमति न देते। पूछने से पूँछ लग जाती। हम दोनों ही अपनी सीमाएँ समझते हैं। अगर समझते न होते तो शायद विवाह के बन्धन में न बँधते। ऐसा नहीं कि मुझे या आपकी इस बहू को अपने हालात से असहमति न होती हो। होती है। हमारे यहाँ भाग्य ऐसा वृक्ष है कि जिसकी छाल भी काम आती है और पत्ते भी। छाया तो आती ही है। चाहे जितना क्लान्त हो छाया तो मिलेगी ही।

शायद मैं ये सब बातें आपको न लिखता। लेकिन मैं आपका वह वाक्य सहन नहीं कर पाया कि मैंने आपके बड़े राय होने पर प्रश्नचिह्न लगा दिया। मुझे लगता है कि मैंने आपको इस झंझट में न घसीटकर आपका बड़प्पन बनाये रखा। मेरी इस स्पष्टवादिता को, आशा है, आप माफ़ कर देंगे।

हम अपनी सीमाओं में जितना खुश हो सकते हैं उतना हैं। मौका लगते ही और आपकी माफ़ी का आश्वासन मिलते ही हम आपका आशीर्वाद लेने आयेंगे। चौधरी खेमराज सिंह के बेटे बीर बहादुर, जो हमारे ज्वाइंट मजिस्ट्रेट हैं आपके बारे में अक्सर पूछते रहते हैं। कह रहे थे जब वे छोटे थे तो चौधरी साहब के साथ हमारे यहाँ आया करते थे। जब वे आई.सी.एस. के लिए विलायत जा रहे थे तब भी आपका आशीर्वाद लेने गये थे। चौधरी साहब के साथ जो सिर घुटा लड़का था वे यही बीर बहादुर थे। शादी के कई वर्ष बाद उनके बच्चा होने की उम्मीद बनी है। वे भी निराश हो चुके थे। जँटनी खुश हैं। जँट साहब कुछ नहीं कहते। लोग-बाग तरह-तरह की बातें उड़ाते हैं। अगर वह बच्चा हुआ होता तो

यही बातें मुझे भी सुनने को मिलतीं। खैर ! जो हुआ ठीक हुआ।
माफी के साथ।

आपका
कृष्ण राय

इस पत्र को लेकर बड़े राय कई दिन तक परेशान रहे। कृष्ण ने शादी की तो की पर यह सब क्यों लिखा। वह कहता तो मैं उसका विलायत तक इलाज कराता। फिर मझली बहू का वह गर्भ किसका था ? यह बात उनके मन में काँटे की तरह चुभ गयी। छोटे राय उनकी इस परेशानी को मन ही मन समझ रहे थे। उन्होंने धीरे-से पूछा— "तुम जानते हो ?"

वे चुप रहे।

"कौन था वह ?"

"सभी हो सकते हैं संगीत वाले उस्ताद से लेकर—मुझ तक।"

बड़े राय को याद आया उस्ताद एकदम गायब हो गया था। मझली चाची ने भी उसके बाद उसे बुलाकर लाने के लिए मना कर दिया था। संगीत सीखना बन्द हो गया था।

"तुम्हारा मतलब गाना सिखाने वाला वह उस्ताद···?"

"नहीं कोई भी····! मुझे लगता है कि मझले भैया वहम के शिकार हैं, वे आत्म-विश्वास खो चुके हैं— उनकी कुण्ठाओं ने उन्हें अपने आप तक पर संशय करने के लिए मजबूर कर दिया। वे अब किसी का भी विश्वास नहीं कर सकते ।"

बड़े भैया कुछ नहीं बोले। छोटे राय ने पहली बार उन्हें बताया— "जिस मेम ने मेरठ में देखा था— उन्होंने गलती से कह दिया था कि मजली बहू तो ठीक है आप अपनी जाँच करा लें। पुरुष अपने पुरुषत्व पर प्रश्नचिह्न लगने पर कितना पगला सकता है यह उसी का प्रमाण है। स्त्री के स्त्रीपन पर प्रश्नचिह्न लगता है तो वह स्वयं मर मिटती है। हम भी सन्तानहीन हैं— क्या हम अपने सुख के बिन्दु बदल नहीं सकते ?"

बड़े राय जैसे कहीं गहरे उतर गये।

बड़े राय उस घटना के बाद से अफ़सरान से कम मिलने-जुलने लगे थे। लेकिन जिन संस्थाओं में वे अँग्रेज़ों के साथ पदाधिकारी थे वहाँ अवश्य भेंट-मुलाकात हो जाती थी। ज़मींदारी एसोसियेशन की मीटिंग थी। कलक्टर उसके पदेन अध्यक्ष होते थे। बड़े राय उपाध्यक्ष थे। एक तरह से उपाध्यक्ष ही अध्यक्ष का काम देखता था। कलक्टर कभी-कभी आते थे। हर अँग्रेज़ कलक्टर बड़े राय को विश्वसनीय और

ज़िम्मेदार व्यक्ति मानता था। लेकिन उस दिन मीटिंग में कलक्टर साहब बिना किसी सूचना के तशरीफ़ ले आये। बड़े राय ने कुर्सी छोड़ दी।

बड़े राय को लगा मि. डिक का व्यवहार कुछ बदला हुआ है। बड़े राय उनके इस व्यवहार से थोड़ा सनाका खा गये। बाकी लोगों के लिए भी आश्चर्य की बात थी। कलक्टर कोई भी हो किसी ने आज तक बड़े राय की उपेक्षा नहीं की थी। डार्लिंग जैसा शैतान कलक्टर भी बावजूद एक निश्चित दूरी बनाये रखने के उनका पूरा सम्मान करता था। लेकिन मि. डिक एकदम फ्रण्ट हो गये थे। उनके आते ही सबसे पहले चाय-पानी हुआ। चाय-पानी के वक़्त बड़े राय को लगा इस उपेक्षा से बेहतर हो कि वे लौट जायें। लेकिन साथ ही उन्हें यह भी लगा कि इससे ज़्यादा ग़लतफ़हमी बढ़ सकती है। वे बाकी लोगों से बात करते रहे । लेकिन जहाँ कलक्टर हो वहाँ बाकी लोगों को कौन पूछता है। लोग बात उनसे ज़रूर कर रहे थे पर सब कलक्टर साहब बहादुर की नज़रें इनायत के मुंतज़िर थे। कलक्टर के रुख की देखा-देखी औरों का रुख भी अपनी दिशा बदल रहा था।

काले साईस ने गाड़ी लाकर सामने खड़ी कर दी। बड़े राय की नज़र उस पर गयी तो वे बाहर निकल आये। लेकिन वे तय नहीं कर पा रहे थे कि जायें या रहें। काले ने आकर कहा— "रहमतुल्ला सलाम करना चाहते हैं।"

वे फ़ौरन चबूतरे से उतरकर नीचे आये। वह दीवार की आड़ में दुबका खड़ा था। जैसे ही वे उधर आये। उसने सलाम किया और कहा— "सरकार गुस्ताखी माफ़ हो।"

"बोलो क्या बात है ?"

"उस दिन के किस्से के बारे में साहब के जमादार के भाई दीनू ने चुगली खायी है कि रहमतुल्ला बड़े राय से बात कर रहा था। कलक्टर साहब को यह शक है कि उस दिन की टक्कर के पीछे हुजूर की गाड़ी थी, रहमतुल्ला छिपा रहा है। कप्तान साहब भी निकलते हुए आपसे मिले थे। लेकिन न मैंने मुँह खोला है और न खोलूँगा। कल शायद मुझे नौकरी से रुखसत कर दिया जायेगा।"

"तुम हवेली पर आना।"

"नहीं हुजूर अब नौकरी नहीं करूँगा।"

"तो क्या करोगे ?"

"मैं दर्जी का काम जानता हूँ। सोचता हूँ कपड़े सीने का काम शुरू कर दूँ। अपना हुक्का अपनी मरोड़, पिया तो पिया नहीं दिया छोड़ ।"

"खैर, घर पर आना··· तभी बातें होंगी।"

"जी।"

वह जल्दी से घूमा और गाड़ी पर चला गया। चाय पार्टी खत्म हो गयी थी। बड़े राय ने एक मिनट रुककर ठण्डे दिमाग से सोचा फिर अन्दर चले गये।

लौटे तो दो कुर्सियों की जगह एक ही कुर्सी लगी थी। वे बाकी लोगों के साथ बैठ गये। उनका इस तरह सबके साथ बैठना आश्चर्य की बात थी। सबसे पहले एजेण्डा पढ़ा गया। वह मेज पर ही रखा गया था। पहला मुद्दा तो सरकार की अपील थी कि इस संकट के समय जब अस्थिरता पैदा करने की कोशिश की जा रही है स्वामीभक्त ज़मींदार सरकार-ए-बर्तानिया की मदद करने के लिए सामने आयें। सब लोग एकजुट होकर खड़े हों। अपने आसामियों और प्रजा को समझायें कि वे विद्रोहियों को मुँहतोड़ जवाब दें। इस बात का सर्वसम्मति से समर्थन कर दिया गया। कलक्टर महोदय ने उनकी स्वामीभक्ति के लिए उन्हें बधाई देते हुए कहा कि ज़मीदार लोग कुल मिलाकर ताज के खैरख़्वाह हैं। लेकिन कुछ लोग जो हमारे दोस्त थे अब भिन्न तरह से भी सोच रहे हैं। लेकिन उनको कुछ भी करने से पहले गहराई से सोचना चाहिए। कहकर उन्होंने बड़े राय की तरफ़ उड़ती नज़र से देखा।— अच्छा तो यह उस घटना को राजनीतिक रंग देने की कोशिश में है— बड़े राय के दिमाग में तत्काल यह बात कौंध गयी। पर वे चुप रहे। वे आगे बोले, हम ज़मींदारों के दोस्त हैं वैसी ही दोस्ती की हम उनसे उम्मीद करते हैं। दोनों का अस्तित्व एक-दूसरे पर निर्भर है। आप लोग ब्रिटिश साम्राज्य की रीढ़ हैं। लेकिन यह बात स्पष्ट कर देना ज़रूरी है कि आप सबकी यह स्थिति भी ब्रिटिश सरकार के कारण ही है। बिना किसी के नाम का उल्लेख किये मैं यह आगाह कर देना चाहता हूँ कि अगर आप लोग अपना रवैया बदल सकते हैं तो मैं भी बदल सकता हूँ। उन हालात में आपके साथ न सरकार होगी और रिआया।

फिर वह ज़मींदार खड़ा हुआ जिसने काश्तकार की ज़मीन दबा ली थी और बड़े राय ने ज़मींदार के खिलाफ़ फैसला दिया था। वह बोला, "हुज़ूर, आप हिन्दुस्तान के बादशाह के प्रतिनिधि हैं। मैं एक छोटा ज़मींदार हूँ। मैंने ब्रिटिश हुकूमत की खिदमत यहाँ पर उपस्थित कई बड़े ज़मींदारों से ज़्यादा की है। लेकिन मेरे साथ जो सलूक हुआ है उसे मैं कभी भूला नहीं पाऊँगा। इसी एसोसियेशन के उपाध्यक्ष ने उस ज़मीन पर एक ज़मींदार के कब्ज़े से ज़्यादा काश्तकार के दावे को तरजीह दी। मेरे लिए अपना दबदबा और ब्रिटिश सरकार की साख बनाये रखना मुश्किल हो गया है, हुज़ूर ! काश्तकारों के दिमाग सातवें आसमान पर चढ़ गये हैं। वे बेगार नहीं करना चाहते। उन्हें बुलवाया जाता है तो नखरे करते हैं। मैं यह जानना चाहता हूँ कि एसोसियेशन के पदाधिकारी क्या उसके सदस्यों की इस तरह हक़तलफ़ी करेंगे ? अगर वह ज़मीन काश्तकार की थी तो भी वह ज़मींदार की ही थी। ज़मींदार अपनी रिआया की हर चीज़ का उसी तरह मालिक होता है जिस प्रकार ब्रिटिश सरकार हमारी मालिक है। वैसे भी उस पर मेरा कब्ज़ा था। उस कब्ज़े की कोई तो वजह होगी ? काश्तकार से

मिलकर उस ज़मीन के टुकड़े की एक खूँट में पत्थर और एक कुण्डी दबवाई गयी। उसमें एक साँप पकड़कर रख दिया गया। दलील यह दी गयी कि वह उसका मरहूम बाप था जो उस ज़मीन की रक्षा कर रहा था। यह मान भी लिया जाये कि ज़मीन का मालिक साँप बन गया और वही ज़मीन की रक्षा कर रहा है तो यह कैसे सिद्ध होता है कि वह ज़मीन मेरी न होकर उस काश्तकार की थी। हम ही कहने वाले, हम ही सुनने वाले और हम ही फैसला देने वाले। मैं इस एसोसियेशन के अध्यक्ष जनाब कलक्टर साहब बहादुर से निवेदन करता हूँ कि वे मेरे साथ न्याय करें। जो बड़े लोग हुकूमत-ए-बर्तानिया की खैरख़्वाही के नाम पर स्वामीभक्त ज़मींदारों और सरकार के साथ दुश्मनी निबाह रहे हैं उन्हें पहचानें !''

उस ज़मींदार की बात सुनकर वहाँ पर बैठे सब लोग भौंचक्के से रह गये। कई के चेहरे तमतमा उठे। बड़े राय जैसी अज़ीम शख़्शियत के खिलाफ़ वह विषवमन ज़्यादातर लोगों को रास नहीं आया। लेकिन सबको कलक्टर साहब की प्रतिक्रिया का इन्तजार था। कलक्टर साहब ने उस ज़मींदार को बैठने के लिए कहा, ''यह एक दुर्भाग्यपूर्ण घटना थी····मुझे इसकी जानकारी है।''

लोगों को समझते देर नहीं लगी कि यह पूरी बात डिक के इशारे पर उछाली गयी है। वरना इस छोटे से ज़मींदार की क्या मजाल थी कि वह हरी राय जैसी हस्ती पर कीचड़ उछाले।

बड़े राय धीरे-से उठे और बाहर चले गये। मि. डिक इसके लिए कतई तैयार नहीं थे। उनके जाने से एक तरह से सभा खत्म हो गयी। कोई भी कुछ कहने के मूड में नहीं था।

रहमतुल्ला दो-तीन दिन बाद हवेली पर आया। बड़े राय दो-तीन दिन से न क्लब गये थे और न कचहरी ही की थी। यही नहीं उन्होंने उपाध्यक्ष पद से इस्तीफा भी भेज दिया था। मुजीबुलहसन हाकिम सदर दो-तीन बार आ चुके थे। कई एक ज़मींदार भी आये। बड़े राय इस मुद्दे पर चुप्प थे। हाकिम सदर की बात भी उन्होंने धैर्य से सुनी थी पर यही कहा था, ''आप कलक्टर साहब से कहिए कि मुझे चन्दन सिंह की बात से कोई शिकायत नहीं····उसके उस हक की हक़तलफ़ी हुई थी जिसे वह सच मान बैठा था····लेकिन वह गलत था····वह चाहता तो उसकी अपील कर सकता था···पर उसे न ऐसा करना था···और न किया।'' मुजीबुलहसन साहब ने उन्हें बहुत समझाना चाहा पर वे अपनी बात पर अटल रहे।

रहमतुल्ला आया। वे बाहर ही बैठे थे। देखते ही बोले, ''क्या तय किया ?''

''सरकार, हाथ का हुनर पास होते हुए उसकी बेकदरी कर रहा था और ग़ुलामी को तरजीह दे रहा था। हाथ का हुनर सबसे बड़ा दोस्त होता है। उसी की अनदेखी

करता रहा। उसी का नतीजा था···कि ग़ुलामी को ही आलमगीरि समझ बैठा। पूरा पेट भी नहीं भरता····और इज्ज़त गिरी रहती है।''

बड़े राय ने उसकी तरफ़ देखा और बोले, ''जिसके पास हुनर न हो वह क्या करे ?''

रहमतुल्ला चौंका ''मैं समझा नहीं मालिक !''

''कोई खास बात नहीं !'' फिर बोले ''रहमतुल्ला जिन लोगों को हलुवे की आदत डाल कर रोटी की आदत छुड़ा दी जाती है, सवारियों पर बैठाकर पैरों से चलना भुला दिया जाता है, रेशम पहनाकर खाल इतनी नर्म बना दी जाती है कि ज़रा-सा मोटा कपड़ा पहनने पर खून छलक आये····उन्हें अगर वापस रोटी की तरफ़ लौटना पड़े, अपनी टाँगों से चलना पड़े या दोरड़ा ओढ़कर सोना पड़े···तो ऐसे लोगों को मौत की सज़ा सुनाने की जरूरत नहीं पड़ती।''

''नहीं सरकार, मेरा मतलब यह नहीं था। मैं तो अपनी हक़ीकत बयान कर रहा था। अगर मैं अपने हुनर पर ज़िन्दा होता तो कलक्टर साहब को बेइज्जती करके निकालने का मौका न मिला होता। उनके मुँह से नमकहराम न सुनना पड़ा होता। सरकार मेरी ताब नहीं पड़ी नहीं तो जरूर पूछता कि क्या हुजूर विलायत से नमक साथ लेकर आये थे ? वे इस मुल्क का नमक खाते हैं यह मुल्क क्या उनका है ? गुस्ताखी माफ़ करें।''

''नहीं, इसमें माफ़ी की क्या बात है। कल से तुम हवेली के दरवाजे के सामने वाली दुकान पर बैठोगे। मशीन वगैरह जो तुम्हें जरूरत हो दीवान जी को बता दो, आ जायेगी।''

''मशीन तो मेरे पास है····आखिर दर्जी का बेटा हूँ, औज़ार तो हुनर के साथ पैदा होता है, हुनर मरता है तो औज़ार भी मर जाता है। उसके लिए आप तकलीफ़ न करें। पहले समझता था कि बड़े लोगों के साये में न धूप सुखा पाती है और न पानी डुबा सकता है···लेकिन हुजूर वहाँ तो दोनों चीज़ें इन्तहा में हैं। बचत का कोई रास्ता ही नहीं। सूखने से बचे तो बहा दिये जायेंगे। सोचता हूँ अब अपनी मेहनत और काम पर ही जिऊँ।''

बड़े राय काफ़ी देर तक रहमतुल्ला के बारे में सोचते रहे। क्या ऐसा हो सकता है ? अगर हो सकता है तो यह रहमतुल्ला के लिए क्यों सम्भव है ? दुनिया में इतने लोग ग़ुलामी का तौक़ गले में डाले, सानी की तरह नांद में हलुवा-पूरी खा रहे हैं···वे सब उसकी तरह क्यों नहीं सोच और कर सकते ? यह सोचते समय उन्हें अपने आपसे डर लग रहा था। कहीं बाहर कोई देख तो नहीं रहा ?

अगले दिन रहमतुल्ला को घर से बुलाकर दुकान उसके सुपुर्द कर दी गयी।

उसकी मशीन दुकान पर रखी गयी। उसने मशीन की सफ़ाई की, तेल वगैरह दिया। नमाज़ पढ़ी और पहली दुपल्ली टोपी-सीकर मुझे दी। एक-एक रूमाल बड़े राय और छोटे राय को दिया। फिर बोला, "हुजूर, इस अहसान को तो मैं कभी नहीं भूल पाऊँगा लेकिन इस नाचीज़ की एक गुज़ारिश थी...."

"बोलोऽ !"

"मेरी तौफ़ीक देखकर इसका किराया तय कर दें। मुझे भी कयामत के दिन उसके सामने जाना है....वह पूछेगा किसका खाया और किसका लौटाया।"

बड़े राय के चेहरे पर एक बार को झुँझलाहट उभरी। यह अपने आप को समझता क्या है ? फिर उनकी नज़र मुझ पर पड़ी। संयत भाव से बोले, "देखो रहमतुल्ला, तुम जानते हो कि यह दुकान हवेली के दरवाजे के बिल्कुल सामने है। इसे हमने कभी किसी को देने की बात भी नहीं सोची क्योंकि हवेली की आज़ादी में खलल पड़ता। पर जैसा भास्कर वैसे तुम। अगर हम भास्कर से किराया ले सकते हैं तो तुमसे भी ले सकते हैं....तुम बेफ़िक्र होकर अपना काम शुरू करो।"

"मालिक मैं किराया देने लायक कतई नहीं....आप अपनी जूतियाँ मेरे ऊपर झाड़ दें तो मैं उसकी धूल में दब जाऊँ। लेकिन दीन कहता है हलाल की खाओ। इतने साल आपका दिया खाया आगे भी खाऊँगा....लेकिन चाहता हूँ 'उसे' मुँह दिखाने लायक बना रहूँ।"

बड़े राय ने दीवान की तरफ देखा और कहा, "एक रुपया सालाने पर दुकान का काग़ज़ तैयार करा दो।"

दीवान जी ने बड़े राय की तरफ़ देखा। वे उन्हें बोलने का मौका दिये बिना उठकर चले गये।

भवानी और रहमतुल्ला की दोस्ती काफ़ी बढ़ गयी। वैसे जानते वे लोग पहले से ही थे। जब भवानी आया तो रहमतुल्ला कलक्टर साहब की साईसी में जाने वाला था। रहमतुल्ला मुझे भी बहुत मानता था। हमेशा मेरे ऊपर बड़े भाई की तरह नज़र रखता था। शाम को जब दुकान बढ़ाता तो मशीन उठाकर दीवानखाने में रख जाता था। अगले दिन जब दुकान खोलता तो ले जाता था।

अरुण धीरे-धीरे बड़ा हो रहा था। वह बाहर रहना ही पसन्द करता था। जब देखो तब भवानी के पीछे पड़ा रहता कि उसे बाहर ले चले। भवानी खाली होता था तो ले जाता था। वरना वह रानी या छोटी चाची से चिपटा रहता था और रूँ-रूँ करता रहता था। बड़े राय उसका बहुत बाहर रहना पसन्द नहीं करते थे। उनके स्थायी आदेश थे कि अरुण को ज़्यादा इधर-उधर न ले जाया जाये। जब से रहमतुल्ला आया था तब से उनकी लगायी यह बन्दिश कुछ कम हो गयी थी। रहमतुल्ला अरुण के

लिए दोने में एक-आध मिठाई मँगाकर आले में रखे रखता था। जहाँ अरुण आया उसने उतरवाकर उसे दिया। वह स्वयं नहीं छूता था। इस बात का उसे हमेशा ख्याल रहता था कि वह मुसलमान है और हिन्दुओं के खाने की चीज़ छूना गलत होगा। कई बार रानी को कहीं आसपास जाना होता था तो वह किसी नौकरानी से रहमतुल्ला को कहला देती थी। रहमतुल्ला उसे छोड़ भी आता था और वक़्त पर ले भी आता था लेकिन चलता था करीब दो गज पीछे। चारों तरफ चौकन्ना-चकटाल ! वैसे उसने शायद ही कभी रानी जितनी छोटी लड़की की उँगली देखी हो।

कई बार किशन बाबू भी उसी को सन्देश दे जाते थे। वह सन्देश मुझे यथावत् मिल जाता था। इधर किशन बाबू मुसीबत में थे। मुसम्मात विद्या की जिस जायदाद पर वे आये थे उस जायदाद का एक और नज़दीकी दावेदार पैदा हो गया था। किशन बाबू के पास अपनी सम्पत्ति तो कुछ भी नहीं थी। उसी जायदाद से सब काम चलता था। मौज़-मज़े का भी, नौकर-चाकर के खर्चों का और ज़मींदारी तथा सम्बन्धित मुकदमों का भी। जब वे बहुत परेशान होते थे तो मुझे बुलवा भेजते थे। मैं भी इस बात का ध्यान रखता था कि उन्हें निराश न करूँ ! एक दिन किशन बाबू काफ़ी भावुक हो उठे। बोले—"भास्कर राय, मैं रायों के तो पासंग भी नहीं, मैं तो एक मजदूर आदमी हूँ। समझ में नहीं आता राय लोग इतनी बड़ी जायदाद को कैसे सँभालते हैं। जायदाद तो हाथी है, बिना अंकुश के न हाथी सँभलता है और न जायदाद। कौन जानता है कि किस दिन खूनी हाथी की तरह यह मुझे ही रौंद दे ! मैं चाहता हूँ कि उससे पहले मैं ही इसे खा जाऊँ।"

मैंने उनकी तरफ़ देखा। उनकी आँखें बन्द थीं। कोने भीगे थे।

मैंने पूछा—"तुम ऐसा क्यों कहते हो ?"

"इसलिए कि यह मेरे पास भी हमारी दूर के रिश्ते की नानी को ही मारकर आयी थी। वैसे भी इसकी ज़ात तवायफ़ से भी ज़्यादा हरजाई होती है। बड़े-बड़े फन्ने खाँ हुए पर यह कभी किसी की होकर नहीं रही ! लेकिन आदमी भी अजीब चुगद होता है। इस कमबख़्त के लिए जान दे देता है। न बाप के लिए देता है, न बीवी के लिए और न औलाद के लिए। मुझे ही देखो मैं सबको छोड़े इसी हरामज़ादी ज़मीन-जायदाद के इश्क में यहाँ पड़ा हूँ। वहाँ कितना खुश था और यहाँ कितना अलग-अलग हूँ। कौन है मेरा ? यह जानते हुए भी कि यह मेरी नहीं है इससे चिपटा हूँ। अब मैं सोचता हूँ—अगर इसे जाना ही है तो क्यों मैं इसे एक तवायफ़ की तरह न भोगूँ। तुम भी मेरे साथ मिल जाओ। तुम मेरे हमसफ़र हो···अपने सब दोस्तों को इकट्ठा कर लो, उनसे भी कहो इसे भोगें···इसे नोच खाओ। तब तक भोगो जब तक यह चिन्दी-चिन्दी न हो जाय। मैं इसे पूरी दुनिया के सामने मादरज़ात नंगा कर देना चाहता हूँ···इसे जाना है तो जाय पर मैं इसे ऐसे नहीं जाने दूँगा।"

किशन बाबू निढाल हो गये। उनकी आँखें बन्द थीं। अन्त में यही हुआ कि

उनका विवेक बिजली की तरह गुम हो गया था। उन्होंने टुकड़ों-टुकड़ों में जायदाद को बेचना शुरू कर दिया। मुज़रे होने लगे। दूर-दूर से गाने वाली और तवायफ़ें आने लगीं। जब उनके दोस्त-अहवाब मुज़रा सुनते, खुश होते और तारीफ़ करते तो वे खुशी से लबालब भर जाते। नाचने लगते। मैं भी कभी-कभी मुज़रे में शरीक होता था। वे मेरे ऊपर नोट के नोट वार देते। उन पर जायदाद बुरी तरह हावी ती। जितना वे उसे अपने ऊपर से उतारकर फेंकने का प्रयत्न कर रहे थे वह उतनी ही हावी होती जा रही थी। वे उसे मिटाने के लिए वह सब कुछ कर रहे थे जो वे कर सकते थे। सामान लाते और बाँट देते। शराब पीते और बिखेरते। कीमती से कीमती कपड़ा खरीदते और गरीब बच्चों और औरतों से लेकर तवायफ़ों तक को बाँट आते। लेकिन यह सिलसिला ज़्यादा दिन नहीं चला। दूसरे फ़रीक ने कचहरी में जाकर जायदाद बेचने के सवाल पर हुक्म इम्तनाई ले लिया यानी रोक लगवादी। जायदाद बेचने का हक निलम्बित कर दिया गया। उन्हें जो आमदनी थी उसी से अपना गुज़ारा चलाना था। नतीजा यह हुआ कि पर कैंच और खर्चे बन्द ! वे एक ज़ख़्मी पंछी की तरह बन्द पिंजरे में फड़फड़ाते हुए वहीं गिर गये। कुछ दिन कर्ज़े पर भी चला। लेकिन जब साहूकारों को पता चला कि कचहरी ने रोक लगा दी तो वे भी कन्नी काट गये। साहूकार हमेशा पहले यह देखता है कि लेने वाले में लेकर देने की कितनी गुंजाइश है। यही नहीं, जिनका कर्जा था उन्होंने उन पर दबाव बढ़ाना शुरू किया। वापिस करो।

कर्ज़ वाली बात बड़े राय के कानों तक भी पहुँच गयी थी। रहमतुल्ला ने ही बताया था। बड़े राय को हालाँकि किशन बाबू में बज़ातखुद कोई खास दिलचस्पी नहीं थी। खास क्या बेखास भी नहीं। लेकिन वे बिना बात भी अपने को उसका अहसानमन्द मानते थे। उन्होंने मुझे बुलाकर पूछा—"तुम किशन बाबू से मिलते हो ?"

"जी !"

"क्या हाल हैं ?"

मैंने पूरा हाल बता दिया। उन्होंने पूछा—"कितना कर्ज़ होगा ?" मैंने अन्दाज़ से बता दिया।

वे बोले—"ऐयाशी और फ़िजूलखर्ची दौलत के दुश्मन होते हैं। कारू का खजाना भी उनके सामने कुछ नहीं। सब कुछ ऐसे बहता है कि किनारे भी नहीं बचते।"

मैं बड़े राय की तरफ़ देखने लगा। मैं इतना तो में समझने ही लगा था कि कौन क्या कह रहा है। बड़े राय के तो अपने खर्चे भी इलाही थे। यहाँ भी किनारे लगातार बह रहे थे।

जब उनको पैसे की जरूरत होती थी तो उनका एकसूत्री कार्यक्रम रहता था—पैसा! मझले राय और उनके बीच की दूरी का कारण एक यह भी था। लेकिन छोटे राय उनके इखाजात का ध्यान रखते थे। छोटे राय इण्टर कर चुके थे। उस इलाके की सबसे ऊँची पढ़ाई। अब उन्होंने घर पर रहने की ही ठान ली थी। शान्ति से रहकर बड़े राय की खिदमत करें और समाज की सोचें। समाज की कैसे सोचें यह उनके दिमाग में अभी स्पष्ट नहीं था। बड़े राय के आधीन दो-तिहाई ज़मींदारी थी। उसे वे बेरोक-टोक भोग सकते थे। मझले राय ने अपने हिस्से की एक तिहाई ज़मींदारी की देखभाल के लिए एक छोटा दीवान रख लिया था। वह था बड़े दीवान के ही मातहत । पर देखता था मझले राय की ज़मींदारी का हिसाब-किताब।

मेरे इस तरह देखने से बड़े राय शायद मेरे मन का भाव भाँप गये थे। वे आप ही आप बोले—''क्या सोच रहे हो ?''

मैं सकपका-सा गया जैसे पकड़ा गया हूँ। मेरे मुँह से यकायक निकला, ''कुछ नहीं।'' उस बोलने में मेरे अन्दर का भय ज़्यादा था।

''यही सोच रहे हो ना कि मैं यह बात कैसे कर रहा हूँ…?'' मैं चुप रहा। वे बोले—''ऐयासी पर किया गया खर्च फ़िजूलखर्ची होता है—एवज में हाथ कुछ नहीं लगता। लेकिन आन-बान, मान और बात पर होने वाला खर्च भी खर्च ही है—सब कुछ चुक जाने पर जब सब तरफ़ खालीपन नज़र आता है तो उस समय मन में परेशानी की तरह यह एक सन्तोष भरा रहता है कि यह सब उस खानदान की इज़्ज़त के लिए किया जिसे बुज़ुर्गों ने पौधे की तरह सींचकर दरख़्त बनाया था। चाहे परिवार हो या समाज या देश, अपनी-अपनी औक़ात के हिसाब से पितृ-ऋण सबको चुकाना चाहिए।''

कभी-कभी बड़े राय की बात समझ में नहीं आती थी। वे इतने पीछे लौट जाते थे कि दिखने बन्द हो जाते जा। वह दिशा जो देखी हुई नहीं होती जब हम उधर देखते हैं तो कुछ दूर के बाद एक धुँधलका या कहिये अँधेरा नज़र आने लगता है। तब भी ऐसा ही लगता था।

फिर वे बोले—''किशन से कहना मुझसे मिल लेगा। हालाँकि मैं उसे पसन्द नहीं करता—पर मौका मिलते ही कर्ज़ा उतार देना ज़रूरी होता है। नहीं तो सूद इतना बढ़ जाता है कि अजगर की कुण्डली की तरह जकड़ लेता है।''

उस दिन भी मैंने किशन बाबू के पास खबर रहमतुल्ला के हाथों ही भेजी। भवानी के द्वारा भी भेजी जा सकती थी पर वह बड़े राय के काम में व्यस्त था। वे घर पर नहीं मिले। यह बात समझते मुझे देर नहीं लगी कि या तो वे कहीं पिए पड़े होंगे या फिर किसी कोठे पर अड्डा जमाये होंगे। जब से मुकदमा शुरू हुआ था और

जायदाद बेचने पर रोक लगी थी तब से उन्होंने उस जायदाद को भोगने का यही ढंग निकाला था। आमदनी कम हो जाने की वजह से अपने चौबारे पर मुज़रा बन्द कर दिया था। घर पर मुज़रे का खर्चा ज़्यादा होता था। एक तो मेज़बान का—खिलाने-पिलाने के अलावा न्यौछावर भी ज़्यादा करनी पड़ती थी, नहीं तो पता नहीं बड़ी बाई क्या कह बैठे। पाजामा ठीला था तो दौड़े के वास्ते काहे कूद पड़े ? कोठे पर जाने लगे। दोस्त-अहबाबों के साथ। मुझसे भी कई बार ज़िद करते थे। मैं डरता था कहीं बात बड़े राय तक न पहुँच जाये। मझले राय को जरूर एक बार कहते सुना था कि बड़े राय भी अपनी जवानी में मुजरों में शिरकत किया करते थे। परन्तु इस बात की किसी ने पुष्टि नहीं की। एक बार मुझे और रहमतुल्ला को वे जबरदस्ती पकड़ ले गये थे। वैसे सच पूछिए तो कौन किसके साथ जबरदस्ती कर सकता है। हम खुद ही जाना चाहते थे।

वहाँ मैं ज़्यादा देर नहीं बैठ पाया था। एक अजीब तरह की बू महसूस हुई। थोड़ी देर तक तो मैं सोचता रहा कि यह काहे की गन्ध है। कुछ देर के बाद मुझे खयाल आया : बड़े राय की एक चचेरी बहिन थी। उन्हीं के पिता पागल करार दे दिए गये थे। मझले राय बड़े राय के सन्दर्भ में अक्सर उनकी मिसाल दिया करते थे। उन्हीं की टाँगों के बीच एक फोड़ा हो गया था। पास बैठने वालों को बदबू आया करती थी। तब मैं बच्चा था। लोग कानाफूसी किया करते थे कि पति के मरने के बाद किसी छोटी जाति वाले को उन्होंने रख लिया था—उसी की सज़ा है ! कुछ-कुछ वैसी ही बदबू मुझे यहाँ भी महसूस हुई थी। मैं चुपचाप खिसक आंया। रहमतुल्ला जमा रहा। पता नहीं उसे बदबू आयी या नहीं—उसके बाद मैं फिर शायद कभी कोठे पर नहीं गया। अगर गया तो मुझे हमेशा वहाँ से वैसी ही बदबू आती महसूस हुई जैसी उस दिन आयी थी । हो सकता है मेरा वहम हो, पर था कुछ जरूर। अलबत्ता रहमतुल्ला उनका साथी बन गया था। वह अक्सर साथ लग लेता था। किशन बाबू को यह ज़रा भी ख़्याल नहीं रहा था कि कौन किस स्तर का है और किसके साथ कहाँ जाना चाहिए। खैर, मैंने रहमतुल्ला से कान में कहा—"तुम उनके सब ठिकाने जानते हो, जहाँ हों पकड़ लाओ। बड़े राय इस वक़्त कुछ करने के इरादे में हैं।" मूड शब्द उस समय तक नहीं चला था। उसका चलन बहुत बाद में हुआ। पर अब मुँह पर चढ़ गया। मेरे बेटे-पोतों पर तो हर वक़्त ही मूड सवार रहता है।

वह बोला—"पर वे इस हालत में बड़े राय के सामने कैसे आयेंगे ? हो सकता है वे चल और बोल ही न पायें।"

उसकी बात मेरी समझ में आ गयी। मैंने उनसे कहा—"तुम उन्हें कल सवेरे बड़े राय के पूजा से उठने से पहले बुला लाना। उस वक़्त बड़े राय भी शान्त होंगे और वे भी शायद पिये न हों।"

मैंने बड़े राय से यही जाकर बता दिया कि किशन बाबू घर पर नहीं हैं। मुकदमें

के सिलसिले में कहीं गये हैं।

वे धीरे-से बोले—"मैं जानता हूँ—" रुककर बोले—"तुम अपना ध्यान रखा करो। कहीं कोई गन्दी-सन्दी बीमारी जान को न लगा लेना।"

ज़मींदारी एसोसियेशन वाली उस घटना को लेकर कुछेक ज़मींदार तो खुश थे। अधिकतर चिन्तित हो उठे थे। जब हरी राय जैसी हस्ती के साथ यह सब कुछ हो सकता है तो हम लोगों के साथ क्या नहीं हो सकता ? डिक का व्यवहार बहुत अशोभनीय था। डिक ने जान-बूझकर बड़े राय की बेइज़्ज़ती की थी। यह रहस्य किसी की समझ में नहीं आया था कि डिक ने ऐसा क्यों किया ? उसे एकाएक क्या हो गया ? अब तक तो लोग यही जानते थे कि चाहे जो भी कलक्टर आये उसे बड़े राय के साथ दोस्ती रखनी ही पड़ती है। लेकिन पासा एकदम पलट गया था।

बड़े राय इस बदलाव का रहस्य अच्छी तरह समझते थे। डिक को अन्दाज़ हो गया है कि उसकी मेम की बग्घी में टक्कर मारने वाली गाड़ी हमारी ही थी। उन्हें अपने बेटे और अपनी भूल का अहसास था। उस रात उन्हें इस तरह नहीं लौट आना चाहिए था। बताकर आते। एस.पी. से भी उन्होंने व्यर्थ झूठ बोला। उन्हें ही बता देते तो भी बात इतनी न बिगड़ती। लेकिन बेटे का मोह—! उन्हें लगा कि सन्तान के मोह का आँखों पर इतना मोटा और बड़ा पर्दा पड़ जाता है कि वह भी दिखायी नहीं देता जो सामने खुला पड़ा होता है। उस छुटकल भैये द्वारा कराया गया अपमान तो उनके मन को साल ही रहा था लेकिन इस बात का भी उन्हें दुःख था कि उनकी अपनी गलती से साख गिर गयी। जो लोग उन्हें चाँदी के बर्तन में रखे जल की तरह सच्चा और पर्वत की तरह अटल समझ रहे थे वे अब उनके बारे में बिल्कुल दूसरी बातें सोचने लगे। आखिर अँग्रेज़ राजा हैं, बाकी सब प्रजा हैं—चाहे ज़मींदार हों या जागीरदार या फिर काश्तकार। हमें गुस्ताखी क े और फिर उससे मुकरने का कोई अधिकार नहीं।

आखिरकार उन्होंने तय कर लिया कि वे कप्तान फ़िलिप वुड से मिलकर सब बता देंगे। हो सकता वे बीच में पड़कर सुलह-सफ़ाई करा दें। उस हालत में बिगड़ी बात बन सकती है। इन्हीं लोगों ने हमें यहाँ बैठाया और ये ही लोग टाँग घसीटने लगे तो गिरेंगे ही। हमारी रोशनी उन्हीं की रोशनी से है। वे लोग और हैं जो खिलाफ़त भी करते हैं और बाइज़्ज़त भी रहते हैं। उनकी वह खिलाफ़त ही उनकी रोशनी है। हर एक का अपना तरीका है और अपनी शर्तें हैं। रोशनी देने की भी और पाने की भी। जिनकी न कोई शर्त है और न कोई तवक्को, वह ऊपर वाला हो तो हो, इन्सान तो नहीं हो सकता ! वे इस बात को जानते थे कि क्लब जाना छोड़कर उन्होंने अपने आपको सब से काट लिया है। उनके अन्दर कभी-कभी एक हताशा-सी

उभर जाती था। वह समूर या बालोंवाले भीगे जानवर की तरह हताशा का भीगापन झाड़कर फिर तरोताज़ा होना चाहते थे। कभी उन्हें लगता था कि वे ऐसा कर पायेंगे और कभी वे सोचते थे कि ऐसा कर पाना उन जैसों के लिए सम्भव नहीं। उसके लिए विरोध की अग्नि का ताप जरूरी है, जिसे पता नहीं उनके बुजुर्गों ने कब का बुझा दिया था।

वे कई दिन इसी ऊहापोह में खोये रहे । एक प्रश्न का उत्तर दूसरे प्रश्न से काटते रहे। एक दिन उन्होंने मन बनाया। गाड़ी मँगवायी। उस पर सवार हुए। सवार होते समय उनके कदमों में हल्की-सी अस्थिरता थी। फिर भी उन्होंने इरादा बदला नहीं। वे सीधे कलक्टर साहब के बँगले पर जा पहुँचे। उस रात के बाद आज गये थे। एक दरख़्त कुल्हाड़ों से काटा जा रहा था। उन्हें हल्का-सा डर महसूस हुआ। इतना बड़ा सब्ज़ दरख़्त और इतनी बेरहमी से काटा जा रहा है ! उन्हें अच्छा नहीं लगा। पता नहीं कब से परवरिश हो रहा होगा। किस-किसने और कैसे-कैसे सींचा होगा। कौन-कौन इसकी छाया में बैठा होगा। उनका मन लौट चलने को हुआ। वे सब कुल्हाड़े उन्हें अपने कानों के पास बजते हुए लगे। एक तरह से सिर पर ही समझिये। लेकिन सामने ही बराँडे में मिसेज़ डिक खड़ी थीं। शायद पेड़ कटवा रही थीं। मि. डिक का कचहरी का दिन था। उस ज़माने में कलक्टर लोगों के पास भी न्यायिक अधिकार होते थे। बड़े राय ने वहीं से गुड मार्निंग की। मिसेज़ डिक के माथे पर हल्की-सी सलवट नज़र आयी। बड़े राय का मन अपने प्रति किये गये उस सलवट भरे तिरस्कार से भर उठा। खासतौर से एक औरत के द्वारा ! मिसेज़ डिक से कभी उनका एक आत्मीय मित्रता का रिश्ता था। लोग आगे-पीछे चर्चा करते थे।

मिसेज़ डिक ने कहा—"वेल मि. हरी राय। मि. डिक तो कोर्ट गया है—आप भूल गया आज उनका कोर्ट का दिन है।"

"नहीं, भूला नहीं। हाकिम की बात भला कैसे भूली जा सकती है।"

मिसेज़ डिक ने उनकी ओर देखा। बड़े राय ने बात बदलने के लिए कहा—"पुराने पेड़ की छाया घनी होती है, इसे क्यों कटवा रही हैं ?"

"इसका शेडो जरूरत से ज़्यादा लम्बा हो गया, हमारे कोर्ट यार्ड में झाँकता है।"

"पत्ते झँगवा दीजिये !"

"फिर बढ़ जायेगा। कोई बेहिसाब बढ़ने लगे तो उसे काट देना ठीक है। आप तो इतना बड़ा ज़मींदार है...!"

वे हल्का-सा मुस्कराये—"मेरी ज़मींदारी की बात छोड़िये—आप लोग तो इस मुल्क के राजा हैं।"

मिसेज़ डिक ने कुछ कहना चाहा पर कहा नहीं। बड़े राय ही बोले—"मैं आपसे माफी माँगने आया हूँ। मैं उस रात भी आया था जब आपकी गाड़ी से एक गाड़ी टकरा गयी थी। चूँकि जमादार ने आकर बताया, साहब ने कल आने के लिए कहा है तो मैं लौट गया। मैं यही कहना चाहता था कि उस दिन मेरा बच्चा गाड़ी हाँक रहा था···घोड़ा बिगड़ गया···वह सँभल नहीं पाया और मुड़ते ही आपकी गाड़ी से टकरा गया। इस बात से मैं बहुत शर्मिन्दा हूँ और दुःखी भी···मेरे दिल पर इसका वज़न था। कह देने से हल्का हो गया। अब आप जो चाहें करें।"

"लेकिन···।"

"मैंने आपको पूरी बात बता दी। यह कैसे हुआ, क्यों हुआ···मैं इस बारे में कुछ भी कहने की स्थिति में नहीं हूँ। इतना ही कह सकता हूँ कि जो कुछ हुआ वह दुर्भाग्यपूर्ण था। आपको जो चोट आयी वह मेरे रोम-रोम में चीसती है। शरीर की लगी चोट तो कभी-न-कभी ठीक हो जाती है लेकिन जब वह इन्सान के अन्दर घुस जाती है तो ठीक होना मुश्किल होता है। आपको लगी वह चोट मेरे अन्दर पैवस्त होकर रात-दिन पिराती है। बस, मैं इतना ही कहने आया था।"

वे एक मिनट चुप रहीं। बड़े राय लौटने लगे। इस बीच उस कटते दरख़्त पर पड़ने वाले कुल्हाड़ों की आवाज़ बेआवाज़ हो गयी थी। उन्हें सुनाई नहीं पड़ रही थी। पहली बार मिसेज़ डिक की आवाज़ की सुनाई पड़ी —"आप बैठिये।"

"इस बँगले में बैठकर आप लोगों की दोस्ती का संस्पर्श पाना अब मेरे भाग्य में नहीं ! बैठूँगा भी तो किस मुँह से !"

"वेल राय साहब, प्लीज बैठिये ! दरअसल डिक बहुत नाराज़ है। इसलिए उसने रहमतुल्ला को नौकरी से निकाला। ज़मींदारी एसोसियेशन में जो हुआ वह भी मुझे मालूम है। उसका ख़्याल है आप पर नेशनलिस्टों का दबाव है। बट"—रुककर बोली—"अगर आपके साथ वहाँ यह व्यवहार न हुआ होता हो क्या आप अपनी गलती मानते ?"

"जरूर ! लेकिन शायद कुछ दिन बाद। वक़्त मैं तय करता। लेकिन ज़मींदार एसोसियेशन की घटना उस दिन को जल्दी ले आयी। मैंने सोचा था जब मैं गलती तस्लीम करने जाऊँगा तो हर्जाना भी पेश करूँगा। मि. डिक की नाराजगी भी जायज़ है। लेकिन वे एक दूसरी इन्ताह पर पहुँच गये। उसकी मुझे उम्मीद नहीं थी। मुझे लगता है हाकिम को यह पता नहीं चलना चाहिए कि वह कब इन्ताह पर पहूँच गयी। फिर भी उन्होंने जो किया ठीक ही किया···वे चाहते तो इससे भी ज़्यादा कर सकते थे।"

मिसेज़ डिक ने भरपूर नज़रों से उनके अन्दर झाँकने की कोशिश की। थोड़ा

ठहरकर बोलीं—"मुझे आपकी बात पर विश्वास है।"

बड़े राय कुछ देर चुप बैठे रहे, फिर बोले—"आप मेरे आने को न किसी तरह का दबाव समझिए और न सफाई···मैं सिर्फ़ आपके साथ हुई उस दिन की ज़्यादती से परेशान था। उसी से छुट्टी पाने के लिए मैं आपके सामने हाज़िर हुआ हूँ। वैसे भी आप एक सम्मानित महिला हैं। इसलिए आपसे मुझे माफ़ी माँगने में कोई गुरेज़ नहीं। मैं अपना वही फर्ज़ सरअंजाम देने आया हूँ।"

"ऐसा मत कहिए।"

"अब मैं चलता हूँ···इजाज़त दीजिए।"

बड़े राय उठ खड़े हुए। मिसेज़ डिक भी खड़ी हो गयीं। चार-छह कदम साथ चलीं। दरख़्त काटने की आवाज़ एकाएक इतनी तेज़ हो गयी कि बड़े राय के लिए खड़े रहना मुश्किल हो गया। धीरे-से बोलीं—"मैं डिक से बात करूँगी।"

बड़े राय ने दरख़्त की तरफ़ देखा और गाड़ी पर बैठ गये।

मिसेज़ डिक ने डिक से बात की या नहीं और अगर की तो उनकी बात का डिक पर कितना असर हुआ यह कहना मुश्किल है। लेकिन एक अजीबोगरीब हादसा हुआ। सफेद नाम का जो घोड़ा उस दिन गिग में जुता हुआ था, इलाके का सबसे कद्दावर घोड़ा था। उस पर सवारी करते हुए यह कभी नहीं लगता था कि किसी सामान्य घोड़े पर सवार हैं बल्कि लगता था कि किसी मझोले टीले पर सवार हैं और वह चल रहा है। हालाँकि टीले कभी नहीं चलते । वह घोड़ा हवेली की शान तो था ही, नगर की भी शान था। नगर की जिन नायाब चीज़ों का ज़िक्र होता था उनमें सफेद भी था। जब वह घटना घटी तो रहमतुल्ला की सलाह पर उसे शहर से बाहर ज़मींदारी में भेज दिया गया था। 'सफेद' से मुझे भी कुछ मोह हो गया था। शाम को सब घोड़े हवेली पर दाना खाने आते थे। उनके मुँह पर तोबरे चढ़ा दिये जाते थे तो वे गर्दन हिला-हिलाकर ऐसे दाना खाते थे जैसे माँ का दूध पीते समय बछड़े थन में मुँह मारते हैं। उनके गलों में पड़े मनके बज उठते थे। सबसे आगे सफेद रहता था। वह पीछे रहना पसन्द नहीं करता था। अगर किसी वजह से पीछे हो जाता तो किसी न किसी तरह आगे आ जाता था। एक बात और थी। वह हमेशा साईस के साथ आता था। अगर कभी कोई घसियारा पकड़कर लाना चाहे तो काफी तंग करता था। कूदता-फाँदता था—दाना नहीं खाता था। आने पर सबसे पहले वही घुड़घुड़ाता था। बाकी घोड़े उसका बारी-बारी से अनुकरण करते थे। मैं उसे मुग्ध भाव से देखा करता था। बड़े राय घर पर होते थे तो अपने सामने घोड़ों को दाना खिलवाते थे। दाने के तोबरे चढ़ जाने के बाद वे बारी-बारी से सबकी गर्दनें सहलाते थे। जानवर स्पर्श की भाषा ऐसी समझते हैं कि हम शब्दों की भाषा नहीं समझ पाते। कभी-कभी

बड़े राय जानकर पहले सफेद को न सहलाकर किसी दूसरे के पास खड़े हो जाते थे तो सफेद बुरी तरह गर्दन हिलाने लगता था और पैर पटकना शुरू कर देता था। जब तक बड़े राय लौटकर उसके पास न आ जायें और उसे छू न दें उसकी बेचैनी कम नहीं होती थी। सफेद के बाहर भेज दिये जाने पर हम लोगों को तो बुरा लगा ही था घोड़ों में भी एक सन्नाटा-सा व्याप गया था। सब कान गिराकर आते थे। बस जब बड़े राय उन्हें सहलाते थे तभी कान हिलाते थे। घोड़े के कान खतरे और युद्ध और सवारी के समय खड़े होते हैं, प्यार के समय या कोचवानी की डाट के समय वह उन्हें दबा लेता है।

सफेद के ज़मींदारी में चले जाने के बाद उसकी अनुपस्थिति तो खलती ही थी, घोड़ों की दाना खाती वह कतार भी कुछ-कुछ बुझी-सी लगती थी। एक रात ऐसा हुआ कि वह पच्चीस-तीस मील की मंज़िल तय करके हवेली के दरवाज़े पर पहुँच गया। रात को हवेली का दरवाज़ा गढ़ी की तरह बन्द हो जाता था। वैसे भी हवेली गढ़ी की तरह ही लोहा-लाठ थी। वह दरवाज़े को पीठ से धकेलता रहा। उसकी पीठ पर खरोंचें पड़ गयीं, उनमें खून चमक आया। बीच-बीच में वह पैरों के बल खड़ा होकर अगले पाँव से दरवाज़े को खोलने लगता था, लेकिन दरवाज़े में ज़रा भी जुम्बिश नहीं थी। सवेरे जब दरवाज़ा खुलने की आवाज़ सुनी तो उतावला होकर पैर पटकने लगा। बल्कि बच्चों की तरह नाचने लगा। दरअसल, उस जमाने में हर दरवाज़े के पीछे भारी मूसल लगा होता था। दरवाज़ा बन्द किया मूसल खींच दिया। दरवाज़े के मूसल को लेकर उस ज़माने में अच्छी-बुरी बहुत-सी मज़ाकें भी चलती थीं। आमतौर से विरहणियों के सन्दर्भ में। दीवार के अन्दर से दो-दो आदमी खींचकर चढ़ाते थे और दो ही आदमी उतारते थे। मूसल अन्दर करने की आवाज़ से ही वह समझ गया था कि दरवाज़ा खुलने वाला है। दरवाज़ा खोला तो सफेद दो पैरों पर खड़ा होकर ज़ोर से हिनहिनाया। दरवाज़ा खोलने वाले डर के मारे पीछे हटे तो उनमें से एक लुढ़क गया। सफेद तेजी के साथ अन्दर भागा और वहाँ जाकर रुका जहाँ शाम को रातब खाता था। वहाँ तक पहुँचने के लिए अच्छी-खासी लम्बी सड़क थी। लेकिन ऐसा लगा जैसे यहाँ से उड़ा और वहाँ जा उतरा। सहन में जाकर वह जोर-जोर से पैर पटकने लगा। बड़े राय सामने वाले कमरे में सोये हुए थे। उनकी आँख खुल गयी। उन्होंने झाँककर देखा तो वो धक्क से रह गये—"अरे यह सफेद कहाँ से आ गया ?"

वे तत्काल बाहर निकल आये। उन्हें देखकर वह और बेचैन हो उठा। यहाँ तक कि उसका पेशाब निकल गया। वह मिट्टी में बुरी तरह सना था। उसके अयाल भी लम्बे हो गये थे। वहाँ किसी ने कटवाये तक नहीं थे। उन्होंने चबूतरे पर खड़े-खड़े उसके अयालों में उँगली डालकर गर्दन सहलायी। उसने अपने अगले पाँव चबूतरे पर रख दिये। बड़े राय ने उसके घुटनों पर हाथ फेरा। उसने पाँव नीचे उतार लिये जैसे

थकान उतर गयी हो। फिर उससे बोले—"सफेद बेटे, तू अकेला कैसे आ गया ? तुझे कौन लाया ?"

उसकी आँखों से बहने वाले पानी की दो लकीरें बन गयीं। उन्होंने भवानी को आवाज़ दी। भवानी सवेरे चार बजे उठकर जंगल जाता था। तभी दरवाज़ा भी खुलता था। पाँच बजे तक लौट आता था। तब तक वह गया नहीं था। आवाज़ सुनते ही दौड़कर आया। सफेद को खड़ा देखकर वह भी आश्चर्यचकित था। बड़े राय बोले—"इसके लिए दाना भिगा दो, पता नहीं कब का चला हुआ है—भूखा होगा।" फिर बोले—"वहाँ भी डेरे पर लोग परेशान होंगे। किसी हरकारे को दौड़ा दो···शाम तक पहुँच जायेगा कि सफेद हवेली पर सही-सलामत पहुँच गया। काले से भी कह देना कि इसे आकर ले जाये, इसकी मालिश-वालिश करे, नहलाये-धुलाये··· बुरी तरह सना है···एकदम जानवर लग रहा है।" कहकर प्यार से हँस दिये जैसे उनका अपना बच्चा हो।

रात का दाना बचा हुआ था। भवानी तोबरे में डालकर ले आथा। राय ने स्वयं अपने हाथ से उसके मुँह पर तोबरा चढ़ाया। सफेद ने बड़े राय की तरफ कुछ इस तरह देखा कि बड़े राय की आँखें नम हो गयीं ।

तब तक पूरी हवेली में शोर मच गया था कि सफेद रात में लौट आया। हवेली की महिलाएँ झरोखों से झाँक रही थीं।

मैं भी ऊपर से आ गया था। जबसे माँ मरी थीं तब से बड़े राय नीचे सोने लगे थे। मैं ऊपर माँ के कमरे में सोता था। मझली चाची का कमरा बन्द रहता था। जब तक छोटे चाचा कॉलिज में रहे तब तक रानी और अरुण चाची के पास उन्हीं के कमरे में सोते रहे । छोटे राय के आने के बाद वे दोनों उनके बराबर वाले कमरे में चले गये। नौकरानी इमरती उन दोनों बच्चों के पास सोती थी। अरुण कभी-कभी रात को उठ बैठता था। उस समय उसे सँभालने के लिए उसे दो की ज़रूरत पड़ती थी। काफ़ी हुड़दंग मचाता था। इस समय अरुण भी उठ बैठा था और रानी के पीछे-पीछे आकर और उसका पल्ला पकड़कर दहलीज में खड़ा हो गया। हालाँकि रानी अभी छोटी थी फिर भी उसका पहले की तरह कुदक्कड़ लगाते हुए बाहर सहन में धमक पड़ना बन्द हो गया था। बच्चे इस मामले में स्वतः जानते-समझते जाते हैं कि किस उम्र में क्या ठीक है। खासतौर से लड़कियाँ। उस बेचारी को नौकर तक टोक देते थे—रानी बिटिया जाओ अन्दर—। काला या रहमतुल्ला में से कोई होता तो डाँट भी लगा देता। उसका मन बहुत था कि सफेद के पास तक जाये और देखे। पर वह दहलीज़ के बाहर नहीं आयी।

छोटे राय बड़े राय के बराबर में ही आकर खड़े हो गये थे। उन्होंने बुलाया

"रानी बेटी, आ जाओ बाहर आ जाओ। देखो यह सफेद कितना लम्बा सफ़र करके यहाँ पहुँचा है ! तुम्हें दहलीज लाँघने में डर लगता है।"

उसने बड़े राय की तरफ देखा । वे कुछ नहीं बोले। पहले छोटे राय की बात बड़े राय कम ही काटते थे। वह दहलीज लाँघ गयी। उसे देखकर सफेद पैर पटकने लगा। कुछ महीने पहले तक जब कभी वह हवेली पर आता था तो रानी सफेद को अपने हाथ से कुछ न कुछ खिलाती ज़रूर थी। पहले तो वह डरती थी लेकिन बाद में काले ने उसके हाथ से घोड़ों को बरसीम खिलवा-खिलवाकर सबसे दोस्ती करा दी थी।

मैं सफेद को देखकर एकाएक चिन्तित हो गया था। बड़े राय के माथे पर भी चिन्ता की रेखाएँ आती जा रही थीं। वे काले से बोले—"यह अच्छा नहीं हुआ काले, सफेद यहाँ अकेला चला आया।" फिर बोले—"जबसे आया है तब से पाँव पटक रहा है या हिल रहा है—जानवर को थान पर हिलने की आदत पड़ जाती है तो न यह मालिक के लिए ठीक होता है और न थान के लिए। इस बात का ध्यान रखना—और इसे बाहर भी मत निकालना !"

काला उसे अस्तबल ले गया। बड़े राय और अधिक चिन्तित हो उठे।

रहमतुल्ला को पता लगा तो उसके मुँह से बेसाख़्ता निकल पड़ा कि यह अच्छा नहीं हुआ।

बड़े राय ने भी सबसे पहले उसे ही बुलवाया। उनसे भी उसने वही बात दोहरायी कि सरकार यह अच्छा नहीं हुआ। सफेद लाखों में पहचाना जा सकता है।

"हूँऽऽ !" किया । फिर बोले—"मैंने डिक साहब की मेम को सब कुछ बता दिया।"

वह चौंक गया। बोला कुछ नहीं।

"मुझे उसी दिन बता देना चाहिए था—मेरी वजह से तुम्हारी नौकरी भी चली गयी। हम लोग बहुत स्वार्थी होते हैं।"

"नहीं हुजूर। बहुत मजे में हूँ। नौकरी से टोकरी से भली। टोकरी से छना भी अपने ऊपर ही गिरता है।"

"वहाँ पेंशन मिलती, अँग्रेज़ साहब खुश रहता तो और भी बहुत से फ़ायदे होते। रायबहादुर घमण्डीलाल मि. विल्सन की कार चलाया करते थे। विल्सन जंगलात के ठेकेदार थे। जब विल्सन यहाँ से जाने लगा तो ठेकों का काम घमण्डीलाल को दे गया, बोला—"वेल, घमण्डीलाल, तुमने हमारा बो'त खिदमत किया अब हमारी तरफ़ से ठेकेदारी का काम तुम देखेगा—हमारा मेम सा'ब को इंग्लैण्ड की बो'त याद आता है। तुम हमको दस हजार रुपये साल सालयाना भेजेगा। घमण्डीलाल बोले, "हुजूर

दस हजार तो बहुत ज़्यादा हैं—वह बोला तो आठ हजार भेजेगा। उस जमाने के आठ हजार अब के पचास हजार के बराबर रहे होंगे। बस, घमण्डीलाल बढ़ता चला गया—जंग के दिनों में खूब पैसा कमाया। सालयाना भेजा या नहीं—राम जाने।"

"नहीं हुजूर, पैसे का क्या—दिल का सकून बना रहे, बस यही दुआ कीजिए।"

बड़े राय ने उसकी बात ध्यान से सुनी फिर बात बदलकर बोले—"सफेद का क्या किया जाये ?"

"सरकार इसे वापस भिजवा दीजिए।"

बड़े राय ने एक मिनट के लिए आँख बन्द कर लीं "रहमतुल्ला, चूँकि यह जानवर है और अपना दुःख कह नहीं सकता तो इसे बँधवा कर फिर जलावतन कर दूँ—क्या हम अपने रोते हुए बच्चे के साथ ऐसा कर सकते हैं ? वह किस तरह रात भर चलकर यहाँ आया है—तुम तो जानते हो कि जब इस ब्रीड का जानवर मोहब्बत करता है तो गोद के बच्चे की तरह हो जाता है और जब नफ़रत करता है तो छूने नहीं देता। अपने पालक से अलग रहना उसे गवारा नहीं होता—मालिक बदलता है तो खून के आँसू रोता है। उसे फ़रेब बिल्कुल नहीं आता—अब चाहे जो हो इसे मैं फिर देश-निकाला नहीं दूँगा।"

रहमतुल्ला खामोश हो गया। बड़े राय के चेहरे से लग रहा था कि वे सफेद को लेकर बहुत चिन्तित हैं। डिक की तरफ़ से अभी दोस्ती का कोई संकेत नहीं था। वह किसी भी समय कुछ भी कर सकता था। एस.पी. से जरूर बात हुई थी। उन्होंने भी इस मामले में डिक के इरादे का कोई जिक्र नहीं किया। बात वहीं की वहीं रही।

किशन बाबू आठ-दस मुकदमों में से दो बड़े मुकदमे हार चुके थे। दूसरे वाला मुकदमा काफ़ी बड़ा था। उसकी हार के साथ जायदाद का बहुत बड़ा हिस्सा उनके हाथ से निकल गया था। किशन बाबू के पास वह चौबारा और कुछ शहरी जायदाद रह गयी थी। किशन बाबू को पान में कोकीन रखकर खाने का चस्का पड़ गया था। एक ही पनवाड़ी था रामो, जो कोकीन का पान लगाता था। बस एक सलाई भरी और लगा दी। खाने वाला मस्त। कोकीन का पान खाकर जबान ऐंठ जाती थी और आँखों में सरूर आ जाता था। वे चुप लेटे रहते थे। उनका कहना था कि कोकीन से संभोग-काल बढ़ जाता है। उस ज़माने में कोकीन का पान पाँच रुपये का आता था। बाद में जब दाम बढ़ गये तो कोकीन का पान खाना मुश्किल हो गया। तब वे अफ़ीम पर उतर आये। रोज चार आना भर अफीम खाते थे। नहीं खाते थे तो पेट में गोला-सा उठने

लगता था और वे दर्द से छटपटाने लगते थे। अफ़ीम मिलने पर ही वह शान्त होता था।

उनका कोठे पर जाना भी बन्द हो गया था। कारण था पैसे की कमी। लोगों की नज़र भी बदल गयी थी। शराब नोशी के सेशन भी रफ्ता-रफ्ता कम हो गये थे। मुफ़लिसी का माहौल था। दीवारों तक पर सब्ज़े की तरह मायूसी नज़र आने लगी थी। मैं उन्हें बराबर समझाता था कि इस गड्ढे से उभरिये, वरना रसातल को पहुँच जायेंगे। उनका क्या होगा जो घर पर चिड़िया के बच्चों की तरह मुँह खोले चुग्गे का इन्तजार कर रहे हैं। बीवी के अलावा उनके दो बच्चे थे। एक लड़का और लड़की। इस बात को वे किसी को नहीं बताते थे। बस एक बार किन्हीं कोमल क्षणों में उनके मुँह से अकस्मात् निकल गया था। वैसे उनके लिए महावारी रुपया भेजते थे। पहले कम हुआ, अब वह पूरी तरह बन्द हो गया था। वे कभी-कभी दुःखी होकर कहते थे—"उनका क्या कसूर—? पता नहीं कैसे गुज़ारा चलाते होंगे !" मैंने उनसे पता भी पूछा पर बताया नहीं।

अब कभी-कभी वे बिसुरने लगे थे। एक दिन वे बोले—"भास्कर बाबू, पता नहीं मैं इस जायदाद पर कुण्डली मारे क्यों बैठा हूँ ? इसने जब मुसम्मात के खानदान में किसी को नहीं छोड़ा तो फिर यह हमें क्या छोड़ेगी। ज़मीन-जायदाद सिक्के और वेश्या से भी ज़्यादा चालाक होती है। किसको पता यह ज़मीन कब किसके पास रही—? सिक्का तो गला दिया जाता है और वेश्या मर जाती है पर जायदाद वैसी की वैसी ही एक हाथ से दूसरे में, दूसरे से तीसरे में—बस चलती चली आ रही है। चौहद्दियाँ भले ही अदलती-बदलती रहें। हम इसे अपना कहते हैं—! इतना बहू-बेटी के लिए नहीं मरते, पर इसके लिए जान दे देते हैं। मुझे लगता है जितना मेरा अंश था मुझे मिल गया—अब जिस किसी को भोगना है वह भोगे। मैं काहे के लिए जमा बैठा हूँ।"

मैंने एक रोज इसी सन्दर्भ में पूछा—"कहें तो आपके बीवी-बच्चों को यहाँ बुलवा लें ?"

"वे क्या करेंगे ? मुझे भी जाना तो वहीं है। एक बार बम्बई गया था। तब देखा था कि समन्दर कितना बड़ा होता है। दूर से जहाज़ मक्खी-मच्छर की तरह आते दिखाई देते हैं। बन्दरगाह में आकर वे ही कितने बड़े हो जाते हैं । सीटी बजाते, रुकते और लोगों को उतारते देख लगता है, जहाज़ बन्दरगाह पहुँचने के लिए कितना उतावला रहता होगा—आकर कैसे अपने को हल्का कर रहा है। मल्लाह भी ऐसे खुश होते हैं कि पता नहीं उन्हें क्या मिल गया।—भले ही यह जहाज़ खाली लौटे पर अपना एक बन्दरगाह तो है।—वहाँ अपने लोग हैं, दो-चार बीघा जमीन है—सबसे बड़ी बात अपने बन्दरगाह पर लौट आने वाला मल्लाही-सुख है। वह दूर बहुत दूर निकल जाने पर ही समझ में आता है···।"

इधर उनकी बातें वातावरण को इतना भारी बनाने लगी थीं कि उन्हें ज़्यादा देर तक अपने कन्धों पर सँभाले रहना कठिन हो जाता था। मुझे कुछ समझ में नहीं आया कि वातावरण को सहज कैसे करूँ ?

वे अपने आप ही बोले—"उस मुसम्मात से मेरा कुछ लेना-देना नहीं था। उसके खानदान में मेरे पिता को किसी ने गोद लिया था। अपने वारिसान की खोज करते समय हो सकता है उन्हें मेरे पिता का भी नाम याद आ गया हो—अपने वसियतनामे में उन्होंने उनका नाम भी लिख दिया···अगर अमुक-अमुक औ अमुक तक जायदाद न पहुँचे तो···दलीपचन्द या उसके वारिस को यह जायदाद दे दी जाय···लगता है अमुक-टमुक कोई नहीं मिला···किसी ने दलीपचन्द के बेटे किशन सहाय का नाम सुझा दिया···वकील ने आकर मुझे धर पकड़ा। मैं गाँव का निखट गँवार आदमी···सोचा भी मना कर दूँ। पर बीवी-बच्चों को लगा कि यह कितना बेवकूफ़ आदमी है ! इतनी बड़ी जायदाद मिल रही है और यह सोच रहा है कि लूँ या न लूँ ! इस मामले में औरतों की अक़्ल ज़्यादा व्यावहारिक होती है। बस मेरी घरवाली की तुरतबुद्धि ने बात पकड़ ली और मुझे इस जायदाद पर बैठा दिया ! हालाँकि उस बेचारी को क्या मिला···सब मैंने ही भोगा। अरे यह कमबख़्त, जो अब आ टपका है, उसी वक्त आ जाता तो यह आग मेरे पास तक तो न आती···इसमें व्यर्थ मैं जल मरा। मैं चाहता तो इतने दिनों में हैसियत बना लेता पर मैं तो गूदड़ी को उधेड़ने में लग गया···सीने का मौका ही नहीं मिला। जायदाद भी तो हम लोगों की तरह सोचती होगी···अरे यह कहाँ पल्ले पड़ गया निखट्टू—इससे पीछा छुड़ा। शराब, कोकीन, गाने-नाचने आदि का लालची···! घर वाले दूर हो गये। एक बार मेरी घरवाली दोनों बच्चों को लेकर आ गयी—मैंने उसे लौटते पाँव वापस कर दिया। तू यहाँ क्या करेगी—जैसे मैं बहुत कुछ कर रहा था। पता नहीं हम छोटे लोग जब कुछ हो जाते हैं तो सबसे पहले अपने घर वालों को ही क्यों दुतकारते हैं ? देखो भास्कर, कैसे मजे की बात है, वह आयी तो मैंने भगा दिया, अब मैं जाऊँगा तो वह सिर-माथे लेगी—जश्न मनायेगी कि मेरा निखट्टू मालिक सब कुछ खोकर लौट आया—!" वे ऐसे हँसे कि मुझे लगा मैं रो दूँगा।

उस दिन वे बहुत बोल रहे थे। शायद उन्हें एकाएक लगा हो कि वे वाकई बहुत बोल रहे हैं। उन्होंने कोकीन का पान मुँह में रख लिया। थोड़ी देर बाद उनकी ज़बान सुन्न हो गयी। वे अपने दुःख के आनन्द से उठकर उस नशीले आनन्द में डूब गये। वे रो रहे थे। नशे के कारण या उस दर्द के कारण—! मैं उठने लगा तो उन्होंने आँखें खोलीं और इस तरह देखा कि मैं अभी न जाऊँ बैठा रहूँ। मेरे ऊपर ज़मींदारी का भार धीरे-धीरे बढ़ रहा था बल्कि इरादतन बढ़ाया जा रहा था जिससे मैं नये-नये निकाले जा रहे घोड़े की तरह जल्दी चाल पर आ जाऊँ।

मैं उठ गया । मेरे मन में एक प्रश्न था—अगर किशन बाबू को जाना ही है

तो वे अभी क्यों नहीं चले जाते ?

एक रात हवेली के बड़े दरवाज़े की साँकल बजी। वह काफ़ी जोर-जोर से और जल्दी-जल्दी बज रही थी। सामान्यतः साँकल एक-दो बार बजकर प्रत्युत्तर की प्रतीक्षा करती है। परन्तु यह बजना उसका तनिक भी इन्तजार नहीं कर रहा था । काफ़ी उतावलापन था। गजर-बजना हमारे यहाँ बहुत पहले बन्द हो गया था। गजर वहीं बजता है जहाँ खजाना रहता है। पहले वसूली हवेली पर ही खजाने में रहती थी। अब बिकते-बिकते ज़मींदारी की आमदनी उतनी नहीं रही थी। पहले लगभग पन्द्रह लाख की जिल्दबन्दी थी। वह सस्ता ज़माना था, सोना बीस-बाईस रुपये था। गेहूँ भी रुपये में तीन धड़ी यानी पन्द्रह सेर आता था। आमदनी कम हुई सो हुई। पास ही एक बैंक भी खुल गया था। बैंक हमारे खानदान वालों का था। इसलिए फेल होने का उतना डर नहीं था। उसमें से फेल होने की नौबत आने से पहले ही धन निकाला जा सकता था। खैर, गजर की बात थी। कुछ दिन तक तो बिना खजाने के भी गजर बजता रहा । फिर बन्द हो गया।

दरवाजा खोला गया। काला साईस बदहवास-सा खड़ा था। उसके मुँह से बोल नहीं निकल रहा था। घिग्घी बँधी हुई थी। तब तक बड़े राय और छोटे राय भी निकलकर बाहर चबूतरे पर आ गये थे। छोटे राय उस दिन बड़े राय के पास ही सोये थे। बड़े राय की तबियत थोड़ी खराब थी। शाम को उनको दर्द गदरा उठा था।

काले को देखकर बड़े राय ने पूछा—"क्या बात है काले ? खैरियत तो है ?"

"वो—वो—वो—" मुँह से पूरा वाक्य नहीं निकल पा रहा था। छोटे राय ने उसकी पीठ पर हाथ रखकर उसे ढाढ़स बँधाया, "घबराओ नहीं—आराम से बताओ क्या बात है ?"

थोड़ी देर तक वह उसी तरह बलबलाता रहा, जैसे उसकी साँस गले में फँस गयी हो। छोटे राय के काफी हिम्मत बँधाने पर वह इतना ही कह पाया, "हुजूर, सफेद थान पर नहीं है।" और फूट-फूटकर रो पड़ा। उस जमाने के लोगों का रोना-हँसना सब असली होता था।

बड़े राय जोर से चिल्लाये—"तुम सब कहाँ मर गये थे ?"

जैसे काले का किसी ने गला दबा दिया। घर्र-घर्र की आवाज़ आने लगी। लगा, उसका घुरूड़वा बोल रहा है। छोटे राय ने हिम्मत बँधायी—"घबराओ नहीं—बताओगे नहीं तो पता कैसे चलेगा !"

वह रोता-रोता बोला—"हुजूर अस्तबल का दरवाज़ा खुला है—अगाड़ी-पिछाड़ी कटी पड़ी है।"

बड़े राय का वह सामन्त एकाएक चेत गया जिसकी प्राथमिकताओं की सूची में

ऐसे लोग या तो सबसे नीचे होते हैं या होते ही नहीं। उन्होंने बेंत उठायी। छोटे राय बीच में आ गये। काला हाथ जोड़े खड़ा था। उनका हाथ रुक गया। वे तेजी में बोले—"अगर मेरे सफेद को कुछ हो गया तो तुम सबको एक लाइन में खड़े करवा कर गोली से भुनवा दूँगा।" हालाँकि उन्होंने कुछ ज़्यादा बड़ी बात कह दी थी। खाल खिंचाने वाली बात तो निभ सकती थी।

छोटे राय ने धीरे-से कहा—"बड़े भैया, इसकी पूरी बात तो सुन लें।"

"दरवाजा कैसे खुला ?"—बड़े राय की आवाज़ नीचे, जहाँ वह खड़ा था, आयी।

"कुण्डा निकला था"—उसने सुबकते हुए कहा।

"आप-पास पूछताछ की—?"

"रात में कौन बताता—वह पगली रास्ते में चिल्ला रही थी—राय के घोड़े पर सिपाही—मैंने उससे पूछा तो वह गाली देकर बोली, अबे तेरे राय के घोड़े पर सिपाही—और राय के सिर पर चारपाई—"

बड़े राय जानते थे कि पगली किसी को कुछ भी कह सकती है—उसे कोई नहीं रोक सकता। पर उनका माथा ठनक गया। जरूर कोई सरकारी घपला है। उन्होंने कहा—"जल्दी से गाड़ी निकालो—"

छोटे राय बोले—"बड़े भैया, अगर इसमें हुकूमत का हाथ है तो आप क्या कर पायेंगे—हर हुकूमत की एक अमानवीय ताकत होती है जो कानून-विरोधी लोगों को ही तंग नहीं करती, नाराज हो जाने पर किसी को भी तंग कर सकती है। हाँ, आमने-सामने विरोध में खड़े हो जाने पर ज़्यादा कुछ नहीं कर पाती। आप रात भर दर्द से कराहते रहे हैं। अगर चोरी है तो उसका सेवेरे भी पता चल सकता है और अगर हुक्म है तो उसकी भनक भी नहीं मिलेगी।"

"राघव तुम नहीं जानते यह दर्द उस दर्द से भी ज़्यादा असहनीय है। अश्वमेघ का घोड़ा पकड़े जाने पर—राम को कैसा लगा होगा, और जब वे छुड़ा नहीं पाये होंगे तो और भी कैसा लगा होगा ? मैं राम न होते हुए भी समझ सकता हूँ। घोड़ा तो उनके बच्चों ने ही पकड़ा था···पर मेरा तो—पकड़ा ही यह मानकर गया है कि मेरी इज्ज़त उसमें बन्द है ।"

छोटे राय ने काले से चले जाने का इशारा किया। वह बड़े राय की तरफ़ देखता हुआ खड़ा रहा। जब बड़े राय अन्दर चले गये तब वह हिला।

बड़े राय की तबियत और ज़्यादा खराब हो गयी। उन्होंने छोटे राय से कहा—"तुम मेरी फ़िक्र न करो। पुलिस-कप्तान से जाकर मिलो—उन्हें पूरी बात बताओ और कहो कि क्या ब्रिटिश सरकार हम लोगों की इज्ज़त इस तरह पैरों तले

रौदने पर उतर आयी है ?"

कई लोग सफेद को तलाश करने अलग-अलग दिशाओं में जा चुके थे। इतना ही पता चला था कि सफेद नगर में ही कहीं पर छुपाया गया है। रहमतुल्ला चुप था। लेकिन अन्दर से बहुत परेशान था। अपनी तरह से तलाश भी कर रहा था। बड़े राय चाहकर भी बिस्तर से नहीं उठ पा रहे थे। मैं और छोटे राय ही भाग-दौड़ कर रहे थे। पुलिस कप्तान से मिलने पर भी कोई काम नहीं बना। उसने पूरी बात धैर्य से सुनी थी और यह कहकर टाल दिया कि उसकी तलाश करायेंगे और दोषी को दण्ड देंगे। अफ़सोस तो यही है कि अफ़सर की वही नस्ल आज तक चली आ रही है। वह जानती है तो भी वही कहती है, नहीं जानती तो भी वही कहती है। रपट बड़े तपाक से लिखी गयी थी। लेकिन उस पर अमल कुछ नहीं हो रहा था। लोगों को आश्चर्य था कि अँग्रेज़ हुकूमत के इतने बड़े ज़मींदार और दोस्त का घोड़ा चला गया, सब खामोश हैं।

सारा घर भर एक ऐसी मानसिकता का शिकार था जैसे ऊपर का साँस ऊपर और नीचे का साँस नीचे रुका हो। वह घोड़ा घर के बच्चे की तरह गुम हुआ था। साईस तो कहीं मुँह दिखाने लायक नहीं रहे थे। ऊपर से डर की तलवार उनके सिरों पर लटक रही थी, पता नहीं कब मौत बनकर उन पर आ गिरे। सभी साईस छोटे राय के और मेरे पास अपनी-अपनी सफाई देने आ चुके थे। उन बेचारों के पास इसके सिवाय था भी क्या। हालाँकि मैं भी उनसे नाराज़ था। मुझे भी लगता था कि अगर वे चौकस रहे होते तो ऐसा न हुआ होता। छोटे राय उनकी मानसिकता को सबसे ज़्यादा अच्छी तरह समझ रहे थे। यही कहते थे, "सरकार हमारा बच्चा चला गया होता तो हमें इतना दुःख न होता—जितना सफेद के चले जाने का है। अगर सफेद के जाने में हमारा कोई हाथ हो तो आपका खाया नमक पारे की तरह हमारी देह से फूट-फूटकर कर निकले। हम और हमारे बच्चे उसे पलकों से चुगें।" अपनी सच्चाई प्रमाणित करने की उनकी अपनी भाषा थी।

हम दोनों उन लोगों को अपनी-अपनी तरह समझाने की कोशिश कर रहे थे। काला तो एकदम पत्थर हो गया था। —उस खानदान का होकर कपूत निकला, जिसने सैकड़ों साल खिदमत की और तूने उसे मिट्टी में मिला दी। मेरे तन की तो एक भी बूँद ऐसी नहीं जिसमें इस घर का हवा-पानी और नमक न हो। ऊपर जाकर जब मेरे बड़े पूछेंगे तो मैं क्या जवाब दूँगा···वे कहेंगे जा तेरे खानदान में अब कोई घोड़े की रास नहीं छू सकेगा, यह हुनर तेरे खानदान से हमेशा के लिए चला जायेगा। तू टुकड़े-टुकड़े को भटकेगा।

बाद में हुआ ऐसा ही । वह हुनर अब रहा ही कहाँ ?

बड़े राय के लिए खाना और सोना दोनों हराम हो गये थे। बस लेटे-लेटे करवटें बदलते थे। कोई भी आहट होती थी फौरन उचककर देखते थे। शायद कोई सफेद की खबर लाया हो। कोई तो आकर कहे कि सफेद मिल गया। हालाँकि सफेद अब दस साल का था। अभी भी वही जलवा और ताकत थी जो तब थी जब वह जवान था। बड़े राय सफेद के दम पर ही लम्बी-लम्बी यात्राएँ कर चुके थे। लेकिन वह चला कहाँ गया ? ज़मींदारी में पता लगवा लिया गया था—यह ख़्याल भी गलत निकला था कि कहीं वह किसी बात से चमककर जैसे यहाँ आया था वैसे ही वहीं न लौट गया हो। बार-बार उनका मन खटक जाता था···कहीं···लेकिन वे उस बात को मुँह से नहीं कह रहे थे। उस सम्भावना का ध्यान आते ही वे एक असहाय व्यक्ति की तरह लम्बी साँस लेकर रह जाते थे। जिसका सब कुछ ताकत के जोर पर आँखों के सामने से कोई जबरदस्ती छीन ले जाये ! मुझसे दुश्मनी थी तो थी···उस बेचारे अन-बोलते जानवर ने क्या बिगाड़ा था। इसका जवाब उन्हें न अपने से मिल रहा था और न बाहर से आ रहा था।

सफेद के गायब होने के तीसरे दिन सवेरे-सवेरे कोतवाली से एक सिपाही आया। बड़े राय की तबियत पहले से बेहतर थी। रहमतुल्ला ने रात को आकर बताया था कि सफेद कलक्टर साहब के अस्तबल में पहुँच गया। बड़े राय उनके बँगले पर जाने के लिए चबूतरे पर बैठकर अपनी दाढ़ी बना रहे थे। दाढ़ी बनाने के बारे में वे अँग्रेज़ माने जाते थे। कई-एक बार तो दिन में दो-दो बार बनाने का उनका रिकार्ड था। सवेरे तो बनाते ही थे। जब क्लब में किसी बड़े हाकिम की दावत वगैरह होती थी तो भी दाढ़ी बनाकर जाते थे। नाई केवल बाल काटने या मालिश करने के लिए आता था।

सिपाही ने आकर सैल्यूट मारा। बड़े राय को उसका इस तरह आकर खड़े हो जाना और सैल्यूट मारना पसन्द नहीं आया। पास ही भवानी खड़ा था। उन्होंने सिपाही से सीधे बात न करके भवानी से कहा, ''पूछो किसने भेजा है ? यहाँ क्यों आये ?''

भवानी ने उसकी तरफ देखकर पूछने के लिए मुँह खोला तो वह अपने आप ही बोला—''कोतवाल साहब ने भेजा है···सरकार से ही बताने के लिए कहा है।''

बड़े राय ने उसकी तरफ़ देखा —''कहो···''

उसने भवानी की तरफ़ देखा। बड़े राय ने फिर कहा, ''कहो, भवानी हमारा खास आदमी है।''

वह बोला, ''हुजूर, हम भी कोतवाल साहब के खास सिपाही हैं, उन्होंने सिर्फ़ आपसे ही बताने के लिए कहा है।''

उन्होंने भवानी की तरफ़ देखा वह हट गया। बड़े राय का चेहरा तमतमाया हुआ था। उन्हें लग रहा था कि अगर ऐसी ही खास बात थी तो सिपाही को क्यों भेजा ? वे फिर बोले, ''जल्दी कहो···''

''हुजूर, कोतवाल साहब ने कहलवाया है कि सवेरे जब वे गश्त के लिए निकले तो खूनीबाग के पास एक घोड़े की लाश पड़ी देखी···''

''खूनीबाग के पास···घोड़े की लाश।'' वे धीरे-से बुदबुदाये। फिर बोले, ''ठीक है, तुम जाओ।'' वह सैल्यूट करके चलने लगा तो अपने आप ही रुककर बोला, ''कोतवाल साहब ने कहलाया है उनका नाम कहीं न आये···''

उन्होंने गर्दन हिला दी और आँखें बन्द करके बैठ गये। उनके चेहरे पर एक दर्द दवात से बिखरी स्याही की तरह फैलता जा रहा था।

होंठों ही होंठों में बोले, ''आखिर माना नहीं ।''

उनका उस्तरे वाला हाथ रुक गया था । आधे चेहरे पर साबुन लगा था । उन्होंने छोटे राय को बुलवाया। छोटे राय फ़ारिग हो रहे थे। वे तुरन्त आ गये। बड़े राय ने रुँधे हुए गले से कहा, ''गाड़ी मँगवाकर फौरन जाओ···खूनीबाग के पास किसी घोड़े की ताजा लाश पड़ी है···मुझे लगता है अपना सफेद ही होगा । अँग्रेज़ों की मुन्सिफ मिज़ाजी की बहुत दास्तानें सुनी थीं—यह एक दास्तान उसमें और जुड़ जायेगी···राय पर तो पार बसाई नहीं, अनबोलते जानवर की जान ले ली···।''

छोटे राय ने उन्हें शान्त करने के लिए कहा—''कोई और भी तो हो सकता है···''

''और कौन होगा···खूनीबाग की आड़ में हरी राय के सफेदे का ही खून हो सकता है! आखिर कोतवाल ने खबर भेजी है ।'' धीरे-से बुदबुदाये । ''सम्भवत: मारने वाला और खबर लाने वाला एक ही हो···खैर छोड़ो।''

वे उसी तरह उठे और नहाने चले गये।

खूनीबाग कलक्टर की कोठी से एक फर्लांग आगे था। शहर के दूसरे मोड़ पर। जो जगह खूनीबाग कहलाती थी उसकी शक्ल कटोरे की तरह थी, गहराई लिये हुए। उसमें ऊँचे-ऊँचे दरख़्त थे । सड़क पर से प्रकृति के सिपाही-से उन पेड़ों के उठे हुए हरे-हरे झब्बे तो नज़र आते थे, तने उस गहराई में ही डूबे रहते थे। देसी आम, पीपल, कीकर, बड़, जांड, अर्जुन, अगस्त, बन-जलेबी और न जाने कितने तरह के जाने-अनजाने दरख़्त थे । अठारह सौ सत्तावन में उसी बाग में देश-भक्तों को पेड़ों से लटकाकर या तो सूली लगा दी गयी थी या गोलियों से भून दिया गया था। कई पेड़ों पर गोलियों के निशान अभी भी बाकी थे । थे या नहीं यह कहना तो मुश्किल है पर लोग नीचे से खड़े होकर दिखाते थे···देखो वो रहा गोली का निशान । कोई हाँ में

हाँ भरकर कह देता था 'हाँ है तो !' कोई यही पूछता रहता था 'कहाँ है'''दिखाई नहीं दे रहा !' दिखाने वाला अन्त में इसी बात पर आ जाता था तुम्हें नहीं दीखेगा। देखना नहीं चाहते तो दीखेगा कहाँ से ! लोग बताया करते थे कि देशभक्त अमलतास की फलियों की तरह इन पेड़ों में लटके हुए थे । बड़े राय तब शायद बच्चे रहे होंगे। सारा शहर दहशत से काँप उठा था । लोगों के दिलों में बेपनाह खौफ़ बैठ गया था। लोग अँग्रेज़ों का नाम सुनकर ऐसे भागते थे जैसे भेड़। उनमें एक औरत थी। शायद तवायफ़। उसने बगावत का झण्डा बुलन्द किया था । लोग उसके पीछे-पीछे हो लिये थे। लोग कहते थे कि यह काम वह औरत ही कर सकती है जो औरत होने की सीमाएँ लाँघ जाये। या तो सती या फिर तवायफ़। पुराने नौकर दबी जबान से कहा करते थे कि हवेली के तहखाने में बड़े राय के दादा ने दो-तीन अँग्रेज़ परिवारों को पनाह दी थी। उन्हीं में से बाद में एक सूबे का गवर्नर होकर आया था । उसी चक्कर में उन्हें कई गाँव बख्शीश में मिल गये थे । मजिस्ट्रेटी तो तभी से पीढ़ी-दर-पीढ़ी चली आ रही थी । चाहे कोई बे-पढ़ा ही रहा हो । काँग्रेसी बड़े राय की कई बार हाय-हाय कर चुके थे।

खूनीबाग को भूतों का डेरा बताया जाता था। लोग कहते थे कि रात-बेरात को जाओ तो मरे हुए लोग पेड़ों से लटके और आपस में बात करते, हँसते-खिलखिलाते, भारत माता की जै बोलते हुए सुने जाते हैं। किसी को आता देखते हैं तो छू-मन्तर हो जाते हैं । देश की हालत पर रोते भी हैं ।

छोटे राय ने मुझे भी अपने साथ ले लिया था। जब हम चलने को हुए तो देखा बड़े राय भी तैयार होकर आ रहे हैं। छोटे राय ने उन्हें रोका तो वे बोले—"अरे राघव, वह मुझे सारी ज़िन्दगी ढोता रहा है—उसकी रुख़्सती के वक़्त तो नहीं रहा, अब तो पहुँच जाऊँ ।" उनकी बात से दोनों को लगा कि बस रोना ही बाकी रह गया।

हम तीनों वहाँ गये। काले के आँसू लगातार बह रहे थे फिर भी वह आँखें पोंछ-पोंछकर गाड़ी हाँके जा रहा था। बार-बार रास्ता तिरमिरों से भर जाता था। धूल भी थी। दरअसल, अलःसुबह ही जमादार और जमादारिनों ने सड़कों पर झाड़ू लगाना शुरू कर दिया था। चुंगी उस ज़माने में उन्हें तीन रुपया महीना देती थी। भिश्ती मशक में पानी भरकर नालियाँ धुलाते थे। एक धार नाली के इधर और दूसरी धार उधर। मुट्ठी के चालन के साथ धारा कम-ज़्यादा होती थी और रास्ता बदलती रहती थी। अब शायद नालियाँ धुलती ही नहीं। पहले दोनों बक़्त धुलती थीं। शाम को तो ज़रूर ही। यह बात अब कस्बों में देखने को मिल जाय तो मिल जाय। शहरों में बिल्कुल नज़र नहीं आती। उधर हलवाइयों की भट्ठियाँ भी चेत गयी थीं। उनका

धुआँ भी चारों तरफ़ कुण्डल डाले था। आँखें बार-बार चरपरा जाती थीं। गाड़ी का भी यही हाल था। जब कच्ची सड़क पर उतरती थी तो भचकने लगती थी। बड़े राय की आँखें चश्मे में से बड़ी-बड़ी और भरी-भरी लग रही थीं। आँखों की फ़ितरत ही ऐसी है कि भरी नहीं कि बढ़ी नहीं।

खूनीबाग पहुँचने में करीब एक घण्टा लगा होगा। घड़ी बड़े राय की जेब में ही थी। वहाँ पहुँचते ही पता नहीं कैसे ऐसा लगा कि सारा बाग आदमियों और घोड़ों से भरा हुआ है। आदमी रो रहे हैं और घोड़े हिनहिना रहे हैं। मैंने तत्काल अपना सिर झटका। यह सब क्या है ? तब जाकर मुझे वहाँ उगे दरख़्त नज़र आये। हिलते और बिना आवाज़ किलकारियाँ-सी भरते। बड़े राय आगे चल रहे थे। काला भी बग्घी खोलकर आ गया था। वह सबसे आगे टोही की तरह जा रहा था। हम लोग पीछे-पीछे थे। मेरी नज़रें रह-रहकर उन पेड़ों पर चली जाती थीं। उन्हें देखकर लगता था कि जैसे वे बीच-बीच में गर्दन झुकाकर किसी चीज़ को देखने की कोशिश कर रहे हैं। काफी लम्बे चक्कर के बाद दरख़्तों की एक रौंस के पीछे एक घोड़ा पसरा हुआ दिखाई दिया। वह सफेद ही था।

उसके शरीर में तीन छेद थे। दरख्त से बाँधकर गोलियों से बेध डाला गया था। खून अभी भी रिस रहा था। काफी मोटी लकीर उसके पेट पर से होकर बह चुकी थी। लोथड़े बाकी थे जो कहीं-कहीं चिपके नज़र आ रहे थे। पाँव बँधे थे और आँखें खुली थीं जैसे उसे किसी बचवइये का इन्तज़ार हो। जितना खून बहा था काली के खप्पर की तरह ज़मीन पी गयी थी। काला दहाड़ मारकर वहीं उसके ऊपर गिर पड़ा—"मेरे बच्चे, तू इस तरह छोड़कर क्यों चला गया—इससे तो तू मेरी भेंट ले लेता भगवान—अब मैं मालिक को क्या मुँह दिखाऊँगा।"

बड़े राय ज़मीन पर ही बैठ गये और उसकी गर्दन पर झुक गये। उसकी खुली आँखें उनकी तरफ़ ही थीं। उधर ही मैं था। मुझे लगा वह देख रहा है···यह सब तुम्हारी वजह से हुआ। मैं उससे आँखें चुरा रहा था। दरख्त बार-बार मेरी तरफ झुक आता था। उसमें लटकी वे सब रस्सियाँ तेज़ी से हिलने लगती थीं। जैसे मेरे गले में ही लिपट जायेंगी। मुझे लगा सफेद की पुतलियाँ हिल रही हैं। कहीं ये उसके भूत की आँखें तो नहीं। मैंने फिर अपने को उस स्थिति से बाहर खींचा। मैंने दरअसल यह कभी सोचा ही नहीं था कि मेरी मूर्खता इतना बड़ा हादसा उत्पन्न कर देगी। छोटे राय चुपचाप एक किनारे पर खड़े थे। काई ढके और ठहरे जल की तरह। बीच-बीच में उनके होंठ हिलने लगते थे जैसे प्रार्थना कर रहे हों।

बड़े राय ने मेरी तरफ देखा। मैंने और छोटे राय ने उन्हें सहारा दिया। काला बेहाल था।

कायदा यह था कि इस तरह के बड़े जानवरों को कसाइयों के सुपुर्द कर दिया जाता। लेकिन सफेद के बारे में ऐसा नहीं किया गया। उसे ठेले पर लदवाकर नदी के उस ढाल पर ले जाया गया जिस पर से बड़े राय को लेकर सफेद ने एक बार छलाँग लगायी थी और उस खतरे से बचाया था जो ज़मींदारी से लौटते समय एकाएक उनके चारों तरफ घिर आया था। कुछेक डाकुओं ने लोहे के पुल पर उन्हें घेर लिया। वह सब उनकी अपनी ज़मीन थी। गड्ढ़ा खोदकर, ऊपर-नीचे नमक भर और हम सबकी उपस्थिति में सफेद को दबा दिया गया —इतना गहरा कि कोई जानवर उसे आसानी से न खोद पाये। हालाँकि यह तरीका मरे हुए हाथियों को गाड़ने के लिए इस्तेमाल किया जाता था, पर सफ़ेद को भी वही सम्मान दिया गया था। बोरियों में सेंधा नमक लग गया था। उसी जगह तेरह दिन तक पूजा-पाठ कराया गया था। ब्रह्मभोज कराया गया था। लेकिन मुझे लगातार यही लगता रहा था कि गुनहगार मैं हूँ। सज़ा सफेद पा गया।

सफेद का काम समाप्त हो जाने पर चौदहवें दिन बड़े राय मुझे लेकर कलक्टर साहब के बँगले गये। कलक्टर साहब को इस बात की आशा नहीं थी कि हरी राय इस तरह उनके यहाँ चले आयेंगे। वे मना नहीं करा सके। चाहते तो करा भी सकते थे। बड़े तपाक से मिले—"वेल राय साहब, आप हमसे नाराज हैं। मिसेज़ डिक ने हमें बताया।"

"नाराज तो आप हमसे हैं, मि. डिक !"

"ओह नो, हम उस बात को भूल गया। हमने उसको भी डाँटा—ज़मींदार एसोसियेशन में उसने बदतमीजी किया। हम समझा नहीं था—हम गल्ती से उसे सर्पोट किया।"

बड़े राय सुनते रहे। इतना सब कह चुकने के बाद मि. डिक की समझ में नहीं आ रहा था कि आगे क्या कहें। थोड़ी देर चुप रहकर बोले—"हम मिसेज़ डिक को बुलाता है। वह आपको बहुत पसन्द करता।"

"आज तो मुझे आपसे ही काम है।" उन्होंने गम्भीरता के साथ कहा। मि. डिक इधर-उधर देखते हुए बोले—"बताइये हम क्या कर सकता ?"

"पहले मैं गाँधी जी को मूर्ख और सिर-फिरा समझता था। सोचता था कि इतनी बड़ी हुकूमत के सामने वह भूख-हड़ताल, अहिंसा, सत्याग्रह जैसे ठण्डे और बोदे औज़ारों का इस्तेमाल करके क्या कर पायेगा। लेकिन अब मेरी समझ में आ गया कि अपने से ज़्यादा ताकतवर से लड़ने का तरीका हथियार कभी नहीं हो सकते। मैं अपने बड़े लड़के भास्कर को साथ लेकर आया हूँ। इसी की गिग मिसेज़ डिक की फिटन से टकरायी थी। आपने मेरे एक उस बेटे को तो गोलियों से छलनी करा दिया

जो उस गिग को खींच रहा था, उससे ज़्यादा कसूर उसका था जो उसे हाँक रहा था। बाद में पकड़वाकर गोली मरवाने से बेहतर होगा कि आप इसे अपने दस्त-ए-करम से उड़ा दें —मैं उफ़ नहीं करूँगा। हम हिन्दुस्तानियों में जज़्ब करने का जबरदस्त माद्दा है। वैसे भी आपको हम लोगों को और गहराई से समझने में मदद मिलेगी।''

मैंने बड़े राय की तरफ़ देखा। वे एकदम स्थिर थे। एक बार उनकी ज़बान ज़रूर लड़खड़ायी। डिक के माथे पर पसीना चमक आया था। वे केवल इतना ही कह पाये ''प्लीज़ बी सीटेड !'' हालाँकि हम लोग बैठे ही हुए थे।

''मैं चाहता हूँ यह काम जितनी जल्दी हो जाये उतना ही अच्छा है—जिससे इसकी लाश भी मैं ले जाकर जल्दी से ठिकाने लगा दूँ और हुकूमत-ए-बर्तानिया का इकबाल और ज़्यादा बुलन्द होने की दुआ करूँ। मुझे खुशी है कि हुकूमत की नज़र में दोस्त, दुश्मन, बेगुनाह और गुनहगार, आदमी और जानवर सब बराबर हैं—।''

मिसेज़ डिक आ गयीं। डिक की जान में जान आयी। वे शायद हालात की नज़ाकत को भाँप गयी थीं। आते ही बोलीं—''वेल राय साहब, हम आपसे माफी चाहता है। हमें पता चला कुछ मिस क्रियेन्ट ने आपका घोड़ा को शूट कर दिया।''

बड़े राय एक खुश्क हँसी हँसे और चुप्प हो गये। वातावरण भीगी रुई के ढेर की तरह वज़नी हो गया। मेरे सामने एक सवाल था। क्या बड़े राय पिता होकर मुझे मार डालने के लिए डिक के हाथों सुपुर्द कर देंगे ? क्या मैं भी सफेद की तरह मार डाला जाऊँग ?

डिक इतना घबरा गया कि वह 'सॉरी' कहकर अन्दर चला गया। मिसेज़ डिक बार-बार माफी माँग रही थीं। बड़े राय चुप थे।

वैसे छोटे राय उस पूरी घटना में चुप्प रहे। पर वे अन्दर तक आहत थे। उनके मन में एक अजीब तरह का विद्रोह था। उस दिन के बाद से वे रोज़ाना शाम को घर से बाहर निकल जाते थे। बिना घोड़ा-गाड़ी या नौकर-चाकर लिये। वह ज़माना और था, अगर सामन्त पैदल जाये और अंगरक्षक भी साथ न हो तो समझा जाता था कि दिन खराब आ गये। घर का कोई भी अगर पैदल जाता था तो एक या दो अंगरक्षक पीछे-पीछे ज़रूर चलते थे। हालाँकि खतरा ज़रा भी नहीं था। पर आदत। काफ़ी दिन तक मेरे पीछे भी अंगरक्षक जाता रहा था। बाद में जब मैं साइकिल पर चलने लगा था, अंगरक्षक का चलना बन्द हो गया था। जब दो साइकिलें आ गयीं तो कुछ दिन एक अंगरक्षक साइकिल पर भी साथ चला। वह मेरी रक्षा के लिए नहीं सामाजिक सम्मान की रक्षा के लिए चलता था। हालाँकि मुझे कहीं भी सामाजिक सम्मान अरक्षित पड़ा नहीं मिला जिसे वह बचाता। पर समझता मैं भी काफ़ी दिन तक यही रहा कि वह आहत हैं।

छोटे राय काफ़ी देर गये घर लौटते थे। छोटे राय के स्वभाव में बदलाव बड़े राय के लिए चिन्ता का कारण बनता जा रहा था ? उन दिनों वैसे भी सुराजियों का ज़ोर था। तब यह अक्सर होता था कि देर में आने वाले युवक और प्रौढ़ या तो अपना समय कोठे पर बिताते थे या काँग्रेस के दफ्तर में। दोनों ही बातें घरवालों के लिए चिन्ता का कारण थीं।

छोटे राय का वक़्त काँग्रेस के दफ्तर में बीतता था। इस बात का पता काफी दिनों बाद चला कि छोटे राय काँग्रेसी हो गये हैं और हुकूमत के खिलाफ प्रचार करते घूमते हैं। नारे लगाते हैं। प्रभात-फेरियाँ निकालते हैं। उन दिनों मझले राय भी आये हुए थे। वे अकेले ही आये थे। नयी वाली मझली चाची नहीं आयी थीं। दरअसल वे ज़मींदारी का हिसाब समझने आये थे। उनके छोटे दीवान जी के पास हिसाब तैयार था। वे इसी तरह तीन-चार महीने बाद आते थे, पैसा बैंक में जमा करते थे और चले जाते थे। जिस दिन छोटे राय के बारे में पता चला उस दिन मझले राय वापस जाने वाले थे। यह बात इतनी परेशान करने वाली थी कि मझले राय ने अपनी वापसी मुल्तवी कर दी। हालाँकि शुरू में मझले राय थोड़ी आनाकानी कर रहे थे। बड़े राय उनकी तरफ़ देखकर बोले —''मुझे मालूम है आप नौकरी पेशा लोग हैं—छुट्टी खत्म होने का बहाना करके वापस अपने खूँटे पर पहुँचने के लिए कितने बेचैन रहते हैं। छुट्टी हफ्ते भर की लेकर आते हैं, बताते हैं चार दिन की। मझले राय चुप लगा गये थे।

छोटे राय की हमेशा की कमजोरी थी कि वे बड़े राय के सामने बोल नहीं पाते थे। बड़े राय ने छोटे राय को कमरे में बुलवाया। मझले राय भी वहाँ मौजूद थे। उन्होंने छोटे राय से ही कमरा बन्द कर देने के लिए कहा। कमरा बन्द करने के बाद बड़े राय ने उनकी तरफ़ देखा तो छोटे राय ने गर्दन झुका ली। बड़े राय ने धीरे-धीरे बोलना शुरू किया—''राघव, तुम स्वयं एक जिम्मेदार आदमी हो। मुझे ज़ेबा नहीं देता कि मैं तुम्हारी कारगुज़ारियों में दखलअन्दाज़ी करूँ। लेकिन मेरा यह फ़र्ज जरूर बनता है कि मैं तुम दोनों भाइयों को वक़्त-ब-वक़्तन सूरत-ए-हाल से आगाह करता रहूँ। मेरी मि. डिक से तनातनी चल रही है। भास्कर की गिग मिसेज़ डिक की गाड़ी से टकरा गयी थी। उसका बदला डिक ने हमारे सफेद की हत्या कराकर लिया। मैंने सुना है कि पुलिस कप्तान ने भी मि. डिक को समझाने की बहुत कोशिश की पर वह अपनी ज़िद पर अटल रहा। अब भी जब कभी मौका लगेगा वह साँप की तरह पलटकर हमला करेगा। ऐसे हालात में राघव का काँग्रेस में शामिल होना हमें और परेशानी में डाल सकता है। मैं यह कहने वाला कौन हूँ कि काँग्रेस ग़लत है या वह बुरी संस्था है, पर यह तो कह ही सकता हूँ कि वह हुकूमत के खिलाफ़ है। हुकूमत के खिलाफ़ हुकूमत ही लड़ सकती है। जिन लोगों ने पुश्त-दर-पुश्त हुकुम ही बजाया हो वे हुकूमत को कैसे आँखें दिखा सकते हैं। गाँधी हों या मोतीलाल या उनका बेटा

जवाहरलाल ये लोग भी उसी हुकूमत के चाहे बाहर रहते हैं और उसी हुकूमत के चाहे अन्दर। वे लोग अपनी उतार चुके—पर हम तो कबीलदार हैं, और इज़्ज़तदार हैं—हमें कल को रानी की भी शादी करनी है। उस बेचारी से कौन शादी करेगा ? सब यही कहेंगे कि लड़की का चाचा जेल काट चुका—सुराजी है—कुत्तों की तरह सड़क पर घसीटा जाता है।''

मझले राय ने छोटे राय की तरफ़ देखा। वे चुप थे। फिर पूछा—''बड़े भैया की बात समझ में आयी ?'' फिर रुककर कहा—''बड़े भैया तो बड़े आदमी हैं—उनका दबदबा है। ये तो झेल भी जायेंगे। मैं तो ब्रिटिश गवर्नमेण्ट का नौकर हूँ। जब सरकार को पता चलेगा कि कृष्ण राय का छोटा भाई सुराजी है तो मेरी नौकरी का क्या होगा ?''

छोटे राय ने इस बार जवाब दिया—''मझले भैया, मेरी जब पौवल प्राइस से दोस्ती थी तब भी तुम्हें लगता था कि कहीं ये गोरे किसी बात पर नाराज़ न हो जायें और कहर बरपा न कर दें। अब जब मैं अँग्रेज़ों के खिलाफ़ हूँ तो भी तुम उसी डर से परेशान हो ! आपको अपनी नौकरी की चिन्ता है। अगर ऐसा ही है तो मैं छोटी वाली कोठी में चला जाऊँगा। तुम कह देना हमारा उससे कोई ताल्लुक नहीं—मुझे कतई बुरा नहीं लगेगा ।''

बड़े राय को लगा कि राघव ने उनकी बातों का जवाब दिया। उनके होंठ का बायाँ कोना ऊपर उठ गया। अपनी आवाज़ को संयत करते हुए बोले—''राघव, मेरी बातों का मतलब क्या तुमने यही समझा ? कृष्ण छोड़कर चला गया—बिना पूछे शादी कर ली तो क्या तुम समझते हो मैं मर गया ? तुम चले जाओगे तो भी मैं ज़िन्दा रहूँगा और तब तक ज़िन्दा रहूँगा जब तक लिखवाकर लाया हूँ।''

वे फ़ौरन हाथ जोड़कर बोले—''नहीं बड़े भैया, मैंने आपको तो कुछ नहीं कहा। उस दिन मुझे लगा था कि हम इन अँग्रेज़ों की ग़ुलामी क्यों करें जो इन्सान की ज़रा-सी ग़लती का बदला जानवर तक से ले सकते हैं—जिनमें हैवानियत के अलावा कुछ नहीं। अगर ये लोग आदमी का बदला जानवर से ले सकते हैं तो जानवर का बदला आदमी से भी ले सकते हैं !''

''तुम काँग्रेस में जाकर ताज पहन लोगे ? वे तो हमसे भी गये-गुजरे हैं। उन लोगों को तो एक मामूली सिपाही गर्दन पकड़कर धकिया देता है। हम लोग उस ज़लालत से तो बचे हुए हैं—'' छोटे राय ने गर्दन झुका ली। वे कहते रहे—''यह तुम्हारा भाई तहसीलदार है, तुम समझते हो इसका क्या होगा ?''

छोटे राय फिर खामोश हो गये। उनको लगा बड़े भैया के सामने इतना नहीं बोलना चाहिए था। मझले राय थोड़ा उखड़कर बोले—''बड़े भैया, राघव की समझ में आपकी बात नहीं आयेगी। वह अपने को इन्क़लाबी समझता है। उसे कुछ करना-धरना तो है नहीं। प्रभात-फेरियाँ लगायेगा, गाँधी जी की जय बोलेगा और

पुलिस के डण्डे खायेगा। नाक तो कटनी ही है।''

''मझले भैया तुम मत बोलो, बड़े भैया की बात और है। तुम नाक कटने की बात कर रहे हो —अँग्रेज़ों की नौकरी करके क्या तुम नाक बढ़ा रहे हो ?''

बड़े राय ने हस्तक्षेप किया—''तुम्हें यही कहना है ? अगर तुम इसी सब पर आमादा हो तो मुझे चाहिए कि मैं भी इस दुनिया से कूच की तैयारी करूँ। मेरा भाई जेल काटेगा और मैं हवेली में रहकर ऐशोअशरत की ज़िन्दगी बसर करूँगा। यह नामुमकिन है।''

छोटे राय घबरा गये। वे बोले—''मुझे थोड़ा सोचने का समय दीजिए। मुझे इस बात का दु:ख है कि आपने देश की आज़ादी के सवाल पर कोई तवज्जोह नहीं दी। आज़ादी का सवाल भले ही हमें मुसीबतों में डाल दे लेकिन भास्कर के बच्चों को तो इज़्ज़त की ज़िन्दगी नसीब हो जायेगी।''

''ठीक हैं तुम सोच लो, मैं तुम्हारे जवाब का इन्तज़ार करूँगा।'' तीनों उठ गये। वे सब अपने में न होकर कहीं और-और थे।

उस रात छोटी चाची और छोटे राय देर तक बात करते रहे। बात तो वे हमेशा करते थे। क्योंकि उन्हें लगता था कि बातें ही उन्हें जोड़ती हैं। लेकिन कभी-कभी वे बातें कुछ मुद्दों को लेकर होती थीं। छोटे राय ने पूछा—''तुमने अब पूरी बात सुन ली—अब तुम क्या कहती हो ? मैं किसके लिए अपने को इन बन्धनों में बाँधूँ।''

चाची पहले तो चुप रही फिर बोली—''मैं क्या कहूँ, मैं तो आपके साथ हूँ—जैसा चाहो करो।'' फिर रुककर कहा—''अगर जेठ जी ने आपकी यह बात मान ली और हम लोग छोटी कोठी में चले गये तो इन बच्चों का क्या होगा ? जिठानी जी तो मेरे ऊपर छोड़ गयी थीं। तुम भी इन्हें इतना प्यार करते हो—रानी लड़की है और छोटी है। भास्कर ज़रूर बड़ा हो गया— उसकी शादी हो जाये तो मेरी ज़िम्मेदारी खत्म हो। बड़े भैया की ज़िम्मेदारी भी एक तरह से हम पर ही है।''

छोटे राय करवट लेकर लेट गये। थोड़ी देर बाद बोले—''महात्मा जी परसों यहाँ से गुजरे थे —हरिद्वार गये हैं। मुझे उनके दर्शन करने का मौक़ा मिला। चन्दर बाबू ने मेरा परिचय कराया था कि यहाँ के सबसे बड़े ज़मींदार हैं। वे बच्चों की तरह हँस दिये—जैसे मैं कुछ हूँ ही नहीं। मुझे अच्छा लगा—हँसी से उन्होंने मुझे अपनी हैसियत बता दी। तुम होतीं तो तुम्हें लगता कि इतना बड़ा आदमी अपने को इतना सहज कैसे कर लेता है।'' चन्दर बाबू ने कहा—'' महात्मा जी इनके लिए कोई आज्ञा ?'' वे बोले —''मैं कौन हूँ आज्ञा देने वाला ? मैं तो कोई नहीं—ये तो ज़मींदार हैं, दूसरों से आज्ञा लेने की जगह खुद अपने को आज्ञा दें···असली काम तो बूढ़ी माँ की देखभाल है। बूढ़े और बच्चे को देखना मुश्किल होता है। दोनों में से

कोई किसी को कुछ नहीं दे सकता !'' मेरी तरफ़ देखकर बोले—''सबसे प्यार करो— अँग्रेज़ों से भी—इन्सान के रूप में, हाकिम के रूप में नहीं। तुम लोग उन्हें हाकिम समझकर प्यार करते हो—काले हो ना ? हाकिम के रूप में तो अपने से भी नहीं—फिर हँसकर दूसरी तरफ़ घूम गये। हिन्दी-गुजराती लहजे में बोल रहे थे।''

''क्या वे महात्मा हैं ?''

''उन्होंने लोगों से कहा—मैं महात्मा नहीं हूँ। मैं महात्मा हूँ तो तुम भी महात्मा हो ! जो देस का काम करे वह महात्मा—दूसरे के दुःख समझे सो महात्मा ! जो इतना जानता है वह महात्मा नहीं तो क्या है ?''

थोड़ी देर दोनों चुप रहे। छोटी चाची ने ही पूछा—''तो क्या सोचा ?''

''मैंने तो यही सोचा देश को गोद ले लें। उसे ही पालें।''

''और ये बच्चे ? जेठ जी क्या कहेंगे कि एक भाई तो छोड़ गया अब दूसरा भाई भी छोड़ रहा है।'' रुककर बोलीं—''आप जो तय करें ? मेरे प्राण तो दोनों में ही हैं।''

उस रात छोटे राय रात भर करवट बदलते रहे, गाँधी जी और बड़े राय आमने-सामने खड़े नज़र आते थे। जब गाँधी जी की तरफ़ देखते तो वे उसी तरह बच्चों की तरह खिलखिलाकर हँसते रहते। पड़ गया चिन्ता में ...यह तय कर किसका बड़ा दुःख है ! बड़े राय एकदम गम्भीर। लगता कि बड़े राय छोटे बच्चे की तरह उनकी उँगली पकड़े खड़े हैं।

सुबह उठकर छोटे राय ने बड़े राय से जाकर कहा—''आप जो कहेंगे वही करूँगा।'' फिर बोले —''काश आप एक बार महात्मा जी से मिल लेते।''

बड़े राय हँस दिये !

छोटे राय गुमसुम रहने लगे थे। उनकी आत्मा बार-बार शोले की तरह उनकी तरफ़ लपकती थी। ज़मींदारी का काम उन्हें सबसे ज़्यादा घृणित लगता था। वे उससे भागते-फिरते थे। कोई समस्या आयी नहीं और उन्होंने कहा नहीं––''भास्कर, तुम जानो ! मुझे क्या लेना-देना ! जब मैं अपनी इच्छा से स्वीकार किये गये दायित्व को हिम्मत और साहस से नहीं निबाह पाया तो विरासत में मिली इस जायदाद के साथ क्या इन्साफ कर पाऊँगा। इस तरह मिली चीज़ इसी तरह चली जाती है।''

बाहर वे क़रीब-क़रीब नहीं के बराबर निकलते थे। कमरे में चुपचाप बैठ, एक ठहरा हुआ ताल हो गये थे। बस, किताबें पढ़ते थे। इतिहास की या दूसरे देशों में हुए संघर्षों की। कभी-कभी किताब पढ़ते-पढ़ते उन्हें लगता था उस ठहरे जल में लहरें उठने लगी हैं। जब वे कुछ न कर पाते तो रोने लगते। घुटनों के बल बैठकर, उँगलियों में उँगलियाँ फँसाकर अन्तरिक्ष से संवाद स्थापित करने की कोशिश करते थे। कभी-कभी वे गाँधी जी को भी सम्बोधित करते थे—''महात्मा जी, तुम्हारी बात मैं भूला नहीं पर उसे याद रखने से भी क्या लाभ ? मैं तो खूँटे से बँधा पशु हूँ जो अपने चारों तरफ़ बिटर-बिटर देखता है और घूमता है। ज़्यादा हुआ उसी खूँटे पर बँधे-बँधे दो-चार कुदान भर लीं। अब मैं सिवाय भूख-प्यास के कुछ नहीं समझता। चन्दर बाबू ने आपसे झूठ कहा था। मैं ज़मींदार नहीं, मैं खानदान की झूठी इज़्ज़त की रस्सी में बँधा ज़रखरीद गुलाम हूँ। बस, सपनों में ही आज़ाद हो पाता हूँ...''

छोटी चाची उन्हें इस तरह बैठे देखकर दुःखी होती थीं। उन्हें समझाने की कोशिश करती थीं, ''अगर आप चाहते हो...तो चलो सुराज का ही काम करें। अपने को दुःखी न करो। इस ज़िन्दगी में आपकी खुशी के सिवाय मेरे पास रखा ही क्या है। मैंने जो कुछ भी कहा था वह सिर्फ़ इसलिए कि जिन पौधों को पाल-पोसकर बड़े करने की ज़िम्मेदारी ली उन्हें धूप में खड़े छोड़कर हम कैसे छाँह में चले जायें।''

''तुम ठीक कहती हो पर बात का ठीक होना ही तो काफ़ी नहीं होता। आत्मा भी तो चाहिए...मैं तो अपने निर्णय से दुःखी हूँ। मैंने ही उसे मारा और मैंने ही उसे महात्मा जी के स्पर्श से जाग्रत किया था। कहीं कुत्ते भजन करते हैं ? उन्होंने मुट्ठी भर मिट्टी माँगी थी, वह भी 'माँ' के लिए...मैंने देते-देते हाथ वापिस खींच लिया। उन्हें क्या, उन्हें चाहिए भी क्या, कुछ नहीं—उन्हें देने वाले बहुत हैं। जिसे नहीं चाह वह शाहों का शाह। उन्होंने वस्त्र छोड़ दिये, भोजन छोड़ दिया, घर छोड़ दिया और लकुटी और लँगोटी धारण कर ली...वर्ग ही बदल डाला। वही वे भी हो गये जो यह देश है। ग़रीब लँगोटी और लाठी वाला, भूखा रहने और उपवास करने वाला, पैदल चलने वाला देश। वही जेल उन्होंने ले ली जो हर ग़रीब भोग रहा है। छोड़ने को सब कुछ छोड़ दिया। अपनी तस्वीर अपने हाथों गिराकर चकनाचूर कर दी। पर मैं इस अपनी शक्ल, अपने लिबास, अपने साहस का क्या करूँ ? जो विकृत है पर मुझ पर चढ़ा-मढ़ा है।''

ये सब बातें छोटी चाची की समझ में तो नहीं आती थीं। लेकिन उन्हें डर लगता था कि छोटे राय कहीं उनसे दूर तो नहीं जा रहे हैं। उनकी हालत की वे ही ज़िम्मेदार हैं। अगर वे उस समय मान गयी होतीं तो शायद बच्चों की तरह खुश होकर वे उन्हें गले लगा लेते । पर अरुण भी तो था —पेड़ को सींचे बिना फल कैसे पातीं ? इस सूनी गोद में अरुण आकर कैसे बैठता। वे अपने अन्दर बटने लगती थीं...कभी पानी, कभी गोद और कभी वह वृक्ष जिसका अरुण फल था। जिसे हिलाकर वे फल को

अपने आँचल में अंक लेना चाहती थीं। उनका सन्तान के लिए कलपता मन अगर थिर हो सकता था तो अरुण को पाकर ही। पर समस्या यह थी कि वे अपने दुःख के निदान को छोड़कर पति के दुःख का निदान कैसे खोजें ? वे उसके लिए भी तैयार थीं। स्त्री का दुःख तो ज़िन्दगी का पर्याय बनकर उसके अन्दर समा जाता है, पुरुष का दुःख सबको बहा ले जाता है।

ज़मींदारी दिन पर दिन एक गरू पत्थर बनती जा रही थी। इस बात का अहसास न बड़े राय को था और न छोटे राय को। बड़े राय के लिए तो वह ज़मींदारी द्रौपदी को मिले सूर्य-पात्र की तरह थी। बिना पीसे और पकाये भी पेट भरती थी। शानोशौक़त का ध्यान रखती थी। दावतों की महफ़िल सजाती थी। जब ज़रूरत हुई और उन्होंने उसे अलादीन के जादुई चिराग़ की तरह रगड़ा और मन चाही मुराद पूरी कर ली। पेड़ की तरह डण्डा मारा और फलों की तरह रुपये झाड़ लिये। मैं उसमें कुछ नहीं था। पर बर्तन में भरे जल की तरह कभी-कभी खदबदाता था, चिराग की तरह रगड़ा भी जाता था और पेड़ की तरह डण्डा भी खाता था।

नवाब छतारी उन दिनों उत्तर प्रदेश के लाट बने हुए थे। बड़ा लाट दिल्ली में रहता था। उनका दौरा था। बड़े राय उनको यहाँ लाने में माध्यम थे। बड़े राय जब उनसे डेरे पर मिलने गये तो मुझे भी साथ लेते गये। छोटे राय ने जाने से मना कर दिया था। वहाँ पर इलाक़े के बड़े-बड़े ज़मींदार पगड़ियाँ बाँधे, सूट पहने मौज़ूद थे। बाक़ायदा जैसे दरबार में जा रहे हों। गवर्नर का वैयक्तिक सचिव अँग्रेज़ था। वही उन सबको लाट साहब से मिलवा रहा था। जब जिसका नम्बर आता, वह उसे उस हॉल के दरवाज़े तक ले जाता जहाँ लाट साहब तशरीफ़ फ़रमा रहे थे और दरवाज़ा खोलकर पेश करता···योर एक्सीलैंसी···मि. फलाँ आपकी खिदमत में हाज़िर हैं। जिसे वे नहीं जानते थे उसके बारे में वह एक-आध वाक्य और कह देता था। फिर ए. डी. सी. उसे लेकर अन्दर चला जाता था। जब बड़े राय पहुँचे तो उन्हें पहले अन्दर ले जाया गया। सेक्रेट्री ने दरवाज़ा खोलकर और थोड़ा आगे की तरफ़ झुककर कहा, ''मि. हरी राय···एम. बी. ई. (मेम्बर ऑफ़ ब्रिटिश एम्पायर) एण्ड हिज़ सन भास्कर राय···।''

नवाब छतारी ने उठकर स्वागत किया। जिस सोफ़े पर लाट साहब बैठे थे वह मखमल का बड़ा सोफ़ा था। उसके सामने एक दीवान रखा था। अलीगढ़ी पाजामा, काली अचकन, सुनहरी चेन में लगी जेब घड़ी, मखमली ऊँची टोपी। अचकन के

कॉलर की पट्टी पर सुनहरा काम था।

जब उन्होंने हाथ मिलाया तो बड़े राय थोड़ा झुक गये। फिर बड़े राय ने मेरा परिचय कराया। मैंने सलाम किया तो उन्होंने दुआ दी—अपने वालिद की तरह ख़ानदान का नाम रोशन करो। तुम पर हुकूमत की नज़र-ए-इनायत बनी रहे।'' फिर हँसकर बोले—''इस सबके लिए हुकूमत की खैरख़्वाही ज़रूरी है बरखुर्दार'' और हँस दिये। बड़े राय ने मेरी तरफ देखते हुए अँग्रेज़ी में कहा —''नहीं महामहिम, मेरे ख़ानदान से कभी कोई शिकायत नहीं होगी। हम ताज के खैरख़्वाह हैं पर…''

''मुझे मालूम है…आपने अच्छा किया कि अपने भाई को वक़्त रहते सँभाल लिया। इसकी इत्तला मुझे है।'' बड़े राय अन्दर तक हिल गये। नवाब छतारी ही बोले, ''मैं आपके तरदुद को इज़्ज़त की नज़र से देखता हूँ। भटके हुए को राह पर ले आना मुश्किल होता है।'' फिर कहा—''मुझे पता चला था कि मि. डिक ने आपके साथ कुछ बदसलूकी की है। हुकूमत-ए-बर्तानिया के इतने अज़ीज़ दोस्त के साथ ऐसा नहीं किया जाना चाहिए था।''

बड़े राय ने कुछ कहना चाहा। उन्होंने हाथ के इशारे से रोककर अपनी बात पूरी की—''उन्होंने आपके एक नायाब घोड़े को मरवा डाला…है ना ?''

उन बातों से मुझे घबराहट होने लगी थी। कहीं इस सिलसिले में उस रात का ज़िक्र न आ जाये जब गिग मिसेज़ डिक की फिटन से टकरा गयी थी। वह एकाएक मेरी तरफ़ मुखातिब हुए, ''क्यों बरखुर्दार अगर ज़मींदारों के बच्चे घुड़सवारी नहीं करेंगे तो कौन करेगा ? जानवर कब बिगड़ जाय, कौन कह सकता है। खैर, मैं डिक से कहूँगा।''

उनके इस वाक्य के बाद जितना तनाव बढ़ा था, वह धीरे-धीरे कम हो गया। बड़े राय भी काफ़ी सहज हो गये थे। उनकी आँखों से लग रहा था कि नवाब साहब के लिए उनके दिल में प्रशंसा ही प्रशंसा है। फिर भी उनके मन में एक सवाल था कि उन्हें यह बात कैसे पता चली ? छोटे राय वाली बात पर भी आश्चर्य हो रहा था। घर की बात बाहर कैसे पहुँची।

नवाब छतारी अपने आप ही बोले, ''उस बात को आप भूल जायें…बस, अपने छोटे भाई का ध्यान रखें।''

बड़े राय ने कह दिया, ''आप फ़िक्र ने करें।''

लाट साहब को जैसे एकाएक याद आयी, ''आपके एक भाई तहसीलदार भी तो हैं।''

''जी, यह सब आपका ही करम है।''

नवाब साहब बोले—''इस बार नाइट हुड का मामला मुल्तवी हो गया।''

''और जगदम्बा बाबू का ?''

वे हँस दिये।

चलने से पहले बड़े राय ने कहा—"अगर महामहिम कल रात्रि भोज मेरे ग़रीबखाने पर करें तो मैं इसे अपनी इज़्ज़तअफ़जाई समझूँगा। उन्होंने तत्काल घण्टी बजायी। अँग्रेज़ सेक्रेट्री फ़ौरन आया। पहले दरवाज़े पर रुका, फिर झुका, उसके बाद अन्दर प्रवेश किया। नवाब ने पूछा, "हरी राय साहब, खाना खिलाना चाहते हैं हम, किस दिन खाली हैं ?"

सेक्रेट्री ने तीन दिन बाद की तारीख दी। नवाब साहब ने गर्दन हिला दी। सेक्रेट्री चला गया। नवाब साहब बोले, "हरी राय साहब, क्यों न आप यह खाना टाउन हॉल में रखें...मैं राय बहादुर जगदम्बा प्रसाद को मना कर चुका हूँ वे अपनी कोठी पर चाहते थे।"

बड़े राय ने क्षण भर के लिए सोचा और हाँ कर दी।

नवाब छतारी की दावत का इन्तज़ाम टाउन हॉल में था। तब शहर में बिजली नहीं थी। महताब जलाये जाते थे। हालाँकि उन रातों के उजालों की और आज के उजालों की कोई लीजो-दीजो नहीं पर तब वे उजाले आँखों को रोशन करते थे और अब रोशन नहीं करते, बाहर का मंज़र चमकाते हैं। इतनी रोशनी मिले कि दीखे ही नहीं। जैसा अँधेरा वैसा उजाला। वैसे तब हण्डे भी आ गये थे। पर थे कम। दावत की उस लम्बी मेज़ पर क़तार में मोमबत्तियाँ जली थीं। तब मोमबत्तियाँ विलायत से आती थीं। ताड़ के पत्तों के बड़े-बड़े पंखे झले जा रहे थे। झलने वाले वर्दी पहने थे। पंखे हिलते थे तो पूरा का पूरा वातावरण हिल उठता था। कुर्सियाँ और सोफ़े क़तारों में लगे थे। एक बड़ा सोफ़ा ऊँचाई पर बीचों-बीच बिछा था। उस ज़माने में निखालिस चमड़े के सोफ़े बनते थे। ऊपर मखमल के मोटे गिलाफ चढ़ा दिये जाते थे। हमारे यहाँ भी ऐसे दो सोफ़े थे। एक ढका रखा रहता था। दूसरा ड्राइंगरूम में पड़ा रहता था। तब लोग उसे बैठक या नशिस्तगाह कहते थे। उन दोनों सोफ़ों के नये मखमली गिलाफ़ रहमतुल्ला और उसके एक साथी ने रातों-रात सी डाले थे। जब उन सोफ़ों पर चढ़ाये गये तो जैसे जगमगा उठे।

जिस दिन दावत का तय हुआ उसी रात को मुझे दिल्ली जाना पड़ा। दिल्ली के लाला रंगीमल हमारे पारिवारिक मित्र थे। दिल्ली के हलवाइयों की उन दिनों दूर-दूर तक धाक थी। बारीक़ दाने की नुगदी के लड्डू तब दिल्ली में ही बनते थे। खस्ता और सोहन हलुवा भी दिल्ली के ही हलवाई बनाते थे। पिश्ते की बर्फ़ी भी तब दिल्ली में ही बनती थी। रंगीमल हलवाइयों के मुखिया थे या यह कहिए सभी हलवाई उनके आसामी थे। उन्होंने ही दावत का सब सामान इकट्ठा कराया और सबसे बेहतरीन

चार कारीगर साथ भेजे। राला रंगीमल ने उन्हें सखत ताक़ीद कर दी थी कि दिल्ली का नाम किसी भी हालत में नीचा न हो । गवर्नर साहब को यह दावत ज़िन्दगी भर याद रहे। ज़बान का खाया भी याद रहता है और कहा भी ! सारा सामान घर पर ही तैयार हुआ था। बस वे ही चीज़ें टाउन हॉल में बनी थीं जिन्हें गरमा-गरम परोसा जाना था। बेड़मियाँ, पूरियाँ, कचौरियाँ, सब्ज़ियाँ, पिश्ते की खीर, जाफ़रान पाक···और न जाने क्या-क्या ? सब कुछ शाकाहारी था। हालाँकि मि. डिक ने किसी से कहलवाया था कि अगर सहमत हों तो सामिष व्यंजन भी रख लिये जायें। बड़े राय ने मना कर दिया था। पता नहीं इतने कम समय में इतना बड़ा इन्तज़ाम कब और कैसे हो गया।

मैं, छोटे राय, भवानी, छोटी चाची, रहमतुल्ला, सारे नौकर-चाकर, घोड़ा-गाड़ियाँ, ताँगे और साईस तीन दिन तक रात-दिन लगे रहे, न लेटे और न बैठे। मझले राय को खबर तो उसी दिन भेज दी गयी थी जिस दिन लाट साहब ने खाना स्वीकार किया था। पर वे पहुँचे दावत के दिन दोपहर को। आते ही वे भी काम में जुट गये। बड़े राय दिन भर अपनी पोशाक तय करते रहे थे। बीच-बीच में हममें से किसी को बुलाकर पूछते जाते थे···कहाँ तक पहुँचे। कहीं कोई गड़बड़ तो नहीं। हाथ धोने के लिए असली गुलाबजल का इन्तज़ाम कराया गया था। इतने गुलाबजल का इन्तज़ाम भी लाला रंगीमल ने ही कराया था। परन्तु फिर भी कम पड़ गया था। जब यह समस्या आयी कि जितना गुलाबजल है वह मेहमानों के हाथ धोने के लिए कम पड़ जायेगा तो भट्ठी लगवा दी गयी थी। फिर भी उतना गुलाबजल इकट्ठा नहीं हो पाया तो यह तय पाया गया कि बाहर से आने वाले सब मेहमानों के हाथ तो निखालिस गुलाबजल से धुलाये जायें। बाक़ी लोगों के हाथ धुलवाने के लिए गुलाब जल में एक तिहाई पानी मिला लिया जाय। इत्र-ए-गिल, इत्र-ए-हिना, इत्र-ए-कोय आदि भी दिल्ली से मँगाये गये थे। यह सब गुलाब गन्धी का कमाल था। फुहारों के ज़रिये मेहमानों पर छिड़के जा रहे थे।

कई एक बाजे मँगवाये गये थे। वे सब अलग-अलग जगहों पर बैठकर बजा रहे थे। उन दिनों बीन-बाजा बहुत प्रचलित था, गुरखे बजाया करते थे। अँग्रेज़ उनका रिंग मास्टर होता था। वे मार्च करते हुए, ड्रम उछालते हुए, रूल घुमाते हुए घूमते थे और बजाते थे। मोजे घुटनों तक कसे रहते थे। फ्राक कम कोट पहनते थे। अलग-अलग फार्मेशन बनाते थे, उसे तोड़ते थे, फिर बनाते थे। कुछ लोग बैठकर ही बजा रहे थे। गेट पर मचान बाँधा गया था उस पर बुन्दु शहनाईनवाज़ कमख्वाब की अचकन पहने शहनाई-वादन कर रहे थे।

लाट साहब को कमख्वाब और कारचोबी के काम के तामझाम में लाया गया।

जैसे ही लाट साहब का पाँव ज़मीन पर उतरा वैसे ही गोलियाँ दागी जाने लगीं। सब लोग दोनों तरफ़ कतार बनाकर खड़े हो गये। बड़े-बड़े अफ़सरान, फिर ताल्लुकेदार, ज़मींदार, रईस सब अपनी बेहतरीन से बेहतरीन पोशाकों में थे। कुछेक ने तो इसी मौक़े के लिए पोशाक सिलाई थी। क़रीब-क़रीब सभी लोग गले में सोने का तोड़ा डाले थे। जो जितना बड़ा था उसका तोड़ा उतना ही क़ीमती था। बड़े राय और कलक्टर डिक ने उनकी अगवानी की। उस दिन के बाद डिक और बड़े राय पहली बार आमने-सामने पड़े थे। हम चारों बड़े राय के पीछे थे। मझले राय, छोटे राय और मैं। सबसे पीछे अपनी लकदक पोशाक में भवानी कन्धे पर तौलिया डाले खड़ा था।

सबसे पहले बड़े राय ने चाँदी की तश्तरी में नज़र पेश की और उनका ख़ैर-मक्द्रम किया। हालाँकि नज़र राजाओं को ही दी जाती थी परन्तु बड़े राय गवर्नर को भी राजा ही मानते थे। एक बार उन्हें वायसराय से मिलने का भी मौक़ा मिला था तो उन्होंने क़ीमती हीरे की एक अँगूठी नज़र की थी। मझले राय ने इत्रदान से इत्र लगाया। छोटे राय ने अपनी इच्छा के खिलाफ़ जाकर नायाब गुलाबों का गुलदस्ता पेश किया। बड़े राय ने खासतौर से इस बात का उल्लेख किया कि ये मेरे सबसे छोटे भाई राघव राय हैं, पौवल प्राइस साहब के स्टुडेण्ट। नवाब छतारी ने उन्हें उड़ती हुई पर गहरी नज़र से देखा। डिक को शायद यह सब पसन्द नहीं आया था। कलक्टर की हैसियत से वे समझते थे कि लाट साहब के स्वागत का पहला अधिकार उनका था। बड़े राय का सोच बिल्कुल अलग था। वे समझते थे कि भले ही दावत टाउन हॉल-क्लब में आयोजित की जा रही हो परन्तु है तो उनकी व्यक्तिगत। इसलिए मेजबान के रूप में मेहमान की अगवानी का हक़ उन्हें ही पहुँचता है। कलक्टर भी मेहमान हैं। हम सबके बाद मि. डिक और मिसेज़ डिक ने लाट साहब से हाथ मिलाया। फिर पुलिस कप्तान और ज़िला जज मार्टिन आये। कमिश्नर उनके साथ ही थे।

म्यूनिस्पैलिटी के चेयरमेन बरकत अली खाँ भी दौड़ते-भागते पहुँचे। उनके बारे में मशहूर था कि वे जब कहीं चलने को होते हैं तो एक बार अचकन बदलते हैं, एक बार जूता···फिर एक बार पाखाने जाते हैं···इसी में उनका वक़्त निकल जाता है। बड़े राय ने हँसकर कहा—''अरे बरकत अली साहब, आपको तो नवाब साहब दो बार पूछ चुके।''

उन्होंने कानों को हाथ लगाकर कहा, ''तोबा-तोबा, मैं भी क्या हिमाक़त कर बैठता हूँ···लाट साहब नाराज़ तो नहीं हुए···'' डिप्टी कलक्टर मुजीबुल हसन साहब ने धीरे से कहा, ''ये तो, उन्होंने कहा है कि हम बरकत अली साहब को इसके लिए माकूल सज़ा देंगे।''

''···अमाँ अब क्या होगा। कुछ तो कीजिए।''

''बस एक ही तरह आपकी जान बख़्शी जा सकती है कि हम सबको एक बड़ी दावत दें।''

बरकत अली को लगा दावत देकर ही जान बख्श जाय तो बहुत है। फ़ौरन मान गये।

नवाब छतारी ने एक नज़र बड़े राय और डिक की तरफ़ देखा। डिक का हाथ पकड़ा और बड़े राय की तरफ़ दो क़दम बढ़कर बोले, ''जनाब कलक्टर साहब, हरी राय से मुसाफ़ा मिलाइए। किसी सही सलामत इमारत के दो खम्भों को कभी आपस में टकराते देखा है ?'' फिर बड़े राय से बोले, ''जनाब हरी राय पुरानी बातें भूलकर मि. डिक की दोस्ती कबूल कर लीजिए।''

बड़े राय ने मि. डिक से हाथ मिलाया। डिक बढ़कर गले मिले। मिसेज़ डिक बोली'''आज हम बहुत खुश हैं। बाक़ी सबने भी ताली बजायी। खुशी का माहौल बन गया। मिसेज़ डिक बड़े राय के पास जाकर बोलीं, ''मैंने खोया दोस्त पा लिया।''

कई लोग ऐसे थे जिन्होंने मेज़ पर खाना पसन्द नहीं किया था। बड़े राय खुद उनमें से एक थे। उन्होंने आप ही आप अपने को इन्तज़ाम और मेहमानों की आवभगत के बहाने माफ़ कर लिया। फिर भी जब लाट साहब मेज़ पर बैठे तो मुख्य मेहमाननवाज़ की तरह उन्हें कुछ समय के लिए मेज़ पर बैठना पड़ा। बादशाह की लम्बी ज़िन्दगी और हुकूमत की बहबूदी की कामना करके चाँदी के गिलास में रस पिया। फल वगैरह टूँगे और माफ़ी माँगकर नवाब छितारी की कुर्सी के पीछे जा खड़े हुए। वे एक-एक मेहमान के पास जा-जाकर पूछ रहे थे। किस को क्या चाहिए। खासतौर से गवर्नर साहब और अन्य अँग्रेज़ साहेबान को वे स्वयं ही देख रहे थे।

मोमबत्ती की लौयें हिलतीं तो मेज़ पर रखे व्यंजन हिल जाते। लगता जैसे वे मेज़ों पर तैर रहे हैं। चौधरी महताब सिंह और चौ. श्याम सिंह खाना खाने में गुरु समझे जाते थे। राय बहादुर देवीसिंह भी खाना खाने वालों में अपना सानी नहीं रखते थे। लोग उन्हें छेड़ते रहते थे। खाते जाते थे, नाराज़ होते जाते थे। कभी-कभी उठकर जाने का नाटक भी कर देते थे। बराबर वाला पहले से ही सधा होता था। जैसे ही वे उठने को होते, वह हाथ पकड़कर बैठा लेता था। वे फिर खाने लगते थे। इतनी ज़ोर का कहकहा लगता था कि सबका खाना हज़म हो जाता था।

नवाब साहब भी बीच-बीच में इन सब मज़ाक़ों पर हल्का-सा मुस्कुरा देते थे। नवाब साहब ने दो-चार कौर खाये होंगे कि उनकी नज़र सदर भिश्ती पर पड़ी। वह गमलों में पानी छिड़क रहा था। उन्होंने गर्दन घुमाकर अपने ए. डी. सी. की तरफ़ देखा। वह तत्काल झुका और अपना कान उनके मुँह के सामने ले गया। फिर वह

मिलट्री चाल से गया और भिश्ती को लेकर लौट आया। नवाब छतारी भिश्ती से बोले—"बैठो, खाना खाओ। यह हमारे दीन में नहीं कि एक भाई खाना खाये, दूसरा भूखा काम करता रहे।"

वह भौंचक्का-सा चारों तरफ़ देख रहा था। जैसे शीशे लगे कमरे के बीचों-बीच कोई जानवर आ फँसे और सब तरफ़ अपनी ही अपनी शक्ल देखकर समझ न पाये कि वह किधर जाये। वह बोला तो नहीं परन्तु बार-बार हाथ जोड़ रहा था, सलाम कर रहा था, माफ़ी माँग रहा था। सबके हाथ रुक गये थे चेहरे तन गये। नवाब साहब को मालूम था पर वे उधर ध्यान नहीं दे रहे थे। उनके बराबर में एक कुर्सी लाकर रख दी गयी थी। उस पर उसे धीरे-से बैठा दिया गया। पानी से अधफूली मशक नीचे ज़मीन पर पड़ी थी। पानी हिलता था तो लगता था साँस ले रही है। खाने वालों का मन और भी ज़्यादा घिन्ना गया।

किसी की समझ में नहीं आ रहा था कि वे बैठे रहें या उठ खड़े हों। गवर्नर का मामला था इसलिए उठना किसी के लिए भी मुश्किल था। गवर्नर साहब उससे बातें कर रहे थे। कितने बच्चे हैं ? गुजारा कैसे चलता है। लोग पानी पीते रहे और मुँह चलाते रहे। बड़े राय का चेहरा तमतमा गया था। सारी तैयारी ख़ाक हो गयी थी। मेहमान भूखे थे। उनके हाथ लटक गये। पाँव ज़मीन से जुड़ गये।

बड़े राय इद्‌दु के पास गये और बोले—"घबराओ नहीं, आराम से खाओ। यह सब तुम्हारे लिए ही है। नवाब साहब और उनका मेहमान मेरे लिए एक ही रुतबा रखते हैं। ऐसे मौक़े तुम्हारी ज़िन्दगी में फिर नहीं आयेंगे। आज तुम्हें हम खुद परसेंगे।"

नवाब साहब ने टेढ़ी नज़र से बड़े राय की तरफ़ देखा। वे भिश्ती को खीर परस रहे थे। वह उठ खड़ा हुआ—"नहीं हुजूर, मुझे दोज़ख में न डालें, मैं तो आपकी जूठन पर पलने वाला हूँ। मेरा सारा खानदान आपकी जूठन पर पला है।"

उन्होंने उसके कन्धे पर हाथ रखा—"बैठ जाओ, खाओ, पुरानी बातों को फिलहाल भूल जाओ। जो हो रहा है, उसे देखो।"

इस घटना को लेकर शहर के लोगों में दो गुट हो गये थे। एक बड़े राय को दोषी ठहरा रहा था। बड़े राय ने नवाब साहब को बुलाया था तो दस्तरख़ान पर खुद बैठना चाहिए था। यह तो राजा मानसिंह और राणा प्रताप वाली बात हो गयी। उसी बात पर उन्होंने भिश्ती को अपने बराबर में बैठाकर अपनी बेइज़्ज़ती का बदला लिया। दूसरे लोग बड़े राय की तरफ़ थे। वे दबी ज़बान से कहते थे। कौन जाने

नवाब साहब के खानदान में कभी कोई यह काम कर चुका हो। एक वर्ग उदासीन था। वह कहता था—नवाब साहब भी ठीक और राय साहब भी ठीक। किसकी कहें, बड़ों का मामला है। कुछ लोग यह भी कह रहे थे कि बड़े राय ने नवाब पर बराबर की चोट की है। बात बहुत उलझ गयी थी। कुछ सुरसुराहट हिन्दू और मुसलमान के मसले को लेकर भी थी। कुछेक लोग कहते थे, नवाब छतारी ने हिन्दुओं के मुँह पर तमाचा मारा है। मुसलमान कहते थे कि यह नवाब साहब का बड़प्पन है। यह उनकी करामत है कि इद्दु जैसे हकीर इन्सान को भी अपने दस्तरखान पर बैठा कर खाना खिलाया। कोई हिन्दू कभी ऐसा कर सकता है।

उस दिन की दावत ने बड़े राय को बेचैन कर दिया था। वे चर्चाओं से परेशान थे। उन्हें यह बात ज़रूर बुरी लगी थी, उन्हें ही क्या सभी लोगों को, जो उस मेज़ पर खाना खा रहे थे, कि एक ऐसे आदमी को पकड़कर मेज़ पर बैठा दिया गया था। जिसके शरीर तक से बू आ रही थी। यह तक नहीं देखा गया था कि उसके कपड़े कैसे हैं, उसने हाथ धोये या नहीं··· ! पानी में भीगे रहने के कारण उसके हाथ और पैरों की उँगलियों में खारवे हो गये थे जिसकी वज़ह से वह रोज़ काम से निबटकर अपनी गली हुई उँगलियों में कत्था लगाया करता था। उसके हाथ-पैर लाल रहते थे, लगता था जैसे सड़ गये हों। लोगों के लिए घिन की वज़ह से खाना मुश्किल हो गया था। उनके मन में एक बात बराबर खटक रही थी कि कहीं नवाब के मन में यह तो नहीं था कि उन्हें दावत पर बुलाने की हिमाकत कैसे की, जबकि भाई सुराजी हैं···तुम चाहे जितने खैरख़्वाह बनो, हुकूमत के सामने तुम्हारा चेहरा साफ़ है। इसमें कोई शक नहीं था कि उनका रुपया और उनकी इज़्ज़त मिट्टी में मिल गये थे। एक छोटे और हक़ीर इन्सान को शहर के इतने बड़े-बड़े लोगों के सिर पर बैठा दिया था···क्या यह ब्रिटिश हुकूमत की नयी नीति है ? यह तो गाँधी जी के सिद्धान्त को अमली जामा पहनाना हुआ। मझले राय का ख़्याल था, जो कुछ भी हुआ वह ताज का किया हुआ माना जाना चाहिए।

बड़े राय ने सभी की बातों को खामोशी से सुना और चुप रहे। वे समझ रहे थे कि उस सबका मतलब क्या है ? किस मुहिम पर ले जाकर उन्हें शिकस्त दी गयी है। उनके सामने सब कुछ साफ़ था। छोटे राय की काँग्रेस से जुड़ने की पेशकश को कितना उछाला है और किसने उछाला, यह बात उन्हें इस घटना ने अच्छी तरह समझा दी थी। जिस हुकूमत की ख़ैरख़्वाही में उन्होंने सारी ज़िन्दगी गुज़ार दी वह इतनी जल्दी नज़र बदल लेगी, यह बात उनकी समझ से बाहर थी। क्या सरकारें इतनी डरपोक होती हैं कि अगर कोई आदमी भटक कर ग़लत दिशा में चला जाये तो वे होशहवास खो बैठती हैं। उसे वापिस लाने की जगह वे उसे वहीं बने रहने को मज़बूर कर देती हैं। उनसे मज़बूत तो हम साधारण और अकेले लोग होते हैं जो फिर भी सोचने की कोशिश करते हैं कि सही क्या है और ग़लत क्या ? न सोच पायें यह

अलग बात है।

अगले दिन मझले राय को जाना था। बड़े राय हजामत बना रहे थे। जाकर धीरे-से बैठ गये। हजामत बनाते रहे। मझले राय में एक तरह की बेचैनी थी। वे बार-बार रुख बदल रहे थे। उन्होंने कनखी आँखों से मझले राय की तरफ़ देखा। थोड़ी देर बाद पूछा—"कहो, दूधिया वाले चौधरी साहब के बेटे बीर बहादुर का क्या हाल है ?"

"ठीक हैं···दरअसल···"

उन्होंने उनकी तरफ़ देखकर पूछा—"क्यों क्या बात है ?"

"वे मुझसे नाराज़ हैं...पता नहीं किसने उनके कान भर दिये कि मैं रिश्वत लेता हूँ।"

"क्या लेते हो ?"

"भला मैं ऐसा कैसे कर सकता हूँ···लोग डाली-वाली ले आते हैं तो रखनी पड़ती है...बीर बहादुर साहब का अजब रवैया है। वे चाहते हैं, मैं उसे वापिस कर दूँ। वे स्वयं नहीं रखते। भला मैं सबसे अपने ताल्लुकात कैसे बिगाड़ लूँ ?"

बड़े राय ने बात बदल दी—"बहू कैसी है ?"

"ठीक है, सोचा था इस बार लेता चलूँगा···आपका आशीर्वाद ले लेगी। लेकिन एकाएक चले आना पड़ा।"

"क्या आदमी ने कहा नहीं था कि बड़े राय ने बहू को लाने के लिए कहा है ?"

"दरअसल, आजकल जँट साहब नाराज़ हैं ना, किसी-न-किसी का घर रहना ज़रूरी है।"

उनका हाथ रुक गया। वे उनकी ओर देखकर बोले—"कृष्ण राय, तुम जो कुछ कह रहे हो, मैं समझ रहा हूँ। अगर तुम बहू को लाना नहीं चाहते तो कोई बात नहीं। जँट साहब की नाराज़गी से बहू को लाने या न लाने से क्या मतलब ? कभी जब मौक़ा समझो तो उसे अपने इस घर की देहली दिखा देना। इस देहली पर डेढ़-दो सौ साल से हमारे बड़ों की धूल पड़ रही है। जहाँ तक रिश्वत की बात है अगर नहीं लेते तो बहुत अच्छा···तुम्हारा कोई कुछ नहीं बिगाड़ सकता···वैसे क्या डाली रिश्वत नहीं होती ? हम लोग भी डाली भेजते हैं···हम भी समझते हैं कि डाली का मतलब क्या है ? काम और दर्जे के हिसाब से डाली घटती-बढ़ती है। अफ़सर के पास तो डाली लेकर भी मुकर जाने की छूट है···पर हम लोगों को बहुत कुछ सोचना पड़ता है। वैसे जहाँ तक आम आदमी की बात है···वह उन लोगों से और हम लोगों से अलग है। छोटे आदमी की ज़बान होती है···वह उसे पलटने में डरता है। अब डिक ही को लो, हमने उसके साथ क्या भलाई नहीं की और उसने हमारे साथ कौन-सी बेइन्साफ़ी नहीं की। मैं चाहता हूँ कि तुम केवल अफ़सर ही न बनो···आम आदमी भी बने रहो, जो ज़बान और ईमान को बड़ी चीज़ मानता है···उम्मीद है, तुम मेरी

बात पर ध्यान दोगे। उस पर सोचोगे।''

मझले राय को बड़े राय की बात अच्छी नहीं लगी। अस्थिर करने वाली थी। उनके माथे पर बल पड़ गये। लेकिन उन्होंने अपने को सँभाल लिया और कहा—''भैया, अगर आप गवर्नर से कह दें···वे बीर बहादुर साहब का वहाँ से कहीं और तबादला कर दें···तो···।''

बड़े राय ने उस दिशा में, जहाँ मझले राय बैठे बात कर रहे थे, कुछ इस तरह देखा, जैसे कहीं बहुत दूर देख रहे हों और उस ओर से आने वाली आवाज़ को पहचानने की कोशिश कर रहे हों। यह अपने कृष्ण राय का ही स्वर है ना ? वे दूसरी बार साबुन लगाने लगे। वे देर तक साबुन मलते रहे। काफ़ी झाग उठ गये तो उन्हें ध्यान आया कि आखिर कब तक झाग उठाते रहेंगे। वे पथरिया उस्तरा पिनाने लगे। छू कर धार देखी। काम चल सकता था। वे दाढ़ी बनाने में लग गये। दाढ़ी बनाते हुए उनका मुँह रह-रहकर ऐसे बिगड़ जाता था जैसे कुनैन की कड़ुआहट भर जाती हो। कभी एक तरफ़, कभी दूसरी तरफ़। उस्तरे की आवाज़ बराबर सुनाई पड़ रही थी। मूँछों के पास पहुँचकर उनका हाथ हल्का-सा हिला और कट गया। खून छलक आया।

''कट गया···''—मझले राय के मुँह से निकला।

''कोई बात नहीं, उस्तरा हाथ में लेकर आखिर कटने से कब तक बचा जा सकता है। बाल छिलते रहें और खाल बची रहे यह हमेशा नहीं होता···उन्होंने फिटकरी मल ली। पहले फिटकरी हर एक के बुगचे में रखी होती थी। कटे से खून बहना रोकने का इन्तज़ाम यही थी।

मझले राय को लगा या तो बड़े राय ने उनकी बात की ओर ध्यान नहीं दिया या भूल गये। उन्होंने फिर कहा—''बड़े भैया, आपने लाट साहब से कहने के बारे में क्या सोचा ?''

''वही सोच रहा था। बीर बहादुर दूधिया वाले चौधरी साहब का बेटा है। गवर्नर से उनकी शिकायत करना उतना ही ग़लत होगा जितना चौधरी साहब का गवर्नर से तुम्हारी शिकायत करना हो सकता है। उस हालत में जैसे मैं उन्हें माफ़ नहीं कर सकता···वे भी शायद मुझे माफ़ न करें। तुम रिश्वत लेते हो···''कहकर वे रुके फिर बोले ''उतनी ज़ोरदारी से क्या मैं तुम्हारे बारे में कह पाऊँगा ?'' उन्होंने मझले राय की आँखों में देखा तो मझले राय देख नहीं पाये। दूसरे ही क्षण उनके मुँह से निकाला ''भास्कर ने तो चाकू मारा था···''

''हाँ, तुम यही कहना चाहते हो न कि वह मेरा बेटा है और तुम मेरे भाई ! कृष्ण, रिश्वत लेना कत्ल कर देने से भी बुरा है। तुम अपनी बात के लिए अगर किसी को कत्ल भी करके आते तो तुम देखते कि मैं तुम्हारे लिए क्या करता। तब मैं आश्वस्त होता कि तुमने भले ही ग़लत काम किया हो पर गन्दा काम नहीं किया।

साहस और भय में यही फ़र्क होता है।''

''मैं जानता था, आप यही कहेंगे।''

''तुम्हें जानना भी चाहिए था। तुम मेरे भाई हो। इतना तो जान ही लो कि मैं तुम्हारा भला ही चाहूँगा···भले ही तुम्हारा मनचाहा न कर पाऊँ। एक काम करो, आज गवर्नर की बिदाई है। मैंने रात की घटना के बाद तय किया था कि मैं उनकी रुखसत के वक़्त नहीं जाऊँगा। पर तुम्हारे लिए चलूँगा । तुम मेरे साथ चलना। तुम चूँकि भास्कर की बात बीच में ले आये, मैं यह नहीं चाहता कि तुम्हारे दिल में कोई गलतफ़हमी हो।''

वे हजामत खत्म कर चुके थे। भवानी सामान समेट रहा था। बड़े राय उठे और गुसल के लिए चले गये। मझले राय थोड़ी देर वहीं खड़े रहे। खामोश। आसमान की तरफ़ देखते हुए।

गवर्नर साहब की रुखसत थी। शहर के सभी अमीर-उमरा और अफ़सरान दस्त-बस्ता मौजूद थे। बड़े आदमियों की अगवानी भी जश्न होता है और रुखसत भी, ग़लत ना समझा जाऊँ, तो मैयित भी। उनके कैम्प के आगे सड़क के दोनों तरफ़ दो क़तारें बनी थीं। पहले अफ़सरान फिर उमरा। छोटे राय नहीं गये थे। उन्होंने साफ़ मना कर दिया था। बड़े राय चुप रह गये थे। मझले राय और मैं अलबत्ता उनके साथ गये थे। बड़े राय काफ़ी बुझे हुए थे। बड़े राय तीसरे-चौथे नम्बर पर थे। उनके पीछे हम दोनों खड़े थे। लाट साहब मय अपने तामझाम के जब बाहर आये तो उन्होंने कैम्प के दरवाज़े पर खड़े होकर सबका अभिवादन स्वीकार किया। फिर खरामा-खरामा आगे बढ़ने लगे। किसी का सलाम ले रहे थे। किसी से मुसाफा मिला रहे थे, किसी का बढ़ा हुआ हाथ नज़रअन्दाज़ कर देते थे, किसी से खुद बढ़कर हाथ मिलाते थे। हर आदमी को उनके सामने से गुज़रने मात्र से अपनी स्थिति का पता चल रहा था। गवर्नर साहब बड़े राय के सामने आकर रुके। उनका हाथ पकड़कर बोले—''आपकी दावत के लिए मशकूर हूँ, आपने हमें अपनी मेहमाननवाज़ी से नवाज़ा!'' रुककर बोले—''मुझे ख़्याल नहीं रहा कि आप लोगों के यहाँ इस बात को ग़लत समझा जाता है। मैंने एक भिश्ती को आपके दस्तरखान पर बुला लिया। दरअसल, मेरी आदत है कि बिसमिल्लाह करने से पहले यह देखता हूँ, आसपास कोई भूखा तो नहीं ? अगर कोई होता है तो तबीयत नहीं मानती। लेकिन मुझे आपकी रिवायतों का ख़्याल रखना चाहिए था। '' बड़े राय दोनों हाथों में हाथ दबाये मुस्कुरा दिये—''आप तशरीफ लाये, मुझे इज़्ज़त बख़्शी ···''

बड़े राय उनके इस स्पष्टीकरण से सहज हो गये थे। धीरे-से बोले—''आपका वक़ार और बुलन्द हो।'' शुक्रिया कहकर वे आगे बढ़ने लगे तो बड़े राय बोले—''ये

मझला भाई है, कृष्ण राय—आपको सलाम करना चाहते थे। आपके ज़ेरे-साये है और तहसीलदार है।''

गवर्नर ने उनकी तरफ़ देखकर सिर्फ़ गर्दन हिला दी। हाथ नहीं मिलाया। गवर्नर और तहसीलदार में क्या लीजो-दीजो। उनका बढ़ा हुआ हाथ लटक गया। वे चाहते थे कि गवर्नर साहब से हाथ मिला लें और फिर वहाँ जाकर सबको दिखायें कि यह हाथ गवर्नर से मिल चुका है। चलते-चलते गवर्नर साहब बड़े राय से बोले—''इनसे कहिए, आपकी मिसाल नज़रों के सामने रखें। दरख़्त जब तक रहता है तभी तक उसका साया मिलता है—अपनी वज़हदारी से जो साया बनता है वह हमेशा साथ देता है…'' धीरे-से कहते हुए निकल गये ''ईमानदारी और वज़हदारी आदमी के लिए ज़रूरी चीज़ें हैं।'' मझले राय सन्न रह गये थे। और किसी ने सुना हो या न सुना हो लेकिन उन्होंने सुन लिया था। बड़े राय उसी जगह स्थिर खड़े थे। जब तक गवर्नर साहब चले नहीं गये, वे उसी तरह बेंत-से टिके खड़े रहे।

किशन बाबू का सारा खेल बखेर हो गया था। वे आखिरी दोनों मुकदमे भी हार गये थे। वह चौबारा भी अब उनका नहीं रहा था जिसको उन्होंने बड़े चाव से सजाया था। वे अब सड़क पर थे। किशन बाबू को लेकर मैं परेशान था। समझ में नहीं आ रहा था कि उनकी मदद कैसे की जाय ? उनका अहसान मैं ही नहीं, मन-ही-मन बड़े राय भी मानते थे। मैंने छोटे राय से सलाह की। वे बोले —''यह ठीक है कि किशन बाबू ने अपना यह हाल खुद बनाया है। लेकिन उन्होंने किसी दूसरे को नुकसान नहीं पहुँचाया—जो कुछ किया अपने साथ ही किया।''

मैं उनसे असहमत था। मैं मानता था कि अगर किशन बाबू न भी उड़ाते तो भी इस जायदाद को तो जाना ही था। दूसरा हकदार पैदा हो गया था तो किशन बाबू उसे कहाँ तक रोकते। किशन बाबू ने तो कहा भी था कि आधी जायदाद तुम ले लो, आधी मेरे पास रहने दो। पर वह नहीं माना। मानता भी कैसे ? वह मरहूम मुसम्मात का ज़्यादा नज़दीकी वारिस था। उसका भी बाद में पता चला और उसे भी…! वह अपने पिता के साथ मुलतान जाकर रहने लगा था। जब लौटा तो पता चला कि मुसम्मात जायदाद छोड़कर सुरपुर सिधार गयी। उस जायदाद का कोई दूर-पार का रिश्तेदार मालिक बन बैठा। जब वह आया तो किशन बाबू ने एक बार को सोचा भी वह अपना बुगचा उठाकर चलते बनें और जायदाद को उतरे हुए पुराने कपड़े की तरह वहीं छोड़ जायें। जिसे पहनना हो पहन ले। लेकिन उन्हें लगा उस पुराने वस्त्र

ने उन्हें कसकर पकड़ा हुआ है। वे उसे नये वारिस के डर की वज़ह से छोड़कर नहीं जाना चाहते थे।

छोटे राय ने मेरे इस स्पष्टीकरण को सुनकर मुझे आश्चर्य से देखा। धीरे-से बोले—"किशन बाबू क्या इतना सोच लेते हैं ?"

मैं इस बात का क्या जवाब देता। वे अपने आप ही बोले—"जब वे इतना सब सोच-समझ लेते हैं और इतने खुद्दार हैं तो उन्हें हमारी किसी भी तरह की मदद स्वीकार करने में संकोच होगा, हो सकता है इनकार कर दें। फिर भी मैं बड़े भैया से बात करूँगा। उनके मन में भी किशन बाबू के लिए जगह है—भले ही वे कुछ न कहें।"

बड़े राय को तब तक मालूम नहीं था कि किशन बाबू मुकदमा हार चुके हैं। छोटे राय से पता चला तो वे थोड़ी देर तक चुप बैठे रहे। कुछ देर बाद जैसे वे उस धक्के से उबरे और बोले—"ख़ैर, जो होना था सो हो गया—ज़मीन-जायदाद इस तरह अपने को अलटे-पलटे ना तो कैसे अपना ज़हर पचाये और कैसे दूसरे में उतारे!" रुककर पूछा—"किशन बाबू लिखे-पढ़े तो होंगे ?"

"शायद ज़्यादा नहीं···।"

"उन्हें गाड़ी भेजकर यहीं बुलवा लो···कहाँ रह रहे हैं ?"

"कचहरी से एक महीने की मोहलत मिली हुइ है···"

"ठीक है, यहीं बुलवा लो···। ज़रूरी थोड़ा ही है कि मोहलत का वक़्त वे वहीं पूरा करें।"

छोटे राय उठकर चले गये। बड़े राय उठकर खिड़की के पास खड़े हो गये और बाहर देखने लगे। आसमान में पहुँचकर चील कितनी छोटी हो गयी थी जैसे किसी बच्चे द्वारा स्लेट पर किरमकाँटे खींच दिये गये हों।

किशन बाबू आये तो उनके चेहरे पर कोई मलाल या दुःख नहीं था। उसी तरह अलमस्त और सोकर उठे हुए-से। आँखों का सुरमा चमक रहा था। रात शायद कुछ ज़्यादा पड़ गया था। हमारे यहाँ भी सोने से पहले सब सुरमा लगाते थे। रईसों का शौक था तरह-तरह के सुरमे तैयार कराना और लगाना। उसी से पता चलता था कि यह रईस हैं। जादुई या वशीकरण सुरमे भी होते थे। माशूकों को बस में करने के भी। उनके कुर्ते की आस्तीनों और धोती के सामने वाले सुड्डे की चुन्नटें भी पहले की तरह ही थीं। उनमें भी अभी कोई फ़र्क नहीं आया था। उन्होंने आकर बड़े राय के पाँव छुए। मुझे अटपटा-सा लगा। उन्हें ऐसा करते पहली बार देखा था। शर्म-सी महसूस हुई। वे मेरे पिता थे उनके नहीं। फिर उन्होंने ऐसा क्यों किया ?

बड़े राय ने पहला वाक्य बोला—"किशन बाबू आप इस घटना को भूल जायें।

ज़मीन-जायदाद, ऐशो-अशरत सब बाज़ार भाव की तरह हैं, कभी ऊपर, कभी नीचे। सबसे ज़्यादा बेमुराद और बेवफ़ा अगर कोई है तो ज़मीन है।''

किशन बाबू हँसे ''मेरा उसमें क्या था ? न मेरे बुजुर्गों ने बनायी थी और न मैंने—हवा के झोंके में काग़ज़ के टुकड़े की तरह उड़ती हुई आयी और मेरी गोद में आ गिरी। दूसरा हवा का झोंका आया और फिर उड़ा ले गया ! जो हवा पर तैरता हो, उसे कब तक और कौन पकड़े रह सकता है ? चली गयी, अच्छा हुआ—अब मैं फिर कृष्ण सहाय होकर अपने आप में वापिस आ गया—सही पूछिए तो ये चीज़ें आदमी को अपने आप से भी अलग कर देती हैं···।''

बड़े राय ने शायद इस जवाब की उम्मीद नहीं की थी। वे उसकी तरफ़ देखने लगे। एकाएक उनके दिमाग़ में मझले राय कौंध गये। हालाँकि इससे उनका कोई लेना-देना नहीं था। उन्होंने उस ख़्याल को बरतरफ़ करके कहा—''जैसा भास्कर वैसे तुम ! एक तरह से तुम भी भास्कर ही हो—तुमने ही उसे यह ज़िन्दगी बख़्शी। तुम हमारे साथ रहो।''

छोटे राय ने बात को बढ़ाया—''हम लोगों को तुम्हारा बहुत सहारा है और आगे भी रहेगा।''

किशन बाबू कुछ ज़्यादा उन्मुक्त हो गये थे। उन्हें देखकर लग रहा था कि वह जायदाद उनके लिए किसी आसेब की तरह थी जो उन पर दबाव डालती थी कि तू मुझे खा···और वह भी उन्हें खा रही थी। उसके उतर जाने से उनका खतरा समाप्त हो गया था। न उन्हें किसी को खाना था और न कोई उन्हें खाने वाला था। मुक़दमा हारने पर उनके मुँह से इसी तरह की बात निकली थी। वे हँसे, ''मैं किस मतलब का हूँ···नशेड़ी···गँजेड़ी। फिर जायदाद के साये में आऊँगा तो फिर झुकारने लगूँगा, अपने को भूल जाऊँगा···अपने से अलग हो जाऊँगा। अब आज़ाद हूँ, भटकूँगा, रोना होगा रोऊँगा···मरना होगा मर जाऊँगा···या फिर उस जगह लौट जाऊँगा जहाँ मेरी अपनी ज़िन्दगी उसी हाल में मेरा इन्तज़ार कर रही है जिसमें मैं उसे छोड़कर इस चकाचौंध में दाखिल हुआ था।''

''तुम यहाँ न रहना चाहो तो ज़मींदारी में कहीं भी घूमो। फिर···सारे डेरे खाली पड़े हैं। बच्चों को भी ले आओ ।''

''मेरा गाँव क्या बुरा है, बड़े राय ! वह छूटा तो मैं उसे भूल ही गया। इस जायदाद का नशा उस नशे से भी ज़्यादा गधा था ना। यही पता नहीं रहा कि थान कहाँ है और घोड़ा कहाँ—? होश आया तो पता चला कि थान तो कोसों पीछे छूट गया—उसकी जगह किशन बाबू आकर जम गया। अब जब थान का ध्यान आ गया तो लौट जाने दीजिए, मुझ पर यह दया न कीजिए—नहीं तो मैं फिर कभी न लौट पाऊँगा। वह बुढ़िया और बच्चे, जिन्हें मैं मझधार में छोड़ आया था, उनकी सुध ले लूँ···पता नहीं वक़्त उन्हें कहाँ गोते खिला रहा होगा। ऐसे में पतवार का टूटा

डण्डा ही हाथ में आ जाये तो बड़ा सहारा मिल जाता है।''

वे इतने भावुक थे और अपनी उस भावना को इतने सन्तुलित ढंग से जी रहे थे कि किसी के लिए कुछ भी कहना सम्भव नहीं था।

बड़े राय ने बात बदल दी और बोले—''आप घर को खाली कर आइए और कुछ दिन हमारे साथ रहिए।''

''बड़े राय, खाली क्या करना है। अपना तो वहाँ कुछ भी नहीं। मैं तो एक बुगचा और बिछाने की दरी लेकर आया था। सब कुछ इस जायदाद से बना। जितना खाया-पिया और उड़ाया वही लेकर जाऊँगा—जो बचा हुआ है वह सब इसी जायदाद का हिस्सा है। मैं यहाँ से निकलूँगा तो वहीं जाऊँगा जहाँ मैंने अपने को छोड़ा था। हाँ, आप सबकी याद आयेगी—भास्कर तो मेरी ज़िन्दगी भर की कमाई है। कभी-कभी इससे मिलने आया करूँगा। इसकी शादी होगी तो मुझे खबर ज़रूर दीजिएगा।'' उन्होंने बड़े प्यार से मेरी तरफ़ देखा।

किशन बाबू अचानक उठे और चल दिये। जाते समय बस बड़े राय के पाँवों पर झुके। छोटे राय की आँखें नम थीं। बड़े राय ने मुझसे कहा—''जाओ, इन्हें गाड़ी से छोड़ आयो।''

उन्होंने हाथ जोड़कर कहा—''अरे नहीं साहब, बहुत हो चुकी चोचलेबाज़ी ! अब जब ज़मीन नज़र आने लगी तो ज़मीन पर ही चलने दीजिए।''

किशन बाबू बाहर निकले तो वे किसी गाने की कोई लाइन गुनगुना रहे थे—उसका मतलब था अब अपना तानपूरा उठा ले और बिरहा गा। मैं पीछे-पीछे चुपचाप चल रहा था।

घर पर उनका वही नौकर था। हालाँकि वे उसकी छुट्टी कर चुके थे। पर वह ज़िद करके रह रहा था। उन्होंने टोपी खूँटी पर टाँग दी। फिर थोड़ी देर मुझे देखते रहे। मेरा गाल छुआ और बोले —''भास्कर बाबू, तुम भी मेरे उन्हीं दिनों की देन हो पर चूँकि तुम एक इन्सान हो इसलिए मैं तुम्हें इन बेजान चीज़ों की तरह न छोड़ सकता हूँ और न भुला सकता हूँ। तुम मेरा रूहानी नशा हो। वैसे, दो आने भर अफ़ीम तो मुझे लेते ही रहनी पड़ेगी, नहीं तो मैं मर जाऊँगा। अभी मरना नहीं चाहता। बुरे-से-बुरे दिनों का भी ज़्यादा से ज़्यादा मज़ा लेकर ही जाऊँगा। जिससे दिल की हर तमन्ना निकल जाय। अगर हिन्दू ठीक हैं तो बार-बार जन्म लेना न पड़े और मुसलमान ठीक है तो क़यामत के दिन जब जफील बजे तो पूरी तरह से तृप्त उठूँ—दिल में कोई चाह बाक़ी न रहे। खुदा पूछे भी कि तुझे क्या चाहिए तो हँसकर कहूँ...जो देना है औरों को दे, मुझे तो अपने हाल में मस्त रहने दे।''

उनकी इस तरह की बातें सुनकर उनका वह नौकर आँसू बहाने लगता था।

आगे-पीछे कहता था —''बाबू साहब, हर समय ऐसी ही बातें करते हैं।''

वे उसकी बात पर हँस देते थे—''देखो, तुम्हारी नज़र उस मुर्दे पर है जो दफ़नाया जा चुका, मेरी नज़र उस पर है जो अभी ज़िन्दा बचा हुआ है। मरे हाथी को देखूँ जो बहुत क़ीमती है या उस चींटी को देखूँ जो अपनी ताक़त से कई गुना वज़न उठाकर अपनी मंज़िल की तरफ़ बढ़ रही है —उसे उम्मीद है कि वह वहाँ पहुँचेगी।''और हँस देते।

मैंने उनसे पूछा—''तुममें एकाएक इतना परिवर्तन कैसे और कहाँ से आ गया?''

वे हँसे—''जब मैं यहाँ आया था और इस जायदाद को आसव के प्याले की तरह मुँह से लगाकर गटागट पीने लगा था तब भी तो एकाएक ही परिवर्तन आया था। तब न शराब जानता था, न अफ़ीम जानता था, न मुज़रा और न तवायफ़—इस भास्कर से भी मेरा तब कोई परिचय नहीं था ! रात-रात में मैं सबको जान गया। अब जब जा रहा हूँ तो इन सबको मैं साथ कैसे ले जाऊँ—इतना जान लेना कि क्या कर सकता हूँ क्या नहीं—बदल देने के लिए काफ़ी है। यहाँ इन सबको छोड़ूँगा तभी वहाँ उस छोड़े हुए को फिर से पाऊँगा।'' फिर हँसकर कहा—''बस दो चीज़ें शायद कभी न छूट पायें—अफ़ीम और तुम।''

जिस दिन किशन बाबू का मोहलत का एक महीना पूरा होने वाला था, उस दिन सवेरे ही मैं उनके घर पहुँचा। उनका वही नौकर बाहर बैठा था। मुझे देखते ही सुबकने लगा। मुझे लगा पता नहीं क्या हो गया ? मैंने उसे समझाया। पूछा—''किशन बाबू कहाँ है ? चौबारे पर ताला कैसे पड़ा है ?''

''वे तो आधी रात को उठे और चले गये !'' वह सुबकता हुआ बोला। मेरी समझ में नहीं आ रहा था कि यह सब कैसे हुआ ? उन्होंने तो सवेरे जाने के लिए कहा था। मैंने उससे पूछा—''तुमने रोका नहीं ?''

''रात को बारह बजे मुझे जगाकर कहा मैं जा रहा हूँ। तब सड़क पर कुत्ते भौंक रहे थे। मैं समझ गया, अभी काफ़ी रात बाक़ी है। चौकीदार के बल्लम बजाने की आवाज़ भी आ रही थी। मैंने उन्हें रोकना चाहा पर रुके नहीं। बोले फ़कीर को रात को ही सफ़र करना चाहिए। अब तो मैं फ़कीर हूँ। न घर से कुछ लाया था—न ले जा रहा हूँ। कन्धे पर दरी थी और हाथ में एक बुगचा । पता नहीं पैसा भी पास था या नहीं। दस चाँदी के रुपये मेज़ पर रखे मिले—वे शायद मेरे लिए रख गये थे। क्योंकि चलते हुए कहा था मेज़ पर कुछ पड़ा है—तुम ले लेना।''

''यहा ताला ?''

''जिन्होंने मुक़दमा जीता है वे सवेरे-सवेरे ही आये थे। बाबू साहब ताला

लगाकर चाबी मुझे दे गये थे, कह गये थे उन्हें सौंप देना। वे भरे-पूरे चौबारे को देखकर अचम्भे में पड़ गये । पूछने लगे कि यह सामान कब ले जायेंगे ? उनके नाम वे एक चिट्ठी दे गये थे। मैंने उन्हें पकड़ा दी। वे चिट्ठी पढ़कर हैरान हो गये। बोले—यह तुम्हारा मालिक कैसा आदमी है। अपना सामान तक नहीं ले गया ! मुक़दमा ऐसे लड़ रहा था जैसे ज़िन्दगी की सबसे संगीन लड़ाई लड़ रहा हो। उन्होंने बाहर अपना ताला डाला और चले गये। यह भी कह गये कि अपने मालिक को बता देना, अगर वे चाहें तो सामान ले जायें।'' एकाएक उसे याद आया—''आपके नाम भी चिट्ठी छोड़ गये हैं···मैं इसीलिए बैठा था, जो काम उन्हें सुपुर्द किया है उसे निबटा कर अपनी राह लूँ।''

चिट्ठी उर्दू में थी। लिखा था—

''प्यारे भास्कर,

मैंने कभी इतना प्यार किसी को नहीं किया—ख़ुदा को भी नहीं। देखता तो शायद करता। जब देखा ही नहीं तो प्यार कैसा। प्यार एक ऐसी लौ है जो एक बार चेती तो फिर बुझाये नहीं बुझती। मेरे लिए यह देश बेगाना था, तुमने इसे अपना बनाने का रास्ता दिखाया। मैं यह जानता था कि मैं अमलतास का दरख़्त नहीं, सिर्फ़ फल हूँ। झड़ जाऊँगा तो धूल में मिल जाऊँगा। जब जायदाद मिली और मैं उसे भोग रहा था तब भी मुझे यही लगता था कि यह मेरा नहीं। पर मुझे उसे भोगने में शहद की मक्खी के शहद चूसने जैसा आनन्द आता था। जब मेरे लिए वह दरख़्त ख़त्म हुआ तो मुझे मलाल नहीं हुआ क्योंकि मक्खी की फितरत होती है शहद इकट्ठा करना। यहाँ नहीं तो वहाँ रहूँगा। प्यार के शहद को बटोरना नहीं छोड़ूँगा। इस जायदाद से आज बारह बजे वह रिश्ता ख़त्म हो, गया।

तुम यहाँ हो और ख़ुदा करे हमेशा बने रहो। जब तक तुम हो तुम्हारे बहाने मैं भी यहाँ हूँ। तुम मेरे बने रहोगे तो मेरी ज़िन्दगी का सिलसिला बना रहेगा। मैं बीच-बीच में यहाँ आता रहूँगा। रहमतुल्ला के पास ही ठहरूँगा। वही मेरे अपने जैसा है। बस तुम्हें देखकर लौट जाया करूँगा। मैं असली कृष्ण नहीं जो अपने प्यार को देखने के लिए लौटे ही नहीं। बड़े राय ने मुझे जितनी इज़्ज़त बख़्शी मैं उसके लायक नहीं था। एक अदना इन्सान···

हाँ, एक बात बताना चाहता हूँ। रहमतुल्ला ने एक तवायफ़ की ज़िन्दगी की डोर अपने हाथ में ले ली। वह कहने को ही तवायफ़ थी पर दिल में प्यार और त्याग का समन्दर है। रहमतुल्ला भी एक ऐसा इन्सान वाके हुआ जो इस दुनिया का नहीं। हमारे भजनों वाला पतित पावन !

अच्छा, अब मैं चलता हूँ। इस उम्मीद के साथ कि भुलाओगे नहीं। रहमतुल्ला को कभी ग़लत न समझना।

तुम्हारा
किशन''

उन्होंने खादिम लिखकर काट दिया था। मैं थोड़ा चकरा गया—आखिर उन्होंने अपने से इतने छोटे के लिए इस शब्द का प्रयोग क्यों किया ? क्या उनकी प्रेम की दुनिया में प्रेमी के लिए इसी शब्द का प्रयोग किया जाता है ? किया जाता है तो फिर काटा क्यों ?

जब तक किशन बाबू थे तो अपनी उपस्थिति को ज़बरदस्ती महसूस कराते रहे और अब अपनी अनुपस्थिति को भी उसी शिद्दत के साथ अनुभव करा रहे थे।

रहमतुल्ला की दुकान कई दिन से बन्द थी। भवानी को मैं कई बार भेज चुका था। दरअसल अरुण या तो रानी के पास रहता था या छोटी चाची के पास। भवानी मिल जाता था तो फिर क्या कहने ! लेकिन भवानी बड़े राय का खिदमदगार था। जब तक वे हवेली में रहते थे, भवानी को उनकी पेशी में रहना पड़ता था। जब भवानी इतना व्यस्त हो जाता था कि उसे अरुण को बाहर ले जाने का समय ही न मिलता तो वह उसे रहमतुल्ला के सुपुर्द कर आता था। रहमतुल्ला उसे घुमा भी लाता था और बातचीत से उसका मन भी लगाये रखता था।

रहमतुल्ला की दुकान बन्द होने के कारण अरुण परेशान था। रहमतुल्ला की दुकान उसका क्लब था। उसके बन्द हो जाने की वजह से वह या तो रानी से चिपका रहता था या भवानी के पीछे रूँ-रूँ करता घूमता रहता था। उसके लिए एक छोटा घोड़ा भी रखा हुआ था। एक साईस घोड़े की लगाम पकड़कर चलता था। दूसरा आदमी पीछे-पीछे रहता था। कहीं अरुण बाबू को कद्दूदाने न हो जाये। अक्सर रहमतुल्ला ही साथ रहता था। पीछे से टोकता रहता सीधे बैठो भैया, दायें झुक रहे हो —दायें मत झुको गिर जाओगे। रहमतुल्ला का एक सबसे बड़ा गुण था कि कोई छोटा हो या बड़ा, वह बात ऐसे करता था कि बच्चों का तो मन लगता ही था, बड़ों का मन भी बिना लगे नहीं रहता था। उसे क़िस्से-कहानी तो बेइन्तहा याद थे। ऐसे सुनाता था कि सब हँस पड़ें और खुद को हँसी न आये। उसकी बातों में अरुण को बहुत मज़ा आता था।

रहमतुल्ला की इस गैरहाज़री से मैं और भी ज़्यादा चिन्तित हो गया था। छोटे

राय भी थे। एक-दो बार उसके घर भी आदमी भेजा गया तो पता चला कि उसने घर बदल दिया। कहाँ गया । यह मोहल्ले वालों तक को पता नहीं था। उसे तलाश करना मुश्किल हो गया था। अरुण उसका रात-दिन हेरवा करता था। यहाँ तक कि कई एक बार बड़े राय भी उसे अपने साथ क्लब ले गये थे जिससे उसका मन बदल जाये। उसे टेनिस की खेली हुई गेंदे भी दिलवायीं। क्लब में सदस्यों के बच्चों को खेली हुई गेंदें मुफ़्त या नाम मात्र दाम लेकर दे दी जाती थीं। पर वह रात को रानी की और दिन में रहमतुल्ला और भवानी की रट लगाये रहता था।

बात बड़े राय तक पहुँच गयी थी। उन्होंने प्रतिक्रिया जाहिर नहीं की। परन्तु काले को बुलाकर कहा—"तुम अपनी तरह पता लगाओ, रहमतुल्ला कहाँ है ?" एक तो वह साईस दूसरा बड़े राय का मातबर आदमी ।"

दो-तीन दिन बाद रहमतुल्ला अचानक काले के साथ प्रकट हुआ। बड़े राय उस समय किसी मीटिंग में गये थे। अरुण को पता चला तो सब कुछ छोड़कर भागा चला आया। रहमतुल्ला उसे देखकर भाव-विह्वल हो गया और काफ़ी देर तक सीने से चिपकाये रखा।

थोड़ी देर तो एक तरह से अफ़रा-तफ़री मची रही कि रहमतुल्ला आ गया। हवेली के जो लोग उसे मानते थे। क़रीब-क़रीब सभी उसे देखने आये। शायद मिलते भी पर छोटे राय और मेरी उपस्थिति के कारण वे दूर से झाँकते रहे। छोटे राय ने रहमतुल्ला को इशारे से नज़दीक बुलाया। अरुण उसकी गोद में अभी तक सवार था। वह बार-बार उसका मुँह अपनी तरफ़ घुमा लेता था। पूछता, "भैया अब तो नहीं जाओगे ?"

रहमतुल्ला केवल मुस्कुरा देता था। वैसे इस सवाल से वह परेशान हो उठता था। उसकी समझ में नहीं आ रहा था कि वह क्या जवाब दे। छोटे राय ने पूछा—"क्या बात है रहमतुल्ला ? क्या हम लोगों को छोड़कर कहीं और कारोबार शुरू कर दिया ?"

रहमतुल्ला चुप। अरुण बीच-बीच में चपर-चपर बोले जा रहा था—"भैया हमें घुड़सवारी के लिए लेकर चलो।"

"अभी ले चलते हैं, अरुण बाबू !"

छोटे राय ने फिर पूछा—"क्या हम लोगों की तरफ़ से कोई ऐसी बात हो गयी जिसने तुम्हें बदज़न कर दिया ? आखिर तुम्हारी दुकान इतने दिन से क्यों बन्द है ?"

वह हाथ जोड़कर बोला—"छोटे मालिक, आप यह क्या कह रहे हैं ? मैं तो आपकी रैयत हूँ। "

"तो फिर···"

''बेअदबी तो मैंने की है ?''

छोटे राय हँस दिये—''ऐसी कौन-सी बेअदबी कर डाली, जो हमें पता नहीं चली। कहीं कलक्टर साहब ने तो नहीं पकड़ बुलवाया !''

उसका चेहरा एकाएक तमतमा गया ! वह बोला—''आप कुत्तों से नुचवा डालिए पर यह न कहिए हुजूर—मैं तो नाचीज़ हूँ। इतना तो मैं कर ही सकता हूँ कि जिसने बेज़बान जानवर को मरवा डाला, उसकी शक्ल न देखूँ। अगर देखनी ही पड़े तो अपनी आँखें फोड़ लूँ। जानवर तो दरख़्तों की तरह, हुजूर, हमारे हमदम और हमसफ़र होते हैं। उन्हें कोई मारे तो फाँसी की सज़ा तो नहीं दे सकते पर उन्हें देखकर मुँह तो घुमा ही सकते हैं। उनके लिए सफ़ेद में और मुझमें कोई फ़र्क नहीं।''

छोटे राय उसके जवाब पर मन-ही-मन चौंके भी और प्रसन्न भी हुए। बोले—''फिर तुमने हम सबको क्यों छोड़ दिया ? अरुण दिन-रात रोता है। जब हम लोगों की नज़र हवेली के दरवाज़े के बाहर जाती है और हम तुम्हें दुकान पर नहीं देखते तो हमें लगता है कि कहीं कुछ गड़बड़ हो गयी।''

रहमतुल्ला की गर्दन झुक गयी। आँखें भर आयीं। आवाज़ घुटने लगी। वह थोड़ी देर इसी तरह बैठा रहा। फिर अरुण से बोला—''बेटा जाओ, रानी दीदी से कहो, भैया को भूख लगी है। कुछ खाने को दे दो।''

''तुम चले तो नहीं जाओगे भैया ?''

''नहीं, मैं अपने भैया को छोड़कर कैसे चला जाऊँगा ?''

वह बेमन से गया। जाते हुए मुड़-मुड़कर देखता रहा। कहीं भैया उठकर तो नहीं चला गया। इसी में वह ठोकर भी खा गया। रहमतुल्ला ने उसे दौड़कर उठाया। लेकिन वह रोया नहीं। एक बार उसने फिर पूछा—''जाओगे तो नहीं ?''

वह बोला—''नहीं बेटा नहीं, हरगिज़ नहीं जाऊँगा।'' इस बार वह निश्चिन्त-सा नज़र आया।

रहमतुल्ला छोटे राय से बोला—''छोटे मालिक, मैं अब आपके लायक नहीं रहा। मैंने एक तवायफ़ घर में बैठा ली···'' अन्तिम वाक्य कहते हुए आवाज़ में ज़रा भी झिझक नहीं थी। वह बता रहा था—''निकाह के वक़्त किशन बाबू भी मौज़ूद थे। उनकी शख़्सियत इतनी बड़ी थी कि इन आँखों में नहीं समा पा रही थी। वे कहते थे कि रहमतुल्ला तुम तो साईस रहे हो, कोचवान रहे हो, घुड़सवार हो, जिस घोड़े पर चलते हो उसकी देखभाल करते हो, उसे प्यार करते हो। लेकिन जो इन्सान अपने को नीचा गिराकर भी तुम्हारी ज़िन्दगी में खुशियाँ लाने की कोशिश करता हो, तुम्हारे उफनते जज्बातों को अपने अन्दर पैवस्त हो जाने देता हो, क्या वह तुम्हारी पनाह का हक़ दार नहीं ? खु दा की पनाह भी किसी-न-किसी के ज़रिये ही मिलती है। इन्सान किसी को प्यार और नफ़रत एक साथ कैसे कर सकता है···? तवायफ़ है तो क्या हुआ ? यह कैसे हो सकता है कि वह तुम्हारे प्यार के लिए भी बर्तन का

काम दे और नफ़रत के लिए भी ? किशन बाबू की बात मेरे अन्दर तक उतर गयी। मैंने उससे निक़ाह कर लिया। बड़े राय को पता चलेगा तो वे क्या कहेंगे-—बहू-बेटियाँ सुनेंगी तो उन्हें कैसा लगेगा—मैं इन बच्चों पर अपना साया क्योंकर पड़ने दूँ ?'' वह सुबकने लगा।

छोटे राय असमंजस में पड़ गये। समझाते हुए बोले—''रहमतुल्ला, देखो अगर तुमने उसे प्रेम किया तो भी ठीक किया और अगर फ़र्ज़ के तहत किया तो वह और भी ज़्यादा ठीक किया। फ़र्ज़ के लिए किये जाने वाले काम के पीछे त्याग और बलिदान की झलक भी होती है। प्रेम तो प्रवाह है जो चाहे उसमें नहा ले। जहाँ तक नफ़रत की बात है, वे ही लोग करते हैं जिन्हें न प्रेम का अहसास होता है और न फ़र्ज़ की पहचान ।''

रहमतुल्ला को लगा कि कोई है जो किनारे पर से उसे पुकार रहा है। वह बोला—''छोटे मालिक, मैं न इन बच्चों के बिना रह सकता हूँ और न मैं इन्हें अपनी शक्ल ही दिखाने लायक रहा हूँ ! मेरी समझ में नहीं आता, मैं क्या करूँ ?''

''तुम कुछ न करो, बस इतना करो कि यह तय कर लो कि तुम अपने इस फैसले से शर्मिन्दा हो या तुम समझते हो कि जो तुमने किया उससे बेहतर और कुछ नहीं हो सकता था। अगर शर्मिन्दा हो तो जो तुम सोचते हो वही ठीक है। अगर नहीं तो कल से दुकान खोलो और काम शुरू कर दो। वैसे इस बात को मैं जानता हूँ या भास्कर !''

''बड़े राय मेरे लिए अपने वालिद से भी ज़्यादा हैं। अगर उन्हें बाद में पता चला कि मैंने उनसे धोखा किया तो मैं अपने को कभी माफ़ नहीं कर पाऊँगा।''

''मैं उनसे बात कर लूँगा।''

अरुण तब तक नौकरानी से मुसलमानी बर्तनों में नाश्ता लिवा लाया था। अब मुसलमानी बर्तनों की बात खटकती है तब मुसलमानी और हिन्दुआनी बर्तन अलग-अलग होते थे। तब दिलों में फ़र्क नहीं था। सिर्फ़ बर्तनों तक सीमित था। अब बर्तन का भेद-भाव तो मिट गया पर दिलों का बढ़ गया। छोटी चीज़ पाने के लिए बड़ी चीज़ खो दी।

रहमतुल्ला ने हँसकर कहा—''मैंने तो इन्हें यहाँ से भेजने के लिए कहा था—यह सचमुच लिवा लाया।''

छोटे राय बोले—''तो क्या तुम्हें बिना खाये चले जाने दिया जाता। खाओ ! इतने दिनों में तुमने क्या शक्ल बना ली है। यहाँ नहीं आना था तो न आते, कारोबार तो बन्द न करते।''

''यह कैसे हो सकता था, इतनी दूर चला गया हूँ पर यहाँ आने से कहाँ बाज़ आता हूँ। रोज़ दिन छिपे हवेली तक आकर खैर-खबर ले जाता हूँ। मौक़ा मिला तो आप लोगों को देख गया। अगर काले भैया न मिल गया होता तो किसी को भी पता

न चलता कि रहमतुल्ला जीता है या मर गया ।''

वह धीरे-से बोला—''घर ले जाकर खा लूँगा।''

''इसे तो तुम यहीं खाओ—घर के लिए मैंने कहला दिया है।'' उसकी आँखों से आँसू टपकने लगे।

छोटे राय दो-एक दिन सोचते रहे। मुझसे भी सलाह की। बड़े राय को यह बात कैसे बतायी जाय। पता नहीं वे क्या रुख अख़्तियार करें। रहमतुल्ला को माफ़ भी कर पायेंगे या नहीं ? बड़े राय के एक दोस्त थे मनसुख राय। हर वक़्त का साथ उठना, साथ बैठना। हमप्याला हमनिवाला वाली कहावत उन पर अच्छी तरह लागू होती थी। बस उस वाले प्याले की कमी थी। लेकिन सुनते हैं, कभी वह भी उन दोनों के बीच में रहा था। पर उसका चश्मदीद गवाह कोई नहीं था। दोनों साथ सितार बजाया करते थे। लोग यह भी कहते हैं कि बड़े राय और मनसुख राय ने कलकत्ता वाली गौहर जान का गाना भी साथ-साथ सुना था। गौहर जान के बारे में कहा जाता था कि वह चार घोड़ों की गाड़ी पर हवाखोरी के लिए निकला करती थी। उस ज़माने में वायसराय के सिवाय चौकड़े में कोई नहीं निकल सकता था। जो निकलता था उसे ज़ुर्माना भुगतना पड़ता था। वह रोज़ निकलती थी और रोज़ ज़ुर्माना भरती थी। वैसे उस ज़माने में रईसों की तरह तवायफ़ों के भी बहुत से क़िस्से मशहूर थे। ग़लत भी, सही भी। यह कुछ ऐसा ही था जैसे राजदरबारों में राजाओं की विरुदावली होती थी। छप्पनछुरी के मुज़रे में भी वे जा चुके थे।

मनसुखराय ने एक मशहूर तवायफ़ से शादी कर ली थी। शादी क्या उसका रखाव कर लिया था। उसकी रिहायश के लिए अलग छोटी हवेली का इन्तज़ाम कर दिया गया था। मनसुखराय बहुत मज़ाकिया आदमी थे। वे कहा करते थे कि रखैल होती है तो लगता है जैसे दावत में जा रहे हों। घरवाली चौके की तरह होती है। कोयले से लकीर खींची और बैठा दिया। वही पीढ़ा, वही थाल। रखैल के ज़ीने पर पाँव रखते ही पाँव अपने आप उठने लगते हैं। जैसे पंख निकल आये हों। खैर ! जिस दिन से उन्होंने तवायफ़ को रखा था, बड़े राय और मनसुखराय की दोस्ती में अन्तर पड़ गया था। पिछले साल जब मनसुखराय की मृत्यु हुई तो मरने से पहले उन्होंने बड़े राय को दिल्ली अस्पताल में बुलवाया । पहले तो बड़े राय तय नहीं कर पाये कि जायें या न जायें। छोटे राय ने ही उन्हें भी समझाया—''बड़े भैया, मौत तो सब पाप और भेद-भाव मिटा देती है। मनसुखराय भाई अब उसी स्थिति में हैं। आपके बचपन के दोस्त हैं। एक ग़लती हो गयी, उसकी सज़ा कब तक देंगे। क्या वे अधूरी अभिलाषा लेकर जायेंगे। दोस्त दोस्त होता है···उसे देखकर मरते आदमी को भी लगता है कि यह मैं ही हूँ जो पीछे रह जायेगा।''

बड़े राय की समझ में बात आ गयी। जब वे पहुँचे तो उन्हें लगा कि उनका दोस्त उन्हीं की इन्तज़ार में दरवाज़े की तरफ़ टकटकी लगाये देख रहा है। उन्हें देखते ही मनसुखराय ऐसे मुस्कराये जैसे सूखा पत्ता हिलता है। फिर बोले— ''हरी, तुम आ गये···मैं जानता था, तुम चाहे जितने भी नाराज़ हो···आओगे ज़रूर ! मौत का ग्राह जब पाँव पकड़ लेता है, कोई दोस्त हाथ पकड़ ले और कहे कि मैं हूँ तो उस ग्राह से लड़ना आसान हो जाता है।''

बड़े राय उन्हें इस हालत में देखकर सन्न रह गये। उनका वह लहीम-शहीम दोस्त, जो ज़मीन में पाँव मारे तो पानी की धार उछाल दे, इस समय उन्हें ऐसे देख रहा था जैसे कोई सूखे का मारा बच्चा हो। थोड़ा साँस लेकर मनसुखराय बोले— ''तुम मुझे माफ़ करो या न करो, इसे माफ़ कर दो। यह एक ज़माने में तुम्हारी भी हमसफ़र थी। तुम नहीं मिले तो इसने मेरे साथ अपनी ज़िन्दगी काट दी। मैं तो तुमसे अगले जन्म में भी दो-दो हाथ करूँगा···इसका तो अभी यह जन्म भी बाक़ी है। अब मेरे साथ कोई नहीं सिवा इसके ! मेरे भाई, मेरे बेटे, मेरी बीवी, मेरे रिश्तेदार सब मुँह फेर चुके हैं। इसी के कहने पर मैंने अपनी सारी जायदाद उन सब को दे दी ! अब मेरे पास छोटी हवेली के सिवाय कुछ नहीं···वह भी इसकी है। इसकी परवरिश कैसे होगी ? इसके लिए न कौवे का घोसला बचा न इसकी अपनी डाल···। अगर तुम कह दो कि इसे तुम सहारा दोगे तो मैं आराम से मर सकूँगा···नहीं तो भूत बनकर मुझे इसकी रक्षा करनी होगी···कितनी कर पाऊँगा, मैं नहीं जानता। वैसे उसकी जितनी ज़िन्दगी मेरे साथ गुज़री वह तो गुज़री···तुम्हारे हिस्से में भी वह उतनी ही आती है।''

बड़े राय उसके बारे में सोच रहे थे···। वह भी ज़िन्दगी की कढ़ाई में लगी खुरचन हो गयी थी। उसका वह रूप उनके सामने पत्थर बना अब भी मौजूद था। वे उसे बदलने को तैयार नहीं थे। वे तत्काल कुछ नहीं सोच पाये। मनसुखराय का वह पुराना वास्ता देना भी उन्हें अच्छा नहीं लगा। वे उसे जानते थे, पर उससे क्या ? उनके दिल में यह भी मलाल था कि वे अपने दोस्त के पास आये भी तो कब ? जब चिराग़ का तेल खत्म हो चुका। वह अब टिमटिमा रहा था और उनकी तरफ़ एकटक देख रहा था। मनसुखराय को हिचकियाँ आने लगी थीं। सारी जान आँखों में सिमट आयी थी। कानों में भी कुछ बट गयी थी। बड़े राय को भाषा में लिखी गीता के हर अध्याय के पीछे दिये गये माहात्म्य याद आ रहे थे। किसी ने गीता के अमुक अध्याय का फल दे दिया और मरने वाले के प्राण निकले सो निकले, वह सीधा बैकुण्ठ सिधार गया वगैरह-वगैरह। बैकुण्ठ होता है या नहीं, वह सिधारा या नहीं, यह बात अलग है। पर जो प्राण निकल नहीं रहे थे वे तो निकल गये। मनसुखराय की आँखें झपकने लगी थीं। वे बेचैनी के साथ गर्दन हिलाने लगे। जैसे कोई गर्दन दबा रहा हो और वे कह रहे हों कि बस क्षण भर को रुक जा। मुझे अपने सवाल का जवाब सुन

लेने दे। आदमी सारी ज़िन्दगी जवाब-सवाल करता रहता है। पर जो अन्तिम सवाल वह करता है अगर उसका जवाब पा जाये तो ज़िन्दगी भर के अनुत्तरित सवालों को भुलाना आसान हो जाता है। बड़े राय को लगा उनका साँस भी घुट रहा है···वे बोले, ''मनसुख, इनकी चिन्ता न कर अब ये मेरी भाभी हैं···''वाक्य पूरा होते-होते मनसुखराय येऽज्जा वोऽज्जा। उसका चेहरा, जो दयनीय और दर्द भरा था, वह एकाएक किसी स्थितप्रज्ञ का चेहरा हो गया था। पूर्ण तृप्ति। बड़े राय ने उसकी तरफ़ देखा तो वह दीवार की तरफ़ चुपचाप खड़ी थी। बड़े राय को लगा जैसे कोई औरत बियाबान में अकेली है। उस अस्पताल का सारा शोर-शराबा एकाएक ग़ायब हो गया था। लोगों से भरी-पूरी वह जगह कुछ देर के लिए एकाएक सू-साँ मानस गन्ध वाली हो गयी थी।

वे मनसुखराय की तरफ़ इस तरह देखते हुए बोले जैसे वे सुन रहे हों, ''इसके और मेरे बीच दोस्ती की लड़ाई थी···आपको क्या बताना ? आप मुझे भी उतना ही जानती हैं, जितना इसको पर उस सबको भूल जाइए। मैं ग़लत था या मनसुख या आप···इसके फैसले का यह वक़्त नहीं। आप अपनी हवेली पर रहना चाहें तो वहाँ रहें···वहाँ न रहना चाहें तो जहाँ आप कहें इन्तज़ाम कर दूँ। मैं न मनसुखा को वापिस ला सकता हूँ और न अब मैं ही मनसुख बन सकता हूँ···तब नहीं बना जब बना जा सकता था। उन्हें कहकर लगा शायद वाक्य उन्हें कहना नहीं चाहिए था। उन्होंने गर्दन घुमाकर भीगी आँखों से उन्हें देखा। बड़े राय काँप गये। एक अन्तहीन गहराई···वे स्वयं उसमें हाथ-पैर मारते हुए नज़र आये। धीरे-धीरे वे आँखें वही हो गयीं जिन्हें वे आज तक भुला नहीं पाये थे। वे पीठ घुमाकर खड़े हो गये।

बड़े राय ने स्वयं उनका दाह-संस्कार किया। अपनी देख-रेख में उनको उनके घर भिजवा दिया। वे वहीं जाना चाहती थीं जहाँ उन्होंने ज़िन्दगी का बेहतरीन हिस्सा मनसुखराय के साथ गुज़ारा था। जब तक वह रहीं, उनका खर्चा हर महीने पहुँच जाता था। उन्होंने स्वयं जाकर उनके सब सम्बन्धियों को हिदायत भी कर दी थी कि तुलसीबाई को तंग न किया जाय। तुलसीबाई के बाद यह हवेली उन्हीं की हो जायेगी।

छोटे राय मनसुखराय की उस घटना के सन्दर्भ में ही रहमतुल्ला की घटना को भी देख रहे थे। दोनों ही बातें सम्भव थीं। उस घटना से बड़े राय का मन भी बदल सकता था और यह भी हो सकता था कि इस सबके कारण वे सहानुभूति का अपना खाना पूरी तरह बन्द कर चुके हों। लेकिन किसी तरह छोटे राय ने हिम्मत करके बड़े राय को तीसरे दिन, रात के समय रहमतुल्ला वाली बात बतायी। वे इतने परेशान हो उठे कि छोटे राय घबरा गये। वे बोले—''मनसुखा तो मुझे अधमरा कर ही

गया···ये सब पूरी तरह मेरी जान लेने पर क्यों तुले हैं ? मैंने कभी किसी का कुछ नहीं बिगाड़ा। जो कुछ बिगाड़ा अपना ही बिगाड़ा। फिर मुझे किस बात की सज़ा ? मनसुखराय ने जो कुछ किया उसका दर्द भी मैंने ज़िन्दगी भर भोगा···कृष्णराय ने जो किया वह मुझे रात-दिन सालता है···रहमतुल्ला ने यह कर डाला···वही बिलकुल वही जो मनसुखराय ने किया था।''

वे इतने अस्थिर हो गये कि लगा जैसे उनके अन्दर कोई हवन-कुण्ड जल उठा है। वे बार-बार सिर सोफ़े की पीठ से टकरा रहे थे।

छोटे राय चुप थे। उन्होंने उन्हें पहली बार इतना विचलित देखा था। वे बोले—''क्षमा कीजिए, बड़े भैया, मैंने आपको यह बात कष्ट पहुँचाने के लिए नहीं बतायी थी। मेरा बस इतना-सा ही कहना था कि रहमतुल्ला ने इस ख़्याल से कि वह आपको कैसे मुँह दिखलायेगा—अपना कारोबार बन्द कर दिया। वह टुकड़े-टुकड़े को मोहताज है ! वह सोचता है कि वह इस हवेली में क़दम रखने लायक नहीं रहा।''

''ठीक है तो न आये। मनसुखराय ने मुझे नीचा दिखाया, आज रहमतुल्ला भी मेरे सामने अपने को वज़हदार और बावफा साबित करना चाहता है। बावफ़ा वही नहीं होते जो हर मसले को एक बार में इधर या उधर कर देते हैं, वे भी होते हैं जो कसार की तरह ज़िन्दगी भर धीमी-धीमी आग पर कसरते रहते हैं ! ये सब बावफ़ा हैं—बहादुर हैं—अपनी बहादुरी आज़मायें। मुझे मेरे हाल पर छोड़ दें। वह न आता तो बेहतर था।''

''वह तो नहीं आ रहा था, काला पकड़ कर लाया।''

''उसके लिए भी मैं ही ज़िमेदार हूँ ? मुझे नहीं मालूम था कि रहमतुल्ला मेरे सामने ही चुनौती बनकर खड़ा हो जायेगा।''

छोटे राय समझ नहीं पा रहे थे कि बड़े राय मेरी किस बात का इतना बुरा मान रहे हैं। वे बोले —''नहीं बड़े भैया, मैं कुछ नहीं कह रहा—मैं तो बात बता रहा था।''

''कोई कुछ नहीं कहता—सब मैं ही कह रहा हूँ और कर रहा हूँ।''

छोटे राय को लगा कि इस समय कुछ भी कहना ठीक नहीं।

मैं दरवाज़े के बाहर खड़ा सुन रहा था। वे उठकर चले तो बड़े राय बोले—''बैठो।''

वे बैठ गये। जेब से एक चिट्ठी निकाली और उनकी तरफ़ बढ़ा दी। किशन बाबू की चिट्ठी थी। अपने गाँव से भेजी थी। उसमें उन्होंने लिखा था—''रहमतुल्ला के निक़ाह के लिए मैं ज़िम्मेदार हूँ। उसने मेरे कहने से सिताबोबाई से शादी की है। आपने अपनी पनाह का हाथ मेरी तरफ़ बढ़ाया था। मेरी आपसे इल्तज़ा है कि आप वह हाथ उसकी तरफ़ भी बढ़ा रहने दें। अगर आप सज़ा देना चाहें तो मुझे दें। गुनाहगार मैं हूँ। आप उसके सिर पर से अपना दस्त-ए-करम कभी न हटायें।

सिताबोबाई एक मुसीबतज़दा औरत है। एक अच्छे घर की बेटी है। वक़्त ने उसे अन्धे कुएँ में ढकेल दिया वरना उसका भी अपना एक घर होता। बच्चे होते। मैं उसकी ज़िन्दगी का वह हिस्सा जानता हूँ जिस पर न कभी रोशनी पड़ी और न पड़ेगी। मैं नहीं चाहता कि कभी पड़े। वह हिन्दू है। हिन्दू मंजूर नहीं करेंगे। वरना यह मनसा सिताबो कभी न हुई होती। रहमतुल्ला ने मान लिया है कि वह उसे मनसा ही बनाकर रखेगा। मैं उस ज़िम्मेदारी से बरी हो गया। बस, आपका आशीर्वाद भर मिल जाय···''

किशन बाबू की चिट्ठी पढ़कर छोटे राय समझ नहीं पाये कि यह सब क्या माज़रा है। उन्हें लगा कि किशन बाबू कोई ऐसे आदमी हैं जो अपनी देह में एक बहुत बड़ी रूह छिपाये हैं—बटन दबाओ और वह छुपी हुई रूह कल्पना की तरह बढ़नी शुरू हो जाती है। बड़े राय बोले—''भास्कर को भी पढ़ा देना। हम उस इन्सान को उसी की वजह से जानते हैं।''

छोटे राय बाहर निकल आये। वह चिट्ठी मुझे पकड़ा दी।

निकाह वाली वह घटना भवानी भी जानता था। दरअसल, वह उसमें शरीक हो चुका था। निकाह औलिया जी की मस्जिद में पढ़ा गया था। घर पर भी पढ़ा जा सकता था लेकिन रहमतुल्ला बोला —''मेरा असली घर तो खुदा का ही घर है।'' लोगों का ख़्याल था कि उस मस्जिद में औलिया जी रहते थे। उनके जादुई चमत्कार अभी भी वहाँ मौजूद हैं।

एक बार औलिया जी एक दीवार पर बैठे धूप सेक रहे थे। उनका एक पाँव दीवार के इस तरफ़ लटका था दूसरा दूसरी तरफ़ । जैसे घोड़े पर सवार हों। शहर कोतवाल का सिपाही आकर बोला —''ए फ़क़ीर तुझे कोतवाल साहब ने बुलाया है···'' औलिया जी ने दीवार को ऐसे ऐड़ लगायी जैसे घोड़े को लगायी जाती है। सुना, दीवार खिसकनी शुरू हो गयी। सिपाही डर गया। वह दौड़ा-दौड़ा गया। जाकर कहा कि वह फ़क़ीर तो दीवार को घोड़ा बनाकर आ रहा है। कोतवाल साहब दौड़े-दौड़े आये। उन्हें भी लगा दीवार सरक रही है । वे ज़मीन पर लोटने लगे—बाबा माफ़ करो। औलिया जी हँसे पड़े—''यह तो तेरी नज़र का फ़र्क़ है, मैं तो वहीं का वहीं हूँ। तूने बुलाया था मैंने सोचा चलो—तब तक तू ही आ गया···नहीं तो कभी-न-कभी पहुँच ही जाता ।'' तब से वह औलिया जी की मस्जिद बजने लगी। जिन बच्चों को मीठा यानी निमोनिया या कोई विशेष बीमारी हो जाती थी, उनकी माँएँ और बहनें बच्चे को गोद में लेकर दरवाज़े पर खड़ी हो जाती थीं। मग़रिब की नमाज़ पढ़कर लौटने वाले नमाज़ी बच्चे को फूँक मारते जाते थे। चाहे हिन्दू हों या मुसलमान। उनका ख़्याल था कि बच्चे उसी फूँक से ठीक हो जाते हैं। उसे

औलिया का कमाल मानते थे। हालाँकि औलिया अब वहाँ नहीं थे। उनको मरे हुए सैकड़ों साल हो गये थे। वह मस्जिद हवेली की छत से दिखाई देती थी।

जब सवेरे सोकर उठता था मस्जिद में उगे नीम के दरख़्त की फुनगी हिलती होती थी। कई बार लगता था कि जो फ़ाख़्ता रोज़ सवेरे बोलती है, उसी दरख़्त में से निकलती है और फिर उसी में समा जाती है। पसर में दाल पीसने वाली बुढ़िया की चक्की चलनी शुरू हो जाती थी। बुढ़िया मोहल्ले वालों की दाल-आटा वगैरह पैसा-दो-पैसा लेकर पीस देती थी। चक्की चलने की वह आवाज़ भी नीम के नन्हे-नन्हे सफ़ेद फूलों की तरह उसी पेड़ से झरती महसूस होती थी। भवानी उस फ़ाख़्ता का एक क़िस्सा अरुण को सुनाया करता था। अरुण उसे बड़े ग़ौर से सुनता था। लोक कथा थी या काल्पनिक, यह बात न अरुण जानता था और न भवानी। वह कथा फ़ाख़्ता के प्रेमी से विछोह की कथा थी। उसे सुनकर अरुण यही पूछता रहता था कि फिर क्या हुआ। फ़ाख़्ता का प्रेमी लौटा या नहीं ? उसका रोना—उसके प्रेमी तक पहुँचा या नहीं। एक बार इस कहानी को कहते हुए बड़े राय ने सुन लिया था। जब तक वह सुनाता रहा, वे चुपचाप ओट में खड़े सुनते रहे। लेकिन जैसे कहानी ख़त्म हुई, बड़े राय ने भवानी को खूब ऊपर-नीचे किया। बच्चों को अभी से इस तरह की वाहियात कहानियाँ सुनाता है। आगे चलकर वे क्या करेंगे ? अरुण की समझ में यह कभी नहीं आता था कि फ़ाख़्ता की यह कहानी क्या इतनी बुरी है कि उसे सुनने से पाप लगता है। भवानी आगे-पीछे कहा करता था कि मेरी माँ कहा करती थी कि कहानी-क़िस्से बिना सुने ब्च्चे बड़े नहीं होते। और बिना सुनाये बड़ों की उम्र पूरी नहीं होती। लेकिन उनकी यह बात उसकी इन मान्यताओं को क्षण भर में ढेर कर देती थी।

जब मैंने रहमतुल्ला के निक़ाह वाली बात भवानी को बतायी तो वह चौंका नहीं । वह बोला कि औलिया जी की मस्जिद में वह उसके निक़ाह का खजूर खाने गया था। किशन बाबू भी मौजूद थे। फिर हँसकर बोला—"किशन बाबू ने ही तो यह सारा चक्कर चलाया था। मुझसे भी कह रहे थे, चल भवानी, हाथ लगे तेरी भी शादी करा दूँ। मैंने मना कर दिया।"

मैंने पूछा—"मना क्यों कर दिया ?"

वह हँस दिया—"दो नौकरी साथ नहीं होतीं—हनुमान ने समुद्र की उस मछली से यही कहा था कि मैं तो राम का चाकर हूँ। खुद ही चाकर हूँ तो तेरे साथ ब्याह

कैसे करूँ ?''

मुझे उसकी बात पर हँसी आ गयी। वह समझा नहीं। उसे शायद लगा कि जो बात उसने सोच-विचारकर इतने भक्तिभाव से कही उस पर भास्कर राय भैया हँस क्यों दिये ? पर बोला कुछ नहीं।

मैंने भी बात घुमा दी। उससे रहमतुल्ला की घरवाली के बारे में पूछने लगा। मेरे मन में उसकी घरवाली के बारे में जानने की स्वाभाविक इच्छा थी। वह कैसी है ? सुन्दर है या नहीं ? पर मुझे सीधा सवाल करना अच्छा नहीं लगा। भवानी क्या सोचेगा ? उसने आप ही बताया कि रहमतुल्ला की पत्नी की शक्ल-सूरत अच्छी है। बोलती भी बड़ा मीठा है। किशन बाबू के पाँव छूती है। वह चाहती तो थी किसी हिन्दू के संग घर बसाना। किशन बाबू ने ही समझाया कि हिन्दू-मुसलमान में क्या फ़र्क़ है। तुझे हिन्दू मिलेगा कहाँ ? रहमतुल्ला भले ही मुसलमान हो पर अन्दर तक बिल्लौरी काँच की तरह साफ़ है। जितना तू अन्दर झाँकेगी उतना ही तुझे निखरा हुआ दिखाई देगा। जितना कोई हिन्दू प्यार करेगा उससे ज़्यादा रहमतुल्ला करेगा। उनके समझाने पर वह मान गयी। अब दोनों खुश हैं, रहमतुल्ला उससे यह नहीं पूछता तू बरत क्यों रखती है और वह उससे यह नहीं पूछती कि तू नमाज़ क्यों पढ़ता है। रहमतुल्ला से सुन-सुनकर वह कई बार कह चुकी है कि एक बार बड़े मालिक की देहली पर ले चलो, चरण-रज लूँगी। उनकी धूल पाकर यह पापी शरीर तर जायेगा। रहमतुल्ला हँसकर टाल जाता है। कह देता है, उन्हें पता चल गया कि हमने शादी कर ली तो बन्दूक उठाकर गोली से धाँय-धाँय उड़ा देंगे। मुझ गद्दार को तो उनकी शक्ल देखने का भी अधिकार नहीं बचा। वह कहती है, उनके हाथों मर भी जायेंगे तो सुरग मिलेगा। वह हँसकर कह देता है, सुरग किसने देखा ! मिले या ना मिले। धरती तो छूट जायेगी ।

भवानी रुककर बोला—''हर जुमेरात को वह कचहरी वाले पीर पर दीया जलाने जाती है। पिछली जुमेरात को वह बुर्के में आयी थी। मैं भी मालिक की तरफ़ से दीया रखने गया था। वह मेरे पास आकर बोली—भवानी भैया, तुम्हारे भैया को पता नहीं क्या हो गया, हवेली जाना बन्द कर दिया। कहते हैं मालिक को कैसे मुँह दिखाऊँ ? मुझे पता होता तो मैं किशन बाबू को मनाकर देती—किशन भाई का नाम लेती है तो कानों को हाथ लगाती है। फिर बोली —मैं कहती हूँ, मुझे ले चलो, मैं कहूँगी कि आप मेरे पिता हैं जो दण्ड देना हो, इस देह को दें। इसे ही रोटी चाहिए थी—पेट की आग से यही डरती और जलती थी। इसी ने मुझे उस आग में झोंका— इनका इसमें कोई कसूर नहीं। उन्होंने गन्दे जल में पड़ी दम तोड़ती एक जान को बाहर निकालकर पनाह दी। पर वे सुनते ही नहीं। तुम ही समझाओ ।''

मैंने पूछा —''तुमने पहले ज़िक्र क्यों नहीं किया ?''

''रहमतुल्ला ने मना कर दिया—कहा था कि जुगाड़ बैठाकर किसी दूसरे शहर

में निकल जाऊँगा।''

उसे बड़े राय ने पुकारा तो वह लपककर चला गया। मैं सोचता रहा । अगर ये लोग कहीं और चले गये तो क्या होगा ?''

चौधरी खेमराज सिंह के बेटे बीर बहादुर आई.सी.एस. का एक दिन सन्देश आया कि वे बड़े राय से मिलना चाहते हैं। उस समय बड़े राय क्लब जाने के लिए तैयार हो रहे थे। कभी-कभी मन होता था तो क्लब चले जाते थे। वे रुक गये। तब बड़े लोगों के मिलने-जुलने के तौर-तरीक़े अलग थे। पहले एक आदमी या नौकर या कासिद, जो भी कहिए, यह पूछने आता था कि अमुक साहब मिलने आना चाहते हैं। चाहे आने वाले साहब आकर बाहर गाड़ी में ही क्यों ने बैठे हों। सीधे धड़धड़ाते हुए चले आना असभ्यता मानी जाती थी। इसलिए बीर बहादुर ने पहले एक आदमी भेजकर उसी परम्परा को निबाहा था। वैसे जब वे अतिथि के रूप में चौधरी साहब के साथ आते थे कि तो इस तरह औपचारिकता निबाहने की ज़रूरत नहीं पड़ती थी। सीधे मेहमानखाने में पहुँच जाते थे। वहाँ से स्वयं खबर आ जाती थी।

बीर बहादुर ने आते ही बड़े राय के पाँव छुए। इस बात को बड़े राय आखिरी दम तक नहीं भूले। आखिरी दिनों में बिस्तर पर पड़े-पड़े भी वे बीच-बीच में इस बात को याद कर लेते थे कि औलाद हो तो ऐसी हो। खेमराज सिंह के बेटे ने आई. सी. एस. होकर भी पाँव छुए थे। हालाँकि अब बीर बहादुर नहीं रहा पर उसका यह बड़प्पन मुझे कभी नहीं भूलेगा। भगवान उसकी आत्मा को शान्ति दें। दुनिया में ग़लती किससे नहीं होती।

बड़े राय ने उन्हें इस तरह से गले से चिपकाया जैसे उनका अपना बिछड़ा बेटा मिला हो। हाथ पकड़कर अपने पास बैठाया। चौधरी साहब के बारे में एक से एक व्यग्र पूछताछ करते रहे। चौधरी साहब पहले भारतीय डिप्टी थे। उनके बीवी-बच्चों के बारे में पूछताछ की। बीर बहादुर ने इस बात का जवाब सीधे नहीं दिया। उस ज़माने में बड़ों के सामने अपने बीवी-बच्चों के बारे में बात करना बेअदबी समझी जाती थी। प्रकारान्तर से बताया—''बाबा हमारे पास आकर इसीलिए तो नहीं रहते। गाँव में उनका मन भाई साहब के बच्चों के साथ लगा रहता है…''

थोड़ी देर बाद बीर बहादुर सिंह ने अपनी बात सीधे शुरू कर दी—''चाचा जी, छोटे चाचा कृष्ण राय मेरे साथ तहसीलदार हैं। मेरा वहाँ से ज्वाइण्ट मजिस्ट्रेट के पद पर इलाहाबाद तबादला हो रहा है। मैं जाने वाला हूँ। अभी तक उनके पूरे मामले

को अपने हाथ से बाहर नहीं जाने दिया। हालाँकि मेरे कलक्टर मि. रिचर्ड्स बार-बार कहते हैं कि मैं उनकी फ़ाइल आगे बढ़ा दूँ। पर वह, अँग्रेज़ है तो उसे हिन्दुस्तानियों के साथ क्या हमदर्दी हो सकती है। मैं बाबा को भी बता चुका हूँ। बाबा की राय हुई कि मैं आपसे बात करूँ। उनका यही कहना है कि चाहे उसका फ़ायदा मत करना पर नुकसान भी मत करना। इसलिए मैंने अब तक कुछ नहीं किया—मैं पूरी फ़ाइल साथ लाया हूँ। आप खुद मजिस्ट्रेट हैं, स्वयं देख लें और मुझे सलाह दें, मैं क्या करूँ ?''

बड़े राय चुप थे। थोड़ी देर दोनों के बीच अनबोला रहा। फिर बोले—''पिछली बार गवर्नर साहब ने भी इस बारे में इशारा किया था।''

बीर बहादुर चौंके—''लेकिन मैंने तो सुना था कि गवर्नर ने कहा था कि उन्हें मेरे बारे में सब कुछ मालूम था और उसकी वे मुझे उचित सज़ा देंगे।''

बड़े राय ने उनकी ओर हताशा के साथ देखा। धीरे-से बोले—''तुम चौधरी साहब के ही बेटे नहीं, मेरे भी कुछ लगते हो—ऐसा कुछ नहीं हुआ। उन्होंने कृष्णराय को ज़रूर समझाया था। मैं देखता रह गया था कि एक इतने बड़े सूबे का गवर्नर तहसीलदार तक के बारे में जानता है, फिर सोचा शायद इसलिए कि मेरा भाई है। कुछ भी हो तहसीलदार एक मामूली अहलकार ही तो है। यह कैसे हो सकता है गवर्नर उसके काम की निगरानी रखे।''

''शायद कलक्टर साहब ने कभी होम सेक्रेट्री से ज़िक्र किया हो। चूँकि वे आपके भाई हैं, हिज़ एक्सलेंसी को याद रहा हो। वैसे भी हिज़ एक्सलेंसी जब भी कहीं दौरे पर जाते हैं तो हर सेक्रेट्री अपने-अपने महकमे के बारे में पूरी तरह ब्रीफिंग करता है। जिससे वे हर बात के लिए तैयार रहें।''

वे चुप हो गये। दोनों में से किसी ने कुछ नहीं कहा। बीर बहादुर ही पहले बोले—''बड़े चाचा, मेरे लिए क्या हुक़्म है ? मैं आज वापस जा रहा हूँ। सिर्फ़ आपसे मिलने के लिए रुका था। जिसे चार्ज दूँगा उसे यह फाइल भी देनी होगी। हालाँकि कृष्णराय साहब सबसे यही कहते हैं, उन्होंने मेरा तबादला कराया। मैं जानता हूँ, उनका यह कहना उन्हें ही नुकसान पहुँचायेगा। आपको सूबे भर के लोग जानते हैं इसलिए लिहाज़ करते हैं लेकिन मेरी जगह जो आयेगा वह एक अँग्रेज़ है। नया आई. सी. एस.। वह हिन्दुस्तान की तरफ़ नहीं देखता इंग्लिस्तान की तरफ़ देखता है। अपने और इंग्लिस्तान के बीच आने वाली परछाई तक को वह नहीं बख्शता।''

''मैं चाहता हूँ एक बार कृष्णराय से बात कर लूँ।''

''जैसा आप ठीक समझें...।''

''अगर मेरी तरफ़ से कोई सन्देश न पहुँचा तो समझना मुझे कुछ नहीं कहना। दरअसल, वह शुरू से ज़िद्दी है—बच्चा न होने से और भी ज़्यादा हो गया।''

जँट साहब हँसे—''हम लोग भी अभी तो वैसे ही हैं।''

चलते हुए बीर बहादुर ने फिर से पाँव छुए ''खुश रहो, बड़ों की इज़्ज़त का सिला इन्सान के हाथ में नहीं होता, वह ईश्वर के यहाँ ही दर्ज़ होता है।'' बीर बहादुर ने कुछ खाया-पीया नहीं। बड़े राय उनके जाने के बाद भी काफ़ी देर तक उनके बारे में ही सोचते रहे।

मैं अगले दिन सवेरे ज़मींदारी के दौरे से लौटा। हवेली में पाँव भी नहीं रख पाया था कि बड़े राय का बुलावा आ गया। मुझे देखते ही बोले—''भास्कर, तुम फ़ौरन मझले राय के पास जाओ और उनसे कहना कि आपको फ़ौरन बुलाया है। साथ लेकर आना। हाँ, कल बीर बहादुर आये थे। तुम्हें पूछ रहे थे।''

मेरी समझ में कतई नहीं आया कि आखिर ऐसा क्या काम आ पड़ा कि मझले राय को तत्काल बुलाने की ज़रूरत पड़ गयी। किसी और आदमी को भी भेजा जा सकता था। वे शायद मेरे मन की बात भाँप गये। बोले—''तुम बड़े हो गये, तुम्हारे मन में यह बात आनी वाज़िब है। वास्तविकता जानने का तुम्हें भी अधिकार है लेकिन बड़ों की कमज़ोरियाँ छोटों के मन को ज़्यादा पकड़ती हैं। मान-सम्मान का रिश्ता भी टूटता है। उन्हें कम-से-कम जाना जाय तो अच्छा है। वैसे मैं बताये देता हूँ—बीर बहादुर का तबादला हो रहा है। उन दोनों के बीच कुछ गाँठें हैं—खुल जायें तो अच्छा है। बीर बहादुर आई.सी.एस. है। वह भी चाहता है कि कृष्ण माफ़ी माँग ले तो मामला रफ़ा-दफ़ा हो जाय। लेकिन कृष्ण राय का दुर्भाग्य यह है कि उसे इस बात का तो अहसास है कि वह राय खानदान से है परन्तु उसका मतलब मालूम नहीं—उसकी कुछ ज़िम्मेदारियाँ भी हैं। गवर्नर साहब ने भी उस दिन इशारतन कहा था।''

उनको इतना बता देना मेरे लिए काफ़ी था। ऐसे बहुत कम मौक़े मुझे याद थे। जब उन्होंने मुझसे एक साथ इतनी लम्बी बात की हो। मैं चुपचाप मझले चाचा को बुलाने चला गया। मझली चाची को मैंने पहली बार देखा। वे मोटी ज़रूर थीं पर ग़ज़ब की खूबसूरत थीं। हर वक़्त पान खाती रहती थीं। मैं उन्हें देखता रह गया। मझले चाचा उस समय घर पर नहीं थे। जैसे ही मैं पहुँचा और मझली चाची को पता चला, उन्होंने फ़ौरन बुलवा लिया। वे मसनद लगाये बैठी थीं। एक नौकरानी पंखा झल रही थी। उनके हीरे-जवाहरात के जेवरों में पंखा गतिशीलता भर रहा था। चमक टूट बन रही थी। मझली चाची ने पहले तो एक नज़र देखा फिर बोलीं—''आओ भैया, मेरे पास बैठो। मैंने तो तुम्हारे चाचा से कई बार कहा कि मुझे जेठ जी के चरणों की धूल दिलवा लाओ, अपने बच्चों से मिलवा दो। तुम्हें देखकर आँखें जुड़ा गयीं...''

मैं उनसे कुछ दूर बैठा। सारा कमरा महमह कर रहा था। उन्होंने फ़ौरन महाराज को बुलवाया और कहा—''ये तहसीलदार सरकार के भतीजे हैं। ऐसी रसोई बनाना, तुम्हें हमेशा याद रखें। इनके घर बड़े-बड़े रसोइये काना बना चुके हैं।'' मुझसे बोलीं—''हमारा यह महाराज भी बड़े-बड़े रजवाड़ों में खाना बना चुका है। एक वक़्त की रसोई में सौ रुपये लगते हैं। कई तरह के तो चावल बनाता है। एक ही सब्ज़ी को बीस तरह से बनायेगा और हर एक में अलग स्वाद आयेगा...''

मैंने बीच में रोककर पूछा—''मझले चाचा कहाँ हैं ?''

''कलक्टर साहब की पेशी में गये हैं। कमबख़्त उनकी जान का दुश्मन बना हुआ है। कहता है तुम और तुम्हारी मेम साहब इतने ठाठ से कैसे रहते हैं ? मैं पूछती हूँ तुम जन्म के बन्दर, तुम क्या विलायत से यह सब ठाठ लेकर आये थे। बीर बहादुर भी उसके साथ मिला हुआ है। कहने को जेठ जी का भतीजा है, वैसे नौकरी लेने पर तुला है। हम क्या नौकरी के दम पर जीते हैं। हमारे पास किस चीज़ की कमी है।''

मैं चुप रहा। वे बोलती जा रही थीं। ''मैंने सुना तुम्हारी पहले वाली मझली चाची बहुत सुन्दर थी। बच्चा होने में मर गयी...'' मैं चौंका ज़रूर पर बोला नहीं।

पर वे रुकी नहीं। ''मेरे पिता जी बिल्कुल तैयार नहीं थे। वो तो तुम्हारे मझले चाचा पीछे ही पड़ गये। पिता जी ठहरे सीधे आदमी, उन्हें मानना पड़ा। दरअसल वे यह नहीं चाहते थे कि उनकी बेटी किसी दहेजू के घर जाय ।''

मेरी समझ में नहीं आ रहा था कि पहली ही मुलाकात में वे ये सब बातें मुझसे क्यों कह रही हैं। मैं तो रिश्ते में उनके बेटे के बराबर था। उन्होंने न तो यह बताया कि वे कहाँ कि हैं और न यही बताया कि उनके पिता जी क्या हैं ? हालाँकि सुन हम भी चुके थे। कई छोटे-मोटे सवाल मेरे दिमाग़ में आ रहे थे। जब से मैं आया था, वे अपनी जगह से ज़रा भी नहीं हिली थीं। मनसद का सहारा लिए उसी तरह बैठी थीं। पंखा निरन्तर झला जा रहा था। ज़रा भी रुकता तो वे तत्काल पंखा झलने वाली को आँखें तरेरकर देखती थीं। वह हाथ बदलकर और ज़ोर-ज़ोर से हिलाने लगती थी।

मेरे मुँह से एकाएक निकला—''आप घर क्यों नहीं आतीं ? बड़े राय ने तो मझले चाचा से पिछली बार भी कहा था।''

''ये तो कहते हैं कि पता नहीं वे स्वीकार करें या न करें। मैं ठहरी दूसरी जाति की।''

''बड़े राय को दुःख ज़रूर हुआ था परन्तु वे चाहते हैं सब मिलकर रहें ! आप उन्हें नहीं जानतीं, जहाँ तक होता है वे सब कुछ अपने ऊपर झेलते हैं—''

मझली चाची कुछ कहना चाह रही थीं पर वे कह नहीं पा रही थीं। मैं चाहता था कि वे अपने मन की बात चाचा के आने से पहले कह दें। हो सकता है उनके

सामने न कह पायें या कभी न कह पायें। वे बात को इधर-उधर झुलाती रहीं। उनके चेहरे पर उसका प्रमाण साफ़ नज़र आ रहा था। मैंने उन्हें हिलाया-डुलाया भी पर वे अन्ततः बात पी गयीं। मुझे लगा वे बाक़ी दोनों चाचियों से ज़्यादा होशियार हैं।

मझले राय क़रीब डेढ़ बजे लौटे। पसीने से सराबोर। चेहरा भी कुछ काला पड़ गया था। उन्होंने अपनी घोड़ा-गाड़ी ले ली थी। वे मुझे देखकर चौंक गये। बोले—"तुम कब आये ?"

"कुछ ही देर पहले ।"

उन्होंने चाची की तरफ़ सवालिया नज़र से देखा। चाची ने गर्दन हिलाकर अपनी अनभिज्ञता प्रकट कर दी। वे थोड़ा सहज हो गये। उनके मुँह से बहुत ही स्वाभाविक रूप से दूसरा सवाल निकला—"अचानक कैसे आना हुआ ? वहाँ सब ठीक-ठाक हैं ना ?"

पता नहीं मेरे मन में यह बात एकाएक कैसे आ गयी कि मैं उनसे कह दूँ कि मझली चाची से मिलने आया था। दरअसल, उनका मुझे चाची की तरफ़ सवालिया नज़र से देखना पसन्द नहीं आया था। लेकिन मैं चुप लगा गया। मैं जानता था छोटे राय को छोड़कर बाक़ी दोनों रायों की नाक पर ग़ुस्सा धरा रहता है। मझले राय के तो ज़्यादा ही। मैंने उनसे वही बात कही जिसके लिए मैं भेजा गया था। "बड़े राय ने आपको फ़ौरन बुलाया है।"

मझले राय के मुँह से तत्काल निकला—"मैं उनकी तरह ख़ाली थोड़े ही बैठा हूँ।"

उनकी इस प्रतिक्रिया ने मेरी सारी मान्यताओं को झकझोर दिया । वे बोले जा रहे थे। मैं चुप था— "उस चौधरी के बच्चे ने जाकर कान भरे होंगे। बड़े राय हैं तो हमारे बड़े भाई पर उन्हें बाहर वाले सही लगते हैं···हम ग़लत। मैंने रिचर्ड्स के उस चमचे की नौकरी न ली तो मैं भी रायों के खानदान में नहीं जन्मा ।"

मझली चाची ने पहली बार करवट बदली—"आप तो बेकार ग़ुस्सा हो रहे हैं। हाथ-मुँह धोइए, खुद खाना खाइए, इन्हें खिलाइए—इतनी देर से आपका इन्तज़ार कर रहे हैं।"

वे अन्दर वाले कमरे में कपड़े बदलने चले गये। थोड़ी देर लगी। पहले लोग कपड़ों को सँभालकर पहनते थे और सँभालकर रखते थे। पतलून प्रेस में लगाते थे। लकड़ी का एक शिकंजा होता था जिसमें पतलून लगाकर कस दिया जाता था। मैंने झाँककर देखा तो वे पैण्ट को प्रेस में लगाकर उसके स्क्रू कस रहे थे। मुझे उनके चेहरे से लगा, पैण्ट की जगह भी वे खुद हैं और कसने वाले तो हैं ही। वे धोती और खड़ाऊँ पहनकर आये। हाथ-मुँह धोया। चौके में चले गये। मुझे भी वहीं बुला

लिया। मैं भी कपड़े बदलकर गया। खाना परस दिया गया। हम दोनों चुपचाप खाना खाने लगे। उन दिनों खाना खाते समय पहले सबके मुँह से चप्प-चप्प की आवाज़ आती थी। कुछ के मुँह से कम, कुछ के ज़्यादा। महाराज ने रसोई अच्छी बनायी थी। जब चावल परोसे तो लगा जैसे हर-सिंगार के फूल बिखेर दिये हों। दालें भी लाज़वाब थीं। बाद में पता चला कि एक ही दाल को तीन-चार तरह से बनाया गया था। सूखी सब्ज़ियों पर चाँदी का वर्क था। थाली में परसते हुए अवश्य उलट-पुलट हो गया था। इतना लज़ीज़ खाना घरों में कम बनता है। रसोइया बार-बार मेरी तरफ़ देख रहा था कि मैं कुछ कहूँ। मझले राय यन्त्रवत् खाना खा रहे थे। अपने में खोये से।

मैंने खाते-खाते ऊबकर पूछा—"मझली चाची खाना नहीं खायेंगी?"

मझली चाची सुनकर उन्होंने झटके से मेरी तरफ़ देखा। जैसे मैंने कुछ और कहा हो और अनजाने उन्हें झनझना दिया हो। मुझे खाना खाता देख वे फिर थाली की तरफ़ झुक गये। पर उनसे खाया नहीं गया। वे उठ गये। सीधे अपने कमरे में चले गये। मैं बाहर बरामदे में आ बैठा । बरामदे से झाँककर देखा, चाची का खाना मेज़ पर लगा है और वे खा रही हैं। चाची भी खाना खाने के बाद कमरे में चली गयीं।

चारों तरफ़ एकदम सन्नाटा था। रात की तरह झिंगरियों की आवाज़ दिन में ही सुनाई पड़ रही थी। मुझे लगा अगर झिंगरी न बोलें तो सन्नाटे की आवाज़ पहचानी ही न जाये। लगभग दो घण्टे बाद चाचा कपड़े पहनकर बाहर निकले। चाचा को भी कपड़ों का शौक़ अपने बड़े भाई ही की तरह था। या तो वे कोट-पैण्ट का सूट पहनते थे या अचकन पाजामे का। गर्मियों में अलबत्ता बढ़िया लट्ठे का चूड़ीदार पायजामा चलता था। उनकी अचकन के बटन में भी सोने की जंजीर में बँधी जेब-घड़ी लगी रहती थी। उनके बाहर आने पर मैं खड़ा हो गया—"तुम लेटे नहीं ?"

"नहीं, कुछ ज़रूरत नहीं समझी।" मैं कहना तो कुछ और चाहता था पर सिर्फ़ इतना ही कहा। उनकी गाड़ी आ गयी। जैसे टाइम बँधा हो। क़रीब सौ क़दम पर तहसील थी। मैंने पूछा—"तो मेरे लिए क्या हुकुम है ?"

"एक-दो दिन में वक़्त निकालकर आऊँगा।"

"लेकिन उन्होंने तो कहा था कि साथ लेकर आना।"

"इस पूरी तहसील की ज़िम्मेदारी मुझ पर है। यह कोई दस-पाँच गाँवों की ज़मींदारी नहीं।"

इस बात में भी पहले वाला डंक था। मैं चुप रहा। गाड़ी चली गयी।

चाची अभी तक अन्दर से बाहर नहीं आयी थीं। मैं एक बाहरी आदमी की तरह महसूस कर रहा था। मैं नौकर से कहकर बीर बहादुर के बँगले की तरफ़ चल दिया।

बड़े राय ने भी कहा था और मुझे भाभी का भी ध्यान आ रहा था। उन्हें देखे काफ़ी समय हो गया था। रास्ते में कुछ फल और मिठाई खरीद लिये। हालाँकि एक बार घर जा चुका था फिर भी याद नहीं था पूछता-पूछता पहुँचा।

जँट साहब कचहरी गये थे। मैंने सामान अन्दर भिजवा दिया। कहला दिया कि हरी राय साहब के बेटे भास्कर राय आये हैं। तत्काल बुला लिया गया। उन्हें देखते ही मेरा मन उन्हें छूने को हुआ। मैंने उनके पाँव छू लिये। वे एकदम वैसी-की-वैसी ही गुड़िया-सी लग रही थीं जैसा पिछली बार देखा था। उतनी ही सुन्दर और सहज। वे हँसकर बोलीं—"अरे तुम तो बहुत बड़े हो गये। पूरे मर्द।" उन्होंने मेरा गाल छुआ। फिर कहा—"मुझे तो तुम्हारी कई बार याद आयी, तुमने तो एक बार भी नहीं सोचा होगा कि भाभी कैसी है। पर क्या करती ? तुम्हारे भैया तो राय चाचा से मिलकर कल ही लौटे हैं। मैंने तुम्हारे बारे में पूछा तो बोले घर पर था ही नहीं—ज़मींदारी में गया था। अब सब काम भास्कर ही देखता है। मैं समझ गयी तुम बड़े हो गये। तहसीलदार साहब से मिलने आये हो या तहसीलदारनी से ?" उनकी आँखें चमचम चमक रही थीं।

मेरे मुँह से केवल 'जी' निकला। हालाँकि मेरे मन में उनसे मिलने की इच्छा भी कम नहीं थी।

उसी भाव से पूछा—"कब तक रुकोगे ?"

"आज ही चला जाऊँगा । बड़े राय ने मझले चाचा को बुलवाया था। उन्हीं को लेने आया हूँ। पर यहाँ उन्हें बहुत काम है।"

"तुम एक-आध दिन मेरे पास रुक जाओ ना ! मैं तुम्हें खूब प्यार से रखूँगी।" वे हँस दीं। प्यार शब्द सुनकर जैसे मुझे झुरझुरी-सी आ गयी।

वे हँसकर बोलीं—"अरे तुम्हें क्या हो गया ? इतने शरमा क्यों गये ? अच्छा समझी, मैंने तुम्हें प्यार से रखने की बात जो कही। अरे पगले प्यार देने वाला और प्यार लेने वाला दोनों हमेशा ज़िन्दा रहते हैं।" उन्होंने चुटकी ली। "तुम्हारी ये चाची भी तो बहुत सुन्दर हैं। 'भी' शब्द मुझे कुछ अज़ीब-सा लगा। यह मैंने कहीं सुना था ऐसे मामलों में जब 'भी' शब्द कहा जाता है तो वह एक साथ दो की बात करता है।

मैंने गर्दन हिला दी।

"राय चाचा का आशीर्वाद लेने गय्यीं या नहीं ?"

"नहीं, अभी तो नहीं।"

"मैंने सुना है वे दूसरी जाति की हैं—कायत। उनका ब्याह होने वाला था पर बारात द्वार से लौट गयी थी तब तहसीलदार साहब ने सहारा दिया। बड़े जीवट के आदमी हैं।"

मैं जैसे चौंक पड़ा। विजातीय होने की बात मझली चाची ने भी कही थी। पर

एक बात रोक गयी थीं। हो सकता है यही कहना चाहती रही हों। ठकुरानी साहब भाप गयीं। फ़ौरन बोलीं—"मैंने तो नौकरों-चाकरों से सुना है—पता नहीं ग़लत है या सही।" थोड़ी देर बाद बोलीं—"यह बात तुम बाहर जाकर किसी से न कहना। तहसीलदार साहब वैसे ही तुम्हारे भैया को दुश्मन समझते हैं। वे तो उनकी बहुत मदद करना चाहते हैं। पर पता नहीं उनके दिमाग़ में उल्टी-सीधी बातें कहाँ से भर गयीं।"

मैं उठ खड़ा हुआ—"अच्छा, इज़ाज़त दीजिए। अब चलता हूँ, गाड़ी भी पकड़नी है।"

"मेरी बात का बुरा तो नहीं मान गये ?"

"अरे नहीं, आप इतना प्यार करती हैं…" प्यार शब्द से मैं स्वयं चौंक पड़ा। वे हँस दीं। मैं झेंप गया। वे बोलीं—"कभी मेरे पास आकर रहो तो जानूँ। हमारा तबादला इलाहाबाद हो गया है। वहीं आना। देखना, तुम्हें कैसे हाथों पर रखती हूँ।"

चलते हुए उन्होंने चाँदी का रुपया रेशम के रूमाल में बाँधकर मेरी तरफ़ बढ़ा दिया। बोलीं —"ईश्वर तुम्हें खुश रखे।"

मैं चाहते हुए भी मना नहीं कर पाया। उसे मुट्ठी में दबाये बाहर आ गया।

जँट साहब लौटते हुए बाहर ही मिल गये। बोले—"भास्कर हो ना ?"

"जी !"

"मैं तो परसों ही राय चाचा के पास गया था। तुम ज़मींदारी में गये हुए थे।"

"कैसे आना हुआ ?" फिर पूछा।

"मझले राय को बड़े राय ने बुलवाया है।"

"क्या हुआ ?" उनके चेहरे पर उत्सुकता थी।

"एक-दो दिन में आने को कहा है—यहाँ काम है।"

"उनकी मर्ज़ी, तब तक तो यहाँ सब कुछ निबट लेगा।" फिर रुककर पूछा—"तुम इतनी जल्दी क्यों जा रहे हो ?"

"मुझे आज ही लौटना है, बड़े राय इन्तज़ार करेंगे।"

"भाभी से मिले ?"

"जी !" मुट्ठी में दबा रुपया और रूमाल बाहर को फैलते महसूस हुए।

वे बोले—"बड़े चाचा जी से कहना कि परसों मैं चार्ज दे दूँगा। मैं कृष्ण राय को बचाने के लिए जितना कर सकता था, किया। अब उनकी क़िस्मत !" एक लम्बी-सी साँस छोड़ दी। मैंने पाँव छुए तो उन्होंने मेरी बाँहें पकड़ लीं—"यह क्या करते हो।"

मेरे दिमाग़ में तूफ़ान-सा उठा हुआ था। यह सब क्यों हो रहा है ? मझले चाचा यह सब क्यों कर रहे हैं ? क्या चाची कायत हैं ? बड़े राय क्या यह बात जानते हैं ? यह तो उसने भी सुना था कि वे दूसरी जाति की हैं। बड़े राय को जब इस बात का पता चलेगा तो उन पर क्या बीतेगी ? क्या इसीलिए तो मझले राय इस तरह का व्यवहार नहीं कर रहे ? वे तो उन्हें हमेशा बहुत प्यार करते थे। मैं घर पहुँचा तो मझले राय लौट आये थे। उन्होंने देखते ही पूछा—''कहाँ गये थे ?''

एक क्षण मुझे तय करने में लगा, सच बोलूँ या झूठ ? मैंने उन्हें सच बता दिया, ''जँट साहब के बँगले ?''

''वह हराम का बच्चा मेरी गर्दन उतारने पर लगा है, तुम उससे रिश्ता कायम करते घूम रहे हो। फिर मेरा तुम लोगों से क्या मतलब ?''

''बड़े राय ने आपको इसीलिए बुलाया था कि बीच में पकड़कर सुलह-सफ़ाई करा दें।''

''वे क्या करायेंगे सुलह-सफ़ाई—सारी ज़मींदारी इन अफ़सरों की खुशामद में स्वाहा कर दी। जब भाई का काम पड़ा तो बड़े राय द्वारा नवाब साहब तक से यह कहते नहीं बना कि बीर बहादुर का वहाँ से तबादला कर दीजिए। जो वक़्त पर मेरे काम न आये, उससे मेरा क्या रिश्ता ?''

पीछे से आवाज़ आयी—''यह आप क्या बोले जा रहे हैं ? मेरे सामने पहली बार भतीजे बाबू घर आये हैं और आप जो मुँह में आ रहा है कह रहे हैं। इनका क्या क़सूर ? जो जेठ जी ने कहा वह आकर आपसे बता दिया, जो आप कहेंगे उसे जाकर वहाँ बता देंगे।''

वे चुप हो गये। थोड़ी देर बाद पूछा—''जँटनी ने क्या कहा ?''

''कुछ तो नहीं।''

''कुछ तो कहा होगा ! वह उस सुन्दर शरीर में पूरी नागन है।''

मैं ग़ुस्से से पगला-सा गया। मेरा गला रुँध गया। मुझ पर बोला नहीं जा रहा था। मैंने सामान उठाया और चल दिया। न मुझे किसी ने रुकने को कहा और न मैं रुका। पीछे से गाड़ी आयी, मैंने वापिस कर दी।

बड़े राय बेताबी से इन्तज़ार कर रहे थे। मुझे अकेले आते देख वह परेशान हो उठे। उन्होंने आगे बढ़कर पूछा—''कृष्ण नहीं आया ?''

मैंने गर्दन हिलाकर मना कर दिया। छोटे राय भी पास ही खड़े थे। वे बोले—''मैंने तो आपसे पहले ही कहा था कि मझले भाई उस मिट्टी के नहीं बने कि अपनी ज़िद से हटकर सही और ग़लत के बारे में तय कर सकें।''

''लेकिन क्यों ?''

''क्या आप उन्हें नहीं जानते ?''

मैं अन्दर जाने लगा तो उन्होंने डपटकर कहा—''अन्दर कहाँ जा रहा है ? पूरी

बात क्यों नहीं बताता ?''

''बड़े भैया, क्या इतने पर भी उसे बताने की ज़रूरत है ?''

''फिर भी···''

मैं सोचकर आया था कि मैं कुछ नहीं बताऊँगा। लेकिन मैं जैसे एकाएक फट पड़ा। वह भी बड़े राय के सामने ! मैं बोला—''उन्होंने कहा कि वे आपकी तरह खाली नहीं बैठे। यह आठ-दस गाँवों की ज़मींदारी नहीं—पूरी तहसील की ज़िम्मेदारी है। एक-दो दिन में मौक़ा मिलेगा तो आयेंगे।''

छोटे राय को ग़ुस्सा बहुत कम आता था। इस बात को सुनकर उनके होंठ फड़कने लगे। बड़े राय धीरे-से बोले जैसे बहुत लम्बी बीमारी से उठे हों, ''लगता है यह अनार फूटकर अब बिखरने ही वाला है···''

छोटे राय ने बात को बदलने के लिए पूछा—''तुम्हारी नयी चाची कैसी हैं ?''

मैं अभी भी भरा हुआ था। बड़ी मुश्किल से अपने को रोककर कहा—''ठीक हैं।''

वे समझ गये और बोले—''अच्छा जाओ, नहा-धोकर ताज़ा हो लो।''

मैं अन्दर चला गया। छोटे राय ने धीरे-से कहा—''लगता है काफ़ी जख़्मी होकर लौटा है।''

छोटी चाची—छोटी चाची क्या चाची—अब तो घर में एक ही चाची थी···। एक दिन बड़े राय खाना खाने ऊपर आये तो छोटी चाची ने उन्हें रोक लिया। मेरी छोटी बहिन रानी बिचौलिया थी। उन्होंने रानी से कहलाया—''भास्कर अब बड़ा हो गया। उसकी शादी कर दें।''

बड़े राय बोले नहीं। केवल सुना। हाथ-पैर धोये और चौके में आसन पर खाना खाने के लिए जा बैठे।

छोटी चाची को अच्छा नहीं लगा। कमरे में लौटकर रानी से पूछा—''क्या जेठ जी ग़ुस्सा थे ?''

''नहीं, सुनकर चुप हो गये थे।''

रानी की इस बात के बावज़ूद छोटी चाची थोड़ी चिन्तित हो गयीं। कहीं वे उनकी बात को ग़लत न समझ जायें। वे इस तरह की बातें अरुण राय के सामने नहीं कहती थीं। न चिन्ता का इज़हार और न घर की बात। उसके सामने वे हमेशा हँसती रहती थीं। अलबत्ता रानी अब बड़ी हो गयी थी। वह एक हद तक उनकी राज़दाँ थी। वैसे भी अरुण कोई बात सुन लेता था तो गाता घूमता था। यह बात तो ऐसी थी कि वह इस बात को चाव में ही कहता घूमता।

चाची समझती थी कि बड़े राय को यह बात कभी पसन्द न आती। वे कच्ची

बात मुँह से निकाले जाने के सख़्त खिलाफ़ थे।

चाची ने सोचा, अब इस बात को वे अपनी तरफ़ से आगे नहीं बढ़ायेंगी।

बड़े राय ने मास्टर खचेड़ूमल की देख-रेख में दीवानखाने की दायीं तरफ़ एक पाठशाला खुलवा दी थी। उसमें हवेली से जुड़े सभी लोगों के बच्चे पढ़ते थे। मास्टर जी बच्चों को बुलन्द आवाज़ में बोल-बोलकर पढ़ाया करते थे। शायद वे यह सोचते हों कि बड़े राय के कानों में उनकी आवाज़ पहुँचती है। अरुण काफ़ी शैतानी करता था। बच्चों पर हुकूमत तो गाँठता ही था। मास्टर जी को काफ़ी नाच नचाता था। कभी इस तरह आँखें टेढ़ी करे बैठ जाता कि दो मास्टर साहब दीखने लगते। फिर पूछता—"बताइये मास्टर साहब, हम किस वाले मास्टर से पढ़ें—?" मास्टर साहब डाँट देते तो बड़े राय के पास शिकायत पहुँच जाती। बड़े राय बच्चों को डाँटना या मारना कतई पसन्द नहीं करते थे।

रानी को एक उस्तादनी पढ़ाती थी। वह संगीत भी सिखाती थी और उर्दू और अँग्रेज़ी भी पढ़ाती थी। हिन्दी वह चाची से सीखती थी। चाची इतनी हिन्दी जानती थीं कि रानी को पढ़ा दें। अरुण रानी के पढ़ने में बहुत व्यवधान डालता था। कभी उसका हारमोनियम बेसुरा कर देता। कभी बीच में ही जाकर कहता—खाना दो। कभी जब वह गाने लगती तो वह भी अपना बेसुरा गाना शुरू कर देता। वह चाची को पुकारतीं। चाची आकर उसे डाँटतीं। वह न सुनता। तब भवानी को या किसी और नौकर को बुलाया जाता। कई बार उसे ज़बरदस्ती ले जाना पड़ता। बड़े राय को पता चलता तो वह कहते कि गाना सीखना ज़रूरी है या बच्चे को बहलाना। जब रानी अकेली पड़ जाती और चाची कहीं गयी होतीं तो उस बेचारी को उस्तादनी की छुट्टी करनी पड़ती।

वैसे रानी के पास ज़्यादा काम नहीं था। नौकर-चाकर तो थे ही। वैसे भी तब कुँवारी लड़कियों के हाथ का बना खाना कोई नहीं खाता था। कच्चा खाना तो बिल्कुल हीं नहीं। इसलिए उसका मुख्य काम अरुण की देखभाल करना था। समय बचता था तो पढ़ना, सिलाई-कढ़ाई करना, कभी-कभी रसोई में जाकर खाना बनाना भी सीखती थी। बड़े राय तो गाना सिखाने के खिलाफ़ थे। यद्यपि उन्होंने स्वयं सितार बजाना सीखा था। लड़कियों के लिए उसे वे बुरा मानते थे। खासतौर से भले घर की लड़कियों के लिए। छोटे राय ने ज़बरदस्ती इजाज़त दिलवायी ती। ज़माना बदल रहा है। औरतें आज देश की आज़ादी के मोर्चे पर लड़ रही हैं। बड़े राय अगर किसी बात से परेशान होते थे तो आज़ादी की लड़ाई वाली बात से। कहीं यह बला फिर

से इस घर में न घुस आये।

बड़े राय जब खाना खाकर जाने लगे तो वे अपने आप ही उनके कमरे के पास खड़े होकर खँखारे। चाची ने रानी से कहा—"देख तो जेठ जी कुछ कह रहे हैं।" उस ज़माने में खँखारना पर्दे की भाषा होती थी। खँखार मात्र से ही बहुत से काम चलते थे।

वह गयी और जाकर दरवाज़े में सिर झुकाकर खड़ी हो गयी। तब ज़माना कुछ ऐसा था कि बेटियाँ न बाप के सामने गर्दन उठाकर खड़ी होती थीं और न चबर-चबर बोलती थीं। बड़े राय ही बोले —"अपनी चाची से पूछो, क्या कोई लड़की नज़र में है ?"

उन्होंने चूड़ियाँ बजाकर मना कर दिया। रानी ने उसका अनुवाद कर दिया, "नहीं—चाची मना कर रही हैं।"

"तो फिर शादी की बात कैसे उठी ? क्या कोई और बात है ?"

इस बार चाची को ऐसे बोलना पड़ा कि बड़े राय भी सुन लें—"रानी, जेठ जी से कह दे कि बात तो कुछ नहीं—रानी अकेली पड़ जाती है। भाभी आ जायेगी तो बच्ची का भी मन लगेगा —कुछ नया सीखेंगी। लड़कियों के लिए बहुएँ ही खिड़कियाँ होती हैं। हमारे घर में तो सालों से कोई बहू नहीं आयी। अरुण की भी शैतानी कम होगी। नयी भाभी घर में रहेगी तो बँधा रहेगा। मेरा भी तो सेवा कराने का वक़्त आ गया।" आखिरी वाक्य उन्होंने ज़रा ऊँची आवाज़ में कहा और घूँघट में हल्का-सा मुस्करा दीं।

बड़े राय का चेहरा एक क्षण के लिए थोड़ा-सा सहज हो आया, बोले—"मैंने सुना है, नयी मझली बहू अपनी जात की नहीं ?" उनके मुँह से एकाएक निकल गया।

छोटी चाची कुछ नहीं बोलीं। रानी भी सकुचा गयी। उसकी समझ में नहीं आया वह वहीं खड़ी रहे या भाग जाय। बड़े राय को अपनी ग़लती तत्काल महसूस हुई। वे फ़ौरन रानी से बोले—" तुम जाओ।"

रानी चली गयी पर खिसिया गयी।

बड़े राय थोड़ी देर चुप रहे फिर बोले—"मुझे बच्ची के सामने यह नहीं कहना चाहिए था। बहू, तुम कोशिश करना कि इस बात का ज़हर उसके मन से उतर जाये। कई बार बच्चों का सोच ऐसी घटनाओं से भटक जाता है। वे समझने लगते हैं जब हमारे बड़े एक बात कर रहे हैं तो वह बात ग़लत कैसे हो सकती है ! मेरे कहने का मतलब था, ऐसे में कौन हमारे बेटे को अपनी बेटी का हाथ देगा ?"

छोटी चाची की तरफ़ से जवाब नहीं आया। उन्होंने एक बार खँखारा और एक

बार चूड़ी बजायी। चूड़ियों का खनकना कुछ ऐसा था जिससे बड़े राय समझ गये कि बहू को भी बात का अहसास है। खँखारकर उन्होंने यह जता दिया कि मैं क्या कहूँ। बड़े राय बोले—"कृष्ण अपना खून है, कुछ कहा भी नहीं जाता। पर खानदान की इज्ज़त के चारों ओर बड़ों ने बाड़ खड़ी की थी उसमें उसने आग लगा दी। वह मेरी आँखों के सामने धू-धू जल रही है। मैं जानता हूँ कि सब राघव जैसे नहीं...।" फिर रुककर कहा—"मैं सोचता हूँ कि इस मसले पर भी कुछ दिन चुप्प रहें तो अच्छा है।"

छोटी चाची ने पहले किवाड़ों को हल्का-सा हिलाया फिर वे उसी को सम्बोधित करके बोलीं —"जेठ जी की बात सही है पर अगर बात उस पार गयी तो बड़ी मुश्किल हो सकती है। कोई अच्छा-सा रिश्ता आये तो कर डालें। मझले जेठ जी पचासियों मील दूर हैं—किसी ने जानी किसी ने न जानी। किवाड़ में हाथ दब जाय तो किवाड़ को थोड़े ही निकालकर फेंका जा सकता है। दोनों को ही अपनी-अपनी जगह बनाये रखना पड़ता है। हाथ को भी और किवाड़ को भी।"

बड़े राय ने धीरे से हूँ किया और उतर गये। छोटी चाची को उस दिन काफ़ी मलाल हुआ कि जेठ जी के सामने बोलकर मर्यादा का उल्लंघन किया। छोटे राय से भी कहा। छोटे राय हँस दिये। अरे पगली, ये इतनी औरतें गाँधी जी के साथ आज़ादी की लड़ाई लड़ रही हैं, अगर वे भी ऐसा ही सोचतीं तो पता नहीं कब की पाप-भावना का शिकार हो जातीं। जब उन्होंने रानी को भेज दिया और तुमसे स्वयं बात करने लगे तो तुम क्या करतीं!

बड़े राय ने छोटे राय से भी सलाह ली। बात करते समय बड़े राय की आँखें नम हो गयीं। माँ की उन्हें एकाएक याद आ गयी। अगर वे हुई होतीं तो शायद मझले राय ने भी ऐसा न किया होता। औरतों का संस्पर्श आदमी की भावनाओं के तिरछे-तिनके प्रवाह को जल्दी सीधा कर देता है। दोनों भाइयों में मेरे विवाह को लेकर एक सहमति बन गयी।

मझले चाचा बीर बहादुर के चार्ज देने के लगभग सप्ताह-भर बाद मुअत्तल हो गये थे। बड़े राय को पता चला तो जैसे आसमान फट पड़ा। उनके खिलाफ़ रिश्वत का और पद के दुरुपयोग का इलजाम था। बड़े राय कई दिन तक अपने कमरे से बाहर नहीं निकले। जब भी कोई ऐसी स्थिति उत्पन्न होती थी, बड़े राय मिलना-जुलना बन्द कर देते थे। शहर के लोगों में इस बात को लेकर खुलेआम चर्चा थी। कुछ लोग खुश

थे कि बड़े राय की साठ साला खिजाब लगी मूँछों की अब कलई खुल जायेगी। ये जो बड़प्पन का जामा धारण किये रहते थे, तार-तार हो जायेगा। राय परिवार के नौकरों से लेकर सदस्यों तक को कनखी और हँसती हुई नज़रों से देखते थे। कहो बच्चू! ऐसा लगता था या तो राय परिवार जेल जाने वाला है या सज़ा काटकर जेल से निकला है, या उसके सींग उग आये हैं, या सबके-सब कृष्ण पक्ष के घुलते चन्द्रमा में बदल गये हैं।

मुअत्तली के बाद मझले राय एक रात को छुपते-छपाते आये लेकिन बड़े राय नहीं मिले। वे छोटे राय को सब कुछ बताकर और काग़ज़-पत्तर देकर फ़ौरन ही लौट गये। छोटे राय ने बड़े राय को बहुत समझाया। अब आपके सिवाय कौन है जो मझले भाई को इस भँवर से उबार सकता है। आपने जैसे अब तक उनकी ग़लतियों पर ध्यान नहीं दिया, अब भी न दें। अन्त में बड़े राय को रवैया बदलना पड़ा। जाकर बोर्ड साहब से मिलना पड़ा। बोर्ड साहब ने इस घटना पर दुख ज़ाहिर किया और बोले, ''मैं आपके खानदान की गरिमा को देखते हुए यही मदद कर सकता हूँ कि अगर आपके भाई त्यागपत्र दे दें तो मैं इस मामले को रफ़ा-दफ़ा करा दूँ। उन्हें इस तरह की जिल्लत से बचा लूँगा।'' बड़े राय ने जब यह बात मझले राय को बुलवाकर उनके सामने रखी तो वे भभक उठे, ''आप तो उन सबकी बातें सुनते हैं। वैसे भी मुझे नौकरी में देखकर आपको कभी अच्छा नहीं लगता था। मैं हरगिज़ इस्तीफ़ा नहीं दूँगा। ऊपर से नीचे तक सबको जेल भिजवाऊँगा, चाहे कुछ हो जाये।''

बड़े राय सख़्ती से बोले, ''कृष्ण, तुम जो भी इलजाम मुझ पर लगा रहे हो वह तुम्हारे सोच की अपनी सीमा है। तुमने कभी अपने गिरेबाँ में झाँककर देखने वाली नज़र ही तैयार नहीं की। तुम्हारा गिरेबाँ वैसे भी इतना तंग है कि तुम खुद उसके अन्दर नहीं झाँक सकते। इन्सान की इससे बड़ी बदक़िस्मती दूसरी नहीं होती कि उसका अपना गिरेबाँ उसके लिए अनजान रहे। बस, मैं एक बात कह सकता हूँ, अगर तुम अपने दिल में पूरी तरह साफ़ हो कि ये सब इलजाम झूठे हैं, मनगढ़न्त हैं, तो प्रिविकाउन्सिल तक लड़ो, मैं तुम्हारे साथ हूँ। अगर ऐसा नहीं है तो अपनी और खानदान की इज़्ज़त बचाने के लिए तुम्हारे पास अब एक ही रास्ता बचा है कि तुम इस्तीफ़ा दे दो। यह बर्तानिया सरकार है, अपने पर उतर आती है तो बेगुनाह को भी गुनाहगार बनाकर छोड़ती है।''

उसके बाद वे चुप हो गये। अगले चौबीस घण्टे तक मझले राय शायद अपने गिरेबाँ में झाँकने के लिए उसे ढीला करते रहे। चौबीस घण्टे बाद उन्होंने अपना इस्तीफ़ा लाकर बड़े राय के सामने रख दिया। सीनियर मेम्बर, बोर्ड ऑफ रेवन्यू यानी बोर्ड साहब ने उस मामले को रफ़ा-दफ़ा कर दिया। लेकिन उस घटना ने दोनों भाइयों

के बीच कभी न पट सकने वाली खाई बना दी। मझले राय ने जब भी मौक़ा मिला यही कहा कि बड़े राय उनसे जलते थे—उन्होंने ही उनसे इस्तीफ़ा दिलाने की साज़िश रची। वे चाहते तो उनका कुछ न बिगड़ा होता। वे डिप्टी कलक्टरी तक तो पहुँच ही जाते—कलक्टर भी बन सकते थे। बड़े राय उन्हें इतना ऊँचा उठते नहीं देखना चाहते थे। बड़े राय इसे हर बार ज़हर की घूँट की तरह गटक जाते थे।

इस पृष्ठभूमि में मैंने यानी भास्कर राय ने जवानी की ड्यौढ़ी में पाँव रखा। आज़ादी की लड़ाई भी काफ़ी पक चुकी थी। लेकिन मेरा उद्देश्य आज़ादी की लड़ाई के बारे में बात करना नहीं। क्योंकि उससे राय खानदान का कभी कोई सरोकार नहीं रहा। बस जो रहा, वह छोटे राय का ही समझो। देश हमारे लिए बड़े राय तक सीमित होकर रह गया था। अब कभी सोचता हूँ तो लगता है कि हम लोग अपने तंग नज़रिये से बड़ी-से-बड़ी चीज़ को कितना छोटा बना लेते हैं और उसे ही सही मान बैठते हैं। अगर देश आज़ाद न हुआ होता तो शायद मैं इस बुढ़ापे में भी अपने नज़रिये को उतना ही तंग, जितना तब था, बनाये रखता। वह तो मेरे बेटे रघुवर ने वक्तन-ब-वक्तन उस्ताद कहो उस्ताद, पथप्रदर्शक कहो पथप्रदर्शक, का काम किया।

बड़े राय का एक बाजू तो अलग हो ही चुका था। अब वे उसकी जगह मुझे एक मज़बूत हाथ के रूप में तैयार कर रहे थे। मज़बूती का उनका तसव्वुर बिलकुल दूसरा था। मज़बूती कभी दूसरे की ताक़त से नहीं आती। अपने ऐमाल और सोचने की ताक़त से पैदा होती है। उस समय इतनी समझ नहीं थी। मझले राय ने भले ही ग़लत या सही लेकिन अपनी एक स्वतन्त्र पहचान बना ली थी। मेरी शादी की जद्दोजहद चल रही थी। मुझे अक्सर लगता था कि शादी एक किला है, राय परिवार उसे फतह करना चाहता है। मैं तो सिर्फ घोड़ा था जिसे आगे करके उन लोगों को मुहिम सर करना था।

शादी जब तय हो गयी और मुझे दूल्हे की विशिष्टता बख्शी गयी तो मैंने महसूस किया, मेरे मुकाबले दूसरा कोई नहीं। बड़े राय—कैसे कहूँ—कुछ देर के लिए तो वे भी अनहुए हो गये थे। बस मैं ही मैं था। मेरे सपने, मेरे उन सपनों की कुंजी किसी एक ऐसे व्यक्ति के पास थी जो पंखों पर बैठकर आने वाला था और उस ग़ैबी

और बेशक़ीमती खज़ाने को मेरे सामने बेपर्दा करने वाला था जिसके बारे में मैंने गुपचुप सुना भर था। मैं सोचता हूँ, यही बात थोड़ी बहुत रद्दोबदल के साथ मेरे बेटे रघुबर ने भी महसूस की होगी—वही बात शायद उसका बेटा भी महसूस करेगा कि शादी जवानी में जिस खज़ाने को अचानक खोल देती है उसकी क़ीमत आँकना बड़े-से-बड़े जौहरी के लिए भी शायद मुमकिन नहीं होता।

शादी तय होने से पहले का मंजर बहुत अजीबोग़रीब था। जिन दिनों रिश्ते आ रहे थे, एकाएक सारे शहर में अफ़वाह फैल गयी थी कि बड़े राय ने अपने मझले भाई कृष्णराय को इसलिए अलग कर दिया क्योंकि उन्होंने उनकी मर्ज़ी के खिलाफ़ शादी कर ली। इस अफ़वाह से मुझे थोड़ा ग़ुस्सा भी आया था। लेकिन बड़े राय इस पर खामोश थे। एक ही वाक्य उनके मुँह से निकला था कि लोगों की ज़बानें अब बेहिसाब लम्बी हो गयी हैं। रिश्ते आने का जो रास्ता थोड़ा संकरा हो गया था इस अफ़वाह से थोड़ा खुल गया। हालाँकि रिश्ते उस स्तर के नहीं थे जिस स्तर के राय खानदान के लड़कों के लिए आते थे। पिछली डेढ़ शताब्दी से हमारे घर में ताल्लुकेदारों या जागीरदारों की लड़कियाँ आती रही थीं। लेकिन इस समय राय खानदान को एक ऐसी लड़की की ज़रूरत थी जो घर सँभाल सके। बिखरते हुए घर को मुट्ठी की तरह बाँध सके। हर घर का कुछ-कुछ वैसा ही इतिहास होता है जैसा एक मुल्क का होता है। आप इस बात को उलट-कर भी लागू कर सकते हैं। मुल्क की तरह घर को भी बनते या बिगड़ते हालात सँभालने के लिए एक अदद नायक या नायिका की ज़रूरत पड़ती है। इस समय इस परिवार को सँभालने वाली एक ऐसी ही नायिका की ज़रूरत थी। चाची थीं परन्तु वे बहुत अकेली पड़ गयी थीं। वैसे भी वे मुख्यधारा से थोड़ा अलग पड़ जाती थीं। मेरे यानी लड़के के पक्ष में एक ही बात थी। सिकुड़तो जाने के बावज़ूद इतनी बड़ी ज़मींदारी को मैं स्वतन्त्र रूप से देख रहा था जिसका फैलाव अभी भी पटवारी के काग़ज़ों में भी दूर-दूर तक नज़र आता था। बड़े राय का नाम आसपास के इलाक़े में चाँदी के सिक्के की तरह टन्न से बोलता था। उस ज़माने में लड़का-लड़की के एक-दूसरे को देखने का तो सवाल ही नहीं उठता था। ऐसा करना नैतिक, भौतिक और व्यावहारिक मान्यताओं के विरुद्ध माना जाता था। तभी सट्टा चालू हुआ था। लोग नम्बर लगाते थे आ गया तो सवा के सौ नहीं तो सवा भी गया। कभी-कभी मुझे ऐसा ही लगता था कि या तो सवा के सौ नहीं तो सवा भी गया। हुआ भी यही। मेरा रिश्ता रोहतक कर दिया गया। एक वकील साहब थे—अनन्तराम जी। यह मेरी पहली शादी थी। मेरी और भी शादियाँ हुईं। वह बाद की बात है। मैं नहीं चाहता शादी या शादियों को लेकर बाद में भ्रम उत्पन्न हो।

शादी बहुत धूमधाम से हुई। बारात बिल्कुल ऐसे ही गयी जैसे छोटा-मोटा लाव-लश्कर हो। भारकस, घोड़ा गाड़ियाँ, सुनहरी साज वाले घोड़े, छतर, जरी की

मसनदें, दो हाथी भी थे। हथियारबन्द लोग तो साथ थे ही। रात को जहाँ पड़ाव होता था। वहाँ डेरे-तम्बू गाड़ दिये जाते थे। तमोटियाँ साथ थीं। अलाव और हण्डे जलते थे। पहरे दिये जाते थे। बिलकुल छावनी का-सा दृश्य रहता था। पता नहीं कितना रुपया तो कर्ज़ हुआ और कितनी ज़मीन रहन रखी गयी।

मझले राय पहले तो बारात में शरीक नहीं हो रहे थे। बाद में रिश्तेदारों और दोस्तों के कहने पर शरीक हुए। उनकी और तो जो शिकायतें थीं वे थीं ही, उन्हें सबसे बड़ा डर था कि मझली चाची के साथ बहुओं वाला व्यवहार नहीं होगा। उन्होंने यही शर्त रखी कि उनकी पत्नी के साथ सम्मानपूर्ण व्यवहार किया जाये। छोटी चाची स्वयं मझली चाची को लेने गयीं। बस एक बात का ख़्याल रखा गया कि वे कच्ची रसोई में न जायें। वे स्वयं इस बात को समझ रही थीं। वैसे उनके हाथ का कच्चा खाना तो खुद मझले राय भी नहीं खाते थे। वे कभी-कभी कहती थीं कि मुँह भी सूँघते हो, तन भी छूते हो पर मेरी छुई रोटी में मेरा पाप झलकता है। वे हँस देते थे। जैसे ही मझली चाची कुछ लाने के लिए उठतीं, छोटी चाची फ़ौरन कहतीं, ''भले ही आप उम्र में मुझसे छोटी हों, रिश्ते में तो बड़ी हैं। आप तो पहली बार आयी हैं, मैं तो सालों से यहाँ का बहूपन भोग रही हूँ। मैं आपको इस तरह हैरान नहीं होने दूँगी। यहाँ उम्र का बड़प्पन चलाऊँगी। मझले जेठ जी और बड़े जेठ जी क्या कहेंगे···? भास्कर की बहू पहली बार आयेगी तो क्या मैं उससे काम करवाऊँगी। आप जिठानी ही सही पर बहू के रूप में तो रायों की हवेली में पहली बार ही आयी हैं।''

जो बड़ी-बड़ी रिश्तेदार मेहमान के रूप में आयी थीं वे ज़रूर घुमा-फिराकर कुछ-न-कुछ कह देती थीं। छोटी चाची उनकी तरफ़ से माफ़ी माँग लेती थीं। मौक़ा पड़ने पर उन्हें समझा भी देती थीं। मझली चाची छोटी चाची की आवभगत और आत्मीयता से गद्‌गद तो थीं पर उनका परायापन कम नहीं हो रहा था। उन्हें बार-बार लगता था कहीं उनकी जाति तो इसका कारण नहीं ? उस बात को वे उबाल-बिन्दु तक नहीं जाने देती थीं।

वक़ील साहब ने भी आवभगत में कमी नहीं रहने दी। बस एक चूक हो गयी। तब विदा के वक़्त दहेज दिखाने का चलन था। कुछ अंचलों में अब भी है। दोनों पक्ष के लोग देखते थे। तब दिखावा वास्तविकता से बड़ा था। वक़िल साहब ने दहेज में जो सोना और जेवरात दिखाये थे छोटे-मोटे रजवाड़े से टक्कर लेते थे। बड़े राय का दिमाग़ भी ठनका था। पर वे चुप रहे। जब दहेज घर आकर खोला गया तो सिर्फ़ पचास तोले सोना निकला। दुलहिन के कान में बात पड़ी तो वह रो पड़ी। औरतों में एक खास बात होती है खटने में भले ही चूक जायें, कहने में नहीं चूकतीं।

छोटी चाची ने बहुत समझाया— ''बहू, तू क्यों मन छोटा करती है, यहाँ किस चीज़ की कमी है—हमारे लिए तू ही साक्षात् लक्ष्मी है। तू आ गयी सब कुछ आ गया।''

लेकिन वह देर रात तक रोती रही। पहली ही रात को उसे बेसाख़्ता खाँसी आयी। डॉक्टर को बुलाना चाहा तो उसने मना कर दिया। उसके पास अपनी दवा थी उसने वही खायी। यह बात बाद में पता चली। उस समय तो यही समझा गया कि घर वालों से पहली बार अलग हुई है, मन नहीं बैठा पा रही। मैंने भी इस तरह की हालत पहली बार देखी थी। मैं उसे खाँसते देखकर बुरी तरह घबरा गया। थोड़ी देर तक तो देखता रहा फिर बाहर चला गया। उसने मुझे बाहर जाते हुए कुछ ऐसी बेबस नज़रों से देखा कि मैं उन्हें आज तक नहीं भुला पाया। बड़े राय को भी इस बात की खबर मिल चुकी थी। वे काफ़ी परेशान थे। मझले राय और छोटे राय भी उनके पास मौजूद थे। मझले राय तब तक अपने घर नहीं गये थे। दरअसल, इस्तीफ़े के बाद मझले राय यहीं लौट आये थे। वे हवेली में न रहकर गहरे बाग़ वाली कोठी के एक हिस्से में रहने लगे थे। वह कोठी साहबों का मेहमानखाना था। उसे विलायती मेहमान-खाना भी कहा जाता था। उसी के पीछे का हिस्सा उन्होंने कब्ज़ा लिया था।

इस घटना से मझले राय कुछ ज़्यादा ही परेशान थे। इस खानदान का क्या यही अन्त है ? दो भाई तो निःसन्तान हैं ही। क्या बड़े भाई का खानदान भी भास्कर और अरुण तक ही आकर रुक जायेगा ? छोटे राय आँख बन्द किये जैसे अपने से बातें कर रहे हों। पर चुप थे। तब तो उनकी परेशानी का कारण मुझे विशेष समझ में नहीं आया था। परन्तु बाद में जब अपना परिवार हुआ और हारी-बीमारी हुई तो पूरी तरह समझ पाया।

दो दिन बाद ही मेरी पत्नी का भाई उसे लेने आ गया। उसका नाम विश्वनाथ था। सब उसे राजा बाबू कहते थे। वह भी वक़ालत पढ़ रहा था। वह भी अपने पिता की तरह वक़ील बनने का हौंसला रखता था। वैसे मेरे ससुर मुख़्तार थे। तब मुख़्तार ही वकील होते थे। अच्छे-अच्छे वक़ीलों से ज़्यादा उन्हें क़ानून की समझ होती थी। नजीरें तो उन्हें हिव्ज़ थीं। बस एक ही बात थी कि हाईकोर्ट में उनकी रसाई नहीं थी। मेरी पत्नी यानी राजा बाबू की बहिन का नाम रूपवती उर्फ रूपा था। रूपा थी तो सुन्दर परन्तु एकदम दुबली-पतली और रक्तहीन। मैं उसे उसी रात को देख पाया। तभी उसे खाँसी का दौरा पड़ गया। जैसे मेरी नज़र का असर हो। उसके बाद बड़े राय ने छोटे राय से मना कर दिया कि मैं बहू के पास न जाऊँ। रूपा तब सोलह या सत्तरह साल की रही होगी। इस बात ने मेरे अन्तर्मन को जख़्मी कर दिया।

पर तब बड़ों के हुक्म के सामने घर वाली की चाह बेअसर रह जाती थी।

भाई एक-दो दिन रहा। उसे जब बताया गया कि रूपा को खाँसी का दौरा पड़ गया था और तभी से उसे बुख़ार है। डॉक्टर को दिखाना नहीं चाहती। तो राजा बाबू एकाएक परेशान हो उठा और रोहतक जाने की ज़िद करने लगा। कभी कहता कि बाबू जी को बाहर जाना है, उन्होंने तुरन्त रूपा को लेकर आने को कहा था। फिर कहता, मामा के घर शादी है। रूपा वहाँ भी जायेगी। बड़े राय ने बहू को विदा करने की इजाज़त दे दी। सभी लोगों ने बड़े राय को समझाया कि वे बहू को इतना जेवर-पत्ता न दें। लेकिन बड़े राय ने सुनकर टाल दिया। लाखों का कपड़ा और जेवर बहू के साथ कर दिया गया। उनका कहना था कि क्या राय घर की लक्ष्मी भिखारिनों की तरह अपने पीहर जायेगी। रूपा जाते हुए बहुत रोयी। यह बात सबको अजीब-सी लगी। तब पीहर जाते समय किसी लड़की का रोना बेशर्मी में शुमार होता था। अब उल्टा हो गया।

बहू के विदा होते ही मझले राय भी कोठी पर चले गये। बड़े राय ने उन्हें समझाने की कोशिश की कि हवेली पर रहने में जो साख है वह गहरे बाग़ की कोठी में रहने में नहीं होगी। उन्होंने साफ़-साफ़ कह दिया— ''यहाँ मुझे भी और आपकी मझली बहू को भी बेगानापन लगता रहेगा —''

बड़े राय ने पूछा, ''इतने दिनों में क्या तुम्हें ऐसा लगा कि किसी ने बहू की या तुम्हारी खातिर में कोताही की ?''

''नहीं, फिर भी छुआछूत तो है ही।''

''जहाँ तक मैं समझता हूँ—उतनी तो तुम भी करते हो।''

छोटे राय अब तक चुप थे। तत्काल बोले, ''मझले भाई, ऐसा न कहो। तुम्हारी छुआछूत तो तुम्हारा प्रेम और हमारी नफ़रत और बेइज़्ज़ती—बजात खुद मैं छुआछूत को नहीं मानता। छुआछूत के मुकाबले मैं इन्सानियत को तरज़ीह देता हूँ।''

वे रुके नहीं । बड़े राय ने भी यही सोचा कि कुछ भी कहना बेकार होगा।

शादी में किशन बाबू भी आये थे। वे मुझसे मिलकर बच्चों की तरह भाव-विह्वल हो गये। उन्होंने हमेशा की तरह ही मेरे गालों पर हाथ फेरा। मुझे हल्का-सा नागवार भी गुज़रा। जहाँ उनका हाथ लगा था वहाँ की खाल जैसे सिकुड़ गयी। इन्सान, गाय व घोड़े की खालों की संवेदनशीलता में कोई ज़्यादा अन्तर नहीं होता। भले ही आदमी की खाल का सिकुड़ना आँखों से दिखाई नहीं पड़ता लेकिन खुद आदमी को तो पता चलता ही है। इस बार मुझे जँटनी का छूना याद आया। वह सुहावना था। उनके

छूने पर लगा था जैसे सारे शरीर में किसी अव्यक्त भाव का विस्तार हो गया हो।

किशन बाबू रहमतुल्ला के घर पर ठहरे थे। इस बात का बड़े राय ने बुरा माना था। राय परिवार का मेहमान रहमतुल्ला के घर ठहरे। रहमतुल्ला ने भी समझाया—किशन बाबू आप ऐसा न करें। इतने बड़े आदमी के मेहमान बनकर आये हैं। मेरे यहाँ ठहरकर उन्हें बेइज़्ज़त न करें। मैं उनकी रिआया हूँ। लेकिन किशन बाबू अज़ीब ज़िद्दी साबित हुए। बोले, "तुम नहीं जानते, मेरा नाम कृष्ण है। किशन तो पड़ गया। हमारे यहाँ कृष्ण के बहुत से मतलब हैं। एक यह भी है" और हँस दिये । मैंने भी उन्हें समझाया, "किशन बाबू, बड़े राय तुम्हारी इतनी इज्ज़त करते हैं। रहमतुल्ला से वे इतने नाराज़ थे। पर तुम्हारी चिट्ठी आने पर उन्होंने इसकी घरवाली के लिए चाँदी की हँसुली भिजवायी, अनाज, गुड़ की भेली और रुपये भेजे। तुम उन्हीं की बेइज़्ज़ती कर रहे हो।"

किशन बाबू हँसकर बोले, "देख भास्कर, तू मेरी कमज़ोरी है। बड़े राय मेरी ताक़त हैं। आदमी ताक़त के सामने नहीं, अपनी कमज़ोरी के सामने झुकता है। वे बहुत बड़े आदमी हैं। मेरी उनके सामने कोई औकात नहीं। मैं माचिस और बीड़ी के बण्डल बेचकर गुज़ारा चलाता हूँ। मैं उनके साथ ठहरकर उनकी बेइज़्ज़ती करूँगा? रहमतुल्ला मेरे अपने जैसा है। मुझे उसके साथ रहकर अपने छोटेपन का अहसास नहीं होगा और उसे लगेगा, मैंने उसका मान रखा। फिर हँसकर बोले, "मुझे अपनी हैसियत से ऊपर उठकर रहने का मौक़ा भी मिला है। अपनी जड़ें छोड़कर दूसरे की जड़ों पर हम तभी पल सकते हैं जब पूरी तरह परजीवी बन जायें। परजीवी एक लतर होती है। यहाँ से उठाओ वहाँ फेंक दो, वहाँ जी उठेगी। मैं वह नहीं हूँ। यही मेरी ज़मीन है—अपनी ज़मीन को भूलने पर जिसे सुख समझा था, वह माँगा हुआ सुख था। यह सुख मेरा अपना सुख है। देख भास्कर, तू मेरी आज़ादी की क़द्र कर, मैं तेरी आज़ादी की क़द्र करूँ, तभी रिश्ता बना रहता है। अगर मुझे अपनी आज़ादी तेरी खातिर छोड़नी पड़े तो तू मेरा दोस्त कहाँ रहा !"

मुझे चुप हो जाना पड़ा। हालाँकि उनकी बातें सब बेतरतीब थीं। पर वे बोल इस तरह से रहे थे जैसे मुझसे न करके मेरी आत्मा से संवाद कर रहे हों।

रहमतुल्ला की घरवाली भी किशन बाबू को अपना मेहमान बनाकर खुश थी। शादी के अवसर पर उसने मेरे लिए तंज़ेब का एक गोल दरज का कुर्ता हाथ से बनाकर भेजा था। बहू के लिए कारचोबी के काम का चुटीला बनाया था। जब से वह आयी थी। रहमतुल्ला का काम काफ़ी बढ़ गया था। उसकी घरवाली हाथ का काम बहुत अच्छा करती थी। चाहे कसीदे का काम हो या कारचोबी का या हाथ के कुर्ते बनाने का। कुर्तों के लिए उसकी दुकान मशहूर हो गयी थी। हर खाता-पीता

आदमी चाहता था कि उसके पास कम-से-कम एक कुर्ता तो रहमतुल्ला की दुकान से सिला हुआ हो। उस ज़माने में बाक़ी लोग चार आने कुर्ता सिलाई लेते थे। रहमतुल्ला आठ आने लेता था। चार अपने और चार आने घरवाली के।

बारात में रहमतुल्ला भी बाराती की हैसियत से गया था। उसे बाकायदा सुपारी दी गयी थी। पहले बारातियों को सुपारियाँ बाँटी जाती थीं। उसी से उनकी गिनती की जाती थी। बारात छह कोठियों में ठहरी थी। चूँकि ज़्यादातर सामान साथ था इसलिए वक़ील साहब को सजाने-बजाने की बहुत कम चिन्ता करनी पड़ी थी। दरी, कालीन, मसनद, तमोटियाँ, झालरें, बर्तन वग़ैरह सभी साथ गये थे।

रहमतुल्ला ने गुपचुप नाच का इन्तजाम किया था। उसमें किशन बाबू और हमारे कुछेक रिश्तेदारों की शह थी। रामपुरवाली को बुलाया गया था, वह सुन्दर तो थी ही नाचती भी बेमिसाल थी। एक थैली किशन बाबू को सौंपी गयी थी जैसे चाहें खर्च करें। मैं तो दूल्हा ही था। उस रोज़ की रात बारातियों और घरातियों दोनों को ही बहुत मज़ा आया था। वैसे भी सात-सात दिन बारात रहने का चलन था। किशन बाबू हमेशा कहा करते थे—एक अच्छी खाती-पीती बारात कर लो तो शरीर की साल भर के लिए गठायी हो जाती है। नाच भी हो तो क्या कहने। दिल की उम्र सालभर कम हो जाती है। लेकिन किशन बाबू न तो अब शराब पीते थे और न पहले की तरह खाते थे। कहते थे—जितना अपने दम पर खा सको उतना खाओ। नाच अलबत्ता देख रहे थे। उनका रुख कुछ-कुछ वैसा ही था जैसे किसी दूसरे की बगिया में लगे आम हवा के झोंके में झूम रहे हों। बस अफ़ीम की लत वैसी की वैसी ही थी। जब कोई पूछता था कि आपने देवताओं के पान यानी सोमरस का सेवन क्यों छोड़ दिया तो हँसकर कहते थे कि देवताओं के पाँव ज़मीन से ऊपर रहते हैं अगर आदमी भी देवता बन जाय तो चारों खाने चित्त नहीं गिरेगा। देवता बनकर देख चुका हूँ। अफ़ीम ग़रीबों का नशा है। आने-दो आने से भी काम चल जाता है। फूल-पत्ती से बना नशा ज़्यादा अपना होता है बनिस्बत अंगूर की बेटी के। पता नहीं कहाँ से उछले और कहाँ पहुँच जाये। अपने हक के अन्दर रहोगे तो कभी बेदखल नहीं होगे। वे कुछ अज़ीब तरह के वाक्य बोलने के आदी हो गये थे। कभी-कभी मुझे बेचैनी होने लगती थी। मुझे लगता था कि वे कुछ ज़्यादा ही तराशे हुए और चुटीले होते हैं।

जब तक किशन बाबू नगर में रहे, सवेरे ही वे रहमतुल्ला की दुकान पर आ जाते थे और वहीं जमे रहते थे। कुछ देर के लिए हवेली में अन्दर भी चले आते थे। बड़े राय को उनका यह रवैया हैरानी में डालने वाला था। जो इतने शान-शौकत से रहा हो, जिसके कपड़ों पर कभी सलवटें न पड़ी हों और पड़ी हों तो वही सलवटें जो

सजावट के लिए डलवायी गयी हों, वह इस तरह कैसे रहने लगा ? बिना मन को बदले तन को बदल लेना कैसे सम्भव है ? मन कोई कपड़ा नहीं कि रंग में डुबोया और निकाल लिया ! फिर यह कैसे हुआ ? इस बारे में उन्होंने कभी उनसे कोई सवाल नहीं किया। लेकिन जब कभी छोटे राय याराने के मूड में आ जाते थे तो पूछ लेते थे, ''अमाँ यार किशन सहाय, कहाँ तुम मौजमस्ती वाले आदमी और कहाँ तुम्हारा यह भेष—बात नहीं जमी।''

किशन बाबू हँस देते, ''छोटे राय, पहले तन की मस्ती थी, अब मन की मस्ती है। जब पस्ती की पहचान हो जाती है तो मस्ती का रंग गहरा हो जाता है।'' फिर हँसकर बोले, ''मेरे पास तो सबसे बड़ी मस्ती है फाकेमस्ती। जो इस मस्ती को जान लेता है फिर उसे किसी और मस्ती को जानने की ज़रूरत नहीं रहती। इस मस्ती को मेरा घर भर जानता है। बीच में मैं भटक गया था। अब फिर अपने रास्ते पर आ गया हूँ। मेरी बीवी तो भगवान के नाम पर मस्त रहती है, मैं अपनी बीवी और बच्चों के नाम पर। कभी-कभी मैं अपनी बीवी का शिष्य बनकर दोनों मज़े ले लेता हूँ। आजकल यहाँ मैं ज़्यादती कर रहा हूँ—वहाँ जाकर सब बराबर कर लूँगा। वे बेचारे न कभी ज़्यादाती करते हैं और न कमताई।''

इधर किशन बाबू की आदत बन गयी थी—बोलना चालू करते थे तो बोलते चले जाते थे। हर बात को ऐसे बोलते थे जैसे अपने दिल पर से खुरचकर खुरचन बाँट रहे हों। शायद यही उनका एक मात्र सन्तोष था। उनका कहना ज़ारी था, ''छोटे चाचा—कभी-कभी वे छोटे राय को छोटे चाचा भी कहते थे—उस आनन्द को वही जानते हैं जिन्होंने उसे भोगा है। जब घर में कुछ नहीं होता तो सब एक-दूसरे के बहुत नज़दीक आ जाते हैं—एक-दूसरे को समझाते हैं—ढाँढ़स बँधाते हैं, आत्मीयता का सबसे बड़ा पुल तभी बनता है। निकट से निकट व्यक्ति की मौत पर भी ऐसा पुल बनते नहीं देखा। कुछ न होने पर होने की आस में जीना कितना बड़ा अध्यात्म है—लोग इसी में सालों जीते चले जाते हैं। जब मेरे पास इतना सब था तब मैं इस ग़म में मर रहा था कि कहीं चला न जाय। उस जैसी आस संसार की कोई आस नहीं। मैं भी क्या ले बैठा—यह तो फ़क़ीरों का सफ़रनामा है जो न कभी खत्म होता है और न होगा। अपनी ही गुरबत से लोग अमीर हैं। मुफ़लिसी की दौलत कभी खत्म नहीं होती—बाकी सब दौलतों को गहन लगता है चाहे वह ऊपर की हों या नीचे की। अभी है, अभी नहीं है। जब पहले वाले दिनों को देखता हूँ तो सच जानिए···तब मैं मुफ़लिस था, अब मैं अमीर हूँ—तब डरा हुआ था और अब निडर हूँ—अब जो पाता हूँ वह खाता हूँ—तब जो मेरा नहीं था उसे भी खाता और उड़ाता था।''

छोटे राय की आँखें नम थीं। वे उनकी बात प्रवचन की तरह सुन रहे थे। वे हँसकर बोले, ''गाँधी जी से तो नहीं मिल लिये···?''

''अरे साहब, वे महात्मा हम पापी ! गाँधी जी के पास दुनिया का दर्द है, यहाँ अपना दर्द दुनिया का हुआ जा रहा है !''

छोटे राय इस बात को सुनकर हल्का-सा चौंके, बोले, ''मैं समझा नहीं।''

''छोटे राय, समझना क्या उनके पास वैसे खोने को कुछ नहीं, हमारे पास ऐसे खोने को कुछ नहीं। बस वैसे और ऐसे का ही फ़र्क़ है।''

छोटे राय की समझ में नहीं आया कि वे आगे क्या कहें। थोड़ी देर तक उसी तरह बैठे रहे।

हफ़्ते भर बाद किशन बाबू अपने घर लौट गये। हवेली से उनके साथ कुछ सामान बाँधा गया था। बाद में पता चला कि वे उस सामान को अपने साथ न ले जाकर रहमतुल्ला के यहाँ छोड़ गये। शादी के बाद जोड़े, खाने-पीने का सामान-बर्तन आदि स्वजनों को दिये जाने की परम्परा थी। उसी के तहत वह सामान उनके साथ भी बाँध दिया गया था। यह बात रहमतुल्ला ने भवानी को बतायी थी। उसने उनसे पूछा भी था कि मैं इस सामान का क्या करूँ ? मुझे तो खुद ही हवेली से काफ़ी सामान मिला है। मैंने उनसे कहा कि अगर मैं वापिस करने जाऊँगा तो बड़े राय को दुःख होगा। तो वे बोले, मैं ले तो जाता पर मैं नहीं चाहता कि आदत खराब हो। गीली मिट्टी में गिरकर पत्थर या कोई भारी चीज़ जैसे अपनी जगह बना लेती है और वहाँ आराम से फिट हो जाती है उसी तरह हमने अपने हालात में और हालात ने हमारे अन्दर आरामदेह जगह बना ली है। मैं उसमें उलट-फेर नहीं करना चाहता। तब उसने पूछा कि मैं इस सामान का क्या करूँ ? तो वे बोले—अपाहिज़ों ममें बाँट दो। मैंने भवानी की बात का ज़िक्र किसी से नहीं किया। भवानी को भी मना कर दिया कि वह भी इस बारे में किसी से कुछ न कहे।

कुछ दिन बाद उनकी चिट्ठी आयी तो उसमें भी इस बात की हल्की-सी ध्वनि थी। चिट्ठी में उन्होंने लिखा था—''मैं अमीरी के उस बिन्दु पर पहुँच चुका हूँ जो दुनिया में हर एक को मयस्सर होती है पर लोग उसे मुफ़लिसी में बदल लेते हैं। यहाँ उम्मीदें खत्म हो जाती हैं—लगता है इसके बाद कुछ नहीं। मेरे पत्नी-बच्चों को वह काफ़ी रास आ गयी। पर कभी-कभी वे परेशानी अनुभव करते हैं। मैं उन्हें समझाता हूँ मैं वहाँ से लौटा हुआ हूँ जहाँ तुम जाना चाहते हो। मेरी बात मानो—यहाँ रहकर तुम्हें जो भी मिलेगा, वह तुम्हारा अपना होगा। निर्द्वन्द्व हो जाओगे। पाने को कुछ नहीं रहेगा। वहाँ जाकर जो भी पाओगे वह कम लगेगा—उसे बढ़ाने के लिए दूसरे का छीनोगे—छीनते ही जाओगे—जब सबका सब कुछ छीन चुकोगे और छीनने को कुछ नहीं बचेगा या कोई तुमसे बड़ा छीनने वाला आ जायेगा तो तुम क्या करोगे ? पता नहीं वे समझते हैं या नहीं पर लगता है मेरी बात उनकी समझ में फ़िलहाल तो

आ जाती है। खैर !

अब मैने अफ़ीम छोड़ दी। जब एक दिन—एक दिन क्या कई दिन अफ़ीम नहीं मिली और मेरी तकलीफ़ बर्दाश्त के बाहर हो गयी तो मैं जंगल की तरफ़ निकल गया। वह मेरी निराशा का सबसे गहरा अँधेरा था। इस तरह का अँधेरा तभी सामने आता है जब इन्सान अपने को किसी चीज़ से इस तरह बाँध लेता है जैसे किसी ज़माने में आततायी लोगों को घोड़े से बाँधकर घसीटवाते थे। मुझे एक साँप अपनी बाँबी में जाता दिखाई दिया—मुझे और तो कुछ सूझा नहीं, मैंने उस बाँबी में हाथ डाल दिया—शायद उस साँप ने मुझे काट लिया था। वह मुझे अपनी बाँह पर चढ़ता महसूस तो हुआ। फिर मैं शायद बेहोश हो गया—जब होश आया तो लगा कि मुझे उतना ही नशा है जितना आठ आना भर अफ़ीम खाने पर होता होगा। हालाँकि इतनी अफ़ीम मैंने सालों से नहीं खायी। मैं उठकर चलने लगा तो साँप वहीं पड़ा था। मैंने उसे मारने के लिए पैर उठाया तो पैर नहीं उठा। मैं अवश था। पर वह साँप पहले ही मर चुका था । शायद साँप को मेरे शरीर के ज़हर ने मार डाला था। मुझे एक बड़ी मज़ेदार बात ध्यान आयी—मैंने सोचा कि कहीं ऐसा तो नहीं कि ग़रीबी के ज़हर से साँप भी न बच पाता हो ? लेकिन यह बात ग़लत है। सारी दुनिया बची पड़ी है। मेरा संकट खत्म हो गया। अब जब मुझे तलब उठती है तो मैं जंगल में अपने शिकार की खोज में निकल जाता हूँ—नशा का नशा और एक अदद साँप की मौत। कभी-कभी लगता है साँप आदमियों से ज्यादा हैं और कभी लगता है आदमी को भी साँपों में ही क्यों न शुमार कर लिया जाये।''

उनकी इस चिट्ठी को मैंने रहमतुल्ला को पढ़कर सुनाया। समझ में तो कुछ नहीं आया पर अफ़सोस ज़रूर हुआ कि आखिर इनको यह क्या होता जा रहा है। छोटे राय को बताया तो वे चिन्तित हो गये। उनकी प्रतिक्रिया थी कि जायदाद का केस हारने का किशन बाबू पर गहरा असर हुआ है। वे धीरे-धीरे छिज रहे हैं। अपने लिए वे ग़रीबी का एक ऐसा खोखा बनाते जा रहे हैं जिसमें वे अपने को सुरक्षित महसूस कर सकें।

बड़े राय को शायद सामान छोड़कर जाने वाली बात पता चल गयी थी। उन्होंने एक वाहक के ज़रिये कुछ सामान चुपचाप उनके घर भिजवाया पर वह वापिस लौटा दिया। साथ में मेरे नाम एक चिट्ठी थी ''...लगता है तुमने बड़े राय को मेरी चिट्ठी दिखा दी। वह चिट्ठी तो मैंने अपना मन हल्का करने के लिए एक उस आदमी को लिखी थी जो अभी भी मेरी जान का टुकड़ा है। जैसे ग़रीब का कोई तर्क नहीं होता वैसे प्यार का कोई तर्क नहीं होता। दोनों की समझ ज़रूरी है। मुझे साँप काटता है तो मैं बच जाता हूँ। नशे में लहराने लगता हूँ। इन्सान अगर कभी साँप में अपना विष उतार दे तो वह मर जाता है। मैं इसका जीता-जागता सबूत हूँ। मैंने अपना डंक काफ़ी पैना कर लिया है। अगर पहले जैसी हालत होती तो साँप ने मुझे डस

लिया होता।''

मैं जानता हूँ कि बड़े राय ने यह सब सामान अपने बड़प्पन के तहत भेजा है। लेकिन अपने दखल में मैं भी कम बड़ा नहीं। लगता है दो बड़े टकरा गये। इस टकराहट को तुमने ही पैदा किया। तुम्हें ही खत्म करना होगा। सामान वापिस भेज रहा हूँ। पहला सामान भी मैं साथ नहीं लाया था। यह तुम जानते हो। कितने दिन काम चलेगा। बुरी आदत तो दो-चार दिन में ही पड़ जाती है। छूटने में भले ही सालों लग जायें। मैं बिना अनुभव के नहीं कह रहा। यहाँ तक कि सालों की अच्छी आदत को कमबख़्त अँगूठा दिखा देती है—टी···ली···ली झर्र ! बड़े राय चूँकि मुझे देने का संकल्प कर चुके हैं इसलिए तुम इस सामान को उन नदीदों को बँटवा देना जो माँगकर खाने की आदत के ग़ुलाम हैं, ग़रीबी जिन्हें काल कोठरी की तरह लगती है और जो उसका सामना करने से डरते हैं और डरे हुए अपनी गुदड़ियों में दुबके रहते हैं—इससे बड़ा हथियार और कौन-सा होगा।''

रहमतुल्ला को मेरा सलाम कहना। सिताबो को भी। सम्बन्धों के बदलने में देर नहीं लगती। लोगों की नज़र में कम-से-कम सम्मानित लोगों को कैसे आदरणीय बनाया जाता है—ये दोनों उसके उदाहरण हैं। वैसे आदर कुछ नहीं होता। शीशे को उलट कर देखो तो भी वही शक्ल, सीधा करके देखो तो भी वही। हममें शीशों में एक तरह से देखने की आदत पड़ी रहती है इसलिए हम उसे ही सही मानते हैं। क्यों ?''

मैं काफ़ी देर शशोपंज में रहा। अन्त में वह चिट्ठी मैंने बड़े राय को दे दी। उन्होंने उसे पढ़ा और आसमान की तरफ़ देखकर बुदबुदाया, ''पता नहीं किस किमायश का आदमी है। दिन-पर-दिन मुश्किल होता जा रहा है।''

नयी मझली चाची का वज़न और बढ़ गया था। उनका रहन-सहन वैसा ही था। वही महाराज उनके साथ यहाँ भी आया था जो तब था, जब मैं वहाँ गया था। मझले राय ज़मींदारी का काम खुद और मुस्तैदी से देखते थे। उनके बारे में यह मशहूर था कि वे गेहूँ के दाने भी पैसे की तरह गिनते हैं। चिड़ियों ने कितने दाने चुगे, उसका भी हिसाब रखते हैं। किसी पर अपना छोड़ते नहीं और किसी का आ जाये तो देते नहीं। उनके यहाँ मेहमाननवाज़ी का खर्च भी ना के बराबर था। कोई मेहमान आ जाता था तो उससे पूछा जाता था, ''खाना खाकर आये हैं या बनवा दिया जाय ?'' उस ज़माने में इस बात को खातिरदारी के बिल्कुल उल्टा समझा जाता था। वे अपनी

घोड़ा-गाड़ी वहीं से साथ लाये थे। इस बात से बड़े राय को तकलीफ़ हुई थी। उनको लगता था कि इतने घोड़े और गाड़ियाँ हैं, कृष्ण राय उन्हें इस्तेमाल क्यों नहीं करता। दूसरे, बड़े राय खातिरदारी को ही इन्सान की शराफत की पहचान समझते थे। उन्हें धीरे-धीरे लगने लगा था कि फासला बढ़ता ही जा रहा है। बीच के टीले ऊँचे होते जा रहे हैं।

बड़े राय कभी-कभी मुझे मझले चाचा के यहाँ भेजा करते थे। अरुण को तो वे भवानी या किसी भी नौकर के साथ अक्सर भेज देते थे। जबसे मझले राय वहाँ रहने लगे थे तब से बड़े राय ने गहरे बाग़ में दावतें देनी बन्द कर दी थीं। चाची और रानी भी डोली में बैठकर हो आयी थीं। उसे डोली नहीं कहना चाहिए क्योंकि उसमें कहार नहीं जुतते थे। बल्कि औरतों के लिए उसी डिजाइन की एक बग्गी बनवा दी गयी थी जिसे घोड़ा खींचता था। बड़े राय को आदमी का आदमियों द्वारा ढोया जाना पसन्द नहीं था। वह चारों तरफ़ से ढकी हुई थी। हवा के लिए डोली की दीवार में फूल कटे हुए थे। उनमें जाली लगी थी। औरतें जब बाहर जाती थीं तो डोली दहलीज़ के सामने लग जाती थी। सवारियाँ पीछे से बैठती थीं। जब बैठ जाती थीं तो दरवाज़ा बन्द कर दिया जाता था। छोटे राय को अगर किसी बात से घृणा थी तो औरतों पर लगी इस पाबन्दी से। यह परिवर्तन उनमें काँग्रेस में जाने के बाद से आया था। वे हमेशा कहते थे कि औरतें क्या भेड़-बकरी हैं जिन्हें माल की तरह भरा और ले गये। या बिल्ली और खरगोश हैं कि उचककर किसी की भी गोद में जा बैठेंगी। पर न तो वे बड़े राय से कह पाते थे औरं न औरतों को भेड़-बकरी की तरह डोली में भरने से रोक पाते थे।

जब भी कभी मैं गहरे बाग़ वाली कोठी पर मझले राय के पास जाता था तो वे बड़े राय के बारे में या छोटे राय के बारे में यह नहीं पूछते थे कि बड़े भाई या राघव कैसे हैं। बल्कि यह पूछते थे तुम्हारे वालिद और असली छोटे चाचा कैसे हैं ? उनका यह पूछना कानों को अखर जाता था। मझली चाची अरुण को बहुत नापसन्द थी। मझले राय तो उसके साथ खेल-कूद भी लेते थे लेकिन चाची कुछ इस तरह से व्यवहार करती थी जैसे कोई बाहरी बच्चा घर में घुस आया हो। एक बार तो उन्होंने उसे पता नहीं कैसे धकेल ही दिया था। उसके हाथ में चोट लग गयी थी। चोट भी उन्होंने ही मारी और फिर रोयीं भी ऐसे जैसे उनके अपने बच्चे को किसी दूसरे ने चोट मार दी हो। रोना औरतों का तब भी बड़ा हथियार था और आज भी है। अरुण रोता-रोता भी यह कह रहा था मझली चाची ने धक्का देकर गिराया। चाची ने चोट मारी। मझले राय समझ गये थे कि कहीं कुछ गड़बड़ ज़रूर है। वे स्वयं उसे हवेली पर छोड़ने गये थे। उन्होंने छोटे राय को बताया भी था कि अरुण तुम्हारी भाभी के धक्के से गिर गया। यह बात बड़े राय ने भी सुनी थी पर चुप लगा गये थे। बातों को बढ़ाना नहीं चाहते थे। अगर सम्बन्ध सामान्य हुए होते हाँ वे डाँटे बिना न

छोड़ते। उसके बाद उन्होंने अपनी तरफ़ से न तो किसी को गहरे बाग़ वाली कोठी पर जाने को कहा और न किसी को जाने से रोका।

ज़मींदारी में भी मझले राय का रुख काफ़ी सख़्त होता जा रहा था। चार-छह बार ऐसा भी हुआ कि उन्होंने लोगों के खेत जुतवा लिये। जब आपत्ति की गयी तो उसे आधे-पौने का दाम देकर ज़मीन अपने नाम लिखवा ली। अगर वह इसके लिए तैयार नहीं हुआ तो उसे पिटवाया और डण्डा-डोली करवा कर गाँव से बाहर फिंकवा दिया। वे लोग बड़े राय के पास फरियाद लेकर आते थे। बड़े राय पहले तो सोचते रहे कि क्या करें। फिर उन्होंने मझले राय को बुलाने के लिए मुझे भेजा। वैसे वे किसी के भी द्वारा बुलवा सकते थे। पर उन्होंने यह एहतियात इसलिए बरती थी कि वे मना न कर दें। हालाँकि वे पहले भी मना कर चुके थे। मझले राय निःसन्देह एक होशियार आदमी थे। दूर की चिड़िया पहचानते थे। वे इस बात को समझ गये कि बड़े राय ने उन्हें क्यों बुलवाया है।

जब मैं गया तो कोठी के लम्बे चबूतरे पर चहलक़दमी कर रहे थे। मैंने उनसे कहा तो वे बोले, ''क्यों बुलवाया है ?'' फिर अपने ही आप कुछ आसामियों का नाम लेकर पूछा कि अमुक-अमुक लोग तो नहीं आये थे। उन्होंने एकाएक कूल्हना शुरू कर दिया और बोले, ''दो दिन से तबीयत खराब है, तबीयत ठीक होने पर आऊँगा।''

मैंने लौटकर पूरा क़िस्सा-कोताह बड़े राय को बता दिया था। बड़े राय ने पहले एक मिनट के लिए सोचा फिर बोले, ''कृष्ण की तबीयत खराब है तो मैं ही देख आता हूँ।''

वे कुर्ता धोती और पम्प शू पहने जैसे बैठे थे वैसे ही उठकर चल दिये । मझले राय के उस कोठी में आने के बाद बड़े राय शायद पहली बार जा रहे थे। या हो सकता है एक आध बार देखने-भालने गये हों। बड़े राय को इस तरह पैदल जाते देख रहमतुल्ला दुकान से उठकर पीछे हो लिया था। एक तो वे पैदल कम जाते थे। धोती कुर्ता में तो बहुत ही कम। उनकी चाल काफ़ी तेज थी। लोग-बाग देखकर एक तरफ़ हो जाते थे। झुककर सलाम करने लगते थे। वे बराबर हाथ उठाकर सबकी बन्दगी लेते जा रहे थे। रहमतुल्ला बराबर दूरी बनाये हुए था। बड़े राय जैसे ही पहुँचे, मझले राय उनको देखकर बौखला-से गये। वे उन्हें इस वेश में और इतनी जल्दी आया देखकर तय नहीं कर पाये कि यह क्या हो गया।

बड़े राय ने पूछा, ''भास्कर ने जाकर बतलाया तुम्हारी तबीयत खराब है—साथ रहते थे तो पता रहता था···अब कैसी तबीयत है ?''

मझले राय की समझ में नहीं आया कि क्या जवाब दें। उनके मुँह से निकला

‘‘कुछ बदन में दर्द था। ’’

‘‘अपना ध्यान रखा करो। कई बार दर्द नहीं भी होता तो महसूस होने लगता है। कहो तो डॉक्टर भेज दूँ।’’

‘‘नहीं, मैं दिखा लूँगा।’’

बड़े राय घूमते-घामते कोठी में चले गये। मझले राय ने पूरी कोठी पर कब्ज़ा किया हुआ था। जो हिस्से साहबों के लिए रहते थे, वे भी मझले राय की अमलदारी में आ गये थे। बड़े राय चक्कर लगाते हुए बाहर चबूतरे पर आ गये। कोठी के विस्तार के हिसाब से चबूतरा भी चारों तरफ़ फैला हुआ था। बड़ी-से-बड़ी महफिलें उस चबूतरे पर होती थीं। दावतें और मजलिसें होती थीं। उनका दौर-दौरा अब ख़त्म हो गया था।

बड़े राय बोले, ‘‘अब तुम कब्ज़ा करने में माहिर हो गये हो।’’

पहले तो वे सकपकाये फिर बोले, ‘‘मैं समझा नहीं।’’

पूरी कोठी पर एक विस्तृत नज़र डालते हुए बोले, ‘‘कुछ लोग अपने खेतों के बारे में भी शिकायत लेकर आये थे।’’

मझले राय ज़ोर-ज़ोर से बोले लगे, ‘‘वे बदमाश हैं, हरामज़ादे हैं, कमीने हैं—खेतों के चारों तरफ़ गड्ढे खोदकर रास्ता रोकना चाहते हैं।’’

‘‘यह काम तो ग़लत है लेकिन तुमने तो उनके खेत ही जुतवा लिये। सुना पिटवाया भी।’’

‘‘तभी तो उन्हें अक़्ल आयेगी।’’

‘‘अब तो आ गयी होगी ?’’

मझले राय की समझ में या तो आया नहीं या उन्होंने जानकर नहीं समझा। बड़े राय ने भी फिर कहा, ‘‘वे खायेंगे क्या ?’’

‘‘यह मेरी ज़िम्मेदारी थोड़े ही है।’’

‘‘कृष्ण, यह तुम्हें क्या होता जा रहा है। यह सब किसके लिए कर रहे हो ? तुम्हारे पास तो अपना इतना है कि तुम चाहो तो दस आदमियों की परवरिश कर सकते हो। फिर भी आराम से रह सकते हो। इन बेज़बान लोगों की बददुआ क्यों लेते हो ? पानी उड़कर बादलों में नहीं जाता, भाप जाती है। कभी वह इतनी बरसती है कि जल-थल एक हो जाता है…’’

‘‘बड़े राय, आप मेरे मुकाबले उनकी तरफ़दारी करेंगे । जहाँ तक किसके लिए करने का सवाल है, जब तक हम ज़िन्दा है, अपने लिए कर रहे हैं। बाद में जो रहेगा सो भोगेगा।’’

‘‘वे लोग हमारी रिआया हैं—उनकी दुःख-तकलीफ़ को समझना हमारा फ़र्ज है। हम उन्हीं के दम पर ऐशो-अशरत कर रहे हैं।’’

‘‘आपकी रिआया है तो आप जानें—यह आपका सिरदर्द है। मैं किसी को

रियाया नहीं मानता । जिसका पहले मौका लगता है वह दूसरे को चूस लेता है।''

बड़े राय पहले तो बड़े राय के सम्बोधन से ही चौंके थे। इस संवाद ने उन्हें अन्दर तक आहत कर दिया। वे बोले, ''कृष्ण, जिस तरह तुमने मेरी इस कोठी पर कब्ज़ा कर लिया, उसी तरह उनकी (ग़रीबों) की रोटी पर काबिज होना चाहते हो। ऐसा मत करो। तुम मझले राय कहो या कुछ और, मैं तुम्हारा बड़ा भाई हूँ—मैंने तुम्हें पाला है। रोटी-बेटी पर किया गया अत्याचार कोई बर्दाश्त नहीं करता । कभी-न-कभी रुका हुआ पानी बहता है।''

बड़े राय खड़े थे। मझले राय ने उन्हें बैठने तक के लिए नहीं कहा था। मझली चाची दरवाज़े के पीछे खड़ी लगातार मझले राय का ध्यान आकर्षित करने का प्रयत्न कर रही थीं। लेकिन वे ज़रा भी ध्यान नहीं दे रहे थे। वे बोले, ''अपनी-अपनी तरह सब यही करते हैं। पहले कोठी पर आपका कब्जा था, अब मेरा है। आखिर यह बनी तो ज़मींदारी की आमदनी से थी।''

बड़े राय सीढ़ियों से उतरते हुए बोले, ''कोठी की बात तो बाद में हो जायेगी—बस तुम उनके खेत छोड़ दो, वे तुम्हें दुआ देंगे। उन्हें और ग़रीब करके तुम किस खत्ती में धकेलना चाहते हो। वे सब तो सबसे नीची सीढ़ी पर खड़े हैं। उसके नीचे तो सिर्फ़ मौत है—वैसे मौत तो बहुत ऊपर भी है।''

''वहीं उन्हें ज्यादा आराम मिलेगा।''

बड़े राय घूमे और धीरे-से बुदबुदाये, ''वहाँ तो सबके लिए आराम बराबर है।'' बड़े राय तेजी से सीढ़ियाँ उतर गये। रहमतुल्ला दूर खड़ा देख-सुन रहा था। उसने आँखें मलीं और फिर पीछे हो लिया।

मझली चाची अन्दर से निकलीं, ''तुमने जेठ जी को बैठने तक के लिए भी नहीं कहा ।''

''मैं दुश्मन को घर में नहीं बैठाता। वे लड़ने आये थे।''

''आप यह सब क्या कह रहे हैं ! सब मुझे कहेंगे कि मेरे कारण ही तुममें यह परिवर्तन आया। ''

''मुझे जो कहना और करना था, कह और कर दिया—तुम उनकी तरफ़दारी करती हो, जो तुमसे नफ़रत करते हैं। मैं उनसे तो उनसे, उनके कुत्तों तक से नफ़रत करता हूँ जो मुझसे नफ़रत करते हैं।''

मझली चाची अन्दर चली गयीं।

रूपा की कोई खबर नहीं थी। बड़े राय चुपचाप परेशान थे। वक़ील साहब ने बहू के हाल-चाल के बारे में न चिट्ठी लिखी और न खबर भेजी। एक-आध बार आदमी भी भेजा गया। बाहर-ही-बाहर से लौटा दिया गया। कभी यह कहकर कि रूपा मामा के घर गयी हुई है और कभी यह कहकर कि बुआ ने बुलाया था वहाँ चली गयी। बड़े राय को उन सब बातों पर विश्वास नहीं हो रहा था। उनकी चिन्ता दिन-पर-दिन बढ़ती जा रही थी। एक दिन छोटे राय ने मुझे बुलाकर कहा कि बड़े राय ने कहा है कि तुम फ़ौरन जाओ और बहू को ले आओ। मेरी समझ में नहीं आया कि जब बड़े राय मुझसे सीधे यह बात कहने में संकोच करते हैं तो भला मैं वहाँ जाकर कैसे कहूँगा कि रूपा को विदा कर दो। मैं लेने आया हूँ। बिना चिट्ठी-पत्री के इस तरह जाने से पता नहीं वे क्या समझें ? छोटे राय हँसे और बोले—"भास्कर, तुम अपनी घरवाली की चिन्ता नहीं करोगे तो कौन करेगा ? यह प्रस्ताव तो तुम्हारी तरफ़ से आना चाहिए था···और तुम हमारे कहने पर भी मुँह फेर रहे हो। अरे बीवी तुम्हारी है, हमारी नहीं। हम तो अपने ज़माने में अपनी बीवी के पास छुप-छुपकर जाया करते थे।" फिर वे गम्भीर हो गये, "देखो, पति-पत्नी होना कोई शर्म की बात नहीं। शर्म की बात है पत्नी को दूसरे के रहमो-करम पर छोड़ना। जब तक तुम लोग उसे सम्मान और आदर की बात नहीं समझोगे तब तक इन सम्बन्धों की कोई खास प्रासंगिकता नहीं होगी। एक-दूसरे को ढोने वाला रिश्ता बनकर रह जायेगा। सच पूछो तो मझले भाई इस मामले में ज़्यादा सही हैं। ज़्यादा ज़िम्मेदार हैं। उन्होंने शादी की तो बिना किसी की परवाह किये। उस ज़िम्मेदारी को निबाहा भी। लेकिन वहीं यह सही है कि उन्होंने पहले वाली मझली भाभी पर ज़ुल्म भी किया। जब मैं उनकी तरफ प्रशंसा से देखता हूँ तो यही बात आकर मेरी नज़रें झुका देती है। तुम्हारी छोटी चाची के साथ भी मेरा व्यवहार वह नहीं, जो होना चाहिए था। लेकिन मैं उनका सम्मान करना अपना फ़र्ज़ समझता हूँ । बड़े भैया ने भी बड़ी भाभी को हमेशा पत्नी से ज़्यादा एक सम्मानित आया का दर्ज़ा दिया। लेकिन वे सबकी माँ बनकर रहीं। भास्कर, औरतें बच्चे पैदा करने के लिए ही नहीं। उनके अन्दर एक ऐसी दृष्टि होती है जो तुम्हारे आर-पार देख लेती है और फिर भी मुँह नहीं खोलती। जब बदला लेती है तो सब कुछ अपने ऊपर ले लेती है। मझली भाभी उसकी मिसाल हैं।" फिर सोचकर बोले, "बस उनकी एक ही कमज़ोरी है कि वे आदमी द्वारा की जाने वाली उपेक्षा सहन नहीं कर पातीं। इसका फ़ायदा आदमी उठाता है। उपेक्षा को ही हथियार बना लेता है। वैसे क्षमा, सहनशीलता, त्याग, प्यार—सबमें आदमी उनसे कम है। आदमी मर जाये तो औरत के लिए कुछ नहीं—औरत मर जाये तो आदमी के लिए सारा जहाँ पड़ा है। हमारी बहन तेरह साल की विधवा हो गयी थी। उसका मालूम है क्या हुआ···? उसके बाद हज़ार, लाख, करोड़ जितने भी क्षण उसने जिये उतनी ही बार वह मरी। मैं ये सब बातें तुमसे इसलिए कह रहा हूँ कि तुम औरत को एक ऐसा पुर्ज़ा न समझो जो तुम्हारे

लिए बच्चे लायेगी, उन्हें पालेगी और तुम्हें प्यार करेगी···तुम जो चाहो करो। हम सब तो औरत जाति के क़ातिल हैं, उसके आत्म-सम्मान के हत्यारे हैं। तुम लोग तो ऐसे न बनो।''

वे काफ़ी उत्तेजित हो गये थे। चुप रहकर उन्होंने अपने को सँभाला और फिर कन्धे पर हाथ रखकर कहा, ''जाकर देखो रूपा कैसी है—यह समझ लो कि अब दुनिया में अगर उसे किसी का इन्तज़ार है तो तुम्हारा···देर मत करो।''

देर मत करो उन्होंने कुछ इस तरह से कहा कि मैं अन्दर तक काँप गया। मेरे संस्कारों का वह ताला अभी भी पूरी तरह नहीं खुला था। अभी भी एक-दो लीवर अन्दर फँसे थे। मैं एक ग़ार में बन्द था। हालाँकि रोशनी आनी शुरू हो गयी थी। लेकिन इतने घने अन्धकार में यह रोशनी नाकाफ़ी थी। आखिर छोटे चाचा ने मुझे उस अन्धकार से बाहर आने के लिए मजबूर कर दिया। मुझे रोहतक जाना पड़ा।

राजा बाबू यानी मेरा साला मुझे बाहर ही मिला। मुझे लगा, मुझे आया देखकर वह खुश होने की जगह नाखुश ही ज़्यादा हुआ है। ऐसे सम्बन्ध बन्धन नहीं बन पाते। वह जैसे घिर-सा गया था। जिस वाक्य को उसे तत्काल कहना चाहिए था उसे उसने कुछ रुककर कहा, ''आइए, जीजा जी।''

अन्दर उसके पिता लेटे थे। उसने जाकर बताया कि मैं आया हूँ तो वे धीरे-धीरे कूल्हते-किनचते उठे। तब तक मैं अन्दर पहुँच गया। घर में एक अज़ीब-सी दुर्गन्ध व्याप्त थी। ठीक वैसी ही जैसी बिगड़े हुए मियादी बुखार वाले बच्चे की खाल में से आती है। वे चश्मा उतारे नीम अँधेरे में बैठे थे। उनकी बड़ी-बड़ी आँखें मेरे ऊपर टिकी थीं। मैंने उन्हें प्रणाम किया।

वे छूटते ही बोले, ''अब आये हो, दामाद बाबू !''

मैं कुछ नहीं समझा। कुछ कहा भी नहीं। चुप रहा। वे तत्काल बोले, ''पता नहीं तुमने मेरी बेटी को क्या दे दिया कि वह आते ही खाट से लग गयी। दो-दो तार दिये। कोई सनका तक नहीं। तुम लोगों ने मेरी बेटी को संखिया दे दी···नंगी-बूची करके यहाँ भेज दिया।''

ससुर जी की बात मेरी समझ में नहीं आ रही थी। वे विलाप-सा कर रहे थे। मैंने साहस करके पूछा—''उन्हें क्या हुआ ? उन्हें उसी दिन से खाँसी आ रही थी, हमने डॉक्टर को बुलाने के लिए कहा तो उन्होंने मना कर दिया। राजा बाबू लेने आये और जब उन्हें पता चला कि खाँसी आ रही है तो वे उन्हें विदा कराने के लिए बेचैन हो उठे।''

''अपना दोष राजा बाबू पर मढ़ने लगे ?''

मैंने उनकी बात बीच में काटकर ही पूछा, ''रूपा है कहाँ ?''

दोनों ने एक-दूसरे की तरफ़ देखा। रूपा के पिता रुआँसे होकर बोले, ''ऊपर···वहाँ।''उनकी उँगली सीधी खड़ी थी जैसे उन्होंने उसमें सुदर्शन चक्र पहना हुआ हो।

मैं सन्न रह गया। मेरी समझ में नहीं आया मैं क्या करूँ ? जो हुआ उसका अन्दाज़ लगाकर कुछ कहना या करना मुझे मुश्किल लग रहा था। मैं कुर्सी पकड़कर पहले खड़ा रहा फिर उस पर बैठ गया। मेरे कानों में उनकी आवाज़ थोड़े-थोड़े अन्तराल से उठ-बैठ रही थी—ऊपर···ऊपर···ऊपर···वहाँ है। मैं इतना अकेला था जितना मैंने कभी महसूस नहीं किया। रूपा से मेरा पत्नी जैसा कोई सम्बन्ध नहीं रहा था। सिवाय इसके कि मेरे उसके साथ फेरे फिरे थे। पहली रात को बेतहाशा खाँसती हुई वह गुड़ी-मुड़ी बनी बैठी थी। वह रात भर इस तरह खाँसती रही जैसे कराह रही हो। मैं उसकी पीड़ा तब चाहे न समझ पाया हूँ पर अब समझ सकता हूँ। उसे पत्नी बनकर भी पत्नी न हो पाने की पीड़ा सालती रही होगी। मुझे यह स्मरण था की जब मैंने उसे छूना चाहा तो उसने घूँघट के पीछे से ही मुझे बरज दिया—मुझे मत छुइये मैं···मैं···! उसके बाद उसका रोना भी फूट पड़ा था और खाँसी भी भड़क गयी थी। मेरे मन में बहुत-सी बात उठी थीं। उसने मुझे छूने को मना क्यों किया ? बाद में पता चला कि जो कुछ भी मैंने सोचा वह निर्मूल था। बात कुछ और थी। जब वह खाँसी से बेहाल होने लगी और मैंने उसकी पीठ सहलानी चाही, उसने तब भी मना कर दिया। मैं बहुत देर तक असहाय बना उसे देखता रहा। उसकी पीड़ा का मूक द्रष्टा बने रहने की यन्त्रणा से अपने को मुक्त करने के लिए बाहर चला आया। चले आने के सिवाय कोई रास्ता नहीं था। यह अपनी पत्नी के रूप में एक स्त्री का इस रूप में पहला साक्षात्कार था। मुझे बाहर आकर लगा कि मेरे अन्दर से कुछ इस तरह रिस गया था जैसे वासुदेव-कटोरे में कृष्ण के पाँव छूकर पानी उतर जाता है। मैं शादी का गुनाहगार था। उसी की सज़ा मुझे विधुर होकर मिली थी। विधुर होने की रिक्तता क़ीमती सामान से भरे किसी भण्डार के एकाएक खाली हो जाने की रिक्तता से बड़ी होती है। खासतौर से इस तरह···!

मैंने शायद तब अपने-आपसे एक सवाल पूछा था विधुर होना क्या इतना बुरा है ? मैं समझ नहीं पाया कि यह सवाल मैं अपने-आपसे क्यों कर रहा हूँ ? शायद इसलिए कि न वह पत्नी बन पायी और न मैं पति। फिर मुझे अपनी उन बुआ का ध्यान आया—वे विधवा कैसे हो गयी थीं ? वे तो न पति का अर्थ जानती थीं और न उन्होंने पति को देखा था। विधवा होने पर उन्हें यह भी ज्ञान नहीं रहा होगा कि विधवा होना क्या होता है। मैं तो जान और समझ भी रहा था। अनजाने में कुछ हो जाना और बाद में जानना भले ही निरर्थक हो पर तकलीफ़देह होता है। इतना तकलीफ़देह कि उस तकलीफ़ को बर्दाश्त करने लायक बनाने की कोई दवा नहीं होती। एक औपचारिकता का सम्पन्न हो जाना ही क्या इतना बड़ा अभिशाप बन जाता

है कि वह सधवा गयी और मैं विधुर हूँ।

मैंने आपे से बाहर होकर वक़ील साहब से पूछा, ''रूपा कब मरी ?''

कभी-कभी मिथक एकाएक तब जीवित होकर सतर की तरह सीधे उठ खड़े होते हैं जब हम किसी वैसी ही घटना के शिकंजे में कस जाते हैं। मुझे लगा, मैं ही सती का पति हूँ—मुझे अपने ससुर का पूरा-का-पूरा जीवन-यज्ञ भंग कर देना चाहिए। इनके चेहरों को बकरों और सुअरों के सिरों में बदल देना चाहिए। पर क्या मैं रुद्र था ? मुझे लगा वक़ील साहब ही मुझसे ज़्यादा ज़ोर से बोल सकते हैं। वे बोले, ''मरी नहीं मार दी गयी।''

मैं भी ज़ोर से ही बोला, ''बन्द करिए बकवास—सीधे-सीधे बताइए उसकी मौत कब और कैसे हुई ?''

उन्होंने आशा भी नहीं की थी कि मैं इस तरह चिल्ला पड़ूँगा। वे सकपका गये।

रूपा का पिता वक़ील होने का फ़ायदा उठाना चाह रहा था, ''तुम्हें अब इससे क्या मतलब ? वह याद करती-करती चली गयी—दो-दो तार दिये गये···।''

''झूठ बोलना बन्द कीजिए···बहुत हो चुका।''

मेरे साथ दीवान जी भी आये थे। वे गम्भीर आदमी थे। अब तक चुपचाप खड़े थे। पास आकर बोले, ''समधी साहब, हमारे तो आप भी मालिक हैं और भास्कर बाबू भी मालिक हैं। क्या आप यह मानकर चलते हैं कि बहू की बीमारी का तार मिलता और हम न आते। दूर ही कितना था —दौड़ भी लगाते तो अगले सुबह यहीं होते। आपने यह अच्छा नहीं किया। बहू को उसके पति का हाथ तक नहीं लगने दिया। उस बेचारी की मुक्ति कैसे होगी ? उसके प्राण तो अपने पति को ही ढूँढ़ते भटक रहे होंगे···'' दीवान जी भावुक हो उठे।

राजा बाबू उनकी बात सुनकर परेशानी अनुभव कर रहा था। परेशान वक़ील साहब भी थे।

दीवान जी बोले, ''उनका काम तो अपने ही घर होना चाहिए था। अब तो वही उनका घर था। उनका कुछ सामान तो दे दीजिए—उसी को रखकर काम निबटा दें।''

''नहीं-नहीं, इस घर या उस घर में क्या फ़र्क़ है ?'' वे एक साँस में बोल गये।

मुझे अपनी हालत कुछ-कुछ ऐसी लग रही थी जैसे आसमान में गाते हुए उड़ रहे पंछी का एक पंख कटकर गिर गया हो और वह भी उड़ता-उड़ता ज़मीन पर आ गिरा हो और पंख फैलाये लँगड़ाता-लँगड़ाता अपना कटा पंख खोज रहा हो।

दीवान जी ने फिर कहा, ''चाहे और कुछ न दें, उसके चन्द कपड़े तो दे दीजिए जिससे पातक-निवारण और मुक्ति-यज्ञ करा लें। हम तो अनजाने ही पातक भोग रहे

हैं—देव-पूजा कर रहे हैं—ऐसे में देव-पूजा निषिद्ध होती है।''

वक़ील साहब बोले, ''आप लोगों ने दिया ही क्या जो माँग रहे हो। ऊपर से मेरी बेटी को संखिया देकर मार डाला। मेरी बेटी से आपका कोई लेना-देना नहीं।''

मैं क्षण-क्षण निढाल होता जा रहा था। दीवान जी ही मोर्चा सँभाले थे। उन्होंने दबंग आवाज़ में कहा— ''वक़ील साहब, आप यह ठीक नहीं कर रहे हैं। हमारा इससे कुछ नहीं बिगड़ेगा। बिगड़ेगा आपका। हम हिन्दू हैं—मौत के बाद की ज़िन्दगी की, इस ज़िन्दगी से ज़्यादा चिन्ता करते हैं। आपने तो अपनी ही बच्ची की यह ज़िन्दगी भी खराब कर दी और अपनी उस ज़िन्दगी को भी बिगाड़ने पर उतारू हैं। हम पर तो जो होगा, अपनी बहू की मुक्ति के लिए करेंगे। लेकिन आप यह समझ लीजिए कि वह आपको कभी माफ़ नहीं करेगी।''

मैं कुर्सी पर निढाल बैठा था। दीवान जी मुझे सहारा देकर बाहर ले आये ''चलो भैया, इन लोगों की नीयत साफ़ नज़र नहीं आती जो हो गया सो हो गया—सब्र करना पड़ेगा। बहू रानी हमें छोड़ गयी —यही बदा था।''

वहाँ से धीरे-धीरे हम स्टेशन आ गये थे। तब ऐसे स्टेशनों से एक-आध गाड़ी गुज़र जाये तो गुज़र जाये। सन्नाटा पड़ा रहता था। मुझे खाँसी के कारण हिलती रूपा की गर्दन, हाथ और बेपनाह उठती खाँसी को दबाकर खाँसने की ज़द्दोजहद सामने नज़र आ रही थी। बार-बार उचँग-सी उठती थी कि मैं पागल हाथी की तरह हुल जाऊँ और उस घर की ईंट से ईंट बजा दूँ। पर मैं जानता था कि मैं हाथी नहीं हूँ। फिर साँप और साँपन के सुने हुए क़िस्से याद आने लगते थे। नर साँप को मारने पर उसकी मादा सात समन्दर पार जाकर बदला लेती है। क्या साँपन के मारे जाने पर साँप भी कुछ करता है या वह नपुंसक की तरह नाली में सरक जाता है ? सवाल राख में दबे उपले की तरह धुँधुआ रहे थे। यहाँ राख डालो तो वहाँ से, वहाँ डालो तो कहीं और से सवालों का धुआँ फूट निकलता था।

गाड़ी आने में देर थी। उन दिनों सफ़र में खाना-पीना विधर्मी हो जाना समझा जाता था। कुछेक हिन्दू खा भी लेते थे। वे म्लेच्छ माने जाने लगते थे। पानी तक मयस्सर नहीं होता था। स्टेशनों पर तो दो पानी होते थे। एक मुस्लिम पानी, दूसरा हिन्दू पानी। हिन्दू पानी पीने में भी लोगों को परहेज होता था। हिन्दुओं में भी तो बहुत से हिन्दू थे। कब, कौन-सा हिन्दू उसे छू दे—पता नहीं चलता था। दूध को भले ही खटाई फाड़ती हो, हिन्दुओं को फाड़ने के लिए तब पानी ही काफ़ी था।

हम लोग भूखे भी थे और प्यासे भी। ससुराल में पानी तक को नहीं पूछा गया था—खाने की उम्मीद करना तो बेकार ही थी। हम लोग सूखे गले और सूखे मुँह छाँह तलाश करके एक बेंच पर बैठ गये थे। मेरी तो समझ ही में नहीं आ रहा था

कि मैं किस बात को सोचूँ और किसको नहीं। बीच-बीच में दीवान जी समझाने वाली वाणी बोलकर मरहम लगा रहे थे पर उनकी वाणी मुझे सुनाई नहीं पड़ रही थी। सुनाई पड़ रही थी तो अन्दर नहीं उतर रही थी। मेरे सामने रूपा ही थी। रूपा की वही छवि जो मैंने उस रात देखी थी। बीच-बीच में अगर कोई शब्द मेरे अन्दर प्रवेश भी कर जाता था तो ऐसा लगता था जैसे किसी ने शान्त-तारवाद्य के तार को टुन्न से टुनटुना दिया हो।

एकाएक दीवान जी उठकर खड़े हो गये। मैंने उधर देखा। राजा बाबू था और उसके साथ कोई महिला थी। उन महिला ने एकाएक मेरे पाँव पकड़ लिये मैं घबराकर पीछे हटा तो राजा बाबू ने कहा, "ये मेरी माँ हैं।"

मेरा मन कड़वाहट से भर उठा। मैं बोला, "क्या बात है ? यहाँ क्यों आयी हैं ? अब मुझसे इनका क्या लेना-देना ?"

वे बोलीं, "ऐसा मत कहिए कुँवर जी, बेटी तो चली गयी, क्या आपको भी खो दें ? बेटी के जाने से उनका तो दिमाग़ ही खराब हो गया ? हमें आप नरक में न धकेलिए।"

मैंने उनसे कहा, "एक नाटक मैं आपके घर पर देख चुका हूँ—दूसरा नाटक आप यहाँ दिखा रही हैं।"

दीवान जी की समझ में नहीं आ रहा था कि वे इस मुसीबत को कैसे टालें। औरतों के सामने आ जाने पर पुराने लोग किंकर्तव्यविमूढ़ हो जाते थे। जैसे किसी ने इक्के पर तुरुप चल दी हो। उन्होंने अपनी टोपी उतारकर खल्वाट सिर पर से पसीना पोंछा। राज बाबू से कहा, "आप बहू जी को घर ले जाइए । यहाँ लाने की क्या ज़रूरत थी। इनसे कहिए कि हम वहाँ जाकर जैसे बनेगा, बहू रानी का क्रिया-कर्म करेंगे—आपके लिए नहीं अपने लिए।" धीरे-धीरे वे बोलने लगे, "बहू जी तो बहूरानी की माँ थीं, उन्हें तो हम लोगों को खबर भिजवानी चाहिए थी—दामाद और बेटे में क्या कोई फ़र्क़ होता है ? हमें तो यह भी पता नहीं कि अचानक छोटी बहू रानी को क्या हो गया ? वे अचानक कैसे चली गयीं ? बड़े राय तो राजा दशरथ के समान हैं—अगर उन्हें विलायत तक जाना पड़ता तो जाते। इलाज़ कराते। आप नहीं जानतीं, रायों को बहू का कितना चाव था। कितने अर्से बाद उनकी ड्यौढ़ी पर बहू के पाँव पड़े थे। "

पता नहीं मुझे क्या हुआ दीवान जी की बात सुनकर मैं रो पड़ा।

राजा बाबू की माँ बोलीं, "बेटा, तुम मत रोओ ! ग़लती हमारी थी। रूपा को तपेदिक था—हमने सोचा शादी के बाद ठीक हो जायेगी। वह शादी नहीं करना चाहती थी। किसी को अपने-आपको छूने तक नहीं देती थी। अगर उसके बाबू जी

उसकी बात मान जाते तो शायद कुछ दिन और जी जाती। वह मरती मर गयी परन्तु उसने आप लोगों की तारीफ़ करना नहीं छोड़ा। वह यही कहती थी— वे मुझे छूना चाहते थे—प्यार करना चाहते थे—मैंने उन्हें रोक दिया। उन्हें बुला दो—मैं उनके चरण छूकर माफ़ी माँगना चाहती हूँ। पर मैं क्या करती—जैसे वह पराधीन थी वैसे मैं भी पराधीन थी।''

विश्वनाथ यानी मेरा साला एक गुनाहगार की तरह खड़ा था। गर्दन नीचे झुकी तो आखिर तक झुकी रही। उसकी माँ बोली, ''आप एक बार घर चलिए उसकी आत्मा आप ही के किये मुक्त होगी।''

मेरी स्थिति देखकर दीवान जी बोले, ''देखिए बहू जी, आप बेफ़िक्र रहिए—वे आपकी ही बेटी नहीं थीं, हमारे घर की लक्ष्मी भी थीं। घर जाकर हम सब कुछ करेंगे—पर अब हमारा लौटकर जाना मुश्किल है। वक़ील साहब ने जिस तरह व्यवहार किया है, उसके बाद वापिस जाने को कुछ नहीं बचा। आपको तो मालूम था कि आपकी बेटी जायेगी—पर हमको देखिए हम तो राम और सीता की जन्म-जन्मान्तर तक जीने वाली जोड़ी लेकर गये थे—हमारी लक्ष्मी ने तो पाँव रखा और रूठ गयी। घर खुलता-खुलता बन्द हो गया...'' फिर रुककर बोले, ''हमने सोचा था, बहू रानी के कपड़े या कोई सामान मिल जायेगा तो उसी को रखकर क्रिया-कर्म कर देंगे—वक़ील साहब ने वह भी नहीं दिया। हमने तो अपनी बहू को राजे-रजवाड़ों की तरह ऊपर से नीचे तक लादकर भेजा था।''

राजा बोला, ''मैं बाबू जी से कहकर—हो सका तो सामान पहुँचवा दूँगा।''

इतनी देर के बाद मैं पहली बार बोला, ''तुम मत बोलो, तुम जब लेने गये थे अगर तब ही बता देते तो क्या हम इलाज़ न कराते। अब माता जी को लेकर जाइए। उसकी चिन्ता छोड़ दीजिए।''

उसकी माँ को मैंने जाते हुए देखा। समझ में नहीं आया, वे कैसे चल पा रही थीं।

बड़े राय ने सुना तो बैठे-के-बैठे रह गये। धीरे-से बुदबुदाये, ''हे भगवान् ! इस ड्योढ़ी पर किसका शाप है ! क्या यह ड्योढ़ी अब कभी नहीं भरेगी ? हमने ऐसा कौन-सा गुनाह किया है ?''

ऐसा लगा कि हवेली की दिप-दिप करती रोशनियाँ एकाएक गुल हो गयीं। सब एक ऐसे अँधेरे में डूब गये थे जिसका कोई अन्त नहीं था और न रोशनियों की फिर से लौटने की उम्मीद ही थी। नौकर-चाकर इस तरह दबे पाँव चल रहे थे जैसे घर में ही शव रखा हो, उसके चारों तरफ़ सन्नाटे की भारी-भारी शिलाएँ उग आयी हों। ज़रा-सी आवाज़ भी उनको बढ़ाने के लिए काफ़ी थीं। रहमतुल्ला सवेरे ही आ जाता

था। वहाँ पर बिछी दरियों पर एक कोने में बैठा रोता रहता था। लोग दिन भर आते-जाते रहते थे। बस उसने इस बीच एक दिन दुकान खोली थी। केवल उस दिन जब रूपा का आटे का पुतला बनाकर उसका कफ़न सिया गया था। उसने स्वयं ज़िद की थी कि जब डोली सजाने में था तो कफ़न सीने में भी रहूँगा। उसकी बात सुनकर लोग अवाक् रह गये थे। डोली का पर्दा उसने सिया था और घरवाली ने उस पर कढ़ाई की थी। यह बात सबको याद थी।

घोड़े भी शाम को दाना खाने आते थे तो दबे पाँव। चुपचाप गर्दन झुकाकर खड़े हो जाते थे। तोबरा चढ़ जाता था। गर्दन के साथ-साथ तोबरा हिलता रहता था और वे खाते रहते थे। तोबरे से निकली हुई कोणीय आँखें कभी-कभी ऐसी लगती थीं जैसे पहचान कर रही हों कि यह क्या है ? बड़े राय अन्दर तक सिल की तरह जमे हुए थे। छोटे राय देख रहे थे, कर रहे थे और चुप थे। मैं क्रिया में बैठा था। कभी-कभी लगता था—किसके लिए ? जिसे मैंने न छुआ और न देखा। रानी और अरुण में नयी भाभी का जो चाव और उत्साह जगा था, वह उफ़ने हुए उबाल वाली खाली पतीली की तरह एक कोने में लुढ़का पड़ा था।

चाची को रोज़ दोपहर बाद पल्ला लेने बैठना पड़ता था। औरतें आती थीं। रोती थीं। फिर उनसे जिरह करती थीं। अरी अभी तो ब्याह के आयी थी, अभी चली भी गयी ? क्या हो गया था ? चाची क्या कहें कि क्या हो गया था। ऐसी बात थी तो ब्याह ही क्यों किया ? रायों के बेटे को लड़कियों की कमी थोड़े ही थी ?

सुना बहुत दिया-लिया था। चाची फिर चुप। या कह देतीं जो राम ने चाहा वो हुआ। हम कौन करने वाले और हम कौन ना करने वाले। वे हाँ में हाँ मिलातीं। फिर चालू हो जातीं। कुछ और बात तो नहीं थी ? कहीं कुछ और हो…? चाची समझती तो थीं वे क्या कह रही हैं ? वे यही कहतीं बात क्या होनी थी— बस आ गयी और ले गयी ! इतना ही साथ था और क्या कहा जाय !

मझली चाची और चाचा बस दो बार आये थे। बाहरी लोगों की तरह बैठकर चले गये। बड़े राय लोगों के बीच ऐसे बैठ रहते थे जैसे नुमायश में रखे गये कोई बुत हों। कोई आया तो गर्दन झुकाकर सलाम ले लिया, गया तो हाथ जोड़ दिये। लोगों की बातों के ध्वनिवृत्त बनते-बनते उन तक पहुँचते थे और बिखर जाते थे। बहुत हुआ तो एक वाक्य कह देते—मेरे गुनाहों की सज़ा है !

जब कभी अकेले में होता तो अरुण रानी से बहुत झक मारता। उससे पूछता, ''क्या भाभी मर गयी ?''

रानी उसका ध्यान पलटने के लिए कहती, ''नहीं, रूठ गयी।''

''क्या रूठ जाने पर मर जाते हैं ?''

''हाँ !'' वह टालने के स्वर में कहती ।

''मझली चाची भी तो रूठी हैं !''

रानी भी छोटी ही थी। उल्टी बात को सुलटाना अभी नहीं आया था। वह अपनी बात में ही फँस जाती थी। बात सुलटाने की गरज से उसने कहा, ''मझले चाचा सुनेंगे तो नाराज़ हो जायेंगे।''

''तो फिर वे मर जायेंगे।''

रानी ने उसका मुँह हाथ से दबा लिया और इधर-उधर देखने लगी। किसी ने देखा तो नहीं। फिर बोली, ''घरवालों के बारे में कहीं ऐसा कहते हैं।''

''तुमने भी तो नयी भाभी के लिए कहा था। भाभी मर गयी।''

रानी रोने लगी। अरुण उसे बिना यह समझे मनाने लगा कि ग़लती कहाँ है।

तेरहवीं के बाद राय अपने आप ही बोले, ''इस ड्योढ़ी को कहीं मझली बहू का शाप तो नहीं लग गया।''

छोटे राय को पता नहीं क्या हुआ, वे तपाक से बोले, ''मझली बहू को क्यों कहते हैं, शाप तो इस हवेली की किसी भी औरत का लग सकता है। हमने उन्हें समझा ही क्या है...'' वे आगे कुछ कहते-कहते रुक गये। बड़े राय दूसरी तरफ़ देखने लगे।

सब कुछ निबट जाने पर बड़े राय वक़ील साहब की ड्योढ़ी पर स्वयं गये। पहली बार लोगों ने जाना उनके बाल सफ़ेद हैं। उस घटना के बाद उन्होंने खिजाब लगाना छोड़ दिया । बाद में पता चला कि जब बड़े राय पहुँचे तो वक़ील साहब घर पर ही थे। बेटे ने झूठ ही कह दिया था कि वे बाहर गये है, वहीं आकर चुपचाप बैठ गया था। जैसे पछतावे में आदमी के चेहरे की चमक कम होती जाती है, उसी तरह घर भी बुझ-सा गया था। राजा बाबू चुपचाप बैठा था। वकीलनी ने अन्दर से नाश्ता पानी भेजा तो बड़े राय ने हाथ जोड़कर माफ़ी माँग ली। रूपा का जो सामान दहेज में गया था बड़े राय साथ लाये थे।

इस बात से वकीलनी कहीं-न-कहीं आहत हुई थीं। वे दरवाज़े के पीछे खड़ी होकर बोलीं, ''आप बड़े आदमी हैं—मैं आपसे माफ़ी माँगती हूँ। हमारी तो बेटी थी ही, आपने तो उसे अपनी बेटी से ज़्यादा मान दिया...'' रुककर बोलीं, ''आपकी चढ़ाई हुई चीज़ें भी थीं—उनका बाबू जी को ही पता है !''

''आपने ग़लत समझा। मैं वापिस माँगने नहीं आया हूँ, लौटाने आया हूँ। हम उन्हें रखकर क्या करते जब वही हमारी नहीं बन पायी। बेटी गयी थी, बेटी ही वापिस

लौट आयी। हम तो शायद देखने के गुनाहगार भी न थे। इसीलिए यह बेटी का धन है, इस पर आपका अधिकार है।'' फिर रुककर बोले, ''वक़ील साहब आयें तो कहिए जैसे एक बार सम्पन्न होने पर हिन्दू विवाह नहीं टूटता, ऐसे ही हमारे यहाँ रिश्तेदारियाँ नहीं टूटतीं। उसे बनाये रखें। उन्होंने हमारे साथ ही ज़्यादती नहीं की, अपनी बेटी के साथ भी ज़्यादती की है। कह नहीं सकते, उसकी आत्मा उन्हें माफ़ कर पायेगी या नहीं। हमने तो सन्तोष कर लिया।''

बड़े राय उठने लगे तो नाश्ता लगी थाली झन्न से गिर गयी। सामान बिखर गया। थाली थोड़ी देर तक झनझनाती रही। उसके गिरने की आवाज़ से सारा घर धक्क से रह गया। बड़े राय झुके और थाली उठाकर मेज़ पर रख दी।

पूरा-का-पूरा घर एक शक़िस्ता कश्ती पर सवार था। वह बार-बार डगमगाती थी और सँभल जाती थी। कई बार लगता था डूबनी तो है ही, डूब जाये तो अच्छा। पर कश्ती चाहे कितनी भी शकिस्ता क्यों न हो, डूबते-डूबते भी वक़्त लगता है। शायद यही हमारे साथ भी हो रहा था। हमारी नाव पर कई तरह के वज़न थे। कुछ हमारा अपना था जो बेबात इकट्ठा कर लिया था। राजनीतिक स्थितियाँ भी दिन-पर-दिन बदलती जा रही थीं। राजनीति तराजू के जिस पलड़े में बैठ जाती है वही झुक जाता है और दूसरा पलड़ा हल्का होते-होते इतना ऊपर उठ जाता है कि शून्य से ज़्यादा कुछ नहीं बचता। राजनीति के जिस पलड़े में हम थे वह कुछेक लोगों की पक्षधर राजनीति थी। जो राजनीति बन रही थी उसमें देश भर के लोग माला की तरह गुँथते जा रहे थे। हालाँकि हम जैसे लोग अभी भी मानते थे कि ताक़त हुकूमत में होती है। राजनीति हुकूमत चलाती है। वह हुकूमत हमारे साथ है। पर कभी-कभी अपनी ही सोच में शंका की लहरें उठने लगती थीं। वह गड्डमड्ड होने लगता था। कहीं ऐसा तो नहीं कि यह बाढ़ की तरह उमड़ती राजनीति को लील जाये ? चूँकि पहले की ऐसी कोई मिसाल नहीं थी; हमेशा हुकूमत ने हुकूमत को लीला था इसलिए सोच फिर अपनी जगह स्थिर होती नज़र आने लगती थी।

छोटे राय घण्टों अखबार लिये बैठे रहते थे। कभी-कभी कहते भी थे कि देश एक घोड़े की तरह विदेशियों की रस्सियों से जकड़ा पड़ा है। पर यह 'सफ़ेद' नहीं जिसे लोग गोलियाँ चलाकर जान से मार डालेंगे। फिर कहते—मैं ही कौन मुक्त हूँ। मैंने अपने लिए स्वजनों के मोह की जँजीरें स्वीकार की हुई हैं। पर मेरा बन्धन क्या बन्धन है ? बन्धन तो भारत माता का है। जब वह टूटेगा तो सब आज़ाद हो जायेंगे। लेकिन हम लोग अपने बाँधे बन्धनों में तब भी बँधे रहेंगे। तब मैं अपने-आप से पूछूँगा कि मैंने जानते हुए भी ऐसा क्यों होने दिया ? क्या मैं अपने प्रति भी एक तानाशाह की तरह व्यवहार नहीं कर रहा था ? तानाशाह देशों के लिए ही नहीं होते, इन्सानों

में उनके अपने लिए भी तानाशाह बैठे होते हैं। मैंने अपने विद्रोह को एक तानाशाह की तरह दबाया है। आँख में कंकरी अगर गिर जाती है तो जब तक मौज़ूद रहती है, आँखों को खुलने नहीं देती। ऐसे जकड़े रहती है जैसे उसी का आधिपत्य हो। हम लोग देश की आँख में उसी किरकिरी की तरह हैं। तानाशाही और सामन्तवाद की खराद से झरकर उड़ने वाली छीलन की तरह।

उनकी स्थिति ठीक उसी जानवर की तरह थी जिसके पैर में लम्बी रस्सी बाँध कर चरने के लिए छोड़ दिया गया हो । चरने को चाहे जितना चर ले पर बँधे रहना खूँटे से ही पड़ेगा । उस रस्सी को उन्होंने एक बार झटक कर तोड़ने का प्रयत्न किया था, झटका भी फिर अपने-आप ही बाँध भी लिया । अब वे उसे नियति माने बैठे थे। छोटे राय ने एक दिन मुझे बुलाकर कहा, ''भास्कर, मैं यह जानता हूँ कि मैं तुम्हारा मात्र चाचा हूँ। पिता नहीं। तुम पर मेरा उतना ही अधिकार है जितना एक चाचा का हो सकता है। चाचा का अधिकार पिता के कारण होता हैं। पिता चाहे तो उसे कभी वापिस भी ले सकता है। मझलेराय का तुम लोगों पर कोई अधिकार नहीं और न तुम्हारा शायद उन पर। कुछ उन्होंने उसे खोया और कुछ उनसे वापिस ले लिया गया। मैं तुमसे यही कहना चाहता हूँ कि तुम अपना भविष्य तय करो, तुम्हें इस इतनी बड़ी ज़मींदारी को सँभालना है···।'' उनकी नज़र कहीं दूर थी। वे फिर बोले, ''यह भी हो सकता है कि उसकी नौबत ही न आ पाये और देश आज़ाद हो जाये। लोग कहें, क्या करोगे इतनी जायदाद का ? उतना ही रखो जितना चाहिए, बाक़ी छोड़ो। यह कौन मानेगा क़ि जितना है उतना ही कम पड़ता है। जिन्हें बताना होगा, वे सब भुक्खड़ होंगे। समझ नहीं पायेंगे। समझने और न समझने का रिश्ता ही बिस्मारक होता है। फिर तुम्हें इस घर को सँभालना है। अरुण अभी छोटा है। वह दिन कब आयेगा, यह अभी नहीं कहा जा सकता। तुम दूसरी शादी कर लो। हम दो भाई तो लावल्द हैं ही। तुम्हारी यह शाख तो फले-फूले। तुम दोनों भाइयों को हम लावल्दों को भी देखना पड़ सकता है।''

छोटे राय के बोलते हुए मुझे लग रहा था कि वे कहीं बहुत दूर से बोल रहे हैं। उनकी आवाज़ आ रही थी। वे यहाँ न होकर वहीं थे जहाँ से वे बोल रहे थे। कहीं बहुत अन्दर। आदमी कई बार अन्दर-ही-अन्दर बोलता रहता है, बाहर कुछ सुनाई नहीं पड़ता। कभी वह बाहर ही रहता है अन्दर उतर ही नहीं पाता। यहाँ वे अन्दर थे और बाहर सुनाई पड़ रहे थे। मैंने यही कहा, ''आप ऐसा क्यों कहते हैं ? भगवान् ने चाहा तो···'' वे हँस दिये। मेरी बात उन तक पहुँच गयी थी।

वे बोले, ''मैं बच्चा नहीं !'' फिर सँभलकर कहा, ''ऐसा नहीं कि हमारे यहाँ बच्चे नहीं हुए। हुए ···पर होना या न होना बराबर हो गया। जब पहला बच्चा हुआ तो तेरी चाची उसे दूध नहीं पिला सकी। वह दूध में मुँह लगाता था और स्तन से खून आने लगता था—लोगों ने कहा वह प्रेत है—मैंने सबको बहुत डाँटा—भला

बच्चे कहीं प्रेत होते हैं। एक आया लगायी उसका दूध उसे हज़्म नहीं हुआ। दो महीने बाद वह मर गया। लोगों ने कहा—आया प्रेतनी थी। मैंने फिर कहा दूध पिलाने वाली माँ होती है—मेरी कौन सुनता ! तेरी चाची रो-रोकर पागल हो गयी। उसे यह पछतावा था कि वह अपने बच्चे की हत्यारी है। मैंने उसे भी समझाया कि जन्मदात्री भी क्या कभी हत्यारी हो सकती है ! किसी तरह वह सँभली ! मैं चाहता था कि उसे एक बच्चा हो जाय तो उसका ध्यान बेटे की तरफ़ बँट जायेगा ! एक लड़की हुई—उसके लिए एक बकरी पाली गयी। तुम्हारी चाची उसे अपना दूध पिलाने को कतई तैयार नहीं हुई। उसकी छाती दूध से भरी रहती थी—वह रोती थी पर पिलाती नहीं थी। कहती थी— मेरा यह दूध पूतना का दूध है। बच्ची का पेट नहीं भरता था—अन्ततः वह भी चल बसी। फिर हम दोनों ने सब्र कर लिया। यही सोचा—छोड़ो बच्चों का मोह। सारा जग हमारा बच्चे हैं और हम जग भर के बच्चे हैं। लेकिन हम सब ऐसा कहते हैं, कर नहीं पाते। अब ही हमारे लिए कुछ ही बच्चे हैं जैसे तुम, रानी और अरुण···! इसलिए मैं नहीं चाहता कि हमारी तरह बाद में तुम्हारी भी करनी और भरनी में अन्तर हो। करनी और भरनी के अन्तर का अहसास आदमी को बेधता है !"

"लेकिन···"

"तुम्हारी बात ठीक है। जैसे काजल की कोठरी से निकलते हुए कालख लग जाती है, इसी तरह बेबात तुम्हारे माथे पर विधुर होने की लकीर खिंच गयी है···तुम इसके लिए कतई ज़िम्मेदार नहीं। "

छोटे राय मुझे पूरी तरह अलग व्यक्ति लगे। सबसे भारी। मुझे लगा, उन्होंने अपने दुःख को अपने से अलग कर दिया था। या फिर उसका इस्तेमाल वे दूसरो की खबरदारी के लिए कर रहे थे।

इस दौरान एक दिन बड़े राय के अभिन्न मित्र उनसे मिलने आये। जब वे बिना सूचना के आते थे तो सब डर जाते थे कि ज़रूर कोई विस्फोटक खबर लाये हैं। वे उनसे उम्र में बड़े थे। पहले तो वे इधर-उधर की बात करते रहे फिर बोले, "हरी राय, तुम्हें मालूम है ?"

"क्या ?"

"तुम्हारे लावल्द भाई कृष्ण राय अब वालिद हो गये।"

बड़े राय चौंके और हँसकर बोले, "रामेश्वर बाबू, जब तक बात में चमत्कार पैदा न करो तब तक तुम्हें खाना हजम नहीं होता ! मेरा तो कोई भी भाई लावल्द नहीं।"

"यह तो तुम्हारा बड़प्पन है और खामख़्याली भी। लेकिन कृष्ण राय ने एक

लावारिस बच्चे को गोद ले लिया है। इसे तुम चमत्कार समझो या सच्चाई—यह तुम जानो।''

बड़े राय के चेहरे पर एक स्याह होता साया उतर आया। उन्होंने वाक्य दोहराया, ''कृष्ण ने लावारिस बच्चा गोद ले लिया !'' फिर बोले, ''आपकी तबीयत तो ठीक है ?''

''तबीयत की तो मुझे तुम्हारी फ़िक्र है । कल रात अस्पताल के पीछे एक लावारिस बच्चा पड़ा मिला था। शायद किसी की बदचलनी की निशानी हो। उसे कोतवाली में दाखिल कर दिया गया। उसी बच्चे को कलक्टर साहब ने आज दिन में कृष्ण राय को सौंप दिया। ऐवज़ में उसने एक इक़रारनामा भरा है कि वे दोनों···उसकी परवरिश करेंगे और अगर किसी वक़्त उनका मन उससे फिरा भी तो वह बच्चा जायदाद के फलाँ-फलाँ हिस्से का मालिक होगा। उस जायदाद की तफ़सील साथ लगायी गयी है। कलक्टर साहब ने उसे इस पवित्र काम के लिए बधाई दी और कहा—तुमने इन्सानियत के प्रति ज़िम्मेदारी निबाह कर एक अज़ीबोग़रीब मिसाल कायम की है।''

बड़े राय खामोश थे। रामेश्वर बाबू हँसते जा रहे थे और अपनी बात कहते जा रहे थे, ''वैसे तो महात्मा गाँधी भी जात-पात नहीं मानते। पर उन्होंने किसी ऐसे किसी बच्चे को नहीं पाला— सिवाय उस चमार के···सुना वह अपने-आप ही मर गया···। हालाँकि इस मामले में सरकार बर्तानिया और वे एक राय हैं। अब रायों का खानदान भी उनकी बराबरी पर आ गया। कुछ भी कहिए, कहलायेगा कृष्ण राय का पिसर ही।''

छोटे राय चुप थे। वे बोले,''रामेश्वर भाई, बच्चा ही गोद लिया कोई औरत तो नहीं रख ली। हर बच्चा प्यार का हकदार होता है। उसे प्यार करना हर किसी का फ़र्ज़ है। अगर बच्चों में कोई रंग नज़र आता है तो वह हमारी अपनी नज़रों के फ़र्क की वजह से।''

इस बात से रामेश्वर बाबू थोड़ा सकपका गये। वे बोले, ''नहीं-नहीं, मैं कोई बुराई थोड़े ही कर रहा हूँ।'' एकाएक आँखों में डंक उभर आया, ''तुम भी क्यों नहीं उठा लाते ?''

बड़े राय बीच ही में बोले, ''रामेश्वर बाबू, अललटप्प बोले जा रहे हैं ?''

रामेश्वर बाबू की जबान पर ज़हर चढ़ता जा रहा था। वे हँसकर बोले, ''मैंने अललटप्प क्या कहा, बताओ। यही तो कहा कि अपने भाई की रिवायत को बढ़ाओ। दाम से मिले दाम से लो···जैसे भी हो बच्चा मुहैया करो पर वालिद बनो। पैदा करने की किल्लत से बचो। हो सकता है थोड़े दिनों में डाल की जगह पाल के बच्चे मिलने शुरू हो जायें।''

छोटे राय बुरी तरह आहत हो गये। धैर्य से बोले, ''आप ठीक कहते हैं। मैं

भी कर लेता; न तो मुझमें उतनी हिम्मत है जितनी मझले भाई में और न उतना बड़ा दिल···मैं सोचता हूँ पर कर नहीं पाता। पता नहीं मझले भाई सोचते हैं या नहीं···पर कर गुज़रते हैं। पर मैं इसके लिए दुःखी नहीं। क्योंकि मैंने अपना सुख-दुःख बड़े भाई के सुख-दुःख से जोड़ लिया है। मझले भाई ने उसे अपने पास ही रखा। अपने सुख-दुःख को अपने पास रखना किसी हद तक मनुष्य को आज़ाद तो करता ही है। अब मेरे बच्चे यही हैं।'' आखिरी शब्द उन्होंने एक लम्बी साँस लेकर कहे।

छोटे राय बिना उनके जवाब का इन्तज़ार किये उठकर चले गये। बड़े राय ने उन्हें जाते हुए देखा पर चुप रहे। वे रामेश्वर बाबू से बोले, ''तुमने यह कहकर ठीक नहीं किया।''

''देखो हरी राय, हम पुरानी रिवायत के आदमी हैं। अगर ये नयी रोशनी में नहाये हुए हैं तो हमारी तरफ़ से रात-दिन उसी में गुसल करते रहें पर हमारे मुँह न लगें। हमारे लिए हमारा यह अपना अँधेरा ही रोशनी है। कृष्ण राय तुम्हारा भाई है तो क्या हम अपनी आँखें बन्द कर लें। जो राय खानदान आज तक बेदाग़ बना रहा—अब क्या उसी खानदान का चिराग़ यह पाप से पैदा बच्चा रोशन करेगा—अगर करेगा तो करे।''

''पूरी बात का पता तो लगने दो।''

''पता लगने को रह ही क्या गया ? इक़रारनामे पर कलक्टर साहब के कहने पर मैंने गवाही की है।''

बड़े राय चुप हो गये। दीये जलने का वक़्त हो गया था।

उस दिन की घटना से छोटे राय कई दिन तक अन्दर-ही-अन्दर खदबदाते रहे। छोटी चाची को उन्होंने पूरी बात नहीं बतायी थी। बस इतना ही बताया था कि मझले राय ने किसी लावारिस बच्चे को गोद ले लिया। वे बोलीं, '' ···काश मझले जेठ जी यह काम मझली जिठानी के सामने ही कर लेते। उस पाप से तो बच गयी होतीं वे—'' लम्बा-सा साँस लेकर कहा, ''बिना बच्चे कोई कैसे ज़िन्दगी काटे !''

छोटे राय ने छोटी चाची के चेहरे की तरफ़ देखा और गर्दन घुमा ली। थोड़ी देर बाद बोले, ''ठीक कहती हो···मझले भाई ने ठीक ही किया। कहने को बच्चा भी हो गया और एक बेसहारा को सहारा भी मिल गया। सुना, कलक्टर साहब ने बहुत तारीफ़ की···ईसाई हैं ना। ऐसे बच्चों को देखकर उन्हें अपने ईसा का ध्यान आ जाता है !''

छोटी चाची बोलीं, ''हमने तो जना भी···भरा भी और खो भी दिया। अनहुए का मलाल नहीं होता। हुआ जाता रहे तो बहुत पिराता है। न भूले बने न याद किये। तुम एक दिन जाकर उसे देख आना···कुछ दे आना। अब तो वह तुम्हारे वंश-वृक्ष पर उगी एक कोंपल है।''

छोटे राय पहले तो सोचते रहे फिर बोले, ''बड़े भैया को शायद ठीक न लगे। वे इस घटना से बहुत आहत हैं। एक तो रामेश्वर भाई के कहने का ढंग, दूसरी ओर खानदान की निष्ठा का सवाल। ये दोनों बातें बड़े राय को अन्दर-ही-अन्दर मथ रही हैं। मझले भाई की, पता नहीं क्यों, बड़े भैया से ताल नहीं बैठ पाती। उन्हें मझले भाई को लेकर हमेशा बहुत कुछ सहना पड़ता है। हालाँकि वे मुझसे ज्यादा मझले भाई को ही प्यार करते थे। मैं शायद इसी वज़ह से बड़े भाई को ज्यादा प्यार करता था कि कभी तो मेरी वकत समझेंगे—'' फिर सोचते हुए कहा, ''मझले भाई बड़े राय से विद्रोह क्यों करते हैं ? किसके लिए करते हैं ? अपने ही लिए ना ? अपने लिए किया जाने वाला विद्रोह स्वार्थ से ज्यादा कुछ नहीं होता। विद्रोह की भी कसौटी योग होता है—कितनों को जोड़ता है ! गाँधी का विद्रोह योग है। स्वार्थपरक विद्रोह से तो बेहतर है कि आदमी खूँटे से बँध जाये।''

उन्हें एकाएक रामेश्वर बाबू की बात याद आ गयी। चाची से बोले, ''रामेश्वर भाई कभी-कभी ऊक-जलूल बात करने लगते हैं। कह रहे थे कि हो सकता है ऐसा ज़माना आ जाय कि सन्तान डाल की जगह पाल की होने लगे। जैसे फल किसी का और पाल कहीं और…'' छोटी चाची मुस्करा दीं। फिर कुछ सोचकर बोलीं, ''उन्होंने यह बात क्या हम लोगों पर कटाक्ष करके कही थी ?''

छोटे राय ने झटपट बात साफ़ की, ''हमारे लिए क्यों कहेंगे…वे तो एक बात कह रहे थे जैसे लोगों की कुछ भी कह देने की आदत होती है।''

''लोग इसी तरह तो बात में जख़्म लगाते हैं। उसके लिए तीर-तोप की ज़रूरत थोड़े ही होती है। ''

''तुम भी क्या बात ले बैठीं ! अच्छा एक बात बताओ…तुम हिम्मत करोगी ?''

''किस बात की ?''

''…तुम हमेशा कहती हो कि अरुण हमारा बेटा है…''

''तो क्या तुम उससे मुँह मोड़ लोगे ?''

''नहीं, कभी-कभी लगता है कि हम उसे भी क्यों गोद लें…क्या सन्तान इतनी ज़रूरी है कि उसकी अनुपस्थिति में हमारा होता-हुआता अस्तित्व बेमायनी हो जाता है ? हम हम हैं, सन्तान सन्तान है ! हमें अपनी ज़िन्दगी इस तरह बनानी चाहिए कि वह एक सालिम ज़िन्दगी लगे। आधी-अधूरी और बेमानी ज़िन्दगी जीने का कोई मतलब नहीं होता। मझले राय ने अपनी ज़िन्दगी को काफ़ी हद तक अपने-आप में पूरी बनाने की कोशिश की है। वैसे बाहर से चीज़ें जोड़ते जाने में वज़न ही बढ़ता है। हमें तो खुश होना चाहिए कि हम बहुत-से मामलों से ज्यादा आज़ाद हैं।''

''आज़ादी-वाज़ादी तो मैं जानती नहीं…लोगों को देश की आज़ादी की लड़ाई लड़ते तो सुना है पर इन्सान की अपने बच्चों से आज़ाद होने की बात नहीं सुनी। बच्चे भले ही बाँधते हों पर उनके होने का सुख उस बन्धन से बहुत बड़ा है !''

छोटी चाची चाचा की बात से अन्दर तक आहत हो गयी थीं। वे डबडबायी आँखों से दूसरी तरफ़ देखने लगी थीं। सारा का सारा मंजर काँपता नज़र आ रहा था।

मैं भले ही दुहेजू था परन्तु एक छोटी-मोटी रियासत का एक तरह से वलिअहद था। लड़का हो और ऊपर से अमीर···तो दुहेजू होना बेमायने हो जाता है। यही मेरे साथ भी हो रहा था। रिश्ते आने शुरू हो गये थे। तब लड़के-लड़की की इच्छा कोई मायने नहीं रखती थी। वह तो अभी भी कम ही रखती है। हमारा ज़माना तो फिर भी पैंसठ-सत्तर साल पुराना था। जो लोग रिश्ता लेकर आते थे, बड़े राय उन सबको छोटे राय के पास भेज देते थे। छोटे राय शशोपंज में थे कि वे इस मामले को कैसे तय करें। उन्हें लगता था कि वे इतने खुदमुख़्तार नहीं हैं जितना एक पिता होता है। किसी की तरफ़ से हाँ या ना कहना उन्हें हमेशा दूसरे की हकतल्फ़ी लगता था। वे हमेशा कहा करते थे—हर एक को अपने फैसले अपने आप लेने चाहिए। ऐसा न करना अपनी ज़िम्मेदारी से बचना तो है ही, जिसे आप यह ज़िम्मेदारी सौंपते हैं—उसे इज्ज़त नहीं बख़्शते बल्कि उसके लिए धर्मसंकट पैदा करते हैं।

एक दिन उन्होंने मुझे बुलाया— "देखो भास्कर, मैं बहुत ज़्यादा व्यावहारिक आदमी नहीं हूँ। बेसिर-पैर की बातें सोचा करता हूँ। मुझे लगता है कि मैंने कभी अपने या किसी दूसरे के दुःख-सुख के बारे में ज़िम्मेदार बनना नहीं सीखा। मैं मानता रहा कि उसकी ज़िम्मेदारी आदमी को खुद उठानी चाहिए। हालाँकि व्यक्ति का दुःख तभी व्यापक होता है जब दूसरों का दुःख भी उसमें आ मिलता है। यही बात सुख की है। वही सुख भी बड़ा होता है जो ज़्यादा से ज़्यादा लोगों का सुख बनने की सामर्थ्य रखता हो। लेकिन मेरी ये बातें लोगों को हवाई ज़्यादा लगती हैं। विवाह का सम्बन्ध तुम्हारे अपने सुख-दुःख से है। इसमें दो व्यक्तियों के सिवाय तीसरे का कोई स्थान नहीं। हालाँकि इन्हीं दो व्यक्तियों को कोई नहीं पूछता। फैसला बाक़ी लोग करते हैं। बड़े भैया इस मामले को निबटाने का गौरव मुझे देना चाहते हैं और मुझे लगता है कि मैं तुम्हारी हकतल्फ़ी कर रहा हूँ।"

उनकी बात उस वक़्त मेरी समझ में बिल्कुल नहीं आयी। मैं चुप था। वे कहते जा रहे थे, "जो लोग मेरे पास आते हैं, मैं चाहता हूँ कि मैं उन्हें तुम्हारे पास ही भेज दूँ। लेकिन शायद मैं यह नहीं कर पाऊँगा। पर मैं इतना ज़रूर चाहता हूँ कि जब कोई आये तो मैं तुम्हें बुलाकर बैठा लूँ — तुम उन बातों को जानो और मुझे अपनी

राय दो !"

मेरे लिए यह एक अजीबोग़रीब घटना थी।

लेकिन छोटे राय ऐसा ही करते थे। जब भी कोई मिलने आता था, वे मुझे बुला लेते थे। लड़की और परिवार के बारे में मेरी राय पूछते थे। मुझे समझाते, "अगर मैं बड़े भैया का प्रतिनिधि न होता और अपने में स्वतन्त्र होता तो मैं कहता कि लड़के और लड़की को आपस में बात करके तय करना चाहिए। मझले राय ने दूसरी शादी स्वयं की। वे हमसे दो क़दम आगे हैं..." रुककर बोले—"औरतों को पसन्द और नापसन्द का हमने कोई अख़्तियार ही नहीं दिया। शायद वे अपने इस अधिकार को पहचानती भी नहीं। इसी का नतीज़ा है मझली भाभी की कुर्बानी। मैं उन्हें बहुत इज़्ज़त की नज़र से देखता हूँ। लोग उन्हें कुछ भी कहें परन्तु उन्होंने मझले भाई की तोहमत का वाज़िब जवाब दिया। अगर वे वैसे ही मर जातीं तो शायद मेरे दिल में उनकी इज़्ज़त न होती। कई बार गुनाहगार को गुनाहगार साबित करने के लिए बेगुनाह करना पड़ता है।"

जब कभी इस तरह के ज़िक्र आ जाते थे तो छोटे राय भावुक होकर बहकने लगते थे। अपनी मझली भाभी का दुःख उनके दिल में गहरा उतरा हुआ था। वह उन्हें एक ऐसा निर्दोष मुज़रिम समझते थे जिसे गुनाहगार करार देकर दूसरे के गुनाहों के लिए सूली पर चढ़ा दिया गया हो। वे उसके लिए अपने को और बड़े राय को भी दोषी मानते थे। वे कभी-कभी मुझसे भी एक सीधा सवाल पूछ बैठते थे—"तुम शादी क्यों करना चाहते हो ?"

उस सवाल का मेरे पास कोई जवाब नहीं होता था। उस ज़माने में इसका जवाब सोचना भी बेगैरती की बात मानी जाती थी। मैं चुप हो जाता। वे कहते, "शरमाओ नहीं, इस सवाल पर गहराई से सोचो। हमारे धर्म में माना जाता है कि पितृऋण की पूर्ति बच्चा पैदा करके ही हो सकती है। वह भी लड़का। यह कार्य बिना उस सबके भी हो सकता है। महाभारत इसका उदाहरण है। बिना घटित हुए साहित्य में कुछ नहीं आता। भले ही हम उसे कल्पना मानकर नकार दें। तुम कहोगे वह व्यभिचार था। क्या अब नहीं है ? इतनी ज़रा-सी बात के लिए यह सब क्यों—? मझली भाभी ने भी तो वही किया। हाँ, विवाह का एक ही मतलब—दो व्यक्तियों को अगर सुरक्षा चाहिए, मान्यता चाहिए—शारीरिक रूप से घटने वाले सुखों में बराबर की हिस्सेदारी चाहिए तो विवाह करें। यह उन सुखों की सहयोगी क्रिया है। हम दोनों इसके उदाहरण हैं। तुम अगर इस तरह सोच सको तो विवाह का कोई मतलब होगा। वरना वही ढाक के तीन पात।"

उनकी ये सब बातें मुझे ऊलजलूल ज़्यादा लगती थीं। मुझे लगता था कि छोटे

राय सोचते भी ज़्यादा हैं और बोलते भी ज़्यादा हैं, क्या उनकी बात का कोई मतलब है ? दरअसल वे मुझे वक़्त से आगे लगते थे। उस ज़माने में जब औरतें सिर्फ़ औरतें होती थीं तो उनके बारे में इस तरह सोचना अजब लगता था। अब तो यह सब सोचने का रिवाज़-सा हो गया है ! तब सोच की भी हदें खिंची हुई थीं।

एक दिन छोटे राय ने एक सज्जन को मेरे पास भेजा। मैं ज़मींदारी में था। जो सज्जन आये थे वे पंजाब के थे और कचहरी में काम करते थे। शायद कोई अहलकार। जज के पेशकार या महाफ़िजखाने में मुंसरिम। अब मुझे याद नहीं। हालाँकि उस ज़माने में इतनी छोटी हैसियत के आदमी के लिए हमारे खानदान में बेटी की शादी करने की बात सोचना हिम्मत की बात थी। मुझे झटका-सा लगा। लेकिन फिर मुझे ध्यान आया कि मैं दुहेजू हूँ। वैसे भी वे एक नज़दीकी रिश्तेदार के माध्यम से आये थे। उनके चचा पंजाब के पुराने शानदार लोगों में गिने जाते थे। मुझे उनके बारे में वे दोहरा-दोहराकर बता रहे थे।

जब वे पहुँचे तो मैं सवेरे का नाश्ता करके ज़मींदारी की खैर-खबर लेने के लिए घोड़े पर सवार होकर निकलने ही वाला था। ज़मींदारी में पैसा वसूल करना एक मुश्किल काम था। लोग गरीब थे। उनकी खेती अकेले उनकी खेती नहीं होती थी। उसमें बहुत से हिस्सेदार होते थे। ज़मींदार से लेकर गाँव का चौकीदार तक। गुजारा मुश्किल से चलता था। कर्ज़ा भी लेते थे, सूद भी देते थे और मार भी खाते थे। ज़मींदारी खत्म हो जाने के बाद जब क़रीब-क़रीब वैसे ही दिन हम लोगों पर भी आये तो उनकी तकलीफ़ का कुछ-कुछ अहसास हुआ। ज़मींदारों के पैसे की इतनी लाओ-लाओ और खाओ-खाओ न होती तो शायद उन्हें दूसरे लोगों के हालात को समझने का मौक़ा मिला होता। सामन्ती लोगों की सबसे बड़ी सीमा होती है कि वे अपने हितों के दायरे के बाहर नहीं देख पाते। उन्हें पूरा संसार उसी घेरे के अन्दर कुलबुलाता महसूस होता है। यह बात मेरी सोची-समझी नहीं। मेरा बेटा रघुबर कहा करता है। आप कहेंगे शादी हुई नहीं, लड़का कहाँ से आ गया। मैं ये सब बातें अब चौरासी वर्ष की उम्र में बयान कर रहा हूँ । मेरे दो बेटे और एक बेटी हैं। हुए तो कई। कभी-कभी सब कुछ गड्डमड्ड होने लगता है। अब के सन्दर्भ में तब की और तबके सन्दर्भ में अबकी बातें याद आने लगती हैं। अब जब उस ज़माने की बात सोचता हूँ तो मुझे लगता है कि गड्ढे में भरे जल को तब हम तीन तरफ़ा फैला समुद्र समझकर जी रहे थे। चिड़िया की आँख चुग्गे को देखती है और गप्प से ले उड़ती है। हो सकता है उसके लिए वही दाना आकाश बन जाता हो। खैर छोड़िए इस गड्डमड्डपन को। मैं उस बात पर आता हूँ। उन सज्जन ने आकर कहा—"मुझे आपके चाचा राघव राय साहब ने भेजा है, मैं पंजाब से आया हूँ।"

लोग तब शहर का नाम न लेकर यही कहते थे कि वह अमुक प्रदेश से आया है। पंजाब था तो वहाँ सब कुछ पंजाब था। हम लोग अपने को यू.पी. या पछाँह का बताते थे। पंजाब से हम लोगों का परिचय भैंसों के ज़रिये था। मेरे मुँह से एकाएक निकला। ''पंजाब की भैंसे बहुत अच्छी होती हैं।''

वे बुज़ुर्ग आदमी थे। पहले तो चौंके फिर मुस्कराये। मुझे लगा कि शायद मैंने कोई ग़लत बात कह दी है। हालाँकि मैंने सीधे स्वभाव वह बात कही थी।

वे बोले, ''मैं भैंसों के बारे में नहीं आया···अपनी बेटी के रिश्ते के बारे में आया हूँ।''

मेरी समझ में नहीं आया कि उनके उस व्यंग्य का क्या जवाब दूँ। बिरजिस में आदमी वैसे ही पालिश की हुई लकड़ी का ढाँचा लगता है। मैं उनकी बात सुनकर और काष्ठवत् हो गया। तब तक भीखू आ गया था। उन्हें वही ताँगे में लाया था। उसने हम लोगों के बीच का स्तम्भन भंग किया, ''छोटे राय ने हुज़ूर को आपके पास भेजा है।''

''हाँ···आपने बता दिया।''

वे बोले, ''मेरा नाम बी. सहाय है।''

अब मैं सँभल गया था। मैंने कुर्सी मँगायी। डेरे में दो-तीन कुर्सियाँ थीं। ज़्यादातर खाटें ही इस्तेमाल होती थीं। वे बैठ गये। मैंने अन्दर महाराज से कहलवा दिया कि शहर से एक मेहमान आये हैं। साथ में भीखू साईस भी आया है। दोनों खाना खायेंगे। गन्ने का ताजा रस पिलवाया। गरम-गरम गुड़ बन रहा था। गुड़ खिलवाया। गुड़ में सोंठ और मेवा पड़ा था। लेकिन नाश्ता उन्होंने नहीं छुआ। वे अपनी बेटी के बारे में बात करते रहे, ''मैं जानता हूँ कि रायों का घर बहुत बड़ा है—हमारे लिए तो आपके घर में बेटी के ब्याह की बात करना चाँद को छूने की तरह है। लेकिन मेरी बेटी कला-कला ही है। उसने बहुत पढ़ा है। भले ही उसने आठवीं जमात पास की हो पर वह एक ऐसी उस्तादनी की चेली है जिसने उसे अँग्रेज़ी की पोइट्री, शेक्सपीयर के ड्रामे पढ़ाये, गाना सिखाया, वह साइकिल और घोड़े की सवारी करना भी जानती है।''

मैं चौंका। अपनी तरफ़ देखा। वे बताते जा रहे थे, ''अगर आप चाहेंगे तो ज़मींदारी के काम में भी वह भरपूर मदद करेगी। नहीं चाहेंगे तो कोई बात नहीं। मैं जानता हूँ यू.पी. में इन बातों को पसन्द नहीं किया जाता। छोटे लोगों के यहाँ तो औरतें भी काम करती हैं। बड़े घरों में ऐसा नहीं होता। यहाँ काम करना बुरा माना जाता है। हमारा पंजाब थोड़ा अलग है, जस बेटा तस बेटी।'' फिर हँसकर बोले, ''उसका रंग बहुत गोरा नहीं, मेरे जैसा काला भी नहीं। उसकी माँ गोरी थी। भाई भी बहुत गोरा है।'' यह कहते हुए वे मेरी तरफ़ देखे जा रहे थे। मैं थोड़ा सकपका गया। वे हँस दिये। फिर अपने आप ही बोले, ''उसका रंग गन्दुमी है। मैंने कला

को बहुत लाड़-प्यार से पाला है। यही सोचा था कि किसी बड़े घर की शोभा बढ़ायेगी। उसका भाई पद्‌म वक़ालत पढ़ रहा है। उसके बाबा राय बहादुर वंशीधर भी वक़ील थे। पंजाब के एक पुराने शानदार आदमी पद्‌म मुंसफी के लिए कोशिश करेगा। मेरी भी दूसरी पत्नी है। पहली शादी के दो साल बाद ही मर गयी थी। उससे कोई बच्चा नहीं था। वह भी इन्हीं बच्चों को प्यार करती है।''

मैं चौंका, ''क्या मतलब ?''

वे हँसे, ''मतलब कुछ नहीं । वैसे ही कहा। माँ बनने की इच्छा दिल में रखे हुए मर जाने वाली माओं के बारे में यही कहा जाता है कि जब तक उस घर में बच्चा नहीं आता तब तक आत्मा भटकती रहती है। हो सकता है आपकी पहली पत्नी भी...'' मैंने उन्हें टोक दिया, ''इस बात को रहने दीजिए।''

वे चुप हो गये। अपने साथ कला का फ़ोटो लाये थे। अभी यह परम्परा यू.पी. में शुरू नहीं हुई थी। मुझे संकोच हुआ। वे मेरे सामने फ़ोटो बढ़ाये हुए थे। मैं एक बार देख चुका था। पर बार-बार उधर नज़र जा रही थी। मैंने ज़बरदस्ती नज़र हटायी। आजकल की फ़ोटो-कला को देखते हुए उस ज़माने के फ़ोटो बड़े भद्दे होते थे। नक्क़ाशीदार फूलदान के स्टैण्ड पर फूलदान के बजाय एक अदद लड़की हाथ रखकर खड़ी रहती थी। पीछे महल का पर्दा पड़ा रहता था । सब लड़कियों की शादी के फ़ोटो एक तरह से खींचे होते थे। फ़ोटो को देखकर आसानी से अन्दाज़ लग जाता था कि लड़की कुवारी है और शादी के मैदान में उतरी हुई है। मैंने उनसे फोटो को रखने के लिए कहा। वे घबरा गये उन्हें लगा फोटो पसन्द नहीं आया।

''क्या फ़ोटो पसन्द नहीं आया—कई बार फ़ोटो अच्छा नहीं आता।'' मुझे लगा वे मुश्क बेचने वाले खान की तरह कह रहे हैं कि शक्ल पर न जाइए असली नाफ़ा है इस्तेमाल करके देखिए ।

मैं बोला, ''नहीं, ऐसी बात नहीं ! आप चाचा जी या बड़े राय को दिखलाइए। वही पसन्द करेंगे और उन्हें ही सब बात तय करनी है।''

सहाय साहब मुस्करा दिये।

शायद गुड़ और रस की उन्हें आदत नहीं थी। रात को उन्हें दस्त लग गये। रात ही को भीखू उन्हें ताँगे में लेकर वापिस लौट गया। किसी ने बेलपत्र दही मिलाकर उन्हें खिला दिये थे। जाते वक़्त कुछ बेहतर थे। पर एक बाल्टी पानी साथ रख दिया गया था। कहीं मौक़े-बे-मौक़े ज़रूरत पड़ गयी तो क्या होगा। वह ज़रूर रास्ते-भर छलकता गया होगा।

मेरी दूसरी शादी बी. सहाय की बेटी कला से ही हुई। कला यू.पी. की लड़कियों से एकदम अलग थी। हमारे यहाँ घूँघट निकालने का रिवाज़ था। कला को घूँघट

निकालने में परेशानी होती थी। कला चाहती थी कि मैं और वह एक ही थाली में खाना खायें। खाना खाना तो दूर, हम लोग दिन में एक पलँग पर भी नहीं बैठ सकते थे। वह भले ही बैठ जाये पर मेरे लिए तो मौत का सामना था। कला को इस बात का भी बुरा लगता था कि मैं दिन-भर मर्दाने में रहता था, रात को सोने के वक़्त जनाने में आता था। उसे पढ़ना अच्छा लगता था। हमारे यहाँ पढ़ने के नाम पर रामायण के सिवाय कुछ नहीं था। वह साइकिल चलाना चाहती थी, घुड़सवारी करना चाहती थी—सब कुछ होते हुए उसके लिए कुछ नहीं था। न साइकिल, न घोड़ा।

छोटी चाची कला को काफ़ी समझाती थीं, ‘‘देखो बहू, तुम राय खानदान की लक्ष्मी हो। तुम्हें इस खानदान के तौर-तरीके अपनाने पड़ेंगे। लड़के तो चाहे एक बारगी उन्हें अनदेखा भी कर दें परन्तु बहू-बेटियों पर तो उन्हें ज़िन्दा रखने की ज़िम्मेदारी होती है।’’

कला इतना सीख गयी थी कि चाहे अन्दर तूफ़ान उठ रहा हो पर ऊपर से चुप रहो। वह चुपचाप सुनती रहती थी। पर उसका चुप रहना अन्दर-ही-अन्दर दरारें उत्पन्न कर रहा था। यह न उसे पता था, न किसी और को। कभी-कभी कमरा बन्द करके वह अकेली बड़बड़ाने लगती थी—‘‘देख कला, तू तो पंछी से भी गयी-गुज़री है। वह तो उड़ सकता है, चाहे जहाँ उतर कर सुस्ता सकता है पर तू तो औरत है। एक बार पिता के घर और दूसरी बार ससुराल में। एक वह पिंजरा, दूसरा यह पिंजरा। वह शायद कुछ बड़ा था—इसमें तो सिकुड़कर ही बैठा जा सकता है।’’ एक बार वह कलकत्ता गयी थी। कलकत्ता में उसने पली हुई कोयलें देखी थीं। वे सवेरे-सवेरे खूब मीठा गाती थीं। पंजाब लौटकर उसने एक कोयल पाली थी। जाड़े शुरू हुए तो उसने उसका पिंजरा कपड़े से ढककर खूँटी पर टाँग दिया—सवेरे वह पानी की कटोरी के पास लुढ़की पड़ी मिली।

कोयल वाला यह क़िस्सा कभी-कभी वह मुझे भी सुनाती थी। कहती थी कोयल का दम घुट गया। एक बार मैंने उससे पूछा, ‘‘तुम यह कोयल वाला क़िस्सा मुझे बार-बार क्यों सुनाया करती हो ?’’

वह पुरमज़ाक़ भी थी, फ़ौरन कहती, ‘‘सुनाती कहाँ हूँ, दिखाती हूँ।’’ फिर हँस देती, ‘‘तुम्हें कोयल से दुःख पहुँचता है तो मैना सही ! पिंजरे में बन्द होने वाली कोई भी चिड़िया चलेगी। काली मैना इतनी समझदार होती है कि नाम लेकर पुकारती है—राम-राम रटती है—बस पिंजरा नहीं खुलता !’’

मुझे उसकी बात से परेशानी होने लगती थी। मैं उसे डाँट देता था, ‘‘यह क्या तुम बेवक़ूफ़ी की बात किया करती हो !’’

वह जबाँज़ोर भी थी ‘‘एक बात पूछूँ ? ऐसा कैसे होता है कि माँ-बाप की नज़रों में बड़े-बड़े होशियारों से टक्कर लेने वाली बेटी ससुराल पहुँचकर हज़ार मूर्खों की एक मूरख बन जाती है।’’

जब इस तरह की बातें बर्दाश्त नहीं होतीं तो मैं बिगड़ जाता। वह रोती कम थी। कभी-कभी जब कोई बात बर्दाश्त के बाहर हो जाती थी तो रो भी देती थी। उसका रोना शान्त और दूसरों को परेशान करने वाला होता था। न उसका चेहरा बिगड़ता था और न घृणा का भाव आता था। बस एक तरह की असहायता और चन्द आँसू। तब मुझे डर लगने लगता था। वैसे वह हर बात छोटी चाची से बताती थी। उसने उन्हें अपना राजदाँ बना लिया था।

छोटे राय चाची से कहा करते थे, ''कभी-कभी तुम कला को अपनी बराबरी पर रखकर देखा करो। हमारे यहाँ छोटों को बराबर का स्थान देने की परम्परा ही नहीं है। पहले पैदा हो गया तो बड़ा हो गया। उसके इन्सान होने के सब अधिकार बड़े के पास रहन हो गये। साथी मिल जाना कितनी बड़ी बात होती है—ज़िन्दगी जीने में मदद, हिस्सेदारी, बराबरी का दर्जा…''

छोटे राय की बातें चाची सबसे ज़्यादा समझती थीं। फिर भी उन्हें कभी-कभी लगता था कि उनकी बातें मन्त्र की तरह हैं जिन्हें व्याख्या के बिना समझना मुश्किल है।

हमारे यहाँ पहली लड़की हुई थी। सारे घर भर में जैसे खुशी के फव्वारे खुल गये थे। अरुण के बाद वह पूरे खानदान में पहला बच्चा था। मझले राय ने अपने को इस खुशी से अलग रखा था। जब उन्हें पुरोहित ने जाकर बताया कि हवेली पर बेटी का जन्म हुआ है तो वे कुछ नहीं बोले। चाची ने अवश्य कहा, ''बड़े राय के घर पोती होने की तो राम जाने, हमें बहुत खशी ही है पर बड़े राय को हमारे घर बेटा होने की ज़रा भी खशी नहीं हुई।'' चाची बेटा होने के दिन के बाद घटी सब बातों को गिनाने लगीं। फिर बोलीं, ''घर के बड़े थे तो उन्हें हमारे सुख को भी तो गले लगाना चाहिए था। उनकी खुशी तो हमारी खुशी, हमारी खुशी उनका ग़म !''

मझले राय ने ज़्यादा बोलते देखकर उन्हें डाँट दिया, ''बेकार की बातें मत करो। वह हमारी भी पोती है। जहाँ उनकी पोती जियेगी, वहीं हमारा बेटा भी पलेगा।''

पुरोहित के साथ भवानी भी गया था। वह चुपचाप खड़ा सुन रहा था। लेकिन वह इन सब बातों को पी गया था। पुरोहित से भी मना कर दिया था कि वह बड़े राय से जाकर कुछ न कहे। बीच में खाई तो खुद ही गयी, खत्ती भी खुद जायेगी। बड़े राय ने पहले तो उनकी तरफ़ देखा फिर पूछा, ''कृष्ण ने क्या कहा ?''

जब वह इस पर भी नहीं बोला तो बड़े राय चुप हो गये और काग़ज़ों को उलटने-पलटने लगे। समझ छोटे राय भी गये थे पर चुप थे। बाद में मुझे भवानी से ही सब बातों का पता चला था। बड़े राय को मैंने भी नहीं बताया। मैं जानता था कि दिलों का फ़र्क़ और भी बढ़ जायेगा।

बच्ची के आने से कला बहुत खुश थी। छोटी चाची की जैसे अपनी ही मुराद पूरी हो गयी थी। रानी हालाँकि बड़ी थी पर बच्चे को खिलाने की ललक लड़कियों में ज़्यादा होती है। दो नौकरानियों के होते हुए वह बच्ची का सारा काम खुद करने की कोशिश करती थी। अरुण तो उसके पास से हटने का नाम ही नहीं लेता था। यहाँ तक कि बड़े राय जब दोपहर को भोजन करने आते थे तो उसके पास रुकते थे, उससे दो बात करते थे। कला को लगता था कि बेटी की माँ बनकर घर में उसकी स्थिति कुछ विशिष्ट हो गयी । मैं किसी से कहता नहीं था पर मुझे बीच-बीच में रूपा का ध्यान आता था। अगर वह माँ बनी होती तो उसे कैसा लगा होता ! पर वह तो··· । कला कभी-कभी गाया करती थी··· जस की तस धर दीनी चदरिया··· । मुझे उसका मतलब तो ज़्यादा समझ में नहीं आता था पर ऐसे मौक़े पर याद ज़रूर आ जाता था।

रूपा की माँ को जब पता चला कि कला के बेटी हुई है तो उन्होंने बच्ची के पाँचों कपड़े और सोने के कड़े की एक जोड़ी भेजी थी। थोड़ी देर घर में अनिश्चय की स्थिति बनी रही थी। क्या करें ? बच्ची की शुभ भी है और वक़ील साहब द्वारा किये गये अपमान की पुनरावृत्ति भी। छोटी चाची ने मामले को सुलझाया। वे बोलीं, ''शुभ का एक रूमाल रख लेते हैं, जेवर नहीं रखेंगे। रूपा होती तो जो वे भेजतीं सिर माथे पर लेते—अब कला है। छूछक भेजने का अधिकार कला के घर वालों का है।''

उसके बाद वक़ील साहब के यहाँ से कोई खैर-खबर नहीं आयी। न इधर से ही ली गयी। बस जब राजा बाबू की मृत्यु हुई तो छोटे राय हो आये थे। उन दिनों तपेदिक जानलेवा बीमारी होती थी। वक़ील साहब का सब कुछ उसी में लग गया था। वक़ील साहब उनका हाथ पकड़कर रोते रहे थे। यही कहते रहे थे—माफ़ कर दो। रूपा की माँ ने एक ही वाक्य कहा था—हमने जो बेटी के साथ किया उसका फल बेटा खो के पा लिया अब तो घर भी खाली और पेट भी खाली।

छोटे राय उनके घर की हालत देखकर कई दिन तक परेशान रहे थे।

कला के एक मौसेरे भाई थे जगन। वैसे तो उन्हें मौसेरे कहना भी ठीक नहीं होगा। कला की मौसी की मृत्यु हो गयी थी। उनकी जगह जो दूसरी आयी थी जगन उसके लड़के थे। चूँकि मौसा बहुत मानते थे। इसलिए नयी मौसी भी मानती थी। मौसा ब्रिटिश आर्मी में सूबेदार रह चुके थे। दुनिया घूमे थे। वे उन्हीं के लड़के थे। पढ़ने में बहुत तेज। मौसा के पास पैसा भी काफ़ी था। दबदबा तो था ही। उन्होंने

अपने लड़के जगन को उस ज़माने में विलायत पढ़ने भेजा था। उनके जाने में एनीबेसेण्ट की थियोसोफ़कल सोसायटी ने भी मदद की थी। जगन जब पढ़ाई खत्म करके हिन्दुस्तान आये तो रास्ते में ही उन्हें गाँधी जी का सन्देश मिला कि वे हिन्दुस्तान पहुँचकर उनसे मिलें। जगन आक्सफोर्ड यूनिवर्सिटी में बनी हिन्दुस्तानी छात्रों की मज़लिस नाम की जमात के प्रेसिडेण्ट भी रह चुके थे। वह अगर ब्रिटिश सरकार की समर्थक जमात नहीं थी तो खिलाफ़ भी नहीं थी। लेकिन जगन थोड़ा गरम विचारों के व्यक्ति समझे जाते थे। मौक़ा मिलने पर हिन्दुस्तान में लड़ी जा रही आज़ादी की लड़ाई के समर्थन में भी बोल देते थे। अँग्रेज़ों ने न उन्हें रोका और ने देश छोड़कर जाने के लिए कहा।

जगन को जब गाँधी जी का सन्देश मिला तो वे खुशी से पागल हो उठे। यह उन्हें बाद में पता चला कि विदेश में पढ़कर लौटने वाले नौजवानों के बारे में गाँधी जी जानकारी रखते थे। उनका जन-सम्पर्क इतना ज़बरदस्त था कि हर नौजवान को उनका सन्देश जहाज़ पर या विलायत में ही मिल जाता था। बहुत कम ऐसे नौजवान थे जो गाँधी जी के निमन्त्रण को अनदेखा कर दें। ज़्यादातर लोगों के लिए गाँधी जी का निमन्त्रण एक सम्मान की बात होती थी। कुछेक लोग जो विलायत के रंग में रंगे होते थे, वे मिलते भी थे और बाहर निकलकर गाली भी देते थे ''लँगोटी वाला यह फ़कीर समझता है कि हम लोग भी लँगोटी लगाकर इसकी कीर्तन मण्डली में शामिल हो जायेंगे—नॉनसेन्स !'' लेकिन एक बात थी चाहे जितना भी कोई अँग्रेज़ हो जाये पर हिन्दुस्तान लौटना तब सबका सपना होता था।

कुछेक गाँधी की चिट्ठियाँ दिखाकर ब्रिटिश हुकूमत की नज़रों में चढ़ने की कोशिश भी करते थे। कुछेक लोग भले ही गाँधी जी के निमन्त्रण पर उनसे मिलने न जाते हों पर ऐसे बड़बोला लोगों को मुँहतोड़ जवाब भी दे देते थे, ''तुम समझते हो कि तुम इस तरह की बातें करके गाँधी को छोटा कर देते हो—अगर गाँधी ने लँगोटी पहनी है तो इसलिए नहीं कि गाँधी के पास पहनने के लिए हमारी और तुम्हारी तरह के कपड़े नहीं थे। बल्कि इसलिए कि वह इन कपड़ों की असलियत समझ चुका है। वह चाहता है कि उसके और अवाम के बीच कम-से-कम कपड़ों की दीवार तो न रहे। धर्म और रंग की दीवार तो पहले से ही मौजूद है। जिस दीवार को तोड़ा जा सकता है उसे तोड़ ही देना चाहिए। इस तरह के कपड़े पहनने वाले 'हम तुम', 'हम तुम' से ही मिल सकते हैं। इस 'हम तुम' की सीमा से बाहर जाना हम लोगों के लिए मुश्किल होता है। हमें तो सिखाया भी यही जाता है कि जानवरों में आदमी श्रेष्ठ है और आदमियों में तुम श्रेष्ठ हो। गाँधी ने इस गुमान को तोड़ दिया है कि हम श्रेष्ठ हैं।''

जब जगन हिन्दुस्तान आये तो गाँधी जी चम्पारन में थे। नीलहों के खिलाफ़ चम्पारन के किसान आन्दोलन का संचालन कर रहे थे। कृपलानी जी भी उन दिनों वहीं थे। जगन को वहाँ पहुँचने में कई दिन लगे। न तो गाड़ियाँ ही अधिक थीं और न उनकी रफ़्तार ही उतनी तेज़ थी। उन्हें गाँधी जी से मिलने के लिए दो दिन इन्तज़ार करना पड़ा। वहीं उनकी भेंट राजेन्द्र बाबू से हुई थी। गाँधीजी की अनुपस्थिति में आज़ादी की लड़ाई के बारे में उन्हें काफ़ी कुछ बता दिया गया था। कुछ साहित्य भी पढ़ने के लिए दिया गया था। जब गाँधी जी से आमना-सामना हुआ तो जगन को लगा उनके सामने कोई बहुत बड़ा बच्चा बैठा हँस रहा है। विस्तृत और बाल-सुलभ हँसी। एक बात पर उसे हँसी भी आयी। गाँधी जी के सिर के बाल ऐसे थे जैसे चूहों ने कुतर दिये हों। शरीर एकदम सूखा।

गाँधी जी ने टूटी-फूटी हिन्दी में पूछा, "तुमने विलायत में रहते हुए हमारे हिन्दुस्तान के बारे में कुछ पढ़ा···?"

जगन समझे नहीं। बोले, "वहाँ के अखबार राजा-रानी की खबरों से ज़्यादा आपके बारे में छापते हैं। आप उनके लिए एक जादुई व्यक्ति हैं।"

वे फिर हँस दिये, उनकी वह हँसी जगन के अन्दर तक उतर गयी। एक जादू-सा कर गयी।

गाँधी जी बोले, "मेरी बात क्यों करते हो— मैं तो कुछ भी नहीं। असली तो हिन्दुस्तान के लोग हैं। उनके बारे में तुम जानते हो ?"

जगन सन्न रह गये। उन्हें जवाब नहीं सूझा। उन्होंने हँसकर कहा, "विलायत की पढ़ाई के बाद यहाँ के लोगों को पढ़ो—अब उसी पढ़ाई की ज़रूरत है।"

जगन ने ऐसे गर्दन हिला दी जैसे गाँधी जी उनके अन्दर आ बैठे हों। गाँधी जी फिर हँसे, "देखो भाई, मैं बदनाम आदमी हूँ। घर बिगाड़ता हूँ। देश बनाना है तो घरों की कुर्बानी तो देनी होगी। देश बन गया तो घर भी बन जायेंगे।" उन्होंने जगन को ग़ौर से देखा।

उनकी हर हँसी से जगन को लगता था जैसे उसका अपना एक और मुखौटा झीर-झीर हो गया। बाद में वे बा से भी मिले। गाँधी जी ने ही बा को बताया था—ये विलायत से पढ़कर लौटा है। बा ने हँसकर गुजराती में कुछ कहा। गाँधी मुस्करा दिये और बा से कहा, "ऐसा बोलो, जो यह भी समझे। सही भाषा वही है जिसे सब समझें।"

मैंने कहा था, "तुम्हें पता है इसके घरवाले तुम्हें क्या कहेंगे ? चोर ।"

गाँधी जी हँस दिये थे, "वह तो मैं हूँ—इसी में मेरा फ़ायदा है !"

जगन ने विलायती कपड़े पहनने छोड़ दिये थे। गाँधी जी ने जगन को शिक्षा का

काम सौंपा। कृपलानी और जगन की पटती थी। बाद में वे दोनों कुछ दिन साथ-साथ गुजरात विद्यापीठ में भी रहे थे। जगन ने कुछ दिन रामजस कॉलिज में भी पढ़ाया था। फिर वे लाला लाजपत राय के नेशनल कॉलिज, लाहौर पढ़ाने चले गये थे। सरदार भगतसिंह, यशपाल, सुखदेव आदि तब वहीं थे। जगन को तभी से लोग आचार्य कहने लगे थे। जगन आचार्य भगत सिंह को बहुत प्यार करते थ। भगत सिंह रात-रात भर के लिए ग़ायब हो जाते थे। वे उन्हें समझाते थे तो भगत सिंह हँसकर कहते थे—"किसका दिन किसकी रात, अब तो एक ही लौ लगी है हिन्दुस्तान के लिए आज़ादी और पेटों के लिए रोटी। आप लोग आज़ादी को पुरातत्त्व विज्ञानियों की तरह धीरे-धीरे उकेर रहे हैं। हम चाहते हैं, इधर चाक करें और उधर आज़ादी का अण्डा बाहर आ जाये। मुल्क उनके पास हो, जिनका है। रोटी उनके घर में हो, जो उसे कमाते हैं। अभी तो जनाब देश भी बँधा पड़ा है और रोटी भी—।"

जगन आचार्य हँस देते थे। वे यही कहकर समझाते थे, "तूफ़ान कई बार पहाड़ों की चोटियों तक को छू कर निकल जाता है—पर ऊँचाई पर पहुँचने के लिए धीरे-धीरे चढ़ा जाता है।"

"इस बात का जनाब क्या यक़ीन कि धीरे-धीरे चलकर पहुँच ही जायेंगे और पहुँचे भी तो कब ?"

फिर रुककर भगत सिंह समझाते, "सर, तेज तूफ़ान में वे तिनके भी उड़ने लगते हैं जिनके उड़ने का कोई इमकान ही नहीं होता।"

फिर एक तूफ़ान आया। लाला जी साइमन कमीशन की बलि चढ़ गये। जगन आचार्य गाँधी जी के आश्रम लौट आये। भगत सिंह के सिर पर खून सवार हो गया। गाँधी जी महात्मा से बापू हो गये थे। खादी का आन्दोलन तेज़ हो गया था। तिलक ने जिसे बीज रूप में रोपा था, गाँधी ने उसे व्यावहारिक रूप दे दिया था। जगन उस आयोजन के संयोजक बना दिये गये थे।

जब से जगन आचार्य काँग्रेस में भर्ती हुए थे तब से वे कला से नहीं मिले थे। कला अक्सर उनका जिक्र किया करती थी। इस बात से मुझे डर लगता था। बड़े राय को पता चल गया तो न जाने क्या हो ? जगन आचार्य का विवाह भी गुपचुप ही हो गया था। उनकी पत्नी बिन कान्ति भी, जो बाद में बिनती बहन के नाम से जानी गयी; उनके साथ ही देश की आज़ादी के काम में लग गयी थी। कान्ति भाभी को देखने के लिए कला का मन बहुत तड़पता था। बस एक बार कभी जगन आचार्य के साथ स्टेशन पर मिली थी। शायद पुलिस उनके पीछे थी। परिचय मात्र हुआ था।

1942 में गाँधी ने 'करो या मरो' का नारा दिया। 9 अगस्त को गाँधी जी की गिरफ्तारी हुई। उसके बाद पहली पंक्ति के सब नेता पकड़ लिये गये। दूसरी पंक्ति में जगन आचार्य बाहर थे। आन्दोलन चलाने की ज़िम्मेदारी उन पर आ गयी थी। उन्हें कहा गया था कि वे फिलहाल अण्डर ग्राउण्ड रहकर आन्दोलन चलायें। उन्हीं दिनों जगन आचार्य हमारे घर आये थे। मैं उनसे अपनी शादी में मिला था। पर जिस दिन वे आये, मैं ज़मींदारी के काम से बाहर था। वे या तो मुझे पहचानते थे या कला को। उन्होंने दरवाज़े पर आकर इत्तफ़ाक से रहमतुल्ला से ही पूछा, "भास्कर राय यहीं रहते हैं ?"

उसने उन्हें खादी के कपड़े पहने होने के कारण आश्चर्य से देखा। फिर पूछा, "आप कहाँ से आये हैं ?" उसने पहले कभी उन्हें हवेली पर नहीं देखा था।

जगन आचार्य ने उसकी बात का जवाब नहीं दिया।

रहमतुल्ला उन्हें हवेली में ले आया।

छोटे राय सामने ही बैठे थे। उनके हाथ में तिलक महाराज का गीता-रहस्य था। छोटे राय खादी पहनकर आते हुए जगन आचार्य को देखकर खड़े हो गये। उन दिनों चाहे कितना भी बड़ा आदमी हो, खादी पहनकर आते हुए किसी भी व्यक्ति को देखकर बिना श्रद्धावनत हुए नहीं रहता था। वैसे भी छोटे राय को पहले यही लगा कि वे उन्हीं से मिलने आ रहे हैं। उस घर में इस तरह का व्यक्ति अगर आ सकता था तो उन्हीं के पास आ सकता था।

जगन आचार्य ने हाथ जोड़कर कहा, "मैं जगन हूँ, कला मेरी मौसेरी बहिन है।"

छोटे राय उनका नाम काँग्रेस में भी सुन चुके थे और उन्हें यह भी पता था कि बहू के मौसेरे भाई जगन आचार्य काँग्रेस के बड़े नेता हैं और गाँधी जी के नज़दीक हैं। उनके अन्दर जैसे हालन-सा आ गया था। वे अनजाने उनके पैरों की तरफ़ झुक गये। जगन आचार्य ने उन्हें दोनों हाथों से थाम लिया, "मुझे आपके पाँव छूने चाहिए—आप यह क्या कर रहे हैं।"

"नहीं, मैं आपके पाँव नहीं छू रहा, गाँधी जी की उस कृपा का स्पर्श कर रहा हूँ जो आपको प्राप्त है। मैंने सुना है, आपने सब कुछ छोड़ कर गाँधी जी का पल्ला पकड़ लिया है। मैंने कभी उसे छुआ भर था।"

जगन उनकी तरफ़ देख रहे थे। छोटे राय अपने अतिरेक को बड़ी कठिनाई से रोक पाये, बोले, "मुझे भी एक बार गाँधी जी के पास जाने और उनसे बात करने का अवसर मिला है। उन्होंने मुझे देश का काम करने के लिए कहा था। मैं उतनी हिम्मत नहीं जुटा पाया। एक कमज़ोर आदमी न अच्छा काम करने के योग्य होता है और न बुरा। मैं भी वही हूँ। मैं आपको सामने देखकर कृतार्थ हो गया।"

रहमतुल्ला उनकी बातें सुन रहा था। उसका भी मन उनके पाँव छूने को हुआ

पर रुक गया। छोटे राय ने पूछा, ''आप कब आये ?''

''बस अभी चला आ रहा हूँ। मुझे थोड़ी मदद चाहिए ! भास्कर बाबू कहाँ हैं ?''

''ज़मींदारी में गया है—शाम तक लौट आयेगा।''

''कला ?''

''अन्दर हवेली में—मैं आपको भिजवाये देता हूँ अगर मेरे लायक कोई काम हो तो बतायें। भास्कर मेरा भतीजा है !''

जगन बाबू ने रहमतुल्ला की तरफ़ देखा। छोटे राय ने कहा, ''भास्कर में और रहमतुल्ला में कोई फ़र्क नहीं। आप निश्चिन्त होकर बात कीजिए।''

एक मिनट रुककर उन्होंने कहा, ''मैं अण्डर ग्राउण्ड हूँ—सब नेता पकड़ लिये गये हैं। इस आन्दोलन की खातिर किसी सुरक्षित जगह की तलाश में हूँ।''

छोटे राय के मुँह से निकलते-निकलते रह गया कि आप यहीं रहिए। उनका चेहरा एकाएक उतर गया। उन्हें पहली बार लगा, यह घर मेरा नहीं । बड़े राय का है। लेकिन फ़ौरन ही सँभल कर बोले, ''आप कला से मिल लें। भाई साहब आते ही होंगे, उनसे बात करके कोई इन्तज़ाम करता हूँ।''

जगन आचार्य ने उनके चेहरे का उतार-चढ़ाव अच्छी तरह देख लिया था। उन्होंने हँसकर कहा, कोई बात नहीं—''

छोटे राय ने रानी को पुकारा और उससे कहा, ''बेटी ये तुम्हारी भाभी के भाई हैं। इन्हें अन्दर ले जा। ये बहुत बड़े आदमी हैं। विलायत तक पढ़े हैं।''

रानी ने पूरी आँखें खोलकर उन्हें देखा और चुपचाप आगे-आगे चल दी। उसने जीने से ही दौड़ लगायी, ''भाभी, आपके भाई आये हैं—''

कला ने जगन भाई को देखा तो लिपट गयी, ''जगन भैया, आपको यह क्या हो गया ! भाभी कैसी हैं ? सुना है, वे भी आपकी तरह आज़ादी की लड़ाई में जुटी हुई हैं। बस एक बार स्टेशन पर आपके साथ देखा था। क्या आपने विलायत तक की पढ़ाई इसीलिए पढ़ी थी ?''

जगन भाई ने कला की पीठ पर हाथ फेरा और हँसकर बोले, ''तूने तो इतने सवाल पूछ लिये कि मैं तो घबरा गया। अरी, सब तेरी तरह तो भाग्यशाली नहीं—हम तो गाँधी के अहिंसक सिपाही हैं। जब तक देश में सब तेरी तरह या मेरी तरह नहीं हो जायेंगे तब तक इसी तरह अलख जगानी है।''

कला ने जल्दी-जल्दी उनके लिए नाश्ते का इन्तज़ाम किया । हाथ-पैर धुलवाये। इतने में बिटिया के रोने की आवाज़ आ गयी। जगन भाई फ़ौरन बोले, ''अरे कला, तू तो बहुत घुन्नी निकली—मुझसे दुनिया भर की जिरह कर ली और यह नहीं बताया—''

कला शरमा गयी।

''ला, बच्चे को मेरे पास ला—बेटा है या बेटी ?''

''बेटी।''

''अच्छा तो तूने एक और सरोजिनी नायडू को जन्म दिया है।''

कला बिटिया को उठा लायी। लाकर मामा की गोद में लिटा दिया। वे हँसकर बोले, ''देख कला, इस समय तो मेरे पास इसे देने को कुछ नहीं···बस खाली-पीली का मामा हूँ। बापू जब हम लोगों को चिट्ठी लिखते हैं तो आखीर में लिख देते हैं—बापू के आशीर्वाद ! इसी तरह मेरे पास भी इसके लिए—मामा के ढेर सारे आशीर्वाद हैं—बस।'' उन्होंने उसके सिर पर हाथ पूरा फैलाकर रख दिया। जगन मामा की आवाज़ में हल्का-सा कम्पन आ गया था।

कला को लगा, जगन भाई सुस्त हो गये। बात बदलने के लिए पूछा, ''इधर कैसे आना हुआ जगन भाई—?''

''पहले तू बता, तू खुश है या नहीं ?''

''खुश तो बहुत हूँ पर आज़ाद नहीं। आज़ाद होती तो मैं भी आप के साथ चलती। मैं भी गाँधी जी के दर्शन करती। वैसे तो यहाँ किसी चीज़ की कमी नहीं। पर्दा है, बन्धन है, छुआछूत है—सब बहुत मानते हैं पर अपनी शर्तों पर। आपने तो देखा है वहाँ मैं लड़की की तरह रहती थी। यहाँ बहू क्या हुई, पिंजरे की मैना हो गयी। जब आपकी आज़ादी आ जायेगी तो क्या हम औरतों के ये पिंजरे भी खुल जायेंगे ?''

''आज़ादी आयेगी तो उसे घर के अन्दर तो लाना ही पड़ेगा। बन्द दरवाज़े रहे तो आये न आये···क्या फ़र्क़ पड़ता है।''

वह चुप हो गयी। बिटिया गोद में ही सो गयी थी। जगन मामा उसके सिर पर लगातार हाथ फेर रहे थे। कला ने डरते-डरते पूछा, ''आपने नहीं बताया—'' वे हँस दिये, ''अरी फुर्सत कहाँ है ? मैं बाहर हूँ तेरी मामी अन्दर !''

थोड़ी देर सन्नाटा रहा, कला ने फिर पूछा, ''भैया, आपने बताया नहीं—कैसे आना हुआ ?''

''इधर से निकल रहा था तो याद आया तू भी तो यहीं है। सोचा, चलो मिलता चलूँ। आना तो चाहिए था कुछ लेकर—पर फ़कीर भाई जो ठहरा।'' कहकर उठ गये।

कला ने उन्हें रोकना चाहा पर रुके नहीं।

•

बड़े राय आ गये थे। मामला दरपेश था। छोटे राय और रहमतुल्ला दोनों अन्दर थे।

जगन आचार्य नीचे आये तो रहमतुल्ला ने बाहर आकर कहा, ''बड़े मालिक आ

गये हैं !''

''वे मुझे नहीं जानते।''

वह फिर बोला, ''नहीं हुजूर मिल तो लीजिए, बहुत मोहब्बत के आदमी हैं।''

वे बोले, ''हुजूर नहीं, भाई कहो !'' फिर हँसकर कहा, ''पर मैं तो रूखा-सूखा आदमी हूँ।''

''आप यह क्या कहते हैं। मुझे छोटे राय ने सब बता दिया।''

वह जाने लगे तो उसने फिर दोहराया ''मिल तो लीजिए ही।''

''फिर कभी मिलूँगा। उन्हें बेकार परेशानी होगी। कला और कला की बेटी से मिलकर जो सुख मिला है, उसी के साथ निकल जाना चाहता हूँ।''

''उनको दुःख होगा।'' रहमतुल्ला की ज़िद करने की आदत नहीं थी। इस वक्त वह उनके साथ कुछ ज़्यादा ही खुल गया था।

''अच्छा, आप कहते हैं तो चलिए।''

बड़े राय कमरे में टहल रहे थे। जगन आचार्य ने उन्हें नमस्कार किया तो नज़र उठाकर देखा। देखा तो देखते ही रह गये। फिर बड़े स्नेह से पूछा, ''आपने भोजन किया या नहीं ?''

''कला ने बहुत खिला दिया। बस निकल ही रहा था। सोचा और कुछ तो कर नहीं सकता आपको प्रणाम ही कर लूँ। इन्होंने भी ज़िद की—''रहमतुल्ला की तरफ़ इशारा करके बोले। फिर कहा, ''कला बहुत अच्छी लड़की है—बहुत साल हो गये थे देखे। एक ज़माने से मौसा जी से भी नहीं मिला। पदम को भी नहीं देखा। बस भागम-भाग में कहीं टिकना ही नहीं होता। जब विलायत गया था तो मौसा जी बम्बई छोड़ने गये थे। पदम और कला छोटे-छोटे थे। कला बिलकुल लड़कों की तरह रहती थी। अब चलता हूँ—आपको ज़्यादा परेशानी में नहीं डालूँगा।''

''दरअसल—''

''मैं जानता हूँ। गुज़र रहा था तो कला का ध्यान आ गया—फिर सोचा वह तो खुद परतन्त्र है।''

बिना किसी प्रतिक्रिया का इन्तज़ार किये उन्होंने प्रणाम किया और बाहर निकल आये। छोटे राय भी पीछे-पीछे बाहर आये। वे काफ़ी देर तक उनका हाथ पकड़े रहे। उनकी आँखें झर-झर बरस रही थीं। कुछ कहना मुश्किल होता था। बड़ी मुश्किल से कह पाये—''अगली बार जब आप गाँधी जी से मिलें और प्रणाम करें तो इस नाक़िस का नाम भी मन-ही-मन ले लें। उतना ही पुण्य मेरे लिए काफ़ी है।''

जगन आचार्य बाहर निकले तो उन्हें चूड़ियों की आवाज़ सुनाई दी। बारजे की खिड़की की तरफ़ देखा तो चिक के पीछे से दो आँखें उन्हें जाते हुए देख रही थीं।

जगन तेजी के साथ दरवाज़े से निकले और सामने वाली गली में घुस गये। रहमतुल्ला उनके पीछ-पीछे था। थोड़ी देर तक वे अपनी धुन में चलते रहे। एकाएक नज़र घूमी तो वे रुक गये और पूछा, ''आप मेरे पीछे क्यों आ रहे है ?''

वह हाथ जोड़कर बोला, ''मैं मुसलमान हूँ, दर्ज़ी का काम करता हूँ—पहले मालिक की घोड़ा-गाड़ी चलाता था। आपके लायक तो न मैं हूँ ना मेरा घर। बस एक ही तवक्को है, आपके जूतों की धूल इस नाचीज़ के दरवाज़े पर पड़ जाये—मैं शहर से बहुत दूर मोहल्ला खटीकान में रहता हूँ ! मेरी घरवाली पहले हिन्दू थी—अब भी बड़े नेम से रहती है।''

जगन आचार्य उसकी तरफ़ देखने लगे। वह कहता जा रहा था, ''रात होती आ रही है, इस अँधेरे में आप कहाँ जायेंगे। वैसे भी आपके ज़िम्मे इतना बड़ा काम है। आप एक बार चलकर देख लें—मेरी भी आग़बत सुधर जायेगी। जगह ज़रूर कम है पर सलामती ज्य़ादा है।''

जगन ने उसकी आँखों में एक ऐसा निमन्त्रण देखा जो शायद उसने तब देखा था जब पहली बार गाँधी जी से मिले थे। वे घूमकर रहमतुल्ला के पीछे-पीछे चलने लगे। रहमतुल्ला हवा में उड़ रहा था। वे कुछ दिन उसके पास रहे। वे अँधेरे निकल जाते और देर रात गये आते थे। ज्य़ादातर खाना-पीना बाहर ही होता था। सवेरे अलबत्ता रहमतुल्ला की घरवाली उन्हें चना-चबेना दे देती थी। वे उसे बड़े प्रेम से खाते थे। जब वे निकलते थे तो रहमतुल्ला की घरवाली उनके चरण छूकर धूरी माथे से लगाती थी। वे रहमतुल्ला से कहते थे कि इन्हें मना करो, यह सब न किया करें। मुझे अच्छा नहीं लगता। मैं साधु-संयासी थोड़े ही हूँ। एक दिन जब जगन ने सीधे उसी से कहा तो वह बोली, ''अहिल्या राम के चरण छूकर पत्थर से मानुस बनी थी। मैं भी पत्थर ही हूँ। क्या पता इन चरणों को छूते-छूते ही कभी मैं भी मानुस बन जाऊँ।''

बीच-बीच में वे ग़ायब हो जाते थे। रहमतुल्ला खुदा से यही मनाता रहता था जहाँ भी रहें सलामत रहें। उसकी घरवाली उनका कमरा नियम से साफ़ करती थी। धूप जलाती थी। उसने अपने हाथ से उनके लिए दो खद्दर के कुर्ते और पाजामे भी सिये थे। वे पैसे देने लगे तो वह हाथ जोड़कर खड़ी हो गयी। पैरों पड़ने लगी। उन्हें मानना पड़ा।

एक दिन जगन आचार्य गये तो फिर नहीं लौटे। रहमतुल्ला अल्ला से दुआयें माँगता रहा और घरवाली नियम से अपना काम करती रही। बाद में पता चला कि वे जेल में हैं। एक आदमी आया और रहमतुल्ला के कान में कह गया कि जगन आचार्य मथुरा जेल में हैं। वह कहाँ से आया था, कहाँ चला गया। उसने बहुत ढूँढ़ा पर पता नहीं चला। उसकी घरवाली रो-रोकर बेहाल हो गयी। शायद वह इतना किशन बाबू के लिए भी न रोती।

उस दिन जब मैं रात को लौटा तो कला ने बताया, कैसे जगन भैया आये और

चले गये। मैं तत्काल तय नहीं कर पाया कि यह ग़लत हुआ या सही। कला कुछ कह तो नहीं रही थी पर उसके मन में ज़बरदस्त परिताप था। जगन भाई आये और ऐसे ही चले गये। किसी ने यह तक नहीं कहा कि एक रात तो ठहर जाइए। रहमतुल्ला ने इस बात को एक अर्से तक उजागर नहीं किया कि वे उसके मेहमान थे। मेरा लड़का जब बड़ा हो गया और अपने मामा के पास जाकर रहा तो उन्होंने उससे पूछा था, ''रहमतुल्ला हैं या···?''

जब उन्हें पता चला कि रहमतुल्ला तो आज़ादी के चन्द दिनों पहले चला गया था तो देर तक चुप बैठे रहे। काफ़ देर तक चुप रहने के बाद उन्होंने रहमतुल्ला की घरवाली के बारे में पूछा था। तब तक वह भी मर चुकी थी।

''बच्चे ?''

वे निःसन्तान मरे थे। उनकी बीवी हमेशा कहती थी—मुझे एक बच्चा तो दे दो। रहमतुल्ला हँसकर टाल देता था।

जगन आचार्य ने एक बात और पूछी थी—क्या वह तवायफ़ थी ? यह उसे मालूम नहीं था। तभी उन्होंने उसे पूरा क़िस्सा सुनाया था। आज़ादी के बाद जगन आचार्य विभिन्न पदों पर रहे थे। हम सब उनसे याचक की तरह सहायता माँगने जाया करते थे। पता नहीं उन्हें वह घटना किस रूप में याद थी—पर उन्होंने कभी उसका शिकवा नहीं किया। यह बात बेमौक़े याद आ गयी । यादें मौक़े-बेमौक़े आकर अक्सर इस तरह की चुहल करती हैं।

खैर, कला की बात से मुझे तकलीफ़ हुई। छोटे राय से पूछा तो वे मुझे उससे भी ज्यादा सुस्त नज़र आये। वे बोले, ''हम लोगों ने जगन बाबू को इस तरह लौटाकर बहुत बड़ा पाप किया है। वैसे भी वे तुम्हारे साले थे। इसका पाप हमें भुगतना पड़ेगा। घर केवल अपने ही लिए नहीं होता। अतिथि का भी होता है। अगर वह आये तो उसे भी घर होने के उस अहसास को छूना चाहिए जो घर में रहने वालों को छूता है। हमारी माँ कहा करती थी कि आदमी को हर समय नारायण की प्रतीक्षा में आँखें बिछाये रखना चाहिए। पता नहीं कब किस रूप में आ जायें। वे आयें और हम चूक जायें तो पछतावा होगा। कहीं पता भी न चले। नारायण बार-बार नहीं आते। हमें पता था कि नारायण हमारे सामने खड़ा है, हम उसे बैठा भी नहीं पाये।''

''आपने उन्हें रोक क्यों नहीं लिया ?''

''उन्हें कौन रोक सकता था ? वे तो रोकने का मौक़ा आने से पहले ही समझ गये थे कि यह घर उनके लिए नहीं। जब वे बड़े राय से मिले तो वे तय कर चुके थे कि उन्हें चले जाना है। उन्हें रोका भी नहीं गया। पहली बार मैंने अपनी मज़बूरी से आमना-सामना किया। जगन बाबू जैसे गाँधीवादी को मैं इस हवेली से एक ऐसे आदमी की तरह बाहर जाते देख रहा था जिसे हम शायद पहचान कर भी अनदेखा

कर देते हैं। लेकिन वे न दुःखी थे और न सुखी और न उन्हें कोई मोह था। रहमतुल्ला अवश्य उनके पीछे-पीछे गया था—मैं तो यह भी न कर पाया कि दरवाज़े के बाहर तक छोड़ दूँ, मुझे लगता है कि मैं अपनी इन्सानी पहचान भी खो चुका हूँ।''

मैंने रहमतुल्ला से पूछना चाहा। वह चुप रहा। हाथ हिलाकर एक अर्थहीन इशारा कर दिया और बाहर चला गया।

कला का और मेरा साथ भी बहुत लम्बा नहीं रहा। मुझे बाद में पता चला कि वह अन्दर-ही-अन्दर गह रही थी। उसके सुख का मयार कुछ और था। उसने शायद मन-ही-मन अपनी ज़िन्दगी का कोई खाका बनाया हुआ था। उसके लिए शादी का मतलब था उस खाके के लिए चटख रंग। जब शादी हुई तो उसने देखा कालीनों, दीवारों पर बनी तस्वीरों, कुर्सियों-मेज़ों, पर्दों और कपड़ों में अनेकानेक रंग हैं परन्तु ज़िन्दगियाँ उन रंगों से महरूम और बदरंग हैं। बस शाम के धुँधलके वाला सुरमई रंग था। वह खाका जिसे वह रंग भरने के लिए साथ लेकर आयी थी, अनभरा रह गया। पर वह कुछ न बोली। वही सुरमई रंग एक साये की तरह उसकी शख़्सियत पर भी फैलता चला गया। वह अपने आपको फड़फड़ाते देखती रही। कभी-कभी अकेले में उसे फैलाकर रेखाओं का अवलोकन कर लेती हो या आँचल से झाड़-पोंछ देती हो—तो बात अलग है।

जैसे-जैसे आज़ादी का जंग गहरा होता जा रहा था ज़मींदारों, जागीरदारों व ताल्लुकेदारों पर धुँधलका छाता जा रहा था। बड़े राय भी अपवाद नहीं थे। समाज पर उनकी पकड़ भी ढीली होती जा रही थी। प्रतिष्ठा की बुर्ज झुकने लगी थी। अँग्रेज़ों की फूँ-फाँ तो वैसी ही थी पर उन्हें अपने खोखलेपन का अहसास होने लगा था। ऐसा नहीं कि अनिश्चय का घटाटोप सिर्फ़ उच्च वर्ग पर ही था छोटे वर्ग भी अनिश्चय की गुंजलक में जकड़े थे। किसी को पता नहीं था, क्या होगा। 'करो या मरो' का जो रूप सामने आया था उससे अँग्रेज़ घबरा गये। उन्हें यह मालूम नहीं था कि गाँधी की अहिंसा का अर्थ यह भी है। अहिंसा भी उतनी उग्र हो सकती है कि अपनी मौत को सामने करके देश में इतनी प्रखर अराजकता का सूत्रपात कर दे। छोटे राय में अन्दर-ही-अन्दर एक तरह की प्रफुल्लता नज़र आने लगी थी। संघर्ष और समाज पर गाँधी जी की पकड़ मजबूत हो जाने के कारण उन पर सकारात्मक प्रतिक्रिया हुई थी। उन्हें लगता था कि भले ही वे शारीरिक रूप से शामिल न हों पर कहीं-न-कहीं वे उनमें घुले-मिले हैं। उसका नतीज़ा यह हुआ था कि वे बाक़ी सब ज़िम्मेदारियों से और ज़्यादा अलग हो गये थे। उनकी भी जिम्मेदारियाँ अब मेरे ऊपर आ गयी थीं।

ज़मींदारी का काम इतना बढ़ गया था कि कई-कई दिन घर नहीं आ पाता था। जब से और सूबों में लगान न देने का आन्दोलन चालू हुआ था तब से यह चिन्ता बढ़ गयी थी कि कहीं उसकी छूत यहाँ भी न फैल जाय। हालाँकि पूरब के मुकाबले पछाँह के ज़िले ज़्यादा डरपोक और सरकारी अमलदारी के सामने सिर झुकाने वाले थे। इस सबके बावजूद आज़ादी की लड़ाई तो लड़ी ही जा रही थी। हमें वसूली के लिए आदमी भी बढ़ाने पड़े थे। पहले तो माना जाता था कि हवेली का कुत्ता भी चला जाये तो वे लोग, अगर होगा तो लगान गले में ताबीज़ की तरह बाँध देंगे। अब तीन-तीन, चार-चार आदमियों को एक साथ भेजना पड़ता था। वसूली जुगाड़ का काम ज़्यादा हो गया था।

कला मेरी इस तरह की लम्बी-लम्बी गैरहाज़िरी से अक्सर परेशान हो उठती थी। रानी भी बड़ी हो गयी थी। अरुण भी काफ़ी कुछ समझने लगा था। छोटी चाची अपने आपको अरुण में समेटती जा रही थीं। फिर भी उनके मन में एक अज़ीब तरह के शून्य का अंश भी बढ़ता जा रहा था जो छुआछूत के रूप में सामने आ रहा था। मेरी बच्ची सोना से भी वे बहुत खेलती थीं परन्तु छुआछूत के कारण एक तरह की दूरी भी थी। वह पेशाब कर देती थी तो तत्काल कमरा धुलवाया जाता था। कला को यह बात बहुत बुरी लगती थी। वह कोशिश करती थी कि सोना को उनके पास कम-से-कम जाने दे। जब से वह घुटलनियों चलने लगी थी, खिसक-खिसक कर अपने आप वहाँ पहुँच जाती थी। चाची चाहती थीं कि सोना उनके सामने खेलती रहे पर हगे-मूते नहीं ! बस सवेरे नहाने से पहले वे थोड़ी देर उसे गोद में लेकर ज़रूर खिलाती थीं। इतना खिलाती थीं कि सब कुछ भूल जाती थीं। उस समय उनका सारा ममत्व सोना में केन्द्रित हो जाता था। लेकिन नहाते ही उनका वह रूप धुल-पुँछकर बराबर हो जाता था।

एक बार कला के मुँह से निकल गया था कि जिनके अपने बच्चे नहीं होते, वे ज्यादा छुआछूत मानते हैं। शायद उसके दिमाग़ में यह भी रहा हो कि मेरी बच्ची को दुर-दुर पर-पर। अरुण के लिए सब कुछ। वे अरुण से अपने को माँ कहलाती थीं। माँ सुनकर चाची का मन ज्वार-सा उठने लगता था। वे अरुण को ऐसे सटा लेती थीं जैसे या तो वे उसके शरीर में प्रवेश कर जायेंगी या फिर उसे अपने अन्दर समेट लेंगी। कई बार अरुण का साँस घुटने लगता था। यह बात मुझे भी पसन्द नहीं थी। एक-आध बार मैंने उसे टोका भी। मेरा टोकना चाची को बिलकुल पसन्द नहीं आया। जब से कला ने वह बात कही थी, चाची के मन में एक अज़ब-सी गाँठ पड़ गयी थी। बाद में उसने उनसे माफ़ी भी माँगी। उन्हें समझाया भी कि उसने यह बात चोट पहुँचाने के लिए नहीं कही थी। छोटी चाची ने चुप्पी साध ली।

उस घटना ने घर के अन्दर भी एक ठहराव-सा पैदा कर दिया।

कला के जब रघुबर होने वाला था (रघुबर का मैं पहले भी ज़िक्र कर चुका हूँ। शायद इसलिए कि वह मेरी संवेदना का एक बड़ा हिस्सा है।) तो वह बहुत चिन्तित थी। वह बार-बार एक ही सवाल करती थी कि अगर मैं न बची तो मेरे बच्चों का क्या होगा ? सोना और रघुबर के बीच में भी उसके दो बच्चे ज़ाया हो चुके थे। तब बच्चे काफ़ी ज़ाया होते थे। बच्चे का जन्म माँ का दूसरा जन्म समझा जाता था। जब बच्चा सही-सलामत हो जाता था तो औरतें इस बात के लिए बधाई देती थीं कि चलो, बच्चे की माँ अपने हाथों-पैरों से छूट गयी। तब औरतें हर बच्चे के साथ नया जन्म लेती थीं। छोटी चाची कभी-कभी कहा करती थीं औरत होकर जो एक सीध में जीती चली जाय उसका क्या जीना। बिना बार-बार जिये और मरे औरत का जीना, जीना नहीं होता।

हम जैसे लोगों के घरों की बहुओं को भी यह सब भोगना पड़ता था। जब कि अच्छी-से-अच्छी देखभाल हो सकती थी। इस बार डॉक्टरनी ने कला को देखने के बाद उसके सामने ही कहा था कि बच्चे का सिर बड़ा है। हो सकता है दिल्ली ले जाना पड़े। इस बात ने कला को और भी ज़्यादा चिन्तित कर दिया था। उसे यही रट लग गयी थी कि पता नहीं लौटूँगी भी या नहीं। भवानी को पास बैठाकर समझाया करती थी, ''मैं न रहूँ तो तुम मेरे बच्चों का ध्यान रखना। जैसे तुमने और रानी ने अरुण को पाला ऐसे ही इन्हें भी पालना। रानी तो अपने घर-बार की हो जायेगी —तुम तो इसी घर के हो।'' मुझसे कहती, ''अगर मैं न बची तो दूसरी आ जायेगी—मेरे बच्चों के साथ न्याय करना। बिन माँ का समझ कर दुतकारना मत।''

मैं टालता तो वह कहती, ''मैं जानती हूँ, शादी तो करनी ही होगी—घर चलाने को औरत तो चाहिए ही।'' एक बार वह यह भी कह गयी, ''आदमी नहीं रहता तो किसी को चिन्ता नहीं होती···कि उसका इतना बड़ा विस्तृत बाहर वह कैसे झेलेगी। औरत नहीं रहती तो आदमी के छोटे-से घर को चलाने की चिन्ता सबको होती है।''

उसकी अन्तिम बात मुझे थोड़ी अखरी थी। उस दिन पहली बार लगा कि कला अपनी सीमा के बाहर जा रही है। मैंने उस दिन उसे खूब कहा। वह चुपचाप सुनती रही। जब मैं कह चुका तो बोली, ''आप इतना नाराज़ क्यों हो गये ? मेरी तो इतनी ही-सी ग़ुलामी की ज़िन्दगी थी—अब आज़ादी का वक़्त आ गया। अब मैं खुले आसमान में उड़ूँगी—भले ही मेरा एक पंख मेरे इन बच्चों पर साये की तरह फैला रहे। फिर भी मैं उड़ूँगी।''

मैं डर गया। कला की पहली माँ का क़िस्सा मुझे याद आ गया। झूठ था या सच, इसकी हामी भरना तो मेरे लिए मुश्किल था। इतना ज़रूर कह सकता हूँ कि वैसा किस्सा न मैंने पहले सुना और न बाद में। एक क्षण को लगा, कहीं कला उसी

की पुनरावृत्ति की ओर तो संकेत नहीं कर रही है ? पर वह तभी सम्भव था जब ईश्वर न करे कि वह न रहे। कला के पिता ने यह बात तो मुझे पहली मुलाकात में ही बता दी थी कि उनकी भी दो शादियाँ हुई थीं। पहली पत्नी दो साल बाद ही मर गयी थी। पदम यानी कला के बड़े भाई का जन्म हुआ तो उसकी पहली माँ ने आना शुरू कर दिया। जब यह बात सुनी तो मैं समझ नहीं पाया कि मरा हुआ व्यक्ति वापिस कैसे आ गया ? वह बच्चे के सिरहाने आकर बैठ जाती थी। दिन भर वहीं बैठी रहती थी। पदम बहुत सुन्दर था। बाद में बड़ा होकर जब वह ड्रामे में लड़की का पार्ट करता था तो लोग दाँतों तले उँगली दबा जाते थे। पहचानना मुश्किल हो जाता था—लड़का है या लड़की। तब लड़के ही लड़कियों की भूमिका निबाहते थे। व्यावसायिक कम्पनियों की बात अलग थी, जहाँ औरतें इसी काम के लिए रखी जाती थीं। खैर, मैं कला की पहली माँ की बात बता रहा था। पदम की माँ के खाने-पीने में बदपरहेज़ी के कारण जहाँ बच्चे की तबीयत खराब हुई, उसकी पहली माँ तत्काल बोलती थी—तूने चने खाये थे—इसीलिए बच्चे के पेट में दर्द है। इसकी नाभि पर हींग गर्म करके लगा दे। वह लगाती और बच्चा सो जाता। या कहती—तू बच्चे को बाहर लेकर गयी थी—अमुक की नज़र लग गयी—नज़र उतार दे। कई बातें तो ऐसी कह देती जो पदम की माँ को ही पता होता। मैं इन बातों को सुनता ज़रूर रहता था पर मेरी समझ में यह बात नहीं आती थी कि वह बोलती कैसे थी ? बोलती थी तो दिखाई क्यों नहीं देती थी ? उस ज़माने में इस तरह की बातों पर शक करना ग़लत समझा जाता था। इसलिए मैं चुपचाप सुनता रहता था। बाद में जब पदम बड़ा हो गया और उसकी शादी हुई तो पहली माँ के नाम के परोसे मिनसना भूल गये। सवेरे पता चला कि भण्डारे में जितनी मिठाई की तश्तरियाँ लगी रखी थीं सब पैरों से कुचली पड़ी हैं। सब पर किसी के चलने के निशान थे। सबसे पूछताछ हुई। सबने यही कहा कि हमें तो पता नहीं। वैसे भी भण्डारे का ताला बन्द था। चाबी कला के पिता के पास थी। आखिर में वह अपने आप बोली, ''मैंने कुचली हैं।''

''तूने क्यों कुचली ?''

वह बोली, ''मेरे बेटे का ब्याह, मुझे ही नहीं पूछा गया। मैंने इसे रात-रात भर जागकर पाला। यह तो पड़ी सोती रहती थी, मैं इसके सिरहाने बैठी अफ़ाओं-जफ़ाओं को हाँकती रहती थी—तुम लोग मुझे ही भूल गये !''

फौरन ताजी मिठाई बनवायी गयी। उसके नाम के परोसे मिनसे गये। धोती, कमीज़ आदि पाँचों कपड़े किसी सधवा को पहनाये गये। तब कहीं जाकर कारज निबटा। जब बहू आयी तो कला के पिता ने कहा, ''अब बच्चे बड़े हो गये, डरेंगे, अब मत आया करो। हम तुम्हारा हिस्सा बराबर निकालते रहेंगे।''

उसके बाद वह फिर नहीं आयी। कला की बात सुनकर मुझे वह सारी सुनी-सुनायी बात याद आ गयी। हालाँकि मैं मन-ही-मन यह मानता था कि यह सब

औरतों द्वारा गढ़ी गयी मनगढ़न्त बात होगी। इस तरह की बातें बनाने में वे भी किसी कहानीकार से कम नहीं होतीं। एक बार कला के पिता ने भी उसकी पुष्टि की। मैं मान तो तब भी नहीं सका पर आश्चर्य में ज़रूर पड़ गया। भवानी भी कुछ-कुछ ऐसी ही बेसिर-पैर की बातें कहा करता था। उन पर तो मैंने कभी विश्वास ही नहीं किया। कचहरी का एक बहुत बड़ा अहाता है। उसमें दो इमली के पेड़ हैं। उसमें एक खूनी इमली है। खूनी इमली के नीचे से गुज़रते हुए किसी अँग्रेज़ की आवाज़ सुनाई पड़ती है। वह चाय-बिस्कुट माँगता है। अगर उसकी आवाज़ सुनकर कोई रुक जाता है, तो वह उसे मार डालता है। लोग कहते थे कि गदर के ज़माने में देसी लोगों ने किसी अँग्रेज़ की इसी खूनी इमली से बाँधकर हत्या कर दी थी। बाद में अँग्रेज़ों ने उसकी एक कब्र भी वहीं बनवा दी थी। मुझे भी दो-तीन बार रात को उधर से गुज़रने का मौका मिला था। पर उस अँग्रेज़ ने मुझसे कभी चाय-बिस्कुट नहीं माँगा। अगर मिल जाता तो मैं उसे ज़रूर चाय-बिस्कुट खिलाता।

मैंने हँसकर कला से पूछा, ‘‘क्या तुम्हारा भी अपनी पहली माँ की तरह इन बच्चों की देखभाल करने का इरादा है।’’

‘‘मैं तो माँ हूँ, वह माँ नहीं बन पायी थीं। मेरा दुआ करना ही काफ़ी है। हाँ, रूपा बहिन आ जायें तो तुम जानो।’’

‘‘तुम तो पढ़ी-लिखी हो तुम भी ऐसी बातें करती हो ?’’

‘‘पढ़ी-लिखी तो मैं पहले भी थी ! कुछ इस हवेली की चारदीवारी ने हर लिया और कुछ ज़िन्दगी की अनिश्चितता और बच्चों का मोह हरे ले रहा है।’’

मैं चुप हो गया।

अन्त में कला को दिल्ली ले जाना पड़ा। जब तक वह अस्पताल में रही उसे यही लगता रहा कि वह ज़्यादा दिन नहीं जियेगी। जो नौकरानी साथ आयी थी उसे वह यही समझाती रहती थी कौन-सी चीज़ कहाँ रखी है। सोना के कपड़े कहाँ हैं ? सोना को क्या पसन्द है ? किस समय सोती है, किस समय उठती है ? जब ऑपरेशन के लिए अन्दर ले जायी जाने लगी तो उसने मेरा हाथ पकड़ लिया—‘‘देखो, मैं अब लौटूँगी नहीं। लेकिन मेरा बच्चा रहेगा। मेरा यह बच्चा तुम्हारे खानदान का नाम उजागर करेगा —बड़े राय से कहना उसे अपनी देख-रेख में रखें। मेरे बच्चों को दुख न पहुँचाना। बिन माँ का समझकर प्यार देना। मैं कहे देती हूँ, मेरे बच्चे दुःखी रहे तो यहाँ कोई सुखी नहीं रह सकेगा।’’ वह भावुक होती जा रही थी।

वैसे वह शान्त थी। बिना किसी उत्तेजना के अपनी बात कह रही थी। जब वह ऑपरेशन रूम के अन्दर दाखिल हुई तो उसकी आँखों से दो आँसू लुढ़क पड़े। अन्दर जाने पर दरवाज़ा बन्द हो गया। ऐसा लगता रहा, ट्राली अभी भी चल रही है और

आँखों में दो आँसू टिके हैं। पता नहीं कब लुढ़क पड़ें। मेरे दोनों हाथ उठने को हुए। मुझे ध्यान आया कि मैं अकेला नहीं हूँ। मेरे बराबर में पद्‌म और छोटे राय भी बैठे थे। छोटे राय ने मेरे कन्धे पर हाथ रखकर थपथपाया। पद्‌म चुप था। उसकी एक ही बहिन थी, वही अन्दर ऑपरेशन टेबल पर लेटी थी। जैसे-जैसे समय गुज़र रहा था वैसे-वैसे हम लोगों की अधीरता और बेचैनी बढ़ रही थी। यह भी लगने लगा था कि हर क्षण एक तरह की बेबसी हम पर काबिज़ होती जा रही है।

दरवाज़ा खुला। डॉक्टर बाहर निकली। यूरोपियन थी। वह टूटी-फूटी हिन्दी में बोली, ''बधाई, बेटा हुआ है !'' कहती हुई वह तेज़ी से चली गयी। उसके बाद बड़ी नर्स आयी। वह भी विलायती ही-सी थी। मैंने लपककर उससे पूछा ''बच्चे की माँ कैसी है ?''

''अभी कुछ नहीं कहा जा सकता। खून काफ़ी बहा है। होश में आने पर ही अन्दाज़ होगा।''

''खून तो था—''

वह भी बिना जवाब दिये खट-खट करती हुई चली गयी। उनकी खट-खट में किसी तरह का कोई लगाव नहीं था। दफ़्तरी टाइप मशीन को जैसे यह अहसास नहीं होता कि उससे टाइप होने वाले शब्द किस भाव या संवेदना से भरे हैं उसी तरह उनकी खट-खट से भी यह पता नहीं चल रहा था कि पीछे छोड़कर आये मरीज़ का हम लोगों के लिए क्या महत्त्व है। हर क़दम पर एक बेजान सन्नाटा पीछे छूट जाता था। हम लोग घण्टों वहीं बैठे रहे। पद्‌म बीच-बीच में यही कहता था, '' मेरी तो वही एक बहिन है—''

मैं खामोश था। मैं क्या कहता। पद्‌म का हर वाक्य मेरे अन्दर चिड़ियों की चिर-पिर की तरह गूँजने लगता था। उनमें कला के वे सब वाक्य भी मिल जाते थे जो पिछले कुछ दिनों में कला ने मुझसे कहे थे।

पता नहीं एकाएक मुझे क्या हुआ, मैंने पद्‌म से पूछा, ''जब तुम छोटे थे तो क्या तुम्हारी पहली माँ तुम्हारे पास आकर बैठ जाती थी ?''

उसने मेरी तरफ़ देखा और वक़ील की तरह मुझसे पूछा, ''आप मुझसे यह क्यों पूछ रहे हैं ?''

''इन बच्चों के लिए ?''

''यानी ?''

''माँ की ममता कहाँ तक जा सकती है ?''

उसने सिर्फ़ 'हूँ' किया फिर बोला,''मैंने सुना था—! मुझे तो केवल अपनी शादी की घटना याद है—हम छोटे थे, जब हमारी शादी हुई थी।''

''हाँ, कला ने मुझे बताया था—तुम्हारे बाबू जी ने भी।''

उसने फिर वही वाक्य दोहराया, ''मेरी वह अकेली बहिन है—अच्छी तो हो

जायेगी ?''

मैंने उससे कहना चाहा सब ही रिश्ते अकेले होते हैं और उसी से होते हैं जिससे वे रहते हैं। तभी छोटी नर्स ने आकर कहा, ''मरीज़ को होश आ गया—चलकर मिल लीजिए।''

सबसे पहले मैं गया। हालाँकि मैंने सोचा था, छोटे राय का जाना ठीक होगा। वे बड़े हैं। पर बात रिश्ते की थी। फिर उसका भाई पद्म आया। तब छोटे राय। यह हम लोगों ने बिना कुछ बोले स्वयं ही तय किया था। उसने आँखें खोलकर मुझे देखा। फिर बच्चे की तरफ़ नज़र घुमायी। वह पालने में लेटा था। इस तरह के अस्पतालों में तब भी बच्चों को चौबीस घण्टे माँ से अलग रखा जाता था। बच्चा स्वस्थ था। टाँगें चौड़ाये सीधा सो रहा था। वह हल्का-सा मुस्कराया। मैं भी मुस्करा दिया। वह कुछ कहना चाहती थी। मैं उसके मुँह के पास कान ले गया। वह बुदबुदायी—''मेरा काम खत्म हो गया। मैंने तुम्हें बेटा दे दिया'' मैंने गर्दन हिलायी फिर कहा, ''काम कैसे खत्म हो गया—अब तो शुरू हुआ है।'' उसकी आँखों की कोरों से आँसू ढुलक गये। मुझे कुछ ऐसा लगा, वे आँसू तब से अभी तक वहीं टिके थे। फिर लगा जैसे किसी पेड़ के अन्तिम दो पत्ते टूटकर हवा में लहराते नीचे आ गिरे हों। उनके गिरते ही जैसे पेड़-का-पेड़ होना समाप्त हो गया हो।

उसने मुझे और नज़दीक आने का इशारा किया और बोली, ''मैं इसे एक बार दूध पिलाना चाहती हूँ।''

''हाँ, हाँ पिलाना—तुम ही पिलाओगी।''

''नहीं, ज़्यादा वक़्त नहीं है।''

''यह क्या कह रही हो ?''

''तुम इन लोगों से कहो मुझे अपने बच्चे को एक बार दूध पिलाने दें।''

उस समय उसका भाई और छोटे राय भी वहाँ आ गये थे। छोटे राय ने कला के सिर पर हाथ फेरा। उसने मुझे इशारा किया सिर पर आँचल ढक दो। छोटे राय भाव-विह्वल होकर बोले, ''जैसी रानी वैसी तू भी मेरी बेटी है।''

पद्म दूसरी तरफ़ खड़ा था। उसका एक हाथ अपने हाथ में लिये टुकुर-टुकुर देख रहा था। बोल बन्द था। कला ने छोटे चाचा से कहा, ''इनसे कहिए मेरे बच्चे को मेरे पास लिटा दें।'' फिर भाई से बोली, ''पिताजी से कहना, मैंने अपना वायदा पूरा कर दिया—जैसे रखा वैसे रही, जैसे जिलाया वैसे जी—अब छुट्टी···।''

पद्म अपने को सँभाल नहीं सका।

कला चौबीस घण्टे तक अपने बच्चे को दूध पिलाने के लिए तड़पती रही। बीच-बीच में उसे बेहोशी आ जाती थी। केवल मैं ही कला के पास था। छोटे राय

और पद्‌म बीच-बीच में आते थे, बैठते थे और बाहर चले जाते थे। पद्‌म ने कहा भी कि थोड़ी देर आप आराम कर लीजिए, मैं बैठ जाता हूँ। हालाँकि वह कला का बड़ा भाई था। उसका अधिकार बनता था। चूँकि मुझसे छोटा था इसलिए मेरे मना करने पर चुप हो जाता था। पता नहीं क्यों मेरा मन उसे छोड़ने का बिल्कुल नहीं हो रहा था। बीच-बीच में वह सोना को भी याद करती थी। मेरी बच्ची को दिखा दो। मेरे बाद उसका क्या होगा ? शाम तक छोटी चाची और सोना भी आ गये थे।

कला को बुखार हो गया था। डॉक्टरों का कहना था कि उन्हें रात भर में पाँच सेर पानी पिला दो। तभी इनके बचने की सम्भावना हो सकती है। शायद ऑपरेशन करते हुए चाकू ग़लती से मेज़ पर रखा गया था। यह बाद में नर्स से पता चला। उस ज़माने में सेर का ही बाट चलता था चाहे वस्तु तरल हो या ठोस। हर आधा घण्टा बाद मैं उसे तूती से पानी पिलाने की कोशिश करता था। कभी पी लेती थी, कभी आनाकानी करती थी। मैंने सवेरे तीन बजे तक कला को साढ़े तीन सेर पानी पिला दिया। पेशाब भी उसे काफ़ी हो रहा था। जब सवेरे डॉक्टर राउण्ड लेने आयीं तो चार से घटकर डेढ़ डिग्री बुखार रह गया था। डॉक्टर खुश थीं। लेकिन चार बजे के बाद उसने पानी पीना बन्द कर दिया। डॉक्टर को बुलाया गया। कला इस बात पर बज़िद थी कि उसके बेटे को उसके पास लिटाया जाय। डॉक्टरों का कहना था कि उसके शरीर में सेप्टिक है। माँ का दूध पीने से बच्चे को भी खतरा हो सकता है। बड़े राय को भी खबर भेज दी गयी थी। सवेरे सात बजे तक वे भी पहुँच गये। चेहरा सफ़ेद पड़ गया था। एक तो रात भर सफ़र किया था। दूसरे उनकी दाढ़ी बढ़ी हुई थी। वे कला को देखते ही समझ गये कि वह जाने वाली है। समझ डॉक्टर भी रही थी पर चुप थी। बड़े राय ने यूरोपियन डॉक्टर से कहा कि बच्चे को उसकी माँ के पास निटा दें।

डॉक्टर बोली, ''बच्चे को इन्फेक्शन हो सकता है।''

बड़े राय ने कहा , ''देखिए डॉक्टर साहब, हमारे भाग्य में जो होना है उसे न आप रोक सकती हैं और न हम। आप चाहें तो मैं आपको लिख देने को तैयार हूँ—मेरी बहू अगर अपने बच्चे को बिना प्यार किये चली गयी, तो हमें तो ज़िन्दगी भर पछतावा रहेगा ही—उसकी आत्मा को भी शान्ति नहीं मिलेगी !

डॉक्टरनी बड़ी मुश्किल से दो घण्टे की ज़द्दोजहद के बाद बच्चे को कला के पास लिटाने के लिए तैयार हुई। डॉक्टरनी यह समझ नहीं पा रही थी कि एक समझदार और पढ़ा-लिखा आदमी उसकी बात को क्यों नहीं समझ रहा। आत्मा क्या होती है ? बड़े राय ने उन्हें समझाया कि हम हिन्दू हैं हम आत्मा को मानते हैं। जब तक मृतक की अन्तिम इच्छा पूरी नहीं होती, तो उसकी आत्मा भटकती रहती है। दूसरा जन्म नहीं लेती। हिन्दू होने का मतलब है पुनर्जन्म में विश्वास करना । वह हँस दी।

जब बच्चे को उसके पास लिटाया तो कला होश में थी। बच्चे के लेटते ही उसने

उसे सीने से चिपका लिया। फिर धीरे-धीरे उसके हाथ ढीले पड़ने लगे। बच्चे के मुँह में उसने अपना दूध देना चाहा, पर वह दे नहीं पायी। उसके हाथ एक तरफ़ को लुढ़क गये।

सोना माँ और भाई को टुकुर-टुकुर देख रही थी।

नर्स ने देखा तो वह दौड़ी-दौड़ी आयी। डॉक्टर को बुलाया गया। डॉक्टर ने नब्ज़ देखी और गर्दन हिलाकर धीरे-से बोली, ''सॉरी !'' बड़े राय दोनों हाथ पलँग पर टिकाये ऐसे खड़े थे जैसे कटा हुआ पेड़ किसी की ओट लेकर गिरते-गिरते रुक गया हो। नर्स ने बच्चे को उठाकर पालने में लिटा दिया। सोना को चाची बाहर ले गयी। कला का शरीर चादर से ढक दिया गया।

दिल्ली में हम बाहरी आदमी थे। सबसे बड़ी समस्या थी कि कला के शव का क्या किया जाय ? घर ले जाया जाय या यहीं अग्नि को समर्पित कर दें। तब इतनी सुविधा नहीं थी कि शव को इतनी जल्दी एक जगह से दूसरी जगह ले जाया जा सके। अन्त में यही निर्णय लिया गया कि जमुना के किनारे दस-संस्कार कर दिया जाय। हमारे यहाँ अजीब परम्परा थी । पति को पत्नी के शव के साथ श्मशान नहीं जाने दिया जाता था। हालाँकि हिन्दुओं में पति के हाथों दाह-संस्कार स्त्री के लिए सौभाग्य की बात समझी जाती है। शायद इसलिए ऐसा हुआ हो कि पहले बाल विवाह होते थे—मौत का भी कोई ठिकाना नहीं था कब हो जाये—यही सोचा गया होगा कि कहीं पति के बालमन पर विपरीत प्रभाव न पड़े। या कोई पति पत्नी के शव के साथ गया हो और न रहा हो। उस वज़ह से यह बान पड़ गयी हो कि पति पत्नी के शव के साथ नहीं जायेगा। जो भी हो मैं सोना को लेकर डेरे पर ही रहा। बच्चे के लिए एक आया का इन्तज़ाम भी कर लिया था। वह बच्चे को लेकर चाची के पास बनी रही।

बड़े राय, छोटे राय और पद्‌म तीन ही आदमी थे। जमुना-तट काफ़ी दूर था। हर्स का इन्तज़ाम किया गया था। हमारे बराबर में एक बम्बई का परिवार था। वह भी इलाज के सिलसिले में आया हुआ था। उस परिवार के दो लोग भी साथ हो गये थे। लेकिन उन्हें यह बात अजीब लग रही थी कि पत्नी के शव के साथ पति क्यों नहीं गया। मुझे अपनी बेबसी पर रोना आ रहा था। सोना बार-बार मेरी आँखों की तरफ़ देखती थी, ''बाबू जी, आपकी आँखों में पानी क्यों आ रहा है ? वे सब माँ को कहाँ ले गये ? क्या माँ अब कभी नहीं आयेगी ?'' माँ शब्द ही जैसे मुझे असन्तुलित कर देता था। मैं भावुक हो उठता था। मेरी समझ में नहीं आ रहा था कि मैं उस बच्ची को क्या बताऊँ ? बीच-बीच में छोटी चाची भी उसका ध्यान बँटाने की कोशिश करती थीं। रह-रहकर मुझे कला की बात याद आती थी। वह कब से

अपने जाने की तैयारी कर रही थी। बच्चे को उसके पास लिटाते ही तुरत-फुरत चली गयी।

सोना ने मेरा मुँह अपनी ओर घुमाकर पूछा, ''माँ कब आयेगी ?'' मेरे मुँह से निकलते-निकलते रह गया अब कभी नहीं आयेगी। मैंने बात को सँभालते हुए कहा, ''बड़े डॉक्टर के पास गयी है···जब पूरी तरह ठीक हो जायेगी तभी बड़ा डॉक्टर छुट्टी देगा।''

''कब ठीक होगी ?'' मैं चुप रहा।

आया की गोद में सो रहे बच्चे की तरफ़ इशारा करके कहा, इसे क्यों नहीं ले गयी ? यहाँ माँ का बच्चा है ना ?''

''तुम्हारा छोटा-सा भाई—माँ तुम्हारे खेलने के लिए छोड़ गयी है।''

''यह दो गन्दा है, रोता है···'' फिर मेरी तरफ़ इशारा करके बोली, ''आप भी तो रोते हो !'' वह थोड़ी-थोड़ी तुतलाती भी थी।

छोटी चाची ने उसे अपने पास बुलाया, ''सोना बेटी, मेरे पास आ जा। अपने बाबू को थोड़ा आराम कर लेने दे।''

''नहीं, हम आपके पास नहीं आयेंगे।'' वह मेरी गोदी में और ज़्यादा घुस गयी।

सूरज ढलने लगा था। ढलते सूरज की एक तरह की तौंस कहिए या चमक—चारों तरफ़ फैल गयी थी। सबके सब धरातल जैसे चमकने लगे थे। फिर धीरे-धीरे चमक खत्म होने लगी और एक मटमैलापन उतर आया। जहाँ हम बैठे थे, लौटते सूरज की धूप का एक बदरंग-सा टुकड़ा तेज़ी से सरकता हुआ बाहर की तरफ़ जा रहा था। जैसे कोई बच्चा नज़र बचाकर कुछ चुरा ले और तेज़ी से सरकने लगे। जो लोग बाहर बरामदे में तेज़ चल रहे थे उनकी चाल भी जैसे मद्धिम पड़ने लगी थी। बच्चों का शोर बहुत दूर से आता मालूम पड़ता था। मेरी समझ में नहीं आ रहा था यह क्या हो गया। मेरे कान कम सुन रहे हैं या सब कुछ मुझसे दूर होता जा रहा है।

मैं सोना को लेकर बाहर निकल आया। वहाँ और भी ज्यादा ऊब और ठहराव था।

ताँगे से बड़े राय, छोटे, राय पद्म और बाक़ी दोनों लोग उतरे। मुझे लगा जैसे कोई इमारत एकाएक नीचे आ गिरी हो। और बेइन्तहा गर्द आँखों और कानों में भरती जा रही हो। दरअसल, रूपा की मौत का तो मुझे पता नहीं चला था। कैसा लगता, कह नहीं सकता। लेकिन कला तो जलती रोशनी की तरह एकाएक गुल हो गयी थी। जैसे किसी शैतान बच्चे ने फूँक मारकर बुझा दिया हो। बड़े राय और छोटे

राय किसी बड़े टूटे जहाज़ की तरह चढ़ते-उतराते आ रहे थे। पद्म पीछे था। सामान उठवाकर ला रहा था। वे दोनों ऐसे साथ चल रहे थे, ज़रूरत पड़े तो एक-दूसरे को सहारा दे दें।

मैंने बिस्तर के नीचे से दरी निकालकर बिछा दी। दाह-संस्कार के बाद ज़मीन पर बैठने और नीम की पत्ती चबाने की परम्परा थी। सब लोग आकर चुपचाप दरी पर बैठ गये। नीम की टहनी साथ लेते आये थे। सबने पत्ती चबायी और उठ गये। शायद बम्बई वाले लोगों के यहाँ नीम की पत्ती न चबायी जाती हो। उन्होंने अजब-सा मुँह बनाया। उनके मुँह बनाने से लगा कि यह पत्ती उस कड़वे अनुभव का प्रतीक है जो आदमी के खोने पर या खोने की आशंका मात्र से होता है।

मैंने उनको शुभकामनाएँ दीं, ''आप सब लोग अपने मरीज़ के साथ सही-सलामत जल्दी घर लौटें।'' मेरा गला भर आया था। उनमें से एक ने मेरा हाथ पकड़ लिया और पकड़े रहा। उसके मुँह की कड़ुवाहट शायद खत्म हो गयी थी।

ज़मींदारी का काम इधर मैं देखता था उधर मझले राय। कई बार पानी को लेकर खेतों की डौल को लेकर, नौकर-चाकरों को लेकर गरमा-गरमी हो जाती थी। बँधुआ नौकर उस ज़माने में ज़मीन से ज़्यादा क़ीमती माने जाते थे। बँधुआ नौकरों को लेकर घोड़ा-खरीद बहुत चलती थी। उस ज़माने में पाँच-सौ रुपये और कुछ सालियाना अनाज में लोग हाली हो जाते थे। हाली भी एक तरह के बँधुआ ही थे। दो-चार सौ रुपया बढ़ाकर दूसरा पक्ष हाली बना लेते थे। इस घोड़ा-खरीद के कारण हालियों की क़ीमत बढ़ती जा रही थी। मेरे और मझले चाचा के बीच कहा-सुनी का मुख्य मुद्दा हाली ही होते थे। ऐसा तभी होता था जब मैं और मझले चाचा आमने-सामने पड़ जाते थे। हमारे दो-तीन गाँव मुश्तरका थे।

मझले राय का मन इधर हम लोगों की तरफ़ से काफ़ी फिर गया था। कला की मृत्यु के बाद तो उनका यह बदलाव बहुत ही स्पष्ट हो गया था। मझली चाची तो दो-तीन बार आयी भी थीं। पर मझले चाचा सिर्फ़ तेरहवीं के दिन मात्र औपचारिकता निबाहने के लिए आये थे। मेरे कन्धे पर हाथ रखकर सिर्फ़ एक वाक्य कहा था, ''कला की मौत का मुझे और तुम्हारी चाची को बहुत दुःख हुआ···मौत के सामने किसी की नहीं चलती।'' बड़े राय से वे कुछ खास नहीं बोले थे। छोटे राय से ज़रूर एक-दो बात की थी। छोटे राय ने उनसे कह भी दिया था, ''मझले भाई, आपको यह क्या हो गया···ऐसी कलेजा चीर डालने वाली मौत पर भी आप औपचारिकता

निबाहते घूम रहे हैं। आपको और भाभी को तो यहाँ आकर रहना चाहिए था।''

वे पहले तो चुप रहे फिर बोले, ''मैं तो आ भी गया…बड़े भाई तो हमारे निमन्त्रण पर भी नहीं आये…''

''तुम कब बुलाने आये…''

''कार्ड तो भेजा था।''

''उस तर्क से तो तुम्हें पत्र लिखकर अपना शोक प्रकट करना चाहिए था। अपनों को क्या कार्ड भेजना ही काफ़ी होता है ?''

वे हँसे, ''जो अपने होते हैं उन्हें तो उसकी भी ज़रूरत नहीं होती।''

छोटे राय को लगा यह मौक़ा बहस करने का नहीं है। वे चुप हो गये। मझले राय ने सोना और रघुबर के बारे में पूछा, ''दोनों बच्चे कैसे हैं ?''

''अभी तो ठीक हैं।''

मझली चाची ने रघुबर के हाथ में दो चाँदी के रुपये देने चाहे थे। छोटी चाची ने रोक दिया था, ''मझली दीदी, बाद में दे दीजिएगा—यह मौक़ा ऐसा थोड़ा ही है कि जिस बच्चे की माँ मरी हो उस बच्चे को आप रुपये दें।''

वे बोलीं, ''देवरानी, आप तो यहीं रहती हैं—मैं कब-कब आती हूँ।''

छोटी चाची ने उस बात का तो जवाब नहीं दिया पर रुपये नहीं देने दिये। मझली चाची भुनभुनाती हुई चली गयी थीं।

खैर, बात ज़मींदारी की हो रही थी। ज़मींदारी के मामले में मझले चाचा खिंचते जा रहे थे। दो-चार बार हमारे काश्तकारों और नौकरों पर भी हाथ उठा चुके थे। इस बात को लेकर काफ़ी तनाव रहने लगा था। बड़े राय और मझले राय के बीच ताल्लुक़ क़रीब-क़रीब तर्क हो चुके थे। मझले राय ने उस कोठी को भी तुड़वाकर अपने हिसाब से बनवाना शुरू कर दिया था जिसे बड़े राय ने अपने विलायती मेहमानों के लिए बड़े शौक़ से बनवाया था। वह शहर की गिनी हुई इमारतों में थी। उसे सजाया भी बड़े शौक़ से गया था। उस ज़माने में जो फव्वारे लगे थे वे इस तरह के छोटे शहरों में देखने को नहीं मिलते थे। ड्राइंग रूम के बीचों-बीच एक क़तार में छोटे-छोटे कई फव्वारे लगाये गये थे। उन पर रंग-बिरंगी रोशनी पड़ती थी जिससे पानी भी अलग-अलग रंगों में रँगा मालूम पड़ता था। तब वाशबेसिन का प्रचलन नहीं था परन्तु बड़े राय ने वाशबेसिन भी लगवायी थी। उनमें टंकियों से गरम और ठण्डा पानी आता था। मझले राय के लिए वह सब इन्तज़ाम मुश्किल भी था और खर्चीला भी। अतः वे उसे तुड़वा रहे थे। बड़े राय को घर की इज़्ज़त को बाज़ार में नीलाम करके, मझले राय के खिलाफ़ हुक्म-इम्तनाअ लेना पड़ा था। इस बात का बड़े राय को बहुत रंज था। शायद अपने बड़े बेटे की बहू की मौत से भी ज़्यादा। मौत तो ईश्वर के अधीन थी। यह तो उन्हें स्वयं करना पड़ा था।

मझले राय की खड़दिमाग़ी के कारण उनकी रिआया और काश्तकार भी बदज़न

होने जा रहे थे। वे उनकी खड़ी फसल कटवा लेते थे और आग लगवा देते थे। कई बार ताज़ा बोये खेतों में हल चलवा देते थे। गाली दिये बिना बात नहीं करते थे। 'अबे' तो उनका-तकिया कलाम था। मिरची चमार उनका हाली था। बाद में जब उसकी नहीं पटी तो उसने बड़े राय की ज़मीन जोतनी शुरू कर दी थी। इस पर मझले राय इतने नाराज़ हुए कि उन्होंने उसे अपने डेरे पर बुलाकर जूतों से पिटवाया। सिर्फ़ पिटवाया होता तो भी बात अलग थी, यह भी सुना गया कि उसके मुँह में भंगी से पेशाब भी कराया। उस समय तो वह चला गया। पर उसने अपने दोनों बेटों को बुलाकर कहा —"या तो तुम इसका बदला लो या फिर मेरे लिए चिता तैयार कर दो, मैं उसमें कूद पड़ूँगा। चिता की आग इस आग से ठण्डी होगी।"

मिरची की घरवाली ने उसे समझाना चाहा—"तुम बड़े राय से जाकर क्यों नहीं कहते ! तुम्हारे मालिक तो वे हैं। उनकी बेइज़्ज़ती भी तो हुई है।"

"ये सब लोग जुल्म को जुल्म न कहकर सज़ा कहते हैं। किसी का रंग गहरा होता है किसी का हल्का —रंग एक है। मेरे दो जवान-जहान बेटे हैं या तो मैं इनसे कहूँगा या फिर ऊपर वाले से। पता नहीं ऊपर वाला सुनेगा भी या नहीं। तुम लोग तो सामने हो, बताओ—मैं क्या करूँ— चिता में कूद पड़ूँ या जिन्दा रहूँ ?"

दोनों बेटों ने एक ही बात कही, "थोड़ी मोहलत दे बापू !" उनकी आँखों में खून उतर आया था।

मिरची ने उनकी आँखों की तरफ़ देखा। आश्वस्त होकर बोला, "ठीक है, मैं तुम्हारे जवाब का इन्तज़ार करूँगा।"

एक दिन मझले राय का गोद लिया बेटा रंजन रोता-रोता हवेली पर आया। छोटे राय से बोला, "चाचा जी, ताऊ जी कहाँ हैं ?"

"क्यों बेटा ?"

"बाबू जी कल ज़मींदारी के दौरे पर गये थे। शाम को लौटने के लिए कह गये थे। अभी तक नहीं लौटे।"

बड़े राय पूजा में थे। छोटे राय ने एक मिनट के लिए सोचा फिर बोले, "तुम घर जाओ, हम शाम तक पता लगवाकर—घर खबर भेज देंगे। हो सकता है आगे निकल गये हों।"

मैं सवेरे ही ज़मींदारी से लौटा था। छोटे राय ने मुझे बुलाया। सोना अब बड़ी भी हो रही थी और समझदार भी। रघुबर दीवार के सहारे खड़ा होने लगा था। पर मुझसे चिपका रहता था। सारी मुसीबत रानी की ही थी। उसे ही देखना पड़ता था। सोना तो बुआ-बुआ करके उसके ही पीछे लगी रहती थी। मैं नीचे जाने लगा, तो रघुबर माना ही नहीं। मैं उसे गोद में उठाये नीचे चला आया। बड़े राय तब तक

पूजा करके निकल आये थे। रघुबर को गोद में लिये देखकर कड़ककर बोले, "तुम्हारी यह हिम्मत कि बेशर्मों की तरह अपने बच्चे को गोद में लेकर बड़ों के सामने आओ !"

मैंने रघुबर को ऐसे छोड़ा जैसे वह मेरा अपना बच्चा न होकर चोरी का सामान हो। वह गिर गया और ज़ोर-ज़ोर से रोने लगा। उसे मैं रोता देखता रहा, पर गोद में उठाने की हिम्मत नहीं थी। छोटे राय ने दौड़कर उठाया। पर वह मेरे ही पास आने की ज़िद कर रहा था और मेरी उसकी ओर देखने की भी हिम्मत नहीं हो रही थी। छोटे राय ने भवानी को पुकारा और रघुबर को अन्दर हवेली में ले जाने के लिए कहा। वह ले गया। बड़े राय अभी भी ग़ुस्से में थे।

वे बोले, "हमने आज तक वैसे भी अपने बच्चों को गोद में नहीं लिया—माँ-बाप या बड़ों के सामने तो लेने का सवाल ही नहीं था। तुम लोग अँग्रेज़ बन गये। बच्चों को गोद में लेकर क्या बेशर्मों की तरह खुले घूमोगे ?"

छोटे राय बीच ही में बोले, "भास्कर, तुम्हें मालूम है मझले भैया कहाँ हैं ?"

मेरी समझ में नहीं आया कि इस पूरे प्रसंग में मझले भैया कहाँ से आ गये। वे शायद मेरे शशोपंज को समझ गये। बोले, "वे कल से घर नहीं लौटे—उनका बेटा रंजन रोता हुआ आया था और ताऊ जी को पूछ रहा था।"

बड़े राय ने धीरे-से दोहराया, "कृष्ण का बेटा ! मुझे पूछ रहा था !"

छोटे राय ने बड़े राय के सवाल का जवाब नहीं दिया। मुझसे पूछा, "तुमसे तो कहा-सुनी नहीं हुई ?"

मुझे उनका यह पूछना अच्छा नहीं लगा। थोड़ा उत्तेजित होकर बोला, "आप भी कैसी बात कर रहे हैं—मुझसे होती तो मैं बताता नहीं।"

छोटे राय बोले, "तो मैं देखकर आता हूँ—आखिर भाई हैं।"

"पर वह कहाँ समझता है !" यह वाक्य बड़े राय की पीड़ा के ताल में से बूँद की तरह उछला था।

छोटे राय उनके सामने कम बोलते थे। उन्होंने फिर कहा, "भाई तो भाई ही है।"

छोटे राय जाने लगे तो बड़े राय ने मुझे भी उनके साथ कर दिया। हम लोग गाड़ी में बैठकर अपने असलहे साथ लेकर उनकी ज़मींदारी की तरफ़ चले तो दिलों में एक तरह का तनाव और चिन्ता थी। जब से मिरची के साथ वह घटना हुई थी तब से यही सुनने में आ रहा था कि लोग इस मामले को लेकर उत्तेजित हैं। हम लोगों को भी भला-बुरा कहा जा रहा था। उसके साथ जो कुछ हुआ था, वह उनका काम छोड़कर हमारे यहाँ आने के कारण हुआ था। यह बात मन में आते-आते रह जाती थी कि कहीं उन लोगों ने कोई बदमजगी न कर दी हो।

हालाँकि अभी ज़माना इतना नहीं बदला था कि छोटी जात के लोग ज़मींदारों के

साथ उलटा-सीधा करें। अँग्रेज़ी राज अभी बरकरार था।

हमारी गाड़ी कच्ची सड़क की तरफ़ मुड़ने लगी, तो मुझे सुनाई पड़ा कोई मेरे नाम से पुकार रहा है—मुझे बचाओ। मैंने झाँककर देखा, तो मझले राय एक पेड़ की ओट में बेहाल अधनंगे खड़े थे। आँखें और गाल सूजे थे। वहाँ उस हालत में खड़े देखकर मैं चकरा गया। उनकी ज़मींदारी अभी चार-पाँच मील थी। वे पैदल छिपते-छिपाते वहाँ तक पहुँचे थे। उन्होंने शायद पहले मुझे ही गाड़ी में बैठे देखा। मैं तत्काल उतर कर उनके पास गया। वे मेरे हाथों में बदहवास से आ गिरे। जैसे वे किसी सहारे के इन्तज़ार में हों। तब तक छोटे राय भी आ गये। हमने कोचवान की मदद से उन्हें गाड़ी में लिटाया। कोचवान घोड़े की लगाम पकड़कर थोड़ी दूर तक गाड़ी उलटी चला कर वापिस लाया। फिर मेन सड़क पर आकर घर की तरफ़ मोड़ ली। वह घोड़े को काफ़ी तेज़ दौड़ा रहा था।

मझली चाची परेशान थीं। नौकरों को सब तरफ़ दौड़ा दिया गया था। चलते हुए छोटे राय ने छोटी चाची से कह दिया था कि वे मझली चाची के पास चली जायें। वे अकेली हैं। छोटी चाची उन्हीं के पास थीं।

मझले राय को देखकर वे ऐसे रोयीं जैसे किसी निकटवर्ती की लाश को देखकर रोया जाता है। छोटे राय को उनका इस तरह हू-हू करके रोना अच्छा नहीं लगा। उन्होंने कहा भी—"ऐसे क्यों रो रही हो, भाभी ! ईश्वर की कृपा से मझले भाई सही-सलामत हैं। तुम्हें तो खुश होना चाहिए।"

मझले भाई ने हम लोगों के सामने पूरी बात का खुलासा न करके सिर्फ़ इतना ही बताया कि कुछ बदमाशों ने उन्हें घेर लिया था। उनके उलटने-पलटने से उनकी अन्दर की बेचैनी का अहसास स्पष्ट था। मझले राय पूरी तरह अपना मुँह सिये थे। हालाँकि उनसे बर्दाश्त नहीं हो रहा था। मुँह तो सूजा हुआ था ही। आँखों के चारों तरफ़ गहरे काले निशान थे। पेशानी पर नील-ही-नील थे। हाथों को उठाने रखने में तक़लीफ़ महसूस होती थी। पाँव बुरी तरह अकड़ गये थे।

हम लोग दो-तीन घण्टे उनके पास बैठे रहे। मझले राय अन्दर-ही-अन्दर उबाल खाते रहे। जैसे साँप का मुँह पकड़ लिया गया हो और उसका शरीर अलबेट खा रहा हो। मझली चाची एकदम खामोश थीं। वे छोटी चाची से भी बात नहीं कर रही थीं। उनका बेटा रंजन भयभीत-सा बाहर बैठा था।

काफ़ी देर तक उनके बोलने का इन्तज़ार करके हम चले आये। हमें तो उन्होंने डॉक्टर को बुलाने की इजाज़त भी नहीं दी।

हम बेगाने ही लौट आये।

मझले राय ने मिरची और उसके परिवार पर 307 का मुक़दमा ठोका।

दरअसल, मझले राय उस रात को अपने डेरे में ही रुक गये थे। उन्हें लौटने में देर हो गयी थी। उनके साथ एक गोरखा सिपाही रहता था। वह उनका दायाँ हाथ था। वसूली का काम भी वही करता था। ज़रूरत पड़ने पर उनका शरीर भी दबाता था। मालिश भी करता। उसके चेहरे से क्रूरता टपकती थी। इस सबके बावज़ूद मझले राय का वह सबसे अधिक मातबर आदमी था।

मझले राय की आदत थी कि सोते समय खिड़की खुली रखते थे जिससे आसमान नज़र आता रहे। उस रात भी वे खिड़की खोलकर दरवाज़ा बन्द करके सो गये। दरवाज़े के बाहर पहरे वाली कोठरी में गोरखा सोया था।

वे लोग खिड़की से आये। मझले राय की आँखें एकाएक खुलीं तो उन्हें लगा खिड़की पर कोई है। उन्होंने पूछा, ''कौन है ?''

''हम हैं फत्ता और चन्दन—मिरची के बेटे।''

''क्या बात है ?''

''अपने बाप की बेइज़्ज़ती का हिसाब चुकता करने आये हैं।''

वे दोनों लड़के अन्दर उतर गये। मिरची की बेटी खिड़की के नीचे खड़ी हो गयी। मिरची और उसकी घरवाली गोरखे की कोठरी के बाहर पहरा देने लगे।

मझले राय उनकी यह बात सुनकर भी कोई खास विचलित नहीं हुए। उनका ख़्याल था कि वे उन्हें डाँट-फटकार के भगा देंगे। उन्होंने उन्हें धमकाया भी, ''तुम मुझसे हिसाब चुकाओगे—मैं तुम्हें कहीं का नहीं छोड़ूँगा। बरबाद कर दूँगा।''

वे बिना उनकी बात की ओर ध्यान दिये लगातार आगे बढ़ते रहे। जब वे नहीं रुके तो मझले राय की आवाज़ में हल्की-सी कम्पन आ गयी, ''क्या चाहते हो ?''

''बदला—जो कुछ तुमने हमारे बाप के साथ किया है···वही ?''

इससे पहले की मझले राय कुछ बोलते उन्होंने मझले राय को दबोच लिया। तकिये के नीचे रखे रिवाल्वर की तरफ़ हाथ बढ़ाया तो फत्ते ने हाथ मरोड़ दिया। वे कराह उठे। उन दोनों ने उनके मुँह में कपड़ा ठूँस दिया और दरवाज़ा खोलकर अपने बापू को अन्दर ले आये।

वे बापू से बोले, ''देखता क्या है, उठा धोती और मूत दे इसके मुँह में।''

''नहीं ऐसा मत करो—पाप के भागी मत बनो। कुछ भी कहो हमने इनका नमक खाया है।''

लड़कों ने अपने बाप के दोनों हाथ पकड़े और उसकी धोती उठा दी, ''अब मत चूक—जब तेरे मुँह में इसने भंगी से मुतवाया था तब इसे तो पाप-पुन्न की चिन्ता नहीं हुई थी—तू उसका मूत पीकर भी पाप-पुन्न गा रहा है।''

पहले तो मिरची का पेशाब ही नहीं उतरा। बेटे अड़े रहे। ज़ोर लगाने पर बड़ी मुश्किल से थोड़ा-सा पेशाब आया। मझले राय के मुँह में पेशाब गया या नहीं यह

कहना तो कठिन है पर उनका सारा मुँह भीग गया था और वे लगातार गर्दन हिला रहे थे। हाथ जोड़ने की कोशिश कर रहे थे। पर मुँह में कपड़ा ठुँसा होने के कारण बोल नहीं पा रहे थे। मिरची वहाँ से हट जाना चाहता था। पर वे दोनों लड़के उसे हटने नहीं दे रहे थे।

उन्होंने मिरची से कहा, ''बापू, तू जा और गाँव में से रापी लेकर बाग में मिल। वहीं इसकी खाल उतारेंगे।''

मिरची ने समझाया, ''अरे क्यों उसकी और अपनी जान के दुश्मन बन रहे हो। फाँसी पर लटक जाओगे।''

''सुना है बड़े-बड़े जनूनी मुलक के लिए फाँसी पर लटक रहे हैं—हम अपने बाप के लिए लटक भी गये तो कौन कमी पड़ जायेगी। पर कमबख़्त को तो पता चल जायेगा कि जितनी इसकी इज्ज़त की कीमत है उतनी कीमत मिरची चमार की इज्जत की भी है।''

उन्होंने ज़बरदस्ती मिरची को रापी लाने के लिए भेज दिया। माँ ने गोरखे की कोठरी पर धीरे से बाहर की कुण्डी चढ़ा दी थी। दोनों भाइयों ने मझले राय के बिस्तर की चादर में ही उनकी गठरी बाँध ली और खिड़की की दूसरी तरफ़ खड़ी अपनी बहन के सिर पर उतार दी। वज़न काफ़ी था। सँभालने में कठिनाई हो रही थी। वे जल्दी से दूसरी तरफ़ कूद गये और अपनी बहिन से गठरी ले ली। वे तीनों मझले राय को बाग़ में ले गये। बीच-बीच में उस गठरी में कम्पन-सा होता था जैसे मिरगी आ रही हो। वहाँ जाकर उन्होंने गठरी खोल दी। मझले राय ने आँखें पलट दीं। तब तक माँ भी आ गयी थी। गोरखा अभी तक सो रहा था। माँ ने देखा तो बोली, ''अरे यह क्या कर रहे हो, कहीं मझला राय मर गया तो सारा गाँव जिन्दा जला दिया जायेगा।''

चन्दन बोला, ''मर जाने दे—कहीं खोदकर गाड़ देंगे।''

माँ ने उनके मुँह पर पानी के छींटे दिये। उनमें हरकत हुई। हालाँकि पूरा होश उन्हें तब भी नहीं आया था। बीच-बीच में कुछ बुदबुदाये। लड़की ने ग़ौर से सुना तो उसे रंजन जैसा कोई शब्द सुनाई पड़ा था। वह समझी नहीं।

मिरची को गये काफ़ी देर हो गयी थी। लड़कों को चिन्ता हुई। घण्टे दो घण्टे में चिड़िया बोलने लगेंगी। गाँव में जाग हो जायेगी तो इसे कहाँ छिपायेंगे। वे बहिन से बोले, ''बापू में बड़ी दया-माया है। अभी तक नहीं लौटा। वह समझता है इसे छोड़ देने से हम बच जायेंगे। मरना तो हर हालत में है—मारकर भी और छोड़कर भी। हम दोनों भाई रापी लेकर आते हैं। तू और माँ यहीं रहो। भागने मत देना।''

मझले राय को होश आने लगा था। माँ को दबाव लग आया। वह निबटने चली गयी। मझले राय ने मिरची की बेटी को मुँह में से कपड़ा निकालने का इशारा किया। पहले तो वह झिझकी फिर निकाल दिया।

मझले राय हाथ जोड़कर बोले, ''तू मेरी धरम की बेटी है, मैं कभी किसी के साथ दुर्व्यवहार नहीं करूँगा। मेरा बेटा छोटा है—मैं नहीं पहुँचा तो वह रो-रोकर पागल हो जायेगा। मेरे भाई लोग उसे जान से मार डालेंगे।''

लड़की को दया आ गयी। उसने जल्दी-जल्दी उनके हाथ-पाँव खोले। चारों तरफ़ घुप अँधेरा था। मझले राय को उठने में दिक़्क़त हो रही थी। लड़की ने सहारा देकर खड़ा किया और कहा, ''बाबू, मेरे भाई तेरी खाल उतारने के लिए रापी लेने गये हैं, माँ जंगल-दिशा गयी है—तू जितनी दूर हो सके जल्दी से जल्दी निकल जा—उन्होंने पकड़ लिया तो तुझे जिन्दा नहीं छोड़ेंगे। माँ को तो मैं सँभाल लूँगी—पर यह कहे देती हूँ कि तूने बापू के साथ अच्छा नहीं किया। पर तुझे मेरे बापू ने माफ़ कर दिया इसीलिए मैं भी तुझे छोड़े दे रही हूँ।''

मझले राय किसी तरह उस घुप्प अँधेरे में गिरते-पड़ते, झाड़ियों में उलझते, छिपते-छिपाते हथेली पर जान रखकर जल्दी-जल्दी बढ़ रहे थे। थोड़ी दूर तक वह लड़की उन्हें सहारा देकर रास्ते से लगा आयी थी।

जब सब लोग लौटे तो मझले राय अँधेरे में खो चुके थे।

मेरी तीसरी शादी की बात चालू हो गयी थी। अब उम्र भी वह नहीं रही थी। लेकिन शादी तो तब बड़े-बूढ़े भी करते थे। अब खानदान और पसन्द की बात उतनी नहीं रही थी। केवल शादी की बात थी। छोटी चाची अब पूरी तरह पूजा-पाठ को समर्पित हो गयी थीं। हर दिन व्रत, त्यौहार और उद्यापन। सप्ताह में दो दिन दोनों वक़्त खाना खाती हों, तो खाती हों। उनको कहीं-न-कहीं महसूस होने लगा था कि मैं किसके लिए अपना अगत बिगाड़ूँ। चर्खी भी दूसरे की, कपास भी परायी, कतैया भी कोई और सूत तेरा कैसे ?

जहाँ तक मेरा सवाल था मैं दो शादी करके देख चुका था। यही लगता था तीसरी भी हो जायेगी तो क्या फ़र्क पड़ेगा। मन के रिश्ते दो बार आधे-अधूरे बनकर टूट चुके थे। तीसरा रिश्ता कैसा होगा। उसी का क्या पता था ? इस बारे में मैंने किशन बाबू से भी सलाह ली थी । किशन बाबू अब एक हठयोगी की तरह सूखकर काँटा हो गये थे। उनका बेटा थोड़ा-बहुत कमाने लगा था। पत्नी उसी के पास रहती थी। किशन बाबू ने घुमक्कड़ी अख़्तियार कर ली थी। जब कभी घर पर भीड़ पड़ती थी तो किशन बाबू भी काम कर लेते थे। उनकी चवन्नी-भर अफ़ीम ज़ारी थी। शाम को चार बजे नहीं कि वे अफ़ीम के चक्कर में निकले नहीं। कभी जुगाड़ नहीं बैठता

था तो अपनी उसी प्राकृतिक अफ़ीम की खोज में निकल जाते थे। उन्हें सभी समझाते थे कि यह काम करना छोड़ दो। किसी रोज़ जान से हाथ धो बैठोगे।

उनके पास इस बात का एक ही जवाब था, ''जान कौन हमारी है, जिसने दी है—वह हमेशा के लिए तो उसे हमारे पास छोड़ने वाला है नहीं, पता नहीं कब ले ले। लेने के लिए उसे भी तो कोई-न-कोई बहाना चाहिए ही—मैं कब तक दूसरे की चीज़ की रखवाली करूँगा। धागा है, हम चटका दें या वो चटकाये। अब बीवी ही बीवी नहीं रही, वह भी माँ बन गयी। एक समय के बाद सब माँ बन जाती हैं। मेरा बेटा ही बाप बन गया है। सबसे पहले वह यह देखता है बाबू को क्या चाहिए ? बेचारा जुगाड़ करके लाता है। मैं तो कभी बाप होकर भी बाप नहीं था।'' उनकी बात पर हँसी भी आती और फिर न जाने क्या सोचकर अन्दर-ही-अन्दर वह घुट भी जाती।

किशन बाबू रहमतुल्ला की बीमारी की बात सुनकर आये थे। उसी के यहाँ ठहरे थे। रहमतुल्ला को अचानक कोई ऐसी रहस्यमय बीमारी हो गयी थी कि वह निरन्तर सूखता जा रहा था। भूख ज़रा भी नहीं लगती थी। बड़े राय ने उसे शहर के सबसे नामी-गिरामी डॉक्टर को दिखाया था। उन्होंने यही बताया था कि इसका खून पतला पड़ता जा रहा है। जब खून पतला पड़ने की बात समझ में नहीं आयी तो उसने बताया खून में बाहर से आने वाली बीमारियों का सामना करने की ताक़त कम हो गयी है। रहमतुल्ला का चेहरा पीला पड़ गया था। कभी-कभी सहारा लेकर दुकान पर आ लेटता था। थोड़ा-बहुत जो काम-धाम मिलता, उसे घर ले जाता था। घरवाली कर देती थी। बड़े राय समझ गये थे कि रहमतुल्ला अपने अन्त की तरफ़ बढ़ रहा है। उन्होंने कई बार कोशिश की कि उसका और उसकी बीवी का स्थायी प्रबन्ध कर दें। परन्तु रहमतुल्ला इसके लिए तैयार नहीं हुआ। वह हमेशा यही कहता था कि मालिक मैं आप फ़िक्र न करें, फिर पहले ही जैसा हो जाऊँगा। पहले की तरह ही चलता घोड़ा रोक दिया करूँगा। उसे यह कला मालूम थी। वह सिर्फ़ एक हाथ और एक रस्सी से दौड़ते घोड़े को इस तरह रोक देता था कि मजाल है एक क़दम आगे बढ़ सके। जब लोग पूछते थे कि उस्ताद यह तो बताओ मात्र एक रस्सी फेंककर दौड़ते घोड़े को कैसे रोक देते हो, तो वह हँस भर देता था। कभी-कभी कहता था कि मेरे खानदान की यह परम्परा रही है कि हर बाप अपने बेटे को ही बताता है। मैं भी अपने बेटे को बताऊँगा। परन्तु अब वह निराश हो चुका था। बेटे की उम्मीद अब खत्म हो चुकी थी—इस खस्ता हालत में बेटे की तमन्ना कौन करे—।

किशन बाबू भी बड़े राय से मिलकर यह समझ गये थे कि रहमतुल्ला के बचने की कोई उम्मीद नहीं है। वे अधिकतर अपना वक़्त उसी के पास गुज़ारते थे।

हालाँकि वह छोटा आदमी था पर उसका घर साफ़ रहता था। वह उन्हें जगन आचार्य के क़िस्से सुनाया करता था—कैसे वे आते थे, बैठते थे, किताबों पर किताबें पढ़ते रहते थे, लिखते रहते थे—यही कहता था मेरे घर पर एक इतना बड़ा आदमी आ चुका है कि अगर मैं अब मर भी जाऊँ तो कोई मलाल नहीं—घोड़े के साथ जीने वाला एक साईस गाँधी जी के ऐलची के साथ रह चुका—किशन बाबू जैसा देवता इस घर का मेहमान हो चुका—भास्कर राय आ चुके। मेरा तो बेड़ा पार लग गया। बस चिन्ता एक ही बात की है कि इस बेचारी का क्या होगा—अपने बड़ों के इस इल्म को किसे बताकर जाऊँगा।

आखिर में दौड़ते घोड़े को रोक देने वाला वह गुर उसने मुझे बताया था। एक नस थी जिस पर ज़ोर पड़ते ही घोड़ा बेदम हो जाता है। उसी पर फन्दा फेंकना होता था। घोड़ा बेजान होकर गिर पड़ता था।

शुरू-शुरू में किशन बाबू हवेली पर आते रहते थे। लेकिन जब से रहमतुल्ला की हालत खराब हुई थी तब से उन्होंने उसके पास से हिलना बन्द कर दिया था। बाद के दिनों में रहमतुल्ला के शरीर में एक अजीब तरह का दर्द होने लगा था। उसे लगता था जैसे उसकी नसें चटक रही हैं। वे उसके पास बैठकर उसका अंग-अंग सहलाते रहते थे। उसकी घरवाली मनसा उर्फ़ सिताबो ऐसा करने से उन्हें बहुत रोकती थी। वे यही कहते थे—जब तक मैं हूँ तब तक तुम्हें किस बात की चिन्ता! उसे घर का तो काम करना ही पड़ता था। रात-रात भर सिलाई करती थी। वे यही कहते कि मैं तो चौबीस घण्टे खाली पड़ा रहता हूँ। न कोई चौबीस घण्टे खाली पड़ा रह सकता है, और न काम करता रह सकता है। वह उनके सामने चुप लगा जाती थी।

मैं अपनी शादी की बात करने ही रहमतुल्ला के घर गया था। अकेला। बिना किसी को हवा लगने दिये। रहमतुल्ला गुनूदगी-सी में रहता था। कभी होश में रहता और कभी बेहोशी में आ जाता। मैंने पूरी बात किशन बाबू को बतायी। वे सुनते रहे। फिर बोले, ''भास्कर बाबू, मैं क्या बताऊँ यह तो तुम अपनी ज़रूरत को समझो!''

''मेरी अपनी ज़रूरत तो इतनी नहीं—बस बन्द घर खुलने की बात है। बड़े राय स्वयं तो नहीं कहते पर छोटे राय से कहलाते हैं कि हम सब पके आम हैं—पता नहीं कब टपक जायें। रानी का ब्याह हो जायेगा। चाची पूजा-पाठ में रहती हैं। दोनों बच्चों को कौन देखेगा। सोना और रघुबर के लिए तो कुछ-न-कुछ करना ही होगा।''

''तुम्हारी ज़रूरत क्यों नहीं—ज़रूरत तो सबकी होती है। उसकी पूर्ति कैसे हो, यह दीगर बात है। तुम जानते हो अपने आपको सन्तुष्ट करने का पहले मेरा तरीक़ा

कुछ और था। अब मेरी ज़रूरत चार आना भर अफ़ीम है। वह न भी हो तो इतना बड़ा जंगल है, वहाँ बनी बामियों में मेरा नशा भरा पड़ा है। अपनी सन्तुष्टि का कहीं-न-कहीं, कोई-न-कोई रास्ता हर एक को खोजना पड़ता है।''

रहमतुल्ला हालाँकि नीम होश में था पर ये सब बातें उसके दिमाग़ में दर्ज़ हो रही थीं। वह बोला, ''भैया, आप ही घर के चिराग़ हैं—चिराग़ को जलते रहने दो। इन दोनों बच्चों की खुदा उम्र दराज करे—उनकी फ़िक्र तो करनी ही होगी। जब से बड़ी मालकिन गयीं, हवेली की दीवारों में दरारें पड़ गयीं। बड़े राय कहाँ तक अकेले उसकी लीपा-पोती करें। चिराग़ से चिराग़ तो आपको ही जलाना होगा।''

किशन बाबू थोड़ा सोचकर बोले, ''हालात को देखते हुए तुम्हें शादी कर लेनी चाहिए। वैसे आज़ादी से बड़ी कोई दूसरी नियामत नहीं। लेकिन आज़ादी कोई ऐसा नुस्खा नहीं कि वह हर मर्ज़ का इलाज हो। कई बार ज़िम्मेदारियों के तहत, ग़ुलामी भी आज़ादी में बदल जाती है। तुम्हें बच्चों को पालना है। बुज़ुर्गों को देखना है। ज़मींदारी को सँभालना है। किसी-न-किसी के साथ तो इन ज़िम्मेदारियों को बाँटना ही होगा। पत्नी चाहे जैसी भी हो, ध्यान तो बाँटती ही है और अगर गिरने लगे तो हाथ भी थाम लेती है। जब मैं यहाँ से लुटा-पिटा गाँव लौटा तो मेरी घरवाली ने मुझे ऐसा समझाया कि मैं इस मुग़ालते में पड़ गया कि मेरा कुछ भी नहीं गया—सब कुछ है। मैं बेइन्तिहा दौलत का मालिक हूँ। वह बेइन्तिहा दौलत थी विश्वास—ये मुग़ालते हसीन तो होते ही हैं, कई बार ऐसी छुपी मसलहत को सामने लाते हैं जिसको हम लगातार नज़रअन्दाज़ करते रहते हैं।''

किशन बाबू ने अपनी सोच के खिलाफ़ जाकर मुझे रास्ता दिखाया था। हमेशा वे कोशिश यही करते थे कि आदमी अपने आप फैसला करे। मुझे लगा अन्दर कोई सोता है जो बाहरी सूखेपन के बावजूद निरन्तर उन्हें तर करता रहता है और अथाह करुणा से जोड़ता रहता है।

रहमतुल्ला ने अपनी गिरती हुई आवाज़ में अपनी घरवाली को बुलाया। और कहा, ''अपने सबसे छोटे राय का मुँह मीठा करा दे—अब ये हमारे मालिक हैं। मेरे जीते जी इनका घर बस जाये —बस !'' फिर कहा, ''हलवाई के लड़के से कहना अपने हाथों दोना दे जाय—तुम मत छूना।''

किशन बाबू ने मेरी तरफ़ देखा। मैं फ़ौरन बोला, ''यह तुम क्या कहते हो, तुम और बहू क्या बेगाने हैं ?'' हम लोगों के यहाँ रिआया की पत्नी को चाहे उम्र में बड़ी ही क्यों न हो, बहू ही कहा जाता था।

किशन बाबू को मेरा यह कहना शायद अच्छा लगा। वे मुस्करा दिये और बोले, ''भास्कर बाबू, इस बात का बाद में भी ध्यान रखना।'' और मेरी तरफ़ छिपी नज़रों से देखने लगे।

मेरी तीसरी शादी गर्मियों में हुई थी। रघुबर की आँखें आयी हुई थीं। वह मेरे बिना घर पर भवानी और रानी के पास ही रहा था। परन्तु उसकी एक ही रट थी बाबू जी के पास जाऊँगा। बाबू जी को बुलाओ। मैं फेरों पर बैठा था। मेरे पास लगातार खबर पहुँच रही थी। चूँकि शादी नज़दीक ही थी इसलिए मैं बिना क़ायदे-क़ानून की परवाह किये फेरों के बाद रात को ही घर आ गया था। रघुबर की आँखें सूज गयी थीं। सोना चकित-सी थी। वह समझती भी थी और नहीं भी समझती थी। इतना जानती थी कि नयी माँ आने वाली है। नयी माँ का मतलब भी उसे इतना स्पष्ट नहीं था। पर चूँकि उसने अपनी माँ को देखा था इसलिए उसे यह लग रहा था कि कोई दूसरी माँ आयेगी जो उसकी माँ से अलग होगी। कैसी होगी यह नहीं सोच पा रही थी।

उस शादी को भी अब क़रीब चालीस वर्ष हो गये। हो सकता है पैंतालीस हो गये हों। शायद पैंतालीस ही हुए हैं। कभी-कभी मेरे दिमाग़ में यह सवाल अभी भी उठता है कि तीसरी शादी करके मैंने ग़लत किया था या सही ? मेरी यह शादी बहुत ही कम उम्र की लड़की सारंगा के साथ हुई थी। तब वह रही होगी कोई अठारह वर्ष की। घर भी छोटा था । यह सवाल मेरे दिमाग़ में तभी उठता था जब उसके मन में विद्रोह की चिनगारी भड़कती थी। कुछ देर बाद वह बुझ भी जाती थी। खासतौर से वह उस समय चेतता था जब मेरा बेटा रघुबर और बेटी सोना मेरे पास आकर मँडराने लगते थे। मेरा ध्यान अपनी ओर आकर्षित करने की कोशिश करते थे। और उसकी ओर से बँट जाता था। सोना अपनी नयी माँ को रानी और अरुण की देखा-देखी भाभी ही कहती थी। रघुबर को अलबत्ता भवानी ने अम्मा कहना सिखा दिया था। शायद वह सोचता था कि अम्मा कहने से औरत का मन नरम पड़ जाता है। अजनबी से अजनबी के प्रति भी भाव बदल जाता है। वैसे दोनों ही बच्चे रानी से ज़्यादा चिपके रहते थे। यह बात उसे बुरी लगती थी। उधर रानी के विवाह की बात शुरू हो गयी थी। उसकी शादी के बाद इन दोनों बच्चों के लिए घर को घर कहने के लिए नयी माँ के अलावा कोई दूसरा आधार नहीं था। रघुबर को एक फ़ायदा था। बड़े राय उसे अपने पास बुलवा लेते थे। छोटे राय उसे भजन सुनाते थे—ब्रज की लताओं में गुजारा करेंगे—कन्हैया-कन्हैया पुकारा करेंगे—बनायेंगे हृदय में एक प्रेम मन्दिर—इसी में कन्हैया को बिठाया करेंगे—। गोपाल भैया की कहानी सुनाते थे किस प्रकार विधवा के बेटे की गोपाल भैया ने सहायता की थी और मास्टर जी की बेटी की शादी में गोपाल भैया की छोटी-सी लुटिया से निकले दूध ने नादों पर नादें भर दी थीं फिर भी दूध खत्म नहीं हुआ था। कभी महाभारत की कहानियाँ सुनाते। इसका नतीज़ा यह हुआ था कि रघुबर का मन हमेशा अन्दर यानी जनानखाने

से बाहर की तरफ़ भागता रहता था। वह चाहता था खाना भी बाहर ही लगकर जाये। सोना अकेली पड़ जाती थी।

छोटी चाची काम से काम रखती थीं। कभी हुआ तो नयी बहू को पुकार लिया कि ज़रा फ़लाना काम कर दे। वह आकर कर जाती थी। सारंगा में एक खास बात थी कि वह काम करके खुश होती थी। इसलिए उसके प्रति बाक़ी लोगों का कोई खास दुराग्रह नहीं था। लेकिन सोना ने अपनी माँ को देखा था। कहीं-न-कहीं वह अपनी माँ की बराबरी नयी माँ से करती रहती थी। कभी-कभी जब नयी माँ कहीं व्यस्त होती थी तो सोना अपने भाई को कला के बारे में बताया करती थी। वे कितना अच्छा गाती थीं। किस तरह कपड़े सीती जाती थीं और लोरी गाती जाती थीं। उनके दिल में कितना प्यार था। रघुबर चुपचाप रहता था। माँ नाम के रिश्ते की उसके मन में कोई स्पष्ट परिकल्पना ही नहीं थी। इसलिए वह उसे कहानी की तरह सुनता था और उसी में से माँ की कल्पना करता था। उसे लगता था वह माँ के सामने क्यों नहीं था ? या माँ अब क्यों नहीं हैं ? वे होतीं तो नयी माँ जैसी ही होतीं या उनसे फ़र्क़ ?

सोना कहती, ''माँ तुझे दूध पिलाते-पिलाते चली गयी ?''

''हम माँ के पास कब चलेंगे ?

''मर कर ?''

''मरना क्या होता है ?''

वह कुछ ऐसे बताती जैसे वह मरने-जीने की गुत्थी सुलझा चुकी हो।

वह अपनी गर्दन झुका देती फिर कहती—''बस, सब उठाकर ले जाते हैं और जला आते हैं।''

''हम मर जायेंगे तो हमें भी जला देंगे ?''

''हाँ—''

''तो हम माँ के पास नहीं चलेंगे। तत्ता-तत्ता जो लगेगा।''

''तू मुझे मार दे—मैं माँ के पास चली जाऊँगी।''

''मैं बाबा से कहूँगा, छोना गन्दी बातें करती है।''

''माँ के पास जाना गन्दी बात है ?''

''ये भी तो अम्मा हैं, तू इनके पास रह।''

''नहीं मेरी तो भाभी है अम्मा तेरी होंगी। पहले जहाँ माँ सोती थी अब वहाँ भाभी सोती है।'' इधर-उधर देखकर बोली, ''गन्दी।''

दोनों बच्चों को एक दिन नयी माँ ने बातें करते हुए सुन लिया था। शाम को लौटते ही सबसे पहले उसने मुझसे बोलना बन्द कर दिया। हर बात का 'हूँ' 'हाँ' में जवाब दे रही थी। मैंने जब थोड़ा डपट कर पूछा तो बोली, ''मेरा अब यहाँ रहना मुमकिन नहीं।''

''कहाँ रहोगी ?''

''मुझे मेरे घर भिजवा दो ?''

''क्यों ?''

''ये दोनों बच्चे मुझे पसन्द नहीं करते—आप मुझे बच्चों के लिए ही ब्याह कर लाये हैं ना ! हम ग़रीब ज़रूर हैं पर ऐसा नहीं कि—'' वह रोने लगी।

''लेकिन हुआ क्या ?''

''सोना से पूछिए वह समझती है, मैं उसकी माँ की जगह आयी हूँ। रघुबर—छोटे से बच्चे को मेरे खिलाफ़ भरती है···कहती है—जहाँ माँ सोती थी वहाँ भाभी सोती है—''

वह उस समय काफ़ी सज-धज कर बैठी हुई थी। मैं उस सज-धज को झेल नहीं पाया। मैंने सोना को बुलाया। सबसे पहले चपत रसीद किया, बाद में पूछा, ''तुम अपनी नयी माँ के बारे में क्या कह रही थीं ?''

रघुबर आकर चुपचाप खड़ा हो गया था। वह बहिन के चपत लगने से सहम गया। पहली बार किसी को मार खाते देखा था। वह धीरे-धीरे पीछे हटता गया और दरवाज़े की आड़ में जाकर खड़ा हो गया। हल्का-सा उसे भी डाँटा। शायद यह मेरी सबसे बड़ी ग़लती थी। सोना के मन में नयी माँ को लेकर हमेशा के लिए गाँठ पड़ गयी। वह कभी अपनी नयी माँ को माँ के स्थान पर नहीं बैठा सकी। कुछ अंश में यही बात रघुबर के साथ भी हुई। वह मुखर तो नहीं हुआ पर उसकी बाहर रहने की आदत बढ़ गयी। मुश्किल सोना की थी। घर में रहना भी पड़ता था और नयी माँ को माँ के रूप में सहना भी पड़ता था। बकरी के लिए भोजन था पर सिंह के सामने बँधी थी। वह ज़्यादातर छोटी चाची के आसपास बनी रहती थी।

चपत खाने के बाद वह सन्न हो गयी। मैंने पूछा, ''फिर माँ के बारे में ऐसी बात करेगी ?''

वह चुप रही। मैंने उसका कान उमेठा। वह ज़ोर से रो पड़ी। वह ग़ुस्सा पीने की स्थिति पार कर गयी थी।

रानी दौड़ी हुई आयी। उसने देखा तो वह दरवाज़े पर ही रुक गयी। पहले तो उसने सोचा उसे हस्तक्षेप करना चाहिए या नहीं। लेकिन उसने उन दोनों को पाला था। वह और तो कुछ नहीं कह सकी। ऊपर उड़ती चील की तरह झपाटे के साथ दोनों का हाथ पकड़कर घसीटती हुई ले गयी। छोटी चाची के खन में जाकर बहुत रोयी, ''चाची, इन दोनों का क्या होगा—इन्हें कौन देखेगा ? बड़े भैया ने कभी हाथ नहीं लगाया, आज—'' उसका सारा शरीर काँप रहा था और आँखें बूढ़े नीम की तरह बह रही थीं। झर-झर।

चाची ने उन दोनों को सीने से लगा लिया। हालाँकि बाद में उन्हें नहाना पड़ा। पर वे उस समय अपने को नहीं रोक सकीं। जब तक रानी की शादी हुई, वह सोना

और रघुबर को अपने से दूर नहीं होने देती थी। शादी में उसकी यही कोशिश रही कि सोना को वह अपने साथ ले जाय पर छोटी चाची ने उसे बड़ी मुश्किल से समझाया कि बच्ची, "दूसरे की बला को कोई अपने सिर नहीं लेना चाहता। थोड़े दिन तो कोई नहीं बोलेगा— बाद में उसके साथ वही होने लगेगा जो यहाँ उसकी नयी माँ के कारण होता है।" वह कुछ कह नहीं पायी।

रानी की शादी काफ़ी बड़े घर में हुई थी। उनकी भी अच्छी बड़ी ज़मींदारी थी। वे लोग दो सौ भारकस लेकर आये थे। उनकी शर्त थी कि बैलों को घी, चना और सरसों की खल और भूसा दिया जाय। घोड़ों की बात अलग थी। बैलवानों के लिए उन्होंने ऐसी कोई शर्त नहीं लगायी थी! बड़े राय ने उनके लिए भी वही सब इन्तज़ाम किया था जो बरातियों के लिए था। पर वे तब तक नहीं खा पाते थे जब तक उनके मालिक कह न दें या खा-पीकर आराम करने न चले जायँ। उनकी आँतों को भूख से कुड़कुड़ाने की पुरानी आदत थी। रानी के ससुर का ग़ुस्सा दूर-दूर तक मशहूर था। जो लड़का रानी को ब्याहने आ रहा था वह ज़मींदार साहब की पहली बीवी का लड़का था। ज़मींदार साहब के बड़े भाई कंस के नाम से मशहूर थे। एक दिन जब वे घोड़े पर सवार होकर ज़मींदारी के दौरे पर थे तो किसी गूजर ने पीछे से उनकी गर्दन उतार ली थी। इस बात का घरवालों ने किसी को पता नहीं चलने दिया था। कहीं लोगों के दिलों से डर न निकल जाय। चुपचाप दाह-संस्कार कर दिया था। बाद में जो दमन-चक्र चला उसे गाँव वाले अब तक नहीं भूले। तब ज़मींदार और घोड़े अपनी तेज़ी और बिगड़ैलपन के लिए मशहूर होते थे।

बड़े राय उन लोगों के मिज़ाज को जानते थे। इसलिए उन्होंने पैसे के ज़ोर पर जो इन्तज़ाम किया जा सकता था, उसमें कोई कसर नहीं रखी थी। उस ज़माने में डेढ़ लाख खर्च हुआ था। पहले ही हवेली के इतने खर्चे थे कि हमेशा कर्ज़ का स्तर गले तक पहुँचा रहता था। लेने और उतारने—दोनों का बोझ मेरे ही कन्धों पर था। हालाँकि नाम बड़े राय का ही चलता था। उस ज़माने में दहेज माँगना बुरा माना जाता था। लेकिन लड़की वालों के लिए अधिक-से-अधिक देना गौरव की बात थी। वे इसी में मर मिटते थे। तब ना माँगना मिटाता था अब माँग मिटा देती है। लेकिन जो हालात थे उनमें पैसे का इन्तज़ाम करना मुश्किल था। ज़मीन-जायदाद के दाम भी ज़्यादा नहीं थे। ज़मीन के खरीददार तब कम होते थे। एक तो काँग्रेस का ज़ोर। लोग सोचते थे काँग्रेस आ गयी और अँग्रेज़ चले गये तो ज़मीन-जायदाद का क्या होगा ? लोगों का खयाल था, काँग्रेस के राज में न कोई बड़ा रहेगा न छोटा। यह गाँधी का प्रभाव था। गाँधी अपने आप गाँधी बने थे, उन्हें किसी ने बनाया नहीं था। अब लोग गाँधी-वाँधी नहीं बनते, मिनिस्टर और पूँजीपति बनते हैं। ज़मीन-जायदाद

के रहने या न रहने की बात दर्जीगिरी के काम की तरह होती जा रही थी। बिना काटे और सिये साइज़ निर्धारित नहीं होता। लड़ाई का माहौल तो था ही। बस अब नाम ही बचा था। लोगों को यह तो मालूम था कि वैसे तो बड़े राय खाली हैं पर एक भरम बना हुआ था कि राय खानदान के बड़ों का सोना-चाँदी खजाने में दबा पड़ा है। इसलिए कर्ज़ मिल जाता था। आगे-पीछे अदा भी होता रहता था। थोड़ी-बहुत साख बरकरार थी। साख दरअसल, ऐसे ही मामलों में ज्यादा काम आती है।

शादी के दिन नज़दीक आते जा रहे थे। बहुत कम पैसे का इन्तज़ाम हुआ था। बड़े राय भी अब चिन्ता के घेरे में आने लगे थे। एक दिन वे बड़े सवेरे उठे और अकेले ही चल दिये। एक तो बड़े राय पैदल बहुत कम निकलते थे, और फिर अकेले···। जब सब लोग सोकर उठे और बड़े राय को प्रणाम करने गये तो न जूते थे, न बेंत ! कमरा और बिस्तर दोनों खाली। हजामत भी नहीं बनायी थी। हुक्का भी ताजा नहीं हुआ था। छोटे राय तक को याद नहीं था कि उनकी याद में कभी बड़े राय बिना हजामत किये हवेली से बाहर निकले हों।

पूरा घर सकते में था। बड़े राय गये तो कहाँ गये। रानी सबसे ज्य़ादा दु:खी थी। उसे अन्दर-ही-अन्दर यह बात खींचे जा रही थी कि कहीं बड़े राय उसी के कारण न घर छोड़कर चले गये हों। उसका बेतहाशा रोना देखकर घर में बाकी लोग भी अपना दु:ख भूल गये थे। दोपहर तक बड़े राय की गुपचुप तलाश होती रही। जहाँ-जहाँ बड़े राय के जाने की सम्भावना थी वहाँ-वहाँ बड़े राय को खोजवाया गया। दोपहर बाद बड़े राय मिट्टी में सने-सनाये लौटे। सब उनकी तरफ़ देख रहे थे। वे चलते-चले आ रहे थे। वे सीधे अपने कमरे में गये। कमरा बन्द किया। कपड़े बदले। थोड़ी देर बाद बाहर निकल आये। तब तक लोग वहीं खड़े थे और मुँह बाये उनके बन्द कमरे की ओर देख रहे थे। किसी की हिम्मत नहीं पड़ रही थी कि आगे बढ़कर कुछ पूछे। रानी ही अन्दर से आकर बोली, ''आप कहाँ चले गये थे, बाबा।'' वह बिलख-बिलखकर रो पड़ी।

बड़े राय भी अस्थिर हो गये। उन्हें बोल नहीं आया। तोड़ी देर बाद सँभल कर कहा, ''रात पता चला था कि एक सन्त आने वाले हैं···सुना था उनके दर्शन का लाभ तभी होता है जब बिना किसी को बताये हुए पैदल उनके पास तक जाओ। मैंने सोचा, चलो कभी सन्तों के पास नहीं गया, इस बार चलकर देखें। जिसके पास जाना होता है तो उसी के नियमों का पालन किया जाता है।''

छोटे राय बोले, ''मैं भी चलता···''

वे हँसकर बोले, ''तुम तो खुद ही सन्त हो ! परिवार में कमल की तरह रहते हो।''

वे नहाने-धोने में लग गये । लेकिन चिन्ता ने अब जिज्ञासा का रूप ले लिया था।

बड़े राय के इस तरह चले जाने की यह घटना काफ़ी समय तक रहस्य बनी रही। यह भी रहस्य ही था कि कल तक पैसे का इन्तज़ाम नहीं था, सन्त के पास जाते ही पैसे का इन्तजाम कैसे हो गया ? उन दिनों शहर में एक ही बैंक था—इम्पीरियल बैंक। बड़े राय चैक काटते थे और पैसा आ जाता था। शादी जिस धूमधाम से हुई उसे देखकर लोग दाँतों तले उँगली दबा गये। शादी में एक घटना अवश्य ऐसी घटी जिसे बड़े राय कभी नहीं भूल पाये। उनका एक घोड़ा था—जार्ज। उन्होंने उसे किसी अँग्रेज़ कमिश्नर से खरीदा था। वह कमिश्नर विलायत वापिस जा रहा था। अपने घोड़े को किसी ऐसे आदमी को देना चाहता था जो उसे प्यार से रखे। उसकी क़ीमत समझे। इलाक़े में बड़े राय ही ऐसे थे जो घोड़ों के शौक़ीन और बारीक़ियाँ समझते ते। उन्होंने बड़े राय को बुलवाया और कहा—"वेल, मैं यह घोड़ा आपको देना चाहता हूँ। मैं चाहता हूँ कि मेरा जार्ज अपने दिल में यह न सोचे कि मेरे मालिक ने मुझे किसी ऐसे आदमी को दे दिया जो उसकी वकत नहीं जानता।" बड़े राय ने जार्ज को देखा तो उन्हें वह भा गया। सफ़ेद मर चुका था। उन्हें अपनी पसन्द का घोड़ा चाहिए था। कमिश्नर साहब ने उनसे यही कहा कि आप दाम दें या न दें पर इसे कोई तकलीफ़ न होने दें। मैंने इसे अपने बच्चे की तरह पाला है।

घोड़े के आ जाने के बाद उनके सामने नाम को लेकर भी समस्या आयी। उस ज़माने में जार्ज पंचम तख्तनशीन थे। अक्सर लोग उन्हें यही कहते थे कि आपने घोड़े का नाम बादशाह के नाम पर रखा हुआ है, हुकूमत नाराज़ हो गयी तो लेने के देने पड़ जायेंगे। लेकिन घोड़े को खरीदते समय कमिश्नर साहब ने भी काग़ज़ में घोड़े का नाम जार्ज ही लिखा था और यह भी लिख दिया था कि इसका नाम न बदला जाय। हालाँकि बड़े राय ने कई बार उसका नाम बदलने की भी कोशिश की पर नया नाम जार्ज को स्वीकार नहीं हुआ। हार झक मारकर उन्हें वही नाम चलाना पड़ा। जहाँ बड़े राय ने जार्ज कहकर पुकारा वह नाचने लगता था। अगर सवारी में हुआ तो आवाज़ के उतार-चढ़ाव से समझ जाता था कि उसे रुकने के लिए कहा जा रहा है या तेज़ चलने के लिए। लगाम को ढीला छोड़ने या खींचने की ज़रूरत नहीं पड़ती थी।

किसी ने रानी के पति के कान में फूँक दिया कि अगर तुम बड़े राय का घोड़ा 'जार्ज' माँग लो तो हम तुम्हें मान जायें। यह भी समझा दिया कि जब तक हाँ न कर दें, कँगना मत खेलना। दूल्हा जब कँगने पर आया तो उसने न बासड़ा खाया और न कँगना खेला। बड़े राय ने स्वयं आकर समझाया, "कुँवर जी, आप चाहें मेरी पूरी घुड़साल ले लें पर जार्ज को छोड़ दें—यह किसी की धरोहर है।" लेकिन दूल्हा टस से मस नहीं हुआ। समधी जी को पता चला तो वे बोले, "जिस व्यक्ति के लिए

दामाद की ज़िद से बड़ा घोड़ा है, वह आगे चलकर हमारी और हमारे लड़के की क्या इज़्ज़त करेगा, चलो वापिस। हमें नहीं करना ऐसे लोगों के यहाँ विवाह।''

बड़े राय ने सुना तो वे क्षण भर को सन्नाटे में आ गये। धीरे-धीरे उबरे। वे बोले, ''हरी राय में अभी इतनी कुव्वत है कि अपनी बेटी का डोला छोड़कर जाने वाले को एक क़दम आगे न बढ़ने दे—लेकिन वह ऐसा नहीं करेगा।'' उन्होंने काले को पुकारा, ''जाओ जार्ज को ले आओ और उसकी रास दूल्हे के पिता को थमा दो।'' दीवान जी से कहा, ''इसके लिए सुनहरी जेवर का इन्तजाम कर दो। कहीं यह न कहने लगें कि नंगा-बूचा घोड़ा दे दिया। अगर न हो सके तो पाँच हज़ार रुपये उस पर रखकर दे दो।''

काला हाथ जोड़कर खड़ा हो गया। उसकी आँखों से टपटप आँसू गिर रहे थे। वह बोल नहीं पा रहा था। बड़े राय ने उसके कन्धे पर हाथ रखकर थपथपाते हुए कहा, ''रानी दीदी के साथ ही तो जा रहा है···हमारी बेटी का सुख जब जार्ज से जुड़ गया तो अच्छा ही है कि वह उसके साथ चला जाय।'' फिर बोले, ''उसे तैयार करके, हवेली से ही होकर ले जाना।''

जब जार्ज आया तो बड़े राय बोले, ''जार्ज, मैं तुम्हें तुम्हारी बहिन रानी के साथ भेज रहा हूँ···।'' वे आगे नहीं बोले। अन्दर आकर उन्होंने समधी के नाम एक चिट्ठी लिखी—

''जवाब-ए-मन,

मैं बेटी को आपकी खिदमत में दे रहा हूँ। कुँवरजी ने जार्ज की भी फ़रमायश की थी। जार्ज मेरे पास किसी की धरोहर है। मैं समझता हूँ कि जार्ज आपके नज़र-ए-करम का हक़दार बन सकेगा। जब बेटी आपको दे रहा हूँ तो जार्ज का मोह क्या करूँ। हालाँकि ये लोग बे-ज़बान होते हैं इसलिए इनका दर्द ज़्यादा गहरा होता है।

बस, एक दस्तबस्ता बिनती है कि अगर आपको कभी लगे कि वह आपके लायक़ नहीं रहा तो मुझे खबर करा दें, मैं उसे वापिस मँगा लूँगा। अपनी तौफ़ीक के हिसाब से बदले में दूसरा घोड़ा कहेंगे, घोड़ा भेज दूँगा। या जो नज़राना मुकर्रर करेंगे, खिदमत में लेकर हाज़िर हो जाऊँगा।

खादिम

हरी राय''

बड़े राय बेटी को विदा करने के लिए बाहर आये तो रानी उनसे चिपट गयी, ''बाबा'', वे कमर थपथपाते हुए बोले, ''अरे पगली, तू रोती है—जार्ज तेरे साथ जा रहा है।'' वह उन्हें देखती रह गयी। तब तक उसे मालूम नहीं था कि बाबा ने जार्ज को उसके साथ कर दिया है। उसके मुँह से एकाएक धीरे-से निकला, ''बाबा, यह क्या किया'', फिर वह चुप हो गयी। इतनी चुप कि वह हम लोगों से चिपट

कर मिली ज़रूर पर कहा कुछ नहीं। उसके साथ सोना तो नहीं गयी पर जार्ज चला गया।

बेटी की विदा के लिए तो सारा घर-भर तैयार था। सब जानते हैं कि बेटी मन और तन से कभी पीहर की नहीं हो पाती। बस फूल की तरह खिलती है और गन्ध की तरह बस जाती है। लेकिन जार्ज की विदा के बाद घर में कोई सामान्य नहीं रहा था। बड़े राय तो बिलकुल ही नहीं। वे किसी से कुछ कहते तो नहीं थे पर कई बार जार्ज उन्हें आस-पास खड़ा नज़र आता था। कभी यहाँ था कभी वहाँ था। जैसे वह केवल उन्हें एकटक देख रहा हो। एक प्रश्न चिह्न के रूप में वह एकाएक अलिफ़ हो जाता था। रात को कभी आँखें खुल जातीं तो उन्हें लगता जार्ज खिड़की के अन्दर गर्दन डालकर उन पर नज़रें गड़ाये है। रात को तो वैसे भी उन्हें यहाँ-वहाँ दो आँखें चमकती हुई नज़र आने लगती थीं। कभी आँसू ढाल भौरी वाले अश्व की तरह उसकी आँखों में से आँसू टूट-टूटकर गिरते होते थे। हालाँकि वह बाल-भौरी से पूरी तरह साफ़ था। कभी लगता कि वह कमरे के दरवाज़े पर आ खड़ा हुआ है और इस तरह पीठ रगड़ रहा है जैसे महीनों से उसके शरीर पर खरहरा न हुआ हो या उसे लोटने न दिया गया हो। लोटना ही एकमात्र रास्ता होता है एक घोड़े के ताजा हो उठने का।

वे उठकर बैठ जाते। अपने को समझाते आखिर जार्ज उनके अपने अस्तबल का बच्चा तो नहीं है। वह तो दूसरे के घर से आया है। मैंने तो ज़बरदस्ती उसकी ज़िम्मेदारी अपने ऊपर ले ली। वे इससे ज़्यादा नहीं सोच पाते। उन्हें लगता कि वह कई जन्मों से उनके साथ है। बीच-बीच में बिछड़ जाता है और फिर आ मिलता है। उनके दर्द को काले समझता था या रहमतुल्ला। रहमतुल्ला कई महीने से बीमार था। जार्ज के सन्दर्भ में उन्हें उसकी अकसर याद आती थी।

एक बार उन्होंने अपने आदमी को रानी और जार्ज की खबर लेने भी भेजा था। उसने लौटकर बताया था कि शुरू में तो कई दिन जार्ज ने न खाया न पिया। जब रानी को पता चला तो उसने अपनी सास के पास जाकर कहा—अगर आप ससुर जी से कहकर जार्ज को यहाँ मँगवा दें या मुझे वहाँ भेज दें तो जार्ज कुछ खा लेगा। पहले तो कोई तैयार नहीं हुआ। बहू घोड़े के लिए अस्तबल जायेगी ! परन्तु जब रानी ने भी खाना-पीना क़रीब-क़रीब बन्द-सा कर दिया तो उसका पति जार्ज को ड्योढ़ी पर लिवा लाया। रानी उसकी हालत देखकर बेचैन हो उठी। उसे लगा जैसे उसके बाबा उसे देख रहे हैं। लम्बे अर्से से बीमार आदमी की तरह उसकी गर्दन लटकी थी। जैसे ही उसने छुआ वैसे वह तनकर खड़ा हो गया। मानो चमत्कार हो गया हो—पर वह चमत्कार नहीं था मात्र एक आत्मीय-स्पर्श था। वह वैसे ही बोली

जैसे रूठकर अरुण खाना छोड़ देता था तो वह उसे समझाती थी। "जार्ज भैया, तू खाता क्यों नहीं ? पागल हुआ है। तू नहीं खायेगा तो मैं भी नहीं खाऊँगी। तू मुझे भी भूखा मारेगा, ले खा—" उसने जो खिलाया, जार्ज खाता गया। वह एकदम अरुण में बदल गया था।

बड़े राय आँखें बन्द किये सुन रहे थे। बन्द पलकों के बीच एक डोरा चमक आया था जो निरन्तर मोटा होता जा रहा था।

रानी के विवाह के समय ही छोटे राय ने अरुण को गोद लेने की रस्म भी अदा कर दी थी। वह रस्म उसी बाग़ में हुई थी जिसमें मझले राय रहते थे। लेकिन कई साल के मुक़दमे के बाद उन्हें उस कोठी को छोड़ना पड़ा था। उस कोठी के मूल्य का एक-तिहाई हिस्सा उन्हें किश्तों में दिला दिया गया था। लेकिन बड़े राय ने उन्हें पिछले हिस्से में तब तक बने रहने की छूट दे दी थी जब तक उनकी अपनी कोठी बनकर तैयार नहीं हो जाती। वे मन्दिर वाले मैदान में कोठी बनवा रहे थे। गहरे बाग़ वाली कोठी के सामने के हिस्से में गोद लेने की रस्म हुई थी। वहीं दावत और नाच-गाना हुआ था। हालाँकि बड़े राय नाच-गाने के पक्ष में नहीं थे पर किशन बाबू ने उसका इन्तज़ाम कर दिया था। नाचने वाली हमीदा बाई काफ़ी नामी-गिरामी कलाकार थी। किशन बाबू के पाँव छूती थी जैसे वे उसके गुरु हों। हालाँकि वे उसके कुछ नहीं थे। बस, इतना ही था कि जब वे गद्दी नशीन थे तो शराब पीकर बेक़ाबू हो जाने पर भी उसकी उतनी ही इज्ज़त करते थे जितनी होश-हवास में—। अपनी तवायफी ज़िन्दगी में ऐसा आदमी उसने पहली बार देखा था।

छोटे राय ने दिल खोलकर खर्च किया था। बड़े राय चाहते थे कि सारा खर्च वहीं से हो जहाँ से शादी का खर्च हुआ। छोटे राय तैयार नहीं हुए थे। हाथ जोड़कर बोले थे, "थोड़ा-बहुत स्त्री-धन है —वह चाहती है कि यह खर्चा उसी धन से हो। मैं तो फक्कड़ हूँ।" इस बात से घर के सभी लोगों को झटका-सा लगा था। इनके पास धन कहाँ से आया ? दरअसल, छोटी चाची के पिता थोड़ा रुपया हर फसल पर अपनी बेटियों के नाम जमा करते थे। यह किसी को पता नहीं था। वह जानती थी या छोटे राय। छोटे राय को भी ज़मींदारी से रुपया मिलता ही था, पर वे घर पर ही खत्म कर देते थे। न कभी छोटी चाची ने उन्हें टोका और न छोटे राय ने स्त्री-धन के बारे में छोटी चाची से पूछा।

मझले राय भी गोद की उस रस्म में शरीक़ हुए थे। वे थोड़ा उखड़े हुए थे। मझली चाची के मुँह से अचानक निकल गया था कि ये तो हमेशा कहा करते थे कि छोटे राय अरुण को ही गोद लेंगे। हमने तो यही सोचा कि ऐसे बच्चे को गोद लेने से क्या फ़ायदा ! जिसके पास पहले ही से सब कुछ हो। भरे तालाब में कितना पानी

और डालोगे ? ऐसे बच्चे को लो जिसका हमारे सिवाय कोई और न हो। किया भी लगे। नहीं तो जो असली होता है वही सगा होता है, जो करता है वह नकली होकर रह जाता है। चाची का मन दु:ख गया था। छोटे राय ने उन्हें समझा दिया, बच्चा, बच्चा होता है। उसे जानवर प्यार करे तो वह जानवर का हो जाता है। हम तो आदमी हैं। उसे हमने शुरू दिन से प्यार किया है। यही किसे पता है आगे चलकर कौन कैसा निकले। चाहे अपना हो या पराया। पर चाची के मन में बात की गाँठ पड़ गयी थी। बात ऐसी ही है जो हवा तक में गाँठ लगा देती है। बशर्ते मौक़े पर कही गयी हो। चाहे ग़लत ही क्यों न हो। उन्हें एकाएक लगने लगता था हम तो मात्र विकल्प हैं। अरुण चूँकि उनसे बहुत जुड़ा था इसलिए वह गाँठ ज़्यादा नहीं बढ़ पायी। उसके भोलेपन और चाची के प्यार में वह धीरे-धीरे घुलती गयी।

उधर मेरी नयी पत्नी के साथ सब कुछ ठीक था परन्तु बच्चों को लेकर हम उससे वह सब कुछ चाहते थे जो शायद किसी भी सामान्य व्यक्ति के स्वभाव के प्रतिकूल था। शायद यही परम्परा भी थी। कैकेयी इसीलिए प्रतिनायिका है क्योंकि उसने अपने बेटे के हित को मद्देनज़र रखा। हमारे यहाँ कभी किसी दूसरे के नज़रिये से देखने और सोचने की गुंजाइश ही पैदा नहीं होने दी गयी। बातें ज़रूर कीं। बड़े राय की यह कोशिश रहती थी कि दोनों बच्चों के बारे में उनके पास पल-पल की खबर पहुँचती रहे। जहाँ तक होता था रघुबर तो उन्हीं के पास रहता था। बाद में तो वह सोने भी उन्हीं के पास लगा था। सोना के साथ ज़रा भी कुछ होता था तो बड़े राय का गर्जन पूरी हवेली को सिर पर उठा लेता था। सारंगा कभी-कभी ग़ुस्सा हो जाती थी और कुछ का कुछ कह बैठती थी, ‘‘बड़े राय समझते हैं कि मैं उनके पोते को ज़हर दे दूँगी—पोती को भूखा मार डालूँगी। अगर उनका बस चलता तो वे सोना को भी अपने पास रख लेते। उसे तो लड़की होने की वज़ह से मजबूरन जनानाखाने में रहना है—काश ! उन्हें भगवान यह ताक़त दे देता कि सोना को लड़का बना सकते !’’

मैं उसे समझाता, ‘‘देखो ज़बान से निकला एक भी ओछा शब्द कुछ का कुछ कर देता है। तुम भले ही दिल की अच्छी हो पर दिल तो वही देखता है, (जो देख सकता है) ज़बान का बोला ही सब सुनते हैं। तुमसे किसने कहा कि बड़े राय सोना को लड़का बनाकर अपने पास रखना चाहते हैं ? अपने को और अपनी बातों को अक़्ल से भी जोड़ने की कोशिश किया करो। भावना को दलदल न बनाओ जिसमें फँस गये तो फँस गये।’’

‘‘जो कुछ सामने दिख रहा हो—चाहे उसमें बुद्धि लगाओ या भावना उसे कैसे अनदेखा कर दूँ। सौतेली माँ चून की हो या सोने की, सौतेली ही रहेगी ना। तुम्हारी लाड़ली सबसे कहती है कि मेरी माँ मर गयी। माँ तो मर गयी पर क्या मुल्ला की

तरह चिल्ला-चिल्लाकर उसे जिला लेगी ? बस छोटी चाची के खन में घुसी रहती है।''

मैं कई बार सोना को डाँट चुका था। मैं यह भी समझता था कि जिस बच्चे ने अपनी माँ को मरते देखा हो वह भला कैसे न कहे कि उसकी माँ मर गयी ? जो उसकी जगह हो वह यह कैसे न समझे कि बच्चा उसकी उपेक्षा कर रहा है ? क्या उसका ज़बरदस्ती मुँह बन्द करके उनके सोचने पर भी काबू पाया जा सकता था ? ये सब बातें इतनी उलझावदार थीं कि उसके बीच से ज़िन्दगी के लिए रास्ता बनाना मुश्किल नज़र आता था। यह शायद बच्चे के लिए भी सम्भव नहीं था कि वह यह मान ले कि उसकी माँ सारंगा के रूप में ज़िन्दा है। इसके साथ ही यह भी उतना ही बड़ा सत्य था कि जितनी बार सोना अपनी माँ के मरने की घोषणा करती थी, सारंगा के मन पर उतने ही जख़्म बन जाते थे। जख़्म धीरे-धीरे पकता था, सड़ता था और गन्धाने लगता था। कभी-कभी रघुबर भी उसकी ज़द में आ जाता था। जैसे वह भी सारंगा को घायल करने के लिए कमान से छुटा एक तीर हो।

जब सारंगा बार-बार रघुबर के सोने को लेकर कोंचती रही तो मुझे बड़े राय की उपस्थिति में रघुबर से कहना पड़ा, ''आज से तुम अन्दर हवेली में सोया करो, दादा जी को परेशानी होती है।''

बड़े राय शायद समझ गये थे। वे कुछ कहना चाहते थे पर कहते-कहते रुक गये। अगर कहते तो शायद वे यही कहते कि नहीं, मुझे कोई परेशानी नहीं, तुम मेरी परेशानी की फ़िक्र न करो। उन्होंने यह सब कहने की जगह दूसरी तरफ़ मुँह घुमा लिया। उसके बावजूद मैं उस रात रघुबर को अन्दर हवेली में ले गया। उतने से ही वह सन्तुष्ट हो गयी। रघुबर रात-भर रोता रहा। सारंगा सो गयी थी। मैं बार-बार उठकर रघुबर को देखता रहा। जब भी देखा लैम्प की मद्धम रोशनी में वह करवट बदलता या हिलता-डुलता मिला। एक बार मैंने चाहा भी कि उसे अपने पास लिटा लूँ। फिर पता नहीं मैं क्यों रुक गया। मैंने सारंगा की ओर देखा और पुनः लेट गया। काश ! मैं रघुबर को अपने पास लिटा लेता—बेटे को लिटा लेने पर भला कोई क्या कह सकता था। कहता भी तो देखा जाता। यह कैसी बात थी रघुबर को घर के उस हिस्से में आकर उचाट और बेगानापन लग रहा था जो उस उम्र के बच्चों के लिए सबसे अन्तरंग और आत्मीय होता है। शायद व्यक्तियों का अदल-बदल जाना ही जगहों को ऐसा बना देता है। मैं तो वही था पर शायद मेरे अन्दर भी उसे बेगानेपन की बास आने लगी थी। कला होती तो वह उससे चिपट कर सोता। तब शायद मुझे भी वह इस नज़र से न देखता। हम तीनों में एक-दूसरे की गन्ध समायी रहती। गन्धों की समीकरण अब बदली हुई थी। वातावरण की भी अपनी एक पकड़ होती है। अपनापन और बेगानापन होता है। इन दोनों के बीच शायद काँच की झिल्ली जैसी बँटवारे की एक पर्त होती है। पता नहीं कब चटक जाये। किसका पलड़ा भारी पड़

जाये। वह चटक गयी थी और बेगानेपन ने दूसरे पक्ष को दबा लिया था। मैं भी उसी में समा गया था। समाया चाहे न भी हूँ पर उसमें सन तो गया ही था।

जब रूपा मरी थी तो बस अकेली रूपा ही मरी थी। बाक़ी सब वैसे-के-वैसे ही बने रहे थे। कहीं कोई अन्तर नहीं पड़ा था। सिवाय इसके कि मैं बिना कारण विधुरों की गिनती में आ गया था। कुछ देर के लिए एक शून्य निर्मित हुआ था। फिर वह भी शून्य में बिलाय गया था। लेकिन कला के साथ ऐसा नहीं था। उसकी मौत के साथ वातावरण को भी चोट आयी थी। वह भी अधमरा-सा हो गया था। रिश्ते भी टूटे थे। जैसे नमक के रवे चटकते हैं। नये बनने वाले रिश्तों पर भी एक दबाव आ गया था। कला के मरने पर लगा था कि आदमी ही नहीं मरता, उसके साथ और भी कई चीज़ों की मौत होती है। शायद चीज़ कहना ठीक न हो। बहुत कुछ मरता है—! वातावरण उसका सबसे बड़ा शिकार होता है। असुरक्षित होने का अहसास अन्दर-ही-अन्दर तोड़-फोड़ करता रहता है। अहसासों को नये-नये आयाम मिलते रहते हैं। जब मेरे पिता यानी बड़े राय मरे थे तो उनके साथ-ही-साथ जितने राय उनसे पहले हुए थे और जितने राय तब थे सब-के-सब मर गये थे। भले ही उनमें से दो एक शारीरिक रूप से ज़िन्दा हों। पर शरीर से ज़िन्दा रहना कितना ज़िन्दा रहना होता है! वैसे तो मैं ही ज़िन्दा हूँ। अन्तिम राय! मैं रायों में कितना ही नगण्य राय क्यों न होऊँ पर जब मैं मरूँगा तो एक बार फिर सबके सब राय मरेंगे। उसके बाद कोई राय न बचेगा और न जियेगा। एक टूटती बनती परम्परा खत्म हो जायेगी। जैसे सूखे पत्ते झर जाते हैं। नये-नये निकलते रहते हैं तो पेड़ फिर हरा-भरा हो जाता है। पर पत्तों के अन्तिम रूप से झर जाने पर कभी कोई पेड़, पेड़ नहीं रहा। नयी शुरुआत हमेशा नयी और बेहतर होती है। शायद कला के मरने का भी कोई मतलब न होता पर वह माँ थी। माँ के चारों तरफ़ शताब्दियों से जो एक शून्य निर्मित होता चला आया है उसने एक अभेद्य दीवार का रूप ले लिया है। उसे किसी के लिए भी भेदना आसान नहीं चाहे पिता ही क्यों न हो। हालाँकि यह शून्य उसकी किसी सत्ता या सामर्थ्य के कारण नहीं। सिर्फ़ उसका ममत्व, त्याग, बलिदान और अपने बच्चों को सुरक्षा प्रदान करने के अदम्य साहस के कारण है। शरीर टूट जाता है पर माँ नहीं टूटती। टूटती नज़र आती भी है तो वह उस टूटन को अपने त्याग और बलिदान से लीप-पोत कर यथावत् कर देती है। माँ चली भी जाती है तो वह अपने को कहीं-न-कहीं किसी-न-किसी रूप में रोप जाती है। हमारी माँ मरी थी तो अरुण छोटा था। वह अपने को रानी में रोप गयी। जिनको माँ ने प्यार दिया था वे भी माँ का प्रतिरूप बनकर ही अरुण को पालते रहे थे। पिता तब कहाँ थे—खैर होंगे कहीं।

उस रात को मैं कई बार उठा। जब तक रघुबर सोया नहीं, मैं यही सोचता रहा

कि कहीं इसके मन के बेगानेपन का कारण मैं ही तो नहीं। सोना छोटी चाची के बराबर वाले कमरे में सोती थी। वह कमरा उसे ऐसा लगता था जैसे पालतू कुत्ते की तरह दोनों पैरों पर बैठा उसे ताक रहा हो। बीच-बीच में छोटे राय और छोटी चाची उसे देख जाते थे।

कभी-कभी उसे ग़ुस्सा भी आता था। वही अकेली क्यों सोती है ?

सवेरे उठे तो सारंगा को रात का कुछ पता नहीं था। रात मेरे और रघुबर के लिए एक लड़ाई की तरह गुज़री थी। रघुबर उठकर जा चुका था। सवेरे-सवेरे भवानी रसोई खोलने आता था। तब नल नहीं होते थे। झींवर कुएँ से पानी ला-लाकर रसोई में रखी नाँदों में भरते थे। रसोई हालाँकि कमरे से दूर थी। पर नाँदों को माँजने और एक-के-बाद एक बाल्टियों के धू-धू करके उल्टे जाने की आवाज़ें उन सुबहों को भर देती थीं। या तो रघुबर की आँखें उस आवाज़ से खुल गयी होंगी या फिर वह तब तक जगा हुआ होगा। वह उठा होगा और भवानी के साथ नीचे चला गया होगा।

बड़े राय ने रघुबर के चले जाने के बावजूद उसका बिस्तर बिछवाया था। वे सोचते थे कि हो सकता है रघुबर का मन न लगे और रात ही को नीचे आने की ज़िद करने लगे। वह आये और बिस्तर बिछा न देखकर कहीं उसे यह न लगे कि बड़े राय ने भी उसे उसके हाल पर छोड़ दिया है। बड़े राय ने करवट ली तो उन्होंने रघुबर को बिस्तर पर सोते हुए पाया। मूँछों-ही-मूँछों में लुकती-छिपती हल्की-सी मुस्कान आ गयी। एक आत्मतुष्टि की। वैसे हल्की-फुल्की मुस्कान का तो झब्बेदार मूँछों में पता भी नहीं चलता। पर उत्फुल्लता का वह भाव उनके चेहरे पर पानी के झपके की तरह फैल गया। उन्होंने अपना हाथ बढ़ाकर उसके सिर पर रख दिया। पुल की तरह।

बड़े राय ने भवानी से पूछा, ''रघुबर कब आया ?''

भवानी ने बताया कि जब वह जानवरों को दुहाने के बर्तन लेने और पानी भरने के लिए रसोई खोलने गया तो रघुबर भैया छोटी मालकिन के कमरे के बाहर कोने में दुबके खड़े थे। बोले—भवानी काका, मुझे बाबा के पास ले चलो ! मैं क्या करता सरकार ? उन्होंने सिर्फ़ हूँ किया।

बाहर आने के लिए दो-तीन जीने, एक लम्बा चौक और एक दहलीज़ पड़ते थे। उनमें रोशनी तो जलती रहती थी पर जिन कोनों में अँधेरा पड़ता था वहाँ से गुज़रते हुए रघुबर को लगता था कोई दुबका बैठा है और हाथ बढ़ाकर उसे पकड़ लेगा। अगर ऐसा न हुआ होता तो अकेला ही दौड़ आया होता। दूसरे, रात में जनानी दहलीज़ का फाटक बन्द हो जाता था। भवानी ही आकर खोलता था। दहलीज़ के पीछे लगा मूसल सरकाना कम-से-कम उसके बस का नहीं था।

बड़े राय उसे बेसुध सोते देखते रहे थे। वे स्वयं अतीत थे और रघुबर राय

खानदान का भविष्य।

मैं चुप रहा। सारंगा ने ताना दिया, अगर मैं उसकी माँ हुई होती तो क्या वह इस तरह चुपचाप भाग जाता ! यही बात मैंने दूसरी तरह सोची थी। अगर कला होती तो क्या वह माँ को छोड़कर जाता ! या रघुबर रात भर रोता रहता, वह पड़ी सोती रहती ? वह कहती रही, ''उसका मन थोड़े ही लगता है। बड़े राय की शह मिली हुई है।'' मैं पहले तो सुनता रहा था। आखिरी वाक्य पर टोकना पड़ा, ''देखो सारंगा—यह घर बहुत पुराना है। इसकी रिवायतें भी इस घर के साथ-साथ पुरानी हुई हैं। हमें उनका ध्यान रखना है।''

उस दिन पहली बार पता चला कि वह ज़बान से काफ़ी मज़बूत है। वह बोली, ''लेकिन मैं तो पुरानी नहीं···और न उतनी पुरानी हो सकती हूँ···जब तक पुरानेपन को नयेपन के साथ नहीं मिलाया जायेगा, तुम्हारे इस घर का पुरानापन रेह खाये पलस्तर की तरह भुरभुरा कर गिर जायेगा। मैं तुम्हारे, तुम्हारे बच्चों और तुम्हारे घर वालों की खुशी का ध्यान रखूँगी तो मेरी खुशी का ध्यान आप सबको भी रखना होगा। नहीं तो मुझे लगेगा कि मैं इस घर की बाँदी हूँ। मैं इस घर की बहू बनकर आयी हूँ। दोनों में बहुत फ़र्क़ है। हवेली के जितने क्षेत्र में मैं रहती हूँ उस पर मुझे अपना अधिकार मिलना चाहिए। मुझ पर विश्वास होना चाहिए···चाहे बच्चे हों या घर···जैसे मैं घर में आग नहीं लगाऊँगी ऐसे ही बच्चों को भी ज़हर देकर मार नहीं डालूँगी।''

मुझे लगा कि एक प्लासी की लड़ाई तब हुई थी जब मझले राय ने नयी मझली चाची से शादी करके अपने आपको स्वतन्त्र घोषित किया था···दूसरी लड़ाई तब हुई जब लावारिस बच्चे को गोद लेकर घर की सब मान्यताओं को तार-तार कर डाला···शायद तीसरी लड़ाई अब होने वाली थी। आज़ादी का स्वर ही अपने में इतना तीखा होता है कि सामने खड़ी सत्ता को बेधने के लिए तीर-तोप की ज़रूरत नहीं पड़ती। उल्टे सत्ता को उससे अपनी रक्षा के लिए असलहों की ज़रूरत पड़ जाती है। मैं अन्दर तक काँप गया। नहीं, यह कभी नहीं होगा। मैं आपको बता दूँ, सारंगा का स्वर कुछ भी कहते समय कभी नहीं थरथराया। फिर भी घर बना रहा। घर तब टूटा जब अरुण इंजीनियर बनकर लौटा और छोटे राय इस डूबते हुए जहाज़ को छोड़कर अरुण के साथ किनारे जा खड़े हुए। बड़े राय जहाज़ के कप्तान की तरह उस जहाज़ के साथ-साथ समय के अथाह सागर में डूबते चले गये। ऐसे बहुत से थे जिन्होंने धारा का रूप देखकर अपने जहाज़ों को किनारों की तरफ़ मोड़ दिया था तथा राजनीति की जीवनरक्षिणी नौकाओं का सहारा लेकर मझधार से निकल आये थे। परन्तु उन्होंने ऐसा नहीं किया। एक तरह से यह अच्छा भी हुआ। सूखे पत्ते वक़्त की रफ़्तार के

साथ बहुत दूर तक नहीं उड़ पाते। उड़ते हैं तो बिखर जाते हैं ! वक़्त को तो उन्हें मसलना ही था।

जैसा कि पहले भी कहा—उस घटना के बाद मझले राय ने दफ़ा 307 में मिरची चमार के पूरे परिवार के खिलाफ़ रपट दर्ज़ करायी थी। हालाँकि उसकी बेटी से उन्होंने वायदा किया था कि वे कुछ नहीं करेंगे। उन्होंने इतना किया था कि उस लड़की का पूरा प्रकरण गोल कर गये थे। लेकिन मिरची, उसकी घरवाली और उसके बेटों समेत सब पर यह आरोप लगाया था कि वे उनकी खाल उतारने के लिए रॉपी लेने गये थे और उन्हें मार डालना चाहते थे। परन्तु वहाँ से गुजरती किसी औरत को उन पर दया आ गयी और उसने उन्हें छुड़ा दिया। वह औरत कौन थी ? कहाँ से आयी ? उसने क्यों मुक्त किया ? इसका उल्लेख रपट या बयान में कहीं नहीं था। रपट में उन्होंने यह भी लिखा था कि ये लोग मेरा क़त्ल तो करना ही चाहते थे—उन्होंने मेरा धर्म भी भ्रष्ट किया । मुँह में पेशाब करने की बात भी गोल कर गये थे। मुक़दमे के दौरान उनसे पूछा भी गया कि आखिर आप का धर्म कैसे भ्रष्ट करने की कोशिश की गयी थी ? तो वे यही बोले कि यह एक ऐसी शर्मनाक बात है जिसे मैं यहाँ कचहरी में नहीं कह सकता। जिरह के वक़्त वकील ने पूछा—क्या कुछ-कुछ वैसी ही घटना हुई थी जैसी आपकी मौजूदगी में मिरची के साथ उस समय हुई थी जब उसके मुँह में पेशाब किया गया था ! मझले राय ने सिर्फ़ इतना ही कहा था—मैं इस बात का कोई जवाब नहीं दे सकता।

मझले राय जब मिरची, उसकी घरवाली तथा बेटों पर लगाये गये आरोपों को प्रमाणित कर रहे थे तो सुरक्षा पक्ष के वकील ने कई बार पूछा—क्या आप बता सकते हैं, वह औरत कौन थी जिसने भागने में आपकी मदद की थी। मझले राय हर बार यही कह रहे थे कि मैं उसे नहीं जानता। मिरची की लड़की वहीं बैठी थी। वह वहीं से बोली—"अरे राय तू क्यों जानेगा — जिसने तेरे बच्चे के नाम पर तुझे माफ़ कर दिया उसे तू नहीं पहचानता—वाह रे राय —वायदा करके मुकर गया। तेरी ज़बान चाम की है या घोड़े की लीद से बनी है ! अपने बाप की बेइज़्ज़ती करने वाले को तब तो मैंने माफ़ कर दिया था पर अब कभी तू प्यास से तड़पता मिला तो पानी की बूँद भी तेरे मुँह में नहीं डालूँगी।"

कोर्ट ने उसे चुप कर दिया । तुम्हें जो भी कहना हो कटघरे में खड़े होकर कहो। वह बुदबुदायी—जैसे यहाँ से बोला झूठ हो और वहाँ से बोला सच ! हमें चाहे जहाँ

खड़ा कर लो सच सच रहेगा। मिरची ने उसे डपट कर बैठा दिया। लेकिन जब मिरची की बारी आयी तो उसने अच्छा-खासा नाटक किया— ''हुजूर, ये हमारे मालिक हैं । हमारी नसों में पीढ़ी-दर-पीढ़ी रायों का ही नमक खून बनकर बह रहा है। ये हमें मारते-पीटते हैं तो छाँह में भी डालते हैं। इन्होंने हमारे मुँह में मुतवाया। हमने सोचा—मालिक मालिक है, रिआया रिआया होती है—अपने ही भाई का मूत है, दुश्मन का तो नहीं।''

मझले राय उसका बयान बर्दाश्त नहीं कर पाये। झुँझला कर बोले, ''यह रिआया है जिसने मेरा ईमान खराब किया—जो मेरे खून का प्यासा है—''

मिरची हाथ जोड़कर बोला, ''सरकार ऐसा न कहिए—हम कुछ भी करें, रहेंगे तो रिआया ही। ग़ुस्सा थूक दें।''

लेकिन लड़के ने कहा, ''हुजूर, अति की भी कोई हद होती है। जब तक दर्द सहा जाता है तब तक आदमी कराहकर काट देता है, जब नहीं सहा जाता तो मर जाता है। अगर ज़्यादती होगी तो या तो मर जायेंगे और मरा नहीं गया तो मार डालेंगे।''

बड़े राय ने भी मजिस्ट्रेट से जाकर कहा कि मैं जानता हूँ, इसमें मेरे भाई की ग़लती है पर अगर ये सब बेदाग़ छूट गये तो हम लोगों का ज़मींदार बनकर रहना और ज़मींदारियाँ सँभालना मुश्किल हो जायेगा। मजिस्ट्रेट ने ग़ौर से उनकी बात सुनी और बोले, ''राय साहब, ज़माना सिर के बल खड़ा हो गया है। निजाम कभी भी बदल सकता है। अँग्रेज़ों के पास तो अपना एक मुल्क है, बिस्तर बाँधेंगे चल देंगे। हमें तो यहीं रहना है। आगे आने वाली सरकार के सामने सब बराबर होंगे। इसलिए मेरी दोस्ताना सलाह यही है कि अपनी ही इज़्ज़त कराते रहने से काम नहीं चलेगा, दूसरों को भी इज़्ज़त देनी पड़ेगी। कृष्ण राय ने जिन गवाहों को पेश किया। वे सब उनके मुलाजमीन थे। मातहत कभी अच्छे गवाह नहीं होते। चूँकि वे मना नहीं कर सकते इसलिए उतना ही कहते हैं जितना गंगा जाकर गंगादास और जमुना जाकर जमुनादास बने रहने में मदद कर सके। वे जिरह के सामने ज़रा भी नहीं टिक पाये। वैसे भी पेशाब चाहे किसी के मुँह में भी क्यों न जाय, होता तो पेशाब ही है। इन्सान कितना भी मरा-गिरा क्यों न हो, कभी-कभी तो उसका ज़मीर जागता ही है।''

बड़े राय ने किसी अफ़सर के मुँह से कभी इतनी लम्बी सीख नहीं सुनी थी। वे चुपचाप सुनते रहे थे। चलते हुए बोले, ''कृष्ण राय मेरा भाई है—पर वह खुदमुख़्तार है। मैं उसके मामले में दखल नहीं दे सकता। सिर्फ़ खानदान की इज़्ज़त मुझे आपके पास खींच लायी थी। अब चलता हूँ। ''

''आप तो खुद आनरेरी मजिस्ट्रेट हैं—खानदान की इज़्ज़त इन्साफ में है या गुनाह साबित न होने पर भी किसी को गुनहगार करार देकर सज़ा दिलाने में...''

बड़े राय ने गर्दन झुका ली। लेकिन जब सज़ा बोली गयी तो दोनों लड़कों को

दो-दो साल की क़ैद बामशक्कत सुनायी गयी। बाक़ी सबको बरी कर दिया गया। ऊपर जाकर वे दोनों भी बरी हो गये। जब दोनों बेटे छूटे तो मिरची लड़ता-लड़ता इतना थक गया था कि राम को प्यारा हो गया। उसके घर का छल्ला-छल्ला बिक गया था। सारी ज़मीन-जोखो मुक़दमों में लग गयी थी। बचे हुए सभी लोग मजूरी करने शहर चले गये। फिर कभी गाँव नहीं लौटे। उसकी बहिन जिसने उस रात मझले राय को छोड़ा था, अभी कुछ दिन पहले मरी है। वह यही कहती थी कि मेरे अन्दर क्षमा करके देखने की हौंस जग गयी थी—हम छोटे लोगों के पास जितनी समायी जुल्म बर्दाश्त करने की है, उतनी ही दया करने की भी है या नहीं। उस हौंस ने मुझे अपनों से बेगाना कर दिया। उसके भाइयों ने उसे कभी माफ़ नहीं किया। उसका आदमी अलबत्ता उस पर गर्व करता था।

दोनों भाई बाइज़्ज़त बरी हुए थे। बाइज़्ज़त शब्द मझले राय को अन्दर तक भेद गया था! उन लोगों की इज़्ज़त हो गयी और हमारी कोई इज्ज़त ही नहीं रही। उन्हें लगा उनके बाइज़्ज़त बरी होने से वे बेइज्ज़त हुए हैं। बड़े राय भी अपनी तरह से आहत हुए थे। हालाँकि मजिस्ट्रेट का कथन उनके दिमाग़ में गूँजता रहता था। ज़ुर्म साबित न होने के बावजूद उस मजिस्ट्रेट ने उनके कहने से उसके दो लड़कों को सज़ा सुनायी थी। फिर भी मझले राय का ख़्याल था कि उनको बाइज़्ज़त बरी कराने में बड़े राय का हाथ है। वे यह बात सबसे कहते घूमते थे। खानदान, समाज, अफसरान —सब लोग उनकी बात नमक की चुटकी की तरह लेते थे। फिर भी मज़ा लेने के लिए खोद-खोदकर पूछते थे—बड़े राय ने आपके खिलाफ़ पैरवी क्यों की ? मझले राय के पास एक तर्क था कि वे मेरे बेटे से जलते हैं। वे चाहते थे, मैं लावारिस मर जाऊँ। मेरी जायदाद के हकदार उनके बच्चे बनें। वैसे वे दया और करुणा के अवतार बने घूमते हैं। पर उन्हें उससे क्या लेना-देना ? मैं दया को टुकड़ों-टुकड़ों में नहीं बाँटता। जिसे देता हूँ, पूरी देता हूँ। मैंने एक बच्चे को गोद लिया—उसे ज़रूरत थी। उसने मुझे भी मुक्त किया और अपने को भी। यही उसका गुण है। उन्हें मेरे बच्चे को देखकर दुनिया-भर के बच्चों का ख़्याल नहीं आता। सिर्फ़ काल्पनिक पाप का ख़्याल आता है। वह कहाँ है ? उससे इस बच्चे का क्या मतलब ? बच्चा क्या पाप है ? अगर ऐसा है तो दुनिया के सब बच्चे उसी पाप से उत्पन्न हुए हैं। वह चाहे किसी ने भी किया हो। विवाह की वैधानिकता उसे बदल सकती है तो प्यार क्यों नहीं बदल सकता ?

लोग इन बातों को बड़े राय से भी जाकर कहते। बड़े राय बीच ही में रोक देते—उसकी बात न करो। मुझे उस दलदल में न उतारो। छोटे राय ने भी उन्हें समझाना चाहा पर मझले राय को उन दोनों की बाइज़्ज़त रिहाई के पीछे बड़े राय का

दिखना बन्द नहीं हुआ।

एक घटना और हुई जिसने राय खानदान को अरदब में डाल दिया। रानी की शादी के कुछ समय बाद एक रोज़ सबने देखा कि बड़े राय के चेहरे से मूँछें ग़ायब हैं। बड़े राय अपनी मूँछों को प्यार करने वाले इने-गिने लोगों में थे। उनके लिए वो विलायत से खिजाब मँगाया करते थे। एक ज़माने तक तो लोगों को पता नहीं था कि बड़े राय अपनी मूँछें रंगते हैं। उन्हें मूँछें सँवारने में लगभग घण्टा-भर लगता था। रघुबर कहता है कि मूँछों और पगड़ी का प्यार मूलतः सामन्तवादी है। बाल सब एक से। मूँछों से दाढ़ी के बाल क्या किसी कदर कम हैं ? फिर बाबा उन्हें दो-दो बार क्यों छीला करते थे ? अब तो वे नहीं हैं, कोई कुछ भी कहे। वे होते तो ज़रूर माकूल जवाब देते। तीसरे-चौथे दिन नाई आता था। मूँछों के बालों को इकसार करता था। मोटे या लम्बे बाल निकालता था। एक भी बाल नीचा ऊँचा हो जाय तो नाई की जान आफ़त में आ जाती थी। जब तक बड़े राय शीशा देखकर मुस्करा नहीं देते थे तब तक नाई को लगता था जैसे शेर के सामने खड़ा हो। अब खाया तब खाया। इसलिए वह जान लगाकर एकदम गोल काटता था। मूँछों की वह गोलाई उनके चेहरे को एक नया आयाम दे देती थी।

उनकी मूँछें मुँडना—जैसे शहर में जलजला-सा आ गया ? बड़े राय मूँछों को ऐसे ही मुँड़वाने वाले नहीं ! कहीं उन्होंने बोला हुआ तो नहीं था कि बेटी की शादी हो जाये तो हलुवा पूरी के साथ अपनी मूँछें चढ़ा देंगे। कुछ लोग उसे जार्ज के जाने से भी जोड़ते थे। जब वे उस घोड़े को नहीं बचा सके जिसे वे अपनी शान समझते थे तो मूँछें किस बिनाह पर रखते। विरोधी लोग दबी ज़बान से, होंठों-ही-होंठों में यह सब बुदबुदाकर अपनी हीनता को कम करते थे कि जार्ज उनका बाप था—वह गया तो मूँछें भी मुँड गयीं।

बड़े राय इस बारे में खामोश थे। बल्कि स्थिर हो गये थे।

उस स्थिर जल में हलचल उस दिन हुई जब उनके पुराने मित्र राधिका बाबू देर रात को अपनी गाड़ी में सवार होकर आये। राधिका बाबू पहले तो अक्सर आते थे पर बीच में उनका आना कम हो गया था। उन्हें देखकर जो भाव बड़े राय के चेहरे पर आया वह शायद उनके चेहरे पर उस समय भी न आता अगर जार्ज पंचम

एकाएक अपने पूरे फ़ौज-फ़र्राटा के साथ सामने आ खड़े होते। एक क्षण के लिए उनके खून की रवानी इस तरह थम गयी जैसे कहा जाता है कि चौबीस घण्टे में एक पल ऐसा आता है जब सारी नदियाँ बहना बन्द करके सुस्ताती हैं वह क्षण हम लोग नहीं देख पाते, सुस्ताती है या नहीं यह तो भगवान जाने। पर जब हम सुस्ताते हैं तो वे भी सुस्ताती होंगी। दूसरे ही क्षण खून का दौर फिर चालू हो गया। उन्होंने खड़े होकर राधिका बाबू को गले लगाया।

राधिका बाबू ने धीरे-से कहा, ''आज स्वामी जी के आने का दिन था। वो तो नहीं आये, मुझे भेजा है।''

''मुझे याद है !''

''तुम्हारी धरोहर साथ लाया हूँ।''

''मैं यह भी जानता हूँ।''

''तो फिर ?''

''क्या तुम इसे थोड़ा रोके रह सकते हो ?''

''हाँ, इस समय तो यह लाखों की है। पर आज के बाद यह कौड़ी की हो जायेगी ! इसकी क़ीमत ज़बान की क़ीमत के साथ जुड़ी है।''

बड़े राय ने एक क्षण के लिए आँखें बन्द कर लीं। फिर बोले, ''तुम ठीक कहते हो, आओ मेरे साथ।''

वे उन्हें अपने कमरे में ले गये। दरवाज़ा बन्द कर दिया। कमरे के अन्दर एक तिजोरी थी। उसे कभी किसी ने खुलते नहीं देखा था। उन्होंने उसे खोला और बोले, ''राधिका, यह राय खानदान की वह निधि है जिसे सैकड़ों साल से हमारे बुजुर्गों ने सुरक्षित रख छोड़ा था—जायदाद बँटती गयी पर यह नहीं बँटी। यही मानता रही कि जब राय खानदान पर संकट की घड़ी आये तो इस निधि का सहारा लेना—शायद यह वही घड़ी है। जितने में तुम्हारा कर्ज़ चुकता हो, ले जाओ—''

''यह क्या कह रहे हो हरी राय ? यह तो तुम्हारे खानदान की लक्ष्मी है !''

''है तो, पर लक्ष्मी का स्वरूप टिकने वाला कहाँ होता है—इतने दिन टिकी रही यही क्या कम है ?''

''मेरी समझ में कुछ नहीं आ रहा।''

''उसके लिए तुम आये भी नहीं। फिर कभी बैठेंगे तो समझ लेना। मैं वक़्त को पहचान रहा हूँ। इसे ले जाओ। हो सके तो हिफ़ाज़त से रखना। कभी मेरा बन्दोबस्त हुआ तो इसे छुड़ा ले आऊँगा। स्वामी जी से कह देना, अगर उन्होंने मेरी लाज रखी तो मैंने भी उनकी बात झूठी नहीं होने दी।''

''नहीं हरी राय ! मेरा इस खानदान से कदीमी रिश्ता है—''

''उसकी बात छोड़ो ! कदीमी रिश्ता तो उस दिन खत्म हो गया था जब मैं तुम्हारे पास गया था और तुमने कहा था हरी राय, कौन जाने निजाम बदलने के बाद इस

ज़मीन-जायदाद को कोई पूछेगा भी या नहीं ? सोना हो तो ले आओ ! उस वक़्त मैं लालच में पड़ गया, हिम्मत नहीं बाँध सका कि इस निधि को रहन रख दूँ। उस दिन जब मैं स्वामी जी के पास गया और तुम्हारी मौजूदगी में उनके मुँह से निकला—कि हरी राय, घबराता क्यों है, तेरी इस मूँछ का एक बाल ही लाखों की क़ीमत का है—पता नहीं तुम्हारे मुँह से एकाएक कैसे निकल गया कि हाँ, आप ठीक कह रहे हैं। मैंने तुम्हें अपनी मूँछ का बाल दे दिया, तुमने रुपया। कैसा गुड़ियों जैसा खेल था। बाद में मैंने सोचा हरी राय, जो मूँछें गिरवी हों उन्हें कब तक सम्मान का प्रतीक बनाये घूमोगे ?''

''मुझसे ग़लती हुई, हरी राय !''

''शायद नहीं ! इन्सान की पहचान ऐसे ही मौक़ों पर होती है। तुम अगर मेरी मदद न करते तो बेटी की शादी कैसे होती ? अगर मूँछें गिरवी न रखता तो तकलीफ़ का इतना निजी अहसास कैसे होता ? कुछ भी कहो, जायदाद मेरी होते हुए भी मेरी नहीं थी। क्योंकि वह कभी भी किसी की भी हो सकती है। मूँछें नितान्त मेरी अपनी थीं। उनका दर्द न कहा जा सकता था और न बर्दाश्त किया जा रहा था। जब तक ज़िन्दा हूँ, वह दर्द बना रहेगा।''

राधिका बाबू ने मखमल की डिबिया उनकी तरफ़ बढ़ा दी। उन्होंने उसे खोला, देखा और वापिस उसी में रख दिया। धीरे-से बोले, ''राधिका, मैं तुम्हारा अहसानमन्द हूँ कि तूने इस नाचीज़ को इतनी इज़्ज़त बख़्शी—मेरी इज़्ज़त को सोने की डिबिया में सम्भाल कर रखा। यह कोई देवता का पवित्र बाल नहीं था। संसार के चपेटों में टूटते-बनते आदमी का हिमाक़त भरा बाल था। खाते हुए आदमी के मुँह में आ जाये तो खाना थूक देता है। यह परवाह नहीं करता कि उसकी किस्मत का एक लुकमा कम हो जायेगा।''

राधिका बाबू को जितना लगा कि उनके कर्ज़े की भरपाई कर देगा, उतना जेवर ले लिया। वे उसे लेकर उठे तो लगा कि इतना वज़न उठा नहीं पायेंगे। बड़े राय ने सहारा लगाया। दोनों बाहर आये तो चारों तरफ़ आँखें थीं। बड़े राय सीधे देख रहे थे। राधिका बाबू नीचे। शेष सब चकित थे।

उधर राधिका बाबू गये। इधर बड़े राय ने सबको बुलाया। जिस रहस्य को उन्होंने दिल की गहराइयों में छुपा रखा था उसे उन्होंने सबके सामने उजागर कर दिया। छोटे राय बिना बोले सुनते रहे। उस दिन पहली बार वे बोले, ''बड़े भैया, जब आपने मूँछें गिरवी रखकर इतना कर्ज़ा लिया तब नहीं बताया, जब खानदान की सैकड़ों साल पुरानी सुरक्षा-निधि उस सूदखोर को सौंपी तब नहीं पूछा—यह सब अब क्यों बता रहे हैं···अब तो सारा खेल ही निबट गया। अब भी न बताते तो बेहतर

होता—कभी-कभी मुझे लगता है कि हम, यह जायदाद और खानदान की वह निधि जिसमें सबने कुछ-न-कुछ जोड़ा होगा—आपकी मूँछों पर बलिहारी होने के लिए थे—।''

मुझे छोटे राय की बात कहीं चुभी। मेरे मुँह से एकाएक निकला— ''इस जायदाद का एक हिस्सा बेचकर हम उस निधि को छुड़ा लेंगे।''

बड़े राय अभी तक छोटे राय की उस बात की चोट से नहीं उबरे थे। छोटे राय ने एक जख़्म और नक़्श कर दिया, ''भास्कर, वैसे तो जो बड़े भैया ने चाहा वह हुआ, मेरे हिस्से की जायदाद भी तुम सबकी ही थी। लेकिन अब उसका असली मालिक अरुण है। मैंने पूरी जायदाद उसके नाम कर दी। मैं उसे छूने का अधिकार खो चुका। अगर तुम उस जायदाद का हिस्सा बेचो तो मत बेचना या अरुण से पूछ लेना। वह तुम्हारा ही भाई है।''

बड़े राय ने नज़र उठाकर उनकी तरफ़ पहली बार देखा। अभी तक अपने किये के बारे में सोच रहे थे, अब उनके कहे के बारे में सोचने लगे। उनकी आँखों की बारीक़-बारीक़ नसें जो पहले कभी नहीं दिखी थीं, एकाएक लाल होकर उभर आयीं। छोटे राय की गर्दन अब उस तरह उठी हुई नहीं थी जैसे पहले रहती थी। दूसरे पर लुटाकर देखने में और दूसरे से बचाकर देखने में अन्तर आ जाता है।

बड़े राय बोले, ''तो तुम इसी दिन का इन्तज़ार कर रहे थे—अरुण बड़ा हो और तुम नज़रें बदलो !''

बड़े राय हारने पर भी एक सामन्त की तरह हार नहीं मान रहे थे ! बल्कि चोट खाये साँप की तरह फनफना रहे थे। छोटे राय चुप थे।

अरुण इंजीनियरिंग में पढ़ रहा था। उस समय तक उसकी पढ़ाई को लेकर सबके मन में एक विचित्र-सा उत्साह था। जैसे नये बनने वाले घर की छत का ढुल्ला डलवाते हुए घर वालों का होता है। मैं भी उससे अछूता नहीं था। अरुण का ज़िक्र आता था तो मैं सीना फुलाकर कहता था मेरा छोटा भाई अरुण इस शहर का पहला इंजीनियर होगा। पहले तो लोग सब-ओवरसियरी का इम्तहान पास करके आते थे और आखिर तक पहुँचते-पहुँचते इंजीनियर हो जाते थे। लेकिन अरुण असल इंजीनियर होगा। डिग्री शुदा। पूरे उत्तर भारत में एक ही इंजीनियरिंग कॉलेज था। थामसन इंजीनियरिंग कॉलिज, रुड़की। इसी तरह एक ही मेडिकल कॉलिज भी था। किंग जार्ज मेडिकल कॉलिज, लखनऊ। वह तो अभी भी कॉलिज ही है। जबकि थामसन इंजीनियरिंग

कॉलिज, रूड़की यूनिवर्सिटी में बदल गया। दोनों ही ने जो इंजीनियर या डॉक्टर पैदा किए उनका नाम दूर-दूर तक फैला। पर वे सब बड़े लोग थे। नीचे के लोग तामीर में काम करने वाले मज़दूर होते थे। अरुण भी उसी शिक्षा का हिस्सा था। हम लोग उसके बारे में यही कल्पना किया करते थे कि अरुण नहर का बड़ा साहब होगा, दौरे पर आया करेगा तो उसके पीछे-पीछे नहर के दूसरे साहब लोग घोड़ों पर चला करेंगे। छोटे लोग घोड़े के पीछे-पीछे पैदल दौड़ा करेंगे। अगर बड़े साहब का घोड़ा लीद भी करेगा तो उसे अपने दुशाले में ले लेंगे। दरअसल, तब इस इंजीनियरिंग कॉलेज में एक मात्र सिविल इंजीनियरिंग की डिग्री और डिप्लोमा की पढ़ाई होती थी।

हालाँकि अरुण इण्टर में एक साल फेल हुआ था। फिर भी बड़े राय की भाग-दौड़ के कारण उसे डिग्री कोर्स में दाखिला मिल गया था। तब अँग्रेज़ों के लड़के भी इंजीनियरी पढ़ने वहीं आते थे। तैराकी, घुड़सवारी। खाने की ड्रेस अलग, क्लास में जाने की ड्रेस अलग—बिलकुल साहब बनकर निकलते थे। अपनी भाषा भी तोड़-मरोड़कर बोलना सीख जाते थे। अध्यापक तो ज़्यादातर अँग्रेज़ थे। इस बात पर भी हम लोगों को गर्व था कि अरुण के मास्टर अँग्रेज़ हैं। उसके साहब बनकर निकलने में किसी तरह का कोई शक नहीं था। छोटे राय पर जब कभी-कभी गाँधी जी सवार होते थे तो वे ज़रूर यह कहा करते थे पता नहीं गाँधी जी, जवाहर लाल, सुभाष बाबू की तरह अरुण का नीचे के लोगों से कोई ताल्लुक होगा या नहीं ? फिर वे उस सवाल को बीच में ही छोड़कर अरुण पर गर्व करना शुरू कर देते थे। कभी-कभी ऐसा भी होता था कि जब वे अरुण की बड़ाई करते होते थे और उनका कोई पुराना काँग्रेसी साथी टकरा जाता था तो टोक देता था, ''राघव भाई, कहाँ तो तुम सब छोड़कर गाँधी के चेले बनने पर उतारू थे और कहाँ तुम अपने बेटे की साहबी के अनुयायी बनते जा रहे हो। अरे राघव भाई, ये सब तो अँग्रेज़ हमारे ही सीने पर बैठकर हमारे ही दुश्मन तैयार कर रहे हैं। इस बात का तब पता चलेगा जब असली अँग्रेज़ चले जायेंगे और हिन्दुस्तानी अँग्रेज़ रह जायेंगे। अँग्रेज़ की ठोकर चाहे जितनी चीसती हो पर इन हिन्दुस्तानी अँग्रेज़ों की ठोकर का घाव—देख लेना—नासूर बनकर रिसेगा।''

छोटे राय को हल्का-सा झटका लगता। पर वे बात को सँभाल लेते, ''ठीक कहते हो ! हम कब तक उन्हीं की ठोकरें खायेंगे ? वे ठोकर भी मारेंगे और पेड़ पर सूखने के लिए भी डालेंगे। अपना मारेगा तो छाँह में डालेंगे। वैसे भी अरुण बड़े राय के संस्कार लेकर पैदा हुआ है। जो मैं बनना चाहता था वह तो बन नहीं सका। जो कुछ अब आकर हाथ लगा है क्या उसे भी छोड़ दूँ ?''

वे लोग हँस देते, ''तुम हार मान गये ! जिस राह पर चले ही न हो उस पर चोरबत्ती की रोशनी में कहाँ तक राह दिखाई जा सकती है ? चले होते तो क़ाफ़ी मंज़िल तय कर चुके होते। मुल्क आज़ाद होने पर जब देश खुदमुख़्तार होगा, सब

बराबर होंगे, सब अपने देश से जाने-पहचाने जायेंगे, तुम्हारे बेटे को तब उन साहबों के लिए नहीं, देश के आम लोगों के लिए गाँव-गोठों मे सड़कें बनानी होंगी...नहरें खोदनी होंगी। न कोई मजदूर होगा, न मालिक। सब को सब काम करने पड़ेंगे।''

छोटे राय हँस देते, ''जितना हम सोचते हैं उसमें बहुत-सा तो चर्बी की तरह होता है—जो वज़न बढ़ाने के काम आता है। कुछ ही होता है जो ताकत में बदलता है।''

कई लोग उनकी इस बात से नाराज़ हो जाते, ''हम जानते थे तुम मूलतः सामन्त हो—वह तो फैशन के तहत हमारी तरफ चले आये थे। कभी कहने को होगा कि हम भी पाँच सवारों में थे।''

तब भी नाराज़ नहीं होते थे। हँस कर कह देते—''तुम समझते हो कि अब ऐसे लोग नहीं हैं और क्या वे देश आज़ाद होने के बाद बिलकुल ही नहीं रहेंगे ?''

हम लोग अरुण की सम्भावित साहबी से रोमांचित तो थे ही। कब अरुण पढ़ाई खत्म करके आयेगा और कब इस कदीमी खानदान की आन-बान-शान में चार चाँद लगेंगे। जो बुनियादें हिलती हुई दीख रही हैं वे फिर ठहर जायेंगी। अफ़सरान जब देखेंगे कि राय खानदान ने भी एक आला अफ़सर पैदा कर दिया तो उनकी नज़रों में इज्ज़त की मिठास और ज़्यादा घुल जायेगी। एक साहब जितना दूसरे साहब से लचता है उतना ही वे हम लोगों से लचेंगे। जब अरुण छुट्टी में आता था तो बड़े राय उसे अपने साथ क्लब ले जाते थे। साहबों से मिलाते थे, ''यह मेरा छोटा बेटा है, रुड़की में इंजीनियरिंग पढ़ रहा है।''

भारतीय अफ़सरान ऊपर से खुश होते थे लेकिन अन्दर से ईर्ष्या अनुभव करते थे। अँग्रेज़ों का रुख़ बिल्कुल दूसरा होता था। वे उसे उसी प्रकार देखते थे जैसे कोई पादरी धर्म-परिवर्तन के लिए आये किसी अन्य धर्मावलम्बी को देखता है। देर तक हाथ मिलाते रहते थे। ऐसी बातें पूछते और बताते थे कि अरुण को भी मज़ा आता था। उसे यह ज़रा भी अनुभव नहीं होने देते थे कि वे मुल्क के हुक्मरानों में हैं और वह उनकी रिआया है। उससे कहते थे—तुम्हें इंग्लैण्ड जाकर आगे पढ़ाई करनी चाहिए। तब बड़े घरों के लड़कों में ही विलायत जाने की ललक होती थी। अब हर आदमी विलायत जाना चाहता है। जाता भी है। तब विलायत इंग्लैण्ड ही था लेकिन अब विलायत का अर्थ काफ़ी व्यापक हो गया। अमेरिका, जर्मनी, रूस, फ्रांस आदि देशों का नाम विश्वयुद्ध में ही लोगों ने जाना था। बड़े घरों के बच्चों के विदेश जाने के पीछे एक और कारण था। नहाती हुई, कुत्तों को टहलाती हुई, साहबों के साथ नाचती हुई, पियानो बजाती हुई मेमों के चित्र उन सब लोगों के घरों में टँगे रहते थे। भले ही साहबों को खुश करने के लिए टँगे रहते हों पर वे चित्र उनके दिलों को भी

पकड़ते थे और उन्हें अपने साथ उस स्वप्नलोक में भी ले जाते थे जहाँ वे रहती थीं या जहाँ से कभी-कभी उनके सपनों में आती थीं। घरों में भी तब भाभियों, चाचियों, मामियों, दादियों और माँओं का यह कहने का चलन था कि देखना मेरा लाल तो मेम बिहा कर लायेगा। हालाँकि जिन घरों में मेमें आयी थीं वहाँ सबसे पहले जिहाद भी उन्हीं माँओं और दादियों ने छेड़ा। मेमों का बार-बार नाम आना बड़े घरों के लड़कों के लिए रेचक का काम करता था।

अरुण के मन में भी विलायत जाने का अंकुर फूट चुका था। हालाँकि हमारी हवेली ही ऐसी थी जहाँ विलायती मेमों की तस्वीरें बिलकुल नहीं थीं। अलबत्ता उस कोठी में तरह-तरह की तस्वीरें थीं, जिसमें मझले राय जाकर रहे थे। ऐसा नहीं वहाँ अरुण बिलकुल न जाता हो। जाता था औंर उन तस्वीरों पर ढके रुई के ग़िलाफ़ उठाकर देखता था। जितनी भी आदमक़द तस्वीरें थीं उन सब पर रुई के लाल तगे हुए ग़िलाफ़ ढके रहते थे। यहाँ तक कि शीशों पर भी। कोई तकरीब होती थी तो उन्हें उठा दिया जाता था और तस्वीरों को झाड़-पोंछकर टंच कर दिया जाता था। दूसरे, बड़े राय के साथ वह मेमों का साक्षात्कार बचपन से ही करता आ रहा था। बचपन से उसकी दोस्ती एक अँग्रेज़ ज्वाइंट मजिस्ट्रेट की बेटी से भी थी। ज्वाइंट मजिस्ट्रेट के पिता हिन्दुस्तान में पादरी रह चुके थे। इसलिए उनका परिवार थोड़ी-बहुत उर्दू समझता भी था, बोलता भी था। तब उर्दू का ही चलन था। भले ही बोलते हिन्दी हों। वह ज्वाइंट मजिस्ट्रेट बाद में ग्रेट ब्रिटेन का मन्त्री भी हुआ। उसकी बेटी मेरी, सुना, हिन्दुस्तान अक्सर आती थी। एक-दो बार अरुण को भी मिली। पर यह बहुत बाद की बात है, तब तो बात इतनी ही थी कि अरुण के हृदय में मेरी की भी एक छवि थी जो उसे विलायत से पुकारती थी।

ज्वाइंट मजिस्ट्रेट और बड़े राय में दोनों बच्चों को लेकर कभी-कभी निर्दोष मज़ाक भी चला करता था। वह बड़े राय से कहा करता था, "वेल मि. हरी राय, आप हमारी बेटी मेरी को अपना बहू बनायेगा ?"

बड़े राय हँस देते, "आपकी यह चिरैया बेटी हमारे बेटे को घोंसले के तिनके की तरह चोंच में दबाकर फुर्र से उड़ जायेगी—।"

ज्वाइंट मजिस्ट्रेट बहुत हँसता। यह संवाद भी कहीं-न-कहीं अरुण के दिलो-दिमाग़ में घर किये हुए था। कुल मिलाकर इन सब सन्दर्भों की उसके मन में तह-सी लग गयी थी। इंजीनियरिंग कॉलिज में जाकर और साहबों की बेतक़ल्लुफ़ी देखकर वे खुलती चली गयीं। इंजीनियरिंग पास करते ही उसने विलायत जाने की बात उठायी। इस बात ने आपस में हम सबको इस तरह फाड़ दिया जैसे दूध में नीबू निचोड़ दिया गया हो। जो बात अन्दर थी वह ऊपर दिखाई पड़ने लगी।

छोटे राय का मन चाहे जितना भी अरुणमय हो गया था पर देश-प्रेम वाली वह धारा अभी सूखी नहीं थी। बड़े राय दूरअन्देश थे। उन्हें लगता था कि हम चाहे

जितने भी खाते-पीते और समृद्ध हों, विलायत राजाओं का देश है। वहाँ की शान-शौकत और रूप-गुण उसे हमसे दूर कर देंगे। सुना है, वहाँ छोटे घरों की मेमें विलायत जाने वाले सभी हिन्दुस्तानियों को राजकुमार समझती हैं। समृद्ध और सुखी ज़िन्दगी का स्वप्न साकार करने के लिए उन्हें फँसाती हैं। राय बहादुर चन्द्रिका प्रसाद के बेटे की कहानी याद करके वे थर्रा जाते थे।

राय बहादुर का लड़का वहाँ आई. सी. एस. बनने गया था। आई. सी. एस. तो नहीं बना एक मेम के जाल में ज़रूर जा फँसा। घर से पैसा मँगाता रहा। घर वाले पैसा भेजते रहे। वह मेम उस पैसे के बल पर उसकी शरीक-ए-हयात बनकर मस्ती करती रही। बाद में पता चला कि वह मेम उसे छोड़कर किसी और के साथ चली गयी। हालाँकि उस ज़माने में किसी को छोड़ने का मतलब भाग जाना ही समझा जाता था। हमारे समाज में पति को छोड़कर दूसरा घर बसाने की परिकल्पना ही नहीं थी। थी तो छोटे तबके के लोगों में, उन्हें विवाह का बन्धन औपचारिक रूप से तोड़ने की ज़रूरत भी नहीं पड़ती थी। बस इतना करना पड़ता था कि पंचायंत को जुर्माना और जात-बिरादरी को भोज देना पड़ता था। फिर चाहे जो करो। उस ज़माने के हालात को देखते हुए यह सज़ा कम बड़ी सज़ा नहीं थी।

राय बहादुर का बेटा जब वापस लौटा तो वह टूट और बिखरकर खाली हुआ भांड मात्र था। उसकी आँखों की पुतली बुझे हुए दीये का काला फूल लगती थी। राय बहादुर को उसकी शुद्धि और प्रायश्चित पर बहुत बड़ी धन-राशि खर्च करनी पड़ी थी। वह बिलकुल अलग रहता था। कई बार लगता था होली-दहन से बचा धुँधुआता लकड़ी का कुन्दा मात्र है। उसकी शादी का सवाल उठा तो बिरादरी के करीब-करीब सब लोगों ने मुँह फेर लिया। इन सब बातों को सोचकर बड़े राय के अन्दर एक खौफ़-सा व्याप्त हो जाता था। चाची रो-रोकर पागल थीं। उन्हें लगता था कि कहीं ऐसा न हो कि अरुण विलायत में हो और मैं चलती बनूँ। वह मुझे आग भी न दे सके। बाद में हुआ भी यही था। मैं अरुण के साथ था। मुझे लग रहा था कि मेरी बात और थी,मुझे तो पढ़ने ही नहीं दिया। अरुण पढ़ा है, इंजीनियर बना है तो उसे अपनी मनचाही मंज़िल तक पहुँचने का पूरा हक़ है।

वह मेरे पास आया और बोला, "भैया, क्या मुझे इन हिन्दुस्तानी साहबों की ग़ुलामी करने के लिए इंजीनियर बनाया था ? क्या मैं अपने को इन बुजुर्गों के वहमों का शिकार हो जाने दूँ ? मैं दुनिया का एक ऐसा इंजीनियर बनना चाहता हूँ जिसे हिन्दुस्तान की सबसे शानदार इमारत बनाने का फ़ख्र हासिल हो। अगर मेरी यह आकांक्षा पूरी नहीं हुई तो मेरा जीवित रहना बेकार है—"

यह तो मुझे बाद में पता चला कि जो कुछ उसने कहा था वह सिर्फ़ लफ़्ज़ों का

पुलन्दा था। उस समय मेरी आँखों के सामने अन्तिम साँस लेती हुई माँ आ खड़ी हुई थी। उन्होंने अरुण को मुझे और रानी को सौंपा था। तुम्हारे बाबा को तो न कभी फ़ुर्सत रही है और न रहेगी। ज़मींदारों के लिए घर उनका साम्राज्य होता है। घर की मालकिन होने पर भी वे बंधुआ मज़दूर से बदतर थीं। वे यही बोलीं—तुम घर को देखना। अरुण को बेटे की तरह पालना। बड़ा भाई पिता होता है और बड़ी बहिन में माँ बसती है। जब माँ नहीं रही तो अरुण रानी और भवानी से चिपटा रहता था। रहमतुल्ला की दुकान पर बैठकर कभी बड़े राय का, कभी छोटे राय का और कभी मेरे आने का इन्तज़ार किया करता था। शाम होते-होते रानी की गोद में सिर रखकर ऐसे सो जाता था जैसे उसके सपनों का सारा संसार उसी की गोद में सिमट आया हो। वह कला को सबसे ज़्यादा प्यारा था। रूपा की गोद में तो शायद वह एक ही बार गोद भरने वाली रस्म पूरी करने के लिए बैठा था। जब तक रघुबर नहीं हुआ था तब तक कला यही कहा करती थी—हमें क्या फ़िक्र,अरुण भी तो हमारा बेटा ही है। रघुबर के होने के बाद तो वह जी ही नहीं। इधर रघुबर हुआ और उधर वह चलती बनी। मुझे लगा जैसे कला पूछ रही है कि अगर तुम्हारा रघुबर कभी कोई ज़िद करेगा तो क्या तुम उसे दुत्कार दोगे ? पता नहीं स्वतः या कला के उस सवाल के जवाब में एकाएक मेरे मुँह से निकला, ''तुम जाओगे—ज़रूर जाओगे।''

अरुण मुझसे लिपट गया। मुझे लगा रघुबर एकाएक बड़ा हो गया है।

कभी-कभी रानी की चिट्ठी आती थी तो वह अपने छोटे भाई और भतीजे-भतीजी के बारे में विस्तार से पूछती थी। अरुण के बारे में वह खासतौर से लिखती थी, ''अरुण अकेला पड़ गया— उसका खयाल रखियेगा। भाभी से भी कहियेगा कि बिना माँ का बच्चा है—बिना माँ के तो सोना और रघुबर भी हैं। फिर भी भाभी उनकी माँ है। अरुण की माँ तो मैं ही बची थी। मैं यहाँ चली आयी। ऐसी बँध गयी कि निकलना मुश्किल है। वह पिछली भैया दूज पर भी नहीं आया। लिख दिया पढ़ाई बहुत है। निर्मोही होता जा रहा है। मैं उसको क्या कहूँ ? मैं ही क्या कर पाती हूँ। लड़कियों का तो यही होता है, सम्बन्धों की एक ज़मीन से उखड़कर दूसरे सम्बन्धों की ज़मीन में ऐसी जम जाती हैं कि वहीं मरना, वहीं जीना।''

अरुण को भी सोना की बहुत याद आती थी। परन्तु वह उसके घर जाने से बचता था। रानी के दो बेटे थे। बहनोई चूँकि ज़मींदार के बेटे थे। काम करने से बचते थे। दिन-रात घर में पड़े रहना ही उन्हें पसन्द था। बाहर की दुनिया में रहने के बजाय सीने-पिरोने, खाना बनाने आदि में उनका मन ज़्यादा लगता था। रानी ने पीहर में मर्दों को हमेशा घर के बाहर ही देखा था। वे रानी पर हाथ तक उठा देते थे। रानी सब कुछ चुपचाप बर्दाश्त करती थी। यह सब जानकर कभी-कभी बड़े राय के मुँह से निकल जाता था—जिसकी बेटी दुःखी उसका जहान दुःखी।

इन सब बातों का बहुत बाद में पता चला। जब एक बार रघुबर अपनी बुआ

के घर गया तो उसने फूफा को बुआ को पीटते हुए देखा। वह इतना डर गया कि रोने लगा। रानी के ससुर के पास रुपया तो बहुत था परन्तु रानी के परिवार के लिए कुछ नहीं था। बहुत हुआ तो साल-भर की रसद भिजवा देते थे। बाकी का सारा इन्तज़ाम रानी के पति को करना पड़ता था। कभी अपने हिस्से की ज़मीन बेचकर और कभी कर्ज़ लेकर। जब से बड़े राय को पता चला था तब से वे भी महीनेवार कुछ-न-कुछ भेजते रहते थे। जब कभी रानी आती थी तो वह बड़े राय और मुझसे मिलकर बहुत रोती थी जैसे शिकायत कर रही हो। मुझे अक्सर वही पंक्ति याद आती थी—'भाई को दीन्हे महल-दुमहले, मोहे दिया परदेश !' पर उससे न कोई पूछता था और न कोई कहता था। वह रोती-रोती अन्दर हवेली में चली जाती थी, जहाँ दीवार के एक-एक चप्पे पर उसके हाथों की छाप थी और ज़मीन पर पैरों के निशान थे। अब वे सब उसे अनजाने लगते थे। पिता के घर के उस सुख से उसे डर लगता था जो उसने वहाँ भोगा था। उस पर उसका अधिकार है भी या नहीं ? कहीं छुए से छूत न लग जाये ?

रानी का बड़ा बेटा राजमोहन अक्सर कहा करता था, "हमारे बाबा की बैठक के पीछे एक कोठरी है, उसमें रात-दिन घी का दीपक जलता रहता है। उसी कोठरी में बाबा का धन रहता है। जब वे अन्दर जाते हैं तो सिर नवाकर जाते हैं। फिर दाँत किचकिचाकर कहता—जब बड़ा हो जाऊँगा तो बाबा को मारकर उनका सारा रुपया निकाल लूँगा—छोटे चाचा को रुपया देते हैं हमारे बाबू जी को नहीं देते—" जिन छोटे चाचा का वह ज़िक्र करता था वे उसकी वर्तमान दादी के बेटे थे। वह ज़िन्दा थी। उसके पिता और बड़े चाचा को बाबा ने थोड़ी-थोड़ी ज़मीन देकर निबटा दिया था। जिस शान से बड़े राय ने रानी की शादी की थी, रानी की ज़िन्दगी पर उसका ज़रा भी असर नहीं पड़ा था। उन्हें इस बात का मलाल था। खानदान की निधि गयी, लक्ष्मण-सा भाई छूटा और बेटी का जीवन दुःखी का दुःखी रहा। छोटे राय को मझले राय जब भी मिलते थे तो उन्हें समझाते थे कि बेटे की कीमत इतनी मत देना कि बड़ा होकर वही बेटा मुफ़लिस हो जाय। छोटे राय में और एक खास बात आ गयी थी। वे मझले राय के सामने चुप लगा जाते थे। इतना ज़रूर हो गया था कि बड़े राय के विरुद्ध कही गयी बातें उनके मन में इतना निशान ज़रूर छोड़ देती थीं जितना सूखी ज़मीन पर घिसटते जाते हल की नोक से खिंची लीक !

अरुण विलायत चला गया था। उसके लिए मुझे बड़े राय और छोटे राय दोनों की

नाराज़गी ओढ़नी पड़ी थी। छोटे राय में इस बीच काफ़ी परिवर्तन आ गया था। अब वे धन से बँध से गये थे। जब कभी अरुण को रुपये भेजने का सवाल उठता था तो यह कहकर अलग हो जाते थे कि हम दोनों भाइयों ने तो मना कर दिया था—अब तुम जानो तुम्हारा काम जाने। मेरे सामने यह सवाल था कि मैं कहाँ से लाऊँ ? मैं तो उन दोनों की ज़मींदारी पर निर्भर था। मालिक तो वे दोनों भाई थे। मेरे पास अपना क्या रखा था। मेरी तो कोई तनख़्वाह तक नहीं थी। बस जो ज़रूरत होती थी वह मिल जाता था। मैंने अरुण को विलायत भेजा था तो उन दोनों भाइयों के बल पर। आखिर दोनों ही अपनी-अपनी तरह उसके पिता थे। कहीं-न-कहीं वे भी भेजना चाहते थे। पर उनके अन्दर भय था। मैंने हामी भरकर एक तरफ़ कर दिया था। अगर वे न चाहते तो क्या वह विलायत जा पाता ? मेरे इस संकट को बड़े राय समझते थे। छोटे राय के कन्नी काट जाने पर वे ही अरुण को भेजने के लिए पैसे का प्रबन्ध कराते थे। ऊपर से यही पता चलता ता कि उन्हें उससे क्या लेना-देनना। उसकी धाई-मिचौनी के बीच चूहा मैं था।

अरुण की जब चिट्ठी आती थी तो सबसे ज़्यादा खुशी मुझे होती थी। सबको बताता था कि मेरे छोटे भाई की विलायत से चिट्ठी आयी है। पता नहीं मैं यह क्यों सोचे बैठा था कि अरुण वापस लौटा नहीं कि हमारे घर का काल कटा नहीं। वह एक बड़ा इंजीनियर बनेगा। रुपया ऐसे बरसेगा मानो लक्ष्मी स्वयं छन-छन करके नाच रही हो। सारा कर्ज़ा उतर जायेगा। कर्ज़ की सबसे ज़्यादा चिन्ता थी। ज़्यादातर कागज़ों पर मेरे ही दस्तखत होते थे। पहले दीवान जी किया करते थे। चिन्ता उस निधि की भी थी जिसे राधिका बाबू ले गये थे। कभी इस तरह की बातें भी सोचने लगता था कि अरुण जब लौटेगा तो अपने साथ बड़े राय और छोटे राय के लिए एक-एक कार लेकर आयेगा। लेकर न भी आया तो यहाँ आकर खरीद देगा। मेरा क्या मेरा काम तो घोड़ा-गाड़ी या साइकिल से भी चल जायेगा। उन दिनों कारें इने-गिने लोगों के पास ही थीं। तब तक मोटर-संस्कृति पनपी नहीं थी। उसे मातबर सवारी नहीं समझा जाता था। लोगों का खयाल था कि जानवर को तो बाँध-जूड़कर या मार-पीटकर कब्ज़े में कर भी लो पर कल-पुर्ज़े का क्या विश्वास; पता नहीं कहाँ ऐंठ जाये। खुद भी जाये और बैठने वाले भी जायें। यहाँ भी जल्दी पहुँचाती है तो वहाँ भी जल्दी पहुँचा देती है। घोड़े से गिरोगे तो लोग कहेंगे—शहसवार गिरते हैं मैदान-ए-जंग में—कार तो खुद भी गिरेगी और दूसरों को भी गिरायेगी। उसके बारे में तो कोई कहावत बनी ही नहीं। घोड़ा सवार को पहचानता है। यह नाक़िस सवारी तो खुदा को भी नहीं पहचानती। जैसी मेम वैसी मोटर। जिसके नीचे कल, उसी के कहे पर चल। दूसरा पक्ष था कि मोटर जब चले तब खाये ? जानवर तो खड़ा भी खाता है और चलता भी। यह न मुँह चलाये, न जुगाली करे और न गन्दगी फैलाये। कुछ भी कहिये कार मुझे बहुत पसन्द थी।

एकाएक मुझे लगता कि मैं यह सब क्यों सोचने लगता हूँ। अभी तो वह दिन दूर है जब अरुण आयेगा, लक्ष्मी छम-छम नाचेगी और हमारा काल कटेगा। सारंगा इस बारे में ज़्यादा समझदार थी। यह बात मैंने बाद में महसूस की। पहले तो वह चुपचाप सुनती रहती थी फिर कहती, ''इतनी दूर की मत सोचा करिये—छाती पर पड़ने वाली किरणों को तो बादल का छोटा-सा टुकड़ा भी ढक लेता है। भाई-बन्धु का चुटाया और कुत्ते का काटा ज़्यादा तिसाया मरता है।'' उसकी बात मुझे गाँवदी ज़्यादा लगती थी। वह मौके-बेमौके इस तरह के वाक्य बोल दिया करती थी। बाद में यह साबित करने की कोशिश करती थी कि हमने तो पहले ही कह दिया था। कभी-कभी मुझे यह भी लगता था कि वह किसी मानसिक ग्रन्थी से ग्रस्त है। चाहे वह बड़े राय को लेकर हो या रघुबर को अथवा सोना और अरुण को लेकर…।

सोना बस स्कूल जाती थी। बाकी के वक़्त वह घर में ही रहती थी। घर में इस तरह बने रहना उस समय कितना कठिन होता होगा, यह तब कोई नहीं समझता था। अब तो सबकी समझ में आने लगा। तब यही लगता था कि औरतों की जगह वहीं है। अब तो रघुबर की बेटी यानी मेरी पोती को भी लगता है कि बाहर की दुनिया जितनी लड़कों के लिए है उतनी ही लड़कियों के लिए। रघुबर बड़े राय के पास रहता था। उसका बस्ता, उसके कपड़े, खेल का सामान—उन्हीं के कमरे में रखे जाते थे। भवानी की ज़िम्मेदारी बढ़ गयी थी। एक तो इस बीच नौकर-चाकर भी कम हुए थे। दूसरे घर के सबसे बड़े और सबसे छोटे की ज़िम्मेदारी सँभालना आसान नहीं था। घर के बाकी लोग भी भीड़ पड़ने पर भवानी को आवाज़ देते थे। खास मेहमान आते थे तो उनकी देखभाल का काम भी उसी पर आ पड़ता था। वह सबकी ज़रूरत के बारे में जानता था। किसको किस वक़्त क्या चाहिए ! भवानी घर की प्रतिष्ठा का प्रतीक भी बनता जा रहा था। सुख-सुविधा का माध्यम भी। भावनात्मक आवश्यकता तो बन ही गया था। हर सुख और हर दुःख उसे भी उतना ही व्यापता था जितना घर के और सदस्यों को। अगर सारंगा सोना को कुछ कहती थी तो उसे लगता था वही सोना है। बड़े राय और छोटे राय के बीच कुछ घट जाता था तो इसी तरह महसूस करता था जैसे फाँस उसके चुभी हो। मेरे और सारंगा के बीच कहा-सुनी हो जाती थी तो उसका चेहरा सबसे पहले मुरझाता था।

छोटी चाची बीमार थी। वह समय निकालकर दोनों वक़्त चाची के पास जाकर बैठता था। उनके तलवों पर तेल लगाता था, सिर दबाता था। हालाँकि हमारे यहाँ नौकरानियाँ ही औरतों का काम करती थीं। परन्तु उसकी सेवावृत्ति ने उसे केवल मर्द होने की स्थिति से ऊपर उठा दिया था। किसी दिन उनकी हालत बिगड़ जाती थी तो वह रात भर जागता था। भले ही दिन-भर काम करना पड़े। जब मौका मिलता

था तभी ऊँघ लेता था। किसी ने पुकारा नहीं फिर मुस्तैद। वह घर भर के दुःख-दर्द को वहन करने वाली उस किल्ली की तरह था जो ऊँचे मकानों पर तड़ित-चालक की तरह लगी होती हैं। बिजली कितनी भी कड़के गिरते ही लील जाती हैं।

छोटी चाची की बीमारी काफ़ी बढ़ गयी थी। सोना और सारंगा दोनों अकेले पड़ जाते थे सारंगा की उम्र भी नयी ही थी। कहने को वह मालकिन थी। पर मालकिन बन जाने से उम्र तो नहीं बढ़ जाती। जहाँ तक मुझे ध्यान है सारंगा और सोना की उम्र में दस-बारह साल का अन्तर था। सारंगा अभी तक यह तय नहीं कर पायी थी कि सोना उसकी बेटी है या बेटी की तरह है। बेटी होना और बेटी की तरह होना ज़मीन आसमान का अन्तर पैदा कर देता है। बेटी माँ के अधिकारों का अंग होती है और माँ बेटी के। बेटी की तरह होना कई बार माँ के अधिकारों पर प्रश्न-चिह्न लगाने लगता है। एक अजीब द्वन्द्व था। सोना को लगता था सारंगा ने उसकी माँ की जगह हथिया ली है जो शायद उसके लिए इतनी पवित्र थी कि उस पर उसकी माँ का ही अधिकार हो सकता था। भले ही माँ मर गयी थी, वह सोचती थी कि जब माँ को हटा दिया तो उसे और उसके भाई को भी हटा कर और दो बच्चों को बैठा दिया जायेगा। कई बार व्यक्ति कर्तव्यों से ज़्यादा अधिकारों के प्रति आग्रही हो जाते है। सारंगा ने एक दिन सोना को काफ़ी भला-बुरा कहा। सोना कुछ ज़्यादा वाचाल थी। पहले तो वह सुनती रही फिर इस तरह बोली जैसी उसने सारंगा पर बहुत बड़ी चोट की हो—अगर माँ होती तो क्या यह कहती कि तुम दोनों मेरे सीने पर लाद दिये गये। सारंगा चुप हो गई होती तो कोई बात नहीं थी। वह गुस्से में बोली, ''तुम दोनों भी उसी के साथ क्यों नहीं चले गये ?''

भवानी चाची के पास था। पहले तो चाची वहीं से दोनों के नाम ले-लेकर पुकारती रही। फिर भवानी को भेजा—देखकर आ क्या हो रहा है ? मैं आँख मूँद लूँगी तो सोना का क्या होगा ? वे दुःखी ही गयीं। भवानी ने सारंगा को यह सब कहते सुन लिया था। वह बोला, ''बहू जी, आपके बच्चे हैं, ऐसा मत कहिये उनको आपकी दुआ और प्यार चाहिए।''

सोना शायद बहुत नाराज़ थी। उससे रहा नहीं गया तो वह बोली, ''हम बच्चे इनके नहीं हैं। हम तो अपनी माँ के बच्चे हैं।'' सारंगा को और तो कुछ सूझा नहीं एक चपत रसीद कर दिया।

भवानी का जैसे सीना चिर गया। वह बोला, ''बहू जी, आपने सोना बिटिया को मारकर ठीक नहीं किया—इस घर में कभी किसी ने बच्चों पर हाथ नहीं उठाया।''

सारंगा जैसे बिफर पड़ी— ''तुम नौकर हो, नौकर की तरह रहो। मेरी बेइज़्ज़ती करने की हिम्मत तुमने कैसे की ? इस घर में या तो तुम रहोगे या मैं ! बच्चों को भड़काते हो !''

''ऐसा न कहिये बहू जी—'' उसका गला भर आया।

जब मैं लौटा तो सारंगा का हस्बमामूल मुँह चढ़ा था। वह सीधे मुँह बात नहीं कर रही थी। उसके साथ यह अक्सर होता था। जब वह नाराज़ होती थी तो उसकी आवाज ऐसी मरियल-सी हो जाती थी जैसे कई दिन से भोजन न मिला हो। फौरन समझ में आ जाता था कि मामला गड़बड़ है। हालाँकि यह बात समझ में आने लगी थी कि वैवाहिक सम्बन्धों में उम्र का फ़र्क बाद में जाकर ज़्यादा महसूस होता है। मैंने कई बार पूछा कि क्या बात है ? वह थोड़ी देर तक यूँ ही कहती रही कि कुछ नहीं। वह मेरी बेचैनी को बढ़ा रही थी। महिलाएँ केवल कमजोरियों का पुतला ही नहीं होतीं अपनी शक्ति को भी खूब समझती हैं। भले ही शक्ति सीमित हो परन्तु उसका अधिकतम उपयोग करने में पटु होती हैं। जब कि पुरुष अपनी शक्ति को छलका-छलका कर दिखाया तो करता ही है दुर्व्यय भी करता है। जब वह समझ गयी कि मैं जानने को अधीर हूँ और मेरी बेचैनी चरम बिन्दु पर पहुँच चुकी है तो वह फट पड़ी, ''आप पूछते हैं क्या हुआ—मुझे आप लोग—नौकरानी से भी कोई गयी-बीती चीज हो वह बनाकर लाये हैं—आप बड़े लोग हैं। आपके लिए अपनी ही इज्ज़त, इज्ज़त है। भले ही मैं छोटे घर से आयी हूँ, पर वहाँ भी मुझे भरपेट रोटी मिल जाती थी। यहाँ मैं कोई मोती नहीं चुगती । लेकिन जितनी इन्सान की बेकदरी यहाँ है उतनी छोटे लोगों में नहीं होती। तुम्हारी बेटी कहती है कि तुम मेरी माँ नहीं हो, तुम दुश्मन हो—तुम्हारे नौकर मेरी बेइज्ज़ती करते हैं—मुझे बताते हैं कि मैं गलती का पुलन्दा हूँ—पता नहीं मेरे माँ-बाप ने मुझे इस घर में क्यों धकेल दिया—यहाँ क्या देखा था ? धन-दौलत कोठी-कुठले— इनका मैं क्या करूँ ? छोटे घर का छोटा सुख बड़े घर के बड़े सुख से कहीं अच्छा था।''

सारंगा जिस क्रम में बातें कर रही थी उसने मेरी सुध-बुध हर ली थी। मैंने न कुछ सोचा, न समझा, सोना को पुकारा । सोना डरती हुई आयी। मैं बोला, ''तुमने अपनी माँ को दुश्मन कहा ! तुम्हारी ज़बान लम्बी होती जा रही है—मैं आज ही काटकर यकसा कर दूँगा।''

उसने डर के मारे काँपते हुए कहा, ''नहीं पिताजी मैंने यह नहीं कहा। इन्होंने ही कहा था—तुम दोनों अपनी माँ के साथ क्यों नहीं चले गये—'' मैं यह सुनकर भन्ना उठा।

सारंगा बीच में बोली, ''तुझे झूठ बोलते शर्म नहीं आती—मेरी लड़की होती तो खोदकर धरती में गाड़ देती।''

पता नहीं मुझे क्या हुआ मैं उन दोनों पर एक साथ पिल पड़ा। दो हाथ मैंने सारंगा की पीठ पर दे मारे और एक हाथ उस बच्ची की पीठ पर। सोना की आवाज़

बन्द हो गयी थी। सारंगा बोलती जा रही थी, ''मुझे इसीलिए लाये थे—मार डालो, जान से मार डालो।''

मैं उन्हें रोता छोड़कर नीचे चला गया। दहलीज में से भवानी को पुकारा। जैसे ही वह दहलीज में घुसा मैंने दो चपत उसके भी रसीद किये, ''तुम्हारी इतनी हिम्मत कि तुम घर की औरतों के मुँह लगो। तुमने समझा क्या है—''

भवानी ने एक नज़र मेरी तरफ़ देखा और बाहर निकल गया। वह खामोश था पर रो रहा था। वह अपने रोने की सीमा भी समझता था। उसे यही मलाल था कि सबसे छोटे राय और वह साथ-साथ खेले और बड़े हुए—पूछते तो सही—मारा तो कोई बात नहीं—पर ऐसा इलज़ाम लगाया ! अगर बड़े राय को पता चलेगा तो क्या सोचेंगे !

मैं पागल हो गया था। मुझे लग रहा था कि मैं बैल हूँ जो काँच की दुकान में घुस आया हूँ, सब कुछ तहस-नहस करके ही दम लूँगा। तब तक बाहर से छोटे राय आ गये। भवानी रोता हुआ बाहर जा रहा था। असहाय व्यक्ति का सहारा रोना ही होता है। इसके बरक्स जब कोई ज़्यादती करने की स्थिति में हो तो वह अपनी उसी सामर्थ्य को अपनी सबसे बड़ी ताकत समझता है। दूसरा जितना असहाय होता जाता है, उतनी ही दूसरे की ज़्यादती करने की भूख बढ़ती जाती है। अगर कोई प्रतिकार करने की स्थिति में हो तो उसकी इस हविस पर अंकुश लग जाये। छोटे राय उसे जबरदस्ती लौटा लाये। वह हाथ जोड़कर बार-बार यही कह रहा था, ''मुझे जाने दीजिये। मेरी किस्मत में इस घर की इतनी ही सेवा बदी थी।''

रघुबर भी छोटे राय के साथ ही था। वह उनके साथ ही टहल कर आया था। भवानी को रोते देखकर उसने भी रोना चालू कर दिया, ''भवानी काका मत रोओ, मत रोओ—'' कहता जा रहा था और रोता जा रहा था। छोटे राय ने भवानी को बैठाया, पुचकारा, पानी मँगाकर पिलाया। उसने न मेरे खिलाफ़ कुछ कहा और न सारंगा के खिलाफ़। वह कहता रहा, ''मैं अब इस घर की सेवा करने लायक नहीं रहा ! मैंने गलती की, भास्कर भैया ने ठीक सजा दी। मैं कौन होता हूँ घर के मामलों में बोलने वाला। नौकर आदमी !''

छोटे राय समझ गये। वे नहीं चाहते थे कि बात बड़े राय के कानों तक पहुँचे। हालाँकि दोनों के बीच तनाव की एक बारीक-सी पर्त थी। अरुण को गोद लेने के बाद से छोटे राय ने अपना-पराया करना शुरू कर दिया था। बड़े राय शुरू से ही सब कुछ अपना ही मानते आये थे। बड़े राय की ज़मीन के साथ-साथ छोटे राय के हिस्से की भी काफ़ी ज़मीन बिक चुकी थी। उस दिन जब उनके मुँह से जमीन न बेचने वाली बात निकल गयी थी तनाव की वह पर्त उसी दिन बन गयी थी। छोटे राय के

मन में भी उसका मलाल था। वे बड़े राय से कह भी चुके थे कि बड़े भैया पता नहीं मुझे क्या हो गया था कि आपके सामने उस समय मैं अनाप-शनाप बोलता चला गया। शायद अरुण के मोह में। अरुण भी आपका ही बेटा है। मेरे लिए तो सिर्फ़ यह मन का सन्तोष है कि वह मेरा बेटा है। उस वक़्त मैंने अपने को आपकी जगह रखकर देखा, शायद यही मेरी सबसे बड़ी गलती थी। बड़े राय ने सिर्फ़ छोटे राय का कन्धा थपथपा दिया था। पहले बड़े राय उनकी कमज़ोरी थे अब अरुण हो गया था।

छोटे राय ने मुझे बुलाया। मैं उनके सामने कुछ नहीं कह सका। बस मुझे यही लगा कि मैंने यह क्या किया। इतना क्यों पगला गया कि बिना पूछे-ताछे यह काण्ड कर बैठा। छोटे राय सोना को बुला ले गये। उसने सारी बात ज्यूँ-की-त्यूँ बता दी। सोना की पीठ लाल हो गयी थी। बच्ची की इतनी लाल पीठ देखकर छोटे राय असंतुलित हो उठे। वे धीरे-से बुदबुदाये—यह दुनिया भी अजीब गोरखधन्धा है। जिसके सन्तान नहीं वह सन्तान को रोता है, जिसके सन्तान है वह उसकी कद्र नहीं समझता। मुझसे बोले, "अगर तुम इतने नाराज़ थे और सबको दोषी समझते थे तो मारकूट करने से पहले एक बार सोचते तो सही कि इसका असर क्या होगा। यह मत समझो कि मैं बहू की तकलीफ़ को नहीं समझता। खूब समझता हूँ। तुम्हारी दिक्कत भी जानता हूँ। लेकिन तुम्हारे इस व्यवहार के बाद बहू, सोना और भवानी पर क्या असर पड़ा होगा। अन्दाज़ लगाकर काँप जाता हूँ। बच्चे भी कुछ नहीं कह सकते और नौकर भी—। बस एक बात हो सकती है कि असहाय होने का अहसास उनके प्यार को नफ़रत में बदल दे। मैं बहू से बात करूँगा। तुम हो सके तो सोना और भवानी को समझा दो। उनके मन को चोट लगी है। भावना की मरहम-पट्टी मुश्किल से होती है।"

उस दिन सोना मुझसे नहीं बोली। भवानी को जब मैंने हमेशा की तरह पुकारा तो वह चुपचाप आकर खड़ा हो गया। मैंने पूछा, "भवानी क्या तू मुझसे इतना नाराज़ है कि मेरे कारण घर भर को छोड़कर चला जायेगा ? गलती तो मेरी है औरों की तो नहीं।"

वह तत्काल हाथ जोड़कर बोला, "ऐसा मत कहिये भैया—नरक में मत धकेलिये।"

अब मझे लगता है कि इन्सान भावना का शब्दों से भी शोषण करता है।

रघुबर उस दिन जल्दी ही सो गया।

छोटे राय ने पर्दे के पीछे बैठकर सारंगा से बात की। सारंगा सुनती रही। सब कुछ एक तरफ़ा था। समझाने की पूरी मुद्रा ही एक तरफ़ा होती है। छोटे राय कहते जा रहे थे—"बहू, ये दोनों बिन माँ के बच्चे हैं। ऐसा नहीं मैं तुम्हारी तकलीफ़ नहीं

समझता। पर क्या तुम अपनी तकलीफ़ का निदान इन बच्चों को तकलीफ़ देकर कर सकती हो ? अगर तुम बच्चों की हँसी में अपनी हँसी मिला सको—इनकी तकलीफ़ को अपनी तकलीफ़ बना सको तो तुम्हें लगेगा कि तुम्हारे अन्दर एक ऐसी माँ जग रही है जिसके लिए संसार भर के बच्चे उसके अपने बच्चे हैं। एक ऐसी माँ बन जाना स्त्री का सबसे बड़ा स्वप्न होता है—सोना और रघुबर को यह न लगने दो कि तुम उनकी कोई नहीं। तुम इस घर के सब लोगों की माँ हो। बच्चों, बूढ़े, नौकर-चाकर सब की। मैं यह भी जानता हूँ कि तुम पर इतना बड़ा दायित्व डालकर मैं तुम्हारे साथ अन्याय कर रहा हूँ। तुम्हारे खाने-खेलने की उम्र है। पर यह इस घर की मजबूरी है, हमारा सबका स्वार्थ है। अगर यह अन्याय है तो भी तुम्हें उसे बलिदान समझ कर सहना होगा। द्रोपदी से लेकर तुम तक हर स्त्री को बलिदान की प्रतिमूर्ति समझा जाता रहा है क्योंकि सबका स्वार्थ इसी में था। हालाँकि मैं यह जानता हूँ कि अपने आप बलिदान का क ख ग भी न जानते हुए दूसरे को बलिदान सिखाना शोषण ही है। भवानी भी हम सब लोगों की माँ का स्थान लेता जा रहा है। उसके दिल में इतना प्यार है कि हम सब उसमें आकण्ठ डूब गये हैं। बेटी, मैं तुम्हारे चचिया-ससुर की हैसियत से नहीं बल्कि तुम्हारे पिता की हैसियत से यह सब कहने आया हूँ। जन्म देने वाले तो माता-पिता होते ही हैं पर लड़कियों के सन्दर्भ में वे भी माता-पिता ही होते हैं जो उन्हें बाद में धारण करते हैं। हमने तुम्हें धारण किया है।'' रुककर बोले, ''तुम्हारी चाची भी अन्तिम साँस गिन रही है। उसका बेटा विलायत में है। उसका सुख और दुःख तुम लोग ही हो। उसे यह न महसूस होने दो कि यहाँ उसकी कोई ज़रूरत नहीं। यह अहसास ही इन्सान की उम्र कम कर देने के लिए काफ़ी है। मरता हुआ बूढ़ा और बढ़ता हुआ बच्चा हमेशा अपनों का सहारा खोजता है। तुम्हारा पति हम लोगों को उसी तरह सँभाले है जैसे दीवार पर उगे पीपल के बिरवों को दीवार सँभालती है।''

सारंगा बीच-बीच में खँखारती जाती थी और यह जताती जाती थी कि वह उनकी बात सुन रही है।

जब तक बड़े राय लौटे तब तक गगरी में उठा तूफान शान्त हो गया था। सोना जगी थी। वह चाहती थी बड़े राय उससे पूछें और नयी माँ को डाँटें। लेकिन सब तरफ़ खामोशी थी। सोना के लिए कुछ भी कहने की गुंजाइश नहीं थी। वह दादा के द्वारा बुलाये जाने का इन्तज़ार करती-करती सो गयी।

सवेरा हुआ ही था। बीर बहादुर आई. सी. एस. के पिता चौधरी खेमराज सिंह अचानक आ पहुँचे। उनका बड़े राय के पास आना बहुत कम होता था। करीब-करीब नहीं के बराबर। उन्हें देखकर बड़े राय एकाएक उठ खड़े हुए ''आइये भइये।''

उन्हें सब भइये कहते थे। वे भी अपने नज़दीकी के लोगों को भइये ही कहकर सम्बोधित करते थे। शायद इसलिए उनका नाम भी भइये ही पड़ गया था। वे आते ही थके हुए से धम्म से कुर्सी पर बैठ गये। एक खिदमदगार उनका सफरी सामान लिये पीछे-पीछे आ रहा था। उसमें से एक बक्सा काफ़ी भारी मालूम पड़ रहा था। उसे वह सिर पर लादे था। सामान मेहमानखाने में रखवा दिया गया। बड़े राय ने चिन्तित स्वर में पूछा, ''भइये, तुम इतने सुस्त और परेशान क्यों हो ? कोई खास बात है ?''

वे एक मिनट खामोश रहे, फिर बोले, ''बुढ़ापा बिगड़ गया, भइये। कब सोचा था कि मेरे मरने से पहले मेरा बेटा अपने पुरखों के मुँह पर कालख पोत देगा। बीर बहादुर ने मुझे कहीं का नहीं छोड़ा।''

''यह क्या कह रहे हैं—वह तो लाखों में एक है।''

''मैं भी इसी खामख्याली में जी रही था—फूला नहीं समाता था। लेकिन मुझे लगता है वह मेरे नुत्फे से पैदा नहीं हुआ। पता नहीं किस बदज़ात का बीज है। अगर घरवाली ज़िन्दा होती तो मैं उससे पूछता कि जिसका यह बीज तूने नौ महीने अपने पेट में रखा वह कौन था ?''

''आखिर बोलिए तो क्या हुआ ?''

''होना क्या था, आश्नाई में औरत का खून करके साहबज़ादे जेल में बन्द हैं। आई. सी. एस. न हुआ होता तो सड़क पर घसीटते हुए ले गये होते।''

''लेकिन कैसे—?''

''किसी औरत का खून कोई कैसे और क्यों करता है ?''

''मुझे लगता है किसी साज़िश में फँसाया गया है।''

''काश ऐसा ही होता—बहू के साथ उसके पीहर से दो बाँदियाँ आयी थीं। उनमें से एक बड़ी होकर काफ़ी खूबसूरत निकली। बस—।''

बहू कहाँ है ?''

''वहीं है !''

मैं खामोश था। कुछ भी समझ में नहीं आ रहा था। बड़े राय माथा पकड़कर बैठे थे। मुझे बार-बार बीर बहादुर की पत्नी यानी जँटनी का चेहरा याद आ रहा था। जैसे वे किवाड़ के पीछे खड़ी बुला रही हों—यहाँ आओ—तुम इतने बड़े हो गये—बाल बच्चों वाले—हम तो अभी भी वैसे ही हैं—हमसे अच्छे तो तुम ही रहे। और हँस रही हैं। उनकी आँखें, उनकी मुस्कराहट, सब कुछ वैसा ही था। मैं सोचने लगा—उनकी नौकरानी ? कौन-सी नौकरानी ? क्या वही जो चौदह-पन्द्रह साल की

लड़की थी। उनके पीछे खड़ी रहती थी। उसके नाक-नक्श पैने ज़रूर थे —रंग पक्का था—छब अच्छी थी। देह सुती हुई थी। पर वे स्वयं तो उससे कहीं ज्यादातर सुन्दर हैं।

चौधरी साहब बोले, ''भइग्गे, आप मेरे पुराने दोस्त हैं—मैं सिर्फ़ एक मदद माँगने आया हूँ। मुकदमे की पैरवी आप करें। उससे कहें कि जितना रुपया लगे लगाये—उसकी फ़िक्र न करे। इस दाग को धो दें।''

''आप चलिये—मैं आपके साथ चलूँगा।''

वे बुझी-सी हँसी हँसे, ''मैं जा सकता तो क्या न जाता ? आपके पास क्यों आता ? वह छूट भी गया तो यह बूढ़ा उसकी शक़्ल नहीं देखेगा। कानून तो लिखत, पढ़त और सुनत का होता है —दिखत का नहीं। कई बार सच्चाई झूठ हो जाती है और झूठ सच में बदल जाता है। सच्चाई जानने वाला भले ही गुनहगार को सजा न दे पाये पर माफ़ नहीं कर पाता। मेरा फैसला तो कानून के फैसले से पहले हो चुका। आप पूछेंगे फिर मैं मुकदमा लड़ने का स्वाँग क्यों कर रहा हूँ —चूँकि पिता हूँ। वह फ़र्ज़ मुझे निबाहना है। ऊपर जाकर उसकी माँ ने पूछा तो क्या जवाब दूँगा। उसकी ममता के सामने मेरी गर्दन झुक जायेगी । हालाँकि मेरे पास भी उससे पूछने के लिए कुछ सवालात होंगे।''

बड़े राय पहले चुप रहे, फिर बोले, ''भइये, जैसा आप कहेंगे वैसा ही होगा। पर एक बात पूछना चाहता हूँ। जब आप स्वर्गवासी भाभी के प्रति अपनी जिम्मेदारी महसूस करते हैं तो ज़िन्दा बेटे के प्रति क्यों नहीं करते ?''

''बड़े राय, हम दोनों एक ही नाव पर सवार हैं—जब परिवार में अच्छा या बुरा कुछ घटता है तो क्या तुम रायनी को याद नहीं करते, उनकी तरफ़ देखकर यह नहीं पूछते कि देखो यह क्या हो रहा है ? यह जानते हुए कि वह होती तो वह भी उतनी ही लाचार होती जितने तुम खुद हो। पति से बड़ी हमेशा पत्नी होती है। पति हमेशा पत्नी के सहारे की भावनात्मक आशा रखता है। ठीक वैसी ही जैसे बच्चा अपनी माँ से जिम्मेदारी समझता है, क्योंकि वह उससे वक्तन बवक्तन वायदे करता, निबाहता और उन्हें तोड़ता रहता है। झूठ सच बोलता है, माफ़ी के क़सीदे पढ़ता है और अपनी गलतियों के लिए उसे ही जिम्मेदार ठहराता है—वह सब जानती-समझती रहती है। बच्चों से पिता क्या लेता है—कुछ नहीं—सिवाय पिता होने के सुख के। जब उनके जिम्मेदारी उठाने का वक़्त आता है तो वे उठाने या न उठाने के लिए स्वतन्त्र होते हैं। अगर बीर बहादुर मेरी जिम्मेदारी समझते तो शायद यह दिन इस रूप में न आया होता। मैं उसकी माँ के प्रति जिम्मेदार हूँ—वह मेरे प्रति जिम्मेदार थी। अगर हमें कभी आमने-सामने खड़ा होना पड़ा तो दोनों अपना-अपना दर्द बयान करेंगे—शिकवा-शिकायत करेंगे और चुप हो जायेंगे—'' उनकी आवाज़ थरथरा गयी थी।

बड़े राय ने बात को आगे बढ़ाना ठीक नहीं समझा। वे दोनों के दोनों भावनाओं की एक ऐसी ऊँची लहर पर आरूढ़ हो गये थे जो निरन्तर ऊपर ले जा रही थी। जो कुछ भइये ने कहा था उसकी सच्चाई बड़े राय की आँखों से झलक रही थी। थोड़ी देर वे उसी लहर पर सवार रहे। जब उतरे तो बड़े राय बोले, ''भइये, जरूर जाऊँगा। भास्कर को भी ले जाऊँगा। जब बीर बहादुर और कृष्ण राय मऊ पोस्टेड थे तो भास्कर बहू के पास गया था। इसके साथ जाने से बहू से बात करने में आसानी रहेगी।''

ठाकुर साहब ने अपना बक्सा वहीं मँगाया। जनेऊ में बँधी चाबी से खोला। उसमें अठमासियाँ, चाँदी के रुपये और कुछ नोट थे। जेवर भी थे। वे बोले, ''बड़े राय, तुम इसे रख लो। जितना खर्च हो करना—बाकी लौटा देना।''

बड़े राय ने एक नज़र देखा और बोले, ''ठाकुर साहब, मुझे इतना ज़लील न करिये। जब ज़रूरत होगी, मँगा लूँगा। अब इतना जोखिम उठाने की हालत नहीं रही। किसी की अमानत तभी रखनी चाहिए जब ज़रूरत पड़ने पर अपने पास से लौटाने की ताकत हो। अब इस घर की दीवारों को भी कंपबाय हो गयी है। बुनियादें हिल गयी हैं। खड़ी-खड़ी काँपती हैं। ऐसे हालात में मैं इस अमानत को अपने पास रखूँ यह मुमकिन नहीं।''

ठाकुर साहब ने बहुत ज़िद की पर बड़े राय ने उनकी एक नहीं मानी। फिर भी वे एक नौली छोड़ गये। वे अपने से ही डर रहे थे । इस तरह का भय उन्हें पहली बार अनुभव हुआ था।

बड़े राय के साथ लखनऊ मैं भी गया। वहाँ जाकर पूरे किस्से का पता चला। किस्सा सुनकर मैं अन्दर तक दहल गया। दरअसल दहेज़ में आयी उस नौकरानी को गोली लगी थी। वे रात के समय घर में अकेले थे। रात में जब बीर बहादुर लाश ले जाने की तैयारी कर रहे थे उसी समय उनका एक साथी जो पड़ोसी भी था उनसे मिलने आया। उधर-इधर की बात की और चला गया। बीर बहादुर को शक था कि उनकी उस नौकरानी का सम्बन्ध उनके इसी पड़ोसी के साथ है। वे स्वयं भी उस नौकरानी को पसन्द करते थे। एक रात को उसे बिस्तर से गायब पाकर वे समझ गये थे कि वह औरत उन्हें बेवकूफ़ बना रही है। उनका वह साथी अविवाहित था। अक्सर उनके यहाँ आता था। बैठता-उठता था। खाता-पीता था। उसी दौरान वह नौकरानी उसकी नज़र चढ़ गयी थी। उसने उनके घर की तरफ़ से गोली चलने की आवाज़ सुनी तो बाहर निकलकर देखा। कहीं कुछ नहीं था। उसे पता नहीं कैसे लगा कि यह आवाज़ बहादुर साहब के बँगले से ही आयी है। बहादुर साहब उससे बहुत सीनियर थे। वह उनके बदले हुए व्यवहार से कई दिन से चौकन्ना था। वह हिम्मत

करके उनके घर तक आया। उसे देखकर बीर बहादुर चौंके ज़रूर थे पर प्रशासनिक अनुभव ने उन्हें इतना माहिर कर दिया था कि अपने चेहरे के हर भाव को वे अन्दर-ही-अन्दर घोट गये थे और उसके चेहरे को पढ़ रहे थे। वह आकर बैठा और पूछा, ''सर, भाभी जी कब आयेंगी ?'' बीर बहादुर ने मुस्कराकर कहा, ''उनकी चिन्ता तो मुझे होनी चाहिए, कर आप रहे हैं ?'' वह पहले थोड़ा सकपकाया फिर हँस दिया।

जब रात हो गयी तो वह फिर आया। उस समय मि. बहादुर अपने एक पुराने नौकर की मदद से लाश डिग्गी में लादने के चक्कर में थे। इस बार उन्होंने उसे झिड़क-सा दिया—''आप शादी क्यों नहीं कर लेते—सो रेस्टलेस !''बाद में लगा वे भूल कर गये। उसके जाने के बाद लाश डिग्गी में रखी और करीब आठ-दस मील दूर सीतापुर रोड पर ले गये। उस समय वहाँ पूरी तरह सन्नाटा था। एक भारी पत्थर से बाँधकर लाश को पुल पर से नदी के बीचों-बीच धकेल दिया। छपाक हुआ। पानी कितनी दूर तक उछला अँधेरे में इस बात का अन्दाज़ लगाना मुश्किल था। पुल पर खड़े होने का यही फ़ायदा हुआ कि बीर बहादुर उस समय तो उन छींटों से बच गये जो वज़नदार चीज़ गिरने से अक्सर ऊपर आते हैं—उस छपाक के बाद फिर सन्नाटा हो गया। यह सन्नाटा ज़्यादा भयावना था। उन्होंने झाँककर देखना चाहा। जितना अँधेरा था वह उसी पुल के नीचे इकट्ठा हो गया था। कुछ नज़र नहीं आया। दूर मोड़ पर जहाँ नदी घूमती थी—आग जल रही थी —पानी की लहरों पर रोशनी का सीढ़ीनुमा आकार बना हुआ था। पानी उन सीढ़ियों पर से होकर बह रहा था। उसके बाद फिर अँधेरा था।

बीर बहादुर को इतनी-सी बात पर गुस्सा आया था कि पत्नी की अनुपस्थिति में, नितान्त कोमल क्षणों में, जब उन्होंने उससे रात की बात पूछी और जानना चाहा कि वह कहाँ गयी थी और उसके उससे क्या सम्बन्ध हैं ? वह डर के मारे सब कुछ नकार गयी। यही नकारना उसकी मौत का कारण बन गया। उन्हें यह भी डर था कि उसके पेट में उनके उसी साथी का बच्चा है —यह बात किसी मौके पर उनकी तरफ़ घूम गयी तो क्या होगा !

बीर बहादुर के घर से लौटकर उनका वह आई. सी. एस. पड़ोसी काफ़ी देर तक टहलता रहा था। लेकिन जब उसने यह देखा कि मि. बहादुर इतनी रात गये अपनी कार से कहीं गये हैं तो उसका शक पक्का हो गया। वह औरत उन्हें अक्सर बताती थी की मालिक का उस पर शक है। वे नाराज़ हैं। उसे यह भी मालूम था कि वे भी वक़्त बेवक़्त उस नौकरानी से अपनी हविस मिटाते हैं। जब वह गोली की आवाज़ सुनकर उनके घर गया था तो उसे वहाँ सब कुछ उड़ा-उड़ा-सा लगा था। कुछ अनहोनी घटी थी। पूरा घर पानी से धुला हुआ था और गीला था। रात को जब मि. बहादुर लौटे तो भी वह जगा था। जब वे अपनी गाड़ी गैराज में खड़ी करके बाहर

आयें तो अपने उस पड़ोसी को सामने खड़ा देखकर चौंक गये। उन्हें लगा वह उन्हें मारने आया है। उन्होंने तत्काल अपना रिवाल्वर निकाल लिया। वह बोला, ''मैं हूँ—यह आप क्या कर रहे हैं ? मारना चाहते हैं —'' फिर धीरे-से कहा, ''नींद नहीं आ रहा थी। आपको आते देखा तो सोचा—पूछ आऊँ —सब खैरियत तो है।''

वे बिना जवाब दिये अन्दर चले गये। ऐसा पहले कभी नहीं हुआ था। वह घर आया, कपड़े बदले और पुलिस कप्तान के पास जाकर बोला—मुझे शक है कि मि. बीर बहादुर, आई. सी. एस. ने अपनी नौकरानी का कत्ल कर दिया—एक जिम्मेदार आदमी की हैसियत से मैं आपको यह बताने आया हूँ। आई. जी. से सम्पर्क किया गया। मुख्य सचिव को फ़ोन हुआ। ले. गवर्नर से बात की गयी। सबसे पहले नौकर को हिरासत में लिया गया। पूछताछ के दौरान दबाव बढ़ा तो नौकर सब कुछ कबूल गया।

बड़े राय किसी तरह इजाजत लेकर उनसे जेल में ही मिले। उन्हें देखकर बीर बहादुर उठकर खड़े हो गये। उनकी नज़रें नीची थीं। बड़े राय ने उनके कन्धे पर हाथ रखा और बोले, ''बेटे, बुरा वक़्त हर किसी की ज़िन्दगी में आता है। उसका सामना दो तरह से ही किया जा सकता है या तो सीना तानकर डट जाओ या दूब की तरह झुक जाओ और तूफान को गुज़र जाने दो। दोनों ही तरीकों के अपने-अपने नुकसान भी हैं और फ़ायदे भी। तुम खुद समझदार हो, डिप्टी साहब ने कहलाया है कि जितना खर्च हो—करो, इस दाग़ को धो दो।''

बीर बहादुर ने शान्त स्वर में कहा, ''चाचा जी, यह लड़ाई बाहर की होती तो मैं ताकत और पैसे से उसे जीत लेता—बदक़िस्मती तो यह है कि अन्दर ज़्यादा है—वहाँ न ताकत चाहिए और न पैसा। अपने अन्तरमन के सामने तो बड़े से बड़ा ताकतवर भी अकिंचन हो जाता है। आपकी बहू भी अपने सारे जेवर लेकर यही कहने आयी थी। मैंने उससे भी यही कहा—कुँवरानी, मेरी यह लड़ाई जेवर और पैसे से नहीं जीती जा सकती। जीत भी गया तो उस हार को क्या करूँ जो मेरे अन्दर निरन्तर बाढ़ के पानी की तरह बढ़ रही है। मैं तभी जीत पाऊँगा जब जज बनकर मैं अपने गुनाह की सज़ा अपने आपको सुनाऊँगा। उसके लिए न गवाह की ज़रूरत होगी, न वकील की। सब कुछ मुझे ही होना है।''

बड़े राय पहले चुप रहे, फिर बोले, ''इस सबके बावजूद तो लड़ना है ही—हमें मालूम होता है कि हमारे शरीर में अमुक स्थान पर एक भद्दा निशान है हम कपड़े पहनते हैं, उसे ढकने की कोशिश करते हैं। उघाड़े नहीं घूमते। कानूनी सुरक्षा भी कई बार एक लिबास की तरह होती है —'' रुककर कहा, ''उघाड़ तो हम अपने

को कभी भी सकते हैं।''

''उस काम को जल्दी क्यों न कर लें ? कभी का इन्तजार क्यों करें ?''

''—इन्तजार न करना जल्दबाजी में शुमार होता है, बरखुरदार !''

''जमीर पर पड़ रहे इस दबाव से छुट्टी तो मिलेगी।''

''ऐसा करके क्या और सब दबावों से भी छुट्टी पा जाओगे ? घर के बाकी लोग भी तो हैं—''

''उन सबके लिए हम दुआ करेंगे—''

''मैं समझता हूँ, जब दवा का रास्ता खुला है तो दुआ का रास्ता क्यों अपनाया जाय। जिससे ये दुआ करोगे वह भी तो यह देखेगा कि दवा के रास्ते पर चलने से पहले ही दुआ करने क्यों बैठ गया ! सीधे दुआ पर उतर आना क्या जिम्मेदारी से बचना नहीं ?''

बीर बहादुर चुप हो गये। थोड़ी देर खामोशी रही। फिर पूछा, ''बापू कैसे हैं ?''

बड़े राय ने उनकी बात का जवाब नहीं दिया। बीर बहादुर ही बोले, ''आप उनसे इतना कह दीजिये कि उन्होंने स्वयं न आकर मुझ पर बड़ा अहसान किया। वरना उनके सामने मेरी आत्मा मुझे खड़े न होने देती। नोच खाती कि तू इस शख़्स का बेटा है—''

बड़े राय की आँखें नम हो गयीं। उन्होंने उन्हें गले से लगा लिया।

''कभी कदम बहककर कीचड़ में पड़ जाता है और कपड़ों पर छींटे आ जाते हैं, उसका मतलब यह नहीं होता कि पूरा जिस्म नापाक हो गया। जब छींटे आ पड़ते हैं तो उन्हें धोने की तदबीर भी की जाती है। खतरा तब होता है जब छींटों की पहचान ही खत्म ही जाये। कीचड़ और हममें कोई फ़र्क़ न रहे। तुम्हारा अन्तर्मन शीशे की तरह है। वह छींटा जो तुम पर पड़ा है वह तुम्हें साफ़ दिख रहा है और परेशान कर रहा है। मेरे मन में तुम्हारी इज़्ज़त और बढ़ गयी।''

मैं कमरे के बाहर खड़ा सुन रहा था।

हम लोग मिसेज़ बहादुर की पत्नी से मिल चुके थे। पहले मैं ही उनके पास गया था। चेहरा सिकुड़ गया था और आँखें ऐसे उभर आयी थीं जैसे ताल सूख गया हो और कीचड़ भरे किसी डबरे में दो मुरझाये कमल अभी भी हिल रहे हों। उन्हें अच्छा लगा या नहीं पर इतना ज़रूर लगा कि जैसे तिनके का सहारा मिल गया हो। वे देखते ही बोलीं, ''सुना है बड़े चाचा भी आये हैं ?''

''बाहर हैं।''

वे झटके से खड़ी हो गयीं। आँखों में पानी भर आया। बोलीं, ''मुझे बता तो देते ! चलो, उनकी चरण-रज तो ले लूँ। ऐसे में कौन आता है।''

वे बाहर कमरे में आयीं। आँचल से बड़े राय की चरण-रज ली। आँखों से ताबड़-तोड़ जल बहने लगा। हिचकियाँ बँध गयीं। बड़े राय ने ढाँढ़स बँधाया, "तुम तो राजपुताने की ललना हो बहू, मुसीबत से जूझना तो तुम्हें विरासत में मिला है। तुम हिम्मत हारोगी तो बाकी सबका क्या होगा ? तुम्हारे बूढ़े ससुर किसका मुँह देखेंगे ? तुम ही अब अपने पति की रक्षा-कवच हो।"

"वे मानें तब ना—"उन्होंने मुझे सम्बोधित करके कहा था। बड़े राय ने सुन लिया था। बड़े राय बोले, "मैं इसीलिए तो आया हूँ। बड़े से बड़ा वकील करूँगा। इस मुकदमे को आखीर तक लड़ना होगा। बह मेरा अपना बेटा न सही—अपने और दोस्त के बेटों में कोई बहुत बड़ा अन्तर नहीं होता।"

"बापू क्यों नहीं आये ?"

बड़े राय को जवाब तलाश करने में कुछ वक़्त लगा। वे बोले, "आन का मामला जो ठहरा—इस बात को तुम ज़्यादा समझ सकती हो।"

बहू ने 'हूँ' किया और बोली, "मेरे बापू ने भी कहलाया है कि रुपया चाहे जितना खर्च हो, फ़िक्र मत करना। पर बेटी इस लड़ाई में मैं तेरे साथ खड़ा नहीं हो सकूँगा। कोई और बात होती तो—" वे फफककर रो पड़ी और अपने आपसे बोलीं— "कोई और बात होती तो मुझे किसी का सहारा खोजने की ज़रूरत ही क्या थी ? चाहे जो भी हुआ हो—हैं तो मेरे पति ही। मैं उनके पाप-पुण्य दोनों की हिस्सेदार हूँ। भले ही और लोग अपनी आन-बान को अलग कर लें पर मेरा तो सब कुछ उनके साथ ही है। मैं किसी लायक हुई होती तो उस कलमुँही की तरफ़ उनकी नज़र ही क्यों जाती—"

"बहू मैं तुम्हारे साथ हूँ।" बस इतना ही कहा।

उन्होंने पहली बार चेहरे पर पड़े पर्दे का तिनका आँखों पर से हटाकर, बड़े राय की तरफ़ देखा और नज़रे झुका लीं।

हम लोग लौटे तो अरुण की खबर आयी हुई थी। उसने रुपया मँगाया था। तार में लिखा था कि तार मिलते ही रुपया भेज दें। बड़े राय तार पढ़कर आग-बबूला हो गये, "यहाँ क्या टकसाल खुला है जो अठमासियाँ ढलवाकर उसे भेज दूँ। इस लड़के के आसार मुझे ठीक नज़र नहीं आते।"

बड़े राय के एक अँग्रेज़ दोस्त थे। वे पहले यहाँ कलक्टर रह चुके थे। कई मौकों पर उन्होंने मदद की थी। बड़े राय के साथ उनका पत्र-व्यवहार अभी तक था। बड़े राय कई बार सोच चुके थे कि उन्हें अरुण के बारे में लिख दें। हर बार टल जाता था। तत्काल पत्र लिखने बैठ गये—

प्रिय एडवर्ड,

मैंने कई बार सोचा कि तुम्हें अपने छोटे बेटे अरुण के बारे में लिखूँ। फिर यही सोचकर चुप हो गया कि आप लोग रिटायरमेंट को बड़े लगाव और गम्भीरता के साथ जीते हैं, ज़िन्दगी भर मेहनत करके, आराम के लिए कमाया हुआ वक़्त मानते हैं। अरुण के बारे में लिखकर मैं तुम्हारी उस निश्चिन्तता में खलल नहीं डालना चाहता था। इधर मुझे लगने लगा है कि अरुण के खर्चे बढ़ते जा रहे हैं। कुछ दिन पहले उसे रुपये भेजे थे। फिर उसका तार आ गया। अगर अरुण से सम्पर्क करना ज्यादा कठिन न हो तो एक बार उसके बारे में स्वयं जाकर या किसी और के जरिये मालूमात कर लें। अगर वाकई ज़रूरत है तो उसका प्रबन्ध कर दें, मैं रुपया तुम्हें भेज दूँगा।

दरअसल हम लोग एक ऐसे मुल्क के रहने वाले हैं जहाँ हर चीज़ एक बन्द सन्दूक की तरह है। यहाँ से जाने वाले नौजवान जब आपके देश का खुलापन देखते हैं तो वे अपने संस्कारों की केंचुल उतार कर उसमें ऐसे रम जाते हैं जैसे पता नहीं कब से उसी में डूबे हों। चूँकि वहाँ हर चीज़ की इफ़रात है—चाहे खूबसूरती हो, ऐशोअशरत हो या पैसा हो—हम न उस तरह उसे भोग सकते हैं और न उसमें डूबे रह सकते हैं। एक छोटे ताल की मछली की तरह हमारा उस बड़े समुद्र में खो जाना स्वाभाविक है। भले ही उस समृद्धि का जरिया हमारा मुल्क हो। हम लोग अपनी सीमाओं को न समझकर तुम लोगों की नकल करेंगे तो कहाँ जायेंगे ? बरबादी की तरफ़ ना! तुम जानते ही हो, अक्ल पर एक पैसा खर्च नहीं होता पर भोग कुछ नहीं छोड़ता। तुम्हें याद होगा कि राय बहादुर का बेटा आई. सी. एस. करने विलायत गया था । उसका क्या हुआ ? वैसे भी यहाँ रुपये की कीमत गिरती जा रही है। साधन घटते जा रहे हैं। राजनीतिक हालात तेजी से बदल रहे हैं। पता नहीं कब क्या हो जाये। इन सब बातों को देखते हुए मैं तुम्हें यह ज़हमत दे रहा हूँ।

श्रीमती एडवर्ड को मेरा सलाम कहना।

तुम्हारा
हरी राय

चिट्ठी लिख देने के बावजूद बड़े राय और छोटे राय को चैन नहीं मिल रहा था। इस बार उन्हें अन्दर से लग रहा था कि हो न को अरुण किसी ऐसे चक्कर में फँस गया है जहाँ से वह शायद कभी न निकल पाये। अगर ऐसा हो गया तो राय खानदान का क्या होगा ?···

राय खानदान एक और मुसीबत का सामना कर रहा था। छोटी चाची काफ़ी बीमार थीं। उनकी हालत दिन पर दिन गिर रही थी। वैसे भी औरतों के मरने की प्रतिशतता हमारे यहाँ ज़्यादा थी। मर्दों की उम्र औसत से ज़्यादा लम्बी होती थी। औरतों की उम्र कम होने की वजह शायद उनका सीमित दायरा और दूषित वातावरण था। वे उसी में उठती-बैठती थीं, साँसें लेती थीं और वही धीरे-धीरे उन्हें चाट जाता था। ज़िन्दगी और मौत का शायद वातावरण से भी गहरा ताल्लुक होता है। मैं चौरासी पार कर चुका। मेरे भी जाने का वक़्त नज़दीक आता जा रहा है। फिर भी मेरा स्वास्थ्य उतना नहीं गिरा। देखते-देखते दुनिया बदल गयी। औरतों की हालत में फ़र्क़ आ गया। आज के सोच में और उस जमाने के सोच में ज़मीन आसमान का अन्तर है। पहले समझते थे औरत ने ड्योढ़ी के बाहर पाँव निकाला नहीं कि छूत लगी नहीं। खैर, छोटी चाची उस बिन्दु की तरफ़ तेजी से बढ़ रही थीं जहाँ मनुष्य की अंजुरी से ज़िन्दगी का रस तेजी से बहना शुरू हो जाता है और नीचे बैठी मौत की गाद ऊपर आने लगती है।

छोटी चाची ने अपना सारा ज़ेवर छोटे राय के सुपुर्द कर दिया था। उन्होंने उसे अरुण की बहू को चढ़ाने के लिए सहेज कर रखा था। उनकी बहुत इच्छा थी कि बहू का मुँह देखकर मरें। वे कहा करती थीं कि बेटी और बहू को अपना जेवर पहने देखकर हर माँ और सास को लगता है कि वह स्वयं उनमें समा गयी है या उनका गुज़रा वक़्त लौट आया है। वक़्त कम होता जा रहा था। इन्तजार करने का उनके पास ज़रा भी मौका नहीं था।

जिस दिन छोटी चाची ने देह त्यागी उसी दिन इंग्लैण्ड से मि. एडवर्ड का पत्र आया था। उस लिफ़ाफ़े पर दिल्ली की मोहर लगी थी। हो सकता है मि. एडवर्ड ने हिन्दुस्तान आने वाले अपने किसी दोस्त को यह सोचकर लिफ़ाफ़ा दे दिया हो कि भारत से पोस्ट करने पर चिट्ठी जल्दी पहुँच जायेगी। चिट्ठी चूँकि मेरे हाथ पड़ी थी मैंने उसे सँभालकर रख दिया। सब लोग छोटी चाची की मृत्यु से दुःखी थे। छोटे राय तो जैसे एकदम अकेले पड़ गये थे। सारा रस निचुड़ गया था। आसमान की तरफ़ देखते-देखते एकाएक ऐसे रोने लगते थे जैसे कोई छोटा बच्चा अपनी माँ को ऊपर खिड़की से झाँकते देख मचलने लगता है। बड़े राय भी कम दुःखी नहीं थे। उन्हें लगता था कि बड़ी रायनी के जाने के बाद से एक-एक करके घर की कितनी ही बड़ी-छोटी बहुएँ चली गयीं। कृष्ण राय की पहली पत्नी, भास्कर की दो बहुएँ, अब राघव की घरवाली भी छोड़ गयी। फिर भी बड़े राय छोटे राय को समझाने की कोशिश करते थे, "देखो राघव ! हम सभी इस दुर्भाग्य के शिकार हो चुके हैं—तुम, मैं, कृष्ण राय और यहाँ तक कि भास्कर भी। मौत ही ऐसी चीज़ है जो हमें धीरज

धरना सिखाती है। धन चला जाता है तो इन्सान फिर मेहनत करता है और कमा लेता है पर आदमी ऊपर जाकर वापिस नहीं लौटता। वह असली धीरज है। बाकी सब तो आने-जाने वाले हैं। सबसे ज़्यादा साथ छोटी बहू ने दिया। वह फिर तुम्हें मिलेगी। अगर तुम इस तरह दुःखी होकर अकर्मण्यता में डूबते चले जाओगे तो क्या तुम समझते हो उसकी आत्मा सुख पायेगी ? उसके सुख की भी तो सोचो। सुख-दुःख का औसत तभी बैठता है जब हम दोनों को बराबर करके देखें।''

वे बड़े राय की बात सुनते रहते थे। कई बार बड़े राय उन्हें अपने साथ घुमाने ले जाते थे। वे जाते ज़रूर थे पर उन्हें घर में बैठे रहकर छोटी चाची के बारे में सोचना अच्छा लगता था।

मेरा दिमाग अरुण को लेकर परेशान था। अभी तक न रुपया भेजा गया था और न उसे सूचित किया गया था। छोटी चाची के काम के खर्चे का बोझ ऊपर से आ पड़ा था। हालाँकि यह पूरा खर्चा छोटे राय ने स्वयं उठाया था। मेरे मन में रह-रहकर आता था कि डिप्टी साहब की नौली के कुछ अठमासियाँ निकालकर अरुण को रुपया भेज दूँ। वह नौली जैसी ठाकुर साहब छोड़ गये थे वैसी ही रखी थी। हिम्मत नहीं पड़ रही थी।

जब अरुण को छोटी चाची की मृत्यु की खबर देने की बात चली तो मुझे एकाएक एडवर्ड साहब की चिट्ठी की याद आ गयी। पहले मैंने स्वयं पढ़ी। उसमें लिखा था।

> प्रिय हरी राय,
>
> मैं अभी इतना बूढ़ा नहीं हुआ कि खाट से लग गया होऊँ और तुम्हारे बेटे की खोज खबर न ले सकूँ। तमने एक जमाने के बाद तो मुझे किसी काम के लिए लिखा। यह बात अलग है तुम मुझे वहाँ रोज तंग करते रहते थे। तुम हिन्दुस्तानी पता नहीं हम गोरे लोगों को क्या समझते हो जैसे खुदा ने खासतौर से बनाकर भेजा हो । हम भी तुम्हारी तरह खाते हैं, सोते हैं, अपनी जिम्मेदारियाँ निबाहते हैं—वे सब गन्दे काम भी करते हैं जो इन्सान करता है यानी करना ज़रूरी होता है। मैं हिन्दुस्तान में भी तुम्हें समझाया करता था हमें भगवान मत बनाओ, अपने जैसा इन्सान समझो। तुम लोगों में तो फिर भी अध्यात्म है। हम तो वहाँ भी सफाचट हैं। कोरे भौतिकवादी। ढुम-ढुम करके हाथ-में-हाथ फँसाकर औरतों के साथ नाचने वाले, जिसे तुम सबसे ज़्यादा नापसन्द करते थे। सच पूछो तो तुम लोगों के बच्चे यहाँ इसीलिए आते हैं। आदमी पर उसकी कमजोरियाँ जल्दी-जल्दी हावी होती हैं।

तुम्हें याद है मैं तुमसे कहा करता था कि मैं तुम्हारे लिए एक मेम का इन्तजाम किये देता हूँ। तुम्हारी पवित्रता सन्तुलित हो जायेगी। पर तुम चाहते ही नहीं थे। तुमने तो मेरी बात नहीं समझी परन्तु तुम्हारे बेटे ने मेरे अनजाने उस बात पर अमल करना शुरू कर दिया। खैर, वह खेल में अभी कच्चा है। मैंने उसे समझा दिया। वह समझ भी गया। दरअसल, वह लड़की ही उसके प्रति ज़्यादा गम्भीर नहीं थी। मुझे उसे भी धमकाना पड़ा। वह भाग खड़ी हुई। आखिर अवकाश प्राप्त आई . सी. एस. का थोड़ा-बहुत रुतबा तो होता ही है। धमकाने की भी अच्छी-खासी ट्रेनिंग हो जाती है।

मैं तुम्हारे बेटे को फिलहाल अपने पास ले आया हूँ। उसे अब तुम्हें रुपये भेजने की ज़रूरत नहीं। मैंने उसका काम लगवा दिया है। खाली वक़्त में काम करेगा। इतना पैसा मिल जायेगा कि मजे में रह सके। मैं उससे अपने घर का पूरा किराया लूँगा। नहीं तो वह घर की कद्र नहीं समझेगा। पैसा देकर जब आदमी सुख-सुविधा खरीदता है तो वह समझता है कि यह उसका हक़ है, अपनी मेहनत से कमाया है हालाँकि तुम लोगों में यह जज़्बा आने में अभी देर लगेगी। हमारे यहाँ तो प्रधानमन्त्री के बच्चे भी काम करने में शर्म महसूस नहीं करते। बस हमने अपने राजा और उसके परिवार को ज़रूर इस सामान्यता से मुक्त रखा है। वे ही हमारी सामन्ती का एक मात्र प्रतीक हैं, उन्हें हम सामन्त ही बनाये रखना चाहते हैं। हम सब काफ़ी हद तक मजदूर हो चुके। कम-से-कम तुम लोगों से तो ज़्यादा ही।

तुम्हारे भाई कृष्ण राय का क्या हाल है ? अब तो तंग नहीं करता ! वह तुमसे ज़्यादा चालाक और लबारिया है। अपना भला-बुरा ज़्यादा अच्छी तरह समझता है। अरुण तुम लोगों को याद करता है, मेरी बुढ़िया से बहुत पटने लगी। मुझे डर लगता है कहीं वह उसे ही न ले उड़े। लेकिन तुम फ़िक्र मत करो। हाँ, कहो तो तुम्हारे लिए एक मेम पार्सल से भेज दूँ। तुम्हें एकदम जवान बना देगी। पर तुम क्या जानो मेम क्या होती है !

मिसेज़ एडवर्ड तुम्हें बहुत सलाम भेज रही हैं। क्रिसमस आने वाला है। बाज़ार सजने लगे हैं। क्रिसमस आते-आते लन्दन फूलों से भर जायेगा। सब लोग चींटियों के झुण्ड की तरह सड़क पर निकल जायेंगे। मुझे तुम्हारी हर क्रिसमस पर याद आती है। तुम कितना सामान भेजा करते थे···इस बार तुम्हारे बेटे से कसर निकाल लूँगा।

मैरी क्रिसमस और जयराम जी की।

तुम्हारा
एडवर्ड

चिट्ठी मैंने डरते-डरते बड़े राय को दी। बड़े राय ने पूछा यह कब आयी थी ? मैंने उन्हें सच्चाई बता दी कि चाची की मृत्यु के दिन आयी थी और मैं रखकर भूल गया था। बड़े राय को यह बात अच्छी नहीं लगी पर वे चुप रहे। जब कभी उन्हें कोई बात बुरी लगती थी और कुछ कह नहीं पाते थे तो उनकी मूँछों में एक तरह का टेढ़ापन आ जाता था। खत पढ़ते हुए उनका चेहरा रह-रहकर बदल रहा था। एक मौके पर उनका चेहरा क्रोध मिश्रित वेदना से ढँक गया। उनकी मूँछें पासंग बँधी तराजू के पलड़ों की तरह ऊँची-नीची हो गयीं। शायद सन्दर्भ वही रहा होगा —अरुण और उस गोरी लड़की वाला। कहीं-कहीं उनके चेहरे पर हल्की-सी मुस्कान भी आ जाती थी। तब उनका चेहरा और होंठ सीधी रेखा में होते थे। मैं उनके चेहरे को गौर से देख रहा था और मुझे लग रहा था कि जिन लोगों में अपने बड़प्पन का अहसास गहरा होता है वे खुलकर हँस नहीं पाते। वेदना की रमक की तरह ही हँसी की रमक भी आती है और गायब हो जाती है। उन्होंने पत्र को दोबारा पढ़ा। तनाव में थोड़ी कमी आयी। वे एक ही वाक्य बोले, ''वही हुआ जिसका मुझे डर था-—वो तो एडवर्ड ने बचा लिया । अपने घर पर रखकर उसने हम पर बहुत बड़ा अहसान किया। शायद ही कभी चुका पायें। उन्हें एकाएक ख्याल आया। मुझसे पूछा, ''तुमने चिट्ठी पढ़ी ?''

मैं तत्काल तय नहीं कर पाया क्या जवाब दूँ। रुककर बोला, ''अभी यहाँ लाते हुए सरसरी तौर पर देखा था।'' उन्होंने हूँ किया और उठ गये। उठते-उठते बोले, ''लो राघव को भी दिखा दो।''

उन्होंने चलते-चलते पीठ पीछे हाथ करके वह पत्र मेरी तरफ़ बढ़ा दिया। मैंने पत्र ले लिया। वे चले गये।

छोटे राय को फिर चिट्ठी को पढ़ते देखना पड़ा। उनके चेहरे के भाव देखकर आसानी से अन्दाज हो गया कि वे किस बिन्दु पर हैं। वे तेजी से बदल रहे थे। बीच-बीच में उनके मुँह से कोई अस्फुट वाक्य भी निकल जाता था। पहला वाक्य यही निकला : 'अरुण, यह तूने क्या किया ?' फिर बोले, 'दुनिया में भले लोग भी हैं।' तीसरा वाक्य था 'अँग्रेज़ों में भी भलमनसाहत होती है।' चौथे वाक्य में वे बोले, 'एडवर्ड साहब की मज़ाक करने की आदत अभी तक नहीं गयी।' अन्त में कहा, 'बड़े भैया को वे ही सब बातें लिख सकते हैं—।'

फिर वे मेरी तरफ़ मुखातिब होकर बोले, ''तुमने ही ज़िद करके भेजा था—बरबाद होने में कसर ही क्या बची थी।''

मैं जानता था सारा दोष मेरे ऊपर ही आयेगा। मैं चुप रहा।

जब से चाची नहीं रही थीं भवानी ने हवेली में जाना कम कर दिया था। वह नीचे ड्योढ़ी पर से ही आवाज़ देकर किसी नौकरानी को पुकार लेता था और काम बता देता था। या फिर तब जाता था जब या तो मैं अन्दर होता था या बच्चे होते थे। सारंगा इस बदलाव को भाँप गयी थी। सारंगा दिल की उतनी बुरी नहीं थी। अलबत्ता ज़बान की फ़िजूलखर्च ज़रूर थी। मुझे उस दिन की पूरी घटना का सही अन्दाज़ हो गया था। मैं सोना और भवानी दोनों के सामने अन्दर-ही-अन्दर शर्मिन्दा अनुभव करता था। फ़र्क़ इतना ही था कि सोना मेरी बेटी थी और भवानी नौकर। दोनों के सामने उस तरह से गलती कबूल करना मेरे सामन्ती संस्कारों को चोट पहुँचाता था। यह बात बहुत बाद में समझ में आयी कि गलती मान लेने पर आदमी चाहे बड़ा न भी हो पर मुक्त ज़रूर हो जाता है। हालाँकि जो बातें सारंगा ने मुझे बतायी थीं वे झूठ थीं। पर सारंगा ने कभी इस बात की ज़रूरत नहीं समझी कि वह मेरे सामने सच्चाई स्वीकार कर ले। मैंने भी उससे कभी उस घटना का ज़िक्र नहीं किया। दोनों के बीच औपचारिकता की एक ग्रन्थी पड़ गयी।

उस घटना के बाद रघुबर काफ़ी दिन तक सहमा रहा था। सारंगा और उसके बीच एक अनकही दूरी बन गयी थी। वही हिसाब था कि काज़ी मारा तुर्की काँपा। पिटी सोना और भवानी थे और होश रघुबर के फ़ाख़्ता रहने लगे थे। मैं इधर यह अनुभव करने लगा था कि रघुबर में एक तरह का खामोश विद्रोह पनप रहा है। वह जिन बच्चों के साथ खेलता था वे या तो उम्र में छोटे होते थे या हैसियत में। भवानी उसे समझाता था— ''ऐसा मत करो, बड़े राय को पता चल गया तो वे बहुत नाराज़ होंगे। अपने बराबर के बच्चों के साथ खेला करो।''

वह उसकी बात का उल्टा मतलब लेता था कि भवानी उसे उसके दोस्तों से काट रहा है। वह उससे उल्टे-सीधे सवाल करना शुरू कर देता था। अपने बराबर के बच्चों से क्या मतलब ? इनके साथ खेलने में क्या हर्ज है—? इनके मकान इतने छोटे क्यों हैं ? वगैरह-वगैरह।

भवानी उसके इन सबालों का कई तरह से जवाब देने की कोशिश करता था। लेकिन रघुबर उसके जवाबों को मुँह बिचका कर उड़ा देता था। उसका मज़ाक बनाता था, रघुबर के पास उन सब सवालों का एक ही स्पष्टीकरण था कि यह उनके पिछले जन्म के खोटे कर्मों का फल है। वह फल को लेकर चालू हो जाता। फल तो केला, अमरूद बादाम, अंगूर, सरदा वगैरह होते हैं— उन्हें तो आदमी चटपट खा जाता है। नहीं खाता तो सड़ जाते हैं। छोटी दादी जी के लिए फल आते थे—वे खाती नहीं थीं तो कई बार रखे-रखे गल जाते थे। जब उसके सवालों का जवाब भवानी के पास नहीं रहता तो वह हार मान जाता। अपने कान पकड़ने लगता, ''बस छोटे भैया, हम

तुमसे अब कोई बात नहीं करेंगे। हमें जो पता था आपको बता दिया—आप सवाल पर सवाल पूछे जा रहे हैं !''

रघुबर हँस पड़ता। उसे भवानी का इस तरह रूठना अच्छा लगता था।

घर में भी वह सोना से इसी तरह बहस करता था। कभी-कभी सारंगा से भी उलझ जाता था। अगर वह चुप रहता तो बड़े राय के और मेरे सामने। इतना ज़रूर था कि अगर बड़े राय कोई बात कह देते थे तो वह उस पर अमल करने की कोशिश करता था। लेकिन जब किसी आसामी की पिटाई होते देख लेता था तो बिगड़ जाता था। तोड़-फोड़ चालू कर देता था। उसे लगता था कि वह सब उसके साथ हुआ है। कई बार तो वह बिना खाना खाये सो जाता था और बार-बार जगाने पर भी नहीं जगता था। उसका व्यवहार कम-से-कम मेरे लिए चिन्ता का कारण बनता जा रहा था। औरों के लिए भी था पर पिता होने कारण, मैं समझता हूँ, मेरा सरोकार ज़्यादा था।

उसमें एक विरोधाभास पनप रहा था। जब कोई बड़ा आदमी बड़े राय से मिलने आता था तो वह समझता था जैसे वह उसी से मिलने आया हो। कपड़े बदलकर वह भी वहीं जा बैठता था। जब अतिथि महोदय को पता चलता था कि बच्चा बड़े राय का पोता है तो उसे गोद में बैठा लेते थे। प्यार करते थे, इधर-उधर की बातें पूछते थे। अतिथि मुसलमान होता था तो उससे मुसाफ़ा मिलाता था। ये बातें उसे खुश कर देती थीं। बाद में शेखी भी बघारता था। हम अमुक से मिले। अमुक हमारे घर आये वगैरह-वगैरह।

एक दिन बड़े राय ने उससे पूछा, ''रघुबर, तुम ऐसा क्यों करते हो ?''

तब तपाक से बोला, ''मैं यह जानना चाहता हूँ कि बड़े और छोटे आदमी में क्या फ़र्क होता है ?''

उस दिन तो उन्होंने इस बात को हँसी में ले लिया। लेकिन कुछ दिन बाद उनके पास उनके पुराने दोस्त सर डी. पी. आये। वे रहने वाले तो पूरब के थे पर मसूरी जाते हुए अपने पुराने दोस्त से मिलने के लिए रुक गये थे। रघुबर उस समय कहीं पास ही गया था। उसे पता चला तो वह दौड़ा हुआ आया। कपड़े बदले और अपने एक साथी के साथ पहुँच गया। बड़े राय ने उसे देखा तो उसकी तरफ़ विशेष ध्यान नहीं दिया। लेकिन अब उसके पीछे-पीछे आ रहे छींपी के बेटे को देखा तो उनकी त्यौरियाँ चढ़ गयीं। लेकिन रघुबर उनकी तरफ़ देख ही नहीं रहा था। अपने दोस्त का हाथ पकड़े चला आ रहा था।

सर डी. पी. ने रघुबर की तरफ़ देखकर पूछा, ''यही है भास्कर का बेटा ?''

''जी, आपका पोता !''

''आओ बेटे—यहाँ आओ।'' वह झट उनके पास पहुँच गया।

उन्होंने उसे गोद में बैठाने के लिए हाथ बढ़ाया तो बोला, ''यह मेरा दोस्त है पहले इसे बैठाइये। ''

सर डी. पी. ने उस बच्चे की तरफ़ देखा। सुन्दर तो था ही। छींपी लोग वैसे भी काफ़ी सुन्दर होते हैं। गन्दा भी ज़्यादा नहीं था। पर शक्ल से लग रहा था कि छोटे वर्ग का है। उनके हाथ रुक गये।

बड़े राय ने पहली बार उस दिन रघुबर के कान पकड़े, ''जाओ, बाहर खेलो। जब बड़े लोग बात करते हों तो इस तरह किसी को भी लेकर अन्दर नहीं चला आना चाहिए।''

साथ वाला बच्चा बुरी तरह सहम गया था। रघुबर ने बड़े राय की गुस्से से थरथराती मूँछों की ओर देखा और बच्चे का हाथ पकड़े हुए बाहर निकल गया।

बड़े राय को सामान्य होने में थोड़ा समय लगा। सामान्य होने पर उन्होंने सर डी. पी. से कहा, ''माफ कीजियेगा—।''

''नहीं, कोई बात नहीं। बच्चा है। लगता है अभी से बहुत सोशल है। आजकल बच्चों में यह हवा बहुत चल रही है। हम लोगों के घरों के बच्चे बराबर से स्तर के बच्चों से दोस्ती करने के बजाय अपने से छोटे घरों के बच्चों से दोस्ती करना ज़्यादा पसन्द करते हैं। मैंने विलायत में बाल मनोविज्ञान के विशेषज्ञों से बात की थी। उनका कहना है कि बच्चे एक समान वातावरण में रहते-रहते ऊब जाते हैं, इसलिए वे भिन्न वर्ग के लोगों की तरफ़ दौड़ते हैं—दूसरे, उनके अहं की तृप्ति होती है—तीसरे, छोटे वर्ग के बच्चों से तवज्ज़ोह ज़्यादा मिलती है। वे उनकी हर वस्तु को प्रशंसा की दृष्टि से देखते हैं—उनकी किसी भी चीज़ को यह कहकर चुनौती नहीं देते कि उनके पास भी वैसी ही चीज़ है। लेकिन इस सबके बावजूद सबसे बड़े खतरे की बात यह है कि अगर ऐसा ही चला तो दुनिया में छोटा-बड़ा कोई रह ही नहीं जायेगा। सारे में गाँधी राज कायम हो जायेगा। सुना है रूस में भी इस तरह का राज्य कायम हो चुका है—जहाँ सब बराबर हैं। लेकिन क्या सब बराबर हो सकते हैं ?''

बड़े राय ने इस बात पर कोई प्रतिक्रिया जाहिर नहीं की। उनके दिमाग़ में अभी तक वही सीन था।

सर डी. पी. ने बात बदल दी और बीर बहादुर का ज़िक्र शुरू कर दिया।

''मि. बहादुर हालाँकि मेरे व्यक्तिगत दोस्त थे—पर उन्होंने आई. सी. एस. लोगों की छवि को खराब किया है। संसार की सबसे नायाब नौकरशाही हमारे यहाँ की है।''

बड़े राय ने सिर्फ़ गर्दन हिला दी, ''आप ठीक कहते हैं।''

''मैंने सुना है आप उनकी तरफ़ से पैरवी कर रहे हैं।''

''हाँ, उनके पिता मेरे पुराने दोस्त हैं। वज़हदार इन्सान हैं।''

''इससे आपकी प्रतिष्ठा पर आँच आयेगी।''

''हो सकता है—पर अब तो मैंने वायदा कर लिया।''

''आप समझते हैं वह छूट जायेगा ?''

''कह नहीं सकता। कोशिश करना हमारा फ़र्ज़। वैसे अँग्रेज़ इन्साफ़ पसन्द कौम है।

''इन्साफ़ का पलड़ा जब तक एक तरफ़ नहीं झुकता तब तक पता नहीं चलता कि इन्साफ़ किसके पक्ष में हुआ। फैसला बीर बहादुर के हक़ में भी जा सकता है और खिलाफ़ भी।''

''मैं हक़ वाली बात को कल्पना की उड़ान मानता हूँ।''

''हो सकता.है आपकी ही बात ठीक हो—पर इसे बहस का मुद्दा नहीं बनाया जा सकता।'' उन्होंने वहीं बात ख़त्म कर दी।

जाते समय सर डी. पी. ने रघुबर को बुलवाया। रघुबर नाराज़ था। पता नहीं कहाँ चला गया था। आया नहीं। बड़े राय को लगा वह जानकर नहीं आया। वे चले गये। बड़े राय को रह-रहकर लग रहा था कि उन्हीं के घर में उनके पोते ने मुँह पर कालख पोत दी।

मझले राय के बेटे रंजन की रेख निकल आयी थी। जवानी की ड्योढ़ी में क़दम रख रहा था या रख दिया था। उसकी दोस्ती दरोगाओं से ज़्यादा थी। उनकी देखा-देखी वह भी मझले राय के रिवाल्वर की पेटी गले में डालकर, उसमें कारतूस भरकर घूमा करता था। हालाँकि तोशदान खाली रहता था। लोग हँसते थे। शरीर से मोटा-ताजा था। लड़के उसे मोटा कहकर चिढ़ाते भी थे। पढ़ने-लिखने में बिलकुल मन नहीं लगता था। एक-एक क्लास में दो-दो बार फेल होता था। चूँकि माँ-बाप दोनों का लाड़ला था इसलिए उन्हें उसका फेल होना थोड़ी देर को तो बुरा लगता था, बाद में सब सामान्य हो जाता था। इन सब बातों के कारण उसकी डींग मारने की आदत पड़ गयी थी।

वह मझली चाची को रोज़ आ-आकर नये-नये किस्से सुनाता था। चाची बिना सवाल किये उसकी बात को यथावत् स्वीकार कर लेती थी। उनका एक दोस्त था सीताराम। उसका एक-एक क्लास में तीन-तीन साल पड़ाव पड़ता था। मझले राय जब कभी उसे डाँट देते थे कि अच्छे लड़कों के साथ रहा करो तो रंजन अपनी माँ को सीताराम के परिवार के बारे में एक-से-एक किस्से सुनाना चालू कर देता था।

उसने एक चरित्र निर्मित कर लिया था। उस चरित्र का नाम था कुँवर। उस किस्से में कुँवर की भूमिका सीताराम के बड़े भाई की थी। कुँवर राजस्थान में कहीं पर पुलिस कप्तान था। उसकी पत्नी भी बहुत आधुनिक और पढ़ी-लिखी थी। कुँवर के पास स्टुडिबेकर कार थी। उन दिनों वह कार बहुत मशहूर हुई थी। दोनों तरफ से एक-सी होती थी। पता ही नहीं चलता था किधर से चल रही है। आगे से या पीछे से। उस कार को अक्सर उसकी पत्नी ही चलाया करती थी। वे लोग अक्सर राजस्थान से अपनी स्टुडिबेकर में बैठकर आते थे। सीताराम की भाभी और भाई रंजन को बहुत मानते थे। क्योंकि ज़मींदार परिवार था इसलिए उसमें अफ़सरपरस्ती ज़्यादा थी। काँग्रेसी उसे ग़ुलाम मानसिकता कहते थे। हालाँकि आज़ादी मिले अब लगभग पच्चीस साल होने को आये। दो प्रधानमन्त्री फ़ौत फरमा चुके थे। लेकिन वह प्रवृत्ति जिसे काँग्रेसी गुलाम मानसिकता कहते थे बढ़ती ही गयी, कम नहीं हुई। मुसम्मात प्रधानमनत्री के शासन में तो उसका कोई ओर-छोर ही नहीं रहा। मुझे लगता है तब आत्म-सम्मान यानी खुद्दारी ज़्यादा थी। बड़े राय ही अँग्रेज़ अफसरों से लड़ जाते थे। इस तरह की समानताओं से क्या बनता-बिगड़ता है।

बात रंजन के उस चरित्र की हो रही थी जिसे वह हमेशा कवच की तरह इस्तेमाल करता था। जब कभी पढ़ाई-लिखाई की बात होती तो वह प्रकारान्तर से सीताराम के तथाकथित भाई पुलिस कप्तान कुँवर को ले आता और कहता सीताराम के भाई कुँवर कह रहे थे कि रंजन तू फ़िक्र मत कर—मैं तुझे पुलिस इन्स्पेक्टर नामजद करा दूँगा। इस बात से मझले चाचा और मझली चाची सन्तुष्ट हो जाते थे। मझले चाचा चाहते थे कि उनका बेटा कुछ ऐसी ही चीज़ बने जिससे हवेली वालों पर भी उनका दबदबा रहे। मझले चाचा को इस बात की भी खुशी थी कि अपने ताऊ जी की तरह रंजन भी बड़े-बड़े अफ़सरों से ताल्लुक़ बनाने लगा है। मझली चाची इस बात को दूसरी तरह लेती थीं। वे औरतों में बैठकर शेख़ी बघारना शुरू कर देती थीं, ''हमारे रंजन को तो फुर्सत ही नहीं मिलती। बड़े-बड़े अफ़सरों में उठता-बैठता है। आखिर है तो अपने बाप का ही बेटा। वे खुद इतने बड़े अफ़सर थे। हम तो एक बात जानें, जिसने हमें तंग किया उसे भगवान ने तंग कर डाला। उनका साहब आई. सी. एस. था—उसने इन्हें तंग किया अब खुद कत्ल के मुकदमे में फँसा पड़ा है। अपनी जिस नौकरानी से फँसा हुआ था उसी को गोली मार दी। हमारे बड़े उसकी पैरवी करते घूम रहे हैं। अपने भाई के वक़्त जैसे उन्हें साँप सूँघ गया था।''

औरतें भी जब चालाकी करने पर आती हैं तो उनका जवाब नहीं होता। जब मझली चाची को नीचा दिखाना होता था तो एक-दूसरे को देख-देखकर मुस्कराने लगती थीं या कोई एक जड़ देती थी, ''क्यों नहीं, संग-साथ और माँ-बाप का असर तो होता ही है।''

दूसरी कहती, ''रंजन का चेहरा-मोहरा तो अच्छा है—पता नहीं उसे देखकर

मुझे उस विधवा महाराजिन का ध्यान क्यों आ जाता है—जवानी में बड़ी सुन्दर रही होगी। रंजन से बहुत मिलती है।''

मझली चाची के शरीर में जैसे करण्ट दौड़ जाता था। चेहरा तमतमा आता था। वे उससे नफ़रत करती थीं। कई बार घर से निकलवा चुकी थीं। जब रंजन छोटा था तो अक्सर आ धमकती थीं, ''लाओ बहूजी, मुझे दो मैं खिला लाती हूँ, आपको बहुत तंग कर रहा है।'' शुरू में तो वे देती थीं। एक दिन उन्होंने उसे अपना दूध उसके मुँह में देते देख लिया था। तब से उन्हें पता नहीं क्या हुआ कि वे उसकी जान की दुश्मन हो गयी थीं। उसने बहुत ख़ुशामद की पर नहीं मानीं। इस किस्से का कई लोगों को पता था।

इस बात का मझली चाची के पास एक ही जवाब होता था, ''सुना है भगवान दुनिया में सिर्फ़ दो आदमियों की एक-सी शक्ल बनाता है—'' औरतें हँस देती, ''भगवान का तो तुम्हें ही पता होगा। हम तो उतना ही जानती हैं जितना दिखाई पड़ता है।''

मझली चाची या तो वहाँ से फूट लेतीं या कभी-कभी नाराज़ होकर एक-दो झाड़ पिला देतीं।

रंजन को स्कूल में इस तरह के हमले अक्सर बर्दाश्त करने पड़ते थे। कभी जब वह शेखी बघारता होता या किसी से भिड़ जाता था तो लड़कों में से कोई आवाज़ लगा देता, ''मि. पाया !''

रंजन एकाएक बैठ-सा जाता। जैसे किसी ने दौड़ते-दौडते लँगी लगा दी हो। कई बार वह मझली चाची के पास आकर रोया भी।

दो-एक दरोगाओं को रंजन ने टारजन बना रखा था। वह उनके किस्से भी माँ को उसी तरह सुनाया करता था जैसे पुलिस कप्तान कुँवर के किस्से सुनाया करता था। वे उन किस्सों की सबसे अच्छी श्रोता थीं। रंजन भी जब तक माँ के पास रहता था बड़ा तेजस्वी और सुखी नज़र आता था। एक दिगम्बर सिंह दरोगा था। था भी या नहीं यह कहना तो कठिन है। पर रंजन यह मानकर चलता था कि वह है। एक बार दिगम्बर सिंह दरोगा और मलिक दरोगा ने शर्त बदी कि जो खड़े हुए गधे को एक लात मारकर गिरा देगा उसे दूसरा दो सौ रुपये देगा। दोनों पुलिस क्लब में साथ-साथ रहते थे। रंजन का कहना था कि खड़े हुए गधे को एक लात में उलट देना बहुत मुश्किल काम है। पहले मलिक ने अपनी लात आजमायी। गधा रेंगता हुआ एक जगह से हटकर दूसरी जगह जा खड़ा हुआ। वह दरअसल गधा नहीं गधी थी। फिर दिगम्बर सिंह का नम्बर आया। उसने लात मारी तो गधी उलट गयी। उलटने के साथ-साथ पीछे की तरफ़ से खून भी बहना शुरू हो गथी। वह बुरी तरह डकराने

लगी। उसके पेट में गधे का बच्चा था। इस बात पर मझली चाची बोलीं, ''गधी थी तो पेट में गधे का बच्चा तो होगा ही।''

रंजन को उनका इस तरह टोकना ठीक नहीं लगा। चाची समझ गयी। वह फिर बोलीं, ''फिर क्या हुआ ?''

''हुआ क्या—मलिक से दो सौ रुपये वसूल लिये।''

''और गधी का ?''

''गधी तो गधी ही थी—मर-मरा गयी होगी, मुझे क्या पता ? मैं क्या उसके पीछे-पीछे घूम रहा था ?''

ऐसे में चाची चुप हो जाती थीं। वे उसे कभी-कभी समझातीं— ''बेटा रंजन, मुझे तेरी चिन्ता रहती है—तू पढ़-लिखकर कब कुछ बनेगा ?''

रंजन तत्काल पलटा लेता और कुँवर पर आ जाता, ''कुँवर भाई और भाभी आये हुए हैं। कल शाम उन्होंने पुलिस लाइन से घुड़सवारी के लिए तीन घोड़े मँगवाये। मुझसे कहने लगे तुम भी चलो घुड़सवारी के लिए। घुड़सवारी नहीं सीखोगे तो इन्स्पेक्टरी कैसे करोगे। मैं बस तुम्हारे डर के मारे नहीं गया। कुँवर भाई तो बहुत ज़िद करते रहे। फिर वे दोनों चले गये। तीसरे घोड़े पर साईस गया।'' फिर बोला—''सुना ताऊ जी भी तो बहुत अच्छे घुड़सवार थे !''

ऐसे में मझली चाची कोई जवाब नहीं देती थी। वह कहता जाता, ''साईस बता रहा था कि हमने बड़े-बड़े अँग्रेज़ अफ़सरों की घुड़सवारी देखी है—पर कप्तान साहब और मेमसाहब जैसे घुड़सवार नहीं देखे। लौटते हुए काली नदी से गुज़रे। पुल पर भीड़ थी। मियाँ-बीवी में शर्त हो गयी। कौन नदी को फलाँगेगा। पहले मेमसाहब ने ऐड़ लगायी और सट्ट से दूसरे किनारे पर पहुँच गयीं। फिर साहब ने लगायी—पार तो हो गये पर किनारे पर पाँव पड़ते ही घोड़े का पाँव मुड़ गया, घोड़ा गिरा तो वे भी गिर गये।''

मझली चाची को कुँवर के गिरने का गहरा दु:ख होता…वह च…च…च करने लगीं और बोलीं ''देखो इतना बड़ा पुलिस कप्तान तो गिर गया और उसकी औरत पार हो गयी ! उसे पार होने की ऐसा क्या पड़ी थी कि अपने आदमी को नीचा दिखा दिया—वही गिर जाती तो क्या बिगड़ जाता। आदमी की इज्ज़त से ही औरत की भी इज्ज़त है।''

रंजन उनकी बातें सुनकर खुश होता था कि उसकी बात सोलह आने फिट बैठ रही है। मझले चाचा को वह कभी ये अपनी किस्सेबाजी नहीं सुनाता था। वह उसे झड़क देते थे—लिखे-पढ़ेगा तो नहीं, झूठे-सच्चे किस्से सुना-सुनाकर भड़ैंती करेगा।

हालाँकि मझली चाची उसकी तरफ़दारी करतीं, ''बच्चा एक तो उत्साह से सुनाता है, और तुम हो कि डपट देते हो।''

वे और ज़्यादा गर्मा जाते। रंजन चुप हो जाता और मन-ही-मन मझले चाचा को

कोसने लगता। इसीलिए तो डाँटते हैं कि वे उम्र में बड़े हैं। किसी बराबर वाले को तो डाँटकर देखें। मुझे बड़ा हो जाने दो तब न बताया तो मेरा नाम भी रंजन नहीं। ज्यादा डाँट देते थे तो मन-ही-मन गाली देने लगता—मरें न मौत आये—जब देखो मुझ पर तव्वाते रहते हैं। जब दिमाग़ ठण्डा होता तो सोच दूसरी तरफ़ मुड़ जाती। यह मैंने क्या सोच लिया—मर गये तो ताऊ जी मुझे गद्दी से उतार कर रघुबर को बैठा देंगे तब मैं क्या करूँगा ? फिर वह मन-ही-मन हाथ जोड़कर भगवान से कहता कि भगवान कहा-सुना माफ़ करना—अब ऐसा कभी नहीं सोचूँगा। वे सब उसे चारों तरफ़ से घेर लेते थे जो मि. पाया कहकर चिढ़ाते थे।

इधर कारतूसों से पेटी भरे रखने के चक्कर में वह दरोगाओं से काफ़ी रब्त-ज़ब्त रखने लगा था। हालाँकि मझले राय के पास रिवाल्वर का लाइसेन्स था और कारतूस भी थे। पर वे उन सबको अपनी अलमारी में रखते थे। दो-दो चार-चार कारतूसों के लालच में उसे दरोगाओं के पास जाना पड़ता था।

इसी चक्कर में एक दिन रंजन किसी ग़लत दरोगा के पल्ले पड़ गया। उसके दो-तीन टाँके आये। मझले राय ने सुना तो उन्हें इतना गुस्सा आया कि रंजन को उसी हालत में लाकर वे पुलिस कप्तान के पास चले गये। पुलिस कप्तान ने दरोगा को तत्काल मुअत्तल कर दिया था। लेकिन मझले राय से कहा था आप अपने लड़के को हिदायत दे दें कि वह दरोगाओं के पास न जाया करे। इन लोगों का काम ही ऐसा होता है कि उनकी कोमल भावनाएँ धीरे-धीरे समाप्त हो जाती हैं। इसकी वह कारतूसों की पेटी वगैरह भी उठाकर रख लें। आप तो खुद तहसीलदार रहे हैं। इसके कानूनी पक्ष को समझते हैं। दूसरों के मन में असफलता का झूठा डर उत्पन्न करना अपने आप में बहुत बड़ा जुर्म है। उसकी वह पेटी उतरवा ली गयी थी और ताकीद कर दी गयी थी कि वह दरोगाओं और दीवानों के पास नहीं जायेगा।

रंजन कई दिन तक घर से बाहर नहीं निकला था। मझली चाची पूछती ही रह गयी थी कि उसके इतनी चोट कैसे लगी ?

रघुबर की रब्त-ज़ब्त रंजन से भी बढ़ती जा रही थी। रंजन उससे बड़ा था। स्कूल में रंजन की वजह से रघुबर को लगता था कि वह सलामती से है। उसे कोई कुछ नहीं कह सकता। पहले सभी बच्चों के लिए खेल-कूद का इन्तज़ाम स्कूल की तरफ़ से हुआ करता था। कई बार रघुबर खेल के मैदान से रंजन के साथ ही लौटता था। शुरू-शुरू में तो इस बात का किसी को पता नहीं चला। इधर रघुबर हवेली से बाहर भी काफ़ी आने-जाने लगा था। उसके वे ही सब दोस्त थे जिनके साथ रहने

को उसे मना किया जाता था। एक-आध बार डाँट भी पड़ चुकी थी। लेकिन वह ढीठ होता जा रहा था। घर वाले ध्यान रखते थे कि बड़े राय के पास उसकी कम-से-कम बातें पहुँचें। जितनी पहुँचती थीं वे उसी से परेशान हो जाते थे। उनके मन में यह बात घर करती जा रही थी कि उनका एक ही पोता है और वही हाथ से निकलता जा रहा है। वे कोशिश करते थे कि वे या तो उसे अपने साथ रखें या फिर घर का कोई बड़ा आदमी उस पर नज़र रखे। उसके लिए एक छोटा लड़का भी नौकर रख दिया गया था जो हर वक़्त उसके साथ रहता था। वह भी उसका दोस्त हो गया था। रघुबर अपनी दैनन्दिनी यात्राओं पर उसी को साथ लेकर निकलता था।

भवानी ने रघुबर को उस नौकर के साथ कई बार उठते-बैठते, हँसी-मज़ाक करते देखा था। वह रघुबर को तो कुछ नहीं कह पाया पर एक दिन उस लड़के के दो-चार चपत रसीद करके भगा दिया। कई दिन तक रघुबर भवानी से मुँह फुलाये रहा। भवानी उसे धीरे-धीरे रास्ते पर लाया। इसी बीच उसका आना-जाना रंजन के पास हो गया। हमारे सारे घर का खयाल था कि रंजन बिगड़ा हुआ लड़का है। दरोगा वाली घटना से तो उसके बारे में यह राय और भी पक्की हो गयी थी। सब लोगों को यह कहने का मौका मिल गया था कि इस तरह के बच्चों को गोद लेने का यही नतीजा होता है। पता नहीं किसका बच्चा है ? लोगों में यह बात उड़ी हुई थी कि वह किसी विधवा का बच्चा है—अगर वह उसी विधवा का बच्चा है जिससे उसकी शक्ल मिलती है तो उसके संस्कारी होने का सवाल ही नहीं उठता।

जब यह पता चला कि रघुबर भी रंजन के साथ घूमने-फिरने लगा है तो हम लोग अन्दर-ही-अन्दर दहल से गये। कहीं रघुबर उसी राह पर न चल पड़े। कहीं वह भी उसी जिरगे के चक्कर में न फँस जाये जो लड़कियों की तरह छोटे-छोटे लड़कों को फँसाने का काम करता है। उस ज़माने में इस तरह के बहुत-से जिरगे थे जो सँभलने से पहले ही लड़कों को ग़लत आदतों में डाल देते थे और फिर वे ज़िन्दगी-भर नहीं उबर पाते थे।

जब यह बात पता चली पहले तो छोटे राय ने रघुबर को समझाया। फिर मैंने डाँटा-फटकारा। दो-चार चपत भी लगाये। उसने एक दिन सीधे मुझसे सवाल किया कि रंजन चाचा में ऐसी क्या बात है जो आप लोग मुझे उनके साथ मिलने जुलने को मना करते हैं।

मैंने उसे समझाना चाहा, ''वह गन्दे आदमियों के साथ रहता है ? उसकी आदतें खराब हैं···वह तुम्हें ग़लत राह पर डाल देगा।''

''कौन हैं वे गन्दे आदमी ?''

''तुम उन सबको नहीं जानते ?''

''आप जानते हैं ?''

''क्या मतलब ?''

"रंजन चाचा के साथ कौन रहता है आपको कैसे मालूम ? आप लोग तो उनसे कोई सम्बन्ध ही नहीं रखते। मैं जिसके पास भी आता-जाता हूँ वही आपको गन्दा आदमी लगने लगता है।"

"अपने साथ के लड़कों के साथ क्यों नहीं रहते ?"

"कैसे रहूँ ?"

"क्यों ?"

"वे सब आपको छोटे और नीचे लगते हैं। रंजन चाचा मेरी स्कूल में मदद करते हैं। उनकी वजह से मुझे कोई कुछ नहीं कहता।"

"हम मास्टरजी से कह देंगे···वे तुम्हारा खय़ाल रखेंगे।"

"मास्टरजी तो क्लास में रहेंगे···मुझे तो क्लास के बाहर भी लड़कों के साथ रहना पड़ता है।"

वह लगातार बहस कर रहा था। मेरी समझ में नहीं आ रहा था कि मैं उसे कैसे समझाऊँ ? मेरे मुँह से गुस्से में निकल गया, "ऐसे ही लड़कों के साथ रहकर तुम्हारी आदतें बिगड़ गयीं। अगर तुम इन्हीं के चक्करों में पड़े रहे तो बीमार पड़ जाओगे।"

पता नहीं उसे किसने बताया था। वह तपाक से बोला, "आप भी तो स्कूल में—"

मैंने कसकर उसके मुँह पर चपत रसीद कर दिया। उसका वाक्य आधा ही रह गया। सिर कुर्सी से टकराया। यह मेरा पहला अवसर था जब मैंने रघुबर को इतनी ज़ोर से चपत लगाया था। उसके चेहरे पर उँगलियाँ उभर आयीं और आँखें लबालब भर गयीं। पर आँसू बाहर नहीं आने दिये। एकटक मेरी ओर देखता रहा। उसे इस बात का विश्वास नहीं हो रहा था कि मैंने उसे मारा है। पर वह यह भी समझ रहा था कि सत्य यही है कि मैंने उसे मारा। उसका अपनी असहायता का यह पहला साक्षात्कार था। बच्चे को इस तरह का अहसास ही शायद गुस्ताख़ बनाता है। चपत लगाकर मुझे भी महसूस हुआ था कि मैंने यह ठीक नहीं किया। वह सारंगा से तो खिंचा ही रहता है मुझसे भी खिंच जायेगा। तब उसकी असहायता और बढ़ जायेगी। मैंने अपनी आवाज़ मुलायम बनाते हुए कहा, "क्या कोई बच्चा अपने पिता के लिए ऐसी बात कहता है !"

वह तपाक से बोला, "और बेटे के लिये––?" वह आगे नहीं बोल पाया और फफक कर रो पड़ा। वह बुरी तरह आहत था। उसे रोते देखकर ऐसा लगा जैसे कोई गौरैया अपने बच्चे को झाड़ी में फँसा देख रही हो और निकाल नहीं पा रही हो।

इसके बावजूद उसने रंजन का साथ नहीं छोड़ा। रंजन उसके रहबर की तरह हो गया। तब क्रिकेट के खेल का ज़्यादा चलन नहीं था। अँग्रेज़ी स्कूलों में खेला जाता

था। उस दिन क्रिकेट का मैच था। वह मैच देखने चला गया। हालाँकि कहकर गया था। परन्तु यह अन्दाज़ किसी को नहीं कि पूरा दिन लग जायेगा। वह घर से उसकी पहली सबसे बड़ी अनुपस्थिति थी। मैच देखते हुए उसे बार-बार घर का ध्यान आ रहा था। बीच-बीच में वह डर से काँप भी जाता था। रंजन ने भी उससे कहा तुम घर जाओ। घर पर सब चिन्तित होंगे। पर वह और भी बच्चों को वहाँ बैठे देख रहा था। वे मस्त होकर खेल का आनन्द ले रहे थे। जब भी वह जाने की सोचता था उसे यही लगता था कि इन सबके भी तो घर और घर वाले हैं। वह यही सोचकर बैठा रहा।

इस बीच बड़े राय कई बार पूछ चुके थे रघुबर कहाँ है ? पहले तो सब टालते रहे। छुट्टी का दिन होने की वजह से वे लोग यह भी नहीं कह सकते थे कि स्कूल गया है। आखिर जब पाँचवीं-छठी बार पूछा तो उन्हें कहना पड़ा कि रघुबर क्रिकेट का मैच देखने स्कूल के मैदान पर गया है। जब उन्हें पता चला कि उसने खाना तक नहीं खाया तो वे और ज़्यादा नाराज़ हो गये। उन्होंने भी खाना खाने से मना कर दिया। बड़े राय ने खाना नहीं खाया तो कोई और कैसे खाता ! सारंगा को अलबत्ता पुरानी नौकरानी इमरती ने कह-सुनकर खाना खिला दिया। गिरवर होने वाला था। दरअसल गिरवर मेरा दूसरा बेटा है यानी सारंगा का बेटा। शुरू में सारंगा काफ़ी बीमार रही थी। काफ़ी लम्बा इलाज चला था। दिल्ली के उसी यूरोपियन अस्पताल में जिसमें कला की मौत हुई थी उसका भी एक छोटा-सा ऑपरेशन कराना पड़ा था। पहले तो सारंगा वहाँ जाने के लिए तैयार ही नहीं हो रही थी। बड़े समझाने-बुझाने पर मानी थी। इसलिए उसे हर घण्टे कुछ-न-कुछ खाना पड़ता था।

रघुबर शाम तक नहीं आया। बड़े राय का क्लब जाने का वक़्त हो गया। उस दिन वे पैदल ही क्लब गये। गाड़ी वापस कर दी। हवेली पर ताक़ीद कर दी गयी कि जैसे ही रघुबर आये वैसे ही गाड़ी भेजकर बुलवा लिया जाय। यह बात घर-भर की समझ में आ गयी थी कि आज ऐसा कुछ होने वाला है जो पहले कभी नहीं हुआ।

गली से निकलकर ही मुख्य सड़क पर पहुँचते थे। जैसे ही वे गली पार करके सड़क पर पहुँचे, रघुबर रंजन के साथ आता हुआ नज़र आया। वे इतने क्रोध में थे कि उन्होंने आव देखा ना ताव, छूटते ही रघुबर के बेंत रसीद कर दी। ऐसा लगा जैसे बहते पानी के बीच एकाएक कोई बाँध उठ आया हो। इधर के लोग इधर और उधर के लोग उधर रुक गये थे। एक तो पहले किसी ने बड़े राय को आम आदमियों की तरह सड़क पर इस तरह आते-जाते नहीं देखा था। दूसरे वे सड़क पर ही अपने पोते पर बेंत फटकार रहे थे। आश्चर्य और भय से जो जहाँ था वहीं खड़ा रह गया था। किसी की हिम्मत नहीं हुई कि उन्हें रोक सके। वे फ़ौरन उल्टे पैरों लौट पड़े। रघुबर को आगे-आगे कर लिया। रंजन से उन्होंने सिर्फ़ इतना ही कहा, ''कृष्ण से कहना कि मैंने बुलाया है।'' उसके चेहरे पर भी घबराहट और आश्चर्य था। गली

के अन्दर प्रवेश करने पर बड़े राय ने रघुबर के एक और बेंत रसीद की। उनका जबड़ा किसी फौलादी पँजे की तरह कसा था। आँखों में खून उतर आया था। उनकी सारी अभिजात्यता छिन्न-भिन्न हो गयी थी।

रघुबर के शरीर में दर्द की लहरें उठ रही थीं जैसे किसी ज़हरीले कीड़े ने काट खाया हो। वह बड़े राय को मुड़-मुड़कर देखता हुआ आगे-आगे चल रहा था। उसे रफीक की याद आ रही थी। रफीक उसके स्कूल का चपरासी था। रफीक का बेटा रहमान चोर था। ऐसा चोर नहीं जो किसी का सामान चुराता हो या घर में सेंध लगाता हो। बस स्कूल के बगीचे में पेड़ों पर चढ़ जाता था। फल तोड़कर पहले खुद खाता था फिर दूसरे बच्चों को देता था। उसके बाप को स्कूल से सिर्फ़ बारह रुपये महीना मिलते थे। दस आदमियों का परिवार था। वह भूखा रहता था तो पेट भरने का उसके पास एक यही तरीका बचता था। इसी से उसका नाम रहमान चोर पड़ गया था। उसे समझाओ कि ऐसा न किया कर तो वह लुमतरानी हाँकने लगता था। पेड़ अपने फल खुद तो खाते नहीं—फिर हँसकर कहता—जैसे हम अपना मैला नहीं खाते—इस तरह की बातें करने में उसे महारत थी। बच्चे उसकी बात सुनकर थू-थू करने लगते थे। वह हँसकर कहता—अबे मुँह में आ गया क्या? और पेड़ हिला देता। फिर कहता हमारी खाला बताती हैं कि किसी को अपनी गन्दगी अच्छी नहीं लगती—दूसरों की लगती है। अगर हमें पेड़ों की गंदगी फल के रूप में अच्छी लगती है तो माली की छाती क्यों जलती है ? माली उसकी कई बार पिटाई कर चुका था। एक-दो बार वाइस प्रिंसिपल को भी बुला चुका था। वे रफीक को डाँट चुके थे कि या तो अपने बेटे को सँभालो वरना नौकरी से हाथ धो बैठोगे। उस दिन भी यही हुआ। वाइस प्रिंसिपल ने कहा कि तुम्हारे लड़के को स्कूल से और तुम्हें नौकरी से निकाला जाता है। तुम लोग चोर हो। नौकरी से निकलने वाली बात तो रफीक के लिए एक बड़ा हादसा थी ही। लेकिन चोर करार दिया जाना उससे भी बड़ी तोहमत थी। रफीक ने लड़के को पीटना शुरू कर दिया। जिस करवट भी पड़ा उसी करवट मारता गया। जो हाथ में आ रहा था वही मार रहा था। यहाँ तक कि वह गँड़ासा उठाकर लपका। तब उसे वाइस प्रिंसिपल साहब ने रोका, "तुम पागल हो गये हो—"

वह हाथ जोड़कर बोला, "हमारे यहाँ चोरी करना हराम है हुजूर ! इसकी वजह से मुझे चोर बनना पड़ रहा है। मैं हुजूर अपने इस बेटे को ईमानदारी के नाम पर कुर्बान कर दूँगा—" खैर, किसी तरह प्रिंसिपल ने बीच में पड़कर मामला निबटाया।

बड़े राय के पीटने में फ़र्क़ इतना ही था कि वे दाँत इस तरह भींच रहे थे जैसे दाँतों का सुरमा बना डालेंगे। बोल कुछ नहीं रहे थे। रफीक लगातार गाली बकता रहा था। उसके मारने में एक खुलापन था और बड़े राय के मारने में एक तरह अभिजात्यता और सुरुचि-सम्पन्नता। जैसे ही हवेली के द्वार में घुसे, बड़े राय को बेंत

उठाये मेरे पीछे-पीछे आते देखकर सब सन्न रह गये —आज जरूर गजब हो जायेगा। किसी की समझ में नहीं आ रहा था कि क्या करें। उस समय मुझे रहमतुल्ला की याद आयी। वह ऐसा व्यक्ति था जो बिगड़ैल घोड़े की रास पकड़ने का दम रखता था। अगर वह होता तो कहता मुझे रौंद डालिये। इस बच्चे की जान बखश दीजिए। उसमें उनकी बेंत पकड़ने की भी ताकत थी। दरअसल उसने बड़े राय से कभी कुछ माँगा नहीं था। न उनका दिया उस तरह स्वीकार किया था। इसलिए उसने अपने को छोटा भी नहीं होने दिया था। छोटे राय तक थर्रा गये थे। कमरे के अन्दर ले जाकर उन्होंने रघुबर को अच्छी तरह सूड़ा। बोले भी खूब—"उस लफ़ंगे रंजन के साथ घूमता है जिसे फ़ेली-बदफ़ेली तक का ध्यान नहीं। बता तुझे क्या चाहिए ? सच-सच बता कहाँ गया था ?" उनकी सारी शाइस्तगी उस समय हवा हो गयी थी।

उन्हें शक़ था कि वह मैच में न जाकर कहीं और गया था। जिस तरह की शब्दावली का वे प्रयोग कर रहे थे उसे सुनकर सब चकित थे। वे अपने सब आवरण उतार कर फेंक चुके थे। रघुबर पत्थर हो गया था। वह यह तक नहीं कह रहा था कि इस बार माफ़ कर दीजिये, अब कभी ऐसा नहीं करूँगा। बड़े राय का हाथ नहीं रुक रहा था। उन्हें कभी किसी को इस बेरहमी से मारते नहीं देखा था। यहाँ तक कि छोटे लोगों को भी नहीं। मेरी इतनी शैतानियों के बावजूद उन्होंने कभी मुझे छुआ तक नहीं था। तब भी नहीं, जब मेरी गिग से कलक्टर की मेम को चोट आयी, स्कूल में चाकू चलाया या किशन बाबू के पास जाने के बारे में उन्हें पहली सूचना मिली। रघुबर तो उनका सबसे अधिक लाड़ला था। अगर कभी उन्हें झूठ का भी पता लग जाता था कि मैंने या सारंगा ने उसे कुछ कहा है तो वे फ़ौरन भवानी को पुकार कर कहते थे—देखो तो रघुबर क्यों रो रहा है ? किसी ने कुछ कहा तो नहीं ? लेकिन उस दिन उन पर पागलपन सवार था—पागलपन क्या, खून। यह सबकी समझ से परे की बात थी कि आखिर उन्हें यह क्या हो गया ? किसी ऊपरी हवा का असर तो नहीं ? आखिर इतना नाराज़ क्यों हैं ? वह भी उस बच्चे से ? मेरे अन्दर का पिता जो बड़े राय का बेटा होने के भार से दबा था कुलबुलाने लगा था।

सारंगा अन्दर थी। जब सोना रोती हुई पहुँची और उसे पता लगा कि बड़े राय रघुबर को मार डालने पर उतारू हैं तो पता नहीं उसे क्या हुआ वह तेज़ी से साथ बाहर आयी और सबके देखते-देखते बड़े राय के कमरे में घुस गयी। ऐसा पहली बार हुआ था कि कोई बहू सारी परम्पराएँ तोड़कर इस तरह मर्दाने में आये और बड़े राय के कमरे में घुस जाये। बड़े राय की मौजूदगी में बड़े राय का कमरा—उसके लिए वर्जित क्षेत्र था।

वह जाकर रघुबर से लिपट गयी। बड़े राय का हाथ रुक गया।

बड़े राय ज़ोर से दहाड़े— ''बहू हटो—तुम हवेली के बाहर कैसे आयीं ?''

सारंगा रघुबर को दबोचे खड़ी थी। भवानी अन्य नौकरों के साथ खड़ा टुसुर-टुसुर रो रहा था। वह उससे बोली, ''भैया, रघुबर को अन्दर ले चलो।''

''नहीं, यह नहीं जायेगा।'' बड़े राय गरजे।

वह वहीं बैठ गयी। उसे आँचल से ढँक लिया। बड़े राय मुझसे बोले, ''बहू से कहो अन्दर जाये। वरना आज गज़ब हो जायेगा।''

उसने घूँघट में से ही सिर हिला दिया। छोटे राय जो अब तक चुपचाप खड़े अपनी नाक सुड़क रहे थे आगे आकर बोले, ''बड़े भैया, आपको यह क्या हो गया जिससे तुम्हारी वंशबेल चलेगी तुम उसी को जड़ से काटने पर उतारू हो। कोई कब तक नहीं बोलेगा। बहू यहाँ इसलिए नहीं आयी कि वह हुक्म उदूली करे या बेपर्दगी करे—वह रघुबर में अपने आने वाले बच्चे का भविष्य देख रही है। अब बस करिये। रंजन भी इसी खानदान की एक शाख है। भास्कर और अरुण का भाई। जैसे भास्कर को सँभाला, विलायत में बैठे अरुण को बचाया—वैसे ही उसे भी सँभाला जा सकता है— उसे सँभालना हमारा फ़र्ज़ है। नफ़रत करना नहीं।''

बड़े राय तेज़ी से बाहर चले गये। रघुबर को कँपकँपी-सी आयी और बेहोश हो गया।

वह रात सभी की जगते गुजरी। खाना खाने का तो सवाल ही नहीं था। रघुबर को कुछ देर बाद ही होश आ गया था। उसे मानसिक आघात लगा था, एक ऐसी घटना घट गयी थी जिसकी उसने कभी कल्पना भी नहीं की थी। बड़े राय, हमेशा उसे अपना कवच लगते थे। उन्होंने एकाएक अपनी भूमिका बदल दी थी।

बड़े राय कमरे से निकलकर सीधे क्लब गये। वे यह देखने कि लिए भी नहीं रुके कि रघुबर की तबियत कैसी है ?

ब्रिज के वे अच्छे खिलाड़ी थे। बहुत कम हारते थे। हर व्यक्ति उनका पार्टनर बनने को उत्सुक रहता था। लेकिन उस दिन वे लगातार एक के बाद एक गेम हार रहे थे। तीसरे गेम के बाद वे एकाएक उठ गये। एस. पी. अफ़जल साहब उनके अच्छे दोस्त थे। वे उनके पीछ-पीछे बाहर आये और पूछा, ''राय साहब, आप आज बहुत परेशान नज़र आ रहे हैं। आप तो उन खिलाड़ियों में से हैं, हारना भी चाहें तो न हारें। फिर आज क्या हुआ ? मैंने तो सुना है एक बार आप लेफ्टीनेंट गवर्नर की मेम से हारना चाहते थे—लेकिन हारते-हारते भी जीत गये थे।''

कोई और वक़्त हुआ होता और कोई उनके सामने इस वाकये को दोहरता तो शायद वे फूले न समाते। उसके लिए कुछ भी कर डालते। इस तरह की घटनाएँ ही उनकी ज़िन्दगी की बेशकीमती यादें थीं, सुनहरे सपने और इतिहास भी था। जब कभी

कोई इन घटनाओं का ज़िक्र कर देता था तो उनकी याद बिखरे दूध की तरह उनके मानस-पटल पर धीरे-धीरे फैलती जाती थी। पर उनसे न मुस्कराया गया और न उस दिन वे अपनी याद के उस सुनहरे वर्क को ही खोल पाये। धीरे-से बोले, ''आज मैंने अपने पोते को गुस्से में पहली बार इतना पीटा कि मैं अपने को गुनहगार महसूस कर रहा हूँ—''

अफ़ज़ल साहब भी नवाब खानदान से आते थे। वे हँसकर बोले, ''अरे यह आप क्या कह रहे हैं —ज़मींदारों और पुलिस वालों के यहाँ तो यह बदजात काम हर वक़्त ही होता रहता है, उन पर तो इसका असर नहीं पड़ना चाहिए। हालाँकि घर की बात दूसरी है। लेकिन आप जैसे शाइस्ता लोग घर में भी यह काम शुरू कर देंगे तो…'' और बिना वाक्य पूरा किये कुछ ऐसा मुँह बनाया जैसे कह रहे हों—तो फिर सोचना पड़ेगा कि हम पुलिस वाले क्या करें।

बड़े राय की समझ में उनकी बात बिलकुल नहीं आयी। वे बोले, ''मुझे लगता है हम लोगों के दिमाग़ों में रऊनत की बू इतनी घुस गयी कि हम अपने बच्चों को भी अपनी रिआया समझने लगे। अभी तक हमारा यह रवैया गैरों के साथ था अब हुकूमत की उस हविस का शिकार हमारे फूल-से बच्चे भी होने लगे हैं। मुझे लगता है जब औरंगजेब ने शाहजहाँ को गिरफ्तार किया होगा —भाइयों का कत्ल किया होगा तो उसके पीछे हुकूमत का यही फ़ितूर रहा होगा जो आज मुझ पर सवार था।''

अफ़ज़ल साहब उनकी शक्ल की तरफ़ देखने लगे, ''यह आप क्या कह रहे हैं—आपका मतलब हम लोग अपने बच्चों के भी हाकिम हैं—शायद नहीं—हम उनको सजा उनकी भलाई के लिए देते हैं।''

''नहीं, कहीं-न-कहीं मुझे उसका बिना इजाजत मैच देखने चले जाना अपने अहं को चुनौती देता हुआ-सा लगा—वरना क्या कोई अपने बच्चे को इतनी बड़ी सजा दे सकता है—''

''क्या यह जिम्मेदारी का रद्देअमल नहीं हो सकता ?''

''आप नहीं जानते वह बिना माँ का बच्चा, मुझमें ही अपनी सलामती तलाश करता था। मैंने उस पर क़हर बरपा दिया—बचाया उस इन्सान ने जिससे वह खुद बचता था। शायद उस पर अपनी उस ताकत की आजमाइश करनी चाही जो दरिन्दगी की पहचान होती है।''

''शायद आप ठीक कह रहे हों—मुझे इस मसले पर अज़सरेनौ ग़ौर करना होगा। हम पुलिस वाले काफ़ी कुढ़मगज़ होते हैं—हमें इन मुद्दों पर इतनी गहराई से सोचने की आदत नहीं रहती।''

बड़े राय गाड़ी मे आ बैठे।

घर पहुँचे तो अन्दर-ही-अन्दर उठा-पटक मची थी। रघुबर सो चुका था। उस दिन भी वह उन्हीं के कमरे में सोया था। सब लोग कुछ ही देर पहले वहाँ से उठकर गये थे। भवानी उसके पलंग का सहारा लेकर बैठा ऊँघ रहा था। दरअसल मुझे और छोटे राय को उसने ही जबरदस्ती भेजा था। हम दोनों ही अपनी-अपनी तरह बेचैन थे। लेटे-लेटे पता चल रहा था कि बड़े राय की गाड़ी आकर रुकी, बड़े राय अन्दर आये—उनकी बेंत की टकोर में जरा-सी भी ढिलाई नहीं थी, उतनी ही चुस्त। मैंने सोचा उठकर चला जाऊँ। पर मुझे डर-सा लगा। कहीं उनका गुस्सा अभी भी बरकरार न हो। वे धीरे-धीरे अन्दर गये। भवानी झटके से उठा और खड़ा हो गया।

बड़े राय सीधे अपने ड्रेसिंग रूम यानी कपड़े बदलने के कमरे में गये। वह कमरा उनका नितान्त अपना था। अगर गोपनीय कहना चाहें तो वह भी कह सकते हैं। उसी में वह तिजोरी थी जिसमें राय खानदान की वह निधि सहेज कर रखी हुई थी। कीमती कपड़े और काग़ज़ात तो थे ही।

भवानी उनके बाहर निकलने का इन्तज़ार करता रहा। जब वे आये तो उन्होंने सोने के कपड़े पहने हुए थे।

भवानी ने पूछा, ''खाना—''

''भूख नहीं—'' फिर पूछा, ''रघुबर ने खा लिया—?''

भवानी के मुँह से निकला, ''जी।'' उन्होंने राहत की साँस ली। हालाँकि उसने यह बात इसीलिए कही थी कि जिससे बड़े राय भी खा लें। दोपहर भी रसोई ऐसे ही उठ गयी थी।

थोड़ी देर बाद पूछा, ''रघुबर नाराज़ था—? कुछ कहा था ?''

''जी नहीं।''

''अच्छा तो तुम भी जाओ। खा-पीकर सो जाओ।''

थोड़ी देर रुका रहा पर उसकी कुछ कहने की हिम्मत नहीं पड़ी। मुझ पर ज्यादा देर लेटे नहीं रहा जा सका। उठकर नीचे आ गया। मैंने भवानी से पूछा, ''बड़े राय क्या अभी भी गुस्सा हैं ?''

''सोने जा रहे हैं—''

''और खाना—''

''मना कर दिया।''

''क्यों ?''

वह कुछ नहीं बोला। इतना ही कहा कि वे बोले जाओ खा-पीकर सो जाओ।

वह चला गया। मैं उनके कमरे की तरफ़ बढ़ा। लैम्प जला था। एक पायदान भर रोशनी बाहर आ रही थी। मैंने झाँककर देखा। वे रघुबर के सिरहाने बैठे रो रहे थे, ''बेटा माफ़ करना···'' उसके चारों तरफ़ बहुत-सी चीज़ें रखी थीं। शायद वे क्लब से लौटते हुए बाज़ार से लेते आये थे। उन्हें किसी के लिए इस तरह रोते हुए

पहली बार देखा था।

मेरी हिम्मत नहीं पड़ी कि दखल दूँ। हालाँकि एक मेरा पिता था और दूसरा पुत्र।

रामलीला कमेटी के अध्यक्ष हमेशा बड़े राय होते थे। यह सिलसिला कई पीढ़ियों से चला आ रहा था। तब रामलीला हमारे ही चौक में होती थी। खर्चा भी हमारे यहाँ से भरा जाता था। रामलीला कराना एक सामाजिक काम ज़्यादा था बनिस्बत धार्मिक लोगों का मिलना, उसमें रमना, उससे सीख लेना भी उतना ही महत्त्वपूर्ण था जितना उससे मिलने वाला पुण्य। एक कोठार में उस जमाने की पोशाकें, पखवाइयाँ, पर्दे आदि अभी तक पड़े थे। ज़्यादातर तो गलकर खाद हो गये थे। आज़ादी के बाद भी काफ़ी दिन तक रामलीला का खर्चा हमारे यहाँ से ही जाता रहा। लेकिन जैसे-जैसे महँगाई बढ़ती गयी ज़मींदारी छीजती गयी—रामलीला का खर्चा उठाना मुश्किल होता गया। समय रहते बड़े राय ने सभी लोगों को बुलाकर स्पष्ट कह दिया था कि देखिए जमाना बदल रहा है, आमदनी भी कम हो रही है, हम लोग रामलीला का खर्चा दो-चार साल से ज़्यादा नहीं उठा पायेंगे। अगर रामलीला कमेटी अपनी आमदनी का वक़्त रहते इन्तज़ाम नहीं करेगी तो आगे चलकर रामलीला करना मुश्किल हो जायेगा। एकदम से लोगों को चन्दा देने में भी गुरेज़ होगा। आप अभी से थोड़ा-थोड़ा चन्दा लेना शुरू कर दें। इसका नतीजा यह हुआ कि उन चार सालों में रामलीला कमेटी के पास अपनी जमा पूँजी बन गयी थी। यहाँ तक कि जहाँ रामलीला होती थी उस टीले पर लंका, अयोध्या, अशोक वाटिका, किष्किन्धा आदि स्थलों का निर्माण करा लिया गया था। बड़े राय ने कलक्टर साहब से कहकर रामलीला के लिए ज़मीन भी आवंटित करा दी थी। उस पर रामलीला कमेटी का दखल भी हो गया था। जब हमारी तरफ़ से रामलीला का खर्च बन्द हुआ तो रामलीला कमेटी को किसी तरह की कोई कठिनाई नहीं हुई। न आर्थिक दृष्टि से और न जगह के ख़्याल से। किसी संस्था का इतना सहज समाजीकरण शायद ही कभी हुआ हो।

बड़े राय ने भी उसी साल रामलीला कमेटी का अध्यक्ष बनने से मना कर दिया। लोगों ने काफ़ी घेरा-घारी की। एक बार मना कर दिया तो अन्त तक मना ही रहा। छोटे राय से भी कहा गया वे भी नहीं माने। मझले राय जरूर बनने को उत्सुक थे। कमेटी वाले मुश्किल में पड़ गये। क्योंकि राय खानदान कम-से-कम एक सदी से रामलीला कराता आ रहा था। उनका धर्मसंकट यह था कि उन्होंने एक ऐसे लड़के

को गोद ले लिया था, जिसकी न जाति का पता था और न माता-पिता का। न यही मालूम था कि वह किसी की जायज़ सन्तान है या नाजायज़। ऐसे पवित्र काम के साथ ऐसे व्यक्ति को जोड़ना, जिसने अधर्म का काम किया हो रामलीला वालों को गले में फँसी हड्डी की तरह लग रहा था। सिर्फ़ एक ही आदमी ने मझले राय का समर्थन किया था। उसका कहना था कि जिस आदमी ने बेसहारा बच्चे को अपना प्यार दिया, छत दी और अपना बेटा बनाया, उसे किसी धर्म के ठेकेदार से सर्टिफिकेट लेने की क्या ज़रूरत। वह तो अच्छे-अच्छे धर्मात्माओं से बड़ा धर्मात्मा है। पर उसकी बात किसी ने नहीं सुनी और यह टायँ-टायँ फिस्स होकर रह गया। नतीज़ा यह हुआ कि उस आदमी ने रामलीला कमेटी तक से इस्तीफ़ा दे दिया। बड़े राय भी यही चाहते थे कि वे उनकी जगह लें। वे उस दिन की बात से भी नाराज़ थे जब उन्होंने रंजन के द्वारा मझले राय को बुलवाया था और वे नहीं आये थे। अगर बड़े राय चाहते तो उस सबके बावजूद मझले राय रामलीला कमेटी के अध्यक्ष चुन लिए जाते। कमेटी का इस बात पर जोर था कि रामलीला कमेटी का अध्यक्ष राय-परिवार का व्यक्ति बनेगा। वैसे छोटे राय ने भी बड़े राय से कहा था कि अगर वे मझले राय का नाम प्रस्तावित कर दें तो—! बड़े राय ने बीच में उनकी बात काट दी थी —देखो राघव, मैं इस चक्कर में नहीं पडूँगा। मैं न नाम प्रस्तावित करूँगा और न विरोध। तुम चाहो तो कमेटी के सदस्यों से बात कर लो। बड़े राय का इशारा स्पष्ट था। छोटे राय फिर कुछ नहीं बोले।

नतीजा यह हुआ कि अन्त में मैं ही पकड़ लिया गया। इस बात से मझले राय और भी ज़्यादा खफ़ा हो गये। उन्हें लगा इस सबमें मैं भी शामिल हूँ। मेरा ईश्वर जानता था कि मैं उसमें जरा भी दोषी नहीं था। बड़े राय के बाद में कई साल तक रामलीला कमेटी का अध्यक्ष रहा था।

मुझे याद था कि किशन बाबू अपने यहाँ रामलीला कराते हैं। उनके यहाँ अच्छे-अच्छे कलाकार भी हैं। उन्होंने अपनी रामलीला बोलचाल की भाषा में लिखवायी है। मैंने कमेटी के सामने प्रस्ताव रखा तो वे लोग उखड़ गये। उनका कहना था कि रामलीला रामचरितमानस के ही आधार पर होगी। वही एक मात्र स्थायी और पवित्र ग्रन्थ है। सन्त तुलसीदास और बोलचाल की भाषा में लिखने वाले किसी भाँड़ की क्या बराबरी । किशन बाबू ने एक बार अपनी वह रामलीला मुझे सुनायी थी। उसमें लय-ताल, गायकी आदि इतना बाँधने वाली थी कि कुछ कहना नहीं था। तब रहमतुल्ला ज़िन्दा था। किशन बाबू रामलीला के ज़माने में रहमतुल्ला को भी बुला लेते थे। उसकी आवाज़ में इतना सोज़ था कि एक बार सुन लो तो सुनते ही रह जाओ। राजतिलक के दिन वह कड़े पहनकर भाटों की पोशाक में 'कड़े'

बजाते हुए राम-स्तुति गाया करता था—राम रमा रमणं शमनं, भवताप भयाकुल पाहि जनम—। उस स्तुति को किशन बाबू और रहमतुल्ला दोनों मिलकर गाते थे। जो कठिन शब्द होता था उसे किशन बाबू उठा लेते थे। अपने ज़माने में एक बार मैंने भी उस स्तुति के लिए किशन बाबू की जोड़ी को बुला लिया था। हालाँकि रहमतुल्ला बहुत डरा था कि वह मुसलमान है। लोगों को पता चल गया तो फज़ीता हो जायेगा। जब ज़रा-सी बात के लिए उन्होंने मझले राय को कमेटी का अध्यक्ष नहीं बनने दिया तो मुझे कैसे बर्दाश्त करेंगे। इस बात को गोपनीय रखा गया था। स्तुति की जिम्मेदारी मैंने अपने ऊपर ले ली थी।

राजगद्दी के दिन दोनों को ऐसे सजाया गया जैसे वे कोई किन्नर या भील हों। उस वेष में उन्हें कोई पहचान नहीं पाया। हमने यहाँ प्रचारित किया कि उन्हें राजस्थान से बुलाया गया है। हालाँकि तब राजस्थान नहीं था। रजवाड़े थे। जब रहमतुल्ला ने अलाप लिया और कड़े बजाये तो लोग झूम उठे। मैडिल और रुपयों की बारिश होने लगी। उन दिनों चाँदी के मैडिल और रुपये ही इनाम में दिये जाते थे। हालाँकि मुकुन्दा हलवाई भी इस स्तुति को बहुत अच्छा गाते थे। पर रहमतुल्ला ने उन्हें पीछे छोड़ दिया था। उसके बाद मैं कई साल रामलीला कमेटी का अध्यक्ष रहा पर रहमतुल्ला वाला समा कभी नहीं बँधा।

रहमतुल्ला ने गाया भी नहीं और वह गाने के लिए रहा भी नहीं। जब लोगों को रहमतुल्ला के बारे में पता चला तब अध्यक्ष कोई और था और ज़माना भी बदल गया था। यहाँ तक कि रामलीला में तवायफें आने लगी थीं।

उन दिनों की कुछ घटनाएँ ऐसी हैं जिनका सन्दर्भ अचानक मुझसे आ जुड़ा। रामलीला का काम काफ़ी होता था। सबसे बड़ा काम था चन्दा इकट्ठा करना। जब तक बड़े राय अध्यक्ष थे तब तक तो चन्दे की जरूरत नहीं पड़ती थी। दूसरे जिसका मन हो दे, जिसका न हो न दे। बड़े राय ने चूँकि अपने ज़माने में ही चन्दा चालू करा दिया था इसलिए लोग खुद ही दे जाते थे। तब दो रुपये या पाँच रुपये फी घर से ज़्यादा चन्दा नहीं होता था। वह सब जमा में ही जाता था। दूसरा बड़ा काम स्वरूपों (सरूपों) का था। नगर-यात्राओं का इन्तज़ाम भी करना पड़ता था। हालाँकि ये सब काम मुझे नहीं करने पड़ते थे। पर मैं यह ज़रूर कोशिश करता था कि सब पर नज़र रखूँ। रामलीला कमेटी की मीटिंग भी हमारे विलायती अतिथि-गृह में ही होती थी। बड़े राय सिर्फ़ दशहरा, रामजी की बारात, वनवास-यात्रा आदि में शरीक होते थे। कभी प्रशासन सम्बधी समस्या हुई तो जिला प्रशासन से कह-सुन देते थे।

सरूप हमेशा ब्राह्मण परिवारों से लिए जाते थे। उनकी आयु चौदह-पन्द्रह साल से ज़्यादा नहीं होती थी। जहाँ उम्र ज़्यादा हुई, सरूपों की भूमिका देनी बन्द कर दी

जाती थी। शायद इसलिए ऐसा किया जाता हो कि उसके बाद दाढ़ी मूँछ आने लगती हैं। भगवान राम की जरा-मुक्त कल्पना में दखलअंदाजी होती थी। तस्वीरों में भी केश तो होते हैं पर दाढ़ी नहीं दिखाई जाती। रामलीला वालों का मानना था कि चौदह-पन्द्रह साल की उम्र तक बच्चे निश्छल रहते हैं। इसलिए उन पर सरूप स्वयं उतर आते हैं। खैर जो भी हो। उनमें से एक लड़का दो-तीन साल से राम की भूमिका निबाह रहा था। आयु की निर्धारित सीमा पार कर गया था। उसे कोई और भूमिका दे दी गयी थी। पिछले वर्ष वाले लक्ष्मण को राम बना दिया था। सीता लक्ष्मण हो गया था। भरत और शत्रुघ्न वही रहे थे। सीता का नया चुनाव करना पड़ा था। सीता की भूमिका के लिए तब भी लड़के ही चुने जाते थे। आज भी चुने जाते हैं। सीता ही क्यों, लगभग सभी महिला पात्रों की भूमिका पुरुष ही करते हैं। चाहे मन्दोदरी की हो या कैकेयी आदि की। खाते-पीते ब्राह्मण परिवार अपने बच्चों को सरूप बनने से बचाते हैं। जरूरतमन्द माता-पिताओं को सरूपों से काफी आमदनी हो जाती है। उस सस्ते ज़माने में भी रामलीला के दौरान सरूपों को तीन सौ, चार सौ रुपये मिल जाते थे। वस्त्र आदि भी खूब मिलते थे। चढ़ावे में से भी हिस्सा मिलता था। लेकिन उन पाँच बच्चों को पूरी रामलीला के दौरान एक वक़्त उपवास करना पड़ता था। फल, दूध, दही, मिठाई-मेवा आदि खाने को दिया जाता था। बस शाम को कचौरी, पूरी-खीर आदि का भोग लगता था। बँटता भी था। सरूप भी खाते थे। बाद में खाने के बर्तन भी उन्हें ही मिल जाते थे। जो सरूप उम्र में छोटे थे। कई बार भूख के मारे रोने लगते थे। उन्हें बहलाकर या दूध आदि पिलाकर चुप किया जाता था। ज़मीन पर सोना, अपने बर्तन आप साफ़ करना, घर न जाने देना, दोनों समय स्नान करना, एकान्त में भोग लगाना, काफ़ी संयम और शुचिता से रहना आदि कई बन्दिशें थीं। सरूपों का पूरा प्रबन्ध सेक्रेट्री साहब स्वयं देखते थे। कई बार उन सरूपों के माता-पिता भी रात को वहीं सो जाते थे, जिससे छोटे बच्चे घबरायें ना।

उस साल जिस बच्चे को सीता की भूमिका मिली थी वह काफ़ी सुन्दर था। पाँच सौ में तय हुआ था। उसकी माँ विधवा थी। माँ की यह शर्त थी कि वह भी बच्चे के साथ ही रहेगी। भोजन भी वहीं करेगी। सचिव ने सब शर्तें मान ली थीं। तुलसीदास ने मानस में सीता को कम-से-कम बुलवाया है। राम ही ज़्यादा बोलते हैं। लेकिन लड़का उतना भी नहीं बोल पाता था। भूख उसकी भी कमजोरी थी। जब उसे भूख लगती तो शोर मचाने लगता। माँ भी चालू हो जाती। कई बार अलग ले जाकर उसे खिला भी देती। जो पण्डित सरूपों की सेवा में रहते वे बहुत नाराज़ होते। वह औरत अपने बेटे के लाड़ में रामलीला की पवित्रता को भ्रष्ट कर रही है। उसे सीता के रूप में जो ईश्वरीय शक्ति प्राप्त होने वाली है वह उसे साधना के अभाव में वहन नहीं कर पायेगा। मैं चुप रहता था। वे सब बातें मेरी समझ में उतनी आती भी नहीं थीं। लेकिन बाद में समझ में आया कि दर्शक बाकी सब पात्रों की गलती

पर हँसते थे पर सरूप भले ही पूरा-का-पूरा संवाद भूल जायें, वे चुपचाप बैठे रहते थे। उन्हें उनके कल्याणकारी रूप से मतलब था, अभिनय से नहीं।

धनुष-भंग के दिन लक्ष्मण-परशुराम संवाद था। उसी दिन सीता की पुष्प-वाटिका में राम से पहली भेंट भी थी। सीता को नींद आ रही थी। जब सीता को खड़ा किया गया तो पहले तो उसने जँभाई ली। एक आध वाक्य तो ठीक-ठाक बोला फिर भूलने लगा। प्रांप्टिंग चल रही थी। उसने ऐं ऐं कहना शुरू कर दिया। बच्चे हँसने लगे। माताओं ने बच्चों को डाँटा—ये सीता माता हैं— हँसोगे तो पाप लगेगा। देखो क्या रूप आया है—ऐसा रूप बिना माँ की कृपा के नहीं आता। फौरन सीता माता की जय बुल गयी।

उसी रात एक घटना और भी हुई। राम और लक्ष्मण के बीच कसकर मार-पिटायी हो गयी। वे दोनों सीता को अपने पास सुलाना चाहते थे। सीता की भूमिका करने वाला लड़का डर के मारे रो रहा था। उसकी माँ किसी काम से उस दिन घर चली गयी थी। नीचे जो दो-चार लोग सो रहे थे उन्होंने शोर सुना तो वे ऊपर पहुँचे। उन्होंने जो हालत देखी तो वे चकरा गये। दोनों एक-दूसरे से गुँथे थे और सीता रो रहा था। भरत और शत्रुघ्न भी बच्चे ही थे। वे एक कोने में दुबके थे। उनमें से एक राम का छोटा भाई था दूसरा लक्ष्मण का। सीता के कपड़े भी फट गये थे।

चूँकि हवेली नज़दीक थी चौकीदार दौड़ा हुआ मेरे पास आया। शायद पहले भी ऐसा होता रहा हो। लेकिन बड़े राय के ज़माने में बात उन तक पहुँचाने की किसी की हिम्मत नहीं पड़ती थी। ज़माना बदल गया था। मैं हरी राय तो था नहीं, अतः रात को ही जाना पड़ा। मुझे देखकर पाँचों ने रोना शुरू कर दिया। गुस्सा तो इतना आया कि राम और लक्ष्मण बने दोनों लड़कों को दो-दो चपत रसीद करूँ और रामलीला से बाहर कर दूँ। फिर ध्यान आया ये तो सरूप हैं—भगवान का रूप। खैर, मैंने आदमी को भेजकर सेक्रेट्री साहब को बुलवाया। सीता की माँ को बुलवाया गया। जब गुस्सा कम नहीं हुआ तो उन दोनों से उठक-बैठक लगवायी। हालाँकि लोगों में इस बात की काफ़ी चर्चा रही की मैंने सरूपों को सजा देकर प्रकारान्तर से मूल भगवानों की अवमानना की है।

रघुबर का दिन-भर गायब रहना, इतनी देर से रंजन के साथ लौटना और बड़े राय का उसे इतना पीटना कई तरह के प्रश्न उठा रहे थे। रामलीला के सरूपों वाली यह घटना भी उस सन्दर्भ में अनायास याद आ गयी थी। हालाँकि उस घटना को

कितना वक़्त बीत चुका था। बड़े राय ने कहीं इसी तरह की कोई बात तो नहीं देख ली ? छोटे राय और बड़े राय के बीच भी फासला बढ़ गया था। शायद एक कारण यह भी रहा हो कि इधर अरुण सिवाय छोटे राय के किसी को पत्र नहीं लिखता था। मुझे तक लिखना बन्द कर दिया था। एडवर्ड की मेरहरबानी से उसकी पैसे की जरूरत खत्म हो गयी थी। एडवर्ड साहब अलबत्ता बड़े राय को चिट्ठी लिखते रहते थे। बड़े राय भी उन्हीं के द्वारा अरुण की खोज-खबर लेते रहते थे। फिर भी बीच-बीच में रुपये भेजे बिना मन नहीं मानता था। चौथे पाँचवें महीने कुछ-न-कुछ भेज ही देते थे। रुपयों की प्राप्ति के बारे में कभी-कभी अरुण औपचारिक पत्र लिख देता था और कभी गोल कर जाता था।

छोटे राय भी बड़े राय की इस बेरुखी से अन्दर-ही-अन्दर दुःखी थे। एक दिन उन्होंने स्वयं बड़े राय से जाकर बात की, ''आखिर मैंने ऐसी क्या खता की है जो आपका रुख़ ही मेरी ओर से बदल गया ?''

बड़े राय सिर्फ़ इतना ही बोले, ''मुझे लगता है मुझमें कहीं बहुत बड़ी कमी है। मैंने अपनी उसी कमी की वजह से कृष्ण को खो दिया, अब लगता है धीरे-धीरे तुम्हें भी खोता जा रहा हूँ। लेकिन जहाँ मैं अरुण के दूर होने से दुःखी हूँ वहाँ इस बात से खुश हूँ कि उसने मेरी जगह पर तुम्हें पूरी तरह स्वीकार कर लिया। तुम अब एक होनहार बेटे के पिता हो। उसके व्यवहार से मुझे बीच से हट जाने में बहुत सहायता मिली है। वरना पता नहीं क्या होता—मैं उससे बँधा भी बैठा रह सकता था।''

छोटे राय रो पड़े, ''पिता तो वही होता है जो जन्म देता है—यानी बच्चे की पैदाइश में हिस्सेदारी करता है—''

''नहीं, वह भी पिता ही है जो बच्चे के दिलोदिमाग़ में पिता होने के अहसास को एक यकीन में बदल देता है—असली पिता शायद वही है।''

बड़े राय उठ गये। बात आगे नहीं बढ़ पायी । ऐसी स्थिति में छोटे राय से भी मेरी यह कहने की हिम्मत नहीं हो रही थी कि वे बड़े राय से पूछें कि क्या उस दिन उन्होंने रघुबर को रंजन के साथ ऐसी-वैसी स्थिति में देख लिया था !

मैं उस दिन की उस घटना को रामलीला वाली घटना से अलग नहीं कर पाया था। वह घटना फिर से मेरे दिलोदिमाग़ में छा गयी थी। मुझे अपना और किशन बाबू का ज़माना भी याद था। रघुबर को मैं अपने अनुभव का लाभ पहुँचाना चाहता था या नहीं यह कहना तो कठिन है पर इतना जरूर जानता था कि मेरे अन्दर एक शक बार-बार सिर उठाता था। मैं उसे दबा नहीं पाता था। एक दिन मैंने स्वयं ही उससे पूछा— ''रंजन के साथ क्यों घूमते हो ?''

वह बोला, ''रंजन चाचा मुझे अच्छे लगते हैं—घर से बाहर वे ही मेरे मददगार हैं।''

''तुम्हें मालूम है वह कौन है ?'' मैंने नीचता पर उतरते हुए कहा। मुझे बेटे

के चरित्र की चिन्ता इतना परेशान कर रही थी कि मैं गलत-सही का विवेक खो चुका था।

''उसने तपाक से कहा ''मझले बाबा के बेटे !''

''नहीं, वह चाचा नहीं है।''

मैंने सोचा रघुबर मुझसे पूछेगा तो मैं उसे वास्तविकता बता दूँगा। हो सकता है उसका मन बदल जाये। पर उसने कुछ भी पूछने के बजाय इतना ही कहा, ''वे चाचा ही हैं—सब यही कहते हैं !'' और चला गया। मैं तब भी यह नहीं समझ पाया कि वह जितने विश्वास से जवाब दे रहा था उसमें शक की गुँजाइश नहीं होनी चाहिए थी। हो सकता है मेरा अपना अतीत बीच में कहीं फाँस की तरह करक रहा हो।

घर एकदम बदल गया था। पूरबमुखी न रहकर पच्छिममुखी हो गया था। वह गरिमा बिखरती जा रही थी जो कुछ दिन पहले तक थी। यहाँ तक कि दो घोड़े एक के बाद एक मर गये थे। सिर्फ़ दो घोड़े बचे थे। उनमें एक घोड़ा काफ़ी बूढ़ा हो गया था। बग्घी में तो वह चल लेता था, घुड़सवारी में हल्का-सा मचकता था। उसके घुटनों में बैजे हो गये थे। मचकना सिर्फ़ सवार को ही पता चलता था। इधर यह भी सुनने में आया था कि रानी के ससुर ने जार्ज को किसी दिसावरी के हाथ बेच दिया। जब से इस बात का पता चला था बड़े राय तो बेचैन थे ही और भी किसी की समझ में नहीं आ रहा था कि क्या करें ? उन्होंने काले को रानी के घर भेजा कि वह पता लगाकर आये कि घोड़ा किसे बेचा गया है। जिसे बेचा हो मुँहमाँगी कीमत देकर ख़रीद लें। हालाँकि मुँहमाँगी कीमत देने की बात भी अपने आप में एक कल्पना ही-सी थी।

जब काला रानी के घर पहुँचा तो रानी उसे देखकर फूट-फूटकर रो पड़ी। अपने आप ही बोली, ''मैंने बहुत कहा जार्ज को मत बेचो—उसे बड़े राय के पास भेज दो। जो दाम कहोगे मैं उनसे लाकर दे दूँगी—ये तो उनके सामने बोल नहीं पाते ! बस सवेरे कपड़े-वपड़े पहन कर निकल जाते हैं—मैंने ससुर जी से भी मुँह खोलकर कहा। वे बोले, 'तुम विवाह के इतने साल बाद भी अपने पीहर में ही बसी हुई हो—यहाँ कब आओगी ? तुम्हारे पिता ने इस घोड़े को लेकर मेरे बेटे और अपने दामाद की जरा-सी बात को ठुकरा दिया था—वह तो मैं बारात लौटाकर लाने की बात न कहता तो तुम्हारे पिता मेरे बेटे की बात की ओर ध्यान भी न देते। मेरे लिए उस आदमी की बात की कोई वक़त नहीं। जहाँ तक दाम देने का सवाल है—अपने

पिता से कहला दो कभी अपनी ज़मींदारी रहन रखने की ज़रूरत पड़े तो यहाँ चले आयें।' उसने लम्बी साँस लेकर कहा, ''मैं कुछ नहीं कर पायी—जार्ज मेरे देखते-देखते चला गया। मैं खिड़की से बेबस झाँकती रह गयी। उसकी आँखों में आँसू टपक रहे थे।—वह मेरा तीसरा बेटा हो गया था—राजू, मौजू की तरह।''

काले ने बहुत पता लगाने की कोशिश की, पर पता नहीं चला कि उसे कौन खरीदकर ले गया। रानी के ससुराल में कस्बे के लगभग सभी लोग जार्ज को पहचानते थे, उसकी तारीफ़ करते नहीं थकते थे। जब वह सवारी में गर्दन तिरछी करके चलता था तो लगता था किसी रजवाड़े की सवारी है। ज़ब काला खाली हाथ घर लौटा तो बड़े राय का काफ़ी देर तक बोल नहीं फूटा। काफ़ी देर बाद वे बोले, ''काले, मुझे लगता है मेरा जार्ज किसी मुसीबत में फँसा है। उसकी बद्दुआ की वजह से एक के बाद एक, मेरे दो घोड़े चले गये। अब इस थान के खाली होने का वक़्त आ गया।''

छोटे राय ने एक कार खरीदने की बात सुझायी तो बड़े राय बोले, ''ज़रूर खरीदो। पर मैं तो जानवरों के बीच रहा हूँ—मैं कल-पुर्ज़ों के साथ नयी जिन्दगी शुरू करना नहीं चाहता— इन्हीं सहयात्रियों के साथ ज़िन्दगी काट देना चाहता हूँ।

जब कई तरफ़ से गाड़ी खरीदने की बात कही गयी तो वे बोले, ''मोटर पर तो मेरी लाश ही हरिद्वार ले जाना। जिन्दा रहते तो इन्हीं घोड़ों के साथ मेरा बाकी वक़्त कटेगा। नहीं तो हरि इच्छा!''

इसका नतीजा यह हुआ कि उनका लगाव घोड़ों के साथ ज़्यादा बढ़ गया। आदमी भी शायद उनके लिए उतने जरूरी नहीं रहे थे। सारा ध्यान उन दो घोड़ों पर लगा रहता था। उनमें से किसी की भी ज़रा-सी तबियत खराब हुई नहीं कि वे उसे हवेली पर ही बुलवा लेते और रात-रात भर बैठे रहते थे। खुद इलाज करते थे। सवेरे नहाने से पहले वे दो घण्टे घोड़ों को देखते थे। किसी को खरीदना हुआ तो बाल-भौरी का विचार करना—साँपन, आँसू ढाल, पंचकल्याण, पता नहीं क्या-क्या दोष-गुण देखते थे। अगर उन्हें यह पता चल जाता था कोई अच्छी नस्ल का घोड़ा इतना बीमार है कि उसे लाया नहीं जा सकता तो उसे देखने स्वयं चले जाते थे। अब यही उनका शगल रह गया था।

रघुबर ने एक बार अनजाने ही उनसे एक सवाल पूछ लिया था, ''बाबा, आपके पास घोड़े ही क्यों आते हैं, आदमी क्यों नहीं आते?''

बड़े राय का चेहरा एक क्षण को लाल हो गया था। लेकिन तत्काल ही हँस कर बोले, ''चूँकि मैं खुद आदमी नहीं रहा।''

सारंगा का बेटा गर्मियों में जन्मा था। बाक़ायदा ख़ॉस की टट्टियाँ लगा दी गयी थीं जिससे माँ और बच्चे को गर्मी न सताये। सोना नाना के घर गयी हुई थी। पदम मामा वकालत करते थे। नाना रिटायर हो गये थे। हम लोगों के और उनके संस्कारों में अन्तर था। उनके घर में 'पथ-कुपथ' यानी प्याज-लहसुन सब कुछ खाया जाता था। हमारा परिवार सुच मानने वाला था। इसलिए बच्चों को वहाँ भेजने में सबको संकोच होता था। हम लोग भी पसन्द नहीं करते थे। रघुबर तो लगभग जाता ही नहीं था। तभी जाता था जब मैं साथ होता था। उसे उनके घर भर में से बदबू आती महसूस होती थी। उनके बच्चे कान्वेंट स्कूल में पढ़ते थे। अपने माँ-बाप को डैडी-ममी कहते थे। यह बात भी उसे बिलकुल पसन्द नहीं थी।

ख़ैर, गिरवर के जन्म का अच्छा-खासा जश्न मनाया गया। बड़े राय के मन में यह बात बार-बार आती थी कि सब भाइयों में उन्हीं की वंशबेल चल रही है। हमने एक बेटा राघव के दे दिया। हमें भगवान ने दूसरा बेटा देकर कमी पूरी कर दी। रघुबर भी बहुत खुश था। उसकी खुशी बड़े राय की खुशी से अलग थी। जब वह सवेरे उठा तो पता चला कि रात को नयी माँ के बच्चा हुआ है। बच्चा होते ही सूतक लग गया था। पर्दा डालकर कमरे का विभाजन कर दिया गया था। वह आधा कमरा जिसमें सारंगा और बच्चा थे मुख्य धारा से फिलहाल अलग था। दाई को छोड़कर जो भी अन्दर जाता था उसे नहाना पड़ता था। जब तक नहा नहीं लेता था तब तक वह किसी चीज़ को छू नहीं सकता था। हालाँकि अस्पतालों में ऐसा नहीं होता था।

जब रघुबर हुआ था तो कला की हालत काफ़ी खराब थी। डॉक्टर बार-बार आ जा रही थी। हम लोगों में से भी हर एक को वहाँ जाना पड़ता था। मैंने डॉक्टर से पूछा भी था कि क्या आप हर बार नहाती हैं। वह हँसकर बोली थी, ''अरे बच्चा और माँ तो ईश्वर की कृपा है—हमारी डॉक्टरी में तो जब बच्चे के पास जाओ तब नहा धोकर सफ़ाई के साथ जाओ। बाहर ज़्यादा छूत होती है।''

मुझे उसी की बात याद आ रही थी।

छोटी चाची तो मर ही चुकी थीं। मझली चाची से कोई ताल्लुक नहीं था। कभी टेहले-ठिये आ जाती थीं तो आ जाती थीं। इसलिए रानी को बुलवाना पड़ा था। मन में जार्ज के बेचे जाने का क्षोभ और शर्म अभी तक थे। उस बात का वह भूले से भी ज़िक्र नहीं करती थी। रानी के बच्चे भी साथ ही आये थे। तब तक राजू और मौजू ही थे। कस्बे में रहने के कारण दोनों में राँघड़पन ज़्यादा था। एकदम लण्ठ। हर वक़्त लड़ना, गाली देना, मारना-पीटना। रानी को उनके कारण व्यवहार में शर्मिन्दा होना पड़ता था। हालाँकि रानी बीच-बीच में भी तीज-त्यौहार आती रहती थी। तब बच्चे छोटे थे। इसलिए तब इतनी शर्मिन्दगी महसूस नहीं होती थी। इस बार बच्चों

के व्यवहार ने उसे अपनी नज़रों में ही नीचा कर दिया था। वे या तो मामा से डरते थे या बड़े नाना से। छोटे राय से वे ज़्यादा प्रसन्न रहते थे। बड़े राय में एक बात और देखने को मिली थी। वे उन दोनों बच्चों के मुकाबले रघुबर की तरफ़ ज्यादा मुखातिब होते थे। तरफ़दारी भी रघुबर की ही लेते थे। रानी को यह बात मन-ही-मन बुरी लगती थी।

शिशु यानी गिरवर की तब तक शुद्धि नहीं हुई थी। रघुबर हालाँकि अच्छा-खासा बड़ा था। पर उसे एक दिन न जाने क्या झक सवार हुई कि वह सूतक में अन्दर जाने की ज़िद करने लगा। वह बच्चे को देखना चाहता था। पण्डताइन ने तदबीर निकाली कि वह कपड़े उतारकर अन्दर जाये और फिर आकर फौरन नहाये। किसी तरह इस बात पर फैसला हुआ कि वह तौलिया बाँधकर अन्दर जायेगा और तौलिया ज़मादार को दे दिया जायेगा। वह अन्दर गया। बच्चे को गोद में लिटाकर बैठा रहा। उन दिनों जच्चाघर में केवल तेल का दिया जलता था। माना जाता था कि तेज रोशनी से जच्चा व बच्चा की आँखों पर असर पड़ सकता है। उस रोशनी में उसे उसकी शक्ल साफ नहीं दिखलाई दे रही थी। रानी बुआ बाहर खड़ी हँस रही थीं, "अरे इतना बड़ा हो गया और छोटे बच्चों की तरह ज़िद करके अन्दर गया है।"

जब वह उठने लगा तो उसका तौलिया उसकी अपनी हथेली के नीचे दबकर खुल गया। उसने सँभालना चाहा पर सम्भव नहीं हो पाया। वह नंगेपन का मतलब तो समझता ही था इसलिए इस तरह अचानक तौलिया खुल जाने की घटना ने उसे सन्न कर दिया। सारंगा हँस पड़ी और जाने-अनजाने यह वाक्य ज़बान से निकल गया, "अरे तू तो अपने पिता जितना हो गया !"

उसे लगा कि ज़मीन खोखली हो गयी है और वह उसमें किसी सिलिण्डर पाइप की तरह उतरता जा रहा है। उस स्थिति से उबरने में उसे कुछ समय लगा। उसने अपने ऊपर नज़र डाली। नयी माँ की तरफ़ देखा। तौलिया उठाया, लपेटा और भागता हुआ गुसलखाने में घुस गया। घुसते ही जोर से दरवाज़ा बन्द कर लिया। नयी माँ की हँसी और उनके वे शब्द उसके पहुँचने से पहले ही वहाँ जा पहुँचे थे।

उस घटना के बाद वह कई दिन तक अन्दर हवेली में नहीं गया। राजू-मौजू से हालाँकि वह बड़ा था। पर वे उसे तरह-तरह से चिढ़ाते थे। एक-दो बार कहा-सुनी भी हुई और पटका-पटकी भी हुई। दिमाग़ में एक ही सवाल घूमता रहता था—नयी माँ ने ऐसा क्यों कहा ?

ज़माने में बड़ा ज़बरदस्त बदलाव आ रहा था। जो हीरों की तरह चमकते थे बेआब लगने लगे थे। नाचीज़ चीज़ होते जा रहे थे। इसके बावजूद एक दूसरा बदलाव भो था—मुसलमानों और हिन्दुओं के बीच दूरी बढ़ रही थी। गाँधी अकेले आदमी थे जो साम्प्रदायिकता के खिलाफ़ चट्टान बनकर खड़े हुए थे। गणेशशंकर विद्यार्थी का बलिदान पहले ही हो चुका था। गाँधी जिन्ना साहब को यह प्रस्ताव दे चुके थे —'देश मत बाँटो, चाहे सरकार बना लो। काँग्रेस तुम्हारा साथ देगी।' इस प्रस्ताव पर काँग्रेस गूँगी हो गयी थी। बस एक रट थी कि अगर ऐसा हुआ तो देश में खून-खराबा हो जायेगा। गाँधी के ख़ासुलख़ास भी गाँधी की यह बात मानने के लिए तैयार नहीं थे। उनकी भी उम्र बढ़ रही थी। उन्हें भी चिन्ता थी कि कहीं बिना हुकूमत में बैठे ही न चले जायें ! गाँधी क्या करे ? वह बँटवारा टालना चाहता था। वह जानता था कि अगर देश नहीं बँटा तो रास्ता निकल आयेगा। पर रास्ता निकालने की थावस किसमें थी। गाँधी अकेला पड़ गया था। सब जल्दी में थे। गाँधी चाहता था कि पहले नीयत साफ़ कर लो। आजादी तो आ ही जायेगी। उनके लिए गाँधी का इस्तेमाल इतना ही था कि आजादी मिल जाये और वे सत्ता-आरूढ़ हो जायें। फिर गाँधी मरे या जिये। देश कटे या बटे।

मैं तो राजनीति में नहीं था, परन्तु जो देखता-सुनता था उसी से यह सब अन्दाज़ लगता था। लेकिन अब जब गंगा में इतना पानी बह चुका और मैं भी अपने सफ़र के आखरी दौर में हूँ तो मुझे लगता है कि अगर उस वक़्त थोड़ा खून-खराबा और हो गया होता और देश न बँटा होता तो देश के बँट जाने के बाद अब नफ़रत का जो यह पतनाला गिर रहा है वह न गिरता। देश भी बँट गया और नफ़रत की स्याही भी और ज़्यादा गाढ़ी हो गयी। उस समय गाँधी या तो एक पागल बुड्ढा था या मसीहा था। ज़मींदारों का वर्ग उसे सनकी और अव्यावहारिक आदमी ही समझता था। हिन्दुस्तान भले ही एक धर्म-निरपेक्ष राष्ट्र रहा हो पर लोगों को तब भी लगता था और शायद अभी भी लगता है कि वह हिन्दू राष्ट्र है। यही इस देश का दुर्भाग्य है कि इसे वही कहा गया जो वह कभी नहीं रहा। वैसे एक सवाल यह भी है कि अगर हिन्दू राष्ट्र नहीं था तो जवाहरलाल और पटेल ने गाँधी की बात क्यों नहीं मानी ! सरकार की बागडोर जिन्ना को क्यों नहीं सम्हालने दी ? कई तरह के सवाल हैं जो लोगों के दिमाग़ों में उठते हैं। कुछ ही साल पहले जब जवाहरलाल चीन के दौरे पर गये थे तो रफी अहमद किदवई ने कहा था कि मैं जवाहरलाल जी की जगह इस तरह ले सकता हूँ कि लोग जवाहरलाल जी को भूल जायेंगे। इधर कहा उधर किदवई साहब फौत फरमा गये। इन्दिरा गाँधी भले ही जवाहरलाल की बेटी हों पर फ़ीरोज से शादी के बाद पारसन तो मानी ही जाने लगी थीं और फिर भी प्रधानमन्त्री थीं।

ख़ैर, जब बँटवारे का तय हुआ तो देश में हिंसा की आँधी बह चली। हमारे शहर में कई मुसलमान परिवार थे। उनमें से कई एक हमारी हवेली के इर्द-गिर्द रहते

थे। पहले ज़माने में जैसे राजधानियाँ नदी के किनारे बसाई जाती थीं इसी तरह लोग किसी हवेली या गढ़ी के आस-पास बसना पसन्द करते थे। उनमें से बहुत से लोग पाकिस्तान जाने की तैयारी में लग गये थे। इसके पीछे उनका वही ख्याल था कि हिन्दुस्तान हिन्दुओं का मुल्क है। उनका मुल्क होगा पाकिस्तान। वैसे भी पाकिस्तान बनने के बाद हिन्दू खुन्नस खा जायेंगे।

हसन मियाँ शहर के काफ़ी अच्छे वकील थे। हमारी ज़मींदारी के ज़्यादातर मुकंदमे उनके पास ही जाते थे। उनका पूरा नाम था अली हसनैन। सैयद थे। मुसलमानों में सैयद हिन्दुओं में ब्राह्मण एक तरह के माने जाते हैं। पढ़े-लिखे और धर्म में पाबन्द। उनके दो भान्जे थे—अख़्तर और शौक़त। वे दोनों अरुण के जिगरी दोस्त थे। अख़्तर खासुलखास था। शाम को अरुण और अख़्तर साथ-साथ खेलते थे और साथ-ही-साथ घर लौटते थे। उन दोनों लड़कों के माँ-बाप शायद बचपन में ही मर गये थे। मामा ने ही पाला था। पढ़ने में दोनों बहुत ज़हीन। अख़्तर तो बाद में आई.ए.एस. हुआ। शौक़त जज। अख़्तर की शादी नवाब रामपुर के खानदान में हुई थी। अख़्तर की मृत्यु दो वर्ष पहले ही दिल के दौरे से हुई। दरअसल बेगम बड़े खानदान की थीं, अखतर छोटी स्थिति से ऊपर उठे थे । कुछ ऐसी ही वजुहात पैदा हो गयी थीं। अख़्तर ने बहुत ज़्यादा पीना और बाहर रहना शुरू कर दिया था। शौक़त तो अब लन्दन में जाकर बस गये। उनके दोनों बच्चे उन्हीं के साथ हैं। जाने से पहले एक बार मिले तो मैंने उनसे पूछा, ''जब आपको जाना चाहिए था तब तो आप यहीं बने रहे और अब जब रहना चाहिए तो जा रहे हैं।'' बोले, ''भाई जान, पाकिस्तान अब भी नहीं जा रहा हूँ।'' और हँस दिये।

अली हसनैन का जब पाकिस्तान जाने का तय हो गया तो एक रोज़ हवेली पर आये। बड़े राय को उनके जाने का बेहद अफ़सोस था। उन्होंने हसन मियाँ से पूछा, ''आप अपने मुल्क को छोड़कर पाकिस्तान क्यों जा रहे हैं—वहाँ आपका कौन बैठा है ? हमसे कोई खता हुई या आप समझते हैं कि एक धर्म के मानने वाले ज़्यादा नज़दीक होते हैं, दोस्त-अहबाब कुछ नहीं होते ? यहाँ इतने हिन्दू हैं क्या सब मेरे आपसे ज़्यादा अपने हैं—?''

यह सवाल उनके लिए थोड़ा मुश्किल साबित हुआ। फिर भी वे बोले, ''जब हमने अपने लिए अलग एक मुल्क बाँट लिया तब हमारा क्या मुँह रह गया कि हम इस मुल्क पर भी अपना दखल रखें—क्या यह गैरईमानदारी नहीं होगी ? कल तक हिन्दुस्तान हमें अपना इकलौता मुल्क लगता था—अब दो मुल्कों को अपना मुल्क कैसे कहें ? ज़मीर की तरह आदमी का मुल्क भी एक ही होता है—''

बड़े राय हँस दिये, ''हसन भाई, जिन्होंने बाँटा वे जानें। आप और हम एक-दूसरे से क्यों अलग हों। आपकी जड़ें तो यहाँ हैं। पौधे को तो आप एक जगह से निकालकर दूसरी जगह लगा सकते हैं, दरख़्त को उखाड़कर कैसे ले जायेंगे ? क्या

नयीं ज़मीन उसको अपनायेगी ? क्या वह दरख़्त उस आबो-हवा में हरा-भरा रह पायेगा ? मेरे ख्याल से तो ऐसा कोई तरीका अभी इज़ाद नहीं हुआ।''

अली हसनैन ने संजीदगी से कहा, ''आप जानते हैं कि मैं बँटवारे के ख़िलाफ़ हमेशा आवाज़ उठाता रहा—लेकिन मुल्क बँट गया—मेरी ग़ैरत अब यह गवारा नहीं करती कि मैं यहाँ रहूँ।''

''मैं आपकी इस राय से मुत्तफ़िक नहीं। यह मुल्क हम सब लोगों का है। हम इसी मुल्क की सरज़मीं पर पले-बढ़े हैं। चिड़ियाँ जब शाम को बसेरे के लिए लौटती हैं तो हमारे घरों पर से उड़ते हुए हमारे नाम लेकर पुकारती हैं—कहो ठीक हो ! सीटी बजाकर बताती हैं अब हम जा रहे हैं—शब-ए-खैर। खुदा हाफ़िज़। कल मिलेंगे। गाँधी ने एक ही बात अक्लमन्दी की की और कही —''मुल्क भले ही बँट गया हो पर हिन्दुस्तान सबका है। जो चले गये हैं मैं उन्हें भी वापिस लाऊँगा।''

अली हसनैन ने भरे गले से कहा, ''राय साहब, सभी गाँधी नहीं हैं।'' फिर बोले, ''मैं एक खास वजह से आपके पास आया हूँ और आपकी मदद चाहता हूँ।''

''कहिये, अब तो आप जा रहे है—कब मैं आपके काम आऊँगा और कब मुझे आप काम के लिए याद करेंगे ! मुझे आपके काम आकर खुशी होगी।''

''मेरे दो भान्जे हैं अख़्तर और शौक़त। मैं और मेरी बेगम समझा-समझा कर हार गये पर वे हमारे साथ जाने के लिए तैयार नहीं। उनका कहना है कि वहाँ हमारा कौन होगा यहाँ सब अपने हैं। मैं उन पर दबाव नहीं डालना चाहता। इन बे माँ-बाप के बच्चों को कहाँ छोड़कर जाऊँ ? बस, आपका ही एक सहारा नज़र आता है।''

बड़े राय चुप हो गये। आँखें बन्द कर लीं। अली हसनैन उन्हें ग़ौर से देखते रहे, फिर बोले, ''रहने दें, आप परेशान न हों।''

''नहीं, यह बात नहीं। अख़्तर और शौक़त को अपने पास रखकर मुझे खुशी होगी। लेकिन मेरी माली हालत अब ऐसी नहीं रही कि मैं उन्हें सही तालीम दिला सकूँ। अरुण को भी विलायत में काम करके गुजारा करना पड़ रहा है। ये दोनों होनहार बच्चे हैं। मैं इनके भविष्य के साथ खिलवाड़ नहीं करना चाहता, मेरा संकोच बस इतना ही है।''

अली हसनैन बोले, ''मेरी बहिन इन दोनों बच्चों की पढ़ाई-लिखाई के लिए पचास हजार रुपया वक़्फ कर गयी थी। चूँकि शरियत में सूद हराम माना गया है इसलिए वो रुपया मेरे ही पास जमा है। कुछ ज़ेवरात भी हैं। अब तो शायद ही मैं कभी अपने भान्जों के काम आ सकूँ—इसलिए मैं अपने पास से भी पचास हज़ार रुपया उसमें मिला दूँगा। कुल एक लाख रुपया हो जायेगा। वैसे ज़माना बदल रहा है—इस्लामी मुल्कों में भी बैंक खुल गये हैं—आप चाहें तो उस रुपये को बैंक में जमा कर दें—उसका जो सूद आयेगा गुजारे के लिए वही काफ़ी होगा। मैं इनको अलीगढ़ यूनिवर्सिटी के बोर्डिंग में दाखिल करा दूँगा। बस यही चाहता हूँ इनका रास्ता

और एमाल सही रहे जिससे कयामत के दिन बहन और बहनोई के सामने मुझे गर्दन न झुकानी पड़े। जब तक ये खुदमुख़्तार न हों—पढ़-लिखकर अपने पैरों पर खड़े न हों तब तक रुपया और जेवर अपने ही पास रखें।''

बड़े राय ने बहुत शाइस्तगी से कहा, ''आप जानते हैं मैं हिन्दू हूँ—दूसरे मेरी माली हालत भी कमज़ोर है, नीयत में फ़र्क आने की पूरी गुंजाइश है।''

अली हसनैन हँसकर बोले, ''राय साहब, कुछ लोग हिन्दू होते हैं न मुसलमान—माली हालत कमज़ोर होने से ज़मीर कमज़ोर नहीं होते। और अगर भास्कर बाबू और अरुण राय की हक़तल्फ़ी होगी तो इन दोनों की भी हो जायेगी—अब मुझे इजाज़त दें।''

उन दोनों के रहने का इन्तजाम हवेली के पास एक चौबारे में कर दिया गया था। ऊपर के हिस्से में एक कमरा, एक रसोई, एक बराण्डा था। नीचे बड़ा हॉल। हॉल बन्द रहता था। हसन मियाँ के सामने ही उनका पैसा इम्पीरियल बैंक में जमा करा दिया गया था। पैसा निकालने के लिए बड़े राय के दस्तखत जरूरी थे। जहाँ तक जेवर का सवाल था वह अली हसनैन को ही वापिस कर दिया था। उन दिनों सोने का भाव शायद पच्चीस या तीस रुपये था। बड़े राय ने उन्हें इस बात पर राजी कर लिया था कि जब अख़्तर और शौक़त की शादी होगी तब वे जरूर तशरीफ़ लायें। शादी उन्हीं के द्वारा सपन्न होगी। उसी समय जेवर भी बहुओं को चढ़ा दें।

जब वे दोनों अलीगढ़ से आते थे तो उसी चौबारे पर ठहरते थे। माहौल को देखते हुए बड़े राय के दिमाग़ में उनकी सुरक्षा को लेकर बराबर तनाव बना रहता था। नफ़रत की उस वबा में वे बराबर यही मनाते रहते थे कि उनके चेहरे की आन बची रहे। ये दोनों बच्चे अपने पैरों पर खड़े हो जायें और अपनी अमानत की खुद देखभाल करें। जिन दिनों वे शहर में रहते थे, चौबारे पर कोई न-कोई चक्कर लगाता रहता था। उनका भी सवेरे-शाम हवेली पर चक्कर लगाना ज़रूरी थी। बड़े राय पढ़ाई के बारे में काफ़ी सख़्ती से पूछताछ करते थे।

शुरू में तो यही तय हुआ था कि जब वे शहर में रहेंगे तो दोनों वक़्त हवेली पर ही खाना खायेंगे। कुछ दिन तो चला। बाद में बन्द हो गया। उनके बर्तन अलग थे। खाने के वक़्त दोनों को आदमी भेजकर बुलवाया जाता था जिससे उन्हें यह अहसास न हो कि उनकी पूछ नहीं। दोनों भाइयों का खाना उनके बर्तनों में क़ायदे से लगकर आ जाता था। वे खाना खाकर बर्तन कुएँ के पास रख देते थे। उनमें आग डाल दी जाती थी। बाद में महरी माँजकर रख देती थी। एक दिन दोनों बच्चों ने बड़े राय के सामने दस्तबस्ता खड़े होकर कहा, ''अब्बा जी—'' वे दोनों अरुण के रिश्ते से बड़े राय और छोटे राय को बड़े अब्बा और छोटे अब्बा कहते थे— ''हम

चाहते हैं कि हम खाने का इन्तजाम वहीं कर लें—"

बड़े राय ने उनकी तरफ़ देखा और बोले, "मैंने तुम लोगों को अपने नज़दीक इसलिए रखा जब तुम शहर में रहो तो मेरे नज़दीक रहो—इस बात का पता रहे कि ठीक-ठाक खाना मिल रहा है या नहीं। अगर हमारे होते हुए तुम्हें खाने का इन्तजाम खुद करना पड़ा तो हमारे होने का क्या फ़ायदा !"

वे चुप खड़े रहे। उनके उस तरह खड़े रहने से वे यह समझ गये कि उनका जवाब उनके इरादे को बदलने के लिए नाकाफ़ी है। वे स्वयं ही बोले, "खैर, अगर कोई और वज़ह है और तुम खुद इन्तजाम करना चाहते हो तो करके देख लो—वैसे तुम्हारे लिए यह घर हमेशा खुला है—।"

दोनों ने एक-दूसरे की तरफ़ देखा और सलाम करके लौट आये।

हमारा शहर ही ऐसा था जहाँ अभी तक दंगे नहीं हुए थे। अलीगढ़ का माहौल काफ़ी बिगड़ा हुआ था। दोनों को अलीगढ़ से बुला लिया गया था। लेकिन ऐसा नहीं था कि देश के माहौल का असर न पड़ रहा हो। अन्दर-ही-अन्दर एक तरह का तनाव था। उन दोनों बच्चों में भी एक तरह की असुरक्षा आती जा रही थी। सड़क पर चलते थे तो चारों तरफ़ देखते हुए। खाला पार मुहल्ले में चाकू की एक-दो वारदातें हो चुकी थीं। उसके जवाब में सरवट गेट पर भी हुई थीं। उन दोनों ने घर से निकलना काफ़ी कम कर दिया था। बस हवेली तक आते थे। रात को भी एक सोता था दूसरा जागता था। हालाँकि लोग जानते थे कि वह चौबारा राय परिवार का है। कभी-कभी उन्हें लगता था कि किसी भी समय उनकी कुर्बानी हो सकती है। अख़्तर इस मामले में ज़्यादा हिम्मती था। वह शौक़त को यही समझाता था—देख शौक़त अगर हम मार भी दिये जायेंगे तो भी हमें लगेगा कि मरने का निर्णय हमारा अपना है, यहाँ हम पले-बढ़े हैं इसी मिट्टी के काम आ जायेंगे। वैसे ऐसा कुछ नहीं होगा—आखिर बड़े राय की सरपरस्ती है।"

शौक़त ने एक बार दबी जवान से कहा, "उनकी नज़र में भी तो हम मुसलमान ही होंगे— अगर ऐसा न होता तो हमारे लिए बर्तन अलग क्यों रखे जाते ।"

अख़्तर एक मिनट चुप रहा। बोला, "यह दो मजहबों की बात है—जब मामू हिन्दुओं का खाना किया करते थे तो वे भी इस बात का ख्याल रखते थे कि उन्हें हिन्दुस्तानी खाना खिलाया जाय—बर्तन या पत्तलें अलग रहें—कोई उन्हें छुए नहीं। तुम्हें याद है मामू से बड़े राय ने क्या कहा था कि हम हिन्दू हैं—मामू बोले थे कुछ लोग न हिन्दू होते हैं न मुसलमान। बड़े राय उन्हीं लोगों में हैं—बाहरी चीज़ों को देखकर फैसला कर लेना कई बार ग़लत हो जाता है। मामू अगर यह न जानते होते तो हमें उनकी सुपुर्दगी में कभी न छोड़कर जाते।"

''वे तो बिलकुल तैयार नहीं थे—हम लोगों ने ही ज़िद की।''

''अल्लाह ने चाहा तो हमारा फैसला ग़लत साबित नहीं होगा। होगा तो—इन्सान को अपने फैसलों का ख़ामियाज़ा भुगतने के लिए हमेशा तैयार रहना चाहिए—मामू कहा करते थे कि फैसले भी बच्चों की तरह होते हैं—परवरिश में ग़लती हो जाये तो नतीजे भी ग़लत हो जाते हैं।

इस सबके बावजूद शौक़त का डर अख़्तर के दिल में भी कुलबुलाने लगता था। लेकिन वह शौक़त से बड़ा था।

शहर में कई मुहल्लों में चाकू की वारदातें एक साथ हुई थीं। कर्फ्यू लगा दिया गया था। अफवाहें तूफ़ानी हवाओं की तरह चल रही थीं। वे दोनों चौबारे पर अकेले थे। डरे हुए। बड़े राय उन्हें स्वयं लेने गये। उस समय वे कमरा अन्दर से बन्द करके, पीछे की तरफ़ रसोई में गलीचा डाले बैठे थे। बीच-बीच में वे एक दूसरे को देख लेते थे। शौक़त रह-रहकर पूछता था अब क्या होगा ? अख़्तर ज़्यादा बोल तो नहीं पा रहा था पर उसका कन्धा थपथपा देता था—अल्लाह बड़ा कारसाज़ है !

मैंने दरवाज़ा खटखटाया। पहले तो उन्होंने खोला नहीं। जब खोला तो मुझे खड़ा देखकर चौंक गये। बड़े राय बाहर गाड़ी में ही थे। शौक़त ने फ़ौरन दरवाज़ा यथावत् बन्द कर दिया। मुझे बुरा लगा। उसका चेहरा देखकर ही मैं समझ गया था कि दरवाज़े पर मेरी उपस्थिति ने उन्हें भयभीत कर दिया। तब तक बड़े राय उतर कर आ गये थे। शौक़त अख़्तर को बुला लाया था। अख़्तर ने हम दोनों को देखा तो फ़ौरन दरवाज़ा खोल दिया। उसके चेहरे पर भी यह सवाल था कि कर्फ्यू में कैसे आना हुआ ? वे हम लोगों की उपस्थिति के प्रति उतने आश्वस्त नहीं लग रहे थे जितना होना चाहिए था या हमेशा होते थे। मैं चुप था।

शौक़त के चेहरे पर भय का रंग और गहरा हो गया। अख़्तर हिम्मत बाँधे था।

बड़े राय ने अख़्तर को पास बुलाया, ''यहाँ आओ, अख़्तर बेटे।''

वे दोनों ही साथ-साथ बढ़े। बड़े राय ने हँसकर कहा, ''डरो नहीं, सारे शहर में कर्फ्यू लगा है। मैं तुम्हें लेने आया हूँ।''

''नहीं, हम यहीं ठीक हैं, बड़े अब्बा।''

बड़े राय हँस दिये, ''डरो नहीं, तुम मुझे हसन मियाँ ही समझो। मैं जानता हूँ ऐसे माहौल में नज़दीक से नज़दीक आदमी भी शक के दायरे में आ जाता है। तुम्हारे मामू तुम्हें मेरी सुपुर्दगी में छोड़ गये हैं—वहाँ बैठे-बैठे भी वे तुम्हारे और मेरे बीच के रिश्तों को लेकर ही सोच रहे होंगे ?''

''लेकिन—''

''लेकिन-मेकिन कुछ नहीं बेटे, तुम अगर यह सोच रहे हो कि मामू के साथ चले

गये होते तो सही सलामत रहते—वह भी ठीक है और अगर यहाँ हो तो यह भी उतना ही ठीक है।''

शौक़त की समझ में कुछ नहीं आया। वह रोने लगा। अख़्तर से चिपट गया।

बड़े राय को उसके इस व्यवहार से वैसा ही झटका लगा जैसा मुझे दरवाज़ा खोलकर फिर बन्द कर देने पर लगा था। कहीं इस ज़रा से दंगे ने इन्हें इतना तो नहीं डरा दिया कि अपने मुहाफ़िज़ों को भी कातिल समझ रहे हों ? इतने दिन की देखरेख का क्या यही सिला मिला ? थोड़ी देर वे यही सब सोचते रहे, फिर बोले, ''तुम डरो नहीं, जैसा यह सारा मुल्क है जहाँ सब लोग सैकड़ों साल से एक साथ रह रहे हैं, वैसी ही हवेली भी है। जिस तरह मुल्क, मुल्क होता है इसी तरह घर घर होता है। जब तक मैं हूँ—तुम्हारा मामू हूँ। चलो हमारे साथ।''

वे अन्दर चले गये। अख़्तर ने शौक़त को समझाया, ''हिम्मत से काम लो। दंगा अगर हमें वहाँ नुकसान पहुँचा सकता है तो यहाँ भी पहुँचा सकता है। खुदा को हाफ़िज मानो—उसके सामने न मौत कुछ कर पायेगी और न इन्सान। मौत तो उसी का एक हथियार है। उसकी मर्ज़ी के बिना नहीं चलता।''

वे अपना ज़रूरी सामान लेकर आ गये। हवेली पर पहुँच कर वे दोनों बड़े राय के पीछ-पीछे डरे हुए से चल रहे थे। हिरन की तरह चौकन्ने। एक ही दिन में हम सबकी नज़रों में काँटे निकल आये थे। हम सब भी उन्हें अजूबे की तरह देख रहे थे जैसे पहली बार आये हों। सिर्फ़ रघुबर सहज था। वह आकर बड़े राय की कुर्सी के पीछे खड़ा हो गया। बड़े राय ने भवानी को पुकारा, ''जाओ इनका सामान मेरे बराबर वाले कमरे में रख दो—ये लोग तब तक यहीं रहेंगे जब तक शहर में अमन-चैन क़ायम नहीं हो जाता। इस दौरान इनको कोई तकलीफ़ न हो।''

रघुबर से वे दोनों काफ़ी बड़े थे। वह तपाक से कूदकर उनके पास पहुँच गया जैसे उनका हमजोली हो। उसे देखकर उनकी आँखों में भी हल्की-सी चमक आयी। तभी एक विचित्र घटना घटी। बड़े राय एकाएक बोले, ''इन लोगों के बर्तन अलग न किये जायें—जैसा रघुबर वैसे ये।''

इस बात से घर में एकाएक विरोध-सा उत्पन्न हो गया। उस समय तो सब चुप रहे। परन्तु बाद में चेमेगोइयाँ चालू हो गयीं। बड़े राय पर किसी की चली नहीं। परन्तु नौकर से लेकर घर के लोगों तक सब अख़्तर और शौक़त के खिलाफ़ हो गये। हालाँकि उन दोनों को देख कर लगा जैसे उन्हें एक तरह की राहत मिली हो।

सारंगा मुझे बार-बार कहती थी कि बड़े राय को बुढ़ापे में क्या हो गया, इतने पूजा-पाठी होकर धर्म-कर्म बिगाड़ रहे हैं ! कौन पियेगा इस घर का पानी ! ऐसा तो समाजी भी नहीं करते। सारंगा चुपचाप एक काम करती थी। जब जूठे बर्तन आते

थे तो उसमें आग डलवा देती थी —गंगाजल से धुलवाती थी। इस बात का मुझे और भवानी को ही पता था। बड़े राय अपने सामने ही उन्हें खाना खिलवाते थे। जहाँ भी कोई कमी नज़र आयी नहीं कि उन्होंने सबको झाड़ा नहीं।

उन दिनों घर में पैसे की खींच बढ़ गयी थी। छोटे राय ने साधु-मुद्रा अपना ली थी। बड़े राय इन सब बातों से कोई ताल्लुक ही नहीं रखते थे। उन पर नज़र भले ही रखते हों। इन्तजाम मुझे ही करना पड़ता था। एक रात को मुझे सोते-सोते ख्याल आया कि इन दोनों का इतना रुपया है क्या फिलहाल हमारे काम नहीं आ सकता ? मैं इसी चक्कर में उनके कमरे की तरफ़ चल दिया। उनके कमरे का एक दरवाज़ा पीछे की तरफ़ खुलता था। मैं उधर से ही गया। मैंने झाँककर देखा तो शौक़त सो रहा था, अख़्तर जगा—एक तरह से पहरे पर था।

उसने धीरे-से दूसरे को जगाया और बोला, ''लगता है पीछे कोई है।''

वह टोह लेने लगा। मैं पीछे हट गया। शायद मैं उन्हें डराना चाहता रहा हूँ। पर सब-कुछ बड़े राय के हाथ में होने की वजह से वे दोनों कुछ नहीं कर सकते थे। बाद में मुझे अपने ऊपर आश्चर्य हुआ। मैं इतनी रात गये वहाँ क्यों गया ? क्या मैं उन्हें मारना चाहता था ? मुझे लगा नहीं। सिर्फ़ डराना चाहता रहा हूँगा। दूसरों को डराना और दबाव में रखना शायद आदमी की ख़सलत होती है। लेकिन क्यों ? इसका जवाब मेरे पास नहीं था। वे स्वयं इतने डरे हुए थे कि मेरा उन्हें डराना कोई मायने नहीं रखता था।

मुझ पर जब अपना यह कारनामा सहन नहीं हुआ तो मैंने अगले दिन सवेरे उनसे पूछा, ''अख़्तर, तुम हवेली में भी इतना डरते हो ?''

वह सकपका गया ''नहीं बड़े भैया।'' वे दोनों मुझे बड़े भैया कहते थे।

''मैं रात तुम्हें देखने गया था कि तुम ठीक हो—शौक़त सोया था और तुम जग रहे थे। तुमने यह कहकर उसे भी जगा दिया कि पीछे कोई है। मैं चुपचाप लौट गया। मैंने सोचा मुझे देखकर कहीं उस दिन की तरह तुम्हारे मन की असुरक्षा और न बढ़ जाय।''

वे दोनों हल्के से शर्मिन्दा हुए। अख़्तर ने ज़रूर कहा, ''बड़े भैया, पता नहीं क्यों कभी-कभी अपनों से भी डर लगने लगता है ! शायद यह हमारी अपनी बेइतमिनानी है या आपकी और हमारी संख्या का फ़र्क़ ।''

दोषी मैं भी था।

कुछ दिन बाद दंगे कम हो गये। शहर में शान्ति हो गयी। बीच-बीच में एक-आध चाकूबाजी का मामला हो जाता था लेकिन उससे मरा कोई नहीं था। उन दोनों ने भी अपने चौबारे पर जाना शुरू कर दिया। रात को सोते हवेली पर ही थे।

दिन में चौबारे पर चले जाते थे। अलीगढ़ अभी गर्म था, विश्वविद्यालय बन्द था।

एक रोज बड़े राय ने दोनों को बुलाकर पूछा, ''बेटे, दंगे के दौरान मुझे लगा कि तुम लोगों के दिलों में डर है। स्वाभाविक भी था। हालाँकि हम लोगों ने पूरी कोशिश की तुम्हारे दिलों से यह डर निकाल दें—हालात ऐसे थे कि उसे निकालना शायद मुमकिन नहीं था। मैं तुम लोगों से एक बात पूछना चाहता हूँ, अगर तुम दोनों अपने मामू के पास पाकिस्तान जाना चाहते हो तो मैं उसका इन्तज़ाम कर दूँ। डरे मन से रहना रहना नहीं—असहाय होकर डर को भोगना है। जहाँ भी रहो बेखौफ़ होकर रहो, तभी उसे रहना कहा जायेगा। वैसे मौत की शक्ल वहाँ भी वही है जो यहाँ है। यह बात अलग है कि वहाँ वह कोई दूसरा चेहरा रखकर सामने आये। फ़र्क़ इतना होगा कि वहाँ इत्मीनान और सुरक्षा का अहसास रहेगा।''

उस समय तो वे चुप रहे। उन्होंने उस सवाल का कोई जवाब नहीं दिया। दो-चार दिन बाद आकर बोले, ''हम यहीं रहेंगे—पता नहीं हम इतने क्यों डर गये थे। शायद बचपन से सुनते रहे हैं कि हिन्दू मुसलमानों के दुश्मन हैं—यही बात खौफ़ बनकर हम पर हावी हो गयी थी। लेकिन आपकी मोहब्बत ने वह खौफ़ हमारे दिलों से पूरी तरह निकाल दिया। हमने मामू को भी लिख दिया है।''

मैं बोला तो कुछ नहीं पर रात वाली बात मुझे याद आयी। मेरे ऊपर जरूर शैतान सवार रहा होगा। अगर उस दिन मैं कोई हरकत कर बैठता तो उनके दिलों में रोपा हुआ हिन्दुओं के लिए नफ़रत का वह बीज दरख़्त बन जाता। वास्तव में डर का राई जितना बीज भी पलक मारते लहीम-शहीब दरख़्त में बदल जाता है। उसे न सींचने की ज़रूरत पड़ती है और न रोपने की।

मैंने उनके कन्धों को धीरे-से थपथपा दिया। बड़े राय की आँखों में एक क्षण को चमक आ गयी।

उन्हीं दिनों एडवर्ड साहब का लन्दन से पत्र आया। एडवर्ड या किसी भी अँग्रेज़ मित्र का पत्र आता था तो बड़े राय की उम्र में एक साल का इज़ाफ़ा कर देता था या कहिये उन्हें एक साल जवान बना देता था। उन्हें लगता था कि एडवर्ड जैसे लोग ब्रिटिश ताज का अभी भी प्रतिनिधित्व करते हैं। उनका रुआब-दुआब अभी भी वैसा ही है जैसा तब था। हालाँकि अब देश बँट गया था। देशी हुक्मरान गद्दीनशीन हो गये थे। उस ज़माने में जब अँग्रेज़ अफ़सरान का तबादला होता था या वापिस विलायत जाते थे तो चार्ज रिपोर्ट के रूप में एक गोपनीय नोट छोड़ जाते थे। जिसमें अन्य बहुत-सी बातों के अलावा स्थानीय लोगों के बारे में एक पूरी तफ़सील होती थी, वही यह तय करती थी कि नया आने वाला अफ़सर स्थानीय लोगों के साथ क्या और कैसा रिश्ता बनाये, कौन ब्रिटिश हुकूमत का दुश्मन है और कौन दोस्त ? कौन लालची

है और कौन फ़राखदिल। कौन चिपकू है और कौन अलमस्त। यानी कि हर आदमी की ख़ासियत उस नोट में दर्ज रहती थी। जब तक नये अफ़सर का अपना अनुभव उस लिखे हुए से भिन्न न होता तब तक वह उसी लिखे हुए को अपना धर्मग्रन्थ मानता था। अँग्रेज़ हुकूमत की सफलता का आधा श्रेय इन नोट्स को जाता था।

बड़े राय और मझले राय के बीच जब मतभेद हुआ था तब से अफ़सरान इन ताल्लुकात के बारे में काफ़ी मजा लेते थे। बड़े राय के बारे में कलक्टर और पुलिस कप्तान तो अपनी रिपोर्ट लिखते ही थे। गवर्नर भी जाते समय प्रदेश के महत्त्वपूर्ण लोगों में उनका नाम रखा करते थे। हर नया लाट जब आता था तो उन्हें या तो निमन्त्रण भेजकर बुलवाता था और यदि उधर दौरे पर हुआ तो मुलाकात करने वालें में उनका नाम चोटी पर होता था।

एडवर्ड की चिट्ठियों में भी अपने पुराने दिनों की कई बातें लिखी होती थीं। ऐसा नहीं कि बड़े राय को ही उन दिनों की स्मृति तंग करती थी। यह बात उन साहबों के साथ भी थी जो विलायत चले गये थे। उनकी चिट्ठियों से लगता था कि वे हिन्दुस्तान की याद अपने सीने से लगाये हुए हैं। बड़े राय ने उनकी पुरानी चिट्ठियाँ और उनके द्वारा लिखे गये सर्टिफ़िकेट निकाले। बड़े राय के पास सर्टिफ़िकेटों की पूरी फ़ाइल थी। एडवर्ड ने सर्टिफ़िकेट में लिखा था—"हरी राय एक नायाब और वज़हदार इन्सान है। इस शहर के ही नहीं बल्कि प्रदेश के इज्ज़तदार लोगों में गिनती है। इस अज़ीम हस्ती के साथ मैंने और मिसेज़ एडवर्ड ने जो एक लम्बा वक़्त गुज़ारा है उसे हम दोनों कभी नहीं भूल पायेंगे। हरी राय एक पक्का हिन्दू है पर उसके दिल में नफ़रत किसी के लिए नहीं। चाहे वह किसी भी क़ौम या मज़हब का क्यों न हो। बस उसकी दुखती रग एक ही है। वह है उसका छोटा भाई कृष्ण राय। जब से हरी राय के सम्बन्ध कृष्ण राय के साथ तनावपूर्ण हुए तब से उसका दिल टूट गया। कृष्ण राय अपने बड़े भाई का दिल दुखाने के लिए उसी तरह नये-नये तरीके सोचता रहता है जैसे हमारे यहाँ तलाक़ से पहले औरतें अपने पति को चिढ़ाने के नये-नये रास्ते निकाला करती हैं। मैं ईश्वर से प्रार्थना करता हूँ कि यह दुखद प्रसंग हरी राय की ज़िन्दगी से हट जाये।" प्रमाण-पत्र चूँकि अँग्रेज़ी में था इसलिए नाम से पहले मिस्टर लिखने के अलावा सब कुछ एक वचन में ही लिखा था जिसे हम तू-तड़ाक की संज्ञा देते हैं।

इस प्रमाण-पत्र को पढ़कर उन्हें हमेशा सकून मिलता था। कृष्ण राय जो कभी उनके अन्तर्मन से जुड़ा हुआ था एक बेजान हिस्से की तरह कटकर अलग-अलग हो गया था। परन्तु निशान बाकी था। जैसे शरीर का कोई हिस्सा कट जाने पर पीछे छुटा हुआ माँस और खाल घुमड़ कर ठूँठ की तरह एक जगह इकट्ठे हो जाते हैं और हाथ फेरने पर खरखराते हैं, ठीक वैसा ही जब सब कुछ कट कर अलग हो गया तो फिर निशान ही क्यों है ? उसकी याद ही क्यों आती है ? क्या इसे जड़ से खत्म नहीं

किया जा सकता ? लेकिन कहाँ तक काटा जायेगा ? जहाँ तक काटोगे उसके बाद का हिस्सा फिर इसी तरह घुमड़ जायेगा। उनके मुँह से निकला—कृष्ण राय !

वे एडवर्ड साहब की चिट्ठी एक बार सरसरी तौर पर पढ़ चुके थे। हालाँकि उसमें कोई नई बात नहीं थी फिर भी उन्होंने उसे दोबारा पढ़ा :

प्रिय हरी राय,

अब मैं बूढ़ा हो रहा हूँ। हालाँकि तुम्हारी मेरे दिलोदिमाग़ में वही शक्ल नक्श है जो हिन्दुस्तान से रुखसत होते समय देखी थी। इसलिए मुझे अभी भी लगता है तुम उतने ही जवान और आबदार होगे। जहाँ तक मेरा सवाल है मुझे लगता है कि मैं कुछ महीनों या सालभर में हिन्दुस्तानी सूफ़ियों की तरह अपने प्रिय से जा मिलूँगा। वह कैसा बर्ताव करेगा यह वह जाने।

कभी-कभी मैं सोचता हूँ कि मिट्टी कितनी मेहरबान होती है। पहले हम उसे छूने से कतराते हैं, बाद में हम उसके आगोश में ऐसे खो जाते हैं जैसे उसी के बच्चे हों। पता नहीं कब से उसके सीने से लगने के लिए बेचैन हों। वह हमारी गन्दगियों को अपने वजूद का हिस्सा बना लेती है। कुछ भी ज़ाया नहीं होने देती। अपने भूखे बच्चों की दावत कर देती है। यानी कीड़े-मकोड़े सब छककर खाते हैं। तुम नहीं समझोगे। तुम लोग तो आग के सुपुर्द कर दिये जाते हो। तुम सोच रहे होगे कि मैं एकाएक यह बकवास क्यों करने लगा ? कुछ ही दिन पहले एलिस यानी मिसेज़ एडवर्ड मुझे दगा दे गयी। पता नहीं उसे इतनी जल्दी क्या थी। लगता है उसे नये प्रेमी की ज़रूरत थी। अगर अरुण न होता तो मैं अकेला बूढ़ा क्या करता। मैं जानता हूँ तुम्हारे दिमाग में एलिस की वही तस्वीर होगी जो तुमने हिन्दुस्तान से विदा देते हुए देखी थी। जवानी में मरे या बिछुड़े व्यक्ति हमेशा जवान बने रहते हैं। तुमने एलिस को बुढ़ापे में नहीं देखा। वह ज्यों-ज्यों बूढ़ी हुई त्यों-त्यों उसकी सुन्दरता बढ़ती गयी। जब हम तुम्हारी बात करते थे तो हम भी ख्यालों में उतने नौजवान हो जाते थे जितने तुम लगते थे। कल्पना कितनी अज़ीबोग़रीब चीज़ है। यथार्थ की दृष्टि से एलिस मर गयी। कल्पना में वह अभी भी उतनी ही खूबसूरत और उतनी ही जीवित है।

जहाँ तक दोनों बच्चों का सवाल है। तब वे बहुत छोटे थे। हम पर निर्भर थे। अरुण के बराबर के ही रहे होंगे। तुमसे बहुत हिले-मिले हुए थे। जब तुम आते थे तो तुम्हारी गाड़ी पर बैठकर घूमा करते थे। बड़े वाले को कोचवान के पास बैठकर घोड़ा हाँकने का शौक था। वह कोचबक्स पर बैठता था। छोटा डरता था। वह बग्गी में गद्दी का सिरहाना

पकड़कर खड़ा हो जाता था और अपने भाई को पुकारता रहता था—मिक्की तुम आ जाओ—आ जाओ ना मिक्की। लेकिन वे मुझे भूल गये। उनसे मेरा ताल्लुक नहीं के बराबर है। मैं तुम्हारी तकलीफ़ को अब समझ पाया हूँ। जब कृष्ण राय ने तुमसे मुँह मोड़ा तब तुम कितने आहत हुए थे। ख़ैर, मैं इस बात से खुश हूँ कि मेरे दोनों बेटे अपनी-अपनी ज़िन्दगियों के मालिक हैं और एक हद तक खुश भी हैं। कितनी भी खुशी क्यों न मिल जाये, खेतों की बाट सबकी एक मेड़ होती है। हमारे यहाँ तुम्हारी जैसी रिवायतें नहीं कि अनुपयोगी और बूढ़े माँ-बाप को भी बच्चे ताज़िन्दगी सँभालते हैं। इस मामले में तुम्हारा मुल्क एक बहुत अमीर मुल्क है।

मैं भी अब हिन्दू हो गया। हिन्दू होने का मतलब टीका-टुम्मन लगाना नहीं। हिन्दू होने का मतलब हमें उतना भोगना है जितना किया है—अच्छा या बुरा। अगर जन्म होता है तो मैं तुम्हारे मुल्क में जन्म लूँ। अरुण ने बहुत सहारा दिया। मैं यही दुआ करता हूँ कि उसे अपनी मनचाही ज़िन्दगी जीने का मौका मिले। वह इन्सान को प्यार करना जानता है। उसका कोर्स छह महीने बाद ख़त्म हो जायेगा। मैं चाहता हूँ कि इस बीच मैं भी अपना यह पड़ाव पूरा कर डालूँ। उसी के रहते मेरी रवानगी हो जाये। हो सकता है यही मेरा आखरी खत हो।

बहुत प्यार और आदाब !

तुम्हारा
एडवर्ड

अखतर और शौक़त इलाहाबाद विश्वविद्यालय चले गये थे। कम्पटीशन की दृष्टि से इलाहाबाद उन दिनों सबसे हरा-भरा चरागाह माना जाता था। इलाहाबाद ने उस ज़माने में बड़े-बड़े विद्वान पैदा किये। नौकरशाह, लेखक और राजनीतिज्ञ भी। हम लोगों ने पहले अरुण को इलाहाबाद ही भेजने का सोचा था। बड़े राय की यह ज़बरदस्त इच्छा थी कि अरुण डिप्टी कलक्टरी में आ जाये। वे उसे इलाहाबाद लेकर गये भी थे। लेकिन अरुण वहाँ पढ़ने को तैयार नहीं हुआ। उसे लगा इतने साल घर से बाहर रहकर पढ़ना पड़ेगा ! तब हाईस्कूल के बाद रुड़की के थामसन इन्जिनियरिंग कॉलेज में दाखिला हो जाता था। जितना वक़्त उसे डिप्लोमा लेकर बाहर जाने और इन्जिनियरिंग करने में लगा उतने में ही अख़्तर आई. ए. एस. हो गया था। अख्तर का पहला या दूसरा बैच रहा होगा। शौक़त ने कानून की डिग्री ली थी। उसने कुछ दिन प्रेक्टिस की फिर मुँसिफ़ी में चुन लिया गया।

अरुण जब हिन्दुस्तान आया तो अख़्तर लखनऊ में तैनात था। वह उससे मिलने लखनऊ गया। अख़्तर बड़े राय और राय परिवार की जितनी तारीफ़ कर सकता था उतनी की। अरुण चुपचाप सुनता रहा। अख़्तर को ताज्जुब भी हुआ। वह हँसकर बोला, ''यार अरुण, अगर मेरे वालिद की कोई इतनी तारीफ़ करता तो मैं खुशी से पागल हो गया होता। तुम ऐसे ठण्डे बने बैठे हो जैसे मैं किसी और के बारे में बात कर रहा हूँ।''

अरुण पहली बार खुला,''हमारे फादर दुनिया-भर के हातमताई हैं पर अपने भाइयों के लिए —'' उसने वाक्य को वहीं रोक दिया। थोड़ा रुककर बोला, ''मेरे चचा यानी छोटे राय ने मुझे गोद लिया है। वे मेरे बड़े चाचा यानी मझले राय की तरह किसी भी रुम्मा-शुम्मा को गोद लेकर पाल सकते थे। लेकिन उन्होंने अपने बड़े भाई के बच्चे को तरजीह दी। बड़े राय ने उनके साथ क्या किया तुम्हें मालूम नहीं। उनकी दावतों और रईसी को चलाने के लिए जब उन्होंने अपनी ज़मीन-जायदाद बेचने को मना कर दिया तो वे बदज़न हो गये। जब तक वे अपनी जायदाद उन पर लुटाते रहे तब तक उनके लिए छोटे राय जैसा कोई दूसरा नहीं था—उनका अपना बेटा तक नहीं। जब छोटे राय ने यह कह दिया कि यह जायदाद अब अरुण की है आप इसे न बेचें तो मेरे वालिद और बड़े भाई दोनों को वे दुश्मन दिखाई देने लगे। उनके द्वारा की गयी कुर्बानी को पेशाब की धार पर बहा दिया। वे दूसरे की जायदाद को कैसे हड़प कर सकते थे—?''

अखतर की समझ में नहीं आया कि अरुण को यह क्या हो गया। वह बोला, ''अरुण भाई, हम तो वालिद और वाल्दा नाम की शह से ज्यादा वाक़िफ़ ही नहीं। बचपन में मामू ने सहारा दिया और उनके पाकिस्तान चले जाने का बाद बड़े अब्बा, छोटे अब्बा और बड़े भाई ने सहारा दिया। हम दोनों भाइयों ने बाला-बाला यह तय कर लिया था कि हम पाकिस्तान नहीं जायेंगे। इस बात की चोट हमारी मुमानी और मामू के दिल पर बाद तक रही। हमने ऐसा क्यों किया यह हमारी समझ में आज तक नहीं आया। मुल्क की वजह से या तुम्हारी दोस्ती की वजह से। हमारी ज़िद मामू ने भी रखी और तुम्हारे घर वालों ने भी। एक बार जब दंगा हुआ तो हम दोनों भाइयों के दिल में यह डर बैठ गया कि ये हिन्दू हैं—कहीं मार न डालें। आज भी सोचकर शर्म से सिर झुक जाता है। जो दरख़्त हमें अपने साये और अपनी रसूम से नवाज़ रहा था उसी के खिलाफ़ हमारे दिलोदिमाग़ में ऐसा नापाक ख्याल क्यों आया! हालाँकि मामू ने चलते हुए यही कहा था कि हम तुम्हें एक फ़रिश्ते की सुपुर्दगी में छोड़कर जा रहे हैं—ज़िन्दगी के खौफ़ ने हमें इतना भी मौका नहीं दिया कि मामू के कहे को ही एक बार दोहरा लेते। शायद यह डर हर मुल्क के अल्प-संख्यको की नियति होता है। मामू पिछले साल ही अल्लाह को प्यारे हो गये। उन्होंने हम दोनों की शादियों में शिरकत की थी। उन्होंने खुद यह माना था कि पाकिस्तान जाने का

उनका फैसला जज़बाती था। वे अपने दोनों बेटों महबूब और तारिक़ को सही जगह नहीं लगा पाये थे। पाकिस्तान के लोग अभी भी उन लोगों को पूरी तरह नहीं अपना पाये। वहाँ पंजाबियों की अक्सरियत है। यू. पी. के मुसलमान उनके लिए कुछ कम मुसलमान हैं।''

अख़्तर शायद बोलता जाता पर बेगम ने उन दोनों को खाने पर बुला लिया। खाने के कमरे में बड़े राय की एक बड़ी तस्वीर लगी थी। मामू की छोटी।

अरुण ने चुटकी ली— ''तस्वीर लगाना तो शरियत के खिलाफ़ है !''

वह हँस दिया, ''हाँ, लेकिन कुछ शख़्सियत खुदा का नूर होती हैं—''

''क्या मतलब ?''

''अमा यार, बात को बात रहने दो, बिगाड़ो मत। मैं जानता हूँ तुम विलायत से पढ़कर आये हो।''

बेगम हँस दीं।

कुछ ही दिन बाद अरुण की शादी हो गयी। उसकी ससुराल वाले काफ़ी धनी लोग थे। हालाँकि खानदानी रईसों की गिनती में नहीं आते थे। दूसरे विश्वयुद्ध के दौरान उन्होंने ठेकेदारी में खूब पैसा कमाया था। इसीलिए बेटी की शादी में खर्च करने में उन्होंने अच्छे-अच्छे रईसों को मात दे दी थी। बड़े राय ने भी अपनी तरफ़ से एक बहुत बड़ी दावत दी थी। लेकिन जब बारात दरवाज़े पर पहुँची और समधी की मिलाई हुई तो बड़े राय और मैं पीछे खड़े थे। छोटे राय ने अपनी ही मिलाई करायी थी। बड़े राय कहीं-न-कहीं सोचते थे कि मिलाई के वक़्त राघव उन्हें आगे करेगा। वे यह भी तय कर चुके थे अगर ऐसा हुआ तो वे मना कर देंगे। पर न छोटे राय ने उन्हें आगे किया और न ही उनको मना करने का मौका मिला। आदमी भी अज़ीबोग़रीब शह होता है वह कहलाकर मना करने में जितना आनन्द प्राप्त करता है हाँ करने में नहीं—। बहू ने भी पहले छोटे राय के ही पैर छुए। छुए बड़े राय के और मेरे भी, पर बाद में। अरुण ने तो वह भी नहीं किया। बड़े राय सिकुड़ते ही चले गये। उन्हें यही लगता रहा अब न वे छोटे राय के मतलब के रहे और न अरुण के। लेकिन अपने इस अहसास को उन्होंने बाहर नहीं आने दिया।

अब तक जितनी बहुएँ राय परिवार में आयी थीं सबसे ज़्यादा पढ़ी-लिखी अरुण की बहू थी। कला से भी ज़्यादा। पर्दा भी पहली बार ही खुला था। छोटे राय ने पर्दा खोलने की स्वयं ही पेशकश की थी। उसका नतीजा यह हुआ कि बड़े राय खुद

पर्दा करने लगे थे। अगर कभी छोटी बहू सामने पड़ जाती तो वे या तो पीठ करके खड़े हो जाते थे और अगर तौलिया हुआ तो तौलिये की ओट कर लेते थे। छोटी बहू अरुण पर हँसती थी—तुम्हारे बड़े राय तो ज़नाने हैं। अरुण उसे कभी नहीं टोकता था। छोटे राय के खन से जोर-जोर से हँसने की आवाज़ बाहर तक आती रहती थी। यह बात सही थी कि छोटे राय का खन छोटी चाची की मृत्यु के बाद अब खुला था। जब भी मौक़ा मिलता था छोटे राय छोटी बहू के पास जा बैठते। उससे बात करने में उन्हें बहुत मज़ा आता था। वे कच्ची-पक्की सब बातें उसे बताते थे। अपनी ज़िन्दगी के उन सब अँधेरे-उज़ाले कोनों में घुमाते थे जिनसे होकर वे गुज़रे थे। कभी-कभी वे बातें बड़े राय और मुझ पर भी केन्द्रित हो जाती थीं। बड़े राय पर ज़्यादा। बड़े राय ने अगर उस समय काँग्रेस में जाने से न रोका होता तो वे आज मन्त्री होते। भास्कर ने सारी ज़मीन का काम अपने हाथ में लेकर उन्हें अकर्मण्य बना डाला। अगर वे न बोले होते तो अरुण के हिस्से की ज़मीन बिक-बिका गयी होती। वही बोलना उनका दुश्मन हो गया। बड़े राय के पास जाये उन्हें महीनों हो जाते थे। मिलते तो रोज थे पर बैठकर बात करने वाली बात नहीं रह गयी थी। हालाँकि बड़े राय को मन-ही-मन यह इन्तज़ार रहता था कि राघव उनके पास आयेगा, अरुण आकर पूछेगा बाबा कैसे हैं ? अपना हाल बतायेगा। अन्दर का वह इन्तज़ार अधबुझी प्यास में बदलता जा रहा था। सबके बीच एक अबोलापन निरन्तर बढ़ रहा था।

एक दिन बड़े राय ने छोटे राय को बुलाया और कहा, ''राघव, तुम लोग मुझसे नाराज़ हो ?''

''क्यों, बड़े भैया ?''

हँसकर बोले, ''ऐसा लगता है तुम और अरुण जर्राही करके कच्चा काट रहे हो। चाहे जितना कच्चा काटो निशान तो छोड़ेगा ही। वह निशान कभी-कभी दीखेगा भी और अन्दर से हरा रह गया तो चीसेगा भी।''

छोटे राय का चेहरा सफ़ेद पड़ गया। उनके मुँह से एकाएक निकला, ''यह क्या कह रहे हैं, बड़े भैया !''

''वही जो अनुभव कर रहा हूँ। कृष्ण राय ने जो झटके से किया था; तुम धीरे-धीरे कर रहे हो।''

''नहीं नहीं—।''

''ख़ैर छोड़ो, अगर मैं या भास्कर या उसकी बहू और बच्चे तुम्हें परेशान करते हों और आराम न मिलता हो तो तुम भी कृष्ण राय की तरह राजबाहे वाली कोठी में क्यों नहीं रहने लगते ? मैं ही चला जाता, पर इस खानदान की परम्परा है कि बड़ा बेटा ड्योढ़ी छोड़कर नहीं जाता। मुझे तो मरना ही यहाँ है।''

छोटे राय सँभल गये। उन्होंने फौरन कहा, ''आप कहते हैं तो मैं अरुण से पूछ लूँगा।''

"हाँ, पूछ लो और चले जाओ। रिश्ते अगर सुख न बन सकें तो दुःख भी नहीं बनने चाहिए।"

लगभग एक हफ्ते के अन्दर छोटे राय अपने बेटे-बहू को लेकर राजबाहे वाली कोठी में चले गये। वह कोठी बहुत ज़माने से बिना रिहायश के पड़ी थी। बाद में पता चला कि बड़े राय के कहने का तो बहाना था वे लोग उसे काफ़ी दिनों से ठीक करा रहे थे। वह कोठी छोटे राय की ही ज़मीन में थी। लेकिन छोटे राय की बड़े राय से पूछने की हिम्मत नहीं पड़ रही थी। बड़े राय ने स्वयं कहकर उनके सारे हिज़ाब रफ़ादफ़ा कर दिये थे। भाई व बेटे को अपने से अलग करने की तोहमत भी अपने सिर पर ले ली थी। मझले राय को लगा, बड़े राय से उन्होंने बदला ले लिया। उनकी बात सच हो गयी। उनका अपना बेटा उनसे दूर हो गया। जब सगा नाराज़ हो जाता है तो अपनों को बिखरते देखने का सबसे ज़्यादा सुख उसे ही होता है। यह घटना बड़े राय के लिए इसलिए भी दु:खदायी थी।

बहू जब हवेली छोड़कर गयी तो बड़े राय के पाँव छूने तक नहीं आयी। वह भी और सामान भी सब पीछे के दरवाज़े से चले गये। वे इन्तज़ार करते रहे कि बहू आयेगी तो वे उसे समझायेंगे और आशीर्वाद देंगे। छोटे राय अलबत्ता आये। आकर बोले, "बड़े भैया, हम कोठी में रहने जा रहे हैं...आपकी राय अरुण को भी पसन्द आयी। वह बोला जब बड़े राय की ही सलाह है तो ज़रूर जाना चाहिए।"

बड़े राय ने चश्मे के ऊपर से उन्हें देखा, और बोले, "तुम लोगों ने मेरी यह राय मानकर अच्छा किया।"

छोटे राय दो-चार क्षण खड़े रहे। शायद बड़े राय कुछ कहें। जब वे नहीं बोले तो लौट गये।

हवेली का एक खण्ड सूना हो गया था। हवेली उनका दिल थी। वे हमेशा सोचा करते थे कि जब तक दिल ठीक-ठाक धड़कता है तो समझो सब कुछ ठीक है। लेकिन अब उन्हें लगने लगा था कि दिल के एक हिस्से में अब खून पहुँचना बन्द हो गया। वहाँ कोई हरकत ही नहीं थी। खून उधर कैसे जाता ? वह खून एक उत्तेजित समुद्र की तरह ऊपर उठता था और वहीं का वहीं पछाड़ खाकर बिखर जाता था। उन्हें बार-बार लगता कि जिस निज़ाम में अब तक रहे वह ढह कर बिखर रहा है। बस मैं ही बचा था जिसने उन्हें इस तरह बिखरते देखा था। उन्होंने जिस हौंस से अरुण को पाला था और उसके इर्द-गिर्द अपने सपने बुने थे—उन्हें पूरा करने के लिए मेरी शख़्सियत नाकाफ़ी थी। उन्हें लगता था कि अगर अरुण उनके साथ रहता होता तो

उन्हें यह महसूस होता कि वे एक ऐसे बेटे के पिता हैं—जिसका मरतबा किसी अँग्रेज़ से कम नहीं। विलायत में पढ़ा इतना बड़ा इंजिनियर ! उन लोगों के साथ उनका बराबर का उठना-बैठना रहा है जिन्होंने इस मुल्क पर हुकूमत की है। अभी भी उन्हीं अफ़सरानों के पाँव उस हुकूमत की रकाब में हैं जिनके तब थे, हालाँकि मैं उनकी जी-जान से खिदमत करता था। मेरे बच्चे उनके ताबे थे। लेकिन उनका वह सुख जिसकी उन्होंने कभी कल्पना की थी अरुण की बेरुखी के साथ विदा हो गया था। अगर अरुण हम लोगों की तरह उनके ताबे न भी रहा होता, उल्टे उन्हें ही उसकी तरफ़ देखना पड़ता तो भी उसके साथ रहने का सुख उनकी ज़िन्दगी को दो हाथ लम्बा कर देता।

मेरा बेटा रघुबर भी उनसे बहुत जुड़ा था। उसे जो कमी अन्दर हवेली में महसूस होती थी उसे वह बड़े राय के सान्निध्य में पूरी करने की कोशिश करता था। बड़े राय का पोता होना उसे अच्छा लगता था। हालाँकि बाद में वही सब उसे अपनी हीनता का कारण भी लगने लगा था। उसे लगता था कि वह एक ऐसे वर्ग से आया है जिसने दूसरों का शोषण करके अपनी शान-शौकत को बरकरार रखा है। बिना काम किये सुख भोगा है। सुख किस्मत की बात होती है—इसे वह मानने से इनकार करता था। लेकिन यह बात एकदम अलग है। उस समय इतना ही काफ़ी था कि रघुबर हरी राय का पोता है। खानदान की प्राथमिकताएँ इसी से तय होती थीं। पिता का नाम कम ही आता था। आता भी तो इसी तरह कि अच्छा तो यह हरी राय का पोता और भास्कर राय का बेटा है। तब यह गर्व की बात थी। बाद में वही अपमान की अलामत बन गयी थी। मेरी प्रतिक्रिया बिलकुल दूसरी होती थी। मैं उन दोनों के सामने सिमट-सा जाता था। सच पूछिये तो पिता और पुत्र मुझे अपने से ज़्यादा विशिष्ट लगने लगे थे। उसका आदर्श एक ज़माने तक बड़े राय ही रहे थे। मुझे अपने आदर्श निर्मित करने का कभी अवसर ही नहीं मिला।

रघुबर मेरे लिए कुछ-कुछ ऐसा होता जा रहा था जैसे टोपी तो किसी की हो पर होली के दिनों में चन्दा माँगने वालों की तरह ऊपर से कटवा डालकर उड़ा कोई और ले जाय। उन दिनों होली पर बच्चों का कटुवा लगाकर पीछे से टोपी उतार लेना और तब तक न देना जब तक चन्दा वसूल न हो, एक आम बात थी। ग़लत जगह कटुवा लग जाने से कई बार पूरी की पूरी गुद्दी चिर जाती थी। कई बार मुझे भी ऐसा ही लगता था।

मैं धीरे-धीरे उन दोनों के बीच से गायब होता जा रहा था। एक आध बार यह भी सुनने को मिला कि उसने यह सोचकर कि किसी को क्या पता चलेगा, मुझे बीच से हटा दिया और अपने को सीधे बड़े राय का बेटा बताया था। इस बात से मुझे

परेशानी हुई। हो सकता है उसने यह लड़कपन में ही किया हो। मैं इस बात को किसी से कह भी नहीं सकता था। अपनी और अपने बच्चे की शिकायत किससे करूँ। अरुण ने तो कुछ बनने के बाद ही अपने पिता को छोड़ा था, पर रघुबर ने तो बिना कुछ हुए ही वल्दियत बदल डाली थी। इस तकलीफ़ को अभी रघुबर समझने की स्थिति में नहीं था। अपने दादा की शानो-शौकत की चकाचौंध में वह एक ऐसी सच्चाई भुलाये दे रहा था जो कभी बदली नहीं जा सकती थी। जब आत्मगौरव का आधार ही ग़लत निर्मित हो जाता है तो वह ग़लती उसी तरह बार-बार दोहरायी जाती रहती है, जैसे हिसाब के सवालों में एक बार की गयी ग़लती मुश्किल से करने वाले की पकड़ में आती है। सारंगा को ऐसे मौकों पर अलबत्ता मुझे और मेरे बेटे रघुबर को नीचा दिखाने का मौका मिल जाता था। बड़े राय उसके अन्दर पनपते उस ग़लत अहम् को देख ही नहीं पाते थे। छोटे राय तो अब बहुत दूर हो चुके थे। हमारे दुःख-दर्द में उनकी हिस्सेदारी करीब-करीब ना के बराबर ही थी। अगर होती तो वे सब कुछ एक ही नज़र में भाँप जाते। ऐसे में कई बार मुझे उनका ध्यान आता था।

वे कभी-कभी आते भी थे। हाल-चाल पूछते थे और चले जाते थे। हवेली का काफ़ी हेरवा करते थे। हवेली की गन्ध उन्हें खींच लाती थी। वहाँ बैठे-बैठे अकुला उठते थे जैसे हवेली उन्हें पुकार रही हो। वह कहा करते थे, हवेली की एक खास तरह की महक है—उसमें गोबर से लेकर आगे-पीछे के सभी लोगों का पसीना महकता है—वह इत्र भी महकता है जो बड़े राय दूर-दूर से मँगाया करते थे और खास-खास मौकों पर अपने और बाकी सबके लगवाया करते थे। उस गन्ध का अन्धड़-सा आता है और मुझे वहाँ से उड़ाकर यहाँ ले आता है। जिन दिनों वे मेम्बर थे उन दिनों वे यही कहा करते थे कि इस देश की मिट्टी से उठती महक मेरे नथुनों में भर जाती है। जब कभी कहीं गोली चलती है, पुलिस अत्याचार करती है या दंगा होता है तो मुझे लगता है जैसे उस महक को कोई ज़हरीला बना रहा है। बाद में नाक उस गन्ध के प्रति निरपेक्ष हो गयी थी। उसी तरह रफ़्ता-रफ़्ता इस हवेली के प्रति भी हो जायेगी। कई बार उनकी आँखों में आँसू छलक आते थे—ज़िन्दगी का कितना बड़ा हिस्सा मैंने यहाँ गुज़ारा है—बड़े भैया किस्मत वाले हैं कि वे अभी भी यहीं हैं। ऐसे कोमल क्षणों में मेरा कई बार मन होता कि मैं उनसे रघुबर और अपने बीच बन रहे नये समीकरण का ज़िक्र करूँ। लेकिन पता नहीं कौन-सी झिझक मुझे ऐसा करने से रोक लेती थी। बेटे का मोह या अपनी शर्म ? छोटे राय का बड़े राय से आमना-सामना कम ही होता था। दुआ-सलाम या छोटे राय का उनके बारे में पूछ भर लेना। उनका एक आध वाक्य में जवाब देना और चले जाना।

एक बार छोटे राय ने मुझसे पूछा, ''भास्कर, क्या तू कभी रघुबर के साथ ऐसा

व्यवहार कर सकता है ? बड़े राय कितने संग दिल हैं। मैं या तुम या अरुण—हमारे बीच रिश्तों की भिन्नता हो सकती है। पर उनके लिए तो हम सब एक ही कतार में खड़े हैं। फिर वे मेरे साथ ऐसा क्यों करते हैं ?

मैं चुप लगा गया। यही सवाल मैं अपनी सन्तान के बारे में भी अपने आप से पूछना चाहता था।

मझले राय का बेटा रंजन इतना फेल हो चुका था कि उसकी पास होने की सारी उम्मीदें खत्म हो गयी थीं। लोग उसके बारे में तो मुँह उठाकर कह देते थे कि पता नहीं इसके माँ-बाप पढ़े भी थे या नहीं। लेकिन हम तो स्वयं उसी सवाल के घेरे में थे। न सही उतना, पर रघुबर भी कम फेल नहीं हुआ था।

रंजन की दरोगा बनने की आकांक्षा पूरी नहीं हो पा रही थी। मझले राय भी इस बात से दुखी थे। मझली चाची का लाड़-प्यार उसके लिए विष बनता जा रहा था। बड़े राय से उनका सम्पर्क पूरी तरह टूट चुका था। क्या पता रंजन ने उस दिन मझले राय से जाकर कहा भी था या नहीं कि उन्हें बड़े राय ने बुलाया है। बड़े राय ने यह मान लिया था कि उसने कहा होगा और मझले राय नहीं आये। इन्सान जो चाहता है मानता है, जो नहीं चाहता वह नहीं मानता। मानने के लिए उसे किसी जाँच-पड़ताल या पूछताछ की ज़रूरत नहीं होती। इधर यह भी सुनने को मिला था कि रंजन को कुछ अजब-अजब आदतें पड़ती जा रही थीं। वह महिलाओं को देखकर नंगा खड़ा हो जाता था। एक दो बार जमादारिन ने सारंगा से शिकायत की थी कि जब कभी उसकी बेटी कोठी पर काम करने जाती है तो रंजन बाबू मौका देखकर उसके सामने नंगे खड़े हो जाते हैं—एक दिन उसने पंजा भी फेंककर मारा था। मैंने उसे बहुत डाँटा, मालिक के बच्चे पर हाथ उठाती है ! चाहे जो भी हो, है तो उनकी ही गद्दी पर। वैसे इज़्ज़त तो हमारी भी है—चौदह साल की लड़की, ऊपर से रिआया—अगर मालिक लोग ऐसा करेंगे तो हम कहाँ जायेंगे।

इस बात की भनक, हो सकता है, मझली चाची को भी पड़ गयी हो। चरित्र और आग को दिखाने के लिए टार्च की ज़रूरत नहीं पड़ती। स्वयं नज़र आते हैं। चाची रंजन की शादी के लिए हर समय मझले चाचा को कोंचती थीं। लेकिन न चाची की जात की कोई लड़की मिलती थी और न मझले चाचा की—यानी हमारी जात की। जबसे पता चला था कि रंजन लावारिस था, कृष्ण राय ने गोद ले लिया, तो लोग बेटी की शादी की बात करने से बिदकते थे। लोगों के जातीय संस्कार ऐसा झटका देते थे कि सँभलना मुश्किल हो जाता था। मझले राय की समझ में नहीं आता था कि वे क्या करें। फिर भी मझले राय और मझली चाची इस स्थिति का काफ़ी हिम्मत से सामना कर रहे थे। वे बिना लागलपेट के कह देते थे—बच्चे एक से होते

हैं, चाहे हमारा हो या किसी और का। मैंने अगर रंजन को गोद लिया था तो यह सब सोचकर गोद लिया था कि आगे चलकर मेरे पूरे परिवार को इन स्थितियों का सामना करना पड़ेगा। मैं चाहता तो क्या इतनी बड़ी जायदाद के लिए अपनी बिरादरी या खानदान का बच्चा गोद नहीं ले सकता था ? लोग तो अपने बच्चों को लिये मेरे पीछे-पीछे घूमते थे। मैंने जान-बूझकर इस बच्चे को गोद लिया था। मुझे उसका कोई मलाल भी नहीं। कुछेक लोग सीधा सवाल कर देते थे कि मान लिया हम अपनी लड़की की शादी रंजन से करने के लिए तैयार हो जायें, कर भी दें—तो इस बात का क्या विश्वास कि आपके भाई और उनके बच्चे जायदाद पर अपना हक नहीं जतायेंगे। उनका यह कहना लड़की वालों को नाक़ाफ़ी लगता था कि मैंने अपनी सारी जायदाद रंजन के नाम अभी से कर दी है। दूसरा सवाल वह उठता था कि आपकी अपनी जायदाद पर तो यह बात लागू हो सकती है परन्तु दाद-इलाही जायदाद तो दाद-इलाही होती है।

मझले राय को इस बात का एक ही इलाज नज़र आया कि वे सब भाइयों से जायदाद से फ़राखती लिखवा लें। सबसे पहले मझले राय बड़े राय के पास आये। बड़े राय को आते देख उन्हें ताज्जुब हुआ। आकर पाँव छुए तो उनकी समझ में बिलकुल नहीं आया कि यह क्या हो रहा है। इस बीच अगर कभी बड़े राय सामने पड़ भी जाते थे तो मझले राय नज़र बचाकर निकल जाते थे। पाँव छूने ने उन्हें चौंका दिया था। कृष्ण राय अगर आया है और पैर छू रहा है तो ज़रूर कोई बड़ा मतलब होगा। वैसे तो वह न यहाँ आता और न पाँव छूता। उन्होंने हाथ तो उठा दिया पर फ़ौरन ही पूछा, ''क्यों कोई ख़ास बात है—हरी राय की याद कैसे आ गयी ?''

''पता नहीं कई दिन से मन बेचैन था—बार-बार ख्याल आ रहा था कि बड़े भाई को कब से नहीं देखा।''

हँसकर बोले, ''इतनी चिन्ता मत किया करो—अभी मैं इतनी जल्दी जाने वाला नहीं। जब जाऊँगा तो तुम्हें कहला भेजूँगा। बताओ कैसे आना हुआ ?''

मझले राय के पास कोई रास्ता नहीं बचा था। उन्हें कहना पड़ा, ''बड़े भैया, रंजन अब बड़ा हो गया। मैं चाहता हूँ उसकी शादी हो जाये। मैंने उस वक़्त आपकी बात नहीं मानी—अब कठिनाइयाँ सामने आ रही हैं। रिश्ते वाले एक ही सवाल पूछते हैं कि अगर हम अपनी बेटी की शादी कर भी दें तो इस बात का क्या यकीन कि दूसरे भाई और उनके वारिसान इस जायदाद पर अपना दावा नहीं ठोकेंगे ? मेरे पास इस बात का कोई जवाब नहीं, आप ही बताइये मैं क्या करूँ ?''

''इसमें करना क्या है, तुमने तो उस लड़के को कानूनन गोद लिया है। तुम्हारी जायदाद का हक़ हर हालत में उसी को पहुँचता है।''

''मैं समझता हूँ, पर वे मानते ही नहीं। कहते हैं कि अपने भाइयों और उनके वारिसान से दस्तख़त करा दो।''

बड़े राय ने कलम और काग़ज़ उठाया। एक मिनट सोचा फिर रख दिया। उनके क़लम रखते ही मझले राय के चेहरे पर जो चमक आयी थी वह बुझ गयी। वे बोले, ''मैं तुम्हें विश्वास दिलाता हूँ कि भास्कर, रघुबर आदि तुम्हारी जायदाद की तरफ़ कभी नज़र उठाकर भी नहीं देखेंगे। भले ही टुकड़े-टुकड़े को मोहताज हो जायें।''

''मैं इस बात को समझता हूँ—पर उन्हें कैसे समझाऊँ ?''

''अगर उनको इस बात से भी सन्तोष नहीं हुआ तो फिर तुम क्या करोगे ?''

''तब की तब देखी जायेगी !''

''जो तब देखोगे अभी क्यों नहीं देखते ? जो लोग ये सवाल उठा रहे हैं वे अपनी लड़की की शादी तुम्हारे बेटे से नहीं कर रहे बल्कि तुम्हारी ज़मीन-जायदाद से कर रहे हैं। न उन्हें तुम पर विश्वास है और न तुम्हारे खानदान पर। मेरी सलाह मानो तो तुम अपने बेटे का किसी ऐसे आदमी की बेटी से ब्याह करो जो तुम पर और तुम्हारे खानदान पर विश्वास करता हो।''

''लेकिन—''

''लेकिन कुछ नहीं—मैं तुम्हें लिखकर दे देता पर मुझे लगा कि तुम अपने प्रति उनके अविश्वास को मेरे प्रति अपने अविश्वास में बदल रहे हो। तुम अपने बेटे की शादी करो—शादी के बाद मैं पुख्ता फ़राख़ती लिखकर तुम्हारे या तुम्हारी बहू के पास भिजवा दूँगा। अगर मैंने अब लिखकर दिया तो मुझे लगेगा कि अपने भाई के अविश्वास पर मैंने मोहर लगा दी। मैं सब कुछ बर्दाश्त कर सकता हूँ पर विश्वास का टूटना नहीं। हालाँकि ऐसे सम्बन्धों में पहला शिकार वही होता है।''

पहले तो मझले राय की समझ में नहीं आया कि वे क्या करें। फिर वे बोले, ''बड़े भैया, मैं जानता हूँ कि आप रंजन से नफ़रत करते हैं। आप यह नहीं चाहते कि वह निश्चिन्त होकर अपना घर बसा सके। आप मेरे खानदान के ख़िलाफ़ कीन्हा पाले हुए हैं—मैं अब कभी इस ड्योढ़ी पर पाँव नहीं रखूँगा।''

बड़े राय उठे और अन्दर चले गये। जाते-जाते दरवाज़े पर रुककर बोले, ''कृष्ण, मैं जानता हूँ तुम इसके अलावा कुछ और सोच ही नहीं सकते। लेकिन तुम्हारी अक्ल तुम्हारे साथ है और मेरी सोच मेरे साथ। जब तुमने पहली बहू के मरने के बाद अपनी पसन्द की शादी दूसरी जाति में की, दूसरी जाति का बच्चा गोद लिया, तो बेटे की शादी के लिए अपनी जाति में क्यों लौटना चाहते हो ?''

मझले राय सकपका गये। उनके पास इस सवाल का कोई जवाब नहीं था। उनके अन्दर चले जाने के बाद भी वे थोड़ी देर बराण्डे में खड़े रहे। उन्हें लग रहा था अजनबी माहौल और सवाल वज़नी पत्थरों की तरह उनके गले में लटक गये हैं। बाहर जाते-जाते उन्हें जैसे घण्टों लगे।

गिरवर के जन्म के बाद सारंगा बीमार रहने लगी थी। उसे दौरे पड़ने लगे थे। रात को सोते-सोते उठ बैठती थी और चिल्लाने लगती थी। उस ज़माने में पटियाले वाले हक़ीम का नाम काफ़ी मशहूर था। बहुत बड़े नब्बाज़ माने जाते थे। काफ़ी चमत्कारी क़िस्से प्रचलित थे। एक तरह से अपील की उच्चतम अदालत समझे जाते थे। जब कहीं कोई फायदा नहीं होता था तो पटियाले वालों के पास शफ़ा मिलती थी। सारंगा को भी हकीम जी को बुलाकर दिखाया गया। हवेली में तब भी पर्दा था। भले ही छोटी बहू ने मुँह खोल लिया हो, पर सारंगा पर्दे की पाबन्द थी। सारंगा ने पर्दे के पीछे बैठकर हाथ बढ़ा दिया। हकीम साहब ने दो-तीन बार नब्ज़ देखी।

बाद में हकीम साहब की भी अजीब-गरीब घटना हुई। उनका इलाज ज़्यादा दिन नहीं चल पाया। एक सुबह जब मरीज़ उनके मतब पर पहुँचे तो घर खाली था। वे अपना सामान लेकर कहीं कूच कर गये थे। कहाँ ? यह किसी को पता नहीं था। यह तक पता नहीं था कि उसके परिवार में कौन-कौन हैं। बस कभी-कभी एक ज़नानी आवाज़ सुनाई पड़ती थी। कोई कहता था नौकरानी है, कोई कहता था बेग़म हैं। लोगों को उनके इस तरह गुप्प-चुप्प चले जाने पर ताज्जुब हुआ। बहुत बाद में पता चला कि हकीम साहब पाकिस्तान चले गये थे। उस ज़माने में अक्सर इस तरह के क़िस्से होते थे। कोई मुसलमान मकान भी बदलता था तो यही समझा जाता था कि पाकिस्तान जाने के लिए सामान लद रहा है। खैर !

सारंगा की नब्ज़ देखकर हकीम जी ने मुझसे सवाल किया था। ‘‘ये आपकी पहली बीवी हैं, दूसरी हैं या तीसरी ?’’

मैंने बताया, ‘‘तीसरी।’’

‘‘पहली बीवी से कोई बच्चा है ?’’

‘‘जी नहीं, दूसरी से दो हैं—एक बेटा दूसरी बेटी।’’

‘‘उनसे इनका मिज़ाज मिलता है या नहीं ?’’

मैं थोड़ा झिझका। हकीम जी शायद समझ गये और बोले, ‘‘कोई बात नहीं। उनकी नब्ज़ से तो कोई खास बात पता नहीं चलती। कुछ ताक़त की दवायें लिख देता हूँ। पर आप इन्हें समझाइये, इनके दिमाग़ी वज़न को कम करने की कोशिश कीजिये—जिसमानी बुखारात तो ठीक हो जाते हैं दिमाग़ी बुखारात के इलाज में मरीज़ और तीमारदार दोनों की मदद की भी ज़रूरत पड़ती है।’’

दवायें तैयार कराई गयीं। कूट-छानकर सब दवायें सारंगा के सुपुर्द कर दी गयीं। लेकिन हालत सँभलने के बजाय बदतर होती गयी। महीने भर में दवा खत्म हो गयी पर फ़ायदे का दूर-दूर पता नहीं था। एक नयी बात और पैदा हो गयी थी। सोते-सोते उठ बैठती और रोना चालू कर देती। वह बताती थी कि कोई औरत उसकी गोद से उसका बच्चा छीन कर ले जा रही है और जलती आग में भून रही है। जो हुलिया वह बताती थी वह कला से मिलता था। ताज्जुब इस बात का था कि उसने कला

को कभी देखा तक नहीं था। तस्वीर कोई थी नहीं। उसके साथ कभी कोई लड़की होती थी कभी लड़का। उसकी इस कहानी के साथ झाड़-फूँक का सिलसिला शुरू हो गया। मुझे सबसे ज्यादा आश्चर्य इस बात का था कि जिस व्यक्ति को कभी देखा नहीं उसके हुलिये का बयान वह कैसे कर रही है ? क्या यह सही है कि कला की आत्मा सारंगा को तंग करती है !

रघुबर पर इस घटना की प्रतिक्रिया काफ़ी गहरी और विचित्र थी। उसने अन्दर जाना बन्द कर दिया था। नौकरों में किसी ने शायद उसे यह बता दिया था कि जिस औरत का ज़िक्र बहू जी करती हैं वही उसकी स्वर्गीय माँ है। सोना भी इस बात से बहुत परेशान थी। सारंगा गिरवर को अपनी आँखों के सामने से अलग नहीं होने देती थी। उन दिनों घर में धूनियाँ लग रही थीं। जुमेरात की रात को नदी पर धार चढ़ाई जाती। दीवाली पर बड़े-बड़े अनुष्ठान किये जाते थे। सबसे बड़ी समस्या थी कि किस प्रकार उस औरत और उनके बच्चों को सारंगा के सपनों से बाहर किया जाय। झाड़-फूँक के बाद वे कुछ दिन तक नहीं आते थे। झाड़-फूँक वाले मूँछों पर ताव देना शुरू कर देते थे—मैंने उस औरत को ज़मीन में गाड़कर कील दिया है—कभी नहीं निकल पायेगी—उसके बच्चों को भैरव बाबा के खप्पर में डाल दिया—भैरव बाबा मेरी मौजूदगी में उन्हें कचर-कचर चबा गये। अब तक तो भैरव बाबा उन्हें हज़म कर गये होंगे। लेकिन फिर एक दिन वह औरत ज़मीन में से निकलकर सारंगा के सपनों में आ उपस्थित होती और उसे तथा उसके बच्चे को पीटना शुरू कर देती। शुरू में वह अकेली होती बाद में उसके बच्चे भी भैरव बाबा के उदर से निकल कर उसकी मदद को आ जाते।

घर की शान्ति फिर भंग हो जाती।

चूँकि सोना अकेली थी इसलिए चुपचाप सब कुछ देखती रहती थी। वैसे भी अब बड़ी हो गयी थी। इसलिए खुलकर तो कुछ नहीं कहती थी पर अकेले में रोती रहती। हाथ जोड़कर कहती—माँ तू देख रही है। तू मुझे अपने पास बुला ले। मैं इस नर्क में कब तक पड़ी रहूँगी। रघुबर तो बाहर रहता है—नयी माँ रात-दिन हम लोगों को कोसती है। छोटी दादी भी नहीं रहीं—बुआ कभी-कभी आती है। पहले तो सोना कह भी देती थी। इधर उसने कुछ भी कहना बन्द कर दिया था। न वह सारंगा को कुछ कहती थी और न सारंगा की कोई बात मुझे बताती थी। बस यही एक गनीमत थी कि उसको अलग से एक कमरा मिल गया था। वह उसी में लिखती-पढ़ती थी। सारंगा को उस पर भी काफ़ी ग़ुस्सा आता था। मैंने सोना से कई बार पूछा—तुम्हारी माँ दवा खाती है या नहीं—हालाँकि उसे पता था कि सारंगा दवा खाती नहीं पीछे काबक में फेंक देती—लेकिन सोना

चुप रहती थी। हाँ करती, न ना।

एक दिन पता नहीं सारंगा को क्या हुआ कि उसने सोते-सोते गिरवर को अपने पलंग से नीचे धकेल दिया। चोट तो उसे ज़्यादा नहीं लगी। नीचे कालीन बिछा था पर वह ज़ोर-ज़ोर से रोने लगा। मैं चौंक कर उठा तो देखा गिरवर नीचे गिरा हुआ है। सोना भी अपने कमरे से दौड़कर आ गयी। सारंगा अजीब तरह से साँस ले रही थी। आँखें पलटे थीं। सोना ने गिरवर को गोदी में उठा लिया। मैंने उसके मुँह पर पानी के छींटे दिये। छींटे देने से पहली बार में ही उसे होश आ गया। होश आते ही सबसे पहले उसने पूछा, ''मेरा···बच्चा—!''

सोना को गोद में लिये देख वह एकदम बिफर गयी, ''एक इतनी ही बड़ी लड़की और वह औरत मुझसे बच्चा छीने लिये जा रही थीं। उस औरत ने उसे ज़मीन पर पटक दिया—इतना धुआँ सारे में भर गया कि आँखें खोले रखना मुश्किल हो गया।'' सोना ने समझाते हुए कहा, ''नहीं छोटी माँ—भैया सोते-सोते पलंग से गिर गया था—रोया तो मैं दौड़कर आ गयी।''

''नहीं, इसे उस औरत ने पटका है—तू भी उसके साथ थी।''

सोना की देह काँप उठी। मैंने उसे समझाना चाहा, ''यह तुम क्या कह रही हो। यह नीचे गिरा हुआ था—''

वह चिल्लाये जा रही थी, ''मुझे और मेरे बच्चे को वह औरत खा जायेगी—मार डालेगी— इसे सामने से हटाओ।''

तब तक बड़े राय को खबर लग गयी थी। जब से बड़ी रायनी यानी हमारी माँ नहीं रही थीं, बड़े राय रात के समय हवेली के अन्दर नहीं आते थे। लेकिन उस रात वे आये। सारंगा की आवाज़ उन्होंने सुन ली थी। कमरे के बाहर से ही पुकारा, ''भास्कर, क्या बात है ?''

''आज फिर सपना दिखाई दिया—कह रही थी मेरे बच्चे को वही औरत घसीटे लिये जा रही है। उसके साथ एक लड़की—सोना का नाम ले रही थी।''

बड़े राय बुलन्द आवाज़ में बोले, ''बहू की हालत बिगड़ती जा रही है—अब यह भेद भी खत्म हो गया कि किसके लिये क्या सोचे और क्या कहे ? तुम कल रात की गाड़ी से आगरा चले जाओ और वहाँ के पागलखाने में भर्ती करा दो। सिविल सर्जन बता रहे थे कि न यह बीमारी होती है और न भूत-प्रेत आता है—आदमी अपने आप ही कल्पना करता रहता है और डरता रहता है—जब तक यह चक्र नहीं टूटेगा बहू ठीक नहीं होगी। वे लोग बिजली के झटके देकर उस चक्र को तोड़ते हैं।''

यह बात सारंगा ने भी सुनी थी।

उनकी बात सुनकर मैं भौंचक्का रह गया। बड़े राय बिना और कुछ कहे-सुने

उल्टे पैरों लौट गये। सोना बच्चे को लिटा कर अपने कमरे में चली गयी थी और फूट-फूट कर रो रही थी। भवानी उसे समझा रहा था। सारंगा स्तब्ध-सी बैठी थी। गिरवर का रोना कम हो गया था।

उसने अन्दर आते ही पूछा, ''क्या बड़े राय मुझे घर से निकाल रहे हैं ?''

''नहीं, इलाज के लिए आगरा भेज रहे हैं।''

''मैं नहीं जाऊँगी !''

''लगता है बड़े राय ने सब इन्तज़ाम कर दिया। डॉक्टरों की राय ले ली। इस बीमारी का इलाज लगता है वहीं हो सकता है।''

''मैं वहाँ हरगिज़ नहीं जाऊँगी—वही औरत मुझे मेरे घर से निकाल रही है। तुम सब उसी से मिले हुए हो।''

पता नहीं मुझे कैसे एकाएक लगा कि सारंगा अपनी सीमा लाँघ रही है। मैं बोला, ''देखो सारंगा, अगर तुम औरत-औरत गाना बन्द नहीं करोगी तो इसके सिवाय कोई रास्ता नहीं बचेगा कि तुम्हें ले जाकर आगरा के पागलखाने में भर्ती करा दूँ। बच्चा तुम्हारे हाथ से गिरा और तुम सपने में देखी किसी औरत की बात कर रही हो—यह पाग़लपन नहीं तो क्या है ? बिना वहाँ रहे तुम्हारे दिमाग़ से औरत का यह भूत नहीं निकलेगा। जिस औरत का तुम ज़िक्र करती हो वह कभी की भगवान को प्यारी हो चुकी। तुमने आज सोना को भी उल्टा-सीधा बका है, मुझे भी कहा है—अगर हालत ऐसी रही तो हमारे पास यही एक रास्ता बचेगा—''

सारंगा एकाएक टूट गयी। वह मेरे पाँव पकड़कर ज़ोर-ज़ोर से हिचकियाँ लेने लगी, ''मुझे वहाँ न भेजो। मैं किसी को कुछ नहीं कहूँगी—वे लोग मुझे मार डालेंगे।''

रघुबर अब जवान हो गया था। उसे घर में अच्छा नहीं लगता था। सोना से भी उसकी ज़्यादा नहीं पटती थी। सोना को लगता था कि वह तो बाहर घूमता रहता है और वह हवेली में ही बन्द पड़ी रहती है। उसकी कोई खास दोस्त भी नहीं बन पायी थी। स्कूल में ज़्यादा पढ़ाई नहीं। हुई घर पर जितनी पढ़ाई हुई उसमें दोस्त बनने का सवाल नहीं उठता था। यह बात दोनों बहिन-भाइयों को एक-दूसरे के खिलाफ़ कर देती थी। यहाँ तक कि जब भी कभी रघुबर अन्दर आता था कहा-सुनी हुए बगैर नहीं रहती थी। कभी वह खाने को लेकर कुछ कह देता। तू मेरे खाने को मत छुआ कर। वह नाराज़ हो जाती। रघुबर की दोस्ती एक लड़की से हो गयी थी। उस बात

पर वह रघुबर को बिना कुछ कहे नहीं रहती। रघुबर उसे सख़्त-से-सख़्त जवाब देने की कोशिश करता। तू क्यों चिढ़ती है ? घर में ही बन्द पड़ी रह। तुझे क्या लेना-देना।

उनके सम्बन्धों में कुछ देर के लिए तल्खी आ जाती थी लेकिन अलग-अलग दोनों एक-दूसरे के बारे में सोचते थे। रघुबर को लगता था उसकी एक ही बहिन है। सबसे अलग-थलग पड़ी हुई है। नयी माँ से बनती नहीं। मेरे आने का इन्तज़ार करती रहती है और मैं हूँ कि उससे लड़ बैठता हूँ। मुझे क्या हो जाता है। सोना के मन में भी इसी तरह के सवाल घूमते रहते। रघुबर मुझसे क्यों लड़ता है ? मैं उसकी बात क्यों नहीं बर्दाश्त कर पाती ? क्यों लड़ना शुरू कर देती हूँ ? क्या वह मेरा माँजाया भाई नहीं ? रघुबर के पैदा होने से पहले माँ कितना चाहती थी कि बेटे का मुँह देख ले। बिना देखे मर गयी। मैं ही रह गयी। कहीं मैं उससे जलती तो नहीं ? वह भी तो बाहरी लड़की के आगे-पीछे घूमता रहता है, मुझसे चिढ़कर बात करता है। मैं उसकी बहिन हूँ, वह कौन होती है ? वह क्या मुझसे भी ज़्यादा सगी है ? उस पर सगेपन का भूत सवार था जो उसे आत्मीयता से भटका रहा था।

दोनों एक-दूसरे के प्रति अपने व्यवहार से आहत होते थे पर एक-दूसरे को आहत करने का मौका भी नहीं चूकते थे। इस स्थिति के कारण या किसी और वजह से सारंगा अपेक्षाकृत शान्त थी। गिरवर को वह अधिक-से-अधिक सजाकर रखने की कोशिश करती थी। बड़े राय भी गिरवर को प्यार करते थे। बस भेद तभी उभरता था जब रघुबर के लिए कोई कपड़ा बन जाता था या नया जूता आ जाता था। गिरवर के लिए नहीं आता था। बड़े राय इस तरह की औरताना बातें बहुत नापसन्द करते थे। सारंगा समझती थी कि उसके बच्चे के साथ दुराहयत की जा रही है।

हवेली का अन्तःकेन्द्र, जिसमें सारंगा, सोना, रघुबर, परिवार और आंशिक रूप से मैं भो सम्मिलित था, रह-रहकर उद्वेलित होता रहता था। कभी उस उद्वेलन की लहरें बाहर तक भी जा पहुँचती थीं। बड़े राय उन लहरों को महसूस करके रह जाते थे। तब तक कुछ नहीं कहते थे जब तक बेचैनी हद से न गुज़र जाये। अब न छोटे राय थे और न रहमतुल्ला। मैं था, मैं उन दोनों के बीच एक चिथड़े की तरह फँस जाता था।

रघुबर में एक परिवर्तन आ रहा था। धीरे-धीरे उसका सब चीज़ों के प्रति नकारात्मक दृष्टिकोण पनप रहा था। उसकी नकार का सबसे पहला शिकार वह अनुशासन था जिसे उसके अन्दर कूट-कूट कर भरा गया था। मुझे उसके इस परिवर्तन को देखकर डर लगने लगा था। बड़े राय बूढ़े हो रहे थे, रघुबर जवान और मैं बीच में था। बीच का व्यक्ति या तो स्वयं दबता चला जाता है या फिर फैलते-फैलते इतना फैल जाता है कि इर्द-गिर्द वालों को दबा लेता है। मेरी स्थिति पहले वाली थी।

गाँधी जी नहीं रहे थे। वैसे तो लोगों का कहना था कि गाँधी जी की हत्या तो उसी दिन हो गयी थी जिस दिन देश बँटा। देश बाँटने वाले भी गोडसे से कम नहीं थे। हमारे यहाँ भी बड़े राय धीरे-धीरे अशक्त हो रहे थे। उनके देखते-देखते सब कुछ बँट गया था। घर हो या देश जब घर का बड़ा चाहता है कि सब जुड़े रहें और सब कुछ बँट जाता है, तो जीने या मरने के बीच कोई खास दूरी नहीं रहती। देश बँट गया था। गाँधी मर गये थे। सत्ता में बैठे लोग सत्ता को देसी आम की तरह चूसने में संलग्न थे। जब गाँधी मरे तो और, तो और बड़े राय बहुत रोये थे। रघुबर को लगा था एक बूढ़ा मरता है तो दूसरे बूढ़े को भी अपना वक्त सामने नज़र आने लगता है। जितना वह बड़े राय की संवेदना का अंश था या बड़े राय उसकी संवेदना के अंश थे उतना ही वह उनसे दूर छिटकता जा रहा था। बड़े राय उसके इस व्यवहार से क्षण-क्षण टूट रहे थे। जिस बात की उन्होंने अरुण से अपेक्षा की थी, उसी बात की अपेक्षा वे रघुबर से कर रहे थे। उनका ख्याल था कि वह बड़ा होकर उनका नाम रोशन करेगा। उसे देखकर लोग सोचेंगे कि यह हरी राय का पोता और भास्कर राय का बेटा है। इसने डूबते खानदान को उबार लिया। तब उन्हें उस गाँधी का ध्यान आता था जिसे वे जीवन भर सिरफिरा और सनकी मानते रहे थे। यह कहते रहे थे कि क्या यह गाँधी जो मिट्टी के लेप के ज़रिये बीमारियों का इलाज करता है, बकरी का दूध पीता है—सिर्फ़ चरखा चलाकर अँग्रेज़ जैसी ताक़त से मुल्क़ आज़ाद करा लेगा ? अब सोचते थे मेरी तरह गाँधी को यही लगता होगा कि उसके वारिस उसकी लायी आज़ादी को परवान चढ़ायेंगे—उसकी साख को बढ़ायेंगे—लेकिन उसी के जीते-जीते वे सब तिनकों की तरह तैरने लगे। गाँधी गरु जहाज़ की तरह डूबने लगा। उन्हें इस सन्दर्भ में रघुबर याद आता था। मेरी बात वे कभी नहीं सोचते थे। अरुण ने क्या किया या रघुबर क्या करेगा—इस बात की उन्हें चिन्ता थी। गिरवर अभी छोटा था। मैं न कुछ कर सकता था और न कर पा रहा था। हालाँकि कर मैं ही रहा था। जिन हालतों में मैं वह सब निबाह रहा था वह हालात पहले वाले हालात से बिलकुल अलग थे। तब मुझे बड़े राय के लिए करना पड़ता था। उन्हीं के पाँव में सबका पाँव था। साधन काफ़ी थे। अब साधन खत्म हो चुके थे और करना तीन पीढ़ियों के लिए था। मैं सारंगा और गिरवर उन्हीं दोनों के बीच कहीं था।

मुझे भी उनकी इस चिन्ता से वितृष्णा होने लगी थी कि रघुबर उनका नाम चला पायेगा या नहीं। नाम का क्या, नाम तो इन्दराज की बात है। रिकार्ड में तो मेरा नाम उसकी वल्दियत में लिखा था। चिन्ता मुझे होनी चाहिए थी। बड़े राय तो मेरे वालिद थे। पर मैं क्या था ? सिर्फ़ एक जर्जर पुल जो इन दोनों छोरों को जोड़ता था। एक उफ़न रहा था दूसरा घट रहा था।

रघुबर बँटवारे, दंगे, आज़ादी सबको पार करता हुआ ऐसे मुक़ाम पर खड़ा था जहाँ घर, परिवार, छोटा-बड़ा—सब अप्रासंगिक हो जाते हैं। घर, सराय और घरवाले—उस सराय में रहने वाले कुछ पहचाने जा सकने वाले मुसाफिर—बस—! वह आता था, खाता था और लम्बे-लम्बे डग भरता हुआ निकल जाता था। हम उसका आना भी देखते थे और वह हमें जाता हुआ भी दिखाई पड़ता था—बड़े राय एक लम्बी साँस लेकर चुप बैठ जाते थे। कभी-कभी पूछते थे—यह तुमने क्या रवैया बना रखा है ? आखिर तुम अपनी ज़िन्दगी को चौपट करने पर क्यों तुले हो ? वह उनका जवाब सामान्यत: देता नहीं था। देता था तो एक-दो शब्दों में —ऐसा कुछ नहीं है—मैं जानता हूँ कि मुझे क्या करना चाहिए। आप परेशान न हों। उसका यह जवाब उनके ही नहीं, मेरे सीने पर भी साँप की तरह लोट जाता था।

रघुबर की पढ़ने-लिखने में तो रुचि थी ही नहीं। रानी कभी-कभी उससे इस बात पर लड़ बैठती थी। तब वह दो-तीन दिन उससे बात करना छोड़ देता था। उस बेचारी को ही मनाना पड़ता था। जब रघुबर बड़ा हो रहा था तब मैंने अनुभव किया था कि किशोर ही दिवास्वप्न नहीं देखते, बूढ़े भी देखते हैं। बड़े राय और मैं भी बैठे-बैठे स्वप्न में खो जाते थे—हमें क्या फ़िक्र—थोड़े दिन की परेशानी है—रघुबर बड़ा होगा—सारी तकलीफ़ें खत्म हो जायेंगी। अरुण भले ही कितना भी बड़ा आदमी हो गया हो—रघुबर उससे भी बड़ा होगा। हो सकता है एक बार फिर सब मिल जायें—कम-से-कम मैं उनमें मझले राय और रंजन को भी शरीक कर लेता था —बड़े राय चाहे न भी करते हों। फिर सोचता था—गाँधी भी यही सोचते होंगे—सोचते नहीं देखते होंगे—जो यहाँ से वहाँ चले गये या वहाँ से यहाँ आ गये—सबको मिला देंगे। मौक़ा ही कहाँ आया—हम लोगों ने ही नहीं आने दिया। लेकिन मैं स्वप्न को देखना नहीं छोड़ता था। जब सब मिल जायेंगे तो पुराने दिन लौट आयेंगे—पहले लाट खाने पर आते थे अब मन्त्री आया करेंगे।

बड़े राय की इच्छा जवाहर लाल जी से मिलने की थी। एक बार उन्होंने चिट्ठी भी लिखी थी —उनके सचिव का उत्तर आ गया था—कि प्रधानमंत्री को आपसे मिलकर बहुत खुशी होती लेकिन वे इन दिनों बहुत व्यस्त हैं। वे आपकी इस भावना की कद्र करते हैं और शुभकामनाएँ भेजते हैं। उन्हें लगा ऐसा तो कभी अँग्रेज़ों ने भी नहीं किया। जब मिले ही नहीं तो शुभकामनाएँ लेकर क्या चाटूँगा ? उन्होंने यह सोचकर कि देश आज़ाद है, रघुबर से हिन्दी में चिट्ठी लिखवायी थी। जवाब अँग्रेज़ी में आया था।

इस बात ने उन्हें कई दिन तक सुस्त बनाये रखा था। एक दिन मैंने उन्हें सुझाया भी आप जगन बाबू को लिखकर देखें, हो सकता है वे आपको मिला दें। बड़े राय

ने उसका कोई जवाब नहीं दिया। जब मैंने इस बात को फिर से दोहराया तो वे बोले, "नहीं, यह बात उनके जवाब के साथ खत्म हो गयी—" थोड़ी देर बाद बोले, "दूसरों से उम्मीद हमेशा अपने व्यवहार को सामने रखकर करनी चाहिए।"

मैं समझ गया। बड़े राय अभी भूले नहीं। उनका पुतलियाँ पारे की दो गोलियों की तरह हो गयी थीं —इधर से उधर, उधर से इधर, ढुलढुल हिलती हुईं।

रघुबर ताड़ की तरह लम्बा हो गया था। उसकी अपनी समझ में भी नहीं आता था किधर जाना है। पढ़ने में उसका मन नहीं लगता था। आज़ादी के बाद स्कूल-कॉलिजों में एक नया इन्कलाब-सा आ गया था। आज़ादी का और सत्ता का। कॉलिजों में खुले चुनाव होने लगे थे। यूनियनें बनने लगी थीं। लड़के पदाधिकारी चुने जाते थे। उनकी संसदें होती थीं। उसमें बैठकर वे अपनी समस्याओं पर बहस करते थे। प्रधानाचार्य के सामने माँगें पेश करते थे। अध्यापक बीच से हट गये थे। इसलिए वे प्रकारान्तर से हिस्सेदारी भी करने लगे। रघुबर की रुचि भी उसमें बढ़ने लगी थी। छोटे-छोटे चुनाव भी लड़ चुका था। पढ़ने में मन लगना और कम हो गया था। रंजन एकाएक क्लास में तीन-तीन, चार-चार बार फेल होकर कॉलेज छोड़ गया था। उसका साया रघुबर पर भी मौजूद था।

बड़े राय को यह सब बिलकुल पसन्द नहीं था। वे कहते थे कि अगर लड़कों को अभी से राजनीति में डाला गया तो वे पढ़ेंगे क्या ? अँग्रेज़ क्या मूर्ख थे ? अगर कोई फ़ायदा होता तो क्या वे यह सब न करते ? मन्त्रियों और विधान-सभाओं के सदस्यों को खद्दर के कपड़े पहने घूमते देखकर उनका ज़ायका और खराब हो जाता था। वे बरबस उनकी तुलना ब्रिटिश सरकार के हुक्मरान से करने लगते थे। हुकूमत ऐसे ही नहीं की जाती। उसके लिए हाकिम बनना पड़ता है। बिना हाकिम बने दबदबा कायम नहीं होता। बिना दबदबे का अफ़सर और बिना आब का मोती—इन दोनों में ज्यादा फ़र्क़ नहीं। उसके लिए कलम में ताकत, आवाज़ में बुलन्दी और व्यक्तित्व में धमक ज़रूरी है। वे निराश हो गये थे। गाँधी तो उन्हें लँगोटीधारी लगते थे। वे उन्हें महात्मा समझकर माफ़ कर देते थे। पर इन सबको क्या हो गया ? वे हाकिमों की तरह क्यों नहीं रहते ? उनका सारा भ्रम टूट गया था। मन्त्रियों को लेकर भी और अफ़सरान को लेकर भी। एक बार वे अपने पुराने मित्र शिवदसानी आई. सी. एस. से मिलने गये। वे उन्हें देखकर आश्चर्य से भर गये। शिवदसानी अपनी साहबी पोशाक छोड़कर बन्द गले का बाजे वालों वाला कोट पहने थे। बड़े राय भी बूढ़े और जर्जर हो गये थे। उनके व्यक्तित्व की सारी धमक खत्म हो गयी थी।

शिवदसानी साहब ने छूटते ही पूछा, "मि. हरी, राय यह आपको क्या हो गया ?

आपने हमारे सीनियर बीर बहादुर की इतनी ज़बरदस्त पैरवी की कि वे छूट गये।''

बड़े राय हँसकर बोले, ''शिवदसानी साहब, अब तो मुझमें अपनी पैरवी करने की भी हिम्मत नहीं रही। लेकिन आप यह सब क्या पहने हैं ?''

वे हँसकर बोले, ''राय साहब, हम सिविल सर्वेण्ट हैं। बेवजह हम न अपने दाँत दिखाते हैं, न हाथ ! तब उस हुकूमत के बन्दे थे। अब इस हुकूमत के हैं।'' फिर रुककर बोले, ''मैं आपकी तकलीफ़ जानता हूँ। आपके लिए बदलना मुश्किल है। क्योंकि आपने अपनी सीमाओं में रहकर हमेशा खुदमुख्तारी की है।''

शायद आज़ादी के बाद उनकी किसी अफ़सर-दोस्त से पहली और आखरी मुलाकात थी। उनके पुराने मित्र शहर में आते रहते थे पर वे कभी किसी से मिलने नहीं जाते थे। न वे ही आते थे। इस बात का उन्हें मलाल था। जो लोग तब दौड़कर मिलते थे अब रुख भी नहीं मिलाते थे। उनके मन में एक बात घर कर गयी थी। वे अब खाली बर्तन हैं। भरा हो तो कुत्ता भी पास आता है। नहीं तो दूर से ही सूँघकर चला जाता है। पर इस बात को मुँह से कहने से उनकी वज़हदारी उन्हें रोक देती थी।

रघुबर को लेकर भी अब उन्हें सपने आने बन्द हो गये थे। कभी-कभी अगर सवाल उठता था तो यही उठता था कि ज़मींदारी तो मेरे ही रहते खत्म हो गयी—रही-सही और हो जायेगी—कुछ दूध वाले जानवर बचे थे, घोड़े मर चुके थे—हवेली की जो दीवारें चमचमाती रहती थीं उनसे लेवड़े झरने लगे थे—अगर रघुबर कभी पैरों पर खड़ा हुआ तो क्या करेगा ? मान लो वह अफ़सर भी बन गया तो कैसा अफ़सर बनेगा ? नये ढंग का या पुरानी साख का। फिर उन्हें मझले राय का ध्यान आ जाता—अफ़सर तो कृष्ण भी बना था ! कभी उसके मन्त्री बनने की बात भी दिमाग़ में आती थी—उसका मामा पार्टी में एक बड़ी हस्ती रखते हैं लेकिन मन्त्री बनना उन्हें नापसन्द था। लेकिन उस पर भी बजात खुद सादगी का भूत सवार है। जब उसकी पढ़ाई के बारे में सोचते थे तो उनका बनाया पूरा महल ताश के पत्तों की तरह ढेर हो जाता था। हमारा ज़माना दूसरा था। कम पढ़े-लिखों की भी खानदानियत के आधार पर कद्र होती थी। वह मयार अब बदल गया। बस पढ़ाई बची है। जब सब कुछ जाता नज़र आता तो वे उसे समझाने की कोशिश करते थे। मान-मनौवल करते थे। कभी-कभी डाँटते भी थे। दरअसल उन्होंने अच्छे-से-अच्छे दिन देखे थे। बुरे-से-बुरे दिनों की परिकल्पना करते रहना उनकी आदत बन गयी थी। मैं अन्दर-ही-अन्दर इन सब स्थितियों से जूझ भी रहा था और अलग भी था। तब दावतों का जुगाड़ करता था, अब खाने-पीने और बाहर की आब बनाये रखने की जुस्तजू में लगा रहता था। मेरे लिए बुरे दिनों की कल्पना भयावह तो थी पर उतनी

नहीं—क्योंकि मैं जानता था जब वक़्त की मार पड़ेगी तो वह भी सँभलेगा जैसे मैं सँभल गया !

आकाश में टँगा घर का वह माहौल संसाधनों की कमी और रघुबर की निष्क्रियता के कारण गैस रिसते गुब्बारे की तरह धीरे-धीरे नीचे आ रहा था। गुज़ारे का साधन सिर्फ़ काश्त थी। काश्त के सहारे ही घर के सारे बचे-खुचे खर्चे चलते थे। मैं साइकिल पर जाता था। साइकिल चलाते हुए कई बार मुझे अपना वह ज़माना याद आता था। तब साइकिल मेरे ही पास थी। लोग रास्ता छोड़कर साइकिल के घूमते पहिये देखते थे और अब मुझ जैसे अनेक साइकिल सवार सड़क पर चलते होते थे। शुरू-शुरू में तो अगर किसी की घोड़ा-गाड़ी आती नज़र आती थी तो मैं छुपने की कोशिश करता था। कहीं कोई देख न ले। कोई क्या कहेगा कि राय खानदान की हालत इतनी पतली हो गयी कि एक घोड़ा भी मय्यसर नहीं। कुछ दिन बाद मैं उन साइकिलों के बीच पूरी तरह समा गया। दिन भर खेतों पर खड़ा रहकर हल चलवाता था, कभी-कभी अपने आप भी चलाना पड़ता था—शुरू-शुरू में तो लोगों ने मना किया—मालिक आप हल चलायेंगे ? —फिर उन्हें भी आदत पड़ गयी—बल्कि उल्टे उम्मीद करने लगे कि बीच-बीच में मैं भी हल की मूठ पकड़ूँ। मैं अगर पकड़ता था तो अपनी मर्ज़ी से।

इधर गिरवर को लेकर सारंगा क्षुब्ध रहती थी। उसे लगता था घर में जो कुछ भी होता है वह रघुबर के लिए होता है। बड़े राय के मन में अभी भी कहीं-न-कहीं यही था कि अगर कुछ करेगा तो रघुबर ही करेगा। फिर भी ऐसा नहीं कि वे गिरवर के लिए कुछ न करते हों। रघुबर कॉलिज जाता था, बड़े लोगों से मिलता-जुलता था इसलिए कपड़े-जूते वगैरह उसके ही ज़्यादा बनते थे। गिरवर के भी बनते थे पर कुछ कम। सारंगा को जब गुस्सा चढ़ता था तो वह गिरवर को मारने लगती थी या गाली देना शुरू कर देती थी। पैदा होते ही क्यों नहीं मर गया…तेरी यहाँ किसको ज़रूरत थी ? पैदा ही होना था तो किसी और की कोख से पैदा हुआ होता। मेरी इस जली कोख से क्यों पैदा हो गया ? लोगों के बच्चों का तो मरे पर भी लाड़ होता है—मेरे बच्चों को तो मेरे जीते-जी भी कोई नहीं पूछता। सोना वैसे तो चुप ही रहती थी। कभी जब उसे बुरा लग जाता था तो बोल भी पड़ती थी—यह सब क्यों कहती हैं—गिरवर कुप्यारा थोड़े ही है—इसके लिए भी सब कुछ होगा। जब रघुबर के बराबर हो जायेगा तो इसके लिए भी वही होगा जो रघुबर के लिए होता है। इस बात पर वह और खुन्नस खा जाती थी—सोना को भी अनापशनाप कहने लगती थी। तुझे क्या—तू तो हाथ पीले करके चली जायेगी! जलना तो मुझे और इस कमबख्त को ही है। तुम तो सब मेरे अन्दर की जलती आग में मिट्टी का तेल डालने वाले हो! सोना रोने लगती।

सारंगा को मैं बहुत समझाता था। भेदभाव की इस भाखा को छोड़ दे। यह तुझे

कहीं नहीं ले जायेगी। इससे न गिरवर को अपना बना सकेगी और न रघुबर को। किसी को तो अपना बनाकर चलने की सोच। सोना तुझे वैसे ही नहीं सुहाती। लेकिन उसे मेरी कोई बात न जँचती। बस एक ही सकारात्मक बात थी कि गिरवर सोना और रघुबर को बहुत मानता था। वे उसे मानते थे।

कुल मिलाकर पूरा माहौल कुछ-कुछ ऐसा बनता जा रहा था जैसे मछलियों के मरने से पहले नदी का जल रंग बदलता है और फिर जहरीला हो जाता है। उसका असर सब पर था। सब लड़खड़ा रहे थे। जिनके फेफड़े और गुर्दे मज़बूत थे वे सब कुछ चुपचाप सह रहे थे। बड़े राय सबसे अधिक बर्दाश्त करते थे भले ही उनका शरीर जर्जर होता जा रहा हो।

रघुबर इण्टर में दो बार फेल होकर बी. ए. में आया था। वह एक उत्सव भी था और हताशा भी। उत्सव इसलिए कि वह इण्टर की देहली पार कर गया था और हताशा इस बात की अगर ऐसे ही यह जुलूस चला तो कब और कहाँ पहुँचेगा। वह घर से भी दूर होता जा रहा था। सिर्फ़ दो वक़्त खाने के समय घर आता था। बाकी बाहर। बड़े राय को अब न बाहर जाना रहता था और न घर में कोई काम। बस कभी-कभी डूबती ज़मींदारी के काग़ज़ात देखने पड़ते थे या कभी कोई आकस्मिक संकट आ जाता था तो किसी अफ़सर या नेता से मिलने जाना पड़ जाता था। इस सबके बावजूद उन्हें दिन भर रघुबर का इन्तज़ार रहता था।

फार्म से लौटने पर कई बार मुझे भी देर हो जाती थी। उनके प्यार की झौं मुझे तभी महसूस होती थी। वे या तो दरवाज़े की तरफ़ ताकते रहते थे या सहन में टहलते मिलते थे। उनके दिमाग़ में मझले राय के साथ घटी सालों पहले वाली वह घटना तेजी से घूमने लगती थी। जैसे ही मेरी साइकिल अन्दर घुसती उनकी चहल-क़दमी रुक जाती। थोड़ी देर वे मुझे अन्दर आता देखते रहतें। मेरी चाल भी धीमी पड़ती जाती। साइकिल की किर्र-किर्र भी कम होने लगती। रघुबर उनसे डरता हो या न डरता हो पर मैं अभी भी उनसे डरता था। मेरे नज़दीक पहुँचने से पहले ही वे अन्दर चले जाते थे। मैं जान जाता था कि अब क्या होने वाला है। मैं मन-ही-मन यह तय कर लेता था कि चाहे वे कुछ भी कहें मैं चुप रहूँगा। कई बार मेरा यह संकल्प पूरा हो जाता था। कई बार मैं उसे पूरा करने में असफल रह जाता था और मुँह खोल बैठता था। उस दिन न वे खाते थे और न मैं।

वे हर बार यही कहते थे, ''तुम क्या वहाँ से घण्टा भर पहले नहीं चल सकते ? घण्टे भर में वहाँ कौन-सा काम हो जाता है ? तुम दोनों समझते हो बुड्ढा पागल हो गया।''

मैं कहता, ''नहीं आप ऐसा क्यों सोचते हैं ?''

''इसलिए सोचता हूँ क्योंकि तुम ऐसा समझते हो—तुम्हारा व्यवहार यही बताता है। मैं तो मरने को बैठा हूँ—तुम्हें कुछ हो गया तो क्या करूँगा ?'' वे फिर उसी सवाल पर लौट आते, ''आखिर तुम घण्टा भर पहले क्यों नहीं चल सकते ? गाड़ी की बात और थी, साईस और चरकटा साथ रहते थे। साइकिल का क्या ?''

रघुबर होता था तो इस तरह के सवालों का जवाब दे देता। मैं हरचन्द कोशिश करता था कि चुप रहूँ। ज़्यादा चुप रहने पर भी उनकी वाणी तीखी हो जाती थी, ''क्या तुम्हारे मुँह में ज़बान नहीं ?''

कभी-कभी बात मुझे लग जाती थी कि मैं इतना थका हुआ आया हूँ। बड़े राय लगातार मुझे फटकार रहे हैं, मैं कह बैठता, ''काम बीच में कैसे छोड़ दूँ—आखिर किसानों को बताना पड़ता है, उनकी सुननी पड़ती है—काम पूरा नहीं होगा तो इस घर का खर्च कैसे चलेगा ?''

वे बिगड़ जाते। अपना सिर पीट लेते—मेरे ही कारण यह सब हो रहा है। यह उनमें एक नयी आदत आ गयी थी। या तो भावातिरेक के कारण या फिर उन्हें लगने लगा था कि वे अशक्त होते जा रहे हैं। वह ज़माना, जब उनके पेशाब में चिराग जलता था, अब उनका मुँह चिढ़ाने लगा है। जो उनके अंश से पैदा हुआ वही उनसे आँखें मिलाता है। यही उनका सबसे बड़ा दुःख बनता जा रहा था।

रघुबर का सबसे बड़ा दोस्त भी भवानी था और दुश्मन भी। दिन भर बीच-बीच में बड़े राय रघुबर के बारे में पूछते रहते थे। रघुबर अभी आया या नहीं ? चूँकि भवानी ज़्यादातर उनके इर्द-गिर्द रहता था इसीलिए उनके सब सवाल उसी को सम्बोधित होते थे। वह रघुबर से खुश होता था तो टाल जाता था। बहाना बना देता था कि अभी थोड़ी देर पहले ही किताबें लेकर किसी दोस्त के पास पढ़ने गये हैं। बड़े राय उसकी तरफ़ देखकर चुप हो जाते थे। वैसे उन्होंने दुनिया देखी थी। बहुत-सी बातें बिना कहे समझ लेते थे। उन्होंने जितना भविष्य को मुट्ठी में बन्द करके रखा था उतना ही वर्तमान अब उनकी मुट्ठी से बालू की तरह खिसक रहा था। वे इस बात को जानने लगे थे, पर उस पर यकीन नहीं करना चाहते थे। कभी जब भवानी रघुबर से चिढ़ा होता था या बार-बार की जाने वाली हुक्म-उदूली से गुस्सा होता था तो कह भी देता था—उनका कभी कहीं पता रहता है। बैठे होंगे किसी सिनेमा में। सिनेमा के नाम से बड़े राय बहुत ग़ुस्सा होते थे। माफ़ी का खाना उसके लिए उस दिन बन्द हो जाता था। कसकर फटकार पड़ती थी। वह समझ जाता था कि यह भवानी काका ही की कारस्तानी है। दो-चार दिन दोनों खिंचे रहते थे। लेकिन रघुबर का काम बिना भवानी के नहीं चल पाता था। जब से हवेली की दीवानी से लोग हटे थे तब से सारा खर्च भवानी के हाथों ही होता था। सवेरे उसको रुपये दे

दिये जाते थे, दिन भर अन्दर-बाहर का पूरा खर्चा वही करता था। शाम को हिसाब लिखा देता था। रघुबर, गिरवर, सोना, सारंगा, यहाँ तक की मुझे भी ज़रूरत होती थी तो उसी से माँगते थे। बड़े राय तक उसी से कहते थे। रघुबर के तो सारे काम उसी की बदौलत होते थे। यही कारण था कि उनके बीच का खिंचाव जल्दी ख़त्म हो जाता था।

भवानी जानता था कि रघुबर के व्यवहार ने बड़े राय की आशाओं की सारी दिशाएँ अँधियारी कर दी हैं। एक भी किरण कहीं से आती दिखाई नहीं देती। सम्पूर्ण क्षितिज गहरे अँधेरे में डूबता जा रहा था। अरुण के विलायत से लौटने पर उनकी दुनिया में जब इसी तरह बादल घिर आये थे और अँधेरा छा गया था तो रघुबर, भले ही छोटा रहा हो, तारे की तरह चमका था और उन्हें लगता था वही उनका नाम रोशन करेगा और जो अँधियारा घिर आया है उसे काट देगा। उस समय उनके मानसिक क्षितिज पर जो अँधियारा उभरा था वह उनके इसी सोच से छितराया था। लेकिन अब ? गिरवर को लेकर वे कभी वैसा नहीं सोच पाते थे। वैसे भी गिरवर इतना छोटा था कि बड़े राय उसका पूर्ण उदय अपने जीवन में देख ही नहीं सकते थे। जो कुछ थोड़ी बहुत आशा थी वह अभी भी रघुबर से ही थी। क्या पता कभी कोई ऐसा चमत्कार हो जाय और वह अँधेरा जो सबको घेरे है रोशनी में बदल जाय !

मैं कहता नहीं था लेकिन मैं भी अन्दर ही अन्दर अपनी आशा का पुंज रघुबर को ही मानता था। एक तो वह बुद्धि में जहाँ पर था मैंने उसकी कभी कल्पना भी नहीं की थी। एक तरह की चेतनता तो थी ही, वाचालता भी थी। कभी-कभी उसकी आँखों में भी मुझे एक आशा की कोर चमचमाती दिखाई पड़ती थी। लेकिन वह देखते-देखते गायब हो जाती थी। गिरवर और रघुबर को जब मैं साथ-साथ देखता था तो उसे भी मैं रघुबर की तरफ़ ही देखता हुआ पाता था। हमेशा दूसरों की तरफ़ देखने वाले अपनी तरफ़ कभी नहीं देख पाते। यह मैंने अपने ही अनुभव से सीखा था। रघुबर भी उसे प्यार करता था। पर खामोश। मुझे यह भी शक होता था कि पिता होने के कारण ही तो मुझे यह सब महसूस नहीं होता ? मेरा अतिरिक्त मोह तो इसके पीछे नहीं ?

एक बात जो मैं कभी किसी से नहीं कहता था, और कभी कही भी नहीं, मुझे उसमें कला के व्यक्तित्व की गहनता दिखाई पड़ती थी। कला की तरह वह भी कम बोलू था। सुनता ज़्यादा था। उसकी-सी कल्पना-शीलता भी उसमें थी। कला ने सुना भी था और सहा भी था। इसीलिए कभी-कभी मैं अपने आपसे पूछता था कि कहीं मैं रघुबर को इसी कारण तरजीह तो नहीं देता ? उसकी माँ ने जीवन भर अपने को सोखा और मेरे घर वालों को सींचा। यह मैं मानता हूँ कि उस ज़माने में सभी सहते थे। औरतें तो विशेष रूप से। अब ज़माना दूसरा था। मुझे अरुण और अरुण की घरवाली की बात याद आ जाती थी। वह कहा करती थी ''वह ज़माना ख़त्म हो

गया जब औरत घुट-घुट कर मर जाती थी—अब सबकी अपनी-अपनी ज़िन्दगी है। चाहे वह औरत हो या मर्द इसमें होने वाली दखलन्दाज़ी का अब कोई मतलब नहीं।''

हालाँकि अरुण की घरवाली की यह बात तब अजीब लगती थी। अतिरिक्त वाचालता का अहसास कराती थी पर अब लगता है कि वह ग़लत नहीं थी। सोना की मिसाल भी मेरे सामने थी। सोना सारंगा के साथ वक़्त गुज़ार रही थी। उसने एक अपनी दुनिया बना ली थी। वह कोशिश करती थी कि अपनी उसी दुनिया में बन्द रहे। किसी को उसमें दाखिल न होने दे। बच्चे कभी-कभी कूदकर दूसरे के पाले में पहुँच जाते हैं। अगर पाला खाली हो तो उन्हें हुड-हुड करते हुए वापस लौट आना पड़ता है। सोना भी चाहती थी कि सारंगा के पाले में जाये। पर न जाने क्यों वह उसे हमेशा अपने लिए खाली मिला।

रघुबर अपने मामले में ज़्यादा खामोश होता जा रहा था। अगर वह बोलता तो भी मेरे लिए वह एक इम्तहान हो गया होता और अब चुप रहता था तो भी इम्तहान ही था। जिन दिन मैं छुट्टी मनाता था यानी फार्म पर नहीं जाता था तो उसे बुलाकर पास बैठाता था, बात करता था। न जाने की वजह भले ही तबियत खराब हो या छुट्टी मनाने की इच्छा हो। हालाँकि खेती का काम ऐसा है कि इससे छुट्टी का मतलब हर तरह से छुट्टी। उसे मनाने या उससे बात करने का एक ही मकसद होता था यह जानना कि आखिर उसकी रजा क्या है ? मेरे हर सवाल का जवाब खामोशी था। खामोशी ऐसा हथियार है कि वह चाहे कुछ और कर सके या न कर सके सामने वाले को बेचारा तो बना ही देता है। मैं भी झुँझलाने, डाँट-फटकारने, पुचकारने के बाद पूरी तरह बेचारा हो जाता था। जब कभी अपना संयम खो बैठता और कहनी-अनकहनी कह जाता था तो मुझे बड़े राय के सामने हाज़री लगानी पड़ती थी। मैं अभी भी अपने को उसी अनुशासन में बँधा महसूस करता था जिसमें मैं तब था जब बड़े राय, बड़े राय थे। वे मुझसे यही कहते, ''भास्कर, तुमने चाहे जो भी किया हो क्या मैं कभी तुम पर इस तरह नाराज़ हुआ ? नाराज़ होकर अपना संयम खो बैठना अपने आप में कमज़र्फ़ी होती है। आत्मविश्वास कम होता है। मैं भी तुम पर नाराज़ हो सकता था, कड़ी से कड़ी सज़ा दे सकता था। रघुबर चाहे जैसा भी है—अब बड़ा हो गया है। उसे अब फैलाव चाहिए। जब पहाड़ी झरना पहाड़ की सीमा के बाहर होकर बहता है तो उसे रोका नहीं जा सकता। उसके लिए पहाड़, पठार और ज़मीन सब रास्ता छोड़ते चले जाते हैं। जहाँ नहीं छोड़ते वहाँ वह खुद रास्ता बना लेता है। भले ही उसे कुछ समय के लिए अवरुद्ध होना पड़े। हमारे रास्ते अब बन्द होते जा रहे हैं। हमारी बढ़ने की ताकत कम हो गयी या खत्म हो चुकी। हम जहाँ हैं वहीं से काफूर की तरह उड़ जायेंगे। तुम्हारे पास तो फिर भी अभी वक़्त

है। भले ही तुम उसकी तरह न बहो। तुम उसे अभी काफ़ी समय तक ऊपर चढ़ते, नीचे उतरते, सपाट मैदान में दौड़ते या चलते—किलकारी मारकर बेतहाशा दौड़ पड़ने वाले बच्चों की तरह हर मोड़ पर देखोगे। ऊँगली के इशारे से लोगों को बताओगे—वह देखो—वह मेरा बेटा है—मैं तो कभी वहाँ पहुँचने की सोच भी नहीं सकता था। ये सब बातें मैंने कभी अरुण के बारे में सोची थीं। लेकिन जब वह चोटी पर पहुँचा तो मेरी नज़र से ओझल हो गया। फिर मैंने अपनी नज़रों को रघुबर की ओर घुमा दिया। मैं जानता हूँ कि वह भास्कर राय का बेटा है—उस पर उसी का अधिकार है ! मैं नहीं चाहता था कि अपने ये सपने तुम्हारे अन्दर रोपूँ। बहुत कम सपने जगुआते हैं, फूलते-फलते तो उससे भी कम हैं। मैं उन्हें तुम्हारी आँखों में देखना चाहता हूँ—कभी-कभी लगता है न तुम देख पाओगे न मैं। लेकिन फिर भी आस बाँधे हैं। लेकिन तुम हो इतनी जल्दी आस खो बैठते हो ! उस पर तुम्हारा बात बे-बात नाराज़ होना आस खो बैठने का ही सबूत है।''

उनकी बातें मुझे आहत कर देती थीं। मुझे लगता था, बहत्तर ज़ख़्म खाया हुआ एक इन्सान है जो लथपथ है और कराह रहा है। वही सब ज़ख़्म मुझे अपने शरीर पर भी बने महसूस होने लगते थे। राणा सांगा की तरह अपनी सब तैयारियों के बावजूद वे वक़्त से लड़ नहीं पाये थे। कुछ वक़्त ने और कुछ स्वयं उन्होंने अपने को इतनी बुरी तरह हराया था कि अब उनके पास कराहने और तड़पते रहने के सिवाय कोई और रास्ता नहीं था। वे सब पलायन कर चुके थे जो उनके शक्ति-स्रोत थे, जिनकी ताकत पर उन्होंने अपने जीवन भर का समर लड़ा था। एक मैं बचा था जिसे उन्होंने अपने सिपाहियों में कभी नहीं गिना था। दूसरा रघुबर था। गिरवर छोटा था। औरतों में सारंगा और सोना थे—सोना को भी उस द्वार के खुलने की प्रतीक्षा थी जहाँ से उसका पथ अलग हो जाने वाला था। मैं जानता था कि जिस दिन द्वार खुलेगा वह रौ की तरह धू-धू करके बढ़ती हुई दूर निकल जायेगी।

रघुबर के जीवन में एक और मोड़ आ गया। उसका हमें बहुत बाद में पता चला। उसने हम सबको बुरी तरह हिला दिया। मेरे एक मित्र थे। नाम तो था रामवीर, पर रामे बाबू के नाम से मशहूर थे। रामे बाबू काफ़ी ज़माने के बाद अपने घर लौटे थे। वे कहीं बाहर सरकारी नौकरी में थे। उनका उठना-बैठना मेरे पास ही था। वे खाना खाकर रात को आते थे और दस बजे तक जमते थे। गर्मियों में तो उतना नहीं खलता था। जाड़े के दिनों में खल जाता था। दिन भर का थका होने के कारण कई बार मुझे नींद आ जाती थी। वे बात करते रहते थे और मैं 'हूँ' 'हाँ' करता जाता था। उनके एक ही बेटी थी सीमा। वह करीब-करीब रघुबर के बराबर

थी। रघुबर था तो संकोची परन्तु धीरे-धीरे उसका आना-जाना रामे बाबू के घर हो गया था। चूँकि रामे बाबू बड़ी नौकरी पर रहे थे इसलिए उनके यहाँ इस तरह पराये लड़कों का आना-जाना, उनकी बेटी के पास उठना-बैठना और बतियाना अपने में निषेध नहीं था। शुरू में तो रघुबर उनके यहाँ हफ्ते-पन्द्रह दिन में एक-आध बार जाता था। जब उसे लगा कि सीमा उसके आने का स्वागत करती है तो उसका जाना और बढ़ गया। फिर तो ऐसा हुआ कि रोज जाने लगा। जब रामे बाबू हमारे यहाँ रहते तो यह सीमा के पास बैठा होता।

इस घटना ने उसका रवैया ही बदल दिया था। पहले वह दिन भर बाहर रहता था। अब वह शाम को जल्दी लौट आता था। थोड़ी देर इधर-उधर बैठता और बातचीत करता था। फिर वह तैयार होने चला जाता। नहाता-धोता, कपड़े बदलता, जूते बदलता—इन सब बातों से बड़े राय को अच्छा लगता था। वे उन लोगों में से थे जो यह मानते थे कि यह अभिजात्य का एक हिस्सा है··· सुरुचिपूर्ण कपड़े पहनना और शाम को ठीक तरह से तैयार होना। जब वह निकलता तो बड़े राय को आशा की एक किरण दिखाई पड़ती कि रघुबर के व्यक्तित्व में सन्तुलन आ रहा है। जब एक क्षेत्र में सन्तुलन आता है तो वह ज़िन्दगी के दूसरे हिस्सों में अपने आप आ जाता है। हालाँकि ऐसा सन्तुलन तो जवान होते ही हर आदमी को ज़िन्दगी में कुछ समय के लिए आता है। एक-दो बार उन्होंने अपनी इस भावना को व्यक्त भी किया—भगवान हमारे रघुबर में सलीका आ जाय ! लेकिन जैसे ही उन्हें पता चला कि रघुबर रोज रामे बाबू के घर जाता है और रामे बाबू की बेटी से उसका मेल-जोल बढ़ता जा रहा है तो घर में भूचाल-सा आ गया। सबसे पहले यह बात सोना ने खोली। इधर सोना ने यह गहरायी के साथ अनुभव किया था कि जब भी वह सीमा के पास जाती थी तो सीमा कोई न कोई बहाना निकाल कर रघुबर के बारे में ज़रूर बतियाती थी। वह कितना पढ़ता है ? पढ़ता है या नहीं ? किस समय सोता है ? किस समय जागता है ? खाने में क्या पसन्द करता है ? वगैरह-वगैरह। रघुबर के बारे में बात करते हुए सीमा की आँखों में एक विचित्र-सी उत्सुकता आ जाती थी।

रघुबर भी अक्सर इधर-उधर की बात करने के बाद सीमा पर आ जाता था। वह उसकी तारीफ़ करता था कि उसकी पढ़ने में कितनी रुचि है, वह मुलायमियत और सलीके से बात करती है—प्रकारान्तर से वह सुझाव के तौर पर सोना से कहता था कि तुम उसे बुलाती क्यों नहीं ? सोना उससे बड़ी थी। उसकी समझ में सब कुछ आ रहा था। कभी तो वह चुप लगा जाती, कभी 'हूँ' 'हाँ' करके टाल जाती। एक-दो बार उसने झिड़का भी। खासतौर से जब वह यह कहता कि सीमा सलीके से बात करती है, सोना उस पर झपट पड़ती—रघुबर तुम मुझे बेवकूफ़ न बनाओ। जब मैं उसके पास जाती हूँ तो वह तेरे बारे में बात करती नहीं थकती—और तू जो मेरे

पास फटकता नहीं था मुझे आकर बताता है सीमा कैसी है—जैसे मैं बेसलीके हूँ, संसार में वह ही एक मात्र सलीकेदार पैदा हुई है। रघुबर चुप लगा जाता या हँसकर टाल देता। वह नहीं चाहता था कि यह बात फूटे। लेकिन कभी-कभार वह चिढ़ भी जाता—"तू क्यों उससे चिढ़ती है ? तू समझती है जैसे उसकी तारीफ़ करता हूँ या उसके घर चला जाता हूँ तो मैं तेरी काट करता हूँ ?" एक दिन सोना से उसकी काफ़ी कहा-सुनी हो गयी तो उसने भण्डा फोड़ दिया। इस बात को उसने सारंगा से कहा—। उस घटना ने सोना और सारंगा को निकट ला दिया था। दोनों की खुन्नस उसी के साथ थी। भले ही कारण अलग-अलग हों।

सोना को अभी तक यह पता नहीं रहता था कि रघुबर दिन भर कहाँ जाता है, क्या करता है, किससे मिलता है—लेकिन अब वह हर बात का पता रखने की कोशिश करती थी। जब लौटता था तो सबको सुनाकर पूछती थी, "हो आये सीमा के यहाँ, चलो खाना खा लो।"

रघुबर को कई बार भूख लगी होती फिर भी वह कह देता, "नहीं।"

वह तुरन्त पूछती, "सीमा के हाथ का खाना खाकर आये हो क्या ?"

इस बात से वह और चिढ़ जाता और कहता, "हाँ—तू क्यों चिढ़ती है ?"

"मैं क्यों चिढ़ूँगी? पर तू उसकी माँ का जाया तो है नहीं, मेरी माँ का जाया है—मैं नहीं कहूँगी तो और कौन कहेगा ?"

"पहले तो कभी नहीं कहा !"

' पहले मौका ही कहाँ आया था ?"

वह अपने कमरे में चला जाता और भूखा ही सो जाता। सोना का मन कुलबुलाता। पता नहीं खाया या नहीं ? उसे आते ही इस तरह नहीं कहना चाहिए था। है तो भाई ही। पता नहीं उसे देखकर मुझे क्या हो जाता है ? लगता है जैसे सीमा रघुबर का हाथ पकड़कर घर में घुसी चली आ रही है और मुझे पीछे धकेल रही है। हालाँकि ऐसा कुछ नहीं था। सीमा सोना को दीदी कहती थी और सारंगा को ताई जी। मैं उसका ताऊ था। हमारे पण्डित जी हँसकर कहा करते थे कि इस देश के बहुत से झँझटों की जड़ ताऊ है—भीष्म पितामह ताऊ, धृतराष्ट्र ताऊ, व्यास ताऊ—!

कभी-कभी जब फुर्सत मिलती थी तो मैं भी रामे बाबू के पास चला जाता था। सीमा एक बार नमस्कार करने ज़रूर आती थी। यह भी पूछती थी, "रघुबर कैसा है ?" वे लोग उम्र में करीब-करीब बराबर ही थे पर मेरे कानों को उसका यह पूछना इधर ज़्यादा अखरने लगा था। वह रघुबर के साथ भैया या कुछ और क्यों नहीं लगाती ? सिर्फ़ रघुबर ही क्यों कहती है ? ज़रूर कुछ गड़बड़ है।

कई बार मेरे मुँह पर आकर रह जाता था कि रोज़ तो तुम्हारे पास आता है, उसी से क्यों नहीं पूछ लिया करतीं ? लेकिन मैं यह सब कह नहीं पाता था। या तो

चुप लगा जाता था या फिर सीधा जवाब ने देकर यही कह देता था—यह तो वही जाने हमें तो उसका पता नहीं कि वह दिन भर कहाँ रहता है।

कभी-कभी मुझे लगता सीमा समझदार लड़की है। वह तत्काल कहती, ''यह तो उसकी ग़लत बात है, उसे मन लगाकर पढ़ना चाहिए।''

मैं हँस देता था। वह क्या पढ़ेगा ? उसे दुनिया के और कामों से फ़ुर्सत मिले तो पढ़े। पता नहीं रामे बाबू को ज्योतिष आता था या क्या बात थी, वे तो चुप रहते थे या कह देते थे कि, ''रघुबर के बारे में आप गलत सोचते हैं—आप देखियेगा कि वह कभी बहुत नाम कमायेगा। बच्चे सख़्त-सुस्त तो चलते ही रहते हैं। पर वह उनकी तमाम ज़िन्दगी नहीं होती।''

उनकी बात मुझे ज़रूरत से ज़्यादा भरी हुई महसूस होती। जैसे यह सब कहकर वे अपना कोई स्वार्थ सिद्ध करना चाह रहे हों। जवाब मुँह तक आकर रह जाता था कि आप क्या जाने, हमारी उम्मीदों पर तो पाला पड़ गया। यही लगता यह सब कहने से क्या लाभ ! कभी मौका लग जाता तो कह भी देता, ''रामे बाबू, जब अपने ही बच्चे अपने माँ, बाप और बुजुर्गों की आशा पर पानी फेरने पर उतारू हो जाते हैं तो दर्द ऊपर ही नहीं रहता, अन्दर पैवस्त हो जाता है।''

रामे बाबू धीरे-से कहते, ''धैर्य रखें और इन्तजार करें।''

''आप बड़े राय के बारे में सोचिए—अरुण को लेकर क्या उन्होंने कम इन्तजार किया ? क्या नतीजा निकला ? अभी तक धैर्य ही धरे हुए हैं—ये महाराज कहाँ ले जाकर डुबाते हैं अब तो यही देखना बाकी है।''

रामे बाबू हँसते, ''हम अपने बच्चों पर विश्वास नहीं करते—जैसे हर नये नौकर को चोर समझा जाता है वैसे ही हर जवान होता बच्चा भटका हुआ दिशाहीन प्राणी लगता है। आज से ही नहीं, हमेशा से क्या हमारे साथ ऐसा नहीं हुआ ? कई बार तो हमारा ऐसा सोचना ही उन्हें भटका देता—अगर हम हर मोड़ पर लगाम खींचना छोड़ दें तो ऐसा नहीं कि वे खड्ड में ही जा गिरें ! मंज़िल पर भी पहुँच सकते हैं। अगर पता रहता है कि हमारी पीठ पर कोई एक हाथ रखा है या एक ढीली-सी लगाम है जो किसी के हाथ में है, वह खिंच भी सकती है—लगाम खिंचने का डर सबसे बड़ी लगाम होता है। अच्छा कोचवान कभी लगाम नहीं खींचता, बस हिलाता भर है। मैं जितना समझा हूँ—रघुबर एक अच्छा लड़का है। उसे लगाम नहीं चाहिए—अहसास चाहिए।''

हमें लगता था कि रामे बाबू अपनी बातों से उसे पुटिया रहे हैं। इस बात की सोना और सारंगा पर गहरी प्रतिक्रिया थी। औरतों में भी आपस का आना-जाना तो था ही। सोना चाहे कहे या न कहे पर सारंगा कहे बगैर नहीं रहती थी। वहाँ जाने

पर हस्बेमामूल सीमा रघुबर के बारे में पूछती और वह तपाक से सीमा से कहती, ''घर में रघुबर के अलावा बड़े राय से लेकर छोटे राय तक और भी कई लोग हैं—उसमें ऐसा क्या है बिटिया, कि तुम उसी के बारे में पूछती हो ?''

सीमा या तो चुप लगा जाती थी या टाल जाती थी। अगर बात साल जाती थी तो कह भी देती, ''ताई जी, बराबर के हैं, साथ खेले हैं—घर में और तो कोई ऐसा है नहीं जिसके साथ खेले हों—सोना दीदी हैं, वे उम्र में बड़ी हैं।''

सारंगा की ज़बान तो कतरनी थी। वह फ़ौरन कहती, ''साथ खेले हो तो क्या आगे भी साथ रहने का इरादा है ?''

सीमा की माँ को हस्तक्षेप करना पड़ता। या तो हँसकर टाल देती और अगर नहीं टल पाती तो कह देती, ''दीदी, रिश्ते में तो आप बड़ी हैं, उम्र में मैं बड़ी हूँ—इसलिए कहती हूँ कि इन बच्चों के मुँह क्या लगना। नया ज़माना है। जैसे हम लोग नये नहीं हो सकते, ये पुराने नहीं बन सकते। इनके व्यवहार में इनका नयापन आयेगा, हमारे व्यवहार में हमारा पुरानापन झलकेगा।''

सारंगा तो बातों को अलट-पलट पर दोनों तरह हमला करती थी। तत्काल कहती, ''ये बच्चे नहीं, इनके पेट में हाथ भर की दाढ़ी है। ये हमारा रघुबर दुनिया भर में हँडियायेगा—माँ और बहन से सीधे मुँह बात नहीं करेगा। औरों की मायें भी भली और बेटियाँ भी। बुरे तो हम और हमारी बेटी। हम तो दूसरों की तरह तमाशा नहीं देखते। हमें तो अपने बेटे की चिन्ता है। आखिर रायों का बेटा है।''

सीमा की माँ भी जब चेतती तो तुर्की-बतुर्की जवाब देती, ''देखिये दीदी, तमाशा जब लोग दिखाते हैं तो दूसरे देखते हैं। आँखें भी बन्द कर लें तो भी कहने वाले तो यही कहेंगे कि हमारा किया तमाशा देख रहे हैं। जहाँ तक रघुबर की बात है मैं तो यही जानती हूँ कि बच्चा लाखों में एक है। आपको चाहे जो लगता हो आपका बच्चा ठहरा। जहाँ तक रायों की बात है, हम भी खाते-पीते तो हैं ही—भूखे तो हम भी नहीं रहते।''

सारंगा को लगता कि पाला उसके हाथ से जा रहा है तो वह बिखर जाती। तब वहीं मुहावरा लागू होता कि न तू मेरी न मैं तेरी। वह उठकर चल देती और घर आकर मुझ पर टूट पड़ती, ''तुम्हारे इस रघुबर ने रायों के खानदान को धूल चटा दी। मेरा गिरवर तो हुओं में न अनहुओं में, पर रघुबर तो होते-हुआते भी उन बेशर्मों से मिलकर इज्ज़त में पलीता लगाये दे रहा है। प्यार-मुहब्बत तो सब करते हैं पर बच्चों के साथ उनके माँ-बाप डुगडुगी बजाकर मदारी नहीं बन जाते।''

सोना भी इस बात में सारंगा के साथ हो जाती थी। सीमा को वह दुश्मन की नज़र से देखती थी। एक ज़माना वह भी था जब सोना सीमा की तारीफ़ किया करती थी तो रघुबर हँसा करता था, ''अरे दीदी लड़कियाँ लड़कियाँ हुआ करती हैं—उनमें अच्छा बुरा क्या।''

तब सोना चटक जाती थी, "तुम तो लड़के होकर लड़के भी नहीं होते—सूखे बाँस के डण्डों की तरह अकड़े रहते हो।"

पर अब स्थिति बदल गयी थी। पाले अदल-बदल गये थे। अब वह यही कहती थी, "इसे दुनिया से क्या मतलब—अब तो सीमा का घर अच्छा और सीमा अच्छी।"

रघुबर ने इस तरह की बातों को अपनी तरह से स्पष्ट भी करने की कोशिश की पर बात बनी नहीं। उसने दोनों से पूछा, "आप लोगों को सीमा से चिढ़ है या मेरे वहाँ जाने से ? अगर मुझसे नाराज़ हो तो मेरे खिलाफ़ कार्यवाही करो। मुझे घर से निकाल दो। जहाँ तक तुम्हारी सीमा से नाराज़गी का सवाल है—तुमने उससे अपने सम्बन्ध खत्म कर लिये। उससे अब तुम्हारा क्या लेना-देना। मैं उसके पास जाता हूँ क्योंकि आप लोगों की तरह मेरा उससे कोई तनाज़ा नहीं।"

सोना ज़ोर-ज़ोर से रोना शुरू कर देती थी जैसे उसके तर्कों के सामने वह असहाय हो गयी हो। क्योंकि रोना दु:ख का ही नहीं होता। असमर्थता का रोना भी होता है। नीम की लकड़ी के धुएँ की तरह कसैला।

कुल मिलाकर रघुबर अकेला पड़ता जा रहा था। इस बात को लेकर मेरे और बड़े राय के बीच तक बात होना बन्द हो गयी थी। एक-दो बार उन्होंने इतना जरूर कहा था, "नयी रोशनी मेरी आँखों में चौंध पैदा कर रही है। मुझे आँखें बन्द कर लेने दो।" यह बात मेरे दिल में अन्दर तक खुब गयी थी।

बड़े राय भी अब काफ़ी बूढ़े हो गये थे। रघुबर अभी तक कमरे में उन्हीं के पास सोता था। एक रात वे सीढ़ियों से गिर गये। मैं समझता हूँ रघुबर की आँखें ज़रूर खुल गयी होंगी पर वह उठा नहीं। वे ही किसी तरह घिसट-घिसटा कर अपने पलँग तक पहुँचे। बड़े राय को इस बात का बहुत सदमा पहुँचा। उन्होंने एक रोज मुझसे कहा भी—जब इन्सान में गिरकर उठने की ताकत खत्म हो जाये तो उसे समझ लेना चाहिए कि उसका खेल खत्म हो चुका। हालाँकि उस घटना को रघुबर ने बहुत बाद में एक बार तब बताया था जब बड़े राय नहीं रहे थे। उनकी मौत के कुछ सालों बाद उनकी वसीयत खोली गयी थी। उसमें उन्होंने सबके बारे में लिखा था। जिस बात ने रघुबर को उद्वेलित कर दिया था वह थी कि इसमें किसी का कोई दोष नहीं। मैं अपने बाँधे बन्धन को नहीं तोड़ पाया और न वक़्त के साथ ही बदल सका। जिनकी लचक खत्म हो जाती है वे टूट जाते हैं। हर नयी पीढ़ी पुरानी पीढ़ी से ज़्यादा आज़ाद और आगे होती है। हम ही उसे घसीटने की कोशिश करते हैं। वह तो पीछे की तरफ़ नहीं झुक पाती, हम ही उसे घसीटते-घसीटते खुद गिर पड़ते हैं तब कोई उठाने वाला नहीं मिलता—!

उस दिन अखबार में एक खबर छपी तो हम जैसे किसी तेज़ तूफ़ानी झोंके से पीछे धकेल दिये गये। उस बारे में हम सब भूल चुके थे। खबर में लिखा था कि मि. बीर बहादुर ने अपने बँगले पर आत्महत्या कर ली। आत्महत्या के दिन मिसेज़ बहादुर कहीं बाहर गयी हुई थीं। वे घर में अकेले थे। पिछले कुछ दिनों से काफ़ी अशान्त रहते थे। उन्होंने आई. सी. एस. में उच्चतम स्थान प्राप्त किया था। उनकी योग्यतम अधिकारियों में गिनती थी। वे एक हत्या के जुर्म में कई साल तक निलम्बित रहे। लेकिन बाद में प्रिवी काउंसिल द्वारा बाइज़्ज़त बरी कर दिये गये आदि-आदि।

बड़े राय के हाथ से अखबार छूट गया। थोड़ी देर तक वे उसी तरह बैठे रहे। वे धीरे-धीरे बुदबुदा रहे थे—लोग समझते हैं बड़े लोग कितने सुखी हैं—सबको उनके अपने अन्तर्विरोध ही नष्ट करते हैं। मैं उन्हें देखकर चकित था। वे कभी इस तरह अपने आप नहीं बोलते थे। यह एक नयी बात थी। मुझे लगा कि एक आत्महत्या निराशा का कितना बड़ा घटाटोप निर्मित कर देती है ! शायद एटमबम के विस्फोट से भी ज़्यादा। बड़े आदमी द्वारा की गयी हो तो और भी ज़्यादा।

मैं भी उम्र का एक लम्बा हिस्सा पार कर चुका था। मिसेज़ बहादुर का आज भी वही रूप मेरी आँखों के सामने मौजूद था। उनका मेरा गाल छूना—और मुस्कराना—! मुस्कराहट आने को हुई कि तभी ध्यान आ गया कि उनके पति ने आत्महत्या की है—यह मुस्कुराने का अवसर नहीं। बड़े राय बेचैन टहल रहे थे।

बीर बहादुर के पिता मुकदमे के दौरान ही चल बसे थे। उन दिनों बीर बहादुर जमानत पर बाहर ही थे। उन्होंने कई बार कोशिश की कि वे बड़े ठाकुर से मिलकर अपने किये का पश्चाताप करें, उनसे म़ाफ़ी माँगे। पर उन्होंने कहला दिया—कि हम और तुम हमेशा बाप-बेटे रहेंगे— ईश्वर ने चाहा तो अगले जन्म में भी बाप-बेटे ही बनेंगे। यह रिश्ता कभी खत्म होने वाला नहीं। मैंने जब तुम्हें आई. सी. एस. में भेजा तब तुम एक उज्ज्वल नक्षत्र की तरह थे—अब उस पर धब्बा आ गया। मेरी दुआ और सारी सम्पत्ति तुम्हारे साथ है, पर मेरे सामने आकर मुझे और छोटा न करना। मेरे धैर्य को न परखना। अगर तुम्हें बचाने में मैं और मेरी जायदाद बिक जाय तो मुझे ज़रा भी मलाल नहीं होगा, पर मैं तुम्हें इस कलंक के साथ नहीं देख पाऊँगा। तुमने एक औरत का खून किया और वह भी उसका जो बेसहारा थी—उसका सहारा

तुम खुद थे। अमानत में खयानत करके तुमने मुझे बहू के सामने मुँह दिखाने लायक नहीं छोड़ा। वे जब मरे तो बीर बहादुर दरवाज़े तक गये और वहीं से प्रणाम करके लौट आये।

उन दिनों बच्चे उन्हीं के पास गये हुए थे। उन्होंने मरने से दो दिन पहले बुलाकर बहू से कहा, ''देखो बहू, मुझे बीरू से कोई शिकायत नहीं। जैसा किया खुद भुगतेगा, यहाँ नहीं तो वहाँ। कोई भी इन्सान जिसका अपने ऊपर काबू न हो—कभी भी कुछ भी कर सकता है। कुछ भी कहो वह मेरा बेटा है। लेकिन उसकी जिस कमजोरी ने पूरे खानदान को डुबोया वह मुझे चैन नहीं लेने देती। पहले लोग कहते थे कि वह अमुक का खानदान है—अब उसका किया भी इस खानदान से जुड़ जायेगा···खैर, अब तो मेरा वक़्त नज़दीक आ गया है—मैं न उसे माफ़ करने की हालत में हूँ और न सज़ा देने की। बस यही कह सकता हूँ कि भगवान उसकी मुसीबत को आसान करें।'' रुककर कहा, ''मेरे दोस्त, हरी राय जब तक हैं उन्हें मेरी ही जगह समझना। तुम निःसंकोच उनके पास जा सकती हो। मेरा तो एक अपना अहं था—अपनों के बारे में सबका अहं होता है—लेकिन दूसरों के बारे में वही सदाशयता में बदल जाता है—हरी राय बीरू के बारे में सब कुछ करेंगे—भले ही उन्होंने अपने भाई के बारे में कुछ न किया हो—तुम परेशान मत होना।''

उनके मरने के कुछ ही महीनों बाद बीर बहादुर को प्रिवी काउंसिल ने बाइज़्ज़त बरी कर दिया था। वहाँ उनका केस इलाहाबाद के एक बहुत बड़े वकील ने लड़ा था। उनका बेटा बीमार था। एक रोज उन्हें सपना आया—अगर तू किसी के मुसीबतज़दा बेटे की मदद करेगा तो तेरा बेटा ठीक हो जायेगा। उनका बेटा और मि. बहादुर इलाहाबाद में साथ-साथ पढ़ चुके थे। अगर पुराना ज़माना होता तो शायद बड़े राय इसका फ़ायदा भी उठाते परन्तु अब अफ़रपरस्ती से उनका सरोकार कम हो गया था। सूबे की आई. सी. एस. बिरादरी ने भी इस मामले में अन्दर-ही-अन्दर पूरी मदद की थी। यहाँ तक कि उन लोगों ने एक ऐसी फाइल गायब करा दी थी जिससे बीर बहादुर को नुकसान हो सकता था। छूटने के बाद उनकी पोस्टिंग लखनऊ सेक्रीटेरियट में कर दी गयी थी। हरजाना, पूरा बकाया और वरिष्ठता उन्हें सब यथावत् मिल गये थे। उसके साल-भर बाद उन्होंने आत्महत्या की थी।

उस खबर के दो दिन बाद बड़े राय को एक लिफ़ाफ़ा मिला। देखते ही उन्होंने खत पहचान लिया। बीर बहादुर की लिखावट थी—अखबार में यह भी लिखा था कि बताया जाता है कि उन्होंने तीन चिट्ठियाँ लिखी थीं—एक अपने वालिद के किसी दोस्त के नाम और दो अपने दो बच्चों के नाम—जो कहीं बाहर पढ़ रहे थे। एक नोट

पुलिस के नाम था। बड़े राय ने पत्र खोला। उसमें लिखा था :

आदरणीय पिता तुल्य चाचा जी,

अदालत के फ़ैसले के बाद मैंने कई बार सोचा कि आपके सामने हाज़िर होकर अपना जुर्म कबूल करूँ। बाबा के सामने तो मौका ही नहीं मिला। सज़ा पा गया होता तो शायद इतनी तकलीफ़ से न गुज़रना पड़ता। न वह हो सका और न इस तकलीफ़ से छुटकारा पा सका। आपने मेरे वालिद का हक़ भी निभाया और वालिद के दोस्त का भी। उसी का नतीजा था कि मैं क़त्ल के इतने संगीन जुर्म से बाइज़्ज़त रिहा कर दिया गया। उसके बावजूद मैं बराबर यह सोचता रहा हूँ कि क्या मैं अपने खिलाफ़ लगी अपनी अदालत में अपने आपको बेगुनाह साबित कर पाऊँगा ? वहाँ तो जज भी मैं हूँ—मुलज़िम भी और गवाह भी। मरहूम वालिद जब मुझसे पूछेंगे तो क्या मैं अदालत का फ़ैसला दिखाकर अपने आपको बेगुनाह कह सकूँगा ? मेरी पत्नी और मेरे बच्चों ने भले कभी जबान न खोली हो और मुझे गुनाहगार की नज़र से न देखा हो पर क्या वे सच्चाई नहीं जानते ? बच्चे चाहे न भी जानते हों लेकिन पत्नी से तो कुछ छुपा नहीं। वे मेरी रिहाई से भले ही खुश हों पर उनके दिल में यह काँटा तो लगातार चुभता होगा कि उनका पति उनकी माँ के घर से दहेज में आयी एक बाँदी का कातिल है। उस बाँदी का जिसे हमारा सहारा था। आप जानते हैं औरतों को अपने पीहर वालों से कितना लगाव होता है। आप भी मेरे गुनाह को जानते हुए बिना मुँह खोले, मेरी रिहाई के लिए जद्दोज़हद करते रहे। हालाँकि वैसे न मैं आपका बेटा हूँ और न भाई। बल्कि आपके भाई को बर्खास्त कराने वाला मैं ही था। पर आप मुझे फाँसी से उतारने वाले बने।

मुझे अफ़सोस है कि इन हालात में मैं अपने को माफ़ नहीं कर पाऊँगा। मेरे वालिद ने जो कुछ मुझे बनाना चाहा था वह मैं बना पर एक झटके में कच्ची मिट्टी के खिलौने की तरह बिखर गया। शायद आँच पूरी नहीं लग पायी थी। यहाँ पर तो मेरे पिता ने मुझे अपने सामने हाज़िर होकर अपने गुनाहों की माफ़ी माँगने के काबिल भी नहीं समझा। अब मैं अपनी मौत के जल से वज़ू करके उनके सामने हाजिर होऊँगा। शायद माफ़ी माँगने का मौक़ा मिल सके। मौत की आग बड़े-बड़े गुनाह को जलाकर भस्म कर देती है। न कोई गुनाहगार रहता है न कोई पारसा। आप भी मेरे लिए दुआ करें। इन बच्चों पर अपनी नज़रे इनायत रखें।

अलविदा।

आपका
बीर बहादुर

बड़े राय चिट्ठी पढ़कर सुबक पड़े। कई दिन तक उनके दिमाग़ में बीर बहादुर की आत्महत्या और वह चिट्ठी घूमते रहे। बड़े राय तेरहवीं में शामिल होने स्वयं गये। मैं भी साथ था। पहले भी उन्होंने कभी अकेले सफ़र नहीं किया था। अब तो वैसे भी उनके लिए अकेले सफ़र करना मुश्किल था। मैं ही जा सकता था। भाभी को देखकर मैं चकित रह गया। दो बेटियाँ थीं जो हू-ब-हू उनकी शक्ल पर गयी थीं। वे स्वयं अभी भी उतनी ही गोरी थीं। चेहरा-मोहरा भी वैसा ही था। बस उम्र ने कुछ निशान छोड़ दिये थे—। कुछ बाल सफेद हो गये थे। आँखों के चारों तरफ़ दो स्याह कुण्डल बन गये थे।

मुझे देखकर बोलीं, ''आओ भैया, बैठो।'' फिर रुककर कहा, ''चाचा जी ने ये सब पापड़ क्या इसलिए बेले थे ? जब सब कुछ हो गया तो धोखा देकर चलते बने। अब मैं उन्हें क्या मुँह दिखाऊँगी ? जो ससुर ने नहीं किया वह बड़े राय ने कर दिखाया ?''

मैं चुपचाप सुन रहा था। थोड़ी देर बाद बोलीं, ''मुझे बड़े राय के पास ले चलो। मैं उनके चरण छूकर उनकी तरफ़ से माफ़ी तो माँग लूँ। उनके हर काम में मैं बराबर की हिस्सेदार हूँ। पाप हो या पुण्य।''

वे उठीं और आगे-आगे हो लीं। उनकी दोनों बेटियाँ जो बाहर पढ़ती थीं टुकुर-टुकुर उन्हें देखती जा रही थीं। वे बाहर आकर बड़े राय के चरणों पर गिर पड़ीं। बड़े राय को पहले तो उन्हें कन्धों से पकड़कर उठाने में संकोच हुआ। फिर पकड़कर उठाया और ढाढस बँधाते हुए बोले, ''बेटी, तुम मेरे रहते चिन्ता मत करो। जैसा भास्कर और रानी वैसी तुम और तुम्हारी दोनों बिटियाँ।''

हालाँकि उनका घूँघट माथे तक था। वे फुसफुसाते हुए मेरी तरफ़ गर्दन करके बोलीं, ''मैं तो सिर्फ़ आपके भतीजे की तरफ़ से माफ़ी माँगने आयी हूँ। ससुर जी से ज़्यादा उन पर आपका अधिकार था। असली अधिकार उसी का होता है जो गुनाह के कीचड़ में सने बच्चे को भी उठाकर गले लगा ले। वे आपसे बिना इजाज़त लिये चले गये ! हम किस मुँह से आपको मुँह दिखायें। वे चिट्ठी लिखकर मुझे और मेरी बेटियों को यह ज़िम्मेदारी सौंप गये हैं कि हम उनकी तरफ़ से माफ़ी माँग लें।''

''नहीं बेटी, गलतियाँ हम सबसे होती हैं—उन्होंने जान देकर अपने किये का प्रायश्चित कर लिया। अब गुनाह काहे का ! उन्होंने मुझे लिखा था कि मौत की भट्ठी से गुज़रने के बाद कुछ नहीं बचता—न पाप, न पुण्य। इस तरह से जिता कर, हरा देने की साज़िश भी उसी की है।''

हम लोग उसी रात वापस लौट आये। इसलिए भी कि ऐसे में रात को रुकना अशुभ समझा जाता है। बड़े राय को रास्ते भर यही लगता रहा कि बीर बहादुर

उनका तीसरा बेटा था। मुकदमे के दौरान उन्हें कुछ ज़्यादा ही लगाव हो गया था। वे उन्हें देखकर कभी नहीं सोच पाये कि गुनाह उन्होंने ही किया था।

उनके दिल का एक और कोना खाली हो गया था।

आजादी के बाद ऐसे लोगों के लिए एक अज़ीब माहौल बन गया था। जब कोई निज़ाम बदलता है तो कुछ को तो बदला हुआ निज़ाम ही बेमानी करार दे देता है, कुछ खुद अपने आपको बेमानी मान लेते हैं। लेकिन एक तबका ऐसा भी होता है जो बदले हुए निज़ाम के साथ बदलकर अपने आपको नये अर्थ दे देता है या देने की कोशिश करता है। निज़ाम को इस तरह बदलते देखना सदियों में किसी-किसी को नसीब होता है। चूँकि मैंने वह देखा था इसलिए मुझे अब लगता है कि मैं एक खुशनसीब ईन्सान था।

जिन लोगों ने आज़ादी के साथ चोला बदल लिया था और उन्हीं में खप गये थे खुशहाल थे। बड़े राय में न उतनी व्यावहारिकता थी और न वैसी सूझ-बूझ। उन्होंने अपने अहं का एक परकोटा अपने चारों तरफ़ बना रखा था। अपने को उसी में बन्द रखते थे। वे अपने आपको बदलाव की उस लहर का हिस्सा नहीं मान पा रहे थे। उन्हें लग रहा था कि जो कुछ भी हुआ वह शासकीय अभिजात्यता के विरुद्ध है। जिनका कल तक कोई अस्तित्व नहीं था वे आज कुर्सियों पर बैठे हैं। दरअसल, उस समय हममें से किसी को यह पता नहीं था कि सामाजिक परिवर्तन के लिए इस तरह की सिल हुई अभिजातताओं को तोड़ना ज़रूरी होता है।

मैं भी नहीं सोच पाता था। पर यह सच है कि बड़े-से-बड़े अस्तित्व वाले कभी-न-कभी इसी तरह अस्तित्वहीन होते हैं। रघुबर इस बात को बार-बार कहता था। विशिष्ट बनाने वालों और बनने वालों का ज़माना खत्म हो चुका। जब तक हम इस भुलावे में रहते हैं कि हम विशिष्ट हैं तब तक नया दौर हमसे दूर भागता है।

बड़े राय को बार-बार बीर बहादुर सिंह की आत्महत्या का ध्यान आता था। उन्होंने उसे नये ज़माने के सन्दर्भ में परिभाषित करना शुरू कर दिया था। उन्हें लगता था कि यह ज़माना एक आत्मसम्मानी व्यक्ति के लिए शारीरिक आत्महत्या का न सही पर सामाजिक रूप से अपने को समेट लेने का है। कोई कहाँ तक इतनी हिमाकत बर्दाश्त करेगा, कहाँ तक अपने आत्मसम्मान के फाटक को बन्द रखेगा ?

हालाँकि लोग उन्हें अभी भी आमन्त्रित करते थे। चाहे ज़माना कितना भी बदल गया हो पर अभी भी एक वर्ग ऐसा था जो उनके आने से अपने को गौरवान्वित

अनुभव करता था। बड़े राय अपने को निरन्तर मुख्य धारा से अलग करते जा रहे थे। जैसे कोई मछुआरा धारा से काटकर नाव को किनारे की तरफ़ मोड़ रहा हो। असर हम लोगों पर भी पड़ रहा था। मैं उनसे कहता भी था कि आप ऐसा क्यों करते हैं। वे मुस्कराकर एक ही बात कहते थे—अब मैं बूढ़ा हो गया। जब सिक्का खोटा हो जाता है तो उसे वापिस टकसाल में चला जाना चाहिए। नहीं तो जिसके हाथ पड़ता है वही उछालकर देखता है और फिर फेंक देता है। इधर मैं उनके सामने बोलने लगा था। पर उतना नहीं। बस काम चलाऊ। जब वे यह कहते थे तो मैं ऐसे अनेक नाम गिना देता जो खोटे तो हो गये थे पर मुलम्मा चढ़ाकर फिर चालू थे। बड़े राय इस उम्र और इस हालत में भी दूसरों के साथ अपनी समानता पसन्द नहीं करते थे। ऐसे मौकों पर उनकी दो ही प्रतिक्रियाएँ होती थीं—चुप्पी या नापसन्दगी। नापसन्दगी वह यही कहकर जताते थे, मैंने किसी को रोका तो नहीं कि वह मुलम्मा न चढ़ाये। मैं जितना चला या चल पाया उससे मुतमइन हूँ। लोगों को आज़ादी मिली है—उन्हें मुबारक। तुम्हारी इस आज़ादी ने मुझे तो ग़ुलामी ही दी। आज़ादी वही होती है जिसमें आदमी की वक़त बढ़ती है—मेरी तो घटी है। मैं जिन मान्यताओं में बँधा हूँ अब मैं उन्हें नहीं छोड़ूँगा और शायद वे मुझे न छोड़ें। इसके आगे बात करना मुमकिन नहीं रहता था।

अलबत्ता कभी-कभी रघुबर उनसे उलझ जाता था। उसने एम. ए. पास कर लिया था। आज़ादी को लेकर वह भी अपनी ही खिचड़ी पकाता था। उसका कहना था कि आज़ाादी सोद्देश्य होनी चाहिए। बिना उद्देश्य के आज़ादी ग़ुलामी से भी बदतर साबित होगी। उसकी बातें और भी ज़्यादा अटपटी लगती थीं। वह कहता था, "बाबू, आप दादा जी को नहीं बदल सकते। उनके सामने एक उद्देश्य था। वे सामन्तवाद के महत्त्वपूर्ण पुर्जे थे—उन्हें लगता था वे उसे चला रहे हैं। लोग आज़ादी के इस खिलौने से खुश हैं। यह आज़ादी गाँधी के पसन्द की आज़ादी नहीं है। यह 'न्यू फ्यूडल्स' की आज़ादी है जो बात कॉमन मेन की करते हैं लेकिन अपने आपको विशिष्ट बनाये रखना चाहते हैं। उनके पास विशिष्ट बनने का यही एक तरीका है।"

वह बड़े राय के पुराने लिबास, चिट्ठियाँ, पगड़ियाँ, पुराने सूट, छतर, मसनदें निकलवाकर देखा करता था। बड़े राय को अच्छा लगता था। बड़े राय उसे समझाने की कोशिश करते थे। पुरानी रिवायतों से कटकर कोई नया नहीं होता। नये यानी आधुनिक के लिए वे जदीद शब्द का प्रयोग करते थे। परम्परा ही आगे देखने की नज़र देती है। लेकिन वह बोले बिना नहीं रहता था, "दादा जी, यह आपकी दौलत किस काम की ? यह कभी भी नष्ट हो सकती है। नयी पत्तियाँ तभी आती हैं जब पुरानी गिर जाती हैं। इस पुराने को गिरना है। बस तना रह जायेगा। उसे परम्परा कह सकते हैं। मैं उसे तना ही कहूँगा—नयी पत्तियों की आने की जगह।"

बड़े राय उसकी उन बातों को सीमा से जोड़ते थे। वे समझते थे कि वह रामे की बेटी सीमा के दबाव में इस तरह की बातें कर रहा है। ऐसे में मनुष्य जिसके खिलाफ़ होता है जायज़-नाजायज़ सारे श्रेय-अश्रेय उसे ही देने लगता है। वे यह मान चुके थे कि उनके मान-सम्मान और बचे-खुचे वैभव के चक्कर में रामे बाबू उनके पोते को फँसा रहे हैं। दरअसल, विशिष्टता प्राप्त लोग न अपने सोच को ग़लत समझते हैं और न अपने तरीकों को। दोष भी हमेशा दूसरे का ही होता है—।

एक दिन बड़े राय ने रघुबर से कहा, "रघुबर, मुझे लगता है रामे बाबू और उनके घर वालों ने तुम्हारे चारों तरफ़ घेरा डाल लिया है। उन्होंने ज़िन्दगी भर कुछ नहीं किया सिवाय जी-हुजूरी के —उनकी नज़रें तुम पर हैं। हमारे और उनके खानदान में ज़मीन-आसमान का फ़र्क़ है। भले ही हमारे और उनके परिवारों के बीच पुराने ताल्लुकात रहे हों।"

रघुबर गुस्ताख़ हो गया था। इस तरह की गुस्ताख़ी नये ज़माने के लोगों में अक्सर नज़र आने लगी थी। बड़े राय आज़ादी को इसका ज़िम्मेदार समझते थे। इसी आज़ादी ने उन्हें गुस्ताख़ होने की आज़ादी दी थी। वह उनकी इस तरह की बात सुनकर बिना तवज्जोह दिये या तो बाहर निकल जाता था या फिर उल्टा-सीधा कुछ कह देता था। न तो कभी उनके साथ किसी ने इस तरह की गुस्ताख़ी की थी और न वे बर्दाश्त करते थे। लेकिन अब करनी पड़ती थी। एक हालात, दूसरा पोते का मोह। वह बोला, "दादा जी, रामे चाचा मुझे बुलाने नहीं आते। मैं स्वयं वहाँ जाता हूँ। वहाँ जाना मुझे अच्छा लगता है। उनमें न छोटा होने का भाव है और न बड़ा होने का अहंकार। मैं आज से नहीं बचपन से ही वहाँ जाता रहा हूँ। यह ज़रूरी नहीं कि जो आप सोचते हैं वही वे भी सोचते हों।"

बड़े राय को उस दिन अपनी बात कहने का मौका मिल गया, "अब बच्चे नहीं हो, बड़े हो गये हो। बचपन में किया हर काम उस वक़्त की मासूमियत का हिस्सा होता है। जवानी में सब करना मुश्किल नहीं होता जो बचपन में किया जाता है। हमारा खानदान बेदाग़ है—हमेशा ग़लत रास्ते से बचकर चला है। क्या अब तुम्हारी वजह से दाग़ लगेगा ?"

ऐसे मौके पर मैं होता था तो बात को रफ़ादफ़ा कर देता था। जब नहीं होता था तो वह बोलने से नहीं चूकता था। रघुबर बोला, "दादा जी, विशिष्ट होना भी अपने आप में एक दाग़ है जो दूर से ही चमकता है और दूसरों को आतंकित करता है। अपने को श्रेष्ठ समझना और दूसरों को गिरा हुआ और छोटा मानना—इस मानसिकता की सबसे बड़ी अलामत है। जैसे तैमूरलंग को उसके अत्याचार से जाना जाता है वैसे ही सामन्तों को अहंकार और शोषण की प्रतिमूर्ति माना जाता है। वह

ज़माना अब खत्म हो गया जब व्यक्ति के सामने समाज नगण्य होता था। अब व्यक्ति समाज का हिस्सा है। वह इस तरह की बातें करके समाज का अपमान नहीं कर सकता।"

बड़े राय को उस दिन लगा था कि रघुबर उनके बनाये सारे-के-सारे घरौंदे पानी की लहर की तरह रौंद डालेगा। तड़प उठे थे। उनको उस दिन पहली बार महसूस हुआ कि उनके पर कैंच हैं। वे वक़्त के पिंजरे में बन्द बूढ़े शेर हैं। अगर खुले होते तो अपने इस गुस्ताख़ पोते को सज़ा दिये बिना न रहते। अक्सर ऐसा होता था कि इस तरह की मुँहचाई के बाद कई दिन तक दोनों में से कोई एक-दूसरे से नहीं बोलता था। लेकिन यह ज़्यादा दिन नहीं चल पाता था। कोई न कोई मौका आता और दादा-पोते में बातचीत चालू हो जाती। हालाँकि उन्हें अपने बेटे अरुण और मझले भाई से बोले सालों हो गये थे। छोटे भाई राघव राय तो फिर भी कभी-कभी आकर हालचाल पूछ जाते थे। रघुबर पर वही पैमाना लागू करना उनके लिए मुश्किल था। दोनों की उँगलियाँ एक-दूसरे की कमजोरी पर रखी हुई थीं। रघुबर की ज़रूरियात पूरी करने वाले वही थे। मैं मना कर देता था तो अपील उन्हीं के यहाँ होती थी। मैं कुछ भी कहूँ उनका फ़ैसला हमेशा मेरे ख़िलाफ़ और उसके पक्ष में जाता था। उसमें अभी भी उन्हें राय खानदान का भविष्य नज़र आता था।

यह रघुबर का विद्रोही रूप था। वैसा विद्रोही नहीं जिसकी बन्दूक की नाल से गोली निकलती है। बल्कि जो कुछ है उसके प्रति नकार ! वितृष्णा ! इसके कई कारण थे। कुछ व्यक्तिगत और कुछ बदलता ज़माना। व्यक्तिगत कारणों में सारंगा, सोना और मैं। बड़े राय भी थे। वह जीने का एक अपना तरीक़ा बनाना चाहता था। सोना अपने कारणों से उसमें दखलन्दाज़ी करती थी। सारंगा गिरवर के कारण उसके रास्ते में हायल बनती थी। चाहे दादा द्वारा लाड़-प्यार हो या उसके नये कपड़े-लत्तों का गाहे-बगाहे बनते रहना या जेब खर्च। बड़े राय के प्यार का अतिरिक्त होना भी कहीं-न कहीं बाधक था । हर बात में दखलन्दाज़ी ! कहाँ गये थे ? खाना क्यों नहीं खाया—कपड़े ठीक से क्यों नहीं बदले ? फलाँ से क्यों मिले ? समय पर घर क्यों नहीं आये ? रामे बाबू की बिटिया के साथ क्यों आते-जाते हो ? सोना के लिए सीमा ईर्ष्या का सवाल थी और बड़े राय के लिए सम्मान का प्रश्न। जहाँ तक मेरा सवाल था मैं उसकी आकांक्षाओं के अनुरूप नहीं था। साधन मुहैया करने की दृष्टि से भी मैं दिन-पर-दिन कमजोर होता जा रहा था। ग़रीबी का साया लम्बा होने लगा था। अमीरी से ग़रीबी में लौटना ज़्यादा तकलीफ़देह होता है। तकलीफ़देह से ज़्यादा शर्मनाक। हालाँकि ग़रीबी का शर्मनाक लगना भी शर्मनाक है। यह बात मैंने तब जानी जब तंगदस्ती ने मुझे घेर लिया। हालाँकि वह तंगदस्ती तंगदस्ती ही थी, वह

ग़रीबी नहीं जो मौत का पर्याय होती है।

अस्तबल खाली थे। फिटिन कोच, गिग-ताँगे खड़े-खड़े खाद हो रहे थे। उन पर कपड़े ढँके थे। दीवानखाने में कारिन्दों के कटघरे बीझने लगे थे और उनके अन्दर पड़ी गद्दियों पर कुत्ते लोटते थे। वे फटकर झीर-झीर हो गयी थीं। बड़े दीवान जी की गद्दी तख्त पर लगी थी। उसके नीचे एक कुतिया ने बच्चे दे दिये थे। ज़मींदारी में बने डेरे गाँव के वे काश्तकार खरीद रहे थे जो कभी डेरे की दीवारों के साये में बैठकर अपनी तपिश के दिन गुज़ारते थे। लेकिन वक़्त ने उन्हें बढ़ाया था हमें गिराया था। वहाँ खड़े रथ और बैल भी उन्होंने ही खरीद लिये थे। बीच-बीच में अपने हल के नीचे की ज़मीन भी बिकती रहती थी। जैसे ही खर्चे का दबाव बढ़ा वैसे ही ज़मीन निकाल दी। अब लगता है धरती की जितनी अवमानना ज़मींदारों ने की उतनी शायद लुटेरों ने भी न की हो। धरती न माँ थी और न आर्थिक साधन। केवल सिक्का या मुद्रा बन गयी थी। अब तो धरती की हालत और भी बदतर है। उपभोग की वस्तु बनकर रह गयी है। धरती-भाव खत्म हो गया। हवेली पर बस दूध के जानवर बचे थे। बड़े राय को अगर किसी बात का मलाल था तो घोड़े न होने का। घोड़ा खरीद भी लिया जाता पर उनका निर्वाह मुश्किल था। घास, बरसीम, जई आदि तो सीर से आ जाते पर कोचवान और चरकटे का खर्चा कौन उठाता ! हालाँकि काले साईस का भतीजा फत्तु अभी भी हमारे यहाँ ही था। जब से घोड़े मरे थे तब से वह खेती का काम देखने लगा था। वह भी यही कहता रहता था कि बड़े मालिक को बिना घोड़े के तकलीफ़ होती है— एक घोड़ा खरीद लीजिये बाकी सारी देखभाल मैं कर लूँगा। मैं चुप हो जाता था। रघुबर इस बात से नाराज़ होता था। उसका कहना था—क्या दुनिया के सब लोग घोड़ा-गाड़ी पर ही चलते हैं ? फिर हमें ही क्या अधिकार है ? हालाँकि मैं साइकिल पर चलता था। पर मेरी समझ में भी उसका यह तर्क नहीं आता था। अगर हमारे पास इन्तजाम हो तो हमें कौन रोक सकता है। बड़े राय सुनते थे तो सन्न रह जाते थे—यह लड़का अब हमारी बराबरी 'हरएक' से करने लगा। सारे किये-धरे पर पानी फेरे दे रहा है। विशिष्टता से सामान्यता की ओर आने की प्रक्रिया साँस घुटने की तरह होती है।

आज के मुकाबले जैसे तब सोना सस्ता था उससे ज़्यादा ज़मीन सस्ती थी। तब गल्ले के भाव से ही चीज़ों के भाव निर्धारित होते थे। लेकिन आजकल खरीद-फ़रोख्त का सबका अपना-अपना भाव है। उल्टा गल्ले का भाव बाकी चीज़ें तय करती हैं। खैर बाज़ार का उधार और कर्ज़े की भरपायी के लिए कुछ जमीन बेचनी पड़ी थी। जब ज़मीन बहुत थी, इतनी कि काग़जों से ही पता चल पाता था, तब ज़मीन की चिन्ता किसको थी। उन दिनों ज़मीन रहन रखना आम बात थी। कर्ज़ा लेना भी

खुशहाली की निशानी मानी जाती थी। लेकिन अब ज़मीन बेचना उतना ही खटकता था। जितना अपनी रोटी से टुकड़ा तोड़कर देना। हालाँकि अभी भी रोटी काफ़ी बड़ी थी। पर कब तक रहती ?

ज़मीन के बिकते ही जो रुपया आया उसमें पहले तो लेना-देना निबटा। जो बचा उसे खर्च करने के मनसूबे बनने शुरू हो गये। सोना के लिए जेवर बनना चाहिए। जेवर बन गया। रघुबर के लिए सूट बनवाया जाय। सूट बनने दे दिया गया। बड़े राय की और मेरी अचकनें बनीं। सारंगा की साड़ी खरीदी गयी। गिरवर के लिए कुर्ता-पाजामा और कोट सिला। एक जोड़ी जूता खरीदा गया। हवेली की पुताई हुई। हवेली की पुताई में महीनों लगते थे। हज़ारों रुपये खर्च आता था। शायद हवेली की वही अन्तिम संवार थी। बचे-खुचे नौकरों को कपड़े ला दिये गये। बड़े राय का कहना था कि गाड़ियों को रंगवा दिया जाय नहीं तो घुन लग जायेगा। इस बात पर काफ़ी बदमज़गी हुई। गाड़ियाँ रंगवायें या पेट के जाले झाड़ें ? रघुबर बिना सोचे-समझे कुछ भी कह देता था। उसका कहना था कि सामन्ती युग की प्रतीक इन गाड़ियों को चिरवाकर चूल्हा जलाने के काम में ले आओ। अब इनमें कौन बैठेगा ? जो बैठेगा उसे देखकर लोग हँसेंगे। बड़े राय को उसका यह कहना ऐसा लगा जैसे उनके सामने किसी आत्मीय को कोसा गया हो।

दूसरी बात रघुबर के सूट को लेकर हुई। हालाँकि यह पहली घटना नहीं थी। जब भी रघुबर के अच्छे कपड़े सिलते थे तभी सारंगा का पारा आसमान छूने लगता था। इस बार सोना के जेबर का मामला भी था। उस रोज तो सारंगा ने हद ही कर दी। वह आसन-पाटी लेकर पूरी तरह से कोप-भवन में चली गयी। उसका यही कहना था कि मेरे और मेरे बेटे के लिए इस घर में कोई जगह नहीं। मैं तो बाँदी हूँ ही, मेरा बेटा भी ज़िन्दगी भर इन सबकी ताबेदारी करेगा। मेरे बच्चे को नौकरों की तरह कुर्ता-पजामा और रघुबर को राजकुमारों की तरह सूट-बूट। अपनी बेटी को सोने के जेवर और मुझे बामनियों की तरह धोती। मैं नौकरानी बनकर नहीं रहूँगी। लोगों के बर्तन माँज लूँगी पर इन हालतों में इस घर की बहू होने का नाम नहीं धराऊँगी।

सबके तेवर मुझे झेलने पड़ते थे। छोटो चाची जब तक रहीं कुछ समझा-बुझाकर, कुछ सख़्त-सुस्त कहकर स्थिति सँभाल लेती थीं। परन्तु अब मैं सीधा तोप के दाहने पर था। दिन-भर तो मैं बाहर रहा। रात को जब अन्दर हवेली में गया तो सारंगा ने गिरवर के कपड़े और अपनी साड़ी मेरे ऊपर फेंक दिये। ग़नीमत रही गिरवर का जूता नहीं फेंका। मुझे नहीं चाहिए ये बख़्शीश। जिसे देना हो उसे दो। मैं बाँदी बनकर नहीं रह सकती। इतना खुला विद्रोह पहली बार हुआ था। मेरा बेटा कम-अक्ल ही सही, पर किसी की ताबेदारी नहीं बजायेगा। अपनी बेटी को सोने के जेवर और मुझे यह धोती ! मैंने उसे बहुत समझाया—देखो अब सोना बड़ी हो रही है—अभी से उसके लिए जेवर नहीं बनायेंगे तो शादी के वक़्त एकदम कहाँ से

आयेंगे। तुम्हारे पास तो अभी भी काफ़ी जेवर हैं। अगर राय खानदान की निधि होती तो ज़रूरत न पड़ती। पर वह टस-से-मस नहीं हुईं। रात-भर यही समझाना-बुझाना चलता रहा पर सारंगा के माथे की सलवटें ज़रा भी ढीली नहीं हुईं। यह शायद कम-उम्र पत्नी होने का अभिशाप था।

अगले दिन रघुबर के कानों में बात पड़ी तो उसने भवानी से पूछा। भवानी ने बताया कि छोटी बहूजी ने कल से खाना नहीं खाया, न गिरवर को कहीं खेलने जाने दिया। सोना ने पूछा तो उसने पूरी बात बता दी। वह बोली, "मुझे नहीं चाहिए जेवर। मैं इन्हें छुउँगी भी नहीं। अम्मा मर गयी तो क्या मैं इतनी गिरी-पड़ी हो गयी कि कोई भी कुछ कह दे !" रघुबर ने समझा-बुझाकर ठण्डा किया। वह सीधा दर्ज़ी के यहाँ गया और उससे बोला कि मेरे सूट के कपड़े का गिरवर का सूट बना दो। वह दर्ज़ी राय खानदान का पुराना दर्ज़ी था। वह समझाता हुआ बोला, "यह क्या कहते हो भैया, बड़े राय ने यह कपड़ा तुम्हारे लिए बड़े शौक से खरीदा है।"

"नहीं मास्टर साहब, वह मेरा छोटा भाई है—उसको एक सूट चाहिए। मुझे ज़रूरत होगी तो मैं दूसरा सूट सिलवा लूँगा। वैसे भी यह रंग मुझे पसन्द नहीं।"

"लेकिन—बड़े राय का हुक्म है।"

"सच पूछिये तो मैंने तय किया है कि अब मैं सूट ही नहीं पहनूँगा। तब की बात और थी— अब मुल्क आज़ाद हो गया। सूट पहनना मुझे ऐसे लोगों का मज़ाक उड़ाने जैसा लगता है जो पहनते नहीं या पहन नहीं सकते।"

मास्टर बोला, "यह रायों की शान की ख़िलाफ़ है—राय लोग सैकड़ों साल से एक-से-एक लाजवाब कपड़े पहनते आ रहे हैं। अँग्रेज़ तक उनके कपड़ों से रश्क करते थे।"

"अँग्रेज़ बाहरी आदमी थे। उन्हें दिखाने कि लिए अच्छे-अच्छे कपड़े पहनना ज़रूरी था। अब तो सब अपने हैं—आपस में क्या दिखाना ! हम घर में जाते हैं तो जैसा मिल जाता है वैसा ही पहन लेते हैं—बाहर वाला आता है तो कपड़े बदलकर सामने आते हैं। आज वह भी खत्म होना चाहिए। कपड़ों से भी भेद-भाव बढ़ता है।"

रघुबर की बाद मास्टर की समझ में ज़रा भी नहीं आयी। रघुबर अन्तिम रूप से गिरवर का सूट बनाने की बात कहकर चला आया।

दो दिन बाद मोहम्मद उमर सूट सीं कर लाया । सूट रघुबर की जगह गिरवर को फिट आया तो बड़े राय आपे से बाहर हो गये। मोहम्मद उमर ने धीरे-से कहा, "हुजूर, रघुबर बाबू ने ही यह सूट गिरवर बाबू के नाप का सिलवाया है। इत्तफ़ाक से रघुबर उस समय घर पर ही था। उसे बुलाकर पूछा गया तो उसने 'हाँ' कर दी। वरना उसकी आफ़त आ जाती। बड़े राय ने पूछा, "क्यों ?"

"मुझे सूट पहनना अच्छा नहीं लगता। मैं सूट पहनना छोड़ रहा हूँ।"

''क्यों ?''

''अँग्रेज़ों का पहरावा अँग्रेज़ों के साथ चला गया।''

बड़े राय झुँझला पड़े, ''यह सब तुम क्या सोचा करते हो—अँग्रेज़ों ने तो इतना सब कुछ छोड़ा है, क्या उसमें से कुछ भी इस्तेमाल नहीं करोगे—रेल पर नहीं बैठोगे, लॉरी में नहीं चलोगे ? इतने लोग कोट पतलून पहनते हैं क्या वे हिन्दुस्तानी नहीं ?''

''मैं अपनी बात कह रहा हूँ—जिस पोशाक को पहनकर दूसरे के मन में हीन भावना उत्पन्न हो उसे पहनकर मैं क्या करूँगा ? जहाँ तक रेल का सवाल है उसमें सब बैठते हैं—सूट सब नहीं पहनते।''

बड़े राय को जैसे झटका-सा लगा। उन्होंने उसे गौर से देखा। वह तब तक बाहर हो गया था।

रघुबर घटनाओं का केन्द्र बनता जा रहा था। चाहे बड़े राय हों या मैं या सोना या गिरवर— सबकी नज़र रघुबर पर रहती थी। वह क्या कहता है, क्या खाता है, क्या पहनता है और कहाँ जाता है ? वगैरह-वगैरह। रघुबर और सीमा के बीच पत्र-व्यवहार होने लगा था। यह बात सोना को मालूम थी। वह इस टोलक में रहती थी कि किसी तरह वे पत्र उसके हाथ लग जायें तो वह रघुबर को अपनी उपेक्षा का मज़ा चखाये। इस बात का अन्दाज़ रघुबर को भी रहा होगा। तभी वह उन्हें ताले में सँभाल कर रखता था। एक दिन वह नहाने गया तो चाबी पलंग पर ही छोड़ गया। सोना किसी काम से आयी। उसकी नज़र अलमारी की चाबी पर पड़ी। उसने तत्काल ताला खोला जल्दी-जल्दी टटोला। अखरोट की लकड़ी के नक्काशीदार डिब्बे में वे सारी चिट्ठियाँ करीने से सजी रखी थीं। डिब्बा वहीं छोड़ा, चिट्ठियाँ उठायीं और चलती बनी। ताला यथावत् बन्द कर दिया।

वह नहा-धोकर तैयार हुआ। पहले रोज जो पत्र आया था उसे दोबारा पढ़ा। अलमारी खोलकर चिट्ठी रखने लगा तो सारी चिट्ठियाँ गायब थीं। उसने भवानी को पुकारा। भवानी आया। भवानी उसके चेहरे की वहशत देखकर डर-सा गया। भवानी को कुछ पता नहीं था। पूछने पर मना कर दिया। लेकिन वह समझ गया कि थोड़ी देर पहले ही सोना उसके कमरे में आयी थी।

भवानी सीधा सोना के पास गया। सोना कमरा बन्द करके उन खतों को पढ़ रही थी। उसने दरवाज़ा खटखटाया तो पत्र बिस्तर के नीचे खिसका दिये और पूछा, ''कौन है ?''

''मैं हूँ। देवा, जल्दी कमरा खोलो ! रघुबर भैया बहुत नाराज़ हैं।'' वह सोना को प्यार से देवा कहता था। शायद देवा उसने देवी से गढ़ लिया था।

उसने दरवाज़ा खोल दिया और पूछा, ''क्या बात है ?''

''लाओ चिट्ठियाँ मुझे दे दो। नहीं तो रघुबर भैया आज कुछ कर डालेंगे।''

''मेरे पास कहाँ हैं ?''

''थोड़ी देर पहले तुम ही तो उनके कमरे में गयी थीं।''

''हाँ गयी थी तो क्या हुआ ?''

''देखो देवा, मैं तुम्हें समझा रहा हूँ तुम चिट्ठियाँ दे दो, नहीं तो ग़जब हो जायेगा।'''

''नहीं देती। सीमा की चिट्ठियाँ आती हैं। उस चुड़ैल को मेरे भैया को चिट्ठियाँ लिखते हुए शर्म नहीं आती ! मैं उसकी बड़ी बहिन हूँ वह मुझे उसके पासंग भी नहीं समझता। मैं ये चिट्ठियाँ सबको पढ़ाऊँगी।''

''नहीं ऐसा मत करो। कुछ अगर उल्टा-सीधा कर बैठे तो राय खानदान बरबाद हो जायेगा। मैं सब बातें अपने ऊपर ले लूँगा।''

तब रघुबर आ गया था। उसका चेहरा अभी भी उतना ही खूँखार था। उसे देखकर सोना को भी डर लगा पर वही डटी रही। रघुबर ने भवानी से पूछा, ''क्या हुआ ?''

वह चुप रहा। रघुबर ने एकाएक सोना की तरफ़ देखा, वह थोड़ी परेशान थी। उसने उस पर नज़र गड़ाते हुए कहा, ''लाओ।''

''क्या ?''

''चिट्ठियाँ ।''

''कैसी चिट्ठियाँ ?''

''जो तुम मेरी अलमारी का ताला तोड़कर लायी हो।''

उसके मुँह से तपाक से निकला, ''अलमारी खुली थी—''हालाँकि यह भी झूठ ही था। वह ज़ोर से चिल्लाया— ''खुली थी या बन्द मुझे चिट्ठियाँ चाहिए।''

''मेरे पास तुम्हारी कोई चिट्ठी-विट्ठी नहीं।''

वह कमरे में घुस गया और सामान उठाकर इधर-उधर फेंकने लगा। गद्दे के नीचे उसकी चिट्ठियाँ वैसी-की-वैसी रखी थीं।

वह गुस्से से काँपने लगा, ''तुम मेरी बड़ी बहिन हो, तुमने छोटे भाई की व्यक्तिगत चिट्ठियों की चोरी की !''

''हाँ की। तेरा सीमा से क्या सम्बन्ध ? वह तुझे चिट्ठियाँ क्यों लिखती है ? हम लोगों से तुम सीधे मुँह बात भी नहीं करते। उससे मिलोगे भी और चिट्ठी-पत्री भी करोगे। वह तुम्हारी क्या लगती है ?''

''वह मेरी कुछ भी लगती हो—तुम्हें मतलब ! तुम इसलिए जलती हो—क्योंकि तुम्हें कोई लिखता नहीं।''

''मैं उसकी तरह बदचलन और छिछोरी नहीं।'' सोना की आँखें छलछला आयीं। उस अपमान ने उसे अन्दर तक मसल डाला।

वह ज़ोर से गरजा, "खबरदार जो तुमने उसे कुछ भी कहा। वह बदचलन है तो संसार में शायद ही कोई ऐसी लड़की हो जो बदचलन न हो।"

भवानी बीच में ही बोला, "छोटे भैया, यह क्या बोल रहे हो। सोना तुम्हारी बड़ी बहन है।"

उसने डपट दिया, "भवानी काका, तुम मत बोलो—तुम्हें पता था तुमने बताया नहीं ? तुम किस मुँह से बोलते हो !"

भवानी का चेहरा एक मिनट को तमतमाया फिर एक दर्द-सा उभरा। उसे दबाकर वह बोला, " ऐसा मत कहो। मैं तो सिर्फ़ पता लगाने आया था।" रघुबर और ज़ोर से गरज़ा, "तुम इससे मिले हो।"

भवानी एक क्षण को रुका, फिर बोला, "ग़लती हो गयी। मुझे माफ़ कर दो। मुझे ऐसा नहीं करना चाहिए था—मैंने ही देवा को चिट्ठियाँ ला कर दी थीं।"

सोना भवानी की तरफ़ देखती रह गयी। रघुबर तीर की तरह चला गया।

भवानी धीरे-से बोला, "इस बात को कभी किसी से मत कहना—मैं जानता हूँ रघुबर भैया अब मुझे कभी माफ़ नहीं करेंगे।"

यही हुआ। रघुबर सबसे कट गया। उसका बोलना-चालना इतना कम होता गया जैसे वह कोई बाहरी आदमी हो और किसी परदेसी की तरह वहाँ रह रहा हो। बस गनीमत यही हुई कि सोना ने भवानी की बात मानकर उस दिन की घटना का किसी से ज़िक्र नहीं किया। रघुबर सोना से तो बोलता ही नहीं था; भवानी से भी बोलना बन्द था। रघुबर को इस बात से कठिनाई होती थी। भवानी को भी मन-ही-मन बहुत क्लेश था। भवानी उसके इस व्यवहार से नाराज़ होने की जगह उसका ज़्यादा ख़्याल रखने लगा था। बड़े राय की तरह ही वह रघुबर को भी सँभाल रहा था, बिना इस बात का अहसास कराये कि उसका सब काम वही करता है। रघुबर किसी से बोलता था तो गिरवर से। वह अब बड़ा हो रहा था। अपने बड़े भाई के लिए वह सारंगा तक से लड़ बैठता था।

बड़े राय ज़्यादा चल-फिर नहीं पाते थे। रघुबर को अक्सर बुला लिया करते थे। वह उनके पास जाकर चुपचाप बैठ जाता था। कभी-कभी वे उससे गीता सुनाने को कहते थे। वह सुना देता था। उसका संस्कृत का उच्चारण अच्छा था, व्याख्या भी अच्छी करता था। अक्सर वे उससे पूछते थे, " तुम्हें कोई तकलीफ़ है—?" वह गर्दन हिला देता !

"तो फिर तुम इतने खामोश क्यों रहते हो ?"

"नहीं तो—" कहकर वह चुप हो जाता।

बड़े राय में गुस्सा था। ज़हर जैसा खामोश और स्थायी। पर रघुबर के सन्दर्भ

में उनके गुस्से की प्रकृति बदल जाती थी। वे बिगड़कर दर्द के साथ कहते, ''रघुवर, मैं चन्द दिनों का मेहमान हूँ—तुम मुझे क्यों दुःख पहुँचाते हो ? मैं तुमसे बात करना चाहता हूँ। मैं चाहता हूँ तुम मुझसे कुछ कहो। मैं बिस्तर पर पड़ा-पड़ा भी तुम्हारे बारे में सोचता रहता हूँ—तुम मुझे दुःख देने के नये-नये तरीके निकालते रहते हो। मैं जानता हूँ तुम मुझे पसन्द नहीं करते—परन्तु मैं तुम्हारा भविष्य नहीं, अतीत हूँ—पसन्द करो या न करो, पर उसे स्वीकार करना हर एक की मजबूरी है। मैं तो सोचता था कि तुम मेरे उन ज़ख़्मों पर मरहम लगाओगे जो मुझे ज़िन्दगी की इस लड़ाई में जगह-जगह खाने पड़े हैं—पर मुझे लगता है कि एक लावारिस ज़ख़्मी सिपाही की तरह मुझे अपने इन ज़ख़्मों के कारण ही ऊपर जाना पड़ेगा।''

रघुबर के पास उन सब बातों का कोई जवाब नहीं था। उसे लगता था उसके दादा बहुत पीछे छूट गये। उनकी आवाज़ वहीं से आ रही है जहाँ छूटे हुए हैं। जब कभी बड़े राय प्रसन्न होते थे तो उसे पाण्डवों की महायात्रा की कथा सुनाया करते थे। कैसे पहले द्रोपदी गिरी, फिर नकुल सहदेव गिरे, फिर अर्जुन और भीम—सब एक-दूसरे के बारे में पूछते गये…अमुक क्यों गिरा …युधिष्ठिर बताते गये। कुत्ता साथ था। समाज कुत्ते को अविशिष्ट और घृणित प्राणी की तरह देखता था—जिसे सबने दुतकारा—उसी की जिजीविषा वहाँ तक ले गयी—लेकिन वह स्वयं क्या है ? वह भी अविशिष्ट ही है। हर ज़माने के विशिष्ट इसी तरह गिरकर समय की बर्फ़ जैसी चट्टान के नीचे दब जाते हैं—फिर नये विशिष्ट बनते हैं। उसे पता था कि वह किसी के लिए कुछ नहीं कर सकता ! वह ऐसे अभागे लकड़हारे की तरह है जिसे देखकर ईंधन देने वाले पेड़ तक अपने को समेट लेते हैं और छुप जाते हैं—

सीमा उसके लिए एक ऐसी मूर्ति की तरह होती जा रही थी जिसे लोग जितना उखाड़कर फेंकना चाहते थे, वह उतनी ही अन्दर धँसती जाती थी। उसके मन में सोना और भवानी की घटना को लेकर मलाल था। वह भुला नहीं पाता था कि उसकी चिट्ठियों को उन्होंने चुराया जिनको वह विश्वास से देखा करता था। कम-से-कम भवानी पर से उसका विश्वास पूरी तरह उठ गया था। स्थितियों में जितना बदलाव आता था सीमा के साथ उसके रिश्तों की शक्ल उतनी ही बदलती थी। इस तरह के सम्बन्धों में जो एक अस्पष्टता शुरू में रहती है वह दूर होती जा रही थी। उसके मन में जो एक गिरह थी कि यह अस्वीकृति का शिकार है, सीमा उसे खोलने में मदद कर रही थी। हालाँकि उसके दिल में मेरे और बड़े राय के लिए अभी भी गुंजाइश थी पर वैसी निस्बत नहीं बैठ पाती थी जैसी बैठाना चाहता था। उसे लगता था कि हमारा श्रेष्ठता का भाव और खानदानवाद उनके किसी भी कदम को स्वीकार नहीं करता। चाहे वह रिश्ता हो या जीवन-दर्शन।

सोना की शादी हुई तो एकाएक लगा कि वह अकेला रह गया। सोना और उसके बीच की वह दूरी एकाएक भर गयी। हालाँकि शादी का तामझाम रानी वाला नहीं था। फिर भी अपने नाम के अनुरूप उपलब्ध साधनों में जितना कुछ हो सका था वह सब किया था। वे लोग भी उतने बड़े आदमी नहीं थे। जितना किया गया उससे वह असन्तुष्ट नहीं लगे। रघुबर उस शादी में एक तरह से मर मिटा। हर काम में रघुबर, हर जगह रघुबर। सोना ने विदा होने से पहले रघुबर को बुलवाया। वह उसे देखता रह गया। उसके नेत्र झर-झर बरस रहे थे। वह बोली, ''रघुबर, तू मुझसे नाराज़ है, मैं तुझसे नाराज़ हूँ—तूने मुझे कभी भी अपनी ज़िन्दगी में जरा-सा भी हिस्सेदार नहीं बनाया। हम तू दो ही तो इस घर में सगे थे—बिगानों की तरह क्यों रहे ? हम शायद इन्तज़ार करते रहे कौन अपने अहं की लक्ष्मण रेखा फाँदकर बाहर आये। कोई नहीं आया। अब मेरे जाने का वक़्त आ गया ! एक बात पूछूँ ? तू मुझे कभी प्यार नहीं कर सका— अपनी बहन को —तो सीमा को कैसे कर लिया ? मैं तुझे सुखी करने के चक्कर में सदा दुःखी करती चली गयी। इसी चक्कर में मैंने तेरी चिट्ठियाँ चुरायी थीं कि तू मेरे पास आयेगा, मेरी चिरौरी करेगा— मुझे हमराज़ बनायेगा। पर पासा उल्टा पड़ गया। चोरी मैंने की, जिम्मेदारी भवानी भैया ने अपने ऊपर ले ली—जिससे तू मुझे कुछ न कहे। वह तेरी नाराज़गी से बहुत दुःखी है। उसे और दुःखी मत कर।'' वह रो पड़ी ।

रघुबर को लगा जैसे सबका दोषी वही है। वह सब कुछ समझने के अहं में हर एक के प्रति अन्याय करता रहा। कहीं छोटी माँ भी यही न सोचती रही हों कि मैं उनके पास जाकर कहूँ कि तुम मेरी माँ हो। पर कैसे कहता ? माँ की परिकल्पना तो उसके सामने कभी साफ़ ही नहीं थी। एक भावात्मक चीज़ थी, जैसे ईश्वर।

सोना की विदा के बाद वह कई दिन तक अन्दर-ही-अन्दर सोना को खोजता रहा। जब वह सोना को लेने उसकी ससुराल गया तो उसे एकाएक लगा कि अब उस पर वह अपना सारा अधिकार खो चुका है। बस रिश्ता मात्र है। जैसे लिखा हरुफ़ ।

सोना की शादी में छोटे राय तो रोज आते थे पर अरुण बाहरी मेहमानों की तरह एक दिन शरीक हुआ था। हालाँकि शहर के लोग यही समझ रहे थे कि छोटे राय और अरुण सोना की शादी में हर तरह से सहयोग देंगे। कहीं-न-कहीं यह बात मेरे मन में भी थी। फिर भी हम लोगों ने शादी का पूरा बन्दोबस्त कर लिया था। एक पुराना बाग़ था जिसमें बड़े राय ने दूर-दूर से फल के दरख़्त लाकर लगवाये थे।

रात-रात भर जगकर उस बाग़ को भरवाया था। जहाँ पता चलता था अमुक फल बढ़िया है वहीं से कलम या पौध लाकर लगवा देते थे। वह बाग़ परिवार के सदस्यों की तरह था। जब घोड़ा-गाड़ियाँ थीं तब महीने दो महीनों में एक बार वहाँ जाकर ताज़ा फलों की दावत होती थी। तुख्मी, दशहरा, मालदा, लँगड़ा, फ़जली, गुलाब पसन्द, बादशाह पसन्द, तोता परी, सफ़ेदा—न जाने कितनी आम कि किस्में थीं। उस बाग़ का सफ़ेदा अमरूद दूर-दूर तक मशहूर था। लौकाट, सन्तरे, नारंगी, नासपाती, माल्टा, फालसे, आड़ू, आलू बुखारा, पल्म आदि कोई फल ऐसा नहीं था जो वहाँ न होता हो। वहाँ से निबटते थे तो जाड़े के दिनों में गर्म गुड़ खाने कोल्हू पर पहुँच जाते थे जो यार-दोस्त साथ थे उनके साथ गुड़, अंदरकी आदि बाँध दिये जाते थे। उसी बाग़ में एक पीर भी था। उस पर रियासत की तरफ़ से रोज दीया जलता था। खास-खास मौकों पर चादर चढ़ायी जाती थी। कभी कोई बच्चा बीमार होता था तो वहीं मन्नत माँगने जाते थे। जब मन्नत पूरी होती थी तो शीरनी चढ़ती थी। एक खिदमतगार उस मज़ार की रोज़ झाड़-पोंछ करता था।

ज़मींदारी के दिनों में एक बार बाग़ से निकलते हुए कुछ लोगों ने मुझे घेर लिया था। उस दिन मेरे पास वसूली का कुछ रुपया था। हालाँकि हमेशा दीवान जी ही वसूली करके ले जाते थे। उस दिन न जाने कैसे मैंने रुपया अपने साथ ले लिया। कोई साथ भी नहीं था। मैं अकेला ही था। गाड़ी भी सड़क पर खड़ी थी। एक क्षण को मुझे लगा कहीं ये लोग मेरा भी मझले राय वाला हाल न कर डालें। मैं अकेला लड़ता भी तो कहाँ तक; चारों हथियारबन्द थे। मैंने उसी तरह आँखें बन्द कर लीं जैसे बिल्ली को देखकर कबूतर आँखें बन्द कर लेता है और समझता है कि बिल्ली चली गयी। लेकिन एकाएक मुझे लगा कि मज़ार से एक रोशनी निकली और सारे में फैल गयी। फिर पता नहीं क्या हुआ। जब आँखें खोलीं तो शाम होने को थी, पक्षी ज़ोर-ज़ोर से चहचहाते हुए लौट रहे थे और उन लोगों का कहीं पता नहीं था। सबको यही लगा कि उस पीर की ही करामात है। हालाँकि मैं अभी तक नहीं समझ पाया कि आखिर वह सब कैसे हुआ ?

सोना की शादी के लिए वही बाग़ बेचा गया था। बाग़ के साथ ही वह पीर भी चला गया। लिखत-पढ़त करने से पहले हम सब लोग पीर से माफ़ी माँगने गये थे। चादर चढ़ाकर कहा था हमें माफ़ करना, हम तेरी खिदमत नहीं कर पाये। न बेचें तो बेटी की शादी कैसे करें। उसी दिन रात को बड़े राय को सफ़ेद बुर्राक कपड़ों में एक दाढ़ी वाला बूढ़ा दिखाई दिया। वह आकर उनके पलँग के पास खड़ा हो गया और उन्हें ग़ौर से देखता रहा। फिर वह कुछ दूर तक जाता हुआ नज़र आया और गायब हो गया। बड़े राय उठकर बैठ गये। गहरा सन्नाटा था। सब गहरी नींद में सो रहे थे। बड़े राय काफ़ी देर तक सोचते रहे—यह कौन था ? क्या पीर था ? फिर वे बाग़ के बारे में सोचने लगे। जितने दाम मिल रहे हैं—दरख़्तों के भी दाम नहीं।

अगले दिन जब बैनामे पर दस्तखत किये तो उन्हें लगा वह रात वाला बूढ़ा वहीं उनके पास खड़ा कातर दृष्टि से देख रहा है। घूमकर देखा तो वहाँ कोई नहीं था। घर आकर वे उस दिन दूसरी बार रोये। दस्तखत करते हुए रह-रहकर उन्हें यही लगता रहा था कि उनके हाथों कोई कत्ल हो रहा है। ज़मीनें तो बहुत-सी बिकी थीं पर उस बाग़ का बिकना सबको अन्दर से खाली कर गया था।

सोना की शादी ज़्यादा दिन नहीं चली। दो साल बाद एक दिन सोना के पति सोना को आकर छोड़ गये। बड़े राय के लिए क्या, पूरे घर के लिए यह एक बहुत बड़ा हादसा था। वे आये, सोना अन्दर हवेली में चली गयी। उसके पति और ससुर यह कहकर चलते बने कि हम ज़रूरी काम करके अभी आते हैं। उनके चले जाने पर सोना का रोना फूटा। किसी की समझ में नहीं आ रहा था कि सोना को एकाएक क्या हो गया, वह इस तरह क्यों रो रही है। कुछ देर बाद उसका बोल निकला कि वे लोग हमेशा के लिए मुझे छोड़ गये हैं। तुरन्त स्टेशन पर और हर जगह आदमी दौड़ाये गये पर वे न बस अड्डे पर मिले न स्टेशन पर। बाद में पता चला कि वे जाकर अपने किसी व्यापारी के यहाँ टिक गये थे। अगले दिन भोर होते ही किसी की मोटरकार से चुपचाप निकल गये। यह घटना ऐसी घटना थी कि उसने बचे-खुचे राय खानदान को ज़मीन के दो गज नीचे गाड़ दिया था। इससे उबरने का कोई तरीका नहीं बचा था। हम कई लोग उन लोगों के पास गये, उनकी मिन्नतें कीं पर वे रजामन्द नहीं हुए। उनका कहना था कि आपने हमारे साथ धोखा किया। शायद उन्होंने यह समझकर शादी की थी कि इतने बड़े घर में शादी हो रही है, पता नहीं हुण बरसेगा या दीवारें सोने की पतरों से जड़ दी जायेंगी। वे लोग व्यवसायी थे। कच्ची बात उन्होंने मुँह से नहीं निकाली। जब बहुत पूछा तो सिर्फ़ इतना ही कहा कि दो साल शादी को हो गये—बच्चा नहीं हुआ और न होने की उम्मीद है। हमने कहा, "चलिये, दोनों की डॉक्टरी जाँच करा लें।" वे बोले "नहीं, हमें न किसी की जाँच करानी और न आपकी बेटी को रखना है। आप चाहें तो दूसरी जगह शादी कर दें।" पता नहीं क्यों मझली चाची वाली घटना मेरे दिमाग़ में एकाएक कौंध गयी। बीते दिन अपने आपको कैसे दोहराते हैं !

बड़े राय ने पूरी तरह खाट पकड़ ली थी। मैं अकेला पड़ गया था। बस रघुबर था। वह भी क्या करता । सोना को देखता था और घुनता था। वह भी बीच-बीच में कह देती थी—रघुबर ! मैंने तुझे तंग किया भगवान मुझे उसी की सज़ा दे रहा है। रघुबर से और कुछ होता नहीं था, बस हाथ से उसका मुँह बन्द कर देता था।

ऐसा मत कहो, दीदी। सारंगा खामोश थी। उसकी समझ में नहीं आ रहा था वह क्या करे। उसको कैसे ले ? गिरवर हर समय सोना के आगे-पीछे चक्कर काटता रहता था। थोड़े दिन तो सोना खामोश रही फिर उसने अपनी भूमिका तय कर ली। वह घर का सारा काम स्वयं देखने लगी। हम लोगों ने उसे रोकना चाहा पर वह मानी नहीं। बड़े राय को पता चला तो उसे रोकने के बजाय बोले, ''क्या करे बेचारी—मुझ पर तो अब आकर वक़्त ने दबिश डाली है, इस बेचारी को तो आँखें खुलते ही दबोच लिया। गर्दन तक उठाने का मौका नहीं दिया।''

जब वक़्त था तब सोना ने पढ़ा नहीं। अब जब वक़्त निकल गया तो उसने रघुबर की मदद से पढ़ना शुरू किया। काम भी करना और पढ़ना भी। पर पढ़ना भी अभ्यास की चीज़ होती है। उसका अभ्यास कभी का छूट चुका था। उसे लगता था जैसे वह काई पर दौड़ने की कोशिश कर रही है। इधर सारंगा को भी लगने लगा था कि ज़्यादा दिन तक सोना के साथ उसकी चूल नहीं बैठ पायेगी। एक-आध बार सारंगा ने उसके ससुराल वालों को कोसा भी। वह खामोश रही। एक दिन उसके पति के लिए कह दिया, ''कैसा मर्द है अपनी बीवी को घर वालों के कहने पर आकर यहाँ छोड़ गया। ऐसा तो राम ने भी नहीं किया था। लानत है ऐसे मर्द पर।''

सोना शायद अपने पति से उतना ही प्यार करती थी जितना कोई भी समर्पित औरत करती है। उसके मुँह से निकल गया, ''छोटी माँ ! उन्हें कुछ मत कहो। मैं जानती हूँ इसमें उनकी कोई खता नहीं।''

सारंगा की ज़बान ही सबकी दुश्मन थी। अपनी भी और बाकी सब लोगों की भी। बह बोली, ''जिसने तुम्हें दुत्कार कर निकाल दिया अब भी तुम उसी का नाम जपती हो—हम जो तुम्हें सीने पर चट्टान की तरह रखकर साँस ले रहे हैं, हम इतना भी नहीं कह सकते।''

सोना का दिल अन्दर तक दुःख गया। कुछ दिन बाद वह ज़िद करके नाना के घर चली गयी। वहीं उसने पढ़ा और बाद में वहीं नौकरी भी कर ली। हालाँकि नौकरी करने से पहले कई बार उसके मन में संकल्प-विकल्प आया कि बड़े राय की पोती होकर नौकरी कैसे करे—लेकिन उसने यही निर्णय लिया कि जीना है तो अपने दम पर, अपना काम आप करके। काम से ही खुली रोटी मिलती है।

हर बात अब बड़े राय पर ही भारी पड़ती थी।

कभी जब सोते-सोते रात को आँख खुल जाती थी तो लगता था जैसे कोई पहाड़ को धकेलना हुआ सीने पर ला रहा है। जिन समस्याओं का कोई हल नहीं होता या हर निकलने कोई सम्भावना नहीं होती उन्हें या तो आदमी खेल की तरह खेलता है या फिर मौत की तरह देखता है। मैं उन समस्याओं में डूबता जा रहा था। इसलिए

मैं चाहकर भी उन्हें खेल की तरह नहीं खेल पाता था। मैं राय खानदान के जरिये एक बड़े जहाज़ का डूबना भोग रहा था। शायद जहाज़ का डूबना मैं कभी न समझ पाता। बड़े राय के एक दोस्त जॉन के कमरे में एक पेंटिंग लगी थी। पानी का बहुत बड़ा जहाज़ डूब रहा था और बच्चे-बूढ़े चूहों की तरह कूद-कूदकर समुद्र में गिर रहे थे। उसे देखकर लगता था कि कभी-कभी प्रत्यक्ष मौत के मुकाबले कुछ दूरी पर खड़ी मौत भी रक्षक नज़र आने लगती है। हम उसी की ओर लपक पड़ते हैं। बाद में पता चलता है मौत-मौत में ज़्यादा फ़र्क़ नहीं होता। हम कूद भी नहीं सकते थे। बड़े राय लेटे-लेटे आसमान की तरफ़ देखते रहे थे। उनका खाना दिन-ब-दिन कम होता जा रहा था। पानी पीते समय उन्हें लगता था जैसे गले में काँटे उग आये हैं। शरीर में गर्मी की एक लहर-सी दौड़ती रहती थी। बड़े राय को कहीं-न-कहीं यह लगने लगा था कि इस सबके वे ही जिम्मेदार हैं, वह नहीं जिसके हाथ में डूबते जहाज़ का डेक-व्हील है। यानी मैं।

एक रात मैंने रघुबर को बुलाकर कहा, ''देखो, अब मैं अकेला इस वज़न को नहीं उठा सकता। अगर इस घर को डूबने से बचाना है तो तुम्हें भी हिस्सा बँटाना होगा। जब तक तुम बड़े राय के पोते थे तब तक थे। अब तुम भास्कर राय जैसे साधारण आदमी के बेटे हो। मैं अकेला ज्यादा दिन इस बोझ को नहीं उठा पाऊँगा। अब तुम्हें एक बड़े ज़मींदार की सरपरस्ती की जगह एक काश्तकार की वल्दियत स्वीकार करनी होगी। मैं पहले भी काश्तकार ही था पर तब उसका अहसास नहीं था—जो अन्त में हाथ लगता है वही असलियत होती है—हल की मूठ पकड़ना या धूप में खड़े रहना ही विरासत में मिला है। मुझे अपनी जिम्मेदारी तुम्हारे प्रति भी निभानी है, तुम्हारी माँ और तुम्हारे भाई व बहन के प्रति भी— अपने पिता के प्रति भी—''

मुझे मालूम नहीं था कि रघुबर इतनी गुस्ताखी पर उतर आयेगा। वह बोला, ''बाबूजी आप अपनी ज़िम्मेदारी अपने बुज़ुर्गों के प्रति निबाहिये और आगे आने वाले लोगों के प्रति भी—मुझे मेरे हाल पर छोड़ दीजिये। मुझे न बड़े राय से कुछ चाहिए, जिनकी आपको इतनी फ़िक्र है, और न आपसे—आप मुझे भूल ही जायें तो बेहतर है।''

मैं हक्का-बक्का रह गया। मैंने जो सहारा तका था और जिसके लिए उसे बुलाकर यह सब कहा था, सब गुड़गोबर हो गया था। मेरी समझ में नहीं आया कि मैं उसे कैसे समझाऊँ, क्या कहूँ। मैंने उससे कहा, ''मैं तुम्हारा मतलब नहीं समझा ?''

''मेरा मतलब हो ही क्या सकता है ? सिवाय रोटी, कपड़े के जो मुझे आप देते रहे हैं। मैं जानता हूँ कि मैं आप दोनों को अपने काम से कभी सन्तुष्ट नहीं कर पाया। पर ऐसा भी नहीं कि मैं अपनी ज़िम्मेदारियों को समझता नहीं। रात-दिन मुझे

अपने अन्दर से एक बू आती महसूस होती है —जिसे शायद मैंने विरासत में पाया है। मैंने पढ़ा है, इस तरह की बू अफ्रीका के उन आदमखोर दरखतों से भी आती है जो आदमी को अपनी गुंजलक में बन्द कर लेते हैं और फिर धीरे-धीरे उसका खून चूसते रहते हैं। इसलिए मुझे इसका कोई अफ़सोस नहीं कि इतनी बड़ी जायदाद गारत हो गयी—आज हुई होती तो भी शायद वह मेरे किसी मतलब की न होती क्योंकि मैं वैसा ही एक दरख़्त बनने के लिए तैयार नहीं था।''

मेरे मुँह से यही निकला, ''अगर जायदाद होती तो क्या तुम उसके वारिस न बनते ?''

''हरगिज़ नहीं।'' वह कुछ जोर से बोला। फ़िर आवाज़ को कम करते हुए उसने कहा, ''जो अपनी मेहनत और ईमानदारी से न कमाया जाय—उस पर किसी का अधिकार भला कैसे हो सकता है ?''

''क्या यह तुम इसलिए कह रहे हो कि वह अब नहीं रही ?''

''नहीं, उसमें से कुछ अभी भी बाकी है !''

मुझे लगा उसकी इस गुस्ताखी के पीछे ज़रूर कोई है। मेरा ध्यान भी अब रह-रहकर रामे बाबू और उनकी बेटी पर जाने लगा था। हालाँकि मैं यह भी जानता था कि बड़े राय मेरी सब गुस्ताखियों के लिए किशन बाबू को ज़िम्मेदार ठहराया करते थे। मैं क्या तब कोई भी अपने पिता के सामने नहीं बोल पाता था। चाहे पिता बड़ी-से-बड़ी ज्यादती क्यों न कर डालें। मैं मन ही मन सोचता था कि बड़े राय से कहूँ कि आप किशन बाबू पर झूठा इलज़ाम न लगायें। सोचकर ही रह जाता था। मुझे लगता था पिता पिता होता है, सब कुछ उसके हक की सीमा में आता है। मैं बड़े राय के सामने कभी गर्दन तक नहीं उठा पाया। रघुबर के लिए ऐसी कोई बन्दिश नहीं थी। वह हर बात कहने की कुव्वत रखता था। मैं सोचता ही रह जाता था कि बाप-बेटे का रिश्ता इतना कैसे बदल गया ?

बड़े राय का इन्तकाल हो गया था।

बड़े राय का इन्तकाल कम-से-कम मेरे लिए एक ऐसा अन्धकार था जिसमें से होकर गुज़रने का रास्ता कम-से-कम मुझे मालूम नहीं था। बड़े राय यद्यपि कई सालों से बिस्तर पर थे पर मुझे लगता था वे मेरा हाथ पकड़े अँधेरा पार करा रहे हैं। रघुबर

के सामने ऐसी कोई स्थिति नहीं थी। उसके लिए इस मौत का मतलब एक अतीत के खत्म हो जाने के अलावा और कुछ नहीं था। बल्कि उनके हटने से रुकी हुई रोशनी अन्दर आने का अहसास हुआ हो तो भी कोई मुज़ायका नहीं।

जब कोई राय मरता था तो कई हास्यास्पद रस्में होती थीं। यह अब लगता है। तब तो शायद वही ठीक लगा हो। चाँदी-सोने की एक कुर्सी तहखाने से निकाली जाती थी। उसी कुर्सी पर नये राय की ताजपोशी कहिये या गद्दीनशीनी---होती थी। (बाद में तो वह भी बिक गयी।) अन्य छोटे ज़मींदार नज़राना देते थे। स्वर्गीय राय के जितने छोटे भाई होते थे उनका उपस्थित होना और नये राय की सत्ता को स्वीकार करना ज़रूरी था। जो राय शरीक नहीं होता था उसे जायदाद का हिस्सा तो मिल जाता था पर खजाने से कुछ नहीं दिया जाता था। निधि तो बँटती ही नहीं थी। मुख्य राय के कब्जे में रहती थी। ऐसा अब कुछ नहीं था। मैं यह भी जानता था कि छोटे राय भले ही आ जायें और कोई नहीं आयेगा। न अरुण न मझले राय और न उनका बेटा। दूर-पार के राय तो आयेंगे ही नहीं। अरुण तो वैसे भी बहुत नाराज़ था। जब बड़े राय का शरीर पूरा होने का समय आया और अरुण उनकी तरफ़ बढ़ा तो बड़े राय ने दोनों हाथ जोड़. दिये थे। वह उल्टे-पाँव लौट गया था।

गद्दीनशीनी अपने आप में एक बहुत बड़ा अपव्यय था। नज़रानों का इन्तज़ाम भी खुद ही करना था। कपड़े बाँटने और राय परिवार के सदस्यों को खिल्लते बख़्शने की परम्परा भी निबाहनी ज़रूरी थी। हालाँकि कुछ लोगों का सुझाव था—एक-एक साफा देना काफ़ी होगा। रघुबर इसके कतई पक्ष में नहीं था। वह बोला, "राजतिलक का मतलब ही क्या है ? काहे का राजतिलक और काहे की गद्दीनशीनी। इस सड़ी हुई रस्सी को अपने और बाकी सब लोगों के गले में क्यों डालना चाहते हैं ?"

हालाँकि मैं भी इस बात को मन-ही मन महसूस कर रहा था पर मेरे संस्कारों ने उसकी इस बात की चोट अन्दर तक महसूस की। मेरे मुँह से निकला, "यह रायों के खानदान की परम्परा है।"

"उस परम्परा का क्या मतलब जो गँधा रही हो ! सालों भूखा मरने के मूल्य पर गद्दीनशीनी का यह कृत्रिम उत्सव करवाकर परम्परा हमें क्या देगी ? बकौल आपके हल की मूठ आपको विरासत में मिली फिर राजा बनने का यह ढोंग किसके लिए कर रहे हैं ?"

रघुबर का विरोध मेरे ऊपर भारी पड़ रहा था। किसी ज़माने में अगर कोई राय से इस तरह की बातें करता था तो उसके हाथ-पैर तुड़वा दिये जाते थे। उसके जानवर हकवा लिये जाते थे। लेकिन अब यह सब सोचना भी हास्यापस्द था। यह बात मेरे मन में बार-बार आ रही थी कि मैं कोई राजा नहीं एक साधारण परिस्थितियों में जीने वाला आदमी हूँ, फिर इस सब नाटक की मेरे लिए क्या प्रासंगिकता हो सकती है ? क्या परम्परा के नाम पर यह स्वाँग खेलना ठीक होगा ? केवल एक जोकर की

निरर्थक भूमिका के अलावा यह कुछ नहीं। अगर रघुबर ने इतना सख़्त रुख न अपनाया होता तो शायद मैं उस औपचारिकता को निबाह कर अपने को गौरवान्वित अनुभव करता। भले ही कर्ज़े के इतने गहरे गड्ढे में जा गिरा होता जिसका कोई ओर न हो। कर्ज़ा उतारने के लिए भी अब कुछ नहीं बचा था। जितनी ज़मीन थी वह रोटी का टुकड़ा मात्र थी। एक बात मैं इधर काफ़ी गहरायी के साथ महसूस करने लगा था कि इस विपन्नता ने ही मुझे इन मुद्दों पर सोचने-समझने की सामर्थ्य दी थी। पहले हम सब विचित्र ढंग से सीमा-बेसीमा फैले पड़े थे। अब सिमटकर बिन्दुओं पर आने लगे थे।

सोना के नौकरी करने से राय परिवार में काफ़ी हलचल मची थी। रायों की बेटी नौकरी करे ! यह बात लोगों के दिलों में हो न हो, पर मुँह पर ज़रूर थी। लेकिन सोना या रघुबर के दिमाग़ में किसी प्रकार का विभ्रम नहीं था। सोना के सामने अपनी बुआ-दादियों का उदाहरण था। उनमें से एक बाल-विधवा थीं। वह जीवन-भर सिर मुड़ाये एक नौकर साथ लिये तीर्थयात्राएँ करती रहीं। साधु-सन्तों के दर्शन कर-करके कृतार्थ होती रहीं। अपने विधवा होने के पाप को उनके दर्शनों से पुण्य में बदलती रहीं। वे सिर भी किसी नाई-वाई से नहीं मुँड़वाती थीं। कैंची लेकर सामने बड़ा-सा शीशा रखकर या तो स्वयं मूँड़ लेती थीं या नायन बगैरह किसी औरत को बुलवाकर मुँड़वा लेती थीं। जब अपने आप काटती थीं तो बालों में बिलाइयाँ पड़ जाती थीं। माला जपना, इसकी बुराई उससे और उसकी बुराई इससे करना। जब कुछ खाती थीं तो मुँह चलने के साथ-साथ उनकी एक आँख बड़ी होती रहती, दूसरी छोटी—। अगर कोई उनकी कही बात पकड़ लेता तो फौरन बात बदल जाती थीं—मैं यूँ थोड़े ही कहूँ थीं, मैं तो यूँ कहूँ थीं। चूँकि वह बड़े राय की सगी बहिन थीं इसलिए वे उनका पूरा ध्यान रखते थे। वैसे भी और सेवा-सुश्रूषा से भी। हालाँकि उनके पति का धन भी था पर बड़े राय अपनी तरफ़ से भी देते रहते थे। उनकी मौत पेट के कैंसर से हुई थी। नर्क भोगकर । न साधु काम आये थे न दान-पुण्य। हालाँकि कैंसर का चलन तब नहीं था या उसे कोई पहचानता नहीं था। लेटे-लेटे हर दस मिनट में पाखाना निकल जाता था। या तो घर की औरतें धोती थीं या नौकरानी रखी हुई थी। बाद में तो उनका पलँग काट दिया गया था। उससे मल नीचे गिरता रहता था।

दूसरी बुआ पागल होकर मरीं। वह बड़े राय के उन्हीं चाचा की बेटी थीं जिनकी जायदाद के बारे में मझले चाचा बताया करते थे कि उनके पिता ने उन्हें पागल करार देकर स्वयं हड़प ली थी। उस बात की चूल वे बड़े राय से बैठाते थे। इन बुआ की शादी काफ़ी धनवान व्यक्ति के साथ हुई थी। पति का एक हाथ कटा हुआ था। चूँकि वे ज़्यादा उम्र के थे इसलिए जल्दी ऊपर चले गये। अपनी जवानी में वे काफ़ी सुन्दर

रही थीं। धन अटाटूट था। पति की मृत्यु के बाद एक मुंशी से उनकी आशनाई हो गयी थी—और वही उनकी सारी सम्पत्ति खा गया। आख़री दिनों में जनानी हवेली के सहन में निर्वस्त्र घूमती थीं और ज़ोर-ज़ोर से चिल्लाती थीं—मेरी अग्नि बुझाओ—मैं जल रही हूँ। भला कौन बुझाता ?

जब यह सवाल उठा कि सोना नौकरी क्यों करती है तो उसका जवाब रघुबर ने दिया। इस घर की बेटियों का जो अशहर हुआ है···सोना वैसे नहीं मरना चाहती। उसे अपने पैरों पर खड़ा होने दो। लोगों के मन में अनेक शंकाएँ थीं। यहाँ तक कि छोटे राय जो एक ज़माने में स्त्री-जाति की स्वतन्त्रता की बात किया करते थे और गाँधी का नाम जपा करते थे, इस मसले पर काफ़ी गुन-गुन कर रहे थे। सोना को स्वयं अपनी सुरक्षा में बोलना पड़ा, ''छोटे दादा, मैं इस लुप्त-प्राय: राय खानदान की बेटी नहीं हूँ—एक स्वतन्त्र व्यक्तित्व भी हूँ। मेरे भविष्य के बारे में आप लोग कहाँ तक निर्णय लेते रहेंगे। एक बार आप ले चुके हैं वह ग़लत साबित हुआ। अब मुझे खुद लेने दिजिये ! मैं अपने व्यक्तित्व को अपने पिता या पति के नाम पर मिट्टी में नहीं मिलाना चाहती ।''

जब सोना दूसरे नगर में नौकरी करने गयी थी तो मुझे भी लगा था कि मैं उस अन्धे राजा की तरह हूँ जो अपनी सन्तान को मौत के मुँह में जाते देखता रहा, बचाने की दिशा में सिवा बात करने और शाप देने के और कुछ नहीं किया। लेकिन बाद में मैंने समझा कि उसने ठीक ही किया था। जिस बात को मैं पिता होकर नहीं सोच पाया—उस पर सोना और रघुबर ने बिना हिचकिचाये निर्णय ले लिया। अगर वह उस समय अपने पैरों पर न खड़ी हुई होती तो इस चौरासी साल की उम्र में मेरे दिल पर कभी न हटने वाला एक ऐसा बोझ होता कि उसके नीचे से मैं कभी न निकल पाता। आत्मग्लानि की कीचड़ में कीड़े की तरह यह सोच-सोचकर बिजबिजाता रहता कि मैंने अपनी बेटी की ज़िन्दगी को बरबाद हो जाने दिया।

अभी कुछ वर्ष पूर्व जब सोना नौकरी से रिटायर होने वाली थी या हो गयी थी तो एक दिन किसी ने उसका दरवाज़ा खटखटाया। उसका अपना एक छोटा-सा मकान था। गिरवर भी बाल-बच्चों वाला हो गया था। उसकी एक बेटी को सोना ने रख लिया था। पर उस दिन वह खुद ही दरवाज़ा खोलने गयी। वह कुछ देर तक तो आगन्तुक को पहचान नहीं पायी। एक बूढ़ा और जर्जर आदमी सामने खड़ा था। जब उसने पूछा कि आपको किससे मिलना है तो वह बोला, ''आपसे, आपने मुझे पहचाना नहीं ?''

आवाज़ सुनते ही वह भाव-विभोर हो गयी, ''अरे आप !''

उसने सिर ढक कर फौरन पाँव छुए। उसकी समझ में नहीं आ रहा था कि वह उसे कहाँ बैठाये और कहाँ उठाये। वह सोना का पति था। लगभग चालीस वर्ष बाद लौटा था। बीमार और अपने घर वालों से निराश। वह बोला, ''मुझे तुम्हारे पास आने का कोई अधिकार नहीं। जब मैं साबितो-सालिम था और तुम ज़िन्दगी की शकिस्ता किश्ती पर सवार थीं तो मैंने तुम्हारी तरफ़ देखा तक नहीं। अब मैं शकिस्ता हालत में हूँ तो तुम्हारे सामने खड़ा हूँ—सिर्फ़ अपने गुनाहों की माफ़ी माँगने के वास्ते।''

सोना ने अपनी करुणा में उसे डुबो दिया, अपने स्पर्श से उसे नवाज़ा, स्वच्छ और शीतल जल की तरह तृप्त किया, विशाल भवन के द्वार की तरह दिल खोलकर उसका स्वागत किया। अब जब मैं पिछली ज़िन्दगी पर नज़र डालता हूँ तो वह ज़िन्दगी दुनिया-भर के उपादानों से भरी-पूरी और फैली लगती थी, बहुत सीमित और आत्म-केन्द्रित हो गयी थी। जितनी वह उथली थी उतनी ही वह वजनी और गहरी थी। ज्यों-ज्यों मेरा वक़्त नज़दीक आता जा रहा है मुझे गिरवर और उसके बच्चों का मोह सताता है। उनका क्या होगा ? करीब-करीब सभी कुछ बिक चुका। राय परिवार का मैं अन्तिम राय—उतना ही मजबूर और महक़ूम—जितना कोई भी बूढ़ा आम आदमी हो सकता है ! काश जवानी में मैं इस बात को समझ पाता।

यह पूरा किस्सा-कोताह तो अनन्त है। हरी अनन्त, हरी कथा अनन्ता। अब इसे समेटना भी है !

रघुबर की बात बीच में ही रह गयी। मैं जानता हूँ रघुबर के पास एक भरा-पूरा दिल है। उसमें सबके लिए जगह है। चाहे वह अपना हो या पराया। हम लोगों के साथ-साथ सीमा भी उसी दिल में थी; लेकिन हमें उसे वहाँ देखने में गुरेज़ था। जब भावनाएँ सूक्ष्मता की ओर जाने लगती हैं तो शरीर अनुपस्थित होने लगता है। यह मैंने इन्हीं दिनों से सीखा। रघुबर परिव्राजक हो गया था—घुमक्कड़। सीमा और रघुबर के सम्बन्धों को लेकर दोनों ही परिवार अपनी-अपनी तरह आशंकित थे। पर उसे हम लोगों की चिन्ता से कुछ लेना-देना नहीं था। जहाँ जगह मिलती सो जाता। जो कुछ मिलता उसे भिक्षा की तरह पा लेता। कपड़ों का भी उसे विशेष ध्यान नहीं था।

भवानी ही मेरा अकेला साथी रह गया था जिससे मैं कभी रघुबर के बारे में अपनी चिन्ता बाँट लेता था।

भवानी शायद रघुबर को मुझसे ज़्यादा जानता था। जब भी ऐसी स्थिति आती थी तो वह यह कहता था, ''रघुबर भैया जब भी कहीं जायेंगे—या कुछ करेंगे—तो

न छिपकर जायेंगे और न छिपकर करेंगे। आप उन पर विश्वास कीजिये।'' अगर पिता सन्तान पर विश्वास कर ले तो कहना ही क्या। अविश्वास ही में उसका दायित्व निहित रहता है।

कभी जब देर हो जाती और बेचैनी बढ़ जाती थी तो मैं रामे बाबू के घर उसे तलाशने चला जाता था। शायद वहाँ हो !

एक दिन रघुबर देर तक नहीं लौटा। सारंगा मुझे लगातार सुना रही थी कि मैंने लड़के को बेच दिया। शायद वह खोना कहना चाहती रही हो। मैं रामे बाबू के घर गया तो सीमा ने दरवाज़ा खोला। रात काफ़ी हो गयी थी। वह मुझे देखकर चौंक पड़ी और बोली, ''आप, इस समय ?''

''हाँ, रघुबर है ?''

''आइये तो।''

''नहीं, चलूँगा, बहुत देर हो गयी। रघुबर अभी तक घर नहीं पहुँचा।''

तब तक रामे बाबू आ गये। वे छूटते ही बोले, ''भाई साहब, रघुबर आपका बेटा है, आप उसे समझने की कोशिश क्यों नहीं करते ? उसके दिमाग़ में हज़ारों सवाल हैं, उन सवालों के अलग-अलग खाँचे हैं। वह सवालों का पुतला बना घूमता है, उनके जवाब ढूँढ़ने के लिए। हमारी पीढ़ी ने न सवाल करना सीखा न उन्हें सुनना और न जवाब देना। बिना सवाल करना सीखे, जवाब देना कैसे सीखती ? हम जब गुलाब को देखते हैं तो उसकी गुलाब की तरह ही प्रशंसा करते हैं। गुलाब को देखने और प्रशंसा करने का मानक गुलाब वाला ही होता है, चमेली या गेंदे के फूल वाला नहीं। हम गुलाब की प्रशंसा किसी और फूल के मानकों से नहीं कर सकते। तब हम उसे शायद फूल ही न कह पायें। इसी तरह बच्चों के बारे में हमारे कोई मानक नहीं।''

मैंने पूछा, ''वह कहाँ है ?''

''वह यही हैं, सो गया। अपने सवालों के जबाब की तलाश में घर छोड़कर जा रहा था। हम लोगों ने बड़ी मुश्किल से उसे रोका।''

''ऐसे कौन से सवाल हैं जिनका जवाब घर छोड़कर ही मिल सकता है ?''

''हर नौजवान—जो एक संस्कृति-युग से दूसरे संस्कृति-युग में प्रवेश करता है, उसके दिमाग़ में पिछला युग, अगला युग न होकर केवल सवाल होते हैं। उसका कहना है सवाल ही मेरी ज़िन्दगी हैं। मैं उन्हें बहते रहते देना चाहता हूँ। नहीं तो ये भी उसी तरह बदबू देने लगेंगे जैसे पहले वाला ज़माना ठहरे हुए पानी का ताल बनकर गँधाने लगा था।''

''लेकिन मैंने तो उसे कुछ नहीं कहा—''

सीमा रघुबर को बुला लायी थी।

मैंने कहा, ''चलो घर—बहुत देर हो गयी।''

वह बोला, ''मैं उस बदबू को दूर करना चाहता हूँ जो पिछले कई सालों से मेरी नाक में घुसी हुई है। सामन्तवाद का मकड़जाल हमें बहुत ढीलेपन से फाँसे था अब ज़्यादा कस रहा है। मैं उसे तोड़कर बाहर आना चाहता हूँ। पर अब वह बाहर से अन्दर चला गया। उसे तोड़ना और भी ज्यादा कठिन हो गया।''

मेरे मुँह से एकाएक निकला, ''क्या यह ज़िन्दगी की वास्तविकता नहीं कि एक लहर जो आकर चली गयी—हमें किनारे पर पड़ा छोड़ गयी है।''

''मेरा उस लहर न से कोई सरोकार था और न मैं उसे पहचानता हूँ। वह आपका तट है जहाँ आप पड़े हैं। उस लहर का छोड़ा मलबा मेरे अनुभव का हिस्सा नहीं हो सकता। मै तो मझधार में हूँ—मैं ही क्या मेरे जैसे सब।''

सीमा ने हस्तक्षेप किया, ''रघुबर तुम्हें ताऊ जी से ऐसे नहीं बोलना चाहिए !''

''मैं जानता हूँ—लेकिन जिसे मैं कभी अपनी संवेदना का हिस्सा नहीं बना पाया, जो हमेशा मेरे लिए अजनबी रहा—उसकी ज़िम्मेदारी मैं अपने ऊपर कैसे लूँ ? बड़े राय के अनुभव और उनका सारा ताप बाबू जी के हिस्से आया। मैं बाबू जी की उस मानसिक पंगुता को जो उन्होंने जीवन-भर ढोयी है, अपने अनुभव का हिस्सा कैसे बना लूँ ? हर पिता यही क्यों चाहता है कि उसकी सन्तान उसके सुख-दुःख को अपना सुख-दुःख समझे और अपने सुखों-दुःखों को अनिर्णित —अगली पीढ़ी को सौंप दे। मैं अपने आपको बृहद् समाज से जोड़कर उसी को अपने सब सुख-दुःख देना चाहता हूँ और उनके सुख-दुःख का हिस्सा मैं बनना चाहता हूँ। लेकिन वह मुझे अपना हिस्सा नहीं बनाना चाहता—क्योंकि मैं अविश्वसनीय हूँ, बास्टर्ड हूँ। जब मेरे पिता ने मुझसे अपनी ज़िम्मेदारियों में हिस्सा बँटाने का निमन्त्रण दिया तो मैं सोचता था क्या मेरे अन्दर उतना धैर्य है ? क्या मैं अन्याय को उस सीमा तक बर्दाश्त करता रह सकूँगा ? क्या मैं उतना समर्पित रह सकूँगा जितना मेरे पिता अपने पिता के प्रति थे ? मैं विरासत के उस अन्धे कुएँ से निकलकर—जो व्यक्ति से व्यक्ति को स्थानान्तरित होती रही है—जिसे हम अपनी अकर्मण्यता और परनिर्भरता के चलते ढोते रहे हैं—उस बड़े तालाब में जाना चाहता हूँ जो किसी की विरासत नहीं। अपने किये का खुद ज़िम्मेदार बनना चाहता हूँ और उस समाज को बनाना चाहता हूँ जिसकी इकाई मैं हूँ।''

मैं अनपढ़ किसी वट-वृक्ष के साये में पनपी दूब की मानिन्द पला—उसके सवालों का जवाब नहीं दे सका। मुझे यह ज़रूर लगा कि वह उस पूरी विरासत को नकार रहा है जिसे पाकर मैं, मेरे पिता, उनके पिता आदि सब गौरवान्वित अनुभव करते रहे हैं। वह भी उसी से उपजा है। पर वह उसी दरख्त को काटकर फलना-फूलना चाहता है। यह कैसे होगा ? जो कुछ भी मैंने अपने पिता के लिए किया क्या वह

सब ग़लत था ? मैंने अपनी तरह अपने सवालों का जवाब खोजा था—शायद मैं उतना अक्लमन्द नहीं था। रघुबर उन सवालों को अपनी तरह सोचना चाहता है—हो सकता है मैं तब न होकर अगर अब हुआ होता तो मेरे सामने भी वही सवाल होते जो रघुबर के सामने हैं !

मुझे एक ही सवाल सूझा, ''क्या अब घर नहीं चलोगे ?''

मेरे सामने हताशा थी। पिता यद्यपि मेरे ऊपर निर्भर रहे थे परन्तु मैं जीवन भर अपने आपको और अपने परिवार को उन पर आश्रित समझता रहा था। अब जब मैं अपने बेटे के माध्यम से आत्मनिर्भर होने का स्वप्न देख रहा था तो वह स्वतन्त्र होने की जुस्तजू में था। मैं हस्बेमामूल अपनी स्वतन्त्रता उसकी आधीनता में खोज रहा था।

वह बोला, ''घर चलने में मुझे क्या एतराज़ हो सकता है। मैं वहाँ पला हूँ। लेकिन वह घर आपका है। मुझे चाहारदीवारियों में सीमित होने से पहले एक खुला आसमान चाहिए। मैंने अभी तक उतना ही खुला आसमान देखा है जितना शताब्दियों से उस हवेली की ऊँची-ऊँची दीवारों से घिरा —ऊपर···उल्टा रखा नज़र आता है ! मैं अपने बारे में भी उतना ही जानता हूँ जितना मुझे दादा जी ने, आपने, सोना ने, भवानी और नयी माँ ने बताया या थोड़ा-बहुत इधर-उधर से जाना ! इसके अलावा मैं क्या हूँ यह मुझे अभी तक पता नहीं ! क्या मैं इससे अलग भी कुछ हूँ ?''

रामे बाबू चुप बैठे थे। सीमा उसे चकित नेत्रों से देख रही थी।

सीमा ने ही पूछा, ''क्या यह अतिरिक्त उत्साह नहीं होगा ?''

रामे बाबू ने गर्दन हिलायी, ''हाँ, मैं भी यही सोच रहा था।''

मैं चुप्प रहा । क्योंकि इस तरह के सवाल मेरे सामने कभी नहीं आये थे। शायद बड़े राय के सामने भी न आये हों। छोटे राय, मझले राय के सामने आये हों तो पता नहीं। क्योंकि आदमी को स्वार्थ भी सोचना सिखाता है।

रघुबर ने कहा, ''यह कहना मुश्किल है कि वह अतिरिक्त है या नहीं। अब सवाल उत्साह का है तो मैंने अभी तक किसी में कोई उत्साह नहीं देखा। लगता है वह केवल कोश में ही है—मैं उसे महसूस करना चाहता हूँ—''

''कई बार इन्सान भटक जाता है उसे न लौटते बनता है न सँभलते।'' रामे बाबू ने शायद मेरी तरफ़ से कहा था।

''लेकिन कब तक मैं खिंची हुई लाइनों के बीच चलता रहूँगा ? फिर भी अगर मुझे लगा कि मैं इतना भटक गया हूँ कि कहीं कोई रास्ता नहीं तो मैं लौट आने में कतई हतक महसूस नहीं करूँगा। जीतकर तो लौटा ही जाता है हारकर लौटना भी लौटना ही कहलाता है। भले ही स्वागत योग्य न हो, पर यह कहना ग़लत होगा कि

वह सम्मानजनक नहीं।''

सीमा ने गर्दन हिलाकर रघुबर की हाँ में हाँ मिलायी। उस दिन पहली बार मुझे लगा कि सीमा अन्य लड़कियों से कुछ भिन्न है।

उस रात रघुबर मेरे साथ लौट आया था। मैंने सारंगा से कहा कि वह रघुबर से कुछ न कहे। यह बात उसे पसन्द नहीं आयी। वह करवट लेकर सो गयी। अगर मैं रघुबर से इतना जुड़ा न होता और उसे समझने की कोशिश न करता होता तो उतना न समझ पाता जितना समझ रहा था।

बड़े राय वाला पूरा कमरा अब रघुबर का ही था। परन्तु उसने उस कमरे से बड़े राय का सारा साजो-सामान एक दूसरे कमरे में रखवा दिया था। अब वह एक बहुत साधारण कमरा था। जब रघुबर नहीं होता था तो भवानी उसी कमरे में लेटता था। जब रघुबर कमरे में गया तो भवानी वहीं था। वह हँसकर बोला, ''भवानी काका, आराम से सो जाना, मेरी चौकीदारी के चक्कर में जगते मत रहना—मैं कहीं नहीं जाऊँगा।''

भवानी के दाँत गिर गये थे। हँसते हुए वह बहुत सहज हो जाता था। वह बोला, ''रघुबर भैया, जब तुम छोटे थे तब भी मैं तुम्हें सँभालता हुआ तुम्हारे पीछे-पीछे घूमा करता था। रहमतुल्ला तो तुम्हें याद भी नहीं होगा। शायद तुम तो हुए भी न हो। अरुण बाबू तो उससे बहुत हिले थे। कुएँ में झाँकने का तुम्हें बहुत शौक था—उसमें हिलता पानी—मुँह डालकर पुकारना और उस पुकार का गूँज कर वापिस लौट आना—तुम्हें अच्छा लगता था। मैं तुम्हें रोकता था। नहीं मानते थे तो तुम झाँकते थे मैं तुम्हें पकड़े रहता था। एक बार मेरा पैर फिसल गया था तो हम तुम दोनों अन्दर जाते-जाते बच गये थे—मैं क्या तुम ! तुम दोनों भाई-बहिन लड़ते थे तो भी मैं ही बीच में पड़ता था। कभी तुम्हारे लिए झूठ बोलता था कभी देवा के लिए। जब तक ज़िन्दा हूँ तब तक मैं यही करता रहूँगा। यही मेरा सुख तब था यही अब है।''

''लेकिन अब मैं कौन-सा कुएँ में झाँकने जा रहा हूँ ?''

वह बिना कुछ कहे हँस दिया। फिर बोला, ''तुमने एक ही तरह का कुआँ देखा है, मेरे दादा मीर-मुंशी थे—यानी वायसराय को उर्दू पढ़ाते थे। मेरे पिता बचपन में ही ताऊन से चल बसे थे। मेरी माँ मेरे जनम के कुछ ही दिन बाद कूच कर गयी थी। बड़ा भाई मोहन लाल बचा था। हमारे दादा ने ही हमें पाला। दादा एक हाथ से मेरी उँगली पकड़ लेते थे और दूसरे हाथ से मोहन लाल की। सवेरे-सवेरे अँग्रेज़ी पढ़ाते, अँग्रेज़ी की गिनती बोल-बोलकर याद कराते हुए मीलों निकल जाते थे। उस उम्र में उनका इतना चल लेना सभी के लिए आश्चर्य की बात थी। मोहन लाल

बीच-बीच में इधर-उधर देखने लगता था तो वे कहते थे—मोहना, तू ज़िन्दगी में क्या करेगा—देख भवानी को, एक बार में याद कर लेता है। रास्ते में कोई साहब मिल जाता तो कहता—वेल बीरबल—तुमने ब्रिटिश सरकार का बहुत पेन्शन खाया। वे हँसकर कहते—सर ईसामसीह की मेहरबानी रही तो अभी और खाउँगा। दादा मर गये तो मोहन लाल को हुकूमत मिल गयी। उसका अपना क्या था—सब बाबा का था। रात-दिन पीने लगा और उड़ाने लगा। बाबा के कई मकान थे। जब सब कुछ बिक गया—मकान तक बिक गये तो वह रोज मुझे शराब की दुकान पर शराब लेने भेजता था। कर्ज़ा इतना हो गया था कि ठेकेदार ने उधार देना बन्द कर दिया था। वह कहता मोहन लाल से जाकर कहो पहला हिसाब चुकता कर दे तो आगे शराब मँगाये। मेरा भाई मुझे खाली हाथ आया देखकर पगला जाता था। ऐसे मारता था जैसे मैं ही गुनहगार हूँ। मेरी भाभी मुझे बचाने के लिए बीच में आती थी तो उसे भी नहीं छोड़ता था। मैं तो पिट लेता था। भाभी का पिटना नहीं सहा जाता था। वह इतनी सीधी और सुन्दर थी कि मुझे लगता था कि मैं उसका भी गुनहगार होता जा रहा हूँ। जब सहा नहीं गया तो मैं भाग निकला। इतनी बड़ी दुनिया है कहीं तो सिर छुपाने के लिए जगह मिलेगी। जहाँ मैं पहुँचा वह नदी का किनारा था और वहाँ कहारों की अच्छी बस्ती थी। कहार ही मल्लाह का काम भी करते थे। उनके पास छोटी-छोटी डोंगियाँ थीं। उन्हीं पर सवारियाँ पार उतरा करती थीं। मैं भी उनके साथ वही काम करने लगा। मुझे एक चवन्नी रोज मिलती थी। चवन्नी एक आदमी का पेट भरने के लिए तब बहुत होती थी। चाँदी की चवन्नी चलती थी।

तुमने बचपन में सुना होगा जब सुराजियों का जुलूस निकलता था तो वे गाया करते थे 'एक चवन्नी चाँदी की जय बोलो महात्मा गाँधी की।' पर कुछेक दिन में ही मेरी समझ में आ गया कि वह काम मेरे मान का नहीं। उसके बाद मैं हवेली पर आया था। वह अलग किस्सा है। लेकिन वहाँ एक अजीबोगरीब घटना घटी थी।

एक लड़का था, अच्छी नाव खेता था। और घण्टे भर में पार लगाते थे तो वह आधा घण्टे में किनारे लगा देता था। पर उसमें एक ख़ब्त था। जब वह नाव लेकर बीचोंबीच में पहुँचता था तो पानी में छलाँग लगा जाता था—नाव डोलने लगती थी। सवारियाँ डरकर चिल्लाने लगती थीं—बच्चे और औरतें रोने लगते थे। उसे बहुत मज़ा आता था। जो जान गये थे वे तो उसकी नाव में बैठते नहीं थे। नये लोग अवश्य बैठ जाते थे। अपनी नाव वह चमाचम रखता था। थोड़ी देर बाद ही पानी से निकलकर फिर नाव खेने लगता था—उन डरे हुए लोगों को देखकर वह खूब हँसता था। एक दिन उसने वैसे ही डुबकी लगायी। सवारियाँ समझी हँसी कर रहा है, आ जायेगा —पर वह कभी वापस नहीं आया। कोई कहता है मगरमच्छ उतर आया था वह खा गया —कोई कहता भँवर में फँस गया। हाँसी में गल फाँसी हो गयी।

''मैं समझा नहीं।'' रघुबर बोला।

''तुम्हारी तो यह पुरानी आदत है। जब छोटे थे तो बिना कहानी सुने नहीं सोते थे। सुन लेते थे तो पूछते थे यह कैसे हुआ ? अमुक का क्या हुआ ? चलो वह तो कहानी होती थी। कहीं सुनी, कहीं कही। लेकिन यह तो असल घटना थी। अब इसका क्या समझाऊँ, कई बार इन्सान अपनी जड़ों से ऐसे कट जाता है कि फिर लौट नहीं पाता। जैसे वह लड़का और मैं।'' कहकर वह फिर हँस दिया।

रघुबर थोड़ा सोचकर बोला, ''उसकी नाव में तो आदमी थे—पर मेरी नाव में तो ईंट-पत्थर हैं। वह तो जल का आदमी था जल में ही समा गया···हमारा क्या पता···?''

भवानी ने गाँधी की बात शुरू कर दी, ''अँग्रेज़ों के ज़माने में एक बार गाँधी जी इसी कम्पनी बाग़ में आये थे। खलकत धिक पड़ी थी। हमारा मन भी हुआ, महात्मा गाँधी बाग़ में उतरे हैं—चलो, कब-कब मौका मिलता है दर्शन करने का। हम भी चल दिये। बड़े राय से डरते-डरते मोहल्ले वालों के साथ, कम्पनी बाग़ जा पहुँचे। इतनी जनता पहले कभी नहीं देखी थी। महात्मा जी कह रहे थे—यह देश एक बहुत बड़ा जहाज़ है। जहाज़ जानते हो, समन्दर में चलता है—उसमें सैकड़ों आदमी बैठते हैं—खलासी से लेकर साहब लोग तक। सोना, चाँदी, हीरे, जवाहरात सब कुछ जहाज़ से ढोया जाता है। हमारे इस जहाज़ में भी सब कुछ भरा था। विदेशियों ने सारा लूट लिया और हमें अपना ग़ुलाम बना लिया। देश को आज़ाद कराना है—देश ही वह जहाज़ है जिसे विदेशियों के कब्जे से छुड़ाना है। वरना जो कुछ बचा है वह भी लूट ले जायेंगे। आज़ादी मिलने पर हमें फिर इस जहाज़ को अपनी मेहनत से भरना होगा। वरना मेहनत हम करते रहेंगे, घर उनका भरता रहेगा—''

भवानी खर्राटे भरने लगा था। अक्सर उसके साथ यही होता था। जब उसकी बात खत्म होने लगती थी तो वह सो जाता था। भवानी के सोने के बाद रघुबर को काफ़ी देर तक नींद नहीं आयी। भवानी ने जिस तरह की बातें की थीं उनको सुनकर उसे कुत्तों वाला बाबा याद आ रहा था। वह या तो बोलता नहीं था। बोलता था तो असम्बद्ध बातें। घोड़ों की तरह दस-दस कुत्ते साध कर चलता था। सट्टेबाज पीछे लगे रहते थे। वह बोला नहीं कि उन्होंने सट्टे का नम्बर फैलाया नहीं। वैसे भी वह खतरनाक आदमी था। किसी को भी मार बैठता था। पुलिस वाले तक उससे दबते थे। सट्टे वाले मार से भी नम्बर फैला लेते थे। जितने डण्डे मारे सौ में से घटाकर या बढ़ाकर या उसके दुगने करके—पता नहीं क्या-क्या हिसाब लगाते थे...नम्बर निकाल लेते थे। वह बाबा रेशम का अँगरखा पहनता था, नये-नये शू पहनता था, सोला हैट लगाता था और ठीक एक बजे कुत्ते लेकर माँगने निकलता था। जिस दरवाज़े पर मन हुआ उस पर रुका और 'अलख निरंजन' की आवाज़ लगा दी। लोग

इन्तज़ार में रहते थे—बाबा आये तो भीख दें। घर में बिना इजाज़त किसी को घुसने नहीं देता था। घुस जाये तो सिर फोड़ दे। जितनी भिक्षा मिली उसी में से खुद खाया और उसी में से अपने आठ-दस कुत्तों को खिलाया।

उसे लग रहा था कि भवानी ने जितनी भी बातें कहीं उनका ज़रूर कोई मतलब रहा होगा, पर वह फैला नहीं पा रहा था।

रघुबर एक ऐसे दौराहे पर आ खड़ा हुआ था जहाँ से उसे अपने लिए एक रास्ता खोजना था। एक दिन वह मेरे पास आकर बोला, "मैं जगन मामा के पास जाना चाहता हूँ। मेरे दिमाग़ में आज़ादी को लेकर बहुत से सवाल हैं—वे मुझे चैन नहीं लेने देते। आखिर उन्होंने आज़ादी की लड़ाई क्यों लड़ी ? आज़ादी क्यों ज़रूरी थी ? क्या हम आज़ाद हो गये ? उनके पास ज़रूर कोई-न-कोई जवाब होगा—"

मुझे उसके ये सब सवाल ऊटपटाँग लगे। अब इन सवालों का क्या मतलब। देश तो आज़ाद हो चुका। जब कभी मैं यह बात रघुबर से कह देता था तो वह काफ़ी जली-कटी सुनाता था। हमारे देश के लोगों में अक्ल नाम की कोई चीज़ नहीं। जब लोगों ने कह दिया कि देश ग़ुलाम है तो ग़ुलाम मानकर लड़ने लगे—अब बता दिया देश आज़ाद हो गया तो आज़ादी के गाने गाने लगे और सन्तुष्ट होकर पेट पर हाथ फेरने लगे। उसकी बात का मुझे तत्काल कोई जवाब नहीं सूझता था। हालाँकि मैं यह कह सकता था कि अगर ग़ुलाम होता तो क्या अँग्रेज़ पहले की तरह घूमते नज़र न आते ? अगर बड़े राय होते तो उनके पास उसके इन सवालों का ज़्यादा तेज जवाब होता। वे शायद यही कहते कि घोड़े के लगी नाल, मेंढकी ने भी टाँग उठा दी—अँग्रेज़ राजा थे उन्होंने राज हासिल किया था—अब ये गाँधिये भी राजा बनने के लिए खम ठोककर मैदान में उतर आये। ख़ैर, मैंने चुपचाप हाँ कर दी। जाओ, रुपये भी दे दिये। पर उसने सौ रुपये ही लिये। हालाँकि उस ज़माने में सौ रुपये भी बहुत होते थे। लेकिन मुझे एक बात का संकोच था—हमारे घर जगन बाबू के साथ जो व्यवहार हुआ था उसे मैं अभी तक भुला नहीं पाया था। रघुबर को उसके निश्चय से डिगाना मुश्किल था।

एक बात मेरी समझ में और नहीं आ रही थी। उसे रिश्ते का कैसे पता चला ? उसे इतना तो पता था कि जगन बाबू नाम के एक सज्जन जो अब काँग्रेस में ऊँचे पद पर हैं हमारे सम्बन्धियों में हैं। बड़े राय के ज़माने में तो घर में कोई जगन बाबू का नाम तक नहीं ले सकता था। यह कोई घोषित प्रतिबन्ध नहीं था। पर घर का

हर आदमी बड़े राय की नज़र पहचानता था और आत्मअनुशासित रहता था। जिसे अब सामंतवाद कहते हैं उसका यही अर्थ था कि बिना कही बात भी समझ में आनी चाहिए। तब लोगों को इस तरह की बात समझने का अभ्यास भी था। भवानी ही जगन बाबू के रिश्ते को जानता था। उसने ही उसे पूरी बात बतायी होगी—जगन बाबू तुम्हारी माँ के मौसेरे भाई हैं। आज़ादी की लड़ाई के दिनों में उन्हें छुपने की ज़रूरत पड़ी तो वे पनाह लेने यहाँ आये थे। बड़े राय ने उन्हें वापस कर दिया था। हालाँकि वे बड़े राय के पास आये भी नहीं थे। उन्होंने अपनी बहिन से आस लगायी थी। पर बहिन तो पराधीन थी। वे स्थिति भाँप गये और चुपचाप वापस चले गये।

मैंने जगन बाबू को शायद अपनी शादी के समय ही देखा था। उसके बाद जब वे घर पर आये थे तो मैं ज़मींदारी में था। तीसरी बार जब वे मन्त्री थे मेरी मिज़ाज पुर्सी के लिए आये थे। मेरी शादी के दिन भी वे छुपकर सम्मिलित हुए थे। नये-नये विलायत से लौटे थे और आज़ादी के वैसे ही दीवाने थे जैसे सपने में देखी किसी सुन्दरी के प्रेमी बनकर, पुराने ज़माने के राजकुमार जंगल-जंगल भटका करते थे और मर-खप जाते थे। कला भी उसके बाद उनसे शायद एक बार मिली थी। रघुबर के देखने का तो सवाल ही नहीं उठता था।

हो सकता है उसी घटना को सुनकर रघुबर बड़े राय से अन्तिम दिनों में विमुख हो गया हो। जिन बच्चों ने 15 अगस्त, 1947 की धूमधाम देखी थी उनके ऊपर आज़ादी और उनके नायकों का गहरा प्रभाव था। जवाहरलाल, पटेल, मौलाना अबुल कलाम आज़ाद, राजेन्द्र बाबू, राजगोपालाचारी—गाँधी का नाम तो बहुत लिया जाता था पर गाँधी तब वहाँ कहीं नहीं था। रघुबर उस समय आठ दस साल का रहा होगा। लेकिन आज़ादी के बाद जन्मे बच्चों के लिए उस आज़ादी का कोई मतलब नहीं था। तब देश से भागे हुए लोग स्वदेश लौट रहे थे। अब देश के लोग बाहर जाकर बस रहे हैं।

रघुबर को यह भी मालूम था कि जगन बाबू ने हवेली से निराश होकर रहमतुल्ला के घर में पनाह ली थी। सब बड़े जेलों में बन्द थे। उनकी अनुपस्थिति में उसी के घर से उन्होंने आन्दोलन चलाया था। इस बात से उसके दिल में रहमतुल्ला के लिए और भी जगह बन गयी थी। जगन बाबू के लिए तो जो बनी थी, वह थी ही। राय परिवार में रहमतुल्ला लोक-गाथा की तरह हो गया था। उसकी घरवाली कुछ ही साल पहले मरी है। हालाँकि वह हिन्दू थी पर उसकी बातचीत का अन्दाज़ पूरी तरह मुसलमानी हो गया था। रहमतुल्ला का ज़िक्र आता था तो वह दुआ माँगने के अन्दाज़ में दोनों हाथ ऊपर फैलाकर कहती थी—"अये जी, ज़िन्दगी में एक ही फ़रिश्ता आया

था—जब तक रहा बहुत सुख भोगा। जब वह गया तो मेरी झोली अपनी यादों और रहमतों से भर गया। अल्ला उसकी रूह को चैन दे।'' इसी तरह वह बड़े राय का, किशन बाबू का, छोटे राय का, अरुण का, मेरा, रघुबर और गिरवर का नाम लेकर दुआ दिया करती थी।

रघुबर को उसे छेड़ने में मज़ा आता था। वह उससे पूछा करता, ''ताई माँ, तुम तो हिन्दू हो —यह अल्लाह-अल्लाह क्या किया करती हो ?''

वह हँसती, ''अरे बेटे, एक हाल के बाद इन्सान इन्सान हो जाता है, मुसलमान या हिन्दू नहीं रहता। अल्लाह भगवान हो जाता है, भगवान अल्लाह। जो रहबर मिल गया उसी की राह पकड़ ली। कीचड़ में फँसी मेरी नाव दो आदमियों ने खींचकर किनारे लगायी थी—उन्होंने और किशन बाबू ने—एक मेरा मालिक दूसरा मेरा मेहरबान—''

रघुबर की तो रघुबर की, मेरी तक समझ में नहीं आता था कि रहमतुल्ला की यह कुपढ़ घरवाली गहरी बातें कैसे कर लेती है। शायद यह सब उसके संघर्ष ने उसे सिखाया था। संघर्ष ही अनुभव की फसल उगाता है। वही उसका खेतिहर है। हाँ, एक बात और हुई थी। रहमतुल्ला की घरवाली ने उसकी मौत के बाद अपना नाम अल्लारखी रख लिया था। पर न उसने तुलसा जी के मन्दिर में जल चढ़ाना और दीया जलाना छोड़ा और न व्रत रखना। मरने से पहले उसने जनाजे की नमाज़ पढ़ने की हिदायत की थी और कहा था उसके बाद लकड़ियों को सौंप दिया जाय। इस बात से दोनों वर्ग काफ़ी नाराज़ हुए थे। यहाँ तक कि झगड़े-फ़िसाद तक की नौबत आ गयी थी। जिला प्रशासन ने बीच में पड़कर झगड़े का निबटारा किया था। अन्त में शायद वह दफ़नाई गयी थी। हालाँकि उसके लिए न दफ़नाने का कोई मतलब रह गया था और न जलाने का।

देखिये कहाँ से कहाँ बात पहुंच गयी ! इस तरह की क़िस्सागोई में यही होता है जो याद आता जाय कहते जाओ कहने का कोई अन्त नहीं होता ! मुझ जैसें खाली आदमी के पास कहने के सिवाय है भी क्या ? अस्सी के बाद तो शायद कुत्ते की दी हुई उम्र शुरू हो जाती है। बस बोलते जाओ। यही मैं कर रहा हूँ। रघुबर की बात बीच में रह गयी थी। हाँ तो रघुबर जगन बाबू के पास जाने के लिए सौ रुपया लेकर घर से निकला था। यह बात वह अब भी कहता है कि मैं तो जो कुछ भी हूँ उन्हीं सौ रुपये की बदौलत हूँ। मुझे रायों की दौलत से क्या लेना-देना ! अब तो वह काफ़ी ऊँचे ओहदे पर है। कभी-कभी उन दिनों के उसके वे सवाल उसे अब भी परेशान करते हैं। लेकिन यह अलग बात है। जिस दिन घर से निकला तो लौटकर नहीं

आया। बाहर-ही-बाहर घूमता रहा। कभी नौकरी की, कभी छोड़ दी या छूट गयी। कभी फ्री-लांसिंग की। बाद में जाकर वही इस घर की नाक भी बना। उसकी उपमा नाक से दी जाती थी तो वह हँसकर यही कहता था — हाँ, नाक ज़रूर हूँ पर कटी हुई ! ख़ैर यह एक लम्बा किस्सा है।

उन दिनों जगन बाबू नैनीताल में थे। तब तक अँग्रेज़ों वाली परम्परा चालू थी। गर्मियों में पूरी सरकार का लखनऊ जाना बन्द हो गया था पर मन्त्री लोग चले जाते थे। उनकी कोठियाँ बरक़रार थीं। दिल्ली सरकार का शिमला जाना पूरी तरह बन्द था। वहाँ पहुँचकर उसकी एक चिट्ठी सीमा के नाम आयी थी और दूसरी मेरे। सीमा भी उसका कई साल तक इन्तज़ार करती रही फिर उसकी शादी हो गयी। बाद में रघुबर की शादी हुई। बच्चे भी हुए। ख़ैर, सीमा का तो मुझे नहीं मालूम लेकिन उसने मेरी चिट्ठी में लिखा—"आजकल यहाँ बहुत भीड़ है। सरकारी महकमे और ज़रूरतमन्द लोगों के कारण यहाँ तिल रखने की जगह नहीं। बड़े लोग भी हैं। पर वे ही लोग हैं जिनकी अपनी या सरकारी कोठियाँ हैं। बाकी लोग आते-जाते रहते हैं। इन्हीं आने-जाने वालों से यहाँ के लोगों का साल भर खर्च चलता है। पहाड़ों को अचरजभरी नज़र से देखते हैं। किनारे खड़े-खड़े ही झील में गोते लगाते हैं और चले जाते हैं। दरख़्त ऊँचे-ऊँचे कन्धों पर सवार बच्चों की तरह ताली बजाकर यह कहते हुए से लगते हैं—हम तुमसे भी बड़े ! आपने एक बार बताया था कि नैनीताल में हमारी भी एक कोठी थी। अँग्रेज़ों से दोस्ती बढ़ाने में कोठी बड़े राय की मदद करती होगी। अच्छा हुआ बिक गयी। वह रही होती तो पता नहीं मुझे कैसा लगता ?

जगन बाबू के बँगले की तरफ़ ऊपर जाते हुए रास्ते में एक कोठी पड़ती है। उसे देखते ही मुझे लगा कहीं यही तो हमारी कोठी नहीं ? मैंने नज़दीक जाकर देखा तो उस पर मटमैला-सा पत्थर लगा था। उस पर लिखा था—रायविला—। वहीं एक बूढ़ा रहता था उससे पूछा तो उसने बड़े राय का नाम बताया—मैं सुनकर चला आया। मैं उसे क्या बताता कि मैं कौन हूँ ! वहाँ से जब भी गुज़रता हूँ तो सोचता हूँ यही थी हमारी कोठी। स्वामित्व का भाव कभी-कभी कितना तर्कहीन होता है। जो अपना है वह तो अपना है ही। जो अपना नहीं रहा—उस पर भी स्वामित्व का अहसास—हमारा था ! जो नहीं है—उसके बारे में लगता है कि शायद कभी हमारा हो जाय ! ओफ यह हमारा—हमारा—कैसा हमारा ! बनाये कोई, कमाये कोई—हो जाये हमारा, क्या आप सोचते हैं, जो लोग हमें आज़ाद कर गये हैं या जिनसे हम आज़ाद हुए हैं—वे भी मेरी तरह नहीं सोचते होंगे कि ये मुल्क हमारा था—ये लोग हमारी प्रजा थे ?—और अब जो सत्ता में हैं वे क्या उनसे भिन्न सोचते हैं ? हँसी आती है।

रघुबर किसी छोटे-से होटल में रुका था। कमरे का किराया शायद पाँच रुपये प्रति दिन था। मुझे झटका-सा लगा। कहाँ अपनी कोठी थी कहाँ रघुबर एक पाँच रुपये वाले, शायद सीलन भरे कमरे में पड़ा रहा होगा। हालाँकि जिस दिन वह पहुँचा उसी दिन शाम को वह उस दर्बे से निकल आया था। फ्लैट पर घूमते हुए नैनी मन्दिर के पास उसने एक लम्बी-सी गाड़ी देखी। सीजन के दिनों में गाड़ियों का अन्दर आना बन्द कर दिया जाता था। केवल मन्त्रियों या विशिष्ट लोगों की गाड़ियाँ जा सकती थीं। बाकी सब गाड़ियाँ तल्लीताल पर रोक दी जाती थीं।

रघुबर ने जाकर उस कार के ड्राइवर से पूछा, ''यह किसकी गाड़ी है ?''

वह बोला, ''होम मिनिस्टर साहब की।''

''कौन हैं होम मिनिस्टर ?''

''जगन बाबू।''

''क्या वे आये हैं ?''

''हाँ, मन्दिर गये हैं।''

रघुबर के दिमाग़ में एकाएक सवाल आया, ''क्या इन लोगों को भी मन्दिर जाने की ज़रूरत पड़ती है ?'' वह मन्दिर के द्वार पर खड़ा हो गया। मन्दिर झील के किनारे, सीढ़ियाँ उतरकर, नीचे है। वे सीढ़ियाँ चढ़ कर ऊपर आये तो उसने नमस्कार किया। उस समय वहाँ ज़्यादा भीड़ नहीं थी। उन्होंने रघुबर की तरफ़ देखा। हालाँकि ऐसे लोगों के लिए किसी का इस तरह नमस्कार करना कोई खास मतलब नहीं रखता। हज़ारों करते होंगे। फिर भी उंन्होंने पूछा,''मैंने तुम्हें पहचाना नहीं—''

''मैं रघुबर राय हूँ—'' राय कहकर उसे अजीब-सा लगा। जैसे वह खोटा सिक्का चला रहा हो।

उन्हें कुछ याद आया, ''क्या तुम राय परिवार से हो ?''

''जी।''

''कला के बेटे ? तुम्हारी शक्ल कला से बहुत मिलती है।'' तत्काल ही पूछा ''कब आये–– कहाँ ठहरे हो ?''

रघुबर की बात सुनने से पहले ही वे बोले, ''तुम हमारे साथ चलो।'' वे उसे साथ ही लेते गये। बाद में गाड़ी भेजकर सामान मँगा लिया। उनकी पत्नी स्वयं राजनीति में थी। क्रान्ति उर्फ़ बिनती बहिन। उनसे परिचय कराया— ''ये कला के बेटे हैं। कला से तुम शायद बीसियों वर्ष पहले स्टेशन पर मिली थीं। मुझे फ्लैट पर मिल गये। मैं ले आया।''

बिनती बहिन ने कोई खास तवज्ज़ोह नहीं दी। वे यथावत् लोगों से बात करती रहीं। जो लोग बैठे थे उन्हें वहीं बैठा छोड़कर वे उसे अन्दर ले गये। बड़े राय की मृत्यु के बारे में अफ़सोस जाहिर किया। छोटे राय के बारे में उनकी राय बहुत अच्छी थी। अलग होकर अरुण के साथ रहने वाली बात पर उन्होंने कोई खास प्रतिक्रिया

ज़ाहिर नहीं की। जैसे उन्हें इन सब बातों का अन्दाज़ हो। मेरे बारे में पूछा। घर की हालत के बारे में जानकर उनके मुँह से यही निकला, ''कितना बड़ा खानदान—था !'' रघुबर को लगा वह उन पर भी सवार है।

ये सब बातें मुझे उसके उसी पत्र से पता चली थीं।

वहाँ रहते हुए रघुबर का दिमाग़ तरह-तरह के सवालों से बुरी तरह गूँज गया था। सवालों के गूँजने की बात पर भवानी का सुनाया एक किस्सा याद आ रहा था। हालाँकि उसका याद आना कोई मायने नहीं रखता था। किस्सों की पैदाइश बड़ी अजीब तरह की होती है और वे याद भी उसी तरह आते हैं। उनका कोई तर्क नहीं होता। भवानी हकीमों के बहुत से किस्से सुनाया करता था। उसने एक बार एक किस्सा सुनाया। वह अपने आप ही पात्रों के नामकरण भी कर लेता था। उस हकीम का नाम उसने हकीम जालीनूस रखा था। एक बार एक नवाब साहब के सिर में दर्द रहने लगा। उन्होंने बहुत से इलाज कराये। पर कोई फ़ायदा नहीं हुआ। दर्द बढ़ता ही गया। नवाब साहब हकीम जालीनूस के पास पहुँचे। हकीम जी ने उन्हें मतब में घुसते देख लिया था कि नवाब साहब आ रहे हैं। न वे खड़े हुए, न कोई तवज्जह ही दी। मरीज़ देखना जारी रखा। नवाब साहब पहले तो खड़े रहे फिर खुद-ब-खुद बैठ गये। हकीम जी मरीज़ों को देखने में मुबतला था। जो मरीज़ नवाब साहब के बाद आये थे उनका भी नम्बर आ चुका था। नवाब साहब का सिर-दर्द और भी बढ़ गया। आखिर उन्होंने कहा, ''हकीम साहब मैं इतनी देर से बैठा हूँ—आप मेरी तरफ़ तवज्जह ही नहीं दे रहे। मैं यहाँ का नवाब हूँ !''

हकीम साहब बोले, ''मुझे मालूम है, लेकिन मेरे लिए तो सब मरीज़ बराबर हैं। जिसका मर्ज़ ज़्यादा उसका नम्बर पहले।''

''मेरा सिर दर्द से फटा जा रहा है।''

''जी, मुझे मालूम है।''

कहकर वे फिर दूसरे मरीज़ों को देखने लगे। बीच-बीच में हकीम साहब उनकी तरफ़ देख लेते थे। नवाब साहब समझते थे कि वे उन्हें नीचा दिखाने के लिए ऐसा कर रहे हैं। उनका गुस्सा और तेज होता गया। थोड़ी देर उन्होंने और इन्तज़ार किया फिर बोले, ''मियाँ आपने मुझे समझ क्या रखा है ?''

''माफ़ कीजिये, मैं हुज़ूर को बुलाने तो नहीं गया था !''

बस वे तेज़ी से उठे और दो क़दम चले होंगे कि एक तेज़ उल्टी हुई। हकीम साहब ने ऊपर से एक और जुमला कस दिया, ''हुज़ूर ने तो मेरा मतब भी खराब कर दिया—ऐसा तो छोटे और नाख्वादा लोग भी नहीं करते !''

वे फिर तेजी से चले। फिर उल्टी हुई। इस बार गोश्त के छोटे-छोटे टुकड़े भी

निकले। उन गोश्त के टुकड़ों पर चीचड़ियाँ गँजी थीं…। थीं या नहीं यह अल्लाह जाने। उस कहानी में वे थीं।

हकीम साहब बोले, "हुज़ूर माफ़ कीजिये। आप अब ठीक हो गये। आपका यही इलाज था कोई आम आदमी होता तो उसे मिर्चे खिलानी पड़तीं—आपके अन्दर तो पहले ही ग़रूर की इतनी मिर्चें थी कि बस जोश दिलाने की ज़रूरत थी। जोश देकर ही इस सारे बवाल को बाहर लाया जा सकता था।"

रघुबर को यही लगता था कि उसके दिमाग़ का छोटे से छोटा हिस्सा तक उल्टे-सीधे अहमों की चीचड़ियों से गँजा पड़ा है। वह जगन बाबू को हकीम समझकर ही उनके पास आया था।

जगन बाबू को ज़रा भी वक़्त मिलता था तो वह उनके पास पहुँच जाता था। इस उम्मीद में कि शायद कोई बात बन जाये। जगन बाबू की तयशुदा कुर्सी थी—खादी के गिलाफ़ वाली। बराबर में दो-तीन घण्टियाँ थीं। एक बजती थी तो चपरासी-जमादार आता था, दूसरी बजती थी तो पी. ए .—। कई फ़ोन रखे हुए थे। जो चपरासी-जमादार आता था वह लाल मखमल की वेल्ट वाला लम्बा अँगरखानुमा कोट पहने रहता था। सीने पर ज़री से उत्तरप्रदेश का राज-चिह्न बना था जिसमें खड़ी मछिलयाँ कढ़ी थीं। यह सवाल उसके मन में हमेशा उठता था कि मछलियों का राज-चिह्न तो किसी समुद्री किनारे वाले प्रान्त का होना चाहिए था। यह तो खेतिहर प्रदेश है! ये चिह्न कैसे उलट-पुलट हो जाते हैं। वैसे कलाबत्तु से सीने पर बनी मछलियाँ खूबसूरत लगती थीं। वह बात घास-फूस में कहाँ से आती। अँग्रेज़ों का सौन्दर्य-बोध कुछ ज़्यादा ही ऊँचा था। इन लोगों के लिए उस पर प्रश्नचिह्न लगाना मुश्किल था। बाद में चपरासियों और जमादारों के लिए खादी की बुश्शर्ट, पैण्ट और टोपी तय कर दी गयी थी। अब तो खैर कोई ड्रेस ही नहीं रही। हर कोई हर ड्रेस पहनता है। अलबत्ता राजचिह्न में कोई तब्दीली नहीं। जो तब था वह अब है।

एक मेज़ पर गाँधी जी की प्रार्थना-मुद्रा वाली फोटो लगी थी। उसमें गाँधी जी आँख बन्द किये समाधिस्थ बैठे थे। उस पर गाँधी जी के हाथ से लिखा था—जगन को बापू के आशीर्वाद। दस्तख़त की जगह भी बापू ही लिखा था। बाद में शायद उनके दस्तखत नहीं रहे थे। छवि रह गयी थी।

कमरा बड़ा था। उसमें एक-से-एक नायाब सोफ़े बिछे थे। दीवार-से-दीवार तक कालीन लगा था। गैबी रोशनियाँ थीं। खास-खास लोगों से वे वहीं मिलते थे। वह सब ब्रिटिश राज के सामने की सजावट थी। बस अपनी कुर्सी पर उन्होंने खादी के कवर चढ़वा लिये थे। बाकी लोगों से बाहर मिलते थे। ठीक नौ बजे वे बाहर लान में आ जाते थे। लोग अपनी दरख़्वास्तें लिये खड़े होते थे। अपनी परेशानी बयान

करते थे। बँटवारे में किसी की लड़की मारी गयी थी—किसी के खाविन्द का पता नहीं चला—किसी के घर पर लोगों ने ज़बरदस्ती कब्ज़ा कर लिया। दुनिया भर की अफ़ायें-जफ़ायें बयान करते रहते थे। जगन बाबू धैर्य से सुनते थे, उनकी दरख़्वास्त लेते थे और साथ चल रहे पी. ए. को दे देते थे। फ़र्क़ इतना ही था कि साहब लोग बाहर आकर नहीं मिलते थे। पेटी में दरखास्तें डलवाते थे।

जैसा कि मैंने पहले कहा, एक बार मैं काफ़ी बीमार हुआ तो जगन बाबू मुझे हवेली पर देखने आये थे। उनके पीछे एक काफ़िला था और असलाधारी सिपाही थे। पता नहीं क्यों मेरी नज़रों के सामने नवाब छतारी वाला सालों पुराना नज़ारा घूम गया था।

उन्हें उन सबको निबटाने में घण्टे-भर से ज़्यादा नहीं लगता था। लोगों को यह सकून तो मिलता ही था कि इतनी दूर से आना बेकार नहीं गया। मन्त्री जी से अपनी बात कह ली। वे ज़रूर कुछ करेंगे। खुद भी मुसीबत के दिन देखे हैं। वह ज़माना ऐसा था जब हर मन्त्री पाक-साफ़ समझा जाता था। दस बजे से बारह बजे तक फाइलें देखते थे। पी. ए. फाइलें दिखाता था। वह बताता जाता था कि किस मामले में किसकी क्या सिफ़ारिश है। यह वे तय करते थे कि किसकी सिफ़ारिश माननी है किसकी नहीं। अँग्रेज़ी में ही नोटिंग होती थी और अँग्रेज़ी में ही आदेश। तब तक शासन में विलायत से पासशुदा आई. सी. एस. थे। केन्द्र और प्रदेशों में भी तब कई मन्त्री विलायत-पलट थे। उनकी भाषा स्वाभाविक रूप से अलग थी। वे स्वयं भी विलायत में पढ़े थे। रघुबर के दिमाग़ में एक प्रश्न और जुड़ गया था कि सामान्य आदमी के पास शासन की बात पहुँचती भी है या नहीं ? पहुँचती है तो कैसे ?

जगन बाबू रघुबर को साथ रखते थे। चाहे वे अल्मोड़ा जायें या रानीखेत। बिनती बहिन यानी मामी का रुख उसकी तरफ़ औपचारिक ही था। हालाँकि अपने मनपसन्द के लोगों से वे काफ़ी हँसती-बोलती थीं। शायद रघुबर कुछ ज़्यादा ही सोचता था। इस सवाल को लेकर भी वह परेशान था। ज़ंगे-आज़ादी के आवे में पक कर आये हुए इन महानुभावों के दिमाग़ में भी क्या उतना ही अपना-पराया है जितना उसकी नयी माँ या सोना बहिन के मन में था ? उसने एक बार प्रार्थना सभा में गाँधी की झलक देखी थी। ये सब बातें उसे गाँधी से जोड़ देती थीं। क्या यह भी गाँधी की ही सीख है या ये सब बिगड़े हुए स्कूली बच्चों की तरह सबक याद करने का नाटक करते रहे थे ? बाहर निकले तो सिखाया-पढ़ाया सब सफ़ाचट। अक्सर अच्छी-अच्छी सुन्दर गदराई औरतें मन्त्री जी से मिलने आती थीं। जगन बाबू उन्हें प्राथमिकता देते

थे। कई बार उनसे वे देर तक बात करते थे। कभी-कभी बात करने के लिए अलग कमरे में चले जाते थे। उनके और बिनती बहिन के बीच इस बात को लेकर कहा-सुनी भी होती थी। जगन बाबू चुप लगा जाते थे। पेशेन्स खेलने बैठ जाते थे।

कभी-कभी जगन बाबू खुद जाकर रघुबर से बात करते थे। उन्हें हमेशा यही लगता था कि रघुबर उनकी बहिन का बेटा है। वे कहते भी थे, ''कला से मेरी बहुत पटती थी। मैं उसे बहुत पीटता था।'' फिर हँसकर कहते, ''गाँधीवादी तो मैं विलायत से लौटकर बना—वह भी तब जब उन्होंने मुझे बुलाकर मेरे सिर पर अपनी जादू की डण्डी घुमायी। गाँधीजी बड़े-से-बड़े तीस मारखाँ को पालतू बना लेते थे। पालतू मतलब अपना अनुयायी।'' उसे उनकी बातें कुछ विचित्र-सी लगती थीं। क्या ये सब उसी तरह जादू से बने क्रान्तिकारी हैं जैसे लोक-कथाओं में जादू के द्वारा आदमी से मक्खी और चूहे से आदमी बन जाते थे ? जादूगर मरा और वे पुनः मूषको भव। फिर कहते, ''तुम्हें देखकर मुझे कला की बहुत याद आती है। बेचारी बहुत जल्दी चली गयी। तब मैं जेल में था। बाहर भी होता तो पता नहीं उसे देख पाता या नहीं ? अगर तुम्हारे मूँछें न निकली होतीं तो तुम साड़ी पहनकर एकदम कला लगते—'' वे अच्छी मज़ाक कर लेते थे। पता नहीं क्यों मैं उनकी मूँछों की तरफ़ देखने लगता था।

रघुबर का अपना अतीत उसके जी का जंजाल बना हुआ था। कई बार वह जगन बाबू के वर्तमान के साथ गड्ड-मड्ड हो जाता था। संस्कार खूँटे की तरह होता है—चाहे जहाँ तक घूम जाओ पर बँधा उसी से रहना पड़ता है। दूसरे जहाँ समानता मिली वहीं घरेलूपन कायम हुआ। यही बातें उसे एक अजीब उलझन में डाल रही थीं। वह न उसमें रह पा रहा था, न सह पा रहा था और न बाहर निकल पा रहा था। वह उन्हीं अन्तर्विरोधों से मुक्ति पाने के लिए और अपने को धोकर चमकाने के लिए घर से निकला था। उसके अन्दर एक ज्वार था। वह ज्वार उसके व्यक्तित्व में भले ही कुछ न जोड़ पा रहा हो अलबत्ता उसे अपने अन्दर के कुछेक निषेधों से टकरा अवश्य रहा था। उसकी पूरी जद्दोज़हद अपने अन्दर की नकारात्मकता से बचने की थी।

जगन बाबू को पढ़ने का शौक़ था। वे हर क्षण पुस्तक सामने रखते थे। जब लोगों से मिलते थे तब भी। बिनती बहिन उनकी इस बात से भी नाराज़ थीं। स्वयं राजनीतिक होते हुए भी वे अपने पति को सिर्फ़ पति रूप में चाहती थीं। पत्नी होने

का भाव कभी-कभी उन्हें ज़रूरत से ज़्यादा अधिकार लोलुप और वाचाल बना देता था। तब उसे सारंगा की याद आने लगती थी। बाहर से बात एकदम अलग थी। वे देश के लिए जीवन उत्सर्ग करने वाले देशप्रेमी के रूप में देखे जाते थे। ऐसे भी बहुत से लोग थे जिन्हें किसी तरह का स्वार्थ नहीं था। वे सब उन देशभक्तों के दर्शन करके कृतार्थ होने के लिए आते थे। चरण छूते थे। मालाएँ पहनाते थे और जस के तस लौट जाते थे। वे उन्हें ऐसे योद्धा समझते थे जिन्होंने अँग्रेज़ों को देश से निकाला। पर रघुबर को लगता था वे सब धीरे-धीरे उनकी व्यक्तिगत सम्पत्ति बनते जा रहे हैं। उसके दिमाग़ में एक अजीबो-ग़रीब सवाल उठ खड़ा हुआ था। हालाँकि उसकी अब कोई प्रासंगिकता नहीं रह गयी थी। क्या जगन बाबू अब रहमतुल्ला जैसे व्यक्ति के यहाँ जाकर रह सकते हैं ? जगन बाबू की बात से लगा था कि उनको बड़े राय का वह व्यवहार अभी भी याद है। क्या इसी तरह रहमतुल्ला का व्यवहार भी उन्हें याद होगा ? जिस खतरे को अपने ज़माने के बड़े राय जैसे शक्ति-सम्पन्न सामन्त उठाने से डर रहे थे उसे रहमतुल्ला दर्जी ने निडर होकर उठाया था। जगन बाबू ने एक बार ज़रूर ज़िक्र किया था, ''क्या नाम था उस दर्जी का—हाँ रहमतुल्ला—उसकी बीवी शायद हिन्दू थी —बड़े हिम्मती लोग थे। इतनी ग़रीबी की हालत में भी उन्होंने मुझे किसी चीज़ की कमी महसूस नहीं होने दी।'' उससे ज़्यादा उन्होंने कुछ नहीं कहा। बड़े राय भी रहमतुल्ला के शुक्रगुज़ार थे। वे सामन्त थे इसलिए शुक्राने के रूप में उन्होंने उसके लिए कुछ करने की कोशिश की थी। भले ही रहमतुल्ला ने उसे उस रूप में स्वीकार न किया हो। जगन बाबू को याद कर लेना ही काफ़ी था। स्वतन्त्रता की लड़ाई उन्होंने ऐसे ही लोगों के लिए लड़ी थी !

एक दिन जगन बाबू ने रघुबर से पूछा, ''तुमने अपने बारे में क्या सोचा ? शायद मैं कुछ मदद कर सकूँ। तुम्हें जल्दी-से-जल्दी ज़िन्दगी में सेटिल हो जाना चाहिए, आदर्शवाद में कुछ नहीं रखा। ये सब सवाल जो तुम्हें घेरे हैं इन्सान को आदर्शवादी और अव्यावहारिक बना देते हैं। तब आदर्श मूल्य था, अब मूर्खता है। अब देश को आदर्शवाद की ज़रूरत नहीं, सही अवसर की ज़रूरत है।''

रघुबर की समझ में न जगन बाबू का वह सवाल ही आया और न उसे उसका जवाब ही सूझा। वे सब सवाल जो उसके दिमाग़ में थे और ज़्यादा उलट-पुलट गये। बल्कि उसे लगा कि उसके सामने बड़े राय आ खड़े हुए हैं। उन्होंने भी उससे एक बार कहा था—पढ़-लिख लो अभी तो मैं बैठा हूँ—जहाँ जा खड़ा हो जाऊँगा, लोग एक बारगी सोचेंगे कि ब्रिटिश राज में जो राय कुछ भी कर पाने की ताकत रखता

था, वह सवाली बनकर आज हमारे दरवाज़े पर आया है। इसे निराश न लौटाओ। हैं तो सब वही लोग। धीरे-धीरे पूरा-का-पूरा यह नया माहौल उसी माहौल में बदल जाता था। जगन बाबू की वह सरकारी कोठी हवेली में बदल गयी। मोटरें—घोड़ा-गाड़ियों में बदल गयीं—मोटर ड्राइवर काले और फ़त्तु साईस नज़र आने लगे। बड़े राय के खाकी वर्दी वाले चपरासियों ने—उन लाल मखमली ड्रेस वाले चपरासियों की जगह ले ली। उसकी समझ में नहीं आ रहा था कि यह सब क्या हो गया ? उनमें वह कहाँ है ? जो सबसे अधिक आश्चर्यजनक लगा वह था—जगन बाबू की जगह बड़े राय का आ खड़ा होना। बड़े राय सामन्त थे और जगन बाबू आज़ादी के दीवाने। दोनों में एकाएक इतना साम्य कैसे हो गया ?

भय के मारे उसका गला सूख गया। वह जगन बाबू को क्या कहकर सम्बोधित करे ? उसे लगा उसका दम घुट रहा है। उसके अन्दर खुदबुदाते वे सारे सवाल पुनः चीचँड़िया बनकर उसके दिमाग़ की अन्दरूनी पर्तों से जा चिपके थे और माँस कचोट-कचोट कर खा रहे थे।

वह वहाँ से उठा। अपना सामान इकट्ठा किया। शाम होते-होते नीचे उतर गया। नीचे रोशनी जल गयी थीं। तब रोशनियाँ उतनी झलमल वाली नहीं होती थीं। इतनी मद्धम थीं कि उसे कुछ नज़र नहीं आ रहा था। उस नीम रोशनी में कुछ नौजवान जोड़े नाचते हुए चल रहे थे। कुछ बूढ़े पहाड़ी डरे हुए से एक तरफ़ खड़े थे। कुछ सवारियाँ पौनियों पर सवार थीं और साईस-नुमा आदमी उनके पीछे-पीछे दौड़ रहे थे। तल्लीताल तक पहुँचते-पहुँचते सारा पहाड़, वह झील जो चाँदी की तरह दिन-भर चमकती थी—वे दरख़्त जो ज़रा-से झोके से बच्चों की तरह खिलखिलाते थे अँधेरे में डूब गये। गाँधी जी की वह तस्वीर जो जगन बाबू के बराबर में रखी रहती थी उसे अपनी जगह से गायब नज़र आयी। एकाएक कहाँ चली गयी ? यह एक और सवाल नाहक दिमाग़ में आ घुसा था।

मैं यानी भास्कर राय—अब बिस्तर के सुपुर्द हूँ। शायद अब कभी न उठ पाऊँ। गिरवर ज़्यादा कुछ नहीं कर पाया। वह हर किसी कि तरफ़ याचना की दृष्टि से देखता है। अब मुझे उसी की चिन्ता है। सोना का पति मर गया। अब उसने अपने सब सुहाग चिह्न उतारकर पूरी तरह वैधव्य ले लिया। सारंगा को कम दिखाई पड़ने लगा। रघुबर एक अच्छे पद पर है। वह अपने सवालों का जवाब नहीं पा सका। हमेशा बने रहने और छोड़ जाने के बीच झूलता रहा। अब वह कहता है कि यही हमारी पीढ़ी की नियति है। हम इस अनिश्चय के साँप को न मार सकते हैं और न पाल

सकते हैं। हमारे अन्दर पलता यह भूखा सर्प—अपनी चिरी हुई जीभ से अन्दर-से-अन्दर निरन्तर चाट रहा है—अब ज़्यादा समय नहीं—यह चाट जायेगा और हम कुछ नहीं कर पायेंगे। वैसे हम सबके लिए रघुबर ही इस खानदान की शान है। उसे शान शब्द से चिढ़ है । जब भी उससे यह बात कहो तो वह आहत होकर कहता था—यह शान नहीं शर्म है।

मुझे रह-रहकर लगता रहता है कहीं यह काँच का बर्तन चटक न जाये और इसके अन्दर भरा यह घुटता आक्रोश बारूद बनकर फट न पड़े। कभी-कभी उस पर जुनून सवार होता है—वह जोर-जोर से बकता है—गाँधी मर गया—पर बड़े राय जिन्दा हो गये···अमर फल पा गये। मैं उन्हीं का बीज हूँ—पहचान सको तो पहचानो ! साँप और संपोले में ज़्यादा अन्तर नहीं होता, एक मरेगा—दस और पैदा हो जायेंगे।

मैं यानी भास्कर राय पिसर हरि राय—अपने बेटे रघुबर की बातें सुनता हूँ, कुछ कह नहीं पाता। एक तो मेरे सिर के ऊपर से निकल जाती हैं। दूसरे, कभी कुछ कहा हो तो अब कहूँ ! जब पिसर था तो कुछ कहने का सवाल ही नहीं आता था। अब पिता हूँ तो भास्कर राय होने से नहीं उबर पाता। पिता वाली बात पुत्र पर लागू करने का साहस ही नहीं होता। कभी-कभी मन-ही-मन सोचता हूँ कि रिश्ते बदल जाने से क्या आदमी बदल जाता है ? भास्कर राय पिता हो जाय या बेटा रहे—मूलत: तो भास्कर राय ही है। मुल्क आज़ाद हुआ पर लोग तो वही रहे —भले ही ब्रितानी सम्राट की पूजा से जनतन्त्र के जनक या भाग्य विधाता बनने की यात्रा तय कर चुके हों ! तब भी दरोगा आकर डँडया देता था अब भी डँडया देता है—बस अन्तर इतना ही है कि तब वह ताज का नौकर था, उससे कुछ कहते नहीं बनता था, अब जनतन्त्र का यानी हमारा-तुम्हारा नौकर है—कहो तो सुनता नहीं ! तब बच्चे अँग्रेज़ों के स्कूल में उनकी भाषा पढ़ते थे अब अपने स्कूलों में पढ़ते हैं ! यह मैं ही नहीं कहता। रघुबर भी कहता है —पोशाक बदल लेने से मानसिकता यानी व्यक्ति नहीं बदलता ! भले ही रघुबर इसलिए कहता हो कि वह सोचता है, देखता है—मैं इसलिए कहता हूँ क्योंकि भास्कर राय हूँ और तब भी भोगता था अब भी भोगता हूँ। तब से अब तक यही समझकर बैलगाड़ी के नीचे चल रहा हूँ कि गाड़ी को चलाने वाला मैं ही हूँ—तब जुतता था अब हाँकता हूँ—हँसी आती है हाँकने की बात सोचकर। हालाँकि कभी-कभी लगता है कन्धे खाली नहीं, जुआ यथावत् रखा है। पर एक बात कहूँ,

कहीं-न-कहीं राय होने की ठसक बाकी है—मन करता है 'सफ़ेदा' की तरह दोनों पैरों पर सीधे खड़े होकर हिनहिनाने लगूँ—उसे उन्होंने मारा था—ये मुझे मार देंगे —क्या फ़र्क़ पड़ता है। इनकी ताकत उनसे कम थोड़े ही है। मैं तो कमज़ोर ही हुआ हूँ—पर इस भास्कर राज को कहाँ ले जाऊँगा जो दोनों हाथों से रास खींचे बैठा है।

जहाँ तक रघुबर की बात है—कभी-कभी हिनहिनाता है, दौड़ता है—फिर उसके रस्से उसे जकड़ लेते हैं। मुझे लगता है कम-से-कम वह तो उन्हें किसी-न-किसी दिन तोड़ेगा—वो नहीं तो आगे वाले···। कभी-न-कभी तो प्रजा होने के अहसास से और जनतन्त्र के भाग्य-विधाता बनने के भ्रम से सब मुक्त होंगे।

—सवाल यही है, कब ?

□□